Unsere Ausstellung wird durch die vorliegende literarische Verarbeitung der fürwahr romanhaften Entdeckungs-, Rekonstruktions- und Ausstellungsgeschichte des Pergamonaltars mit ihrer spannenden Verbindung von Entdeckermut, Abenteuerlust, Wissenschaft und zeitgenössischer Großmachtpolitik in idealer Weise ergänzt. Ralf Nürnberger hat all dies in seinem aufwendig und solide recherchierten Buch nicht nur packend miteinander zu verbinden gewusst, sondern das Gesamtgeschehen glaubwürdig, facettenreich und konsistent im zeitgeschichtlichen Zusammenhang der Gründerzeit, des 1. Weltkriegs und der Weimarer Republik verständlich gemacht. In souverän fantasievoller Manier befreit er die Protagonisten der Handlung – und gerade auch die maßgeblich beteiligten deutschen Archäologen Humann, Conze und Schöne – vom Staub der Gelehrsamkeit, lässt sie interagieren und erweckt sie so zu neuem Leben. Ihre ganz unterschiedlichen Charaktere, Motivationen und Anteile am Riesenwerk der Ausgrabung, Erforschung, Rekonstruktion, Restaurierung und Ausstellung dieses antiken Weltwunders werden überzeugend veranschaulicht. Der Roman erschließt so eine Dimension des Geschehens, die im Medium Ausstellung nur schwer darstellbar ist und kommt unseren Bemühungen um Anschaulichkeit und Kontextorientierung sehr entgegen. Im Blick auf die andauernde Resonanz des Pergamonaltars in den bildenden und performativen Künsten ist es erstaunlich, dass dieses Buch nach Heinrich Alexander Stolls, „Götter und Giganten. Der Roman des Pergamonaltars“ (Leipzig 1964) erst die zweite belletristische Verarbeitung der hochspannenden Entdeckungs- und Wirkungsgeschichte dieses fantastischen Gesamtkunstwerks darstellt. Was jetzt noch fehlt, ist ein großer Spielfilm. Dieser Roman liefert dafür das Drehbuch.

Berlin im Herbst 2018

ADVENTUS

„Majestät, die Truppen sind abmarschbereit!"
„Na denn!"
Der alte Herr mit Pickelhaube, Backenbart und in blauem Uniformrock hatte Anweisung erteilt, für das Besteigen seines Pferdes ein Gebüsch zu finden, wo er unbeobachtet von Volk und Welt die ihm nicht mehr leichtfallende Übung bewerkstelligen konnte. Assistiert von einem ängstlich wirkenden, jungen Adjutanten erklomm er Schritt für Schritt die bereitgestellte Bockleiter hinauf zu seinem Pferd. Er war bis hierhin mit sich zufrieden. Nun jedoch sollte der linke Stiefel den Weg über den Sattel finden. Schmerz. Arthrose.
– Wie nun? Was nun? Das junge Deutsche Reich verdient einen sportlichen Herrscher! –
Der Greis wurde ungeduldig, sein Bein wollte nicht, wohin es sollte. Die Entourage hielt den Atem an. Nach mehrmaligem Stöhnen war es geschafft. Wilhelm I. saß auf seinem Rappen.
„Uff!"
Die Leiter wurde von dem Offizier diskret zusammengeklappt und in gebückter Haltung lautlos weggeschafft. Der vierundsiebzigjährige Preußenkönig und Kaiser reckte sich, streckte sich und nahm Haltung an. Er ritt auf eine kleine Anhöhe in der Nähe und schaute sich um.

Von einem mannshohen Hügel überblickte er das Exerzierfeld. Reiterei, Infanterie, Blaskapellen, Fahnenträger. Insgesamt zwanzigtausend Mann, zudem berittene Offiziere aller Bundesstaaten des neuen Deutschen Reiches in Paradeuniform.
– Na bitte! –
Er zog eine stählerne Taschenuhr aus dem Rock.
„Donnerwetter! Punkt elf! Auf, meine Herren!"
Vorn begaben sich drei ältere Uniformierte zu Pferde in ihre Position, dahinter Wilhelm und höchste Adlige.

Ein Signalhorn ertönte. Das Musikcorps der Berliner Polizei begann zu trommeln und marschierte im Gleichschritt erst auf der Stelle und dann geradeaus.

Es folgte ein endloser Heereszug von Preußen, Bayern, Badenern, Württembergern, Hessen und anderer Vertreter der deutschen Fürstentümer Richtung Brandenburger Tor. Berlin holte mit einer prunkvollen Parade die siegreichen Truppen heim. Der heutige Einmarsch sollte alles vorher Dagewesene übertreffen.

Die ganze Stadt war auf den Beinen an diesem sonnigen Sechzehnten Juni des Jahres 1871.
„Wehe, irgendetwas geht schief!", hatte der Kaiser gedroht.

Der Magistrat der neuen Reichshauptstadt hatte höchste Weisung erhalten, alles straff und penibel zu organisieren.
Der Triumphzug der deutschen Sieger über das verhasste Frankreich sollte der Welt beweisen, eine neue Zeit beginnt.

Doch Wilhelm I. wollte nicht im Mittelpunkt stehen. Er war Soldat und Preuße. Zur Annahme des Kaisertitels musste er überredet werden. Welscher Tand um seine Person war ihm zuwider. Bestenfalls Diener wollte er sein, Diener der großen Idee eines vereinten Reiches.
Das Gemeinschaftswerk der deutschen Fürsten unter seiner und Bismarcks Führung wollte er feiern, die Wiedergeburt von Germania durch Blut und Schwert nach nie verwundener Niederlage durch den ersten Napoleon am Beginn des Jahrhunderts. Der Sieg der endlich verbündeten germanischen Stämme über den hochmütigen Erbfeind sollte bejubelt werden.

Dem preußischen Kultusminister hatte er strenge Weisung erteilt, alles was Rang und Namen in der Berliner Kunstakademie hatte, zur Ausschmückung der Hauptstadt heranzuziehen.
Dem Bildhauer Reinhold Begas, den Malern Anton von Werner, Adolph Menzel und wie sie alle hießen wurde von Wilhelm befohlen, ihr Allerbestes zu geben.

„Der republikanische Franzosenkaiser hat Preußen und Deutschland vor sechzig Jahren in den Staub geworfen. Den heiligen Rhein hat uns der Welschmann genommen, unsere germanische Würde. Nun ist endlich alles geworden, wie es muss. Das zu feiern, dient der Tag. Kein weichlicher Pariser Herrscherkult. Nein! Was zähle ich, was zählt der Mensch? Der ins symbolisch-religiöse erhobene Triumph des nationalen Einigungswillens soll Gestalt erhalten. Der Vorabend einer gesamtdeutschen Kulturnation muss zelebriert werden. An die Arbeit, meine Herren!"

Gesagt, getan. Wochenlang wurden riesige Triumphbögen gezimmert und dreißig Fuß hohe Monumentalstatuen geformt, Germania und Bavaria darstellend. Gleich große Frauenfiguren, die eroberten Städte Metz und Straßburg symbolisierend, sollten ebenfalls die Paradestrecke zieren. Elsass-Lothringen war nun deutsch.
Ehrensäulen für die verbündeten Armeen und Straßen überspannend pathetisch-heroische, vaterländische .Schlachtengemälde wurden von den Bildhauern und Malern der Akademie, wie vom Kaiserkönig gewünscht, eigens für diesen Festzug geschaffen. Das kostete Unsummen, aber Geld spielte keine Rolle. Die Welt sollte, das war höchster Wille, noch hundert Jahre später von diesem großen Ruhmestag erzählen.

Selbst das Wetter gehorchte dem Herrscher an diesem Sommertag. Der Himmel war blau und warme Winde ließen schön geformte Wolken ziehen. Eine ähnelte dem preußischen Adler.
Hunderttausende hatten nach den streng zu befolgenden Regeln des Magistrats von Berlin an den Seiten der Paradestrecke Aufstellung genommen. Sechs Kilometer maß die Route vom Aufmarschplatz bis zum Schloss, also vier Kilometer mehr als bei der Siegesparade 1866 zum gewonnenen Krieg von Preußen gegen Österreich um Schleswig-Holstein.

Die Geringsten hatten draußen in Kreuzberg nahe dem Exerzierfeld, wo die siegreichen Bundestruppen und ihre Heerführer losmarschierten, zu stehen. Dort warteten als Hurrarufer zwanzigtausend Industriearbeiter, vor allem aus den Borsigwerken. Unzählige Studenten und Mitglieder der Turnvereine mussten dem Kriegsheer auf seinem Weg zum Potsdamer Platz zujubeln.

Hier stand ein künstlicher Berg, ein Holzmonstrum, gekrönt von einer gigantischen Viktoriastatue aus Gips, umzingelt von Riesengeschützen und etlichen Sechzehnpfündern als Jubelkulisse für den Sieg bei Sedan. Die Berliner Schulen gaben frei und zahllose Klassenverbände bildeten Fähnchen schwenkend Spalier.

Beim Brandenburger Tor, auf dem Pariser Platz, und damit am Beginn der Prachtstraße Unter den Linden waren gewaltige Tribünen für Adel, Regierung, hohe Beamtenschaft und Großbürgertum gezimmert worden. Den Weg zum Lustgarten zwischen Schloss und Altem Museum säumten zahllose Militärvereine. An den Fassaden der prächtigen Häuser flatterten schwarz-weiß-rote Reichsfahnen und in den Fenstern drängten sich erwartungsfroh die festtäglich gewandeten Bewohner. Links und rechts dekorierten tausend erbeutete Geschütze die Strecke.

Plötzlich donnerten nicht weit vom Brandenburger Tor Kanonen. Militärmusik und dumpfes Hurrageschrei wehten herüber. In die privilegierten Massen auf den Tribünen kam Bewegung.
„Sie kommen! Sie kommen!“ Die feinen Damen und Herren sprangen auf und reckten die Hälse.
Wieder Kanonendonner und Jubel. Diesmal näher. Die Aufregung wurde größer. Jetzt brach ein Lied aus den Wartenden auf den Tribünen hervor. Erst sangen einige, dann viele, zum Schluss alle. Die Menge wurde zum vielstimmigen Chor.

„Es braust ein Ruf wie Donnerhall,
Wie Schwertgeklirr und Wogenprall,
Zum Rhein, zum Rhein, zum deutschen Rhein!
Wer soll des Stromes Hüter sein?“

Nun straffte sich die Haltung der Begeisterten und lauter als der Vers erschallte sein Refrain:

„Lieb´ Vaterland magst ruhig sein,
Fest steht und treu die Wacht am Rhein!“

Der Chor der auf dem Platz versammelten Patrioten wurde mehr und mehr zu einem Choral:

„Durch Hunderttausend zuckt es schnell,
Und aller Augen blitzen hell,
Der deutsche Jüngling, fromm und stark,
Beschirmt die heil´ge Landesmark."

Jetzt grölte es plötzlich schrill, fast hysterisch von den Tribünen:

„Er blickt hinauf in Himmelsau´n,
Wo Heldengeister niederschau´n,
Und schwört mit steter Kampfeslust,
Du, Rhein bleibst deutsch wie meine Brust."

Ganz in der Nähe knatterten Salutschüsse.

„Und ob mein Herz im Tode bricht,
Wirst du doch drum ein Welscher nicht,
Reich wie an Wasser deine Flut
Ist Deutschland ja an Heldenblut."

Eilig nahmen sechzig Ehrenjungfrauen Aufstellung. Johlend sang die Menge:
„Lieb´ Vaterland magst ruhig sein,
Fest steht und treu die Waaacht aaam Rheeeiiiinnn!!!!!!!"

Nun marschierte die Polizeikapelle trommelnd durch das Brandenburger Tor. „Hurra! Hurra!"
Die Herren schwenkten ihre schwarzen Zylinder, die Damen winkten mit Taschentüchern und Sonnenschirmchen. Fotografen machten sich bereit. Der Jubel steigerte sich noch, als kurz dahinter der Reichskanzler Fürst Bismarck, und links und rechts neben ihm sein greiser Kriegsminister von Roon und der noch ältere Generalfeldmarschall von Moltke auf ihren Pferden erschienen.

Da war er, Bismarck, der listige Stratege, der auf dem welschen Amboss das Schwert der deutschen Einheit mit seinen tapferen Gesellen geschmiedet hatte.

„Hoch! Hurra! Vivat!“

Die Polizeimusiker stellten sich zur Seite und gegenüber begann eine noch größere Kapelle, die hier schon seit Beginn der Parade ausharrte, den eigens für diesen Anlass von Richard Wagner komponierten Kaiser-Marsch zu spielen.

Zu den Klängen ritt der alte Herrscher des jungen Reiches durch das über und über mit Eichenlaubgirlanden geschmückte Brandenburger Tor. Ihm folgte mit rotblondem Rauschebart sein vierzigjähriger Sohn Friedrich Wilhelm, der Thronfolger, und neben ihm Karl, der siebzigjährige, ebenfalls thronwürdige Bruder des Kaisers.
Alle zu Pferde mit Pickelhaube. Dahinter, auch hoch zu Ross, die Fürsten der deutschen Bundesstaaten in Paradeuniform.

Die Hochrufe nahmen kein Ende, besonders dem Thronfolger galten viele Sympathien. Er hatte im Frankreichfeldzug als Führer der dritten Armee die wichtige Schlacht bei Sedan gewonnen und war beliebt bei den Truppen.
„Unser Fritz“, nannten sie ihn. Auch äußerte er von Zeit zu Zeit liberale Ideen, schien nicht unter der Fuchtel Bismarcks zu stehen, wie sein Vater. Das zog viele freiheitlich Gesinnte an.

Nun stand der Zug. Die Ehrenjungfrauen, aus den besten Familien der Stadt sorgfältig ausgewählt, knicksten demütig. Wagners Klänge wogten über den Platz. Ein schmales, blondes Fräulein näherte sich dem schwarzen Pferd des Kaisers mit niedergeschlagenen Augen, um einen Lorbeerkranz zu überreichen. Sie hielt das Grün so hoch, dass seine Majestät es ohne größere Mühe greifen konnte. Er zeigte die Trophäe der Menge. Abermals großer Jubel.
Tata, tata, tatum!

Der Kaiser-Marsch war zu Ende, die Polizeikapelle übernahm wieder trommelnd die Führung und die Parade setzte sich auf der Straße Unter den Linden Richtung Lustgarten und Schloss bei Hurra und Viktoriarufen fort.

Die Reichstruppen marschierten nun nach und nach an den Tribünen vorbei. Offiziere trugen erbeutete französische Fahnen. Militärkapellen folgten. Bismarck ritt immer noch vorweg. Er schaute aus den Augenwinkeln auf die jubelnden Passanten am Straßenrand. War ihnen zu trauen? Heute ‚Hurra!' – und morgen?
– Die Schlacht um Frankreich ist gewonnen, aber der Kampf im Reich tobt weiter. Sozialdemokraten und Liberale nagen an der Macht des Thrones und damit auch an meiner. Von britischem Parlamentarismus wird geträumt. Das hat noch gefehlt. Selbst der Kronprinz und seine englische Frau Victoria reden offen von solchem Unsinn. Er fährt zu oft nach London. Seine Schwiegermutter, Queen Victoria, und ihr halbdeutscher Albert üben einen bösen Einfluss auf Friedrich Wilhelm aus. Oft genug fiel er mir schon von England aufgehetzt in den Rücken. Bis jetzt war der Thronfolger durch den Kriegsdienst beschäftigt, doch die Schlachten sind vorbei. Was plant er nun? Ich muss ihn kalt stellen. Er braucht irgendeine Beschäftigung, die ihn ablenkt. Ein Spielzeug. Er darf nicht zum Symbol für eine liberale, reichsdeutsche, antipreußisch gesinnte Zukunft werden, in der Adel, Bürgertum und Arbeiterschaft des ganzen Reiches die gleichen parlamentarischen Rechte genießen.
Das muss ich unbedingt verhindern! Hier ist nicht England, hier herrscht Ordnung. Die Macht der Hohenzollerndynastie und der ostelbischen Großgrundbesitzer sind eins. Ich bin Teil davon. Das darf nicht angetastet werden. Sonst erheben freche Feinde überall im neu geschaffenen Reich ihr republikanisches Medusenhaupt. –

„Hurra! Hurra!", johlte die Menge und schwenkte Fahnen.
„Hoch, Wilhelm! Hoch lebe der Deutsche Kaiser! Hurra!" Bismarck blickte hinter sich und sah, wie Wilhelm der begeisterten Menge von seinem Pferd aus zuwinkte. Er wirkte dabei steif, fast als wollte er die Hochrufe zum Schweigen bringen.
„Der Deutsche Kaiser, er lebe hoch!!!"

– Deutscher Kaiser? Kaiser von Deutschland wäre der Titel, der mir als König von Preußen gebührt. Aber Bismarck wollte den Titel „Kaiser von Deutschland“ partout nicht. Die Bundesfürsten verweigern ihn, hat er mir in Versailles gesagt. Ob das stimmte? Vielleicht wollte er ihre Loyalität nicht auf die Probe stellen, nehmen was im Moment zu haben war. Ein Deutsches Reich unter preußischer Führung mit einem Kaiser, der eigentlich nur ein halber ist. Besser als nichts, wird er gedacht haben. Wie dem auch sei, ich bleibe König von Preußen. Das ist mir sowieso das Allerwichtigste. –

Das Pferd von Bismarck hob seinen Schweif und ließ Äpfel auf die Strecke fallen. Wilhelm ritt mit nicht gar zu großem Abstand direkt hinter seinem Reichskanzler her. Die paradeunwürdige Spur des bismarckschen Schimmels kam näher. Was tun?

– Ich werde nicht ausweichen, das gibt Gelächter und dumme Kommentare in der liberalen Hetzpresse. Hoffentlich wird mein hinter mir reitender Sohn nicht wagen, den Vorgang symbolisch zu deuten. Zuzutrauen wäre es ihm. –

Friedrich Wilhelm sah, wie sein Vater stoisch das Pferd in der Spur hielt, wie die Hufe des kaiserlich-königlichen Rappen den Kot von Bismarcks Gaul zerquetschten.

– Das sollte jemand fotografieren, aufbewahren für bessere Tage. Knapper kann der Zustand unserer Dynastie nicht geschildert werden. Was auch kommt: Der Kaiser bleibt auf Bismarcks Fersen. Er kann ihm nicht ausweichen, muss ihm folgen, wie ein Vasall, wohin auch immer. Wann sitze ich endlich auf dem Thron, wann kommt der Tag, an dem ich den Reichskanzler auf seinen Gutshof verbannen kann, wo er hingehört? Da soll er dann sein überlebtes, selbstherrliches Junkertum ausfeiern, bis ihn die Engel holen.
Ich und Vicky werden es schaffen. Parlamentarismus nach britischem Vorbild. Freies Bürgertum, freie Presse, ein würdiges Leben für alle Bevölkerungsgruppen, beschirmt von einem gottgnädigen Kaisertum.

Doch erst einmal zählt Geduld. Zurzeit ist nichts zu machen. Mein Vater ist taub für alle Vernunft. Er hasst meine englische Frau Vicky. Er hasst vielleicht auch mich.
Bismarck vertieft genüsslich unseren Gegensatz. Daran wird sich nichts ändern, solange mein Vater noch lebt, weder für Preußen noch für Deutschland. –

„Hoch, Friedrich Wilhelm! Unser Fritz, er lebe hoch! Vivat! Hurra!"

Der Angesprochene tauchte aus seinen Gedanken auf und grüßte beiläufig die ihn bejubelnde Menge. Reichsfahnen schwenkende Veteranen in Uniformröcken mit Ordensschmuck standen links und rechts der Prachtstraße.
Die Parade hatte inzwischen das Zeughaus erreicht und schickte sich an, die festlich dekorierte Schlossbrücke zu überqueren, um im Lustgarten Aufstellung zu nehmen. Hier sollte ein Reiterdenkmal zu Ehren von Friedrich Wilhelm III. eingeweiht werden.
Er war der unglückliche Preußenherrscher, der am Beginn des Jahrhunderts von Napoleon in die Knie gezwungen worden war. Ihm sollte heute späte Genugtuung widerfahren. Nach der feierlichen Enthüllung war direkt am Denkmal ein Feldgottesdienst für alle siegreichen Bundestruppen sowie ihre Anführer und Fürsten geplant.

Das Polizeimusikcorps schwenkte auf den fahnengeschmückten Lustgarten ein. Der Reichskanzler sowie Roon und Moltke folgten, dahinter der nicht enden wollende Tross.

Bismarck sah rechts den zierlichen Dom von Schinkel, dahinter die Baustelle der neoantiken Nationalgalerie und am Kopf des Platzes, gegenüber vom Schloss das Alte Museum. Die lang gestreckte griechische Säulenfront, die breite Freitreppe vor der Fassade mochte er überhaupt nicht.

– Hätte ich 1825 schon zu bestimmen gehabt, sähe das Museum dort anders aus. Die offene Säulenhalle sollte das Volk zum Kommen einladen. Das war Schinkels Idee. Griechische Demokratie! Alle

Bevölkerungsschichten sollten ohne Scheu ihren Weg zu den Königlich-Preußischen Sammlungen wagen und das im Angesicht des Schlosses direkt gegenüber. Eine bürgerliche Provokation. Das hätte es mit mir nicht gegeben. –

Bismarck war nur einmal in diesem Kunsttempel zu Besuch gewesen. Ausstellungen waren seine Sache nicht. Von außen war der Bau ja imponierend, was er aber drinnen zu Gesicht bekam, ließ ihn vermuten, Berlin sei hinsichtlich seiner Sammlungen ein Dorf.
Das schinkelsche Museum mit seinen römischen und griechischen Skulpturen, die antiken Vasen und Gemmen im Keller des Antiquariums und auch die alten Gemälde zwei Stockwerke darüber empfand er im Vergleich mit anderen Sammlungen in Europa unerheblich. Das später als Erweiterungsbau entstandene Neue Museum hatte er auch besucht und sich beim Anblick der unzähligen Gipsabdrücke gelangweilt. Die Ägyptische Abteilung wollte er gar nicht mehr sehen.

Der im Bau befindliche neoantike Kunsttempel der Nationalgalerie sollte in wenigen Jahren eröffnet werden und deutsche Kunst der Gegenwart zeigen. Bismarck war skeptisch.

– London, das hochnäsige Paris, Wien, selbst München und Dresden haben entschieden mehr zu bieten als endlose Säle voller Gipskopien, drittklassiger Antiken und zweitrangiger Bilder. Außerhalb von Preußen wurde früher begonnen zusammenzuraffen, was sich lohnt. Unsere Museen sind von außen schön, doch ihr Innenleben ist dürftig. Der Genter Altar der Brüder van Eyck, und sonst? Deutschland ist ein Kaiserreich ohne kulturelles Zentrum. In den Augen der anderen Mächte ist Berlin die arme Verwandte aus der Provinz, die noch nie von Pariser Strumpfbändern gehört hat. Eine Witzfigur. Das muss sich ändern! Den militärischen Siegen und der Reichseinheit muss die kulturelle Aufrüstung folgen. Es heißt, sich Respekt zu verschaffen. Die zentrale Reichsregierung kann die Mittel dafür nicht beschaffen. Und die Bundestaaten? Bayern, Sachsen, Baden und so weiter? Die denken nur an sich, scheren sich nicht um die Reichshauptstadt. Nein, die kulturelle Aufrüstung Berlins kann nur

durch Preußen erfolgen. Wir dehnen uns von Holland und Belgien im Westen bis nach Russland im Osten aus. Wir sind mächtig und stark, verfügen über mehr Geld als alle anderen deutschen Provinzen zusammen. Kunst ist eigentlich meine Sache nicht, darf aber in Zeiten, in denen alles auf die neu entstandene Reichshauptstadt starrt, nicht vernachlässigt werden. Berlin steht in Konkurrenz mit Paris, Wien, Sankt Petersburg und London. Wir brauchen nicht nur Stahlwerke, sondern auch Museumsattraktionen! Hängt bei uns eine Mona Lisa? Steht in Schinkels Museum ein Parthenon-Fries?
Unsere Kanonen haben gesiegt und nun? Wir essen Boulette und staunen Gipskopien an. Demnächst bewundern wir Historienschinken in der neorömischen Nationalgalerie. Bravo! Im Seidenfrack zur Bockwurstbude. „Parvenü!", wird das Ausland uns zurufen und recht haben.
Hier ist Handlungsbedarf! Doch wer soll das leisten? Mir fehlen Sachkenntnis und Zeit. –

Bismarck blickte hinüber zum Kronprinzenpalais.
– Aber ja! Friedrich Wilhelm! Das wäre doch etwas für den Thronfolger. Soll der doch dafür sorgen, dass wir endlich Sammlungen bekommen, auf die Berlin, Preußen und das gesamte Reich stolz sein können. Der Museumsarchäologe Ernst Curtius soll ihm helfen. Sein alter Hauslehrer hat ihn seit Kindertagen mit der Antike gefüttert. Fritzchen besucht ihn noch heute da drüben im Keller vom Alten Museum, plaudert mit ihm in seinem dunklen Dienstzimmerchen, schlendert mit ihm durch die düsteren Souterraingewölbe des Antiquariums und bestaunt mit ihm die vielen Schränke voll antiker Vasen und Gemmen.
Selbst der Kaiser schätzt den altphilologischen Kauz und freut sich wie ein Kind über ellenlangen Lobgedichte, die er ihm sendet.
So wird ein Schuh draus. Professor Curtius soll ihn beraten. Dumm ist Friedrich Wilhelm ja nur in politischen Fragen.
Das ist es! Ich muss den Alten zwingen, seinem Sohn ein Amt im königlich-preußischen Museumswesen zu verordnen. Ich werde den Kaiser auf die Mithilfe von Professor Ernst Curtius verweisen. Damit könnte der Kronprinz seinen Ehrgeiz befriedigen, in der Welt glänzen, und ich wäre erst einmal vor seinem liberalen Wirrkopf geschützt.

Das Alte Museum, das Neue Museum, die antiken Skulpturen und die Gemälde. Darum soll er sich kümmern! So richtet er keinen Schaden mehr an. Morgen nehme ich Wilhelm in die Mangel. –

Die Truppen marschierten nach und nach in den Lustgarten ein und formierten sich für die Enthüllung der bronzenen Reiterstatue des unglücklichen Preußenkönigs wie vorgesehen. Eine eigens zu diesem Anlass komponierte Ode von Johannes Brahms wurde gesungen. Reden. Wieder Musik. Noch mehr Reden. Das riesige Tuch wurde vom Denkmal gezogen. Applaus. Militärmarsch. Feldgottesdienst.

„Heiiil Diiir im Siiiegerkraaanz!!!“

Dann zogen der preußische Hof, die Fürsten der deutschen Länder und andere Exzellenzen mit klingendem Spiel durch das Schlosstor, um den schönen Tag der Reichseinheitsfeier mit Bankett und Ball zu beschließen.

Draußen auf den Straßen wurde es darum nicht ruhiger. Hunderttausende promenierten durch Berlin. Überall war Volksfeststimmung. Bierbuden und Wurststände machten gute Geschäfte.
Am späten Abend wurde die ganze Innenstadt illuminiert. Bengalisches Feuer an den öffentlichen Gebäuden. Elektrische Scheinwerfer, das Neueste vom Neuesten, erhellten den Boulevard vom Brandenburger Tor aus. Auch am Zeughaus gab es elektrische Effekte. Ein riesiges Portrait von Kaiser Wilhelm wurde von hinten und vorn mit starken Glühlampen beleuchtet. Wilhelm wirkte so wie ein Heiliger mit strahlender Aura.
Die Besuchermassen blieben stehen. Ein achtjähriger Junge, der einen roten Luftballon am Faden hielt, sah das Wunderbild und begann sehr laut und keck zu singen.

„Advent, Advent!
Ein Lichtlein brennt.
Erst eins, dann zwei, dann drei, dann vier:
Dann steht der Kaiser vor der Tür.“

Einige in der Menge lachten, andere nicht. Die Eltern des Kindes zeigten sich empört.

– Das war dann doch zu naseweis von dem Rotzlöffel. Wer ihn so hört, denkt am Ende, das sei Erziehung. Über den Kaiser macht man keine Witze. –

Patsch! Ein väterlicher Wangenstreich strafte das vorlaute Liedchen des jungen Reichsbürgers, der plärrte, und die Bäckerfamilie im Festkostüm drängte sich mit den anderen Passanten weiter zwischen Bierständen und Ballonverkäufern durch die bunt erleuchtete nächtliche Stadt.

DIENSTREISE

„Mein lieber Ernst Curtius, Sie gehen so schnell wie möglich nach Kleinasien! Das ist mein Wille.“

Friedrich Wilhelm sah seinen ehemaligen Hauslehrer fast verschmitzt an und zog an einer Zigarre.

Überraschend hatte sein Vater ihn zum Protektor der Königlich-Preußischen Museen ernannt. Der Kronprinz war verwundert. Warum ich? Aber dann wollte er sofort handeln und bestellte Curtius, den Archäologen des Antiquariums, seinen lieben, alten, reimenden Pädagogen, ohne einen Grund zu nennen, für fünf Uhr nachmittags ins Kronprinzenpalais, Unter den Linden, ein. Er wollte ihn mit seiner Ankündigung überraschen und erfreuen.

Doch der Siebenundfünfzigjährige mit vollem, weißen Haar und in taubenblauem Gehrock schaute verdutzt. Der Kronprinz schien das nicht bemerken zu wollen. Die beiden Herren standen vor dem Fenster des Arbeitszimmers, jeder einen Cognacschwenker in der Hand.

„Also, auf Ihr Wohl, Herr Professor!“ Friedrich Wilhelm hob sein Glas. Der Thronfolger überragte den zierlichen Archäologen fast um Kopfeslänge.

„Hennessy! So viel Frankreich muss sein, auf Kleinasien!“ Er lachte und trank. Ernst Curtius nicht.

Draußen auf der Prachtstraße flanierten elegant gekleidete Passanten. Pferdekutschen fuhren hinauf und hinunter. Die pompöse Siegesparade war nur einen Monat her. Normalität war wieder eingezogen ins aufstrebende Berlin.

Der Archäologe Curtius schwieg noch immer. Friedrich Wilhelm zog noch einmal an seiner dicken Havanna, trank wieder etwas Cognac und wartete auf Antwort.

„Kaiserliche Hoheit wissen, das frühe Griechenland liegt mir am Herzen, das sechste bis vierte vorchristliche Jahrhundert. Die Blütezeit. Jenes Hellas, von dem während der deutschen Befreiungskriege geträumt wurde.
Die Kämpfer gegen die napoleonische Besatzung, die Streiter für ein einiges freies Deutschland zogen ihre Kraft aus einem Griechenbild, das Winckelmann und andere uns so schön gegeben haben.
Freie, tapfere Stadtstaaten wehrten sich lange vor Christus gegen den Einfall der übermächtigen Perser. Die Hellenen besiegten die Invasoren, denn sie waren dem Feind moralisch und kulturell überlegen. Sie hatten Verfassung, Demokratie und eine Rechtsprechung, die diesen Namen verdient. Mit dieser Staatsidee fühlten sich die deutschen Freiheitskämpfer am Beginn unseres Jahrhunderts verwandt.
Die alten Griechen waren ihre Brüder, waren Arier, stammten aus dem Norden, wo wir noch heute leben, vermischten sich mit den südlichen Völkern und entfalteten am Ägäischen Meer unter stärkerer Sonne die Keime zur Blüte, die in uns Nordländern schlummern.
Die späte Phase nach den Eroberungszügen von Alexander dem Großen, die monarchistische Weltherrschaft, der Niedergang der alten demokratischen Stadtstaaten hingegen waren der Beginn von Dekadenz und Auflösung. Die erhabenen Bildwerke aus der frühen Zeit, die unsere Befreiungskämpfer beflügelten, mit Waffengewalt Autonomie statt napoleonischer Fremdherrschaft zu erzwingen, sucht man in Kleinasien allerdings vergebens."
„Das heißt, Sie freuen sich gar nicht über meinen Auftrag?"
„Doch."
„Aber?"
„Das griechische Olympia brennt mir seit zwanzig Jahren unter den Nägeln. Olympia auszugraben ist heilige deutsche Pflicht."

Friedrich Wilhelm ging nachdenklich zum Schreibtisch, um sein leeres Glas abzustellen, wendete sich dann aber abrupt zu Curtius um.
„Ich weiß, seit wann es Sie drängt, diese Ruinen wissenschaftlich zu erforschen und dort nach Altertümern zu suchen, aber die Verhältnisse ließen und lassen eine solche Expedition nicht zu. Das wissen Sie.

In Athen ist es heute so und morgen so. Zwei Regierungen in einem Jahr, aber am Ende stellen die Griechen sich immer quer. Keine Grabungserlaubnis. An einen Export von Funden zugunsten unserer Museen ist sowieso nicht zu denken. Das verbietet seit vierzig Jahren ihre Verfassung. Antiken dürfen Hellas nicht verlassen. Kaum einer europäischen Macht ist es bisher gelungen, das zu umgehen. Dieser Umstand könnte übrigens auch bei Bismarck die Mittelfreigabe für eine Expedition nach Olympia erschweren.

Dass die Kunstwerke dort bewundert werden sollen, wo sie entstanden sind, leuchtet mir persönlich ein. Dem Kanzler aber nicht. Woher soll da deutsches Geld für eine große Grabung kommen? Aber selbst wenn Bismarck zustimmen sollte: Eine rein wissenschaftliche Erkundung ist in Hellas momentan auch nicht organisierbar. Das sagt der aktuelle Bericht unserer Botschaft in Athen. In Griechenland herrscht ein furchtbares Durcheinander. Wir müssen warten, bis sich die Lage klärt und das kann dauern. Damit Ihre und unsere Zeit dabei nicht ungenützt verstreicht, reisen Sie doch nach Konstantinopel und tun sich von dort aus ein wenig um.

Sie sind Ihr eigener Herr, bekommen als Geschenk einen Kartografen aus dem preußischen Generalstab zur Seite. Major Regely ist antikenbegeistert und wird Ihnen alle Ruinen Ihrer Wahl samt Umgebung vermessen. Generalfeldmarschall Moltke hat ihn bereits für diese Aufgabe freigestellt. Professor Adler von der Bauakademie soll die Grabungsstätten für Sie als Architekt einschätzen. Ansonsten wählen Sie sich ein oder zwei Mitarbeiter aus Ihrem preußischen archäologischen Institut oder von sonst wo als Helfer. Finanziert wird das Ganze aus Quellen, die besser nicht genannt werden.

Das wird eine informelle, also gewissermaßen geheime Mission, von der die Welt nichts erfahren muss. Unsere Konsulate und Botschaften sind informiert und werden behilflich sein. Ansonsten wäre es gut, alles sähe wie eine Ferienreise aus. Badekleidung, Picknickkorb, Reitstiefel – von mir aus auch Botanisiertrommeln. Sie verstehen. Selbst die nahe Verwandtschaft sollte nicht informiert sein. Vorsicht bei Briefen!

In Kleinasien gibt es in archäologischer Hinsicht für Preußen vielleicht noch etwas zu holen. Glücksritter sind aber schon unterwegs. Wir dürfen die Gelegenheiten nicht verschlafen.

Ein in Russland zum Multimillionär gewordener Deutscher namens Heinrich Schliemann zum Beispiel will die geschichtliche Wahrheit der mythischen Gesänge von Homer beweisen und drängt deshalb beim Sultan, der Hohen Pforte, auf eine Grabungslizenz für das kleinasiatische Hisarlik bei den Dardanellen. Das meldet mir der überaus kunstinteressierte Gesandtschaftsrat Graf zu Limburg-Stirum aus Konstantinopel. Schliemann will Troja in Hisarlik finden, heißt es. Die Ilias beschreibe keine Mythen, sondern frühgeschichtliche Ereignisse, so seine These. Was denken Sie, Curtius?"

„Vollkommen unseriös! Die Forschung ist sich einig, dass auf dem zwanzig Meter hohen Hügel bei Hisarlik unmöglich der Standort des homerischen Ilion, also von Troja, gewesen sein kann. Auf der wesentlich höheren Erhebung des Bali Dagh bei Bunarbaschi – fünf Kilometer weiter südlich – sagt die Fachwelt in seltener Übereinstimmung, muss der Königspalast des Priamos gestanden haben."
„Ich glaube Ihnen, Herr Professor."
„Kaiserliche Hoheit, dieser Schliemann ist ein halbgebildeter Abenteurer. Mit seinem Geld kann er sicher vieles, die Wahrheit jedoch ist nicht käuflich."
Ernst Curtius wirkte fast ein wenig angewidert. Er stellte sein gefülltes Cognacglas auf dem Fensterbrett ab und ging zu einem rot gepolsterten Sessel. Er wollte es sich bequem machen, wartete aber wohlerzogen auf die Erlaubnis seines ehemaligen Schülers, sich setzen zu dürfen. Der Thronfolger gab schnell sein Zeichen. Curtius nahm Platz.
Friedrich Wilhelm setzte sich auf das rote Sofa ihm gegenüber, fixierte seinen alten Mentor, knöpfte den untersten Knopf seiner dunkelbraunen Uniformjacke auf, zog wieder stark an seiner Zigarre, hustete und fuhr fort.

„Schliemann ist ein Krösus. Nichts steht ihm im Wege. Er kann sich eine Grabungslizenz im Notfall über dunkle Kanäle beschaffen. Die Verhältnisse an der Hohen Pforte sind bekannt.
Obendrein besitzt er seit Jahren die Staatsbürgerschaft der Vereinigten Staaten von Amerika. Der Botschafter dieser Union hat beste Verbindungen. Wie auch immer. Lassen wir ihn doch nach seinen homerischen Beweisen buddeln! Alles, was er da im besten Fall aus der Erde holte,

wären Vorzeitartefakte, Bronzebeile vielleicht und heidnische Idole. Homer lebte um achthundertfünfzig vor Christus und beschreibt den Trojanischen Krieg als ferne Vergangenheit. Da käme nichts aus dem Boden, was Sie und mich interessieren könnte.
Lassen wir Schliemann auf seinem Hügel in Hisarlik nach Troja suchen, wir sollten derweil schauen, wo es im niedergehenden Osmanischen Reich für unser Preußen Schätze zu heben gibt. Wo sonst sollen wir Zuwachs für die Antikensammlung erhoffen? Ägypten ist bereits in den Händen der Engländer und Franzosen, Griechenland befindet sich im Chaos, Italien ist vollkommen durchwühlt. Doch das alles wissen Sie ja bereits. Uns bleibt momentan nur Kleinasien, um fündig zu werden."
„Das leuchtet ein, Kaiserliche Hoheit."
„Also, Curtius, machen Sie Reisepläne. Ich wünsche einen Überblick zu Grabungsfragen in der Türkei. Noch vor September muss Ihr Schiff unter Dampf stehen! Spätestens Weihnachten sitzen wir alle wieder in Berlin unter dem Tannenbaum und werten Ihre Erkenntnisse und die Ihrer Mannschaft bei Glühpunsch aus. Alle Expeditionsteilnehmer werden sich zeitlich natürlich nach Ihnen richten."

Sieben Wochen später war Ernst Curtius in Wien, bestieg nach eingehender Besichtigung der dortigen Museen mit seiner Reisegesellschaft den luxuriösen Donaudampfer „Orient", schaukelte in seiner Hängematte tagelang bis zum rumänischen Rustschuk, wechselte hier auf die Eisenbahn nach Varna, um dort das Dampfschiff nach Konstantinopel zu nehmen. Am Siebenundzwanzigsten August 1871, morgens zehn Uhr, stiegen er und seine Mitarbeiter an Land. Curtius wurde zu seiner großen Überraschung bereits vom türkischen Diener des deutschen Gesandtschaftsrates Graf zu Limburg-Stirum erwartet. Der übergab ihm einen Brief, in dem er gebeten wurde, mit seinem jungen, blonden Assistenten, Heinrich Gelzer, Quartier im Haus des Grafen, draußen am Bosporus, zu nehmen.

Vermessungsoffizier Regely, Baurat Professor Adler und der Archäologe Gustav Hirschfeld nahmen, wie vorgesehen, Quartier im Hotel de Byzance in Konstantinopel.

Der türkische Botschaftsdiener in osmanischer Tracht, dunkelrote Jacke mit Goldgürtel, weiße Pumphose und Fes, führte Curtius und seinen jungen Assistenten zum Kai. Sie bestiegen das Linienschiff nach Büjükdere, fuhren eine gute halbe Stunde mit dem Dampfer Richtung Schwarzes Meer und wurden bei der Anlegestelle von Graf zu Limburg-Stirum empfangen. Er war ein schmucker, glatt rasierter Sechsunddreißigjähriger in hellem Leinenanzug.
Die Kutschfahrt führte durch eine prächtige Villengegend. Weiße Residenzen. Ausgedehnte Vorgärten und Parks. Europäische und osmanische Prunkarchitektur. Das Domizil des Grafen lag direkt am Ufer des Bosporus. Eine zweistöckig klassizistische Schlossidylle umgeben von Palmen, Blumen, Rasenflächen und Wasserbassins. Die Gäste bekamen schöne, mit türkischem Mobiliar geschmückte Zimmer. Alte Teppiche zierten das Parkett. Von den Balkonen ging der Blick über den Park hinaus zum Meer. Curtius war entzückt. An diesem Tag tat er gar nichts mehr, außer auf einem Liegestuhl im Palmenschatten der Residenz seines Gastgebers Tagebuch zu schreiben. Er war von der Reise erschöpft.

Am Abend bat Limburg-Stirum zum Essen in seinen schönen, offenen Pavillon direkt am Ufer. Nur Curtius, sein junger Assistent und der Graf selbst nahmen teil. Es gab Fisch aus dem Meer und deutschen Wein. Korbstühle standen um den weiß gedeckten, runden Tisch. Der osmanisch gewandete, Französisch sprechende Diener trug das Essen diskret auf und ab. Fern und nah waren die Rufe der Muezzine zu hören, auch Kirchenglocken. Der Wind spielte in den Blättern und tiefe Sonnenstrahlen zauberten rotgoldene Reflexe auf den abendlichen Bosporus.

„Ich weiß, was Sie herführt und unterstütze die Initiative des Thronfolgers aus vollem Herzen. Kleinasien ist noch nicht für unsere Zwecke erschlossen. Das muss aber werden!
Nach dem preußischen Sieg 1866 gegen das hier verhasste Österreich und dem jetzigen Triumph über das vom Sultan gefürchtete Frankreich gilt Preußen viel an der Hohen Pforte. Das muss genutzt werden!“ Der Graf nahm einen Schluck Mosel, stellte sein Glas ab und fuhr fort.

„Schliemann hat vor wenigen Tagen seine Lizenz erhalten. Er wird sehr bald anfangen, in Hisarlik zu graben. Er lebt mit seiner jungen, griechischen Frau in Athen. Da liegt sein Einsatzort von Berlin aus betrachtet um die Ecke."

„Nichts, Graf, wird er von Homers Troja dort zutage fördern! Er ist ein Träumer."

„Höchstwahrscheinlich haben Sie Recht, Professor Curtius. Doch dieser Träumer besetzt erst einmal für längere Zeit, vielleicht für Jahre, diesen Platz. Wir brauchen also andere Orte. Nun sind wir beim Thema. Sie sollen erfahren, weshalb ich Sie heute Abend unbedingt allein bewirten wollte. Kann man vor Ihrem netten, jungen Gehilfen offen reden, Herr Professor?"

„Ich denke, Herr Gesandtschaftsrat, wir können ihm vertrauen."

„Nun denn, ich weiß von einer möglichen Ausgrabungsstätte, die viel verspricht. Das sollte aber geheim bleiben, sonst werden andere aufmerksam. Mir ist ein gewisser Ingenieur Carl Humann bekannt. Ein gut dreißigjähriger Westfale. Wegen seiner schwachen Lunge ist er vor Jahren von Deutschland in das mildere Klima hier im Orient gezogen. In Berlin hatte er angefangen, Architektur zu studieren. Im Museum zeichnete er fleißig Antiken, begann aber gleich zu husten und kam darauf zu uns ins Osmanische Reich, um als Architekt und Straßenbauer sein Geld zu verdienen. Das gelingt ihm bis heute. Sogar die Hohe Pforte vergibt schöne Aufträge. Er kann sehr gut Land vermessen und ist ein begeistert archäologischer Dilettant. Außerdem hat er eine künstlerische Ader und zeichnet wirklich hervorragend. Er lebt hier in Konstantinopel, ist aber durch seinen Beruf bedingt viel auf Reisen. Zurzeit baut er eine Straße bei Bergama, dem alten Pergamon. Ich habe ihn dort besucht. Die Blütezeit von Pergamon liegt, wie Sie natürlich wissen, im zweiten vorchristlichen Jahrhundert. Es gibt aber auch spätrömische, christlich-byzantinische und frühosmanische Spuren.

In dieser ehemaligen Hauptstadt der späthellenistischen Attaliden bezog er provisorisches Quartier. In seinen Mußestunden sucht er auf dem Burgberg nach Antiken. Humann ist der unbedingten Überzeugung, dort wären für unser junges Reich noch Schätze zu heben.

Dieser urpreußische Westfale herrscht überall wie ein Pascha. Er gebietet über zweitausend Arbeiter, tausend Pferde und fünfhundert Kamele. Esel nicht mitgezählt.

Ob Griechen, Türken, Juden, Armenier, egal: Alle hören auf ihn. Er spricht unter anderem fließend Griechisch und Türkisch und findet immer den Ton, um Menschen dahin zu bringen, wo er sie haben will. Außerdem unterhält er beste Kontakte zum Großwesir, ja, selbst zum Sultan. Er ist vollkommen unerschrocken. Der geborene Kolonialherr. Er verkörpert das, was unser junges Reich braucht. Humann ist der deutsche Außenposten an der Levante. Wenn Sie einverstanden sind, könnten Sie ihn morgen treffen. Er ist die Tage zufällig in Konstantinopel. Sie sollten sich diesen handfesten Alleskönner einmal anschauen. Ich könnte den Kontakt herstellen. Einen besseren Zugang zu diesem höchst vielversprechenden Ruinenfeld werden Sie nicht finden."

Ernst Curtius war verunsichert.
– Humann zufällig in der Stadt? Das glaube wer will. Der Graf will ihn vermitteln, ein Treffen arrangieren. Die beiden arbeiten zusammen. Zu welchem Zweck?
Sie wollen Geld für Grabungen aus preußischen Töpfen! Gibt es darüber vielleicht schon Kontakte zwischen Deutscher Botschaft und Bismarcks Außenamt? Ich muss vorsichtig sein, der Fürst könnte die Mittel zwischen zwei Expeditionen aufteilen. Das wäre ein Verhängnis für mein Olympia. –

Er fühlte sich überrumpelt. Dann dachte er: Halt!
– Ich könnte das Ruinenfeld auf der Akropolis von Pergamon unter Humanns Führung inspizieren und genau hier herausfinden, ob es sich lohnt, etwas zu erkunden. Sollten hoffnungsvolle Ansätze erkennbar sein, was ich eigentlich nicht glaube, wird dem Kronprinzen berichtet. Danach wird alles auf die lange Bank geschoben, bis Olympia endlich beschlossen ist.
Wir werden per Schiff zu den Dardanellen reisen, dann zu Pferde Schliemanns Hisarlik besuchen, darauf die Altertümer in der Gegend um Smyrna erkunden und dann per Bahn die Ruinenfelder von Sardes. Das war nie anders geplant. Auf der Rückreise steht Ephesos im Programm und als Zugabe, meinetwegen, besuchen ich und meine Männer noch in Pergamon die Akropolis der Attalidenherrscher. –
„Also, Herr Professor, was halten Sie von meinem Vorschlag?"

„Graf, Ihre Idee ist ausgezeichnet. Denken Sie, es wäre möglich, ein diskretes Treffen zwischen Humann, mir und meinen Mitarbeitern für morgen sechs Uhr nachmittags zu arrangieren?"

„Ich werde sofort telegrafieren."

Graf Limburg-Stirum erhob sich beschwingt vom Tisch, entschuldigte sich im Voraus für seine kurze Abwesenheit, ließ Ernst Curtius und seinen blonden Assistenten im Pavillon allein, um auf dem gepflegten Kiesweg, der zwischen Rasenflächen und Blumenbeeten angelegt war, zum Haupthaus zu laufen. Der diskrete Diener brachte derweil eine Tischampel mit Öllicht.

„Pergamon, Herr Professor, das klingt interessant."

„Nur nichts übereilen, junger Freund, man wird sehen."

BRUCHSTÜCKE

Drei Jahre waren vergangen, seit Ernst Curtius, sein blonder Assistent und Architekt Adler die Akropolis von Pergamon inspiziert hatten. Carl Humann hatte damals in Konstantinopel alle herzlich dazu eingeladen. Der Landvermesser, Major Regely, kam leider nicht. Er kartografierte noch mit dem jungen Archäologen Gustav Hirschfeld die Ruinen von Sardes bei Smyrna.

Humann, braun gebrannt mit Vollbart und kurzen, mittelblonden Haaren, führte die kleine Expedition seinerzeit bei blauem Septemberwetter im Sturmschritt durch unzählige dornenüberwucherte Trümmer. Die Fernsicht hinunter zur Ebene und zum Meer war durch Dunst leicht getrübt. Es hatte in der Nacht davor geregnet.
Er zeigte den Berliner Wissenschaftlern aus der Erde ragende Säulenfragmente, verwies auf die gewaltige Schutzmauer aus christlich-byzantinischer Zeit und deutete auf antike Marmorplatten, die darin seit mehr als tausend Jahren verbaut waren. Tempelreste der Attaliden vielleicht.
Kalkbrennern hätte er das Handwerk legen müssen. Unzählige Marmorstücke seien in ihren Öfen bereits verschwunden. Nun sei dank höchster Sultanbefehle erst einmal Ruhe. Aber die Zeit dränge, sonst kämen die Kalkbrenner vielleicht wieder.
Dann zeigte Humann noch einen Grabbau, den er zuvor schon erkundet hatte, zuschütten ließ und nun eigens für die Berliner Herren mit seinen Arbeitern wieder geöffnet hatte.
Ein Tempelrest auf der Bergkrone mit seinem herrlichen Blick ins Tal und die untere Stadtmauer waren die Besichtigungsaufgabe des nächsten Tages.

Als gehöre alles ihm, schwärmte der hemdsärmelige Straßenbauer von seinem Ruinenberg. Er stieß auf einiges Interesse. Irgendwie jedoch wirkten Curtius und seine Mitarbeiter bei aller Freundlichkeit von Anfang an

ein wenig reserviert. Architekt Adler stellte höfliche Fragen und der Assistent machte stumm Notizen. Wirkliche Begeisterung schien nicht erweckt worden zu sein.

Abends trank man in Humanns türkischem Haus unten am Hang, im Städtchen Bergama, reichlich Dortmunder Bier, das hier immer vorrätig sein musste. Seine stämmige, griechische Köchin bewirtete die Herren. Am nächsten Morgen rief Humann wieder trotz Hitze:
„Auf die Esel, dem Burgberg zu!"
So ging das vier Tage lang, dann verabschiedete sich der Archäologe Curtius, auch im Namen seiner Mitreisenden.

„Herr Ingenieur, wir haben für Ihre Gastfreundschaft zu danken. Interessante Dinge haben Sie uns gezeigt. Sollte es Ihnen möglich sein, einige der attalidischen Marmorfragmente aus der christlich-byzantinischen Ringmauer zu bergen, auf die Sie uns beim ersten Rundgang so freundlich hingewiesen haben, wäre das schön. Senden Sie alles bitte zur Begutachtung ans Alte Museum nach Berlin. Das würde helfen, die wahre Bedeutung des Ortes besser zu würdigen, der Ihnen anscheinend sehr am Herzen liegt. Auch wäre es mir eine Freude, wenn Sie das Ruinenfeld kartografieren könnten. Das würde ich im nächsten Bericht der archäologischen Gesellschaft publizieren."
„Mit Vergnügen, Herr Professor."
Ernst Curtius strich sich sein weißes Haar glatt.
„Gesandtschaftsrat Graf Limburg-Stirum sieht in Ihnen unseren Vorposten an der Levante. Das neue Deutsche Reich braucht Leute Ihres Schlages, sagt er. Ich meine, wir sollten unbedingt Kontakt halten. Sie werden Post von mir bekommen und ich dann hoffentlich von Ihnen."
Er sah Enttäuschung in Humanns blauen Augen. Der hatte vergeblich auf die sofortige Ankündigung einer preußischen Grabung gehofft.

Seitdem war viel geschehen. Zunächst löste Humann mit seinen Straßenarbeitern die besagten Marmorfragmente aus der christlich-byzantinischen Mauer. Sie wogen viele Zentner. Zu seiner Überraschung fand er zwei Hochreliefs. Einen sterbenden, lockigen Jüngling und einen alten Kämpfer, der sich mit seinem Schild gegen ein Schwert verteidigt. Die Figuren waren angeschnitten, die Reliefs stark beschädigt und in der

Mitte zerbrochen. Die Fortsetzung fehlte. Sie gehörten eindeutig zu einer größeren Gruppe, die sich aus mehreren Stücken zusammensetzen musste.
Er war damals sofort begeistert, zeichnete die Fundstücke penibel auf Karton und ließ den Marmor auf eigene Kosten nach Smyrna ins Haus seines Freundes Lührsen, dem deutschen Konsul, in Sicherheit bringen, auf preußischen Boden, wie er sich ausdrückte. Der versprach, die schweren Platten mit dem Schiff der Deutschen Botschaft Richtung Triest und von da aus nach Berlin zu expedieren.

Die beiden Hochreliefs, die Humann durch Konsul Lührsen mit Diplomatenpost zum Alten Museum senden ließ, wurden nach der Ankunft von Ernst Curtius und dem Direktor der Skulpturenabteilung, Karl Boetticher, kurz begutachtet.

Humann schickte bald die gewünschte Karte des Ruinenfeldes. Was er an besseren Antiquitäten aufspürte und kaufte, sandte er dem „verehrten Curtius“ nach Berlin.
Der Professor schrieb regelmäßig pathetisch-warmherzige Briefe und erhielt schnelle Antwort.
„Mit den Stücken, Humann, die Sie uns freundlicherweise senden, wird ein eigenes Museum entstehen, das Ihren Namen tragen soll.“
Eine preußische Grabungsexpedition, die der Westfale sich erhoffte, wurde aber von Curtius nicht in Aussicht gestellt.

Pergamon geriet für den Ingenieur bald notgedrungen in den Hintergrund. Der Sultan, also die Hohe Pforte, bezahlte wegen bevorstehender Staatsinsolvenz die Rechnungen für den Straßenbau nicht mehr regelmäßig – und Humann ging pleite. Seine Antwort? Er gab sein komfortables Zweitquartier in Bergama auf, zog von Konstantinopel nach Smyrna und startete einen Handel mit Schmirgel. Mit diesem Hartgestein von der nicht weit entfernt gelegenen Insel Naxos war Geld zu verdienen. Schleifpapier fragte die europäische Industrie immer stärker nach.
Wenige Geschäftsverträge später stand er wieder auf zwei Beinen und verlobte sich mit seiner Jugendliebe Louise Werwer aus Steele bei Essen, seinem Geburtsort.

Ernst Curtius machte derweil Karriere, war inzwischen vom einfachen Archäologen zum Direktor des Antiquariums bei den königlichen Sammlungen befördert worden, hatte das Preußische Archäologische Institut mithilfe seines Thronfolgerfreundes Friedrich Wilhelm zum Reichsorgan erhöht und heizte dem Protektor wegen Olympia in alleruntertänigster Manier tüchtig ein. So stand Anfang 1874 eine Grabungslizenz für Griechenland endlich in Aussicht.

Bismarck war skeptisch.
„Die Funde dürfen nicht nach Berlin, unsere Museen haben nichts von dem Aufwand, aber die Kosten sollen wir tragen. Ein famoses Geschäft. Gibt es keine besseren Orte für Grabungen?!"

Doch Bismarck drang mit seiner Haltung nicht durch. Antiquarium-Direktor Curtius pflegte nach wie vor die Verbindung zum Herrscherhaus. Der Archäologe wurde vom Kaiser und der Kaiserin gern zum Tee geladen.

„Olympia auszugraben, ist urdeutsche Pflicht. Später Dienst und Dank an Winckelmann und an den Dichter des Faust."
Kaiserin Augusta, mit ihren Weimarer Wurzeln, hing an seinen Lippen, als spräche ihr toter, väterlicher Freund Goethe.
Auch sandte Curtius dem greisen Herrscher und seinem Sohn seit Jahren immer wieder endlos lange Lobeshymnen, in denen mal der kühne Frankreichbezwinger, mal der edle Museumsprotektor in schwülstigen Reimen verherrlicht wurde.

„Mit Ruhm und Preis gekrönet
Kommst Du aus blut`gem Feld,
Vom Jubelruf umtönet,
Geliebter Fürst und Held!"

Das Werk hatte insgesamt sechzehn Strophen und kam gut an, vor allem beim sentimental werdenden Alten.
„Mein lieber Professor, Sie sind ein Dichter!"
Der Deutsche Kaiser und Preußenkönig war geneigt gegen Bismarcks Einwände und von seinem Sohn dazu gedrängt, Mittel für Olympia zur Verfügung zu stellen.

„Meinetwegen, Fritz. Dein ehemaliger Hauslehrer schreibt so schöne Gedichte; er hat eine kleine Freude verdient. Dann soll er aber mit seinen Grabungstaten meinem Preußen auch alle Ehre machen!'

Der von der gesamten Fachwelt belächelte Schliemann war inzwischen fündig geworden. Auf dem flachen Hügel bei Hisarlik, wenige Reitstunden südlich der Dardanellen, ließ er zunächst die oberen Schichten abtragen. Sie enthielten Spuren neuerer und älterer Besiedlung, die aber keineswegs zum archaischen Troja passten. Er ließ tiefer graben und stieß auf alte Mauerreste. Ein Stadttor. Das musste es sein!
Die Mauer wurde freigelegt und Hohlräume kamen zum Vorschein. Dann, eines morgens, seine junge griechische Frau Sophie war zufällig anwesend, entdeckte er ein merkwürdiges, großes, löchriges Kupfergefäß in dem Gold durchschimmerte. Um nicht Habgier bei seinen Arbeitern zu provozieren, schickte er sie in die Pause und holte vorsichtig Stück für Stück des Schatzes aus archaischem Gold- und Silberschmuck ans Licht. Das Schaltuch seiner Sophie diente zum Abtransport. Sie schaffte die Kostbarkeiten auf mehreren Gängen ins Grabungshaus und von hier ging alles heimlich in die Privatresidenz nach Athen.
Die Hohe Pforte bekam Wind von der Sache und forderte die vertraglich zugesicherte Hälfte. Schliemann, inzwischen wieder in Griechenland, wollte nicht. So wurde er zu einer Zahlung von zehntausend Francs verurteilt. Er übersandte fünfzigtausend und hoffte, damit die gekränkte türkische Seite für weitere Grabungen gewogen zu stimmen. Im gleichen Jahr verfasste er ein Buch, in dem er die Entdeckung Trojas beschrieb und den Fund vom Schatz des homerischen Priamos.

Die Archäologen standen Kopf. Sie glaubten ihm kein Wort.
„Die Ruinen von Troja sind fünf Kilometer südlich von diesem osmanischen Hisarlik zu finden. Hoch oben auf dem Berg von Bunarbaschi lag das homerische Ilion, also Troja. Nie hätte sich König Priamos auf dem schäbigen Erdhügel, wo Schliemann gegraben hat, seine Residenz erbaut. Da ist sich die Wissenschaft einig!!"

Die Zeitungen hatten weltweit ihre Schlagzeilen, und der neue Antiquarium-Direktor Curtius mokierte sich über den unwissenschaftlichen Aufschneider.

Insgeheim befeuerte Schliemanns Fund jedoch seine Leidenschaft.

Um das Terrain in Olympia für die in Aussicht stehende Kampagne noch einmal genau zu sichten, fuhr er Ostern 1874 nach Griechenland und verabschiedete dort seinen Grabungsleiter, den jungen Archäologen Doktor Gustav Hirschfeld nach Kleinasien.
Im Auftrag der Preußischen Akademie der Wissenschaften sollte der herausfinden, ob es im Südosten der Türkei Ruinenfelder gäbe, die für spätere Grabungen interessant sein könnten. Die Zeit sollte genutzt werden, bis die griechischen Behörden sich dazu bequemten, die endgültige Erlaubnis für Olympia zu erteilen. Sicher war das Ganze nämlich noch nicht. Unterschriften fehlten.
Curtius bat seinen ehemaligen Studenten bei dieser Gelegenheit, Kontakt zu Humann zu suchen. Er sollte ihn erst einmal bei Laune halten. Der hatte nämlich, wie er brieflich mitteilte, in Pergamon ein Relief geborgen, eine Art Seepferd, das mit den beiden Platten von Thema und Größe korrespondierte, die seit Jahren kaum beachtet im Berliner Museumskeller lagerten, was Humann aber nicht wusste.
Ernst Curtius wurde nach Schliemanns Fund unsicher. Wären ähnliche Schätze vielleicht auch in Pergamon zu finden? Bald verwarf er jedoch jeden Zweifel.
„Nein, dort gibt es nur Spätzeitschund.“

Gustav Hirschfeld reiste im Sommer von Olympia über Athen per Dampfschiff nach Smyrna. An einem frühen Julinachmittag, bei sommerlicher Hitze, betätigte er den Türklopfer an Humanns großem Altstadthaus. Ein türkischer Diener öffnete. Hirschfeld übergab seine Karte, und wenige Augenblicke später erschien der fünfunddreißigjährige Hausherr, wie ein Urlauber nur mit einem leichten roten Hausmantel aus Baumwolle bekleidet. Er betrachtete den jungen Archäologen.
– Steif, höflich und verspannt, genauso wie damals am Bosporus! –

„Hirschfeld! Schön, Sie endlich wiederzusehen. Vor drei Jahren, als Ihr Mentor Curtius sich von mir durch die Trümmer der Akropolis von Pergamon führen ließ, hatten Sie ja Besseres zu tun. Haben Sie dem Major Regely in den Ruinen von Sardes den Stift gehalten, weil er beim

Kartografieren zitterte? Spaß beiseite. Was bewog Sie damals, nicht nach Pergamon zu kommen? Sie wissen es selbst nicht mehr, oder? Lassen wir die Vergangenheit. Hauptsache, Sie sind jetzt da. Treten Sie ein!"

Hirschfeld, sehr streng erzogen, war von dem losen Auftritt seines Gastgebers etwas verwirrt. Er strich sich sein volles dunkles Haar glatt, sah sein Gegenüber aus schmalen, braunen Augen an und knöpfte den letzten Knopf seines langen Reisemantels zu.
„Ich freue mich, Sie wiederzusehen, Herr Ingenieur Humann, und habe Grüße von Professor Curtius zu überbringen."
„Aber, aber, nicht so förmlich. Ich bin Carl Humann, meinetwegen Carl. Nun kommen Sie schon. Wenn Dortmunder Bier warm wird, werde ich unwirsch. Dafür übernehmen Sie nicht freiwillig die Verantwortung. Wollen Sie auch ein's?" Nach kurzem Zögern bejahte der leicht verstörte Gast.
Humann führte den jungen Antikenforscher auf die schattige Terrasse seines Altstadthauses, entledigte sich seiner türkischen Pantoffeln, war nun barfuß und bat Hirschfeld, auf einem der Korbstühle Platz zu nehmen, die einen achteckigen Tisch umstanden. Der Blick ging in einen blühenden Garten mit Palmen, der hinten von einer Ziegelmauer abgeschlossen war. Darüber ragte, nicht allzu fern, ein Minarett.

Humann betrachtete den Archäologen. Er wirkte immer noch verspannt.
„Meine Frau, müssen Sie entschuldigen, die ist in der Stadt bei einem türkischen Schneider. Sie braucht ein neues Bauchtanzkostüm.
April, April! Schauen Sie nicht so kariert, Hirschfeld! Ich bin noch nicht verheiratet. Meine Verlobte sitzt in Westfalen. Wir heiraten dort erst im November." Humann stellte ihm ein Bierglas hin und schenkte ungefragt ein.

„Auf Ihr Wohl! Prost! Wie war die Reise?"
„Gut."
„Mhm. Wohnen Sie schön? Hotel Müller ist sehr zu empfehlen."
„Ich habe Quartier im Hotel de L'Europe."

„Ach, du meine Güte, da gibt es Wanzen, an der Rezeption wird man nicht gegrüßt und Wiener Schnitzel machen die da aus Schuhsohlen. Sie ziehen sofort zu mir."
„Aber ..."
„Keine Widerrede!"
Er rief nach Mustafa. Mustafa erschien und erhielt auf Türkisch Anweisung, das Gepäck von Doktor Hirschfeld sofort aus dieser zweifelhaften Absteige in Sicherheit zu bringen. Der Diener machte sich eifrig auf den Weg.

„Sie wohnen hier und übermorgen gehen wir nach Pergamon! Da wollen Sie doch hin, sagt Ihr Brief."
„Sehr gern sogar."
„Alles redet jetzt von Schliemann, aber ich weiß, da oben auf meinem Burgberg ist auch was zu holen. Das spüre ich im kleinen Zeh. Wenn Berlin nicht bald eine Grabung einleitet, gehe ich selbst da rauf und kratze die Schätze, wenn es sein muss, mit dem Zahnstocher frei."

Nun musste Gustav Hirschfeld das erste Mal lachen. Er stand auf, zog seinen dünnen Reisemantel aus, warf ihn auf den freien Nachbarsessel und rubbelte mit beiden Händen sein Haar locker. Die Kopfhaut juckte plötzlich.

„Nun erzählen Sie mal von Berlin, wie geht es da so zu? Was macht Ernst Curtius, was machen die Musen, was machen die Museen?" Der junge Archäologe trank einen großen Schluck Bier, lehnte sich endlich entspannt zurück und fasste langsam Vertrauen zu seinem unkonventionellen Gesprächspartner.

„In Berlin liegt momentan einiges im Argen. Ich sage nur: die Generaldirektion!"
„Graf Usedom, was ist mit dem?"
„Nicht viel."
„Wie bitte? Er war doch der Favorit des Kronprinzen, die erste große Personalentscheidung, seit er zum Protektor der königlichen Sammlungen ernannt worden war."
„Eine Fehlentscheidung."

„Wieso?"
„Graf Usedom versteht nichts von Kunst, handelt eigenmächtig und macht sich die Abteilungsdirektoren der Museen zum Feind. Er ignoriert selbst Weisungen des Ministers. Seine fähigsten Mitarbeiter verzweifeln."
„Und was sagt Curtius?"
„Nichts."
Humann stutzte, sah in das plötzlich verschlossene Gesicht von Hirschfeld, trank einen Schluck und stellte sein Glas langsam wieder ab.

„Aber Hirschfeld, wie kommt denn so einer wie Usedom auf diesen Stuhl?"
„Der alte Kaiser schätzt ihn, er plaudert so charmant. Wenn der Graf zugegen ist, beleben tausend Anekdoten aus seiner Zeit als Diplomat die Teestunden, auch schlüpfrige. Bismarck hat ihn vor nicht allzu langer Zeit aus Italien abgezogen. Er war als Konsul unhaltbar geworden, auch wegen seiner dreisten, aufdringlichen Frau. Da wurde das Herz des Kaisers weich: Was? Graf Usedom ohne Aufgabe? Der Graf braucht seinen Gestaltungsraum, jeder Graf braucht das!
Der Thronfolger schätzte damals den weltgewandten Plauderer ebenfalls, und da die Stelle an der Spitze der Sammlungen gerade frei geworden war und unbedingt wieder mit einem Mann des Hofes besetzt werden sollte, hob der Kaiser diesen Scharlatan auf den Thron der Generaldirektion. Seitdem schweben Willkür und Chaos über den Museen.
Gott sei Dank hat im Kultusministerium ein gewisser Richard Schöne als Vortragender Rat für Museumsfragen Fuß gefasst. Ein sachlicher, überaus kompetenter Professor für Archäologie mit Fingerspitzengefühl, auch in heikelster Lage. Schöne steuert die Untaten Usedoms so gut es geht ins Abseits. Doch der Graf findet immer Rückhalt beim Kaiser. Das lässt ihn bodenlos frech werden, selbst gegen den Minister und den Kronprinzen.
Doktor Wilhelm Bode, der neue Assistent der Gemäldegalerie, leidet furchtbar. Er ist ein überaus fähiger Mann und sieht seine möglichen Erfolge zur Besserung der Bestände immer am turmhohen Fels der Dummheit, Eigenmächtigkeit und Faulheit des Generaldirektors Usedom zerschellen. Bode kämpft mit Ministerialrat Schöne für ein Ende dieser Blödokratie."
„Erschießen!"

„Wen?"
„Von Usedom!" Hirschfeld stutzte.
„Ach so. Ja." Er lachte Tränen. „Das wäre mit Sicherheit die beste Lösung." Na endlich.
Humann fing an, den jungen Wissenschaftler ins Herz zu schließen.
„Kommen Sie, ich muss Ihnen etwas zeigen." Der Westfale schlüpfte wieder in seine osmanischen Pantoffeln und zog den Gürtel seines Morgenmantels fester. Die beiden Männer standen auf und gingen zu einem kleinen Schuppen im Garten. Die Tür knarrte und Tageslicht fiel auf ein am Boden liegendes Marmorfragment.
„Was ist das?"
„Ein Hochrelief aus Pergamon. Davon habe ich vor Jahren zwei Platten nach Berlin geschickt. Eine dritte hat mein dort ansässiger griechischer Freund seinem Konsul in Konstantinopel geschenkt, eine vierte zerschlugen türkische Banausen, ehe ich dazwischengehen konnte, um eine Türschwelle für ihr Haus zu gewinnen. Und hier sehen Sie Nummer fünf! Andere stecken sicher noch in und an der christlich-byzantinischen Mauer ..."

Hirschfeld ging in den Schuppen und kniete vor dem Marmor.
„Ein Fabelwesen. Oben Pferd und hinten Fisch. Ein Seepferd. Virtuos gestaltet. Leider stark zerstört. Sie sagen, solche Platten gibt es oben in Pergamon noch mehr?"
„Ich bin mir ziemlich sicher. Der Regen hat neulich die Rückseite eines Fragmentes freigespült. Ich will es so schnell wie möglich in Sicherheit bringen, bevor daraus irgendein geschichtsloser Osmane Kalk brennt. Sie wollten doch auf den Burgberg?"
Hirschfeld nickte.
„Na, also. Wir holen es mit meinen Leuten zusammen aus der Erde."
„Gerne. Humann, mein Gott, ich bin überzeugt, da muss gegraben werden!"
„Meine Rede. Sie haben das Herz auf dem rechten Fleck und einen Hintern in der Hose." Er schloss die Tür des Verschlages und die Herren gingen zurück auf die Terrasse.

„Nun ist es soweit, wir waren zu lange im Schuppen. Das Bier ist warm. Lauwarmes Dortmunder Bier, das verzeihe ich nur Ihnen, Hirschfeld."

„Danke, Humann. Das Fragment dieses Seepferdes fällt aus jedem Rahmen. Man wird sehen, was Professor Curtius dazu sagt. Er schwärmt leider gar zu ausschließlich für die archaischen Monumente. Aber mich hat Ihr Fund wachgerüttelt. Noch war ich nicht in Pergamon, doch ich weiß schon jetzt, Sie haben recht. Da ist was zu holen."

Humann führte den jungen Archäologen zwei Tage später durch die Ruinen. Er hatte ein paar griechische Arbeiter organisiert, die sie begleiteten. Der Tag war drückend heiß. Nach einem Rundgang durch die Trümmer der Akropolis von Pergamon wies der Westfale hinab zur byzantinischen Mauer, dem Schutzwall der Christen gegen muslimische Angriffe.
„Dort bei dem Säulenstumpf zwischen den Sträuchern habe ich das Seepferd gefunden und darunter liegt eine weitere Platte. Die dürfen Sie heute mit den Arbeitern heben."
Die kleine Expedition kletterte über Gesteinsbrocken hinweg den flachen Hang abwärts. Nach kurzer Zeit stand Hirschfeld vor einer Grube. Auf dem Grund, bedeckt von Erde und Geröll, war eine blauweiße Marmorfläche zu erahnen.

„Los, Hirschfeld, jetzt zeigen Sie mal, dass ein tüchtiger Ausgräber in Ihnen steckt!" Der junge Wissenschaftler ließ sich nicht lange bitten und wies die Arbeiter auf Griechisch an, das Fundstück vorsichtig freizulegen. Nach einer Stunde war die Hälfte einer zerbrochenen Platte sichtbar. Die Rückseite wies nach oben. Vom Format glich sie den bereits gefundenen. Hirschfeld erteilte seine Weisungen und unter großen Mühen wurde das zentnerschwere Fragment herausgewuchtet und umgedreht.
Nach dem die Erde sorgfältig beseitigt war, zeigte sich ein wunderschönes Relief. Humann staunte nicht schlecht, es war der obere Teil der Platte mit dem sterbenden Jüngling, den er hier vor drei Jahren geborgen hatte. Er erkannte sie an der korrespondierenden Bruchkante und der Fortsetzung des ihn bekämpfenden Helden. Auch der Archäologe war begeistert.

„Humann, bringen Sie das Stück nach Smyrna in Sicherheit. Ich werde sofort Berlin auf Pergamon ansetzen. Ich muss telegrafieren. Vielleicht lässt sich bei der Hohen Pforte eine Grabungslizenz erwirken."

Gustav Hirschfeld hielt sein Versprechen. Zurück in Smyrna ging er zum Postamt und telegrafierte. Er informierte Curtius, drahtete ans bismarcksche Außenamt, an das preußische Kultusministerium, an den Protektor und an Generaldirektor Graf Usedom.
Bismarck erfuhr persönlich von der Sache und gab den Vorgang zur Erledigung seinem jungen Staatssekretär im Reichsaußenministerium.
„Radowitz, in Kleinasien will irgendeiner unserer Archäologen buddeln. Helfen Sie dem!"
Joseph von Radowitz, der Sohn des ehemaligen preußischen Außenministers, beantragte darauf eine Lizenz bei der Hohen Pforte. Der Sultan war geneigt und sandte der deutschen Botschaft in Konstantinopel ein Formular. Der Generalgouverneur der Provinz Smyrna sollte nur bestätigen, dass dem Unternehmen vor Ort in Bergama nichts im Wege stehen würde. Reine Routine, die jedem Antrag auf Grabung zwangsläufig folgte, ohne deren Beantwortung aber nichts weitergehen konnte.
Der Generalgouverneur erhielt das Schreiben, stimmte zu und seine Genehmigung ging postwendend zurück nach Konstantinopel. Die Kampagne hätte eigentlich beginnen können. Doch der Brief verschwand still und heimlich in einer Schublade der deutschen Vertretung. Die Grabung kam nicht zustande. Nachfragen verliefen im Sande. Erst Jahre später wurde das Schreiben zufällig gefunden. Wer diesen Brief dem Dienstweg entzogen hatte und weshalb, wurde nie geklärt.

SACHVERSTAND

Der Thronfolger hatte die Beine auf dem Schreibtisch, rauchte Zigarre und las die Londoner Times vom Donnerstag, den Zweiten August 1877. Durch das offene Fenster seines Arbeitszimmers im Neuen Palais hörte er das Rauschen der Bäume im sonnigen Park von Sanssouci.

– Sieh an! Queen Victoria ist besorgt. Das wundert mich nicht. Russischer Angriff in Bulgarien. Starke osmanische Gegenwehr. England fürchtet den Sieg des Zaren, seinen größeren Einfluss in der Region, sorgt sich um den Verlust von Handelsprivilegien und Absatzmärkten. Beschwichtigungen aus Petersburg. Der Einmarsch diene nur dem Schutz der orthodoxen Glaubensbrüder vor muselmanischer Bevormundung. Haha. Selten so gelacht.
Die Russen wollen große Teile des Türkenreiches. Zugang zur Ägäis, zum Suezkanal. Das sagt meine englische Vicky auch. Sie ist mit ihrer Mutter, der Queen, mal wieder einer Meinung. Okkupation. Österreich hält noch still. Bekommt dafür Bosnien und Herzegowina.
Griechenland will sich mithilfe von Russland vergrößern. Was steht hier? Der britische Premierminister. Pressekonferenz bei Disraeli. Was unterstellt er dem Zaren? Kaum zu lesen. Orthodoxe Messen wolle er feiern, in der Hagia Sophia. Alexander hätte Appetit auf Konstantinopel. Der Zar am Bosporus? Da muss er erst einmal hinkommen.
Die türkische Armee wehrt sich tapfer. Die Invasoren stecken überall fest. Die Queen demonstriert Gelassenheit. Englands Kriegsschiffe ankern in der Ägäis, vor den Dardanellen. Just in case. Das macht Habsburg nervös. Der Balkan. Österreich-Ungarn will Sicherheit der Südgrenze. Vielleicht auch mehr. Was steht hier? Petersburg wünscht größere Nähe zu Deutschland?
Das geht aber nicht mit Reichskanzler Bismarck. Seine Devise lautet, England und Russland gleichzeitig in Schach halten. England mäßigen? Warum keinen Pakt mit dem Empire? Die Queen wäre dazu bereit. Mich fragt aber keiner.

Inzwischen sucht Frankreich die Nähe zum britischen Königreich. Schlecht für uns. Pariser Interessen im nördlichen Afrika. Tunesien, Algerien, Marokko. Keine Verschiebung der Gewichte.
Ich sage, größtmögliche Einheit des Osmanischen Reiches. Da liegen unsere Chancen. Die Zukunft. Handel, Absatzmärkte. Ausgrabungskampagnen. Na bitte, hier steht es. Die Türkei ist nicht der Vorgarten Russlands. Die gute alte Times. Sollten die Armeen des Zaren siegen, schlägt Europa Feueralarm. –

Es klopfte. Der Thronfolger sah auf die Zeiger der Standuhr und legte die Zeitung beiseite.
„Herein!"
Die Tür im Potsdamer Rokokopalais, wo der Thronfolger mit Frau und Kindern den Sommer zu verbringen pflegte, öffnete sich, und Richard Schöne, der Vortragende Rat im preußischen Kultusministerium, zuständig für Museumsfragen, trat in das Arbeitszimmer des Protektors. Er hatte dringend um diesen Termin gebeten.
Der Siebenunddreißigjährige war hell gekleidet. Groß, von schlanker Gestalt, Halbglatze, Vollbart, schulterlange braune Locken. Eher Künstler als Beamter. Unter dem Arm hielt er Akten. Er wirkte ernst. Friedrich Wilhelm nahm die Beine vom Tisch, erhob sich langsam, legte seine Zigarre in den Aschenbecher, knöpfte seinen tintenblauen Gehrock zu und forderte seinen Gast auf, sich ihm gegenüber an den Schreibtisch zu setzen.

„Heraus mit der Sprache, Schöne, was führt Sie zu mir?"
„Kaiserliche Hoheit, es geht um die Nachfolge für die Direktion der Skulpturensammlung." Friedrich Wilhelm ließ sich lachend auf seinem Stuhl nieder.
„Aber die ist doch längst geklärt. Professor Alexander Conze wird demnächst anfangen und die Abteilung auf Vordermann bringen. Ich bin einverstanden, der Minister ist einverstanden, Generaldirektor Usedom hat nicht widersprochen, die Bezahlung ist geregelt. Conze soll beginnen. Sofort! Sein Vertrag ist reine Formsache.
Vielleicht kann er als erstes die von seinem Vorgänger angepinselten Gipsabdrücke im Neuen Museum fachmännisch reinigen lassen.

Donnerwetter, Schöne, das war eine Geschichte, was? Karl Boetticher will die Abdrücke säubern lassen, seine Mitarbeiter stellen sich dumm an, alles wird fleckig und nun lässt er sie einfach weiß anstreichen. Ein Stück aus dem Tollhaus. So einer war nun Direktor der Skulpturen.
Hoffentlich bleibt die Posse innerhalb der Mauern unserer Institute, sonst werden wir zum weltweiten Gespött aller Museumsleute. Na, wie dem auch sei, Direktor Boetticher sind wir erst einmal los. Der hat die Kritik von mir und vom Kultusminister so schlecht vertragen, dass er freiwillig demissionierte. Selbst der gute Usedom wollte ihn nicht überreden zu bleiben. Gott sei Dank! Aber was gibt es? Sie wirken immer noch besorgt. Zweifelt Ihr alter Archäologenfreund Conze an unserer Ernsthaftigkeit? Dafür gibt es keinen Grund, der Vertrag kommt die Tage."
„Ich hoffe, Kaiserliche Hoheit haben Recht."
„Was wollen Sie damit andeuten?"
Schöne stöhnte und legte sein Aktenbündel auf den Schreibtisch.
„Conze würde am liebsten sofort anfangen, auf ihn wartet viel Arbeit, aber nun macht Usedom plötzlich Umstände. Die Stelle müsse zunächst Ernst Curtius angeboten werden, lautet auf einmal sein Credo."
„Unsinn! Mein alter Hauslehrer hat mehr als genug zu tun. Universität, Deutsches Archäologisches Institut, Leitung des Antiquarium, dazu kommen immer wieder Reisen zu den Grabungen in Olympia. Ich kann mir nicht vorstellen, dass er Appetit auf die Direktorenstelle von unserem Antikenmuseum hat. Das frisst ihm viel zu viel Zeit."
„Usedom meint, er wäre außerdem geeigneter als Alexander Conze."
„Der Kerl macht mich allmählich wahnsinnig mit seinen ewigen Bedenken. Woher auf einmal diese Opposition gegen gefällte Beschlüsse?"
Friedrich Wilhelm nahm seine Zigarre aus dem Aschenbecher und stieß dicke Rauchwolken aus.

Schöne hüstelte und fuhr fort.
„Conze äußerte neulich, er möchte die antiken Skulpturen anders präsentieren, sowohl im Schinkelbau, wie im Neuen Museum. Nicht nach Themengruppen, wie Boetticher, sondern nach Epochen will er sie ordnen. Davon hat Generaldirektor Usedom erfahren."
„Und, was sagen Sie dazu, mein lieber Schöne?"

„Ich bin wie Alexander Conze für die Präsentation nach Epochen. So lassen sich stilistische Übereinstimmungen bei den Exponaten besser vergleichen und die Unterschiede zu früheren oder späteren Perioden klarer herauslesen. Um es übertrieben anschaulich zu sagen, ein Zeusgemälde von Rubens hat nichts mit einer archaischen Zeus-Statue aus dem sechsten vorchristlichen Jahrhundert zu tun. Die aber passt sehr gut zu einer Athena derselben Zeit."
„Das leuchtet ein. Was führt dieser parfümierte Usedom im Schilde?"
„Er verlangt von meinem Minister, den Fall dem Kaiser vorzulegen."
Jetzt wurde Friedrich Wilhelm gereizt.
„Immer dieser Usedom. Seine Ernennung war ein Fehler, auch ich habe daran meinen Anteil. Doch mein Vater schätzt den alten Springinsfeld. Er lässt ihn sobald nicht fallen. Beide sind Freimaurer. Logenbrüder. Da kommen wir nicht dazwischen. Wir müssen noch eine Weile mit ihm leben. Vielleicht geht er ja irgendwann zu weit, macht sich beim Kaiser unmöglich, dann ist er fällig. Jetzt müssen wir erst einmal Alexander Conze ins Boot holen.
Wien berichtet über ihn nur Gutes. Die Universität ließ ihn nicht gern nach Berlin ziehen und wir riskieren ihn zu vergraulen. Das ist peinlich. Er ist ein tüchtiger Ausgräber und hat Kleinasien im Visier. Ich sage es ungern, aber das ist, wenn der Krieg da unten vorbei ist, wahrscheinlich aussichtsreicher als unsere Bemühungen im griechischen Olympia. Die kosten viel Geld und bringen außer sündteuren Editionen der Grabungsberichte lediglich ein wenig Anerkennung in der Fachwelt. Das war es dann aber auch. Uns interessierende Fundstücke, obwohl für deutsches Geld ans Licht gebracht, müssen sämtlich in Griechenland bleiben. Herzlichen Dank. Nur Gipskopien bekommen unsere Museen."

Friedrich Wilhelm zog wieder an seiner Havanna und lehnte sich zurück.
„Ich kann Bismarck immer schwerer vom Nutzen der Olympiasache überzeugen. Der von der Fachwelt einst belächelte Schliemann ist nun der allgemein anerkannte Held von Troja. Nie zuvor wurden in Kleinasien solche Goldschätze gefunden.

Wegen des Funddiebstahls darf er dort nicht mehr graben. Stattdessen hat er letztes Jahr in Griechenland ganze Kisten voller Gold aus den Königsgräbern von Mykene geholt. Die müssen zwar auch wie unsere Funde in Athen bleiben, bringen ihm aber Weltruhm. So große Anerkennung erwartet Bismarck bei unseren Bemühungen um Olympia nicht.
Es wird nicht lange dauern und der Kanzler klappt uns die Schatulle zu. Aber zurück zum Thema. Wir müssen handeln!
Damit Usedom nicht hinter unserem Rücken meinen Vater beredet, um sein Veto zu erwirken, werden wir von meinem alten Hauslehrer Ernst Curtius ein Schreiben erbitten, das klarstellt, dass der Alexander Conze nach wie vor schätzt und selbst keinerlei Ambitionen auf den Direktionsposten der Skulpturensammlung hat. Das zeigen Sie dem Kaiser!"
„Ich? Wäre es nicht besser, der Sohn überreicht dem Vater diesen Brief?"
„Nein. Er könnte trotzig werden. Wir haben oft sehr unterschiedliche Auffassungen, da rächt er sich gern mal ein wenig. Sie müssen den Brief überbringen, das ist sicherer. Dann geben wir Conze den Vertrag und Usedom kann seine Hinterhältigkeiten in den Rauch schreiben."

Friedrich Wilhelm blies einen schönen Ring. Der schwebte zur Zimmerdecke.

„Ich gebe Ihnen mein Wort. Im nächsten Monat sitzt Ihr Freund Conze auf seinem gepolsterten Direktorenstuhl."
Richard Schöne lächelte, stand auf und nahm seine Akten vom Schreibtisch. Ihm fiel ein Stein vom Herzen.
„Hier, mein Bester, nehmen Sie die Times, ich habe sie schon gelesen. Es steht Interessantes über den Russisch-Türkischen Krieg aus englischer Sicht darin, Sie können doch Englisch. Dann wird Ihnen die Rückfahrt nach Berlin nicht langweilig."
Schöne nahm die Zeitung, verabschiedete sich und ging hinaus. Die Tür schloss sich.

Der Thronfolger stand auf, lauschte dem Rauschen der Bäume im sonnigen Park und betrachtete den verglühenden Stummel seiner Havanna.
– Usedom! Mein achtzigjähriger Vater! Bismarck! Wann nimmt dies alles ein Ende? Ich bin schon sechsundvierzig. –

Er stöhnte, drückte den Rest seiner Zigarre fast wütend aus und ging wieder zum offenen Fenster.
„Wann werde ich endlich Kaiser?!"

Einen Monat später war Professor Alexander Conze, wie Friedrich Wilhelm versprochen hatte, Direktor der antiken Skulpturen und begann sofort mit der Arbeit. Das Schinkelmuseum und das Neue Museum wurden inspiziert, die Mitarbeiter instruiert und Pläne für die zeitgemäße Aufstellung der Objekte gemacht.
Der neue Direktor, fünfundvierzig Jahre alt, schlank, mit scharf geschnittenem Gesicht, nahm sich vor, jeden Winkel seiner Antikensammlung zu besuchen. Eines Tages ging er mit seinem Assistenten wieder durch die Flure und Säulenhallen des Hauptgeschosses vom Alten Museum, um die weniger bedeutenden Ausstellungsstücke zu inspizieren. Er lief auf eine römische Büste zu und stutzte. Aus dem Augenwinkel war ihm etwas aufgefallen. Er drehte sich um. Ein Marmorrelief ragte hinter einem Pfeiler hervor. Es faszinierte ihn.
Conze ging in die dunkle Ecke, sah die große, senkrecht gestellte untere Hälfte einer abgebrochenen Steinplatte und trat näher. Er beleuchtete das Objekt mit seinem Feuerzeug.

– Ein sterbender Jüngling mit Lockenkopf, daneben das linke Bein eines aufrecht stehenden Kämpfers. Leider stark zerstört. Der obere Teil fehlt. Dennoch, eine herausragende Arbeit, bestimmt der Schmuck von einem wichtigen Gebäude. Was sucht dieses Stück hier zwischen drittklassigen Skulpturen? –

Conze steckte sein Feuerzeug wieder ein, blickte zu seinem höflich grinsenden Assistenten und wies auf die Platte.
„Was ist das?"
„Dieses Relief wurde uns, soviel ich weiß, vor Jahren aus Smyrna geschickt."
„Von wem?"
„Gute Frage ..." Der junge Gehilfe im weißen Kittel blätterte in der mitgeführten Liste, betrachtete die Inventarnummer des Fundstückes durch seine Hornbrille, blätterte wieder und schien dann etwas aufgefunden zu haben.

„Herr Direktor, hier steht es. Ein Konsul Stannius aus Smyrna sandte uns 1872 dieses Fragment von der Akropolis in Pergamon. Soweit ich mich erinnere, soll Professor Ernst Curtius seinerzeit den Kontakt gestiftet haben."

Conze stutzte.

„Konsul Stannius? Nie gehört. Gibt es außer Ihrer Erinnerung an den Vorgang und diesem kleinen Eintrag da irgendeine Korrespondenz zu dem Fundstück?"

„Nicht, dass ich wüsste. Vielleicht hat Professor Curtius Unterlagen, doch der ist zurzeit nicht in Berlin."

„Und die Zentralverwaltung?"

„Herr Generaldirektor Graf von Usedom?" Der Assistent lachte.

„Der hat bestimmt keine diesbezüglichen Briefe. Der wusste seinerzeit nicht einmal, wo Pergamon liegt."

„Wie bitte?"

„Ja, Herr Direktor, er empfand das Reliefteil als unerheblich."

„Was? Und auch mein verehrter Vorgänger besaß keinerlei Papiere, die Auskunft über den Fund hier hätten liefern können? Das kann ich mir nicht vorstellen. Er war doch dafür zuständig."

„Direktor Boetticher fand das Fragment ebenfalls unbedeutend. Das sei ‚Spätzeitschund'. Er ließ es sofort ins Magazin bringen. Erst Jahre später, als von dort die Frage kam, was mit dem Marmor in Zukunft geschehen soll, gab er nach einigem Zögern den Auftrag, die Platte zu ergänzen. Seitdem steht sie hier wenig beachtet in der Ecke."

Conze sah genauer hin.

„Hier hat jemand herumrestauriert?!"

„Ja, der Bildhauer Emil Wolff. Ihm wurde das Stück geschickt. Er hat Nase und Lippen ein wenig ausgebessert."

„Wann?"

Der Assistent schaute durch seine braune Hornbrille und blätterte wieder. „Darüber finde ich – hier fehlt eine Seite – nichts in den Unterlagen, aber das war vielleicht 1876. Ja, ich erinnere mich. Genau vor einem Jahr kam die Platte, so wie sie hier steht, zurück. Sieben Monate war sie bei Wolff im Atelier."

„Unfassbar. Wir haben September 1877! Seit fünf Jahren ist der Fund in Berlin und niemand nimmt ihn ernsthaft zur Kenntnis. Meiner Meinung nach deutet das Relieffragment auf einen größeren Fries, einen Kampf darstellend. Die Qualität ist herausragend. Es gibt kaum späthellenistische Bildwerke. Wissen Sie das? Da müssen wir dranbleiben!"
„Herr Direktor, Sie halten die Platte für bedeutend?"
„Ja."
„Da sind Sie der Erste, den ich diese Meinung äußern höre."
Conze sah den Assistenten streng an.
„Und Ernst Curtius, was hielt der von dem Fund?"
„Er war mit Ihrem Vorgänger Direktor Boetticher der Meinung, das Relief sei nicht museumswürdig."
Dem neuen Antikendirektor schwoll der Kamm.
„Geben Sie mir sofort die Inventarliste!"
Alexander Conze klemmte sich die Mappe unter den Arm und ging über Treppen und durch Hallen zurück in sein Büro. Er warf sich auf den Schreibtischstuhl und blätterte in den Unterlagen.
– Schlampig geführt, zum Teil keine Daten, unleserliche Einträge. Saustall! Hier muss ausgemistet werden! Doch zunächst muss ich wissen, von wem und woher genau in Pergamon diese Platte ist. –

Er schrieb an Joseph von Radowitz, Staatssekretär im Reichsaußenamt, und erfuhr, einen Konsul Stannius hätte es 1872 in Smyrna nicht gegeben, wohl aber einen Sekretär dieses Namens beim alten Konsul Lührsen. Höchstwahrscheinlich brachte Sekretär Stannius die Lieferung auf den Weg nach Berlin und hatte seinen Namen für den Lieferschein hergegeben. Wenn Conze den wahren Spender der Reliefplatte ermitteln wollte, sollte er nach Smyrna drahten oder versuchen, Antiquarium-Direktor Curtius zu kontaktieren, der war schließlich 1871 in Kleinasien und wüsste bestimmt mehr.
Conze telegrafierte erst einmal nach Smyrna und bekam vom amtierenden Konsul den Hinweis, der immer noch dort ansässige Ingenieur Carl Humann habe die zwei Platten seinerzeit auf Anregung von Professor Ernst Curtius in Pergamon auf eigene Kosten geborgen und 1872 nach Berlin zum Alten Museum gesandt.

„Die zwei Platten?! Es gibt noch eine zweite? Wo soll die sein? Verdammt! Davon steht nichts in diesem schlampigen Inventarverzeichnis. Wo bin ich hier hingeraten?"

Conze stellte sofort Nachforschungen an. Die zweite Platte, mit dem alten Krieger, der sich mit seinem Schild wehrt, die Humann auf Bitte von Ernst Curtius 1871 aus der byzantinischen Mauer gebrochen hatte, fand sich endlich in einem kleinen Raum im Kellergeschoss unter einer staubigen Plane. Auch dieses Fragment begeisterte Conze.
„Die beiden Reliefs hat Humann auf eigene Kosten geborgen! Man wird ihm doch hoffentlich gedankt haben? Irgendwo muss doch ein entsprechendes Schreiben von Boetticher oder Usedom existieren?!"

Um das zu klären, schaltete er seinen alten Freund Professor Richard Schöne, den Vortragenden Rat für Museumsfragen im preußischen Kultusministerium, ein. Der forderte eine sofortige Auskunft von Usedom. Das Ergebnis war nach langen drei Wochen die Mitteilung, ein Dankschreiben von der Zentralverwaltung der Museen oder vom Direktor der antiken Skulpturen sei nie geschrieben worden. Vielleicht existiere ein Schreiben von Antiquarium-Direktor Curtius; der hätte damals den Kontakt nach Smyrna gehalten, aber Genaues wisse man nicht. Alexander Conze war fassungslos.

Noch am selben Tag schrieb er sehr freundlich an Herrn Ingenieur Carl Humann, erkundigte sich nach seinem Befinden, wollte wissen, wie der Russisch-Türkische Krieg in Smyrna spürbar sei und ob es Neuigkeiten aus Pergamon gäbe. Er erhielt kurz darauf die Antwort, dass der Krieg in Smyrna in keiner Weise spürbar sei und erfuhr im selben Brief von dem Seepferd und einem Fragment, das zu dem lockigen Jüngling passe, und dass der junge Archäologe Doktor Gustav Hirschfeld es mitausgegraben hätte.
Alexander Conze bat, die Objekte auf Kosten der Museen schnellstmöglich nach Berlin zu senden. Das geschah und der Direktor der antiken Skulpturen empfand die Platten als genauso außergewöhnlich wie die beiden im Museum bereits vorhandenen.

– Die Reliefs sind definitiv Teil einer größeren Darstellung. Links und rechts fehlen jeweils die Anschlüsse. Alles deutet auf einen großen Fries mit Kampfszenen hin. Die Platten sind kein Giebelschmuck. Doch zu welchem Gebäude gehörten sie dann? Das muss ich herausfinden. –

Er fasste einen Entschluss.

– Ich muss die zähe preußische Bürokratie für eine Probegrabung in Pergamon gewinnen, sobald wie möglich. Mehr ist zurzeit nicht drin. Olympia bindet die knappen Mittel. Wie auch immer. Dort in Pergamon muss gegraben werden, so wahr ich aus dem langweiligen Hannover stamme und Alexander heiße, wie der größte aller Hellenen. –

TURBULENZEN

Im Arbeitssalon der Reichskanzlei war es warm an diesem frühen Nachmittag. Senfbraun bezogene Sessel, ein ebensolches Sofa mit schwarzem Schnitzwerk, Jagdbilder mit Hirsch und Wildsau, eine Vitrine vollgestellt mit Bierseideln, Kommoden, ein schwerer, schwarzer Holzschreibtisch dazu ein passender Stuhl, lange, braune Samtvorhänge und schwarzbraune Teppiche prägten den Raum der Residenz an der Wilhelmstraße, unweit vom Brandenburger Tor.
Bismarck, im bleifarbenen Hausmantel, saß in diesem drückenden Ambiente und ließ die Vorhänge der hohen Rundbogenfenster zuziehen. Ihn störte das Sonnenlicht.
„Diese Helligkeit tut weh!“
Eine Hausangestellte im waschblauen Kattunkleid und mit weißem Häubchen tat wie befohlen. Nur wenig Licht gelangte nun noch in den Raum. Das Mädchen wollte wieder gehen.
„Bitte, sagen Sie draußen meinem Sekretär, er soll Doktor Schweninger herbeordern. Sofort! Ich fühle mich unpässlich.“
Ein Knicks und die Tür schloss sich.

Bismarck, der Kanzler und Außenminister vom Königreich Preußen, der Kanzler des Deutschen Kaiserreiches und dessen Außenbeauftragter, hielt sich den Bauch. Er konnte sich vor Leibschmerzen kaum konzentrieren, dennoch dachte er über die Lage nach.

– Die Armeen des Sultans haben auf dem Balkan versagt. Russland hat durch Übermacht gesiegt. Europäische Besitzungen des Osmanischen Reiches sind perdu. Da beißt die Maus keinen Faden ab. Die Truppen des Zaren stehen nach gewonnenem Krieg vor Konstantinopel. Ein Debakel. Die Großmächte sind alarmiert, vor allem England. Das Empire droht: Auf russische Okkupation folgt Invasion und Angriff unserer Kriegsflotte.

Die britischen Kriegsschiffe sind bereits durch die Dardanellen Richtung Bosporus gefahren. Ankerwurf in Schussweite zum Goldenen Horn. Das machte Effekt. Dennoch, Bulgarien und das osmanische Mazedonien sind vom Zaren besetzt. Alexander Zwo hat sich damit Zugang zur Ägäis verschafft. Blödmann. Ein Bruch des Pariser Vertrages nach dem verlorenen Krimkrieg 1856. Das weiß der. Russischen Schiffen ist jede Durchfahrt vom Schwarzen Meer in die Ägäis durch Bosporus, Marmarameer und Dardanellen seitdem verboten. Sie tun es trotzdem. Eine gefährliche Provokation. Er hätte mich vorher fragen sollen! Tat es aber nicht. Aus Dummheit.
Dem Sultan wurde vom Zaren ein böser Frieden diktiert. Serbien und Montenegro sollen nicht mehr zum Osmanischen Reich gehören, Bulgarien ebenfalls. Es fällt unter russische Kontrolle. Schwachsinn. Gigantische Reparationszahlungen werden verlangt, ersatzweise weitere Gebietsabtretungen. Knebelvertrag. Der Hohen Pforte ging die Luft aus. Die Türken hatten angesichts der militärisch hoffnungslosen Lage keine andere Wahl.
Wann? San Stefano, Anfang März achtundsiebzig. Vor den Toren ihrer Hauptstadt mussten sie den unwürdigen Diktatfrieden besiegeln. Jetzt haben wir den Salat. Ein Friedensvertrag als Quelle neuer Streitereien.
Der Vertrag von San Stefano! Das Dümmste seit der Ernennung eines Pferdes zum Konsul im alten Rom! Es gibt in Russland zu viele Holzköpfe und ich soll nun alles richten. Die Westmächte sind sich einig. Dieser Friedensvertrag muss revidiert werden! Die britische Flotte liegt immer noch lauernd am Bosporus und droht den Russen. Die französische Kriegsmarine im Mittelmeer ist auf alles gefasst. Österreich-Ungarn äußert tiefe Besorgnis. Eine diplomatische Floskel. Das orthodoxe Russland fummelt ihnen zu viel am Hexenkessel Balkan herum. –

Bismarck spürte einen starken Druck in seinem Bauch, versuchte aufzustoßen, vergeblich, es ging nicht. Der Wind in seinem Magendarmtrakt wusste nicht, wohin mit sich. An der Tür wurde geklopft.
„Herein!"

Joseph von Radowitz, der junge Staatssekretär im Reichsaußenministerium, betrat den Raum.

„Ach, Sie sind es. Ich dachte schon, der Doktor will endlich nach mir schauen. Was gibt es?"
„Ich bringe, wie von Ihnen gewünscht, die neuesten Berichte unserer Botschaft in Konstantinopel."
„Her damit!" Radowitz überreichte dem Fürsten eine Aktenmappe.
„Hoffentlich keine weitere Komplikation der Lage."
„Ich glaube nicht. Lesen Sie selbst. Ich darf mich empfehlen?"
„Sie dürfen." Der junge Spitzenbeamte deutete einen Bückling an und verließ den Salon.

Bismarck streckte seinen zweihundertsechzig Pfund schweren Tonnenleib auf dem senfbraunen Sofa im Salon der Reichskanzlei aus und studierte angestrengt die Depeschen. Das war harte Arbeit. Ihn quälten Migräne, Magenkrämpfe und Verstopfung.
– Was steht hier? Der Antrag für eine Probegrabung in Pergamon ist vom Sultan noch nicht beantwortet worden. Verdammt, womit wird mir hier die Zeit gestohlen? Ich habe andere Sorgen. –

Er legte das Blatt ganz hinten in die Mappe. Die Orientkrise kreiste wie ein Mühlstein in seinem Kopf. Er fühlte sich entsetzlich. Der Schädel. Der Magen. Die Gedärme.

– Ausgerechnet jetzt, wenn die Welt mich braucht, liege ich da wie eine alte Wolldecke. Ich habe mich breitschlagen lassen und zum Kongress nach Berlin geladen. Alle werden kommen.
Wenn ich einen Krieg zwischen den Großmächten wegen der offenen Türkeifrage verhindere, werde ich ‚vergoldet' und kann als Friedensengel durch Europa schweben.
Ich will unser Deutsches Reich aufbauen. Wissenschaft, Handel, Industrie. Krieg kommt für mich nicht infrage. Zu teuer. Aber wer weiß, in was wir letztlich hineingeraten? In London, Paris und Wien wird hinter den Kulissen schon sondiert, um einen Ausweg zu finden. Petersburg muss auf die Schulbank, andernfalls droht Krieg mit unabsehbaren Folgen.
Frankreich, England, Österreich-Ungarn, Russland. Jede Macht hat Interessen in der Region. Dazu kommen die neuen Balkanstaaten, das unberechenbare Griechenland. Italien könnte auch etwas vom Kuchen wollen. Eine Schlangengrube.

Durch meine Politik ist Deutschland in dieser Sache als einziges Land strikt neutral geblieben. Der Zar grollt uns deshalb. Gibt es Streit, werden wir dennoch mithineingezogen, ob wir wollen oder nicht.
Einen Weltenbrand will niemand. Unser neues Deutsches Reich am allerwenigsten. Darum muss ich die Situation bändigen. Kann ich den Türken ihre Lage erleichtern, wird man uns bei der Hohen Pforte noch mehr schätzen. Schon jetzt werden wir dort bewundert. Preußen besiegte Feinde des Sultans. Frankreich und Österreich. Helden sind wir, der preußischen Scholle entstiegen, vom Sonnengott geküsst. Der Türke liebt den Schwulst. Wir Deutschen auch. Wer weiß, welche Vorteile diese Preußenanbetung der Osmanen uns in Zukunft noch bringen kann?
Der Zar scheint zu begreifen, dass seine Minister ihn mit dem Friedensvertrag von San Stefano in die Latrinengasse geführt haben. Nun steht er ratlos, aber gut parfümiert da und sucht Auswege. –

Plötzlich spürte Bismarck unten links im Bauch einen stechenden Schmerz.

„Wo bleibt Doktor Schweeeningeeerrr?!"
Die Tür öffnete sich wie auf Befehl und der Leibarzt des Fürsten betrat den Raum. Andere Mediziner waren zuvor wegen erwiesener Unfähigkeit entlassen worden. Sie brachten dem Kanzler seit Wochen keine Linderung. Nun ruhte Bismarcks ganze Hoffnung auf ihm, dem Neuen.

„Bismarck, wo fehlt es?" Schweninger war ein burschikoser, untersetzter Mann um die Dreißig mit vollem braunen Haar und Kinnbart. Jedes Protokoll wurde von ihm ignoriert. Er trug einen Anzug aus schwarzem Tuch und blickte seinen Patienten streng an. Der Reichskanzler rülpste.
„Wo fehlt es denn?"
„Ach, Doktor, mein Kopf will zerspringen, in meinem Bauch finden Artilleriegefechte statt, nachts kann ich nicht schlafen und morgens hat mein Waschlappen mehr Kraft als ich."
„Soso."
Der Doktor setzte sich auf einen Stuhl neben dem Sofa und hielt seine braune Tasche auf den Knien.
„Haben Sie meine Diätvorschriften eingehalten?"
„Fast."

„Bismarck, was gab es denn gestern Abend bei Ihnen zu essen?"
„Suppe, Aal und kaltes Fleisch."
„Und?"
„Was und?"
„Die Wahrheit!"
„Nun, es gab später noch Flusskrebse, Hummer, Würstchen, warmen Kalbsbraten mit Gemüse und etwas Schokoladentorte."
„Soso. Und was wurde getrunken?"
„Rüdesheimer, Portwein, Champagner und zur Verdauung Zigarren und Cognac."
„Und?"
„Vor dem Schlafengehen aß ich etwas Kaviar, um den Durst anzuregen."
„Soso."
„Schweninger, Ihr ständiges ‚Soso' macht mich nervös. Ich trinke immer nach dem Zähneputzen zwei oder drei Glas Bier, sonst kann ich nachts nicht schlafen. Das wissen Sie doch."
„Bismarck, nach diesem Geständnis kann ich mir jede Untersuchung ersparen. Ihre Lebensweise ist Selbstmord. Das macht keine Leber mit. Gehen Sie regelmäßig spazieren?"
„Oft fehlt die Zeit."
„Also nicht. Wann stehen Sie in der Frühe auf?"
„Da ich sehr schlecht schlafe, meist erst gegen zwölf."
„Mein Lieber, das wird sich ab sofort ändern, oder planen Sie, sich auf der bevorstehenden Konferenz gelb wie ein Chinese zu präsentieren?"
„Was wollen Sie mir sagen?"
„Gallenverschluss. Ihre Augen sind trübe."
„Oh je, Schweninger, machen Sie mir keine Angst!"
„Wir wollen zur Sache kommen. Ab morgen stehen Sie früh um acht Uhr auf. Dann gibt es eine Stunde Hantelübungen und zwei Scheiben Vollkornbrot mit Margarine. Mittags einen Hering mit Salzkartoffeln und abends Magerquark. Wein und Bier sind gestrichen, Cognac sowieso. Eine Zigarre am Abend sei erlaubt. Um elf geht es ins Bett."
„Hering und Magerquark? Sind sie wahnsinnig?"
„Sie wollen nicht auf mich hören?"
„Nein!!!!!!"
„Gut, dann ist meine Arbeit hier beendet. Schicken Sie meinetwegen nach einem Tierarzt." Der Doktor stand auf und verließ grußlos den Raum.

Zunächst setzte Bismarck seine Lebensgewohnheiten trotzig fort, als er dann zwei Tage später aber tatsächlich gelb wurde, ließ er Schweninger rufen und gelobte reumütig Besserung. Der Arzt kam nun dreimal täglich, überwachte die Hantelübungen, die Diät und die Zubettgehzeiten.
Nach zwei Wochen ging es dem Reichskanzler schon besser. Das war nötig, denn in fünfzehn Tagen sollte der Kongress in Berlin beginnen.
Nun platzte die Nachricht vom Attentat auf den Deutschen Kaiser in die Vorbereitungen. Es war das zweite in vier Wochen. Beim ersten Mal ging alles gut. Der Schütze war damals ein geistig Verwirrter und schoss mit einem vollkommen verbogenen Revolver auf Wilhelm und verfehlte ihn.
Der Attentäter war Sozialdemokrat, bis ihn die Partei wegen Betrugs bei der Abrechnung von Zeitungsverkäufen rauswarf.
Bismarck hatte sich die Hände gerieben und den Vorfall genutzt, um den verhassten Sozialisten und Liberalen im Reichstag tüchtig einzuheizen. Er wollte schärfere Gesetze, doch die bekam er nicht durchs Parlament.

Das nächste Attentat war folgenreicher. Ein Doktor Nobiling, in keiner Partei, aber ebenfalls von zweifelhaftem Geisteszustand, schoss mit einer Schrotflinte aus dem Fenster eines Hauses Unter den Linden und versuchte sich anschließend selbst zu töten. Das misslang; er wurde von der Polizei überwältigt.
Der alte Kaiser hatte schwere Verletzungen an Hals und Hand, wurde blutüberströmt ins Schloss gebracht. Sein Leben stand auf der Kippe, doch er blieb jederzeit ansprechbar. Wie lange die Genesung dauern würde, war nicht abzusehen.
Sein Sohn Friedrich Wilhelm wurde, wie es die Verfassung vorschrieb, zum Stellvertreter berufen, durfte aber nur in Abstimmung mit seinem Vater und Bismarck handeln. Der Thronfolger übernahm alle offiziellen Termine, hatte nichts zu entscheiden, genoss es aber, endlich im Rampenlicht zu stehen.

Bismarck unternahm einen zweiten Anlauf, die Opposition zu gängeln, sie für die Anschläge verantwortlich zu machen und löste den Reichstag auf. Sozialdemokratische Zeitungen und Schriften wurden verboten. Versammlungen sowieso.
– Den roten Brüdern geht es endlich an den Kragen, den verhassten Liberalen auch. –

Seine ersehnten Sozialistengesetze waren in Reichweite.
Inzwischen reisten die Vertreter der Mächte zum Kongress an. Berlin war in heller Aufregung. Die neue Reichshauptstadt stand im Zentrum weltweiter Aufmerksamkeit. Berlin feierte sich selbst. Wir sind endlich wer! Die Luxushotels waren voll. Die Weltpresse berichtete pausenlos in alle Kontinente, beschrieb die aufstrebende Metropole, ihre breiten Alleen, die schönen Parks, die unaufhörlich wachsende Industrie, den Bauboom und den rasend schnellen Bevölkerungszuwachs der pulsierenden Stadt.

Am Dreizehnten Juni 1878 fuhren die Delegationen am Reichskanzlerpalais in der Wilhelmstraße das erste Mal vor und wurden von neugierigen Jubelberlinern gefeiert. Insgesamt gab es zwanzig Sitzungen. Abends lockten Bälle, Theater und festliche Diners, bei denen sich die Unterhändler amüsierten oder nächste Schritte auf dem Weg zur Einigung sondierten.

Ein Konzert für die Kongressdelegierten im Zoologischen Garten trieb ganz Berlin zusammen. Die Nationalhymnen der sieben beteiligten Nationen erklangen. Die Menge war begeistert. Dann wurde für jedes Land ein Musikstück gespielt. Für Wien ein Strauß-Walzer, für Petersburg der Alexandermarsch, ‚Rule, Britannia!' erklang für London, für Deutschland der Chor der Friedensboten aus ‚Rienzi', die Pariser Delegation wurde mit einer Gavotte aus der Zeit von Ludwig XIV. erfreut, Rom hörte die italienische Königsfanfare und für die Osmanen erklang der Sultansmarsch. Die Berliner jubelten nach jedem Stück, feierten die Gesandten und machten das Konzert zu einem Fest, wie es die Stadt lange nicht gesehen hatte.

Bismarck führte bei den Verhandlungen ein straffes Regiment, zwang die Gegner, sich in Zweiergesprächen hinter den Kulissen vorab anzunähern. Er verbot Diskussionen über Kleinigkeiten. Niemand sollte sich verzetteln. Der Reichskanzler wollte den großen Wurf. Eine stabile Friedensregelung, die jedem erlaubte, sein Gesicht zu wahren. Protokolle der einzelnen Sitzungen wurden unter der Leitung des Staatssekretärs im Reichsaußenamt, Joseph von Radowitz, in hektisch nächtlicher Arbeit

mit seinen Mitarbeitern erstellt und am nächsten Morgen zur Abstimmung vorgelegt. Es gab darüber selten Streit. Am Ende wurden die Zusammenfassungen stets gebilligt.
Nach vier Wochen Tretmühle mit Gesprächsmarathon, Intrigen, Täuschungsmanövern, Gezerre, Gezanke und Kompromissgefeilsche war Bismarck am Ziel. Der neue Friedensvertrag konnte unterzeichnet werden.

Russland musste Mazedonien, somit die Ägäis und weite Teile Bulgariens räumen. England bekam Zypern und die Gewissheit, Konstantinopel bleibt türkisch. Bulgarien zählte weiter zum Osmanischen Reich, wurde aber de facto unabhängig. Griechenland sollte sich mit dem Sultan in weiteren Verhandlungen auf Gebietserweiterungen verständigen. Serbien und Montenegro wurden gestutzt. Österreich durfte in Bosnien und Herzegowina einmarschieren, die Länder blieben aber Teil des Osmanischen Reiches. Italien wollte Albanien, wurde jedoch erwartungsgemäß abgewiesen. Frankreich war durch die Zurückdrängung Russlands aus dem Mittelmeerraum beruhigt. Der Zar erhielt Bessarabien von Rumänien sowie türkische Schwarzmeerhäfen. Alle fühlten sich am Ende als Sieger, nur Zar Alexander II. grollte dem deutschen Verhandlungsführer wegen der gar zu strengen Revision des Vertrages von San Stefano.
Insgesamt wurde Bismarck in seinem Selbstverständnis als „ehrlicher Makler“ von den Signatarmächten jedoch bestätigt.
Ein europäischer Krieg war durch die Verhandlungskunst des Reichskanzlers für viele Jahre abgewendet. Die Vertragsunterzeichnung sollte ein Festakt werden.

Anton von Werner, der als Maler malte, wie Fotografen fotografierten, hielt die Szene in einem aufgeblähten Großformat fest. Die Stadt Berlin hatte den jungen, beim Kaiser äußerst beliebten Künstler mit der Arbeit beauftragt. Das Werk sollte später im neuen Roten Rathaus der Stadt an den Tag der Unterzeichnung erinnern. Alle Kongressteilnehmer hatten von Werner in Verhandlungspausen bereitwillig gesessen und waren nun auf dem Historienschinken verewigt.

Der hohe, helle Saal mit den drei Rundbogenfenstern, der hufeisenförmige Tisch. Fast eine Abendmahlszene. Alle Abgebildeten in Frack oder Uniform. Vorn – zentral – der riesige, alle und alles überragende Bismarck, wie er rechts dem von ihm geschätzten russischen Gesandten Schuwalow die Hand reicht. Der hatte wesentlich zum Gelingen beigetragen und unpopuläre Entscheidungen gegen das Zarenreich einsichtig akzeptiert. Ganz im Gegensatz zum greisen Gortschakow, dem Kanzler Russlands, den der Maler links auf einem Sessel sitzend ins Bild fügte. Drängten schwierige Entscheidungen, meldete der sich krank und ließ sich stöhnend mit einem Tragstuhl ins Hotel bringen, um dann genussvoll zu tafeln. Schuwalow musste die Kastanien allein aus dem Feuer holen. So konnte der Greis nach Petersburg melden, mit den ungeliebten Gebietsabtretungen nichts zu tun zu haben. Links im Bild, neben Bismarck, stand der jüngere Graf Andrássy, der österreichische Außenminister. Der Reichskanzler kam mit ihm gut klar, er war freundlich und leicht durchschaubar. Am rechten Bildrand verewigte der Maler die türkische Delegation und in ihrer Mitte den britischen Außenminister Lord Salisbury. Mehmed Ali Pascha, ganz rechts platziert mit Fes, wurde von der Türkei in der Hoffnung entsandt, Sympathien bei Bismarck zu erwecken und das Deutsche Reich milde zu stimmen. Das ging schief, denn der Kanzler verachtete den osmanischen Gesandten als Renegaten.
Der muslimische Türke hieß nämlich früher Karl Detroit, war in Brandenburg an der Havel geboren und als Schiffsjunge nach Konstantinopel gelangt. Hier verzückte er mit seiner jugendlichen Gestalt den alten Großwesir Ali. Der strich sich den Bart und nahm ihn bei sich auf. Karl konvertierte schnell zum Islam und soll dem greisen Wesir auch sonst mehr Freuden bereitet haben, als die damaligen Strafgesetzbücher zuließen. So kam er zu hohen Posten in der Armee. Damit konnte man einem Bismarck natürlich nicht imponieren.

Neben Gortschakow hatte von Werner den greisen Literaten Disraeli, jetzt als britischer Premierminister, von der Queen zum Lord Beaconsfield erhoben, ins Bild gefügt, wie er sich auf seinen Stock gestützt mit dem achtzigjährigen russischen Kanzler unterhält. Bismarck mochte Juden nicht, schätzte Disraeli im Laufe der Verhandlungen aber mehr und mehr.

Das Bild zeigte, hübsch komponiert, die wichtigsten Kongressteilnehmer bei netten Gesprächen. Ein harmloses Genrebild, das der heiklen Situation in keiner Weise den Spiegel vorhielt.
Im Roten Rathaus hängend wurde es viel bewundert. Die Öffentlichkeit liebte diese Art von Gestaltung. Dekorative Oberflächlichkeit, deutsche Größe pompös verherrlichend. Auch bei Hofe war man entzückt.

„Was aus Frankreich in letzter Zeit an Bildern kommt, muss eine Germanenbrust kalt lassen und macht tüchtige Preußenhirne ratlos. Aber unser Anton von Werner malt die Welt, wie sie wirklich aussieht. Das ist wahre deutsche Kunst für Volk und Kaiser."

Ein der neuen französischen Malrichtung zugeneigter, einkommensschwächerer Kollege war anderer Meinung und tuschelte hinter vorgehaltener Hand: „Diese Jubelschinken haben den künstlerischen Wert von technischen Zeichnungen."

Nachdem alle Mächte den Vertrag am Dreizehnten Juli 1878 unterschrieben hatten, wurde dem Fürsten Bismarck von allen Seiten für seine Präsidentschaft gedankt. Abends gab es auf Einladung des Thronfolgers, der immer noch Stellvertreter des rekonvaleszenten Kaisers war, ein großes Diner im Weißen Saal des Stadtschlosses. Anschließend lud der Reichskanzler und Außenminister seine engsten Mitarbeiter zu einem Umtrunk in sein Palais. Er dankte allen für die gute Arbeit, hob den von ihm geschätzten Joseph von Radowitz, der sich um die Protokolle große Verdienste erworben hatte, jedoch besonders hervor. Bismarck trank in dieser Nacht viel mehr Bier als Doktor Schweninger würde gestattet haben.
Kurz darauf reiste er mit seinem diktatorischen Arzt, dem einzigen Mann auf Erden, der ihm etwas befehlen darf, wie er grummelte, nach Bad Gastein zur Kur und erholte sich nach und nach von den Strapazen der Berliner Konferenz.
Bratwürste, Sekt und Cognac waren bald wieder in sehr geringen Maßen gestattet. Dafür musste Bismarck jedoch mit seinem Doktor, wie für den Frieden beim Berliner Kongress, zäh und verbissen ringen.

GLEICHZEITIG

Während sich die Mächte Europas im Reichskanzlerpalais um eine neue Friedensordnung für die Osmanen bemühten, hatten andere anderes zu tun.

Skulpturendirektor Alexander Conze wollte in Pergamon endlich fündig werden und hatte mit Richard Schönes Hilfe schon Monate vor der Konferenz den Kontakt zu Joseph von Radowitz im Reichsaußenamt geknüpft. Der junge Spitzenbeamte, mit gezwirbeltem Schnurrbart, wurde jederzeit bei Bismarck vorgelassen, hatte als Diplomat die Welt bereist, war schon für das preußische, dann das deutsche Reichsaußenamt in Japan, Paris, Athen und Konstantinopel gewesen. Er kannte die Verhältnisse an der Hohen Pforte also aus eigener Anschauung. An Archäologie interessiert, konnte er durch Schöne und Conze bereits im März 1878, Monate vor der Berliner Konferenz, vom Wert einer Probegrabung in Pergamon überzeugt werden. Er versprach, seinen Chef Bismarck für die Kampagne gewinnen zu wollen. Doch der Kanzler blieb zunächst skeptisch.

„Mensch, Radowitz, nach dem Frieden von San Stefano liegen die Türken am Boden. Der Sultan wird andere Sorgen haben, als preußische Buddeleien zu genehmigen. Der denkt noch an den Betrüger Schliemann. Das Gold des Priamos hat er den Osmanen gestohlen. Gott sei Dank ist der diebische Trojaner Bürger der Vereinigten Staaten und kein Deutscher mehr. Das müssen Sie dem Sultan klarmachen, sonst wäre sowieso alles für die Katz."

Staatssekretär von Radowitz ließ sich nicht beirren und verstärkte seine Bemühungen bei der Hohen Pforte, um eine Grabungslizenz zu erreichen. Bald erhielt er vorsichtig aufmunternde Signale. Damit konnte er Bismarck unternehmungslustiger stimmen.

„Mensch, Sie lassen nicht locker. Also, meinetwegen. Eine Probegrabung. Die Kosten müssen im Rahmen bleiben. Sie sprechen von dreitausend Mark? Hauptsache es fällt bei der Sache mehr für uns ab als Gipskopien und Philologenapplaus wie in Olympia. Radowitz, beauftragen Sie die Botschaft in Konstantinopel. Die sollen den offiziellen Antrag bei der Hohen Pforte stellen! Ich bin skeptisch. Dort herrscht ein wackliger Friede. Die Sache ist heikel. Mal sehen, was vom Sultan kommt. Sie werden das Ganze diplomatisch fördern und überwachen!"

Das war nun Wochen her. Bis jetzt kam keine Zusage. Eine Ablehnung aber auch nicht. Radowitz hoffte auf Nachricht aus Konstantinopel und beruhigte sich selbst.
– Pergamon? Nur Geduld! Der Berliner Kongress ist voll im Gange und der Sultan wird mehr mit den Kabeldepeschen seiner Gesandten als mit preußischen Grabungsanträgen befasst sein. –

Inzwischen waren in der Causa jedoch brisante Aspekte ans Licht gekommen. Antikendirektor Alexander Conze bat deshalb eines Nachmittags seinen Freund, den ehemaligen Archäologieprofessor Richard Schöne vom Kultusministerium, zuständig für Museumsfragen, zu einem Spaziergang in den Tiergarten vor das Brandenburger Tor.

„Was soll diese Heimlichtuerei? Können wir uns nicht im Amt treffen?"

Der Museumsdirektor blieb hartnäckig und bestellte Schöne für den Vierundzwanzigsten Juni um drei Uhr nachmittags zum Pariser Platz.
„Meinetwegen. Sie werden mir hoffentlich nicht gestehen wollen, dass Sie für die französische Delegation beim Berliner Kongress spionieren."

Nun gingen die beiden Herren unter schattigen Eichen bei schönstem Sommerwetter über Kieswege durch den Park. Nur wenige Spaziergänger kamen ihnen entgegen. Kinderwagen schiebende Spreewälder Ammen mit weißen Trachtenhauben lüfteten die Säuglinge ihrer Herrschaften, Damen mit Strohhüten und Sonnenschirmchen saßen auf der Wiese und lutschten Bonbons. Ältere Herren im Gehrock, mit Zylinder auf dem Kopf und Zeitung unterm Arm, drehten sich nach eingehakt

schlendernden Mädchen in bodenlangen Sommerkleidern um. Bäume rauschten und Büsche blühten. Conze sprach zunächst von beiläufigen Dingen.

Ministerialrat Schöne sah irgendwann auf die Uhr und wurde ein wenig ungeduldig.
„Am frühen Abend habe ich noch einen wichtigen Termin. Mir ist nicht nach Plaudereien. Heraus mit der Sprache, Conze! Was gibt es, weshalb schleppen Sie mich während meiner Arbeitszeit vor die Tore der Stadt?"
„Nun, ich bin auf Erkenntnisse gestoßen, die Sie interessieren werden."
„Spannen Sie mich nicht auf die Folter, werden Sie deutlich!"
„Wir wollen uns setzen."
Conze nahm Platz auf einer grün gestrichenen Holzbank. Schöne folgte seinem Beispiel, legte seinen Panamahut neben sich und schaute den Freund an. Der lächelte, kramte ein schwarzes Buch aus seiner braunen Aktentasche und hielt es dem Ministerialbeamten unter die Nase.

„Was ist das?"
„Ein Neues Testament."
„Wollen Sie mich missionieren?"
„Lesen Sie!"
Conze öffnete das Buch an einer mit Zettel markierten Stelle.
Schöne fingerte in der Brusttasche seines Leinenanzuges nach der Brille, setzte sie auf, strich sein braunes Haar glatt und starrte ins Buch.
„Die Offenbarung des Johannes? Sie machen mir allmählich Angst."
„Lesen Sie Abschnitt zwei, Vers zwölf."

„Und dem Engel der Gemeinde zu Pergamon schreibe: Das sagt, der da hat das scharfe, zweischneidige Schwert: Ich weiß, wo du wohnst, da des Satans Thron ist; und hältst an meinem Namen und hast den Glauben an mich nicht verleugnet, auch in den Tagen, in welchen Antipas, mein treuer Zeuge, bei euch getötet ist, da der Satan wohnt." Schöne klappte das Buch zu.
„Ich verstehe nicht."
„Der ‚Satansthron' ist ein Bauwerk. Die frühen byzantinischen Christen haben es als heidnisches Teufelswerk verdammt."
„Was für ein Bauwerk? Reden Sie Klartext!"

„Ein Altar."

Conze öffnete wieder seine Aktentasche, ließ das Neue Testament darin verschwinden und zog einen schmalen Bibliotheksband der Universität Berlin hervor.
„Hier! ... De Miraculis Mundi … Von den Wundern der Welt. Ein tüchtiger Mitarbeiter hat mich darauf aufmerksam gemacht. Das ist ein römisches Schulbuch aus dem zweiten oder dritten nachchristlichen Jahrhundert, von einem gewissen Ampelius. Er schreibt unter anderem von den Sieben Weltwundern. Lesen Sie Paragraph vierzehn. Er handelt von Pergamon."

Wieder öffnete Conze an einer markierten Stelle das Buch und gab es dem nachdenklich werdenden Freund.

„… ara marmorea magna, alta pedes quadraginta, cum maximis sculpturis … Ich beginne zu begreifen … continet autem gigantomachiam … Eine Gigantenschlacht? Donnerwetter! Ein riesiger Marmoraltar, der von einem spätrömischen Schulbuchautor für würdig befunden wurde, als Wunderwerk im Gedächtnis der Pennäler des Weltreiches zu bleiben. Unsere Sendungen von Humann passen Ihrer Meinung nach zu dem bei Ampelius beschriebenen Gigantenkampf?"
„So ist es."
„Conze, Conze, jetzt verstehe ich Ihre Heimlichtuerei. Wenn das publik wird, stürzt sich die Archäologenwelt auf Pergamon und bootet unsere Grabungsanträge mit Schmiergeldern aus, von denen wir armen Preußen nur träumen können. Stellen Sie sich vor, Schliemann bekommt Wind von der Sache und setzt seine Millionen ein! Dann sind wir geliefert. Lassen Sie uns in die Bierwirtschaft da vorn gehen. Ich brauche jetzt definitiv eine Stärkung."

Die beiden Herren erhoben sich. Schöne setzte seinen Panamahut wieder auf und zog ihn tief ins Gesicht, als wollte er nicht erkannt werden. Sie strebten zu einer kleinen Ausflugsgaststätte mit Biergarten, die sich zweihundert Schritte weiter befand.

„Wenn in Pergamon ein großer Altar stand, den ein Gigantenkampf zierte, muss es sich um einen Zeusaltar gehandelt haben. Schöne, das heißt, kein Tempel, keine Säulenhalle, sondern ein freistehendes Denkmal zu Opferzwecken erbaut. Dafür gibt es Beispiele in Griechenland. Der Skulpturenfries war also außen angebracht."
„Haben Sie einen Verdacht, Conze, wo der biblische ‚Satansthron' gestanden haben könnte?"
„Wie sollte ich? Ich war noch nie vor Ort. Humanns Karte hilft mir auch nicht weiter. Wenn die Platten des Frieses jedoch später in der christlich-byzantinischen Mauer auf der Akropolis verbaut wurden, wie Humann vermutet, ist logischerweise anzunehmen, dass sie den Berg herunter und nicht heraufgeschafft wurden. Irgendwo oberhalb müsste der Standort also zu suchen sein."

Inzwischen waren die Herren beim Ausschank angekommen, sahen sich nach einem geeigneten Platz um und bestellten bei dem gerade mit vollem Tablett vorbeischnaufenden Kellner zwei Biere.
„Sehn Se nich, ick hab zu tun?!"
Ein Tisch im Schatten wurde gesucht und gefunden. Sie setzten sich. Nach mehreren vergeblichen Versuchen war die Getränkebestellung endlich geglückt. Sie bekamen von dem mürrischen Ober ausschwappendes Bier hingedonnert und hörten die Aufforderung, sofort zu zahlen.
„Zechprellerei jibbt et bei mia nich."
Schöne gab dem Grobian etwas konsterniert eine größere Münze. Der suchte so lange und umständlich in seiner schmierigen, schwarzen Lederbörse nach Wechselgeld, bis Schöne die Botschaft Augen rollend verstand und den Rest erließ. Ein Dank war nicht zu hören. Der verschwitzte Kellner ging vor sich hin fluchend drei Tische weiter, um andere Gäste für ihre Anwesenheit zu strafen.

„Auf Ihr Wohl, Conze! Auf den ‚Satansthron', Prosit!" Die Herren stießen an.
„Durch Ihre Erkenntnisse rückt die Angelegenheit auf eine Ebene, wo strengste Geheimhaltung erforderlich scheint."
„Das ist mir klar, deshalb wollte ich Sie außerhalb der Mauern Ihres Ministeriums treffen."
„Wen müssen wir einweihen?"

„Ich denke den Thronfolger, den Kultusminister, Bismarck und Radowitz. Auf keinen Fall darf die Zentralverwaltung der Museen Wind von der Sache bekommen. Graf Usedom würde sofort dagegen vorgehen, nur um sich an Ihnen und mir zu rächen. Schließlich sind wir an seinem Wunsch, wieder in den diplomatischen Dienst wechseln zu dürfen, nicht unschuldig."

„Daraus wird nichts, Conze. Bismarck hat sofort abgelehnt. Das weiß ich von Radowitz. Der Fürst würde lieber unseren mürrischen Kellner da als Botschafter nach Paris schicken, als Usedom und seiner dreisten Gattin das Konsulat eines zweitrangigen Zwergstaates anzuvertrauen. Das hat er ihm auch schon gesagt.

Nun verlangt unser Generaldirektor eine hohe Diplomatenpension, sonst legt er sein Amt im Museum nicht nieder. Eine Posse. Er will sich seinen Abgang vergolden lassen und hofft auf den Kaiser. Doch der liegt noch zu Bett und erholt sich von dem Attentat. Kaum genesen wird er seinem Logenbruder ein schönes Ruhegeld aussetzen, da bin ich sicher. Dann sind wir ihn endgültig los."

„Hoffentlich wird Wilhelm sehr, sehr bald gesund."

„Ja, hoffentlich."

Die beiden lachten und tranken.

„Also, zur Sache, Conze! Ich werde meinen Kultusminister einweihen; der ist sofort auf unserer Seite und wird schweigen wie ein Grab. Der Thronfolger wird auch dichthalten.

Ob Bismarck Bescheid wissen muss, ist mir noch nicht klar. Auf keinen Fall jetzt, wo ihm die Orientkonferenz alle Nerven raubt. Käme ihm heute einer damit, würde er ihn ungespitzt ins diplomatische Parkett rammen.

Radowitz müssen wir gleich nach den Unterschriften ins Vertrauen ziehen. Vorher geht es nicht; als Staatssekretär hat er durch seine Protokollarbeit mehr als genug zu tun. Aber danach holen wir ihn ins Boot. Er koordiniert auch die Kontakte zur Deutschen Botschaft in Konstantinopel. Die darf auf keinen Fall eingeweiht sein, bevor wir die Grabungslizenz haben. Da arbeiten, wie ich von Radowitz höre, zu viele unsichere Kantonisten.

Ernst Curtius würde ich fürs erste außen vorlassen, Conze, um ihn nicht in Konflikt mit Olympia zu bringen. Außerdem trinkt er Tee beim Kaiser, und so könnte hintenherum doch alles bei Usedom oder sonst wo landen.

Wilhelm darf auf keinen Fall eingeweiht werden, das will ich so direkt dem Thronfolger sagen, und der wird seine Freude daran haben, dem Alten eins voraus zu sein."

„Das leuchtet ein, Schöne. Ich denke, Bismarck müssen wir irgendwann nach der Konferenz ins Bild setzen. Es geht schließlich auch um Fundteilung. Das wird oft ganz oben geregelt. Wenn der alte Fuchs weiß, was da verteilt werden soll, wäre das sicher hilfreich."

„Sie verteilen Funde, die wir erst noch machen müssen, Conze. Vielleicht ist die Gigantenschlacht des Ampelius schon in den Öfen der türkischen Kalkbrenner vernichtet worden."

„Das glaube ich nicht. Humann hat die Umtriebe gestoppt. Die Banausen haben nur verbrannt, was für sie leicht zugänglich umherlag. Sie haben nie nach Marmor gegraben, das werden wir aber tun und sicher fündig werden. Da fällt mir ein, was sagen wir wann zu Humann?"

„Ich weiß es nicht, Conze. Den kennen Sie durch Ihre Korrespondenzen besser als ich."

„Ich würde ihn sofort einweihen. Er hat ausgezeichnete Kontakte. Bis in den Sultanspalast reichen seine Beziehungen. Sein Gespür für die Menschen da unten scheint mir sehr ausgeprägt. Weiß er, was wir wissen, wird das seinen Ehrgeiz anstacheln. Ich werde ihm die Grabungsleitung in Aussicht stellen."

„Ist er denn Archäologe?"

„Schöne, der Mann ist Architekt und Ingenieur, kennt sich in den alten Baustilen aus, hat hier in Berlin studiert. Er war schließlich der Erste, der den künstlerischen Wert der Platten erkannte, als andere noch die Braue hochzogen beim Anblick späthellenistischer Artefakte. Ich werde ihn zu wissenschaftlicher Grabung anleiten, werde ihm das Vorgehen vorschreiben. Er muss Schicht für Schicht freilegen und alles sehr genau dokumentieren. Den Grundriss der Stadt will ich in seinen verschiedenen Entstehungsphasen. Zunächst soll er aber mit der hoffentlich bald bewilligten Probegrabung den Standort vom Zeusaltar finden und Platten bergen. Später, wenn wir den ganzen Hügel untersuchen, bekommt Humann von mir einen Grabungsarchitekten mit archäologischer Erfahrung zugeteilt, behält aber die Leitung. So wird man sich verstehen, da bin ich mir sicher."

„Gut. Weihen Sie den westfälischen Pascha ein und verdonnern Sie ihn zum Schweigen!"
„Auf ihn ist Verlass, Schöne. Er wird die Tragweite der Erkenntnisse sofort begreifen und schon im eigenen Interesse nichts ausplaudern. Schließlich könnte er der Ausgräber einer Weltsensation werden. Das wird er sich nicht nehmen lassen wollen. Auch deshalb möchte ich ihn zum Chef der Kampagne machen. Mir fehlt sowieso die Zeit, das Ganze selbst vor Ort zu leiten."
Der Ministerialrat stellte sein leeres Bierglas ab und lächelte.
„Dann sind wir uns einig. Danke, Conze! Das waren aufregende Neuigkeiten."

Die Herren erhoben sich und gingen Richtung Brandenburger Tor auf demselben Weg, der sie hergeführt hatte.
„Was werden Sie nun tun, Schöne?"
„Ich warte, bis die Konferenz vorbei ist und dann werde ich Staatssekretär Radowitz zu einem konspirativen Spaziergang einladen, so wie Sie ihn heute mit mir veranstaltet haben. Da werde ich auch besprechen, wie Bismarck am besten einbezogen werden sollte. Das Spreeufer an der Museumsinsel wäre als Ausflugsziel geeignet, nicht wahr? Altes und Neues Museum und die nun eröffnete neoantike Nationalgalerie werden den symbolischen Hintergrund bilden. Große Bauten, hungrig nach Schätzen, die ihre stattlichen Fassaden endlich legitimieren."
„Gut gesagt, Schöne. Ich werde sachlicher zu Werke gehen und zunächst Humann verständigen. Unser Kultusminister ist natürlich Ihre Aufgabe. Den Thronfolger würde ich gerne übernehmen. Wenn Sie mir die Gelegenheit verschaffen könnten, ihm persönlich vorzutragen, wäre das gut. Friedrich Wilhelm ist ein sinnlicher Mensch. Ich würde ihm gerne unsere Fundstücke aus Pergamon zeigen und mit Emphase erklären, was wir bereits haben. Am Ende der Führung würde ich auf marmorne Bildtafeln im Erdreich der untergegangenen Attalidenresidenz verweisen, die ihrer Erlösung durch eine von seiner Kaiserlichen Hoheit höchstselbst anzuordnenden großen Grabung demütigst harren."
„Conze, Sie sind wohl besoffen! Das nennen Sie sachlich?" Schöne lachte und puffte seinem Freund in die Seite.
„Verschaffen Sie mir Audienz beim Thronfolger! Ich werde ihn für uns gewinnen."

„Davon bin ich überzeugt. Demnächst treffe ich den Protektor im Auftrag meines Kultusministers wegen Usedom und der Frage, wer ihm nachfolgen könnte. Da werde ich das erste Taschentuch fallen lassen. Keine Sorge, den mache ich neugierig."

Die beiden Verschwörer waren inzwischen wieder am Brandenburger Tor und gingen die Prachtstraße Richtung Schloss entlang. Sie gelangten zum Kultusministerium. Hier blieb Schöne stehen, verabschiedete sich von seinem Freund und ging mit schnellen Schritten durchs Hauptportal zurück in sein Büro.

Conze schlenderte Aktentasche schwingend weiter über das belebte Trottoir der Lindenallee hin zu seinem Büro im Alten Museum. Er schaute sich um.

– Viele Kutschen mit Diplomaten, sicher Teilnehmer vom Berliner Kongress. Promenierende Gäste aller Herren Länder, exotische Volkstrachten, Fantasieuniformen. Fotografen der Weltpresse, die unter schwarzen Tüchern Kastenkameras bedienen. Sie wollen Eindrücke von der neuen Reichshauptstadt einfangen. Berlin ist eine Weltstadt geworden. Jeder spürt das, nur die Museen sind noch provinziell. Das wird sich ändern. –

Conze ging am Opernhaus und Kronprinzenpalais vorbei und machte im Kopf bereits den Entwurf für einen Brief an Humann in Smyrna.

STARTSCHUSS

Rauchende Männer mit Fes, Bärtige mit Turban oder griechischem Kopftuch, Pumphosen, Baumwollkaftane, Bauchbinden, scharrende Pferde, mit den Ohren wackelnde Lastesel, Kamelgeblöke, überall Fliegen: Eine Szene aus dem Orient.

An diesem Neunten Septembermorgen des Jahres 1878 versammelten sich vierzehn Arbeiter, zwei Vorarbeiter und der türkische Grabungskommissar Ali-Riza-Bei, als gesetzlich vorgeschriebener Aufseher, bei frühem Sonnenlicht vor dem von Humann gemieteten Haus in Bergama. Die Lizenz war vom Sultan endlich erteilt worden, die Grabung konnte beginnen. Pferde und Esel standen für den Transport bereit. Fünf Kamele waren mit Hacken, Spaten, Schubkarren, Seilwinden, Hämmern, Keilen und anderen Gerätschaften bepackt.

Eine Woche zuvor hatte der Westfale diese Werkzeuge für seine archäologische Expedition von einem Landsmann in Smyrna gekauft. Der Oberingenieur der Kassaba-Eisenbahn gab nach kurzer Verhandlung alles billig her.

„Meinetwegen, Humann, Ihnen bin ich sowieso nicht gewachsen. Ich will Ihre Grabung unterstützen und mache auf eigene Kappe einen Preis, für den meine Bahngesellschaft mir die Ohren lang ziehen wird."

„Danke!"

„Gerne, wir Reichsgermanen müssen unter dem Halbmond zusammenhalten. Irgendwann werden Sie mir dafür unter die Arme greifen."

Humann verabschiedete sich wenige Tage später; die Geräte waren alle schon verladen, in aller Frühe von seiner Frau in Smyrna. Im Hafen wartete das kleine rostige Schiff. Er wollte endlich nach Pergamon.

„Kopf hoch, Louischen, in einem Monat bin ich wieder da!"

„Hoffentlich."

VORWORT

Andreas Scholl
Direktor der Antikensammlung
Staatliche Museen zu Berlin

Der Große Altar von Pergamon ist seit dem 30. September 2014 für das Publikum nicht mehr zu sehen, denn das weltberühmte Haus am Kupfergraben wird aufwendig renoviert und endlich durch den Bau eines vierten Flügels vervollständigt. An die Stelle des für ein ganzes Jahrzehnt unzugänglichen Pergamonaltars tritt nun ein völlig neues Museum, das die von vielen Besuchern so schmerzlich empfundene Lücke wenigstens teilweise schließen wird. Der Pergamonaltar und vor allem sein Skulpturenschmuck stehen im Zentrum der Inszenierung von „Pergamonmuseum. Das Panorama". Dieses neue Ausstellungshaus der Antikensammlung wird den für die nächsten Jahre weiterhin zugänglichen Südflügel des historischen Pergamonmuseums auf das Sinnvollste ergänzen. Dies gilt besonders für das gewaltige, jetzt 30 Meter hohe und 113 Meter lange Panorama-Bild von Yadegar Asisi, in dem der Altar natürlich eine ganz besonders prominente Position einnimmt. Die Präsentation des großen Zeusaltares von Pergamon kulminiert jedoch im letzten Raum der neuen Halle. Dort trifft der Besucher auf eine ebenfalls von Asisi und seinem Team gestaltete virtuelle Visualisierung des Altares, die sowohl seine Präsentation im Museum wie auch sein ursprüngliches Aussehen als bewegtes Bild veranschaulicht. Alles in allem darf man sagen, dass dem Besucher in unserem neuen Haus zwischen Bode-Museum und Archäologischem Zentrum ein überaus lebendiger Eindruck von der Architektur und der großartigen Skulpturenausstattung des Pergamonaltars mit neuesten darstellerischen Mitteln geboten wird.

2018 1. Auflage
ISBN 978-3-945305-25-6

Satz und Umschlaggestaltung:
asisi F&E GmbH

Verlag:
Panometer GmbH

RALF NÜRNBERGER

DER ALTAR

VON PERGAMON NACH BERLIN

EINE ZEITREISE

ROMAN

Louise, die nun seit fast vier Jahren mit ihm verheiratet war, litt unter den längeren Abwesenheiten ihres Gatten. Sie hütete derweil das Altstadtdomizil und erfüllte gesellschaftliche Verpflichtungen, die ihr durch die Stellung ihres Mannes als exponiertem Mitglied der deutschen Kolonie von Smyrna zufielen. Ständig kamen Besucher. Deutsche Marineoffiziere, Handlungsreisende, Künstler und Gelehrte. Sie spielte gern die Gastgeberin; jetzt war sie aber schwanger.
„Louischen, die müssen bewirtet werden, auch wenn ich nicht da bin. Man schaut auf uns. Wir sind das Deutsche Reich hier in Smyrna und du bist die Kaiserin."
Dann fuhr der Westfale mit dem Aufseher Ali-Riza-Bei und zwei griechischen Vorarbeitern aus den Marmorbrüchen der Gegend samt den neu erworbenen Gerätschaften auf dem wöchentlichen Linienschiff nach Dikeli, einem Fischerdorf an der Ägäis ohne eine Anlegestelle für größere Schiffe.
Alles musste nach der Ankunft von den vor Ort engagierten Kräften mühselig entladen und mit Kamelen zum achtundzwanzig Kilometer entfernten Bergama landeinwärts transportiert werden. Das dauerte. Ein mordsschwerer Hebekran und vier Eisenbahnschienen blieben am Ufer. Es gab zunächst keine Möglichkeit, das Schwergut mitzunehmen. Erst musste ein stabiler Wagen beschafft werden.

Humann mietete in der achtzehntausend Einwohner zählenden Stadt unterhalb der antiken Akropolis ein sehr kleines, traditionelles türkisches Haus mit weit überstehendem Dach und umlaufendem Balkon. Das Provisorium bot zwei Zimmer, Diele, Abstellraum, Wasseranschluss und Außenklosett.
Ein Feldbett, Feldküche, Klapptisch und zwei Stühle mussten reichen. Komfort wie in Smyrna gab es hier nicht.

Menschen, die Humann noch von früher kannten, machten, wie im Orient üblich, ihre Antrittsbesuche. Der Imam kam zuerst, dann folgte der Grieche Doktor Rallis, bei dem er seinerzeit die Platte mit dem Löwen, der einen Mann packt, gesehen hatte. Dieses Relief lag immer noch im Keller beim griechischen Konsul in Konstantinopel.

Am frühen Nachmittag machten armenische Teppichhändler ihre Aufwartung, bei Sonnenuntergang kam der Bürgermeister. Am nächsten Tag, so verlangte es hier die Sitte, erfolgten Humanns Gegenbesuche. Das war zeitraubend.
Endlich, am übernächsten Morgen, zum ersten Mal seit seiner Grabungsvisite mit dem jungen Archäologen Gustav Hirschfeld, sondierte Carl Humann ausgiebig die Akropolis, vor allem die Mauer, die von den christlichen Byzantinern als Schutz gegen muselmanische Eroberer errichtet worden war. Hier hatte er vor Jahren die ersten Platten der Gigantenschlacht gefunden.
Er bestimmte den Ort, wo er am nächsten Morgen mit der vom Sultan bewilligten Grabung beginnen wollte. Erst spät nachmittags kam er zurück in die Stadt. Dortmunder Bier kühlte bereits im Bachlauf dicht neben seinem kleinen Haus.
– Noch einmal schlafen und es kann beginnen. –

„Guten Morgen, Männer!“, rief Humann erst auf Türkisch, dann auf Griechisch. Unerwartet stand er abmarschbereit in Stiefeln und mit turbanähnlichem Sonnenschutz auf dem Kopf in der Haustür.
Er betrachtete schmunzelnd den von ihm engagierten Haufen. Es waren ortsansässige Leute aus Bergama, die von den griechischen Vorarbeitern aus Smyrna angeleitet werden sollten. Die Arbeiter hielten ihre mit Werkzeug bepackten Kamele, Reitpferde und Esel an Seilen und starrten ihn ehrfürchtig an.

„Auf, Männer! Es geht los.“
Humann schloss die Haustür, schwang sich wie ein Hunne auf den für ihn bereitgehaltenen Wallach und schaute sich nach seinem staatlichen Aufseher um. Der dicke Grabungskommissar mit Fes, leichtem Umhang und roter Bauchbinde geriet etwas schwerfälliger auf seinen Esel.
„Mir nach!“
„Erst einmal können!“ Ali-Riza-Bei, der Komfort liebende Ex-Landrat von Halikarnassos, musste sich an sein schlichtes Reittier erst noch gewöhnen.

Endlich waren alle soweit. Der Tross setzte sich in Bewegung. Die Karawane zog von dem Westfalen geführt den Hang hinunter, zwischen alten Holzhäusern, Gartenmauern, Läden und Minaretten die schmale Altstadtgasse entlang, um dann den Weg hinauf zum dreihundert Meter hohen Burgberg zu nehmen.
Neugierige Bewohner schauten aus den Fenstern, einige winkten dem ortsbekannten Fremdling zu und wünschten Glück, andere schauten ratlos, einige finster.
Hier lebten zwölftausend muselmanische Türken, viertausend orthodoxe Griechen, je tausend Juden und christlich-orthodoxe Armenier. Alle im Städtchen wussten, dass der blonde Bartträger aus dem fernen – was eigentlich? – dort oben mit höchster Erlaubnis in den Trümmern der Attaliden nach Schätzen graben durfte.
„Dieser nordische Pascha dirigiert unsere Leute im Einverständnis mit dem Sultan."

Nach und nach näherte sich der Zug auf schmalem, steilen Weg dem hochgelegenen Ruinenfeld. Unten dehnte sich das Tal mit dem Fluss, im Nordosten ragte ein Gebirgszug, im Westen schimmerte die Ägäis. Bergama lag bereits zu Füßen der kraxelnden Kolonne. Der Himmel zeigte keine Wolken. Ein leichter Wind kam vom Meer herüber.

Humann wusste nach seiner gestrigen Erkundungstour, wo es hingehen sollte. Die Briefe von Conze hatten ihm Klarheit verschafft. Ein Zeusaltar. Das konnte nur der hügelartige Haufen oberhalb der christlich-byzantinischen Mauer sein. Obwohl kein Marmor an der lehmigen Brache zu erkennen war, wollte er hier mit vier Arbeitern graben lassen. Zehn andere sollten derweil die Fundamente an der Stelle der Befestigungsmauer freilegen, wo er damals die ersten Platten gefunden hatte. Das erschien ihm aussichtsreich.
Regenfälle spülten seit Jahrhunderten Schlamm und Geröll gegen den Schutzwall. Die Ablagerungen begruben meterhoch das Fundament. Sollten die byzantinischen Christen im achten Jahrhundert unserer Zeit den Zeusaltar als Steinbruch für ihre Burgmauer zum Schutz gegen muselmanische Invasoren verwendet haben, bestand hier die beste Chance, etwas zu finden.
Nun hatte die Karawane den Grabungsplatz erreicht.

„Abladen!“

Der Tross blieb stehen und die Arbeiter befreiten die Kamele nach und nach von ihrem schweren Gepäck, stapelten die einzelnen Werkzeuge auf der vertrockneten Wiese bei der christlich-byzantinischen Mauer, stellten die Schubkarren bereit und warteten auf weitere Befehle.

Humann inspizierte derweil noch einmal den weiter oben gelegenen Hügel, unter dem er die Fundamente des Zeusaltars vermutete. Ali-Riza-Bei schaute ihm mäßig interessiert zu, setzte sich auf einen Stein und rauchte eine schmale Zigarette nach der anderen. Er war nicht eingeweiht in die Erkenntnisse, die Alexander Conze unter dem Siegel der Verschwiegenheit zu Humann nach Smyrna gesandt hatte. Keinesfalls sollte der Grabungskommissar von dem wahren Ziel der Kampagne, der Auffindung des biblischen „Satansthrons“, dem Weltwunder des Ampelius eine Ahnung bekommen.
Der Aufseher war vom Gouverneur in Smyrna verpflichtet worden, die gemachten Funde in einem Buch sauber zu protokollieren und strengstens darauf zu achten, dass nichts unrechtmäßig beiseitegeschafft wird. Der gemütliche, dicke Türke hatte keine Ahnung von Archäologie, vermutete dunkel, was von ihm erwartet wurde und ließ sich von Humann, der vom osmanischen Staat dazu verpflichtet worden war, ein schönes Gehalt zahlen. Obendrein schielte Ali-Riza nach Bakschisch. Marmor interessierte ihn gar nicht. Figürliche Bildwerke waren seinem muselmanischen Geist zuwider. Sollte aber je ein Topf voll Gold ans Licht kommen und beiseitegeschafft werden, würde er Alarm schlagen und alles dem Gouverneur melden. So einer wie Schliemann sollte nie wieder mit seinen räuberisch amerikanischen Fingern in heiliger osmanischer Erde wühlen. Das hatte er dem Deutschen bereits beim ersten Treffen in Smyrna klargemacht, doch der konnte ihn sofort beruhigen.
„Ali-Riza-Bei, Ihr wachsames, unbestechliches Auge, durch lange verdienstvolle Jahre im Staatsdienst geschult und mein preußischer Recht und Ordnung liebender Wille mögen Ihrem und meinem Vaterland nur Ruhm und Vorteil bescheren.“
„Das ist mein und des Sultans innigster Wunsch.“

„Hier, nehmen Sie diesen bescheidenen Beweis übergroßer Wertschätzung Ihrer Bemühungen für die gerechten Anliegen der Hohen Pforte. Speisen Sie damit die Armen, spenden Sie für eine Moschee. Es steht alles ganz bei Ihnen."
„Danke, ich werde mit diesem Zeichen Ihrer gottgefälligen Großzügigkeit Freude unter die Menschen meiner durch Krieg geprüften Heimat zu tragen wissen."

Auf dieser Grundlage sah Humann eine gedeihliche Zusammenarbeit mit seinem Grabungskontrolleur. Für jetzt und alle Zukunft.

Nun wurden die Arbeiter eingeteilt. Zehn Griechen und ein Aufseher sollten die Stadtmauer der byzantinischen Christen auf zwanzig Meter Länge so tief wie möglich vom angeschwemmten Erdreich befreien, und zwar an der Stelle, wo vor Jahren die ersten Platten gefunden worden waren. In der Befestigung waren Granitsäulen und Marmorfragmente verbaut, die später einzeln vom harten Mörtel befreit und herausgelöst werden sollten. Die vier Türken und ihr Vorarbeiter bekamen den Auftrag, den etwas höher gelegenen, vierzig auf fünfzig Meter großen Ruinenhügel, dem mutmaßlichen Standort des Zeusaltars, vorsichtig von Erdreich und Pflanzenbewuchs zu befreien. Dann sollten sie von Nord nach Süd sowie von West nach Ost sich kreuzende Gräben ausheben, bis sie auf Marmorteile oder Fundamente stießen. Würden sie etwas finden, hätten sie sofort Bescheid zu sagen. Die Leute machten sich an die Arbeit. Schubkarrenweise wurde Erde und Geröll abgetragen und weiter entfernt aufgeschüttet. Die Vorarbeiter leiteten die Aktionen an Mauer und Hügel und achteten darauf, dass niemand faulenzte, schließlich wurden sie ordentlich von dem Fremden bezahlt. Humann setzte sich auf einen marmornen Säulenstumpf und zeichnete die Szene. Er dachte nach.

– Endlich geht es los! Seit sieben Jahren warte ich auf diesen Augenblick. Ich habe nicht mehr daran geglaubt, dass sich Berlin entschließt, und nun diese Wendung. Ernst Curtius hat mich hingehalten, er hatte nur Olympia im Sinn, sonst nichts. Er nutzte meine Blauäugigkeit aus. Antikendirektor Conze ist redlich. Welch ein Glücksfall! Er hat das preußische Kultusministerium agitiert. Dort ist Richard Schöne ehrlich an Pergamon

interessiert. Selbst das Außenamt hat er auf seine Seite gebracht. Staatssekretär von Radowitz setzte sehr geschickt die Deutsche Botschaft in Bewegung, um die Grabungserlaubnis zu erwirken.
Der kaiserliche Protektor, Gott schütze den Helden von Sedan, half großzügig mit, die Wege zu ebnen. Bismarck, Preußen und das Deutsche Reich haben Kredit beim Sultan. Die Berliner Konferenz trug wesentlich dazu bei, das Imperium der Osmanen fürs Erste zusammenzuhalten. Die Hohe Pforte hat das nicht vergessen. Darum ging alles besser als erwartet. Noch ahnt niemand hier, welcher Sensation wir nachspüren. Alles ist streng geheim, selbst unsere Botschaft ist nicht wirklich informiert.
„Was, nur dreitausend Mark gibt Ihnen Berlin? Humann, Sie Ärmster! Bismarck hat anscheinend wenig Vertrauen in Ihre Grabung. Olympia bekommt jährlich fünfzigtausend."
Ihr werdet euch alle noch wundern. Ich darf einen Monat buddeln, länger reicht das bewilligte Geld nicht. Also muss ich fündig werden, sonst war alles umsonst. Sollten der Gigantenkampf und der Zeusaltar aber ans Licht kommen, wovon ich fest überzeugt bin, werden in Preußen alle Schatullen aufspringen. Das steht fest. –

Humann hatte seine Zeichnung mit den schuftenden Arbeitern vollendet, packte den Skizzenblock in die Tasche und ging zum Hügel, wo die vier Türken anfingen Gräben zu ziehen. Noch war nichts zu erkennen. Er wandte sich um und sah Ali-Riza-Bei. Der war inzwischen sitzend, mit verglühter Zigarette in der Hand, eingeschlafen. Humann ging fünfzig Meter hinab zur byzantinischen Mauer und sah, wie Schippe um Schippe vom Erdreich auf die andere Seite in den Abgrund geworfen wurde. Der griechische Vorarbeiter zuckte die Schultern.
„Noch haben wir nichts gefunden, aber wir fangen ja erst an."
„So ist es. Weitermachen!"

Inzwischen war früher Nachmittag und die Frauen der Arbeiter kamen singend im Gänsemarsch aus ihren Quartieren unten aus der Stadt zur Burg hinauf und brachten das Essen. Die Mittagspause nutzte Humann dazu, den freigelegten tieferen Teil der Mauer zu betrachten. Überall waren Fragmente der Attalidenzeit verbaut. Dicke, steinharte Mörtelmassen

hielten auch hier alles zusammen. Wie sollte die Befestigung am besten abgetragen werden? Eine Sprengung verbot sich, das hätte auch die frühen Relikte zerstört.
– Es wird nichts weiter übrig bleiben, als die gesamte Mauer Stein für Stein mit Keil und Hammer abzutragen. –

Ali-Riza-Bei war inzwischen wach geworden.
„Wollen Sie gar nichts essen?"
„Gerne, ich komme." Humann schritt den Abhang hinauf zu seinem Kontrolleur und der teilte mit ihm in herzlicher Einfachheit Fladenbrot, Schafskäse und kalten Tee.
Die Arbeiter waren irgendwann satt. Das leere Blechgeschirr verschwand in den Körben der Frauen, die verabschiedeten sich und zogen singend hinunter zu Haus und Kindern. Die Männer machten sich wieder an die Arbeit. So ging der Nachmittag mit mühseligem Erdaushub dahin.

Dann gegen Abend wurde plötzlich gerufen.
„Kommen Sie! Hier ist etwas." Der Deutsche unterbrach seine Vermessungsarbeiten, eilte zur byzantinischen Stadtmauer und schaute hinab in die Grube. Die Arbeiter starrten ihn erwartungsvoll an und zeigten auf drei hochkant verbaute Platten. Nur die Rückseiten waren sichtbar. Sie ragten zur Hälfte aus dem Erdreich. Humann sprang hinein und erkannte sofort, der gleiche Marmor und die gleiche Breite wie bei den früheren Funden.
– Ohne Zweifel, das sind Platten der Gigantenschlacht. – Er versuchte seine Aufregung zu verbergen, atmete tief durch und lobte die Arbeiter.

„Haben Sie etwas gefunden?" Ali-Riza-Bei stand plötzlich rauchend oben am Grabenrand.
„Vielleicht, man wird sehen." Der Westfale brauchte Zeit zum Nachdenken. Er schaute auf die Uhr.
„Was, schon so spät? Für heute ist genug! Morgen in der Frühe machen wir weiter!" Er sprang aus der Grube, ließ seinen Aufseher stehen und die Leute gingen hinter ihm her zu den Kamelen, um die Geräte zu verladen.

– Sich nur jetzt nichts anmerken lassen! – Er schwang sich auf sein Pferd und rief den Grabungskommissar.

„Wollen Sie die Nacht hier oben verbringen? Hier gibt es Schlangen, Schakale und Räuber." Die Leute lachten.
Nein, das wollte Ali-Riza-Bei nicht. Er watschelte zu seinem Esel, schwang sich mit Mühen hinauf und dankte Gott, bergab in die Stadt reiten zu dürfen. Seine Zigaretten waren nämlich alle.
Beim Weg von der Burg ins Tal wurde Humann klar, die drei in der Erde steckenden Platten da oben an der Mauer sind nur der Anfang. Am ersten Tag so fündig zu werden, deutete auf reiche Ausbeute.

Er hatte plötzlich im tiefsten Innern das sichere Gefühl, die nächsten Tage würden sensationelle Überraschungen bringen.

HANDLUNGSBEDARF

Alexander Conze stand in seinem Arbeitszimmer im Alten Museum von Berlin vor einem großen Tisch und breitete Handzeichnungen aus. Durch die hohen Fenster fiel wenig Licht. Es war ein regentrüber Oktobertag. Carl Humann hatte ihm Mitte September aus Pergamon Blätter von kämpfenden Göttinnen und sich am Boden wälzenden Schlangenmenschen geschickt. Die Protokollaufzeichnungen der ersten Funde.
Elf Platten der Gigantenschlacht waren schon drei Tage nach Grabungsbeginn ans Licht gekommen und ständig liefen Telegramme ein, die neue Sensationen verkündeten. Andere Zeichnungen von Humann sollten bald folgen.

Die Fundamente des Altars, weitere Platten, dazu viele Fragmente der Reliefs. Füße, Hände, Teile von Gewändern, schuppige Schlangenschwänze. Vieles passte von Größe und Machart zur Gigantenschlacht. Auch unzählige Architekturrelikte des Zeusheiligtums und mehrere Statuen waren bereits gefunden worden. Die Ereignisse überschlugen sich. In Berlin mussten Verfügungen getroffen werden, wie es in Pergamon weitergehen sollte.

Der alte Kaiser lag immer noch im Bett und erholte sich nur langsam von dem Attentat. Es ging ihm bereits besser, aber die Regierungsgeschäfte konnte er in seinem Zustand nicht erledigen. Der Thronfolger vertrat ihn deshalb weiterhin. Er fällte inzwischen einige Entscheidungen, ohne den einundachtzigjährigen Vater davon zu unterrichten. Conze sah darin Chancen für seine dringenden Anliegen.

Nun wartete er auf Friedrich Wilhelm. Der hatte sich für zwei Uhr nachmittags angekündigt und folgte so einer Bitte seines Museumsdirektors, die Lage besprechen zu dürfen.

An der schweren Doppeltür wurde geklopft. Conze eilte hin, um zu öffnen. Vor ihm stand sein Hornbrillenassistent und meldete, dass seine Kaiserliche Hoheit soeben den Platz vor dem Museum, vom Kronprinzenpalais kommend, betreten habe.
Der Assistent hatte den Auftrag erhalten, die Ankunft des hohen Gastes zu beobachten und seinem Direktor sofort zu melden.
„Danke."

Conze eilte durch den Kuppelsaal, stürzte vor zum Haupteingang, trat hinaus in das traurigtrübe Oktoberwetter und kam gerade rechtzeitig, um Friedrich Wilhelm, in weißer Uniformjacke, der bereits die ersten Stufen der Freitreppe erklommen hatte, zu empfangen.
„Kaiserliche Hoheit, herzlich willkommen!"
„Conze, kein Tamtam! So ein Sauwetter! Haben Sie mir etwas zu zeigen?"
„In der Tat."
Der Antikendirektor führte seinen Gast durch die von wenigen Besuchern belebte Rotunde. Zwischen den Säulen standen eine mittelmäßige griechische Statue hier, eine etwas bessere da, dann spätrömische Skulpturen, alles auf neudeutschen Sockeln. Von einzelnen Museumsgästen wurde der Thronfolger erkannt und durch Knicks und Bückling begrüßt.
Friedrich Wilhelm holte eine Zigarre aus der Tasche seiner Uniformjacke, blieb in der Mitte vom Kuppelsaal stehen, zündete sie an und schaute auf seinen Gastgeber.
„Conze, Conze, heraus mit der Wahrheit! Erwarten Sie neue Exponate aus Pergamon. Werden Ihre Ausstellungsräume demnächst etwa zu klein?"
„Es sieht ganz danach aus. Zumindest können wir darauf hoffen."
„Das klingt gut."

Die beiden Herren gingen nun in das sparsam möblierte Arbeitszimmer und der Hausherr schloss hinter ihnen die Tür. Zwei hohe Fenster ohne Vorhänge, ein Schreibtisch, wenige Stühle und dunkle Aktenschränke. Vor einem der Fenster stand der schmale, lange Tisch mit den Blättern von Humann. Conze holte einen Aschenbecher für seinen Gast, stellte ihn neben den Zeichnungen ab, lud den Protektor ein näherzukommen und wies auf den Tisch.

„Kaiserliche Hoheit, das sind die Pergamonfunde der ersten drei Tage im Maßstab eins zu zehn."

„Donnerwetter! Wenn wir das durch den türkischen Zoll nach Berlin bekommen, werden das Alte Museum und auch das Neue Museum wirklich zu klein. Jede dieser Platten ist doch über zwei Meter hoch und circa neunzig Zentimeter breit, oder?
Sind das etwa Teile der Gigantenschlacht aus dem Schulbuch des Ampelius, von der Sie mir vor Wochen berichtet haben?"
„Ja."
Friedrich Wilhelm nahm ein Blatt auf, betrachtete es lange, legte es ab und griff nach einem anderen.
„Ich sehe hier nur schön gewandete Göttinnen, die irgendwelche Halbmenschen mit Schlangenschwänzen niederringen. Bei dem Kampf der Olympier gegen die böse Brut der Erdenmutter Gaia waren aber Zeus und andere, vor allem männliche Götter beteiligt. Und wo ist Herakles? Das Orakel hatte verkündet, die Himmlischen werden einen Sieg über die aufsässigen Giganten nur erlangen, wenn ein sterblicher Halbgott wie er sie in der Schlacht gegen die Söhne der Finsternis unterstützen würde.
Herakles, Zeus, Apollon, Poseidon. Die sehe ich hier alle nicht auf Humanns Blättern. Conze, soll das heißen, wir haben es bei den bisher gemachten Funden nur mit einem kleinen Teil des gesamten Frieses zu tun?"

„So sieht es aus, Hoheit! Humann telegrafiert mir laufend von neuen Erfolgen. Das Relief mit dem ersten männlichen Gott hat er auch schon ausgegraben. Wer weiß, was noch zutage kommen würde, wenn die Kampagne weiterginge?"
„Was heißt, wenn? Die Kampagne muss weitergehen! Für Oktober habe ich bereits dreitausend Mark zusätzlich beim Kultusminister angefordert. Das wissen Sie doch. Ihr Humann kann einen Monat länger graben."

„Kaiserliche Hoheit, für Oktober wird das Geld vielleicht reichen, doch was kommt danach?"
„Ja, was denn, Conze?"

„Humann braucht mehr Arbeiter, um so viel wie möglich vor der Regenzeit auszugraben. Außerdem müssen die Funde in Sicherheit gebracht werden. Teure Holzkisten für den Abtransport, Wagen, Büffel als Zugtiere und Fuhrleute müssen bezahlt werden. Inzwischen werden die Platten jede Nacht von eigens dafür eingestellten Wächtern bewacht, um Räuber und Kalkbrenner abzuwehren. Das alles kostet viel Geld und die Zeit drängt. Bald ist Winter und die Wege von der Attalidenburg hinab ins Tal und von da nach Dikeli hinunter zum Meer werden durch Regenfälle für Wagen mit schweren Lasten in naher Zukunft unpassierbar. Außerdem kommen die ersten Neugierigen zu den Grabungen. Humann lässt die gefundenen Relikte deshalb nicht mehr reinigen. Dreck und der alte byzantinische Mörtel sollen die Schönheit der Platten verbergen.
Den türkischen Grabungskommissar, Ali-Riza-Bei, hat Humann, wie er süffisant schreibt, im Griff. Sollte jedoch ein anderer, wirklich sachkundiger Osmane, oder eine große internationale Zeitung vor der Fundteilung Wind vom biblischen ‚Satansthron' bekommen, könnte uns das fürchterlich schaden, so Humanns Angst."
Der Thronfolger legte die Zeichnung ab, griff den Aschenbecher, ging zum Schreibtisch und setzte sich auf die Eichenholzplatte.

„Mehr Geld für Grabung und Transport sind nicht das Problem. Humann soll sagen, was er braucht. Mir fällt schon etwas ein. Sorgen bereitet mir die Fundteilung. Conze, haben Sie eine Idee?"

„Die Teilung zu unseren Gunsten wird kompliziert. Humann versteigt sich schon in Piratenfantasien. In einem Brief, den er wohl tief in der Nacht bei Dortmunder Bier und Öllampenschein verfasst hat, schlägt er mir tatsächlich vor, die Platten der Gigantenschlacht in Holzkisten verpackt zum kleinen Fischerdorf Dikeli zu expedieren. Dort würde ihn niemand hindern, das Ganze per Schiff nach Smyrna schaffen zu lassen. In Smyrna wolle er die Kisten klammheimlich auf ein deutsches Frachtschiff verladen. Sei alles erst einmal in Berlin, solle behauptet werden, das seien die Funde von 1871."
„Mensch, Conze, Ihr Humann ist ein Teufelskerl! Wenn das der Sultan erfährt, liebt er uns, wie er Schliemann liebt und alle Grabungen wären in Zukunft unmöglich."

„Kaiserliche Hoheit, das habe ich ihm genauso geantwortet. Ich glaube, er hat seine Vorschläge selbst nicht wirklich ernst gemeint, jedenfalls kamen von ihm nie mehr solche Räuberpistolen.
Höchstwahrscheinlich haben ihn Müdigkeit, die Sorge um das bisher Erreichte und zu viel Bier aus Dortmund auf seine Ideen gebracht. Wie dem auch sei, wir müssen uns um die Fundteilung von hier aus kümmern."
„Was sagt die Grabungserlaubnis?"
„Nichts. Sie verweist auf das türkische Antikengesetz, und dort steht, dass der Finder, der Grundbesitzer und der Staat je ein Drittel bekommen."
„Conze, das heißt: Berlin erhält bestenfalls ein Drittel? Soll der Gigantenfries in Stücke gerissen werden? Drei Platten hier und drei Platten da. Das ergibt doch keinen Sinn!"
„Kaiserliche Hoheit sollten sich beruhigen. Humann hält das Antikengesetz für osmanische Poesie und meint, mit Diplomatie und Geld wären die Verordnungen zu unseren Gunsten formbar. Er hatte mir schon den Vorschlag gemacht, den gesamten Berg der Burg von Pergamon zu kaufen. Das Gelände gehöre nämlich dem Staat und der Gouverneur von Smyrna könne durch einen guten Preis und etwas Bakschisch vielleicht überzeugt werden, das Areal herzugeben."
„Selbst, wenn das gelänge, hätten wir erst zwei Drittel."
„Wir bekommen vielleicht alles. Wir müssten jedoch Prioritäten setzen. Ich denke, der Altarfries gehört unbedingt nach Berlin. Wenn wir die Grabungen in den nächsten Jahren aber fortsetzen würden, und wenn Kaiserliche Hoheit das bewilligen wollten, könnten in Pergamon auch Schätze von anderen Bauwerken ans Licht gebracht werden. Ein oder zwei Drittel der von den Osmanen geforderten Anteile kämen so sicher schnell zusammen. Irgendwelche Säulen und Skulpturen könnten wir den Türken als Äquivalent für alle Platten des Gigantenreliefs anbieten. Zunächst sollten wir das bereits Gefundene aber für Berlin sichern."
„Und wie, Conze?"
„Kaiserliche Hoheit, auch da hat Humann in seinem letzten Brief eine schöne Idee geäußert. Er hat seinen Aufseher, Ali-Riza-Bey, schon dazu gebracht, an hunderte von Platten zu glauben, die aus dem antiken Boden von Pergamon in nächster Zukunft ans Licht kommen werden. Er ließ ihn schlussfolgern, dass die bisher gefundenen Teile bald mit neu

gefundenen Reliefplatten verrechnet werden könnten. Ali-Riza hat wohlgefällig genickt und nun hängt alles vom Gouverneur in Smyrna ab. Wie wird der die Sache nach Konstantinopel vermitteln?"
„Conze, das klingt nach einer Aufgabe für Staatssekretär von Radowitz, vielleicht sogar für Bismarck. Ich werde das Außenamt scharfmachen. Die sollen sondieren, ob sich beim Sultan mit einer Sperde für gute Zwecke Zollpapiere für unsere Antiquitäten erwirken lassen. Ach übrigens, sollte die Botschaft Ihrer Meinung nach über die Sensationsfunde informiert werden?"
„Kaiserliche Hoheit, davon rate ich dringend ab. Humann berichtete mir von einem Treffen mit dem Gesandtschaftsrat Schröder in Konstantinopel, der ihm vor wenigen Wochen einen zurückgehaltenen Brief vom Grabungsantrag 1874 zeigte. Der war vor Kurzem in irgendeiner Schublade aufgetaucht.
Die Kampagne, die der junge Archäologe Gustav Hirschfeld damals durchführen wollte, kam bekanntlich nie zustande. Irgendein Übelwollender hatte seinen Einfluss in Konstantinopel geltend gemacht. Niemand weiß, wer das gewesen war und von wo aus er agiert hatte. Berlin? Wolkenkuckucksheim? Ich würde unsere Botschaft darum nur gezielt wegen Fundteilung und Ausfuhrbewilligung bemühen. Den großen Hintergrund, das antike Weltwunder, den ‚Satansthron' würde ich unserer Vertretung an der Hohen Pforte besser nicht erhellen. So wird auch in Berlin kein unbefugter Presseschreiber erfahren, was sich auf der Akropolis von Pergamon wirklich tut. Wer bisher eingeweiht war, sollte auch von den neuen Entwicklungen wissen. Schöne und sein Minister, Radowitz und Bismarck, Carl Humann, Sie und ich. Aus!"
„Danke, Conze, jetzt weiß ich, was zu tun ist. Keine Sorge, wir werden das Kind schon schaukeln. Haben Sie Cognac?"
„Einen Hennessy."
„Perfekt!"

Der Direktor der antiken Skulpturen ging zu seinem Schreibtisch und holte eine volle Flasche sowie einen Cognacschwenker aus dem Seitenfach hervor. Er hatte sich nach den Gewohnheiten des Thronfolgers bei seinem Haushofmeister erkundigt und vorgesorgt.
„Trinken Sie nichts?"
„Kaiserliche Hoheit, so früh am Nachmittag vertrage ich keinen Alkohol."

„Dann müssen Sie üben. Auf Ihr Wohl, Herr Direktor!" Der Protektor trank in einem Zug aus und löschte seine Zigarre.
„Zeigen Sie mir doch bitte dieses Plattenfragment aus Pergamon, das Sie vor Wochen hier im Souterrain neben dem Antiquarium meines alten Lehrers Curtius entdeckt haben. Ich kenne das Relief noch nicht."
„Das würde ich gerne tun. Es liegt allerdings immer noch hier im Keller. Wir müssten hinuntersteigen und mit einer Petroleumlampe Licht machen."
„Das klingt nach Abenteuer. Worauf warten Sie?!"

Die beiden Männer verließen das Arbeitszimmer, gingen durch die Kuppelhalle und nahmen den Weg zu einer Treppe, die hinunter ins Antiquarium, am Büro von Direktor Ernst Curtius vorbei, zu einigen Magazinräumen führte. An Vitrinen mit Vasen und Gemmen entlang ging Conze mit dem Thronfolger durch die Gewölbe, öffnete eine Tür, griff sich die bereitstehende Öllampe und zündete sie mit seinem Feuerzeug an. Er umturnte aufgestapelte Skulpturenfragmente und gelangte in die Tiefe des fensterlosen Raumes. Nun zog er eine Plane fort und beleuchtete das Plattenfragment. Das Relief tanzte unter dem sich ständig ändernden Licht der schwankenden Lampe. Friedrich Wilhelm trat näher.

„Ein schönes Stück, Conze. Halten Sie doch mal die Lampe still! Der bärtige Greis ist offenbar schon tödlich getroffen. Seine Abwehrgeste mit dem Schild wirkt fast hilflos. Vom Angreifer sieht man nur einen Teil von Oberkörper und Arm, er hält eine Waffe. Ist es ein Speer?"
„Vermutlich. Vielleicht auch eine Keule."
„Der Feind des Giganten trägt Keule und Löwenfell? Herakles?"
„Ich weiß es noch nicht. Kaiserliche Hoheit werden die weiteren Funde abwarten müssen, bevor wir an die Deutung einzelner Figuren gehen können."
„Das Relief ist ähnlich pathetisch wie der sterbende Jüngling oben im Saal. Wenn alle Platten so voller Dramatik sind, können wir uns auf einiges gefasst machen. Das ist keine steife Apotheose mythischer Mächte. So menschlich gefühlvoll kam die griechische Sagenwelt bisher selten daher. Schade, dass vieles an den Figuren beschädigt ist."

„Kaiserliche Hoheit, die byzantinischen Christen des achten Jahrhunderts waren keine Archäologen. Für sie war der spätgriechische Zeusaltar Satanswerk. Wir können froh sein, dass sie ihn nur als Steinbruch für ihre Mauer verwendet haben, hätten sie Kalk daraus gebrannt, wäre nichts mehr übrig. So können wir Christen von heute die Relikte der bedenkenlosen Abrissaktion unserer Glaubensvorväter vielleicht wieder reumütig zu einem halbwegs stimmigen Ganzen zusammenbringen."
„So soll und muss es sein! Ich werde jedenfalls alles in meiner Macht Stehende dafür tun. Vieles wird in Zukunft einfacher. Sie sollen es als Erster wissen. Graf Usedom hat endlich eingesehen, dass ein Verharren auf seinem Posten keinen Sinn mehr macht. Schauen Sie nicht so erstaunt, Conze! Generaldirektor Usedom bittet den Kaiser tatsächlich um unbefristeten Urlaub."
„Kaiserliche Hoheit, das sind Neuigkeiten!"
„Es kommt noch besser. Professor Richard Schöne wird neben seiner Stelle im Kultusministerium auch in der Generaldirektion der Museen unser Partner, offiziell zwar nur als Stellvertreter, aber de facto muss Ministerialrat Schöne den Grafen in nichts mehr einbeziehen. Das habe ich angeordnet. Notfalls könnten wir auch von ihm Gelder aus dem Museumsfonds bewilligt bekommen. Das wäre mit dem alten, intriganten Usedom unmöglich gewesen. Also, Conze, wann immer Sie Hilfe brauchen, zögern Sie nicht, mich zu bitten! Wir finden Wege für alles."
„Danke, Hoheit."

Der Direktor führte den Thronfolger aus dem Gewölbe löschte die Petroleumlampe, schloss die Tür und begleitete seinen Gast hinauf zum Haupteingang. Hier verabschiedete er sich. Friedrich Wilhelm ging schnellen Schrittes die Freitreppe hinunter Richtung Kronprinzenpalais.

Das Licht war inzwischen durch die Regenwolken gebrochen. Conze und sein Altes Museum badeten in herbstlichen Sonnenstrahlen.
Eigentlich Rationalist, konnte er plötzlich der Versuchung nicht widerstehen, diesen Wetterumschwung als gutes Omen für die Zukunft seiner Antikensammlungen zu deuten.

TRANSPORT

Vom Kiesstrand des kleinen Fischerdorfes war durch Regenschleier das nahe Lesbos zu erahnen. Bei gutem Wetter schien die Insel zum Greifen nahe, doch heute verschwand sie hinter grauen Schwaden. Hier im Naturhafen von Dikeli wartete aber wichtige Fracht auf ihren Transport nach Berlin. In Reih und Glied lagen vierzig große Holzkisten am Strand und sollten eigentlich auf Leichterschiffen zum kaiserlichen Kanonenboot draußen in der Bucht geschleppt werden.
Die Transportkähne samt Dampfschlepper hatte Humann in Lesbos gemietet, um mit ihnen die tonnenschweren Lasten zur „Comet“ bringen und per Kran an Bord des kaiserlichen Schiffes hieven zu lassen. In Smyrna müssten die Kisten auf große Lloyddampfer mit Ziel Triest verladen werden, von dort sollte alles per Bahn weiter in die Reichshauptstadt Berlin.

Die „Comet“, der kleine Dampfer der deutschen Botschaft, lag abfahrbereit vor Reede. Das Schiff hatte vier Kanonen an Bord und geringen Tiefgang, war deshalb für die Bucht von Dikeli geeignet, konnte aber wegen seiner Bewaffnung nur wenig Fracht aufnehmen. Um die jetzt bereitstehenden Kisten mit den Ergebnissen der ersten Fundteilung nach Smyrna zu bringen, wären bei gutem Wetter mindestens fünf Fahrten nötig geworden. Bei Sturm konnte nicht so viel geladen werden. Der Schwerpunkt musste bei rauer See tiefer liegen, weniger Last dürfte an Bord. Sechs oder sieben Fahrten wären dann erforderlich.

Dreißig türkische Arbeiter und zwei Büffelwagen standen bereit, um die Kisten von der kleinen Hafenmole, die Humann eigens hatte erweitern lassen, auf die Leichterschiffe zu wuchten. Das Wetter an diesem frühen Januarmorgen des Jahres 1879 war aber ungünstig. Ein scharfer Westwind sorgte für hohen Wellengang. Die kleinen Zubringer konnten mit den schweren Lasten nicht hinüber zum Dampfer fahren. Sie drohten zu kentern. Der lange vorbereitete und endlich genehmigte Abtransport der ersten Funde musste zunächst noch warten.

„Der Sturm wird sich bald legen."
So jedenfalls lautete die Prognose eines wetterkundigen griechischen Vorarbeiters.

Humann saß derweil mit dem Kommandanten der „Comet", Kapitänleutnant von Briban, in dem kleinen griechischen Café des Fischerdorfes, einem Bretterverschlag mit kaputten Fensterscheiben und trank Tee. Der Marineoffizier war schweigsam wie ein Seehund und sah mit seinem Schnauzbart auch so aus. Anfangs ging sein Blick noch zu Humann, dann nur noch Richtung Schiff. Er trommelte mit den Fingern auf die Tischplatte. Er wollte auslaufen. Beide Männer starrten von der verwittert hölzernen Veranda in die graue sturmgepeitschte Ägäis und hofften auf baldige Wetterbesserung.

Der Westfale und seine dreißig einheimischen Arbeiter hatten die letzten Herbstwochen mit dem Transport der Kisten oben von der Akropolis hierher ans Meer zugebracht. Zunächst musste der anderthalb Kilometer lange Weg von der Burg ins Tal zum Städtchen Bergama instand gesetzt, zum Teil sogar neu gebaut werden. Schlaglöcher wurden aufgefüllt, Engstellen verbreitert und neue Serpentinen angelegt.
Die schweren Lasten wurden auf große Holzschlitten gehievt, dann erst von den Männern und später auf dem neuen Weg mit Büffeln ins Tal gezerrt.
Das war zeitraubend. Bestenfalls kamen zwei Ladungen pro Tag unten an. Hier wurden sie dann auf stabile Wagen verladen, um sie nach und nach ins achtundzwanzig Kilometer entfernte Dikeli zu schaffen.

Die spätherbstliche Regenzeit hatte irgendwann begonnen. Schlamm, defekte Holzbrücken und überschwemmte Straßen machten die Fahrten zum Abenteuer. Zudem stellten sich die Männer oft ungeschickt an. Sie kannten sich nur mit den landestypisch einachsigen Wagen aus. Mit denen konnten aber nicht alle Lasten bewegt werden.

Den eigens für Schwertransporte von Humann entworfenen und in Auftrag gegebenen Zweiachser mochten die Türken nicht. Sie kamen mit ihm nicht zurecht. Mal nahmen sie die Kurve zu eng, mal fuhren sie zu schnell über die holprige Piste, mal krachten sie gegen Häuserwände. Räder brachen. Doch auch mit den einachsigen Wagen ging nicht alles glatt. Unbeaufsichtigte Büffel zogen eines Tages das Gefährt samt Kiste in den Fluss, um zu baden.

„Könnt Ihr nicht aufpassen? Ihr seid genauso blöd wie Eure Büffel!“, entfuhr es Humann an einem regnerischen Novembertag. Gott sei Dank auf Deutsch!

Es dauerte viel länger als geplant, die Teile der Gigantenschlacht hinunter zum Fischerdorf Dikeli für den Zwischentransport nach Smyrna zu schaffen.

Doch endlich konnte an die deutsche Botschaft in Konstantinopel gekabelt werden: „Fracht steht bereit. Die Comet kann kommen.“
Das Schiff setzte sich sofort, wie vom Botschafter zugesagt, vom Bosporus in Bewegung. Nun lag es in der Bucht vor Reede und wartete darauf, beladen zu werden.

Die Ausgrabungen oben auf der Burg wurden während der wochenlangen Transportarbeiten hinunter zum Meer von Humann trotzdem fortgesetzt.
Der Westfale hatte Antikendirektor Alexander Conze im Frühherbst dringend um Hilfe gebeten, wollte die Suche nach weiteren Teilen des Altars keinesfalls wegen der Verschiffung der Funde verzögern. Außerdem waren Marmorinschriften zur Stadtgeschichte aus hellenistischer Zeit sowie Platten eines kleineren Frieses aufgetaucht, die protokolliert werden mussten. Humann hatte dafür kaum Zeit. Der Abtransport der Antiken und die Erledigung aller Ausfuhrformalitäten in Smyrna hatten Vorrang. Conze erkannte, Eile war geboten!
„Ein weiterer Fries? Inschriften zur Stadtgeschichte? Ein fähiger Adlatus muss her!“

Der junge Gerhard Lolling, ein Doktor der Altphilologie, der schon Erfahrung bei den Grabungen von Ernst Curtius in Olympia gesammelt hatte, wurde von ihm für diese Aufgabe umgehend auf Kosten des Deutschen Archäologischen Instituts von Athen nach Pergamon gesandt.
„Ein Altphilologe als Assistent bei der Spatenarbeit?!" Humann war zunächst skeptisch.
Bald aber suchten achtzehn Arbeiter unter Lolling oben am Burgberg weiter nach Teilen des Zeusaltars. Die beiden Männer verstanden sich prächtig. Der einunddreißigjährige Altertumsforscher, ein intelligenter, tüchtiger Kerl mit braunem Vollbart, machte seine Sache ausgezeichnet. Viele Platten des Götterkampfes waren durch Humann und ihn bis Dezember bereits gefunden worden. Zudem wurden unzählige Relieffragmente, Marmorstatuen, Inschriften und Architekturteile geborgen.

Auch weitere Platten des neu entdeckten Reliefs brachten sie zutage. Beim Altarfundament und beim Abbruch der christlich-byzantinischen Mauer kamen sie zum Vorschein. Die Figuren waren von halber Lebensgröße, also kleiner als die der Gigantenschlacht, die Platten nicht höher als eineinhalb Meter und siebzig Zentimeter breit. Sie bildeten offensichtlich einen eigenen Zyklus, gehörten aber zweifellos zum Zeusaltar. Welchem Thema sie folgten, blieb zunächst vage. Humann fertigte trotz knapper Zeit davon Zeichnungen an.
Eines Abends, bei Öllampenschein und Dortmunder Bier im Grabungshaus in Bergama überkam Lolling plötzlich eine Erleuchtung. Wieder und wieder hatte er die Handzeichnungen des Westfalen studiert und war sich nun sicher.

„Herr Ingenieur, das muss es sein! Die Platten des kleinen Frieses beschreiben den Telephos-Mythos. Sehen Sie! Hier dieses Blatt von Ihrer Hand. Das ist Herkules. Er stützt sich auf seine Keule und betrachtet einen Knaben, der an den Zitzen einer Löwin trinkt. Das ist ohne Zweifel Telephos, der mythische Urvater der Attalidendynastie. Er ist ein Sohn von Herkules und somit ein Enkel des Göttervaters Zeus. Die Attaliden leiteten ihren Herrschaftsanspruch, wie viele Dynastien der Zeit, von einer göttlichen Abkunft her. Auch heute noch ist man auf dem Thron gern von Gottes Gnaden.

Interessant ist die Variation des Motivs. Normalerweise wird Telephos von einer Hündin oder einer Hirschkuh gesäugt. Zahllose Münzfunde belegen das. Da, auf Ihrer Zeichnung säugt eine Löwin den Telephos. Das deutet auf eine provokante Abgrenzung zum Gründungsmythos von Rom hin. Remus und Romulus wurden von einer Wölfin gesäugt; hier bei unserem pergamenischen Telephos ist es das ranghöchste aller Tiere, eine Löwin! Das deutet meiner Meinung nach auf eine arrogante Demonstration der eigenen Überlegenheit gegenüber dem mächtigen Römischen Reich hin. Ein Löwe gilt mehr als ein Wolf, auch heute noch. Die einstige Bündnismacht der Attalidenkönige wurde so zum minderwertigeren Feind erklärt. Damit können wir zudem die Entstehung des Zeusaltars zeitlich genauer bestimmen. Das Bauwerk muss nach den Siegen der Herrscher von Pergamon über die rohen, mit den Römern verbündeten Keltenstämme entstanden sein. Vielleicht als Dank dafür, dass Urvater Zeus seinen Nachkommen den Sieg über die keltischen Barbaren gönnte.
Das wirft ein ganz neues Licht auf die gesamte Bedeutung der Gigantomachie vom Zeusaltar. Die Götter könnten die siegreichen, vom höchsten Olympier selbst abstammenden Attaliden symbolisieren, die Titanen und Giganten hingegen die halbtierischen mit den Römern verbündeten Kelten. Der Altar würde so der Selbstvergötterung der Herrscher von Pergamon gedient haben."
„Donnerwetter, Lolling, das macht Sinn. Bravo! Ich werde Conze telegrafieren. Hoffentlich finden wir den ganzen Telephos-Fries. Wir müssen wie die Maulwürfe nach weiteren Platten graben. Ich will alles!"

Bald jedoch verschlechterte sich durch die Jahreszeit bedingt das Wetter. Tagelange Regengüsse machten jede Erdarbeit unmöglich. Das Tal zu Füßen der Akropolis verwandelte sich bis zum Horizont in einen See. Auch die Transporte kamen ins Stocken. Die Kampagne auf dem Burgberg wurde eingestellt. Grabungen mussten bis zum kommenden Frühjahr ruhen. Aufseher bewachten Tag und Nacht die Funde.
Nur der Abbruch der byzantinischen Mauer sollte von wenigen Arbeitern über den Winter fortgesetzt werden. Das konnte der Westfale ohne Probleme selbst leiten. Lolling und Humann verabschiedeten sich herzlich und der junge Altphilologe fuhr zurück nach Athen. Ali-Riza-Bei ging von Bakschisch beflügelt nach Smyrna in die Winterpause. In Pergamon gab es für ihn bis zum nächsten Frühjahr nichts mehr zu tun.

Conze, sein Freund Schöne und der Thronfolger hatten inzwischen alle Hebel in Bewegung gesetzt und Geld für Pergamon zusammengebracht. Das preußische Kultusministerium wies bisher jeden Monat dreitausend Mark aus seinem Etat an. Im neuen Jahr sollten es sechstausend werden. Professor Schöne, als Defacto-Generaldirektor, machte Beträge der Berliner Museen locker. Das Geld reichte dennoch nicht. Ausgrabung, Wegebau, Kisten, Transport, Frachtgebühr und Bewachung verschlangen Unsummen. Außerdem musste Humann bezahlt werden. Der konnte neben den Arbeiten für Pergamon keiner anderen Tätigkeit nachgehen und musste seine Familie erhalten. Der Kaiser war gefragt.

Wilhelm I. war inzwischen wieder gesund. Das Attentat hatte er besser überwunden als erwartet. Sein Sohn vertrat ihn nicht länger. Das machte vieles komplizierter.
Friedrich Wilhelm, nun wieder ausschließlich Protektor der Königlichen Museen, musste seinen Vater bei Extrawünschen umständlich einbeziehen. Die solide Finanzierung der Grabungen in Pergamon für die nächsten Jahre stand an. Circa einhundertzwanzigtausend Mark wurden insgesamt benötigt. Wilhelm musste vom Sinn einer großen Kampagne, die den ganzen Burgberg erforschen sollte, überzeugt werden. Conze wollte eine wissenschaftliche Erkundung der gesamten Attalidenstadt. Friedrich Wilhelm war einverstanden, musste den Vater aber dazu bringen, Geld bereitstellen zu lassen. Das war harte Arbeit.

„Mensch, Fritz! Hundertzwanzigtausend! Woher nehmen? Fünfzigtausend müssen reichen. Fünfzigtausend Mark sind immer noch zu viel für das osmanische Abenteuer. Der Türke ist unzuverlässig.
Außerdem, was bleibt dann für unseren Curtius und sein griechisches Olympia übrig? Viel zu wenig. Da hängt aber sein Herz dran. Ja, ich weiß, Bismarck hält die Kampagne in Griechenland für sinnlos. ‚Außer Spesen nichts gewesen', sagt er immer wieder und will die Mittel zugunsten von Pergamon kürzen.
Dir ist das egal? Fritz, seit wann bist du so gefühllos? Die traurige Nachricht musst du meinem lieben Curtius selbst überbringen, hörst du?! Hoffentlich ist er mir deshalb nicht böse. Er hat mir so schöne Gedichte geschrieben. Genesungswünsche. Zwanzig Strophen! Ich habe fast geweint. Allein dafür verdient er einen Orden.

Fritz, du rauchst zu viel! Fünfzigtausend Mark für Pergamon. Hoffentlich lohnt sich der Lotterieeinsatz. Wo liegt das eigentlich? Schau nicht so, ich weiß. Auf der Mittelmeerkarte irgendwo unten rechts. Fritz, du bekommst fünfzigtausend Mark, keinen Pfennig mehr. Dafür müssen aber Goldfunde her, wie dieser Schliemann sie kistenweise in Troja und Mykene zutage gebracht hat! Schaffst du das? Du musst! Du bist mein Sohn! Mein Gott, fünfzigtausend Mark für irgendwelche Buddeleien in Kleinasien und Ernst Curtius soll sparen? Das geht nicht. Ich werde Geld für ihn beschaffen, mit Bismarck reden. Olympia muss unbedingt weitergehen. Mir wird schwindlig. Ich muss mich setzen."

Der Kaiser war nicht in die Hintergründe eingeweiht worden. Genaue Informationen über die Bedeutung des Zeusaltars waren für ihn tabu. Wilhelm sollte erst einmal nichts vom Weltwunder des Ampelius und dem biblischen „Satansthron" erfahren. Sein Sohn misstraute der Verschwiegenheit seines greisen Vaters. Wilhelm trank in seinem Berliner Palais immer noch viel zu oft Tee mit Usedom und anderen bösartigen Hofschranzen.

Dank der vom Herrscher bewilligten Mittel war die Zukunft der Pergamonkampagne erst einmal gesichert. Ab März 1879 konnte sie mit mindestens siebzig Arbeitern fortgesetzt werden. Alexander Conze war zufrieden. Er wollte im Frühjahr selbst zum Fundort reisen, sich ein Bild von der Lage vor Ort verschaffen, die nächsten Schritte einer Gesamtausgrabung der Attalidenresidenz planen.

Die Teilungsfrage hatte Ende Oktober nach vielem Hin und Her eine für Berlin zunächst erfreuliche Wendung genommen. Die Hohe Pforte überließ den Königlich-Preußischen Museen alle vierundzwanzig Platten und die unzähligen Fragmente der Gigantenschlacht, die Humann bis dahin aus dem Boden geholt hatte.
Von den Altarfunden ab November 1878 sollten aber nur zwei Drittel nach Berlin gehen, ein Drittel behielt sich der Sultan vor. Weitere Bemühungen waren jedoch im Gange.

Bismarck hatte sich, von der Bedeutung der Angelegenheit zunehmend überzeugt, eingeschaltet. Es wurde darüber verhandelt, dass die Hohe Pforte gegen Zahlung von etwa zwanzigtausend Goldmark den Preußen zumindest alles überlassen würde, was an Reliefs und Architekturteilen vom Zeusaltar zutage käme. Der Gigantenkampf und die kleineren Platten des neu entdeckten Telephos-Frieses sollten alle unbedingt nach Berlin. So wollte es Antikendirektor Conze. Es gäbe ja noch weitere Schätze in Pergamon. Tempel, Statuen, Inschriften, Gebäudeschmuck. Bei den anderen – bereits gemachten und zu erwartenden – Funden sollten die Türken auf ihre Kosten kommen.

Humann half im Hintergrund tüchtig mit, instruierte die Botschaft und trank Pfefferminztee beim Großwesir. Der endgültige Bescheid stand aber noch aus. Den Osmanen waren figürliche Bildwerke aus religiösen Gründen zwar zutiefst suspekt, ihr islamischer Glaube liebte keine Menschendarstellung, dennoch ließen sich die türkischen Spitzenbeamten beunruhigend viel Zeit. Deutsches Geld sollte laut Bismarck aber erst fließen, wenn die Abmachung mit der Hohen Pforte verbindlich beschlossen sein würde. Der Sultan zog die Verhandlungen quälend lange hin, verwies auf immer neue Gespräche und Beratungen zwischen ihm, dem Großwesir und seinen Ministern.
Der preußischen Seite blieb nichts anderes übrig, als die aus dem Boden quellenden Funde bis zur endgültigen Teilung sicher zu verwahren und ansonsten geduldig abzuwarten.

„Jetzt geht es los!“
Kapitänleutnant von Briban stand auf, knöpfte seine marineblaue Uniformjacke zu und ging mit staksigen Schritten ans Ufer. Er stieß einen gellenden Pfiff aus. Der ganze Strand stand stramm. Kurz danach kam ein Ruderboot mit zwei Matrosen von der „Comet“ herüber und fuhr ans Ufer. Der Marineoffizier stieg ein und wendete sich noch einmal dem Barackencafé zu.
„Auf Humann! An die Arbeit!“
Er nahm hinten im schwankenden Bötchen mit seinem breiten Hintern Platz und ließ sich über die Bucht zum Kanonendampfer schaukeln. Das Einschiffen der Lasten wollte er persönlich überwachen.

Die See war inzwischen deutlich ruhiger, der Wind hatte spürbar nachgelassen. Humann besprach sich kurz mit seinen Vorarbeitern und die gaben ihre Zustimmung. Mit der Einschiffung der Ladung konnte begonnen werden.

Raue Kommandos ertönten und dreißig Männer machten sich an die erste Kiste, um sie auf einen Wagen zu hieven. Sie wog zwanzig Zentner. Nach mehreren mühseligen Versuchen war es geschafft.
Nun zogen Büffel das Gefährt zur kleinen Mole. Seile wurden angebracht, die Kiste langsam per Kran in das bereitstehende Leichterschiff herabgesenkt. Drei griechische Seeleute koppelten den Schlepper an und hielten unter starkem Dampf in der immer noch bewegten Bucht auf die „Comet" zu.
Das deutsche Schiff lag quer zum Wind und so ließ das Schaukeln, je näher das Schleppboot dem anderen Dampfer kam, mehr und mehr nach. Kapitänleutnant von Briban gab Befehl für den Kranhaken. Bald war die erste Kiste im Schiffsbauch sicher verstaut.
So ging es weiter. Das Wetter besserte sich zusehends und am späten Mittag war die „Comet" beladen und machte sich für die Abfahrt nach Smyrna bereit. Die Fahrt an der gezackten Küstenlinie entlang würde mindestens sieben Stunden dauern. Sechzig Seemeilen. Dann müsste alles auf den wöchentlich nach Triest abgehenden Lloyddampfer verladen werden. Erst drei Tage später könnte frühestens wieder Fracht an Bord genommen werden.

So ging es Woche für Woche. Das Wetter war bisweilen gnädig, oft ungnädig, doch nach einem Monat hievten die deutschen Matrosen die letzte Kiste der ersten Fundteilung in der Bucht von Dikeli auf das kaiserliche Dampfschiff.

Humann bezahlte seine türkischen Transportarbeiter, gab Bakschisch, verabschiedete sich herzlich von ihnen, ging per Ruderboot an Bord der „Comet" und fuhr als Gast des Kapitäns Anfang Februar 1879 heim nach Smyrna zu Frau und Kind. Dort musste er noch den Weitertransport der Fracht nach Berlin überwachen. Der Westfale öffnete eine Flasche Dortmunder Bier, stellte sich an die Reling und schaute auf das raue Meer.

„Was ist in den Kisten?"
Kapitänleutnant von Briban hatte sich unbemerkt neben Humann gestellt.
„Mein Gott, Herr Kommandant! Sie haben mich erschreckt. Ich schaue weltentrückt auf die schönen Wogen, zähle Delphine, vertiefe mich in den zinnoberroten Sonnenuntergang, trinke Dortmunder und nun kommen Sie jählings mit einer Kontoristenfrage."
„Sie wollen mir nicht antworten?"
„Doch, ich habe nichts zu verbergen. Auf den Frachtpapieren, die Ihrem Ersten Offizier vorliegen, steht: Altertümer aus Pergamon. Das ist nicht gelogen."
„Was für Altertümer? Die Kisten sind riesig und schwer. Bauen Sie da oben auf der Akropolis ganze Tempel ab?"
„Nein."
„Ich sehe schon, Ihnen ist nicht nach Plaudern." Von Briban zündete sich mit seinem Sturmfeuerzeug eine Pfeife an und setzte sein Verhör unbekümmert fort.
„Ich komme aus Konstantinopel. Da gehen in diplomatischen Kreisen Gerüchte um. Es wird gemunkelt, Sie hätten hier in Pergamon einen ganz dicken Fisch an der Angel. Viel Geld soll geflossen sein, um alles legal außer Landes bringen zu dürfen."
„Herr Kapitän, wer erzählt solchen Unsinn?"
„Das sag ich nicht, Humann."
„Ich verstehe. Doch kann ich Sie beruhigen, bisher ist kein Pfennig für irgendetwas an irgendwen geflossen. Das schwöre ich beim Leben meiner lieben Frau und meines zwölf Wochen alten Sohnes. Wer sich in Konstantinopel mit solchen Meldungen wichtigmacht, hat von den Vorgängen in Pergamon keine Ahnung."
Der Kapitänleutnant spürte, wie sein Passagier ihm auswich und ließ ihn in Ruhe. Er hatte auch so genug erfahren.

„Humann, kommen Sie heute Abend in meine Kabine! Ich lade Sie zum Essen ein. Dortmunder Bier habe ich nicht, aber einen guten Rum aus Jamaika kann ich bieten."
„Danke, ich werde kommen, vielleicht erzählen Sie mir nach dem dritten Glas, wer in Konstantinopel Gerüchte über Pergamon in die Welt setzt."
„Vielleicht tue ich das. Vielleicht erzählen Sie mir dann aber auch, welche Sensationen wirklich in den Kisten da unten versteckt sind."

Humann lächelte den Seebären an.
– Nichts werde ich verraten. Die Sache mit dem „Satansthron" bleibt geheim, bis der Sultan die Ausfuhr aller Teile bewilligt hat. Da hilft kein Rum. –

Von Briban ging zurück auf die Brücke. Abends traf man sich bei ihm zum Essen. Es wurde viel getrunken, aber weder Humann noch der Marineoffizier gab irgendetwas preis. In der Nacht erreichten sie nicht mehr ganz nüchtern den hell erleuchteten Hafen von Smyrna.

ZUKUNFTSPLÄNE

An der Tür vom Arbeitszimmer des Antikendirektors im Alten Museum von Berlin wurde geklopft. Es war schwül und heiß an diesem Einundzwanzigsten August 1879. Alexander Conze knurrte.
„Jetzt nicht!“

Der Direktor schwitzte, saß mit offenem Hemd und heruntergelassenen Hosenträgern an seinem Schreibtisch und wollte endlich die zahllosen Aufzeichnungen ordnen, die er bei seinem mehrwöchigen Aufenthalt von April bis Ende Juni in Pergamon gemacht, gesammelt und von den beiden Grabungsarchitekten erhalten hatte. Er hatte die zwei Wissenschaftler eigens zur Erforschung des Altars nach Kleinasien geholt. Zudem mussten Humanns Handzeichnungen der Funde geordnet, Briefe und Telegramme aus den Ministerien archiviert, Aquarelle des Malers Christian Wilberg, den das preußische Kultusministerium zur Dokumentation der Akropolis gesandt hatte, durchgesehen werden. Stapel von Fotografien, Inschriftenprotokollen, Fundvermerken, Lagebezeichnungen, Tagebucheinträgen, ganze Berge von Papier wollten sortiert und für kommende Publikationen vorbereitet werden. Zudem standen in einem Saal des Museums seit Ende Februar unzählige Kisten mit Altarreliefs: Humanns erste Lieferung.
Die Schätze warteten auf ihre Verwendung. Das alles ging nicht wie gewünscht voran. Seit sechs Wochen war Conze wieder in Berlin, kam mit dem Durchsehen der Dokumente und dem Aufstellen der Pergamonplatten neben seinen laufenden Arbeiten aber nicht hinterher. Das machte ihn zunehmend gereizter.
Es klopfte wieder.

„Verflixt und zugenäht, hat man hier keine Minute seine Ruhe?“
Der Professor erwartete und wollte heute keinen Besuch. Nun stand er auf, ging zur schweren Doppeltür, um sie zu öffnen und den dreisten Störenfried entschieden abzuweisen.

„Guten Tag, Freund Conze, ich hoffe, ich platze nicht gar zu unerwünscht herein."
Richard Schöne stand schmunzelnd vor ihm.
„Doch, Sie stören ungeheuerlich, aber wenn Sie den Weg zu mir finden, Herr Generaldirektor in spe, wird es hoffentlich einen wichtigen Grund geben. Ich trage heute bei der Hitze keinen Gehrock, auch für Sie nicht, versinke in Arbeit und habe schlechte Laune. Also, treten Sie ein, in drei Teufels Namen!"
„Ihre Stimmung wird sich gleich bessern. Es gibt Neuigkeiten aus Kleinasien."
Schöne überreichte ein Telegramm, zog seine helle Jacke aus, setzte sich auf einen Lehnstuhl neben dem Schreibtisch, legte die Fingerspitzen aneinander und studierte die Miene seines verdutzten Freundes.
Der las die Kabelnachricht zwei oder dreimal, als wollte er den Inhalt nicht glauben, lachte dann kurz auf, warf das Telegramm auf die Tischplatte, zog die Hosenträger über die Schulter und setzte sich etwas steif an seinen Schreibtisch.

„Donnerwetter, Schöne, das sind gute Nachrichten! Alle bisherigen Funde dürfen komplett nach Berlin, die Grabungserlaubnis ist vom Sultan um vier Monate, bis Dezember, verlängert, und alles, was an Friesplatten noch aus dem Boden kommt, erhalten wir als Weihnachtsgeschenk obendrauf?"
„So ist es. Das Telegramm kam vor zwei Stunden ins Außenamt. Der Absender ist unsere Botschaft in Konstantinopel. Radowitz ließ es mir sofort vorbeibringen."
Alexander Conze lehnte sich auf seinem Stuhl zurück.
„Da verstehe einer die Osmanen. Erst ließ sich die Hohe Pforte Wochen und Monate Zeit, reagierte immer misstrauischer auf unsere Offerten und nun auf einmal diese Wendung. Ist von unserer Seite Geld geflossen?"
„Nur die schon länger in Aussicht gestellten zwanzigtausend Mark. Sie sollen auf Bitte des Großwesirs ans Türkische Museum in Konstantinopel gehen. Bismarck, Radowitz und unsere Diplomaten vor Ort haben, wie es aussieht, ganze Arbeit geleistet. Die Umstände waren schwierig, heißt es. Die Botschaftsangehörigen der anderen Länder wussten mehr von Pergamon, als uns lieb sein konnte. Zu viele Augenzeugen waren als Zaungäste auf dem Burgberg, sahen die Unzahl der Funde und streuten

anschließend Gerüchte im offiziellen Konstantinopel. Misstrauen wurde so gegen uns gesät. England und Frankreich waren von einer großzügigen Fundteilung zu unseren Gunsten nicht begeistert. Eifersucht.
Der griechische Konsul hat besonders gegen die Ausfuhr der Platten nach Berlin intrigiert. Er soll der Auffassung sein, hellenistische Antiquitäten gehören ausschließlich nach Athen, selbst wenn sie im Osmanischen Reich gefunden werden.
Hinter den Kulissen wurde gegen Preußen gearbeitet. Womit unser deutsches Außenamt letztlich die Zustimmung des Sultans gewann, will ich gar nicht wissen. Nun bin ich mir fast sicher, dass wir die eine Platte der Gigantenschlacht, die der Humann-Freund Doktor Rallis aus Bergama auf der Akropolis geborgen hat, auch noch nach Berlin holen können. Seit vielen Jahren liegt sie als Geschenk für den griechischen Konsul am Bosporus. Was nutzt dem Konsul aber das einsame Relief, jetzt wo der Rest definitiv nach Berlin geht. Er würde sich mit seiner Weigerung, uns die Platte zu überlassen, nur lächerlich machen."
„Und wie wollen Sie ihn überreden, Schöne?"

„Staatssekretär Radowitz ist an der Sache dran, schickt dem Griechen pausenlos kostbare Druckschriften über attische Altertümer in sein Konsulat, schmeichelt ihm und hofft, ihn umzustimmen. Bisher leider vergebens. Aber steter Tropfen höhlt den Stein, wird er sich denken.
Vielleicht können wir ein Tauschgeschäft vorschlagen. Die einsame Platte vom Zeusaltar gegen irgendeine andere Skulptur aus Pergamon. Was weiß ich? Vielleicht reicht auch ein Orden vom Deutschen Kaiser."
Richard Schöne öffnete einen Knopf seiner Weste.
„Doch alles zu seiner Zeit. Jetzt haben wir erst einmal die Altarreliefs in Sicherheit zu bringen. Humann hat vom deutschen Botschafter bereits die Aufforderung erhalten, alles ohne Zögern per Lloyddampfer nach Berlin zu schicken. Geld spielt keine Rolle. Die Zeit drängt. Alles muss vor der nächsten Regenzeit nach Smyrna."
„Die Verschiffung, mein lieber Schöne, wird eine Weile brauchen. Die erste Lieferung benötigte acht Wochen von Dikeli nach Berlin. Als ich Pergamon vor sieben Wochen verließ, lagen auf dem Burgberg circa achtzig Platten der Gigantenschlacht, dreißig vom Telephos-Fries sowie unzählige selbstständige Skulpturen, Fragmente und Inschriften herum. Inzwischen ist noch vieles dazugekommen. Dies alles muss nun verpackt und

transportiert werden. Da sind schnell zweihundert Kisten beisammen, die müssen von der Burg nach Dikeli und dann nach Smyrna, wo die Großdampfer Richtung Europa auslaufen. Das dauert Monate."

„Mein Gott, Conze, wie viele Platten werden wir noch finden?"

„Friesteile werden zurzeit kaum noch entdeckt. Humann schreibt, die christlich-byzantinische Mauer in der Nähe vom Altar ist abgetragen, das Fundament und die Umgebung sind freigelegt. Es kommen seit Tagen keine Reliefs und Fragmente mehr ans Licht."

„Dann haben wir das Meiste bereits geborgen?"

„Es sieht so aus, Schöne. Der enge Kreis, der um die Auffindung der Gigantenschlacht gezogen wurde, muss von uns erweitert werden. Vielleicht finden wir dann noch Platten. Vielleicht auch nicht. Die nächste Grabungskampagne sollte sich jedenfalls ganz auf die anderen Ruinen der Akropolis konzentrieren. Das ist meine Meinung. Wir werden auch ohne Zeusaltar noch Jahre dort zu tun haben. Ich will ein Bild der gesamten Stadt, vorausgesetzt, die Mittel werden uns gewährt."

Richard Schöne schaute seinen Freund lächelnd an.

„Da bleiben Sie mal ganz entspannt, Conze. Bismarck hat mir bereits im Vertrauen die nächsten Gelder bewilligt. Das wird unseren Antiquarium-Direktor nicht freuen, dem will er sie nämlich streichen. Für Olympia gibt es im nächsten Jahr keine Mark. Das ist aber noch geheim, zu niemandem ein Wort! Bald muss unser lieber, reimender Altphilologe Ernst Curtius sehen, wie er an neues Geld kommt. Ich nehme an, er wird, wenn er davon erfährt, öfter Tee trinken beim Kaiser. Vielleicht stellt der seinen allerhöchsten, privaten Dispositionsfonds gegen ein paar Lobgedichte zur Verfügung. Ich will es ihm wünschen."

„Pfui, Schöne, Sie lästern."

„Ich weiß, und zwar über einen hochverdienten Kollegen. Wie dem auch sei, wir müssen praktisch denken! Olympia kann warten. Der Zeusaltar nicht. Ernst Curtius hält die Reliefs aus Pergamon für belanglose Spätzeitartefakte. Ginge es nach ihm, hätten wir nie einen Pfennig erhalten. Haben Sie das vergessen? Ich nicht! Gottlob hat er darüber nicht mehr die Deutungshoheit. Der Thronfolger teilt unsere Auffassung von dem hohen künstlerischen Wert der Funde und hat Bismarck auf seine Seite gezogen. Sonst sähe es mit weiteren Mitteln seit langem düster aus. Sie schweigen. Was bedrückt Sie?"

„Ach, Schöne, mir bereitet Sorge, wie ich die Gigantomachie und den Telephos-Fries unterbringen soll. Bei mir ist jetzt schon kein Platz. Die Kisten der ersten Lieferung sind noch nicht ausgepackt und nun kommen wieder hunderte aus Kleinasien. Wohin damit?
Die Reliefs müssen aufwendig vom byzantinischen Mörtel gereinigt und anschließend zusammengesetzt werden. Wir haben Tausende von Einzelteilen und noch weiß niemand, wohin sie gehören. Nicht alle Platten sind im Stück erhalten. Wir wissen nur bei wenigen Gruppen, welches Relief wohin passt, bei anderen Teilen fehlen die Anschlüsse."
„Und was nun, Conze?"
„Ich habe bei meinem Besuch in Pergamon Gesimsteile mit Götternamen entdeckt. Auch Namen von Giganten und Titanen fanden sich auf den Architekturteilen. Das wird bei der Rekonstruktion helfen aber das können wir nicht hier auf meinem Schreibtisch vollbringen. Eine Halle muss her, eine riesige Werkstatt und speziell ausgebildete Fachkräfte werden wir brauchen. Jahre wird es dauern, das ursprüngliche Bild des Altars wiederherzustellen. Und dann? Soll alles in irgendwelchen Kellern verschwinden? Wohin mit der Sensation? In unseren Ausstellungsräumen ist kaum Platz, weder für die Arbeiten der Rekonstruktion noch für eine vollständige Präsentation. Unsere Säle sind jetzt schon voll. Die Kunstwerke erschlagen sich gegenseitig."

Richard Schöne schmunzelte listig.
„Ja, mein lieber Conze, dann brauchen wir wohl ein neues Museum."
„Ha! Der Finanzminister wird sich freuen. Wilhelm I. und der Preußische Landtag werden jubeln."
Der Generaldirektor in spe strich seine braunen Haare glatt.
„Vielleicht freuen sich ja alle gemeinsam irgendwann, uns diesen Dienst erweisen zu dürfen."
„Und wie soll das gehen, Schöne?"
„Welche Frage? Wir müssen die Öffentlichkeit auf unsere Seite ziehen. Die Stimmung zu unseren Gunsten wenden. Die Zeit der Geheimniskrämerei ist ab sofort vorbei. Jetzt darf jeder wissen, was wir in Pergamon gesucht und gefunden haben, den biblischen ‚Satansthron', die Gigantenschlacht des Ampelius. Presse, Künstler, interessierte Politiker, Leute mit Einfluss

müssen begeistert werden. Wir werden an den Straßenecken trommeln und die Sensation verkünden: Ein Weltwunder der Antike haben wir nach Berlin geholt!
Sie stellen hier im Alten Museum die besten Reliefgruppen aus. Dann wird die nationale und internationale Presse daran vorbeigeführt.
Wir werden erklären, dass nicht ein Zehntel der Funde aus Platzmangel gezeigt werden kann. Ich bin sicher, das wird seine Wirkung tun. Titelseiten werden erscheinen, internationale Aufmerksamkeit wird entstehen. Wien, Paris, London, Sankt Petersburg und New York werden davon erfahren. Ist es so weit, laden wir den alten Kaiser ein, machen ihm klar, dass sein geliebtes Berlin durch die kleinasiatischen Sensationsfunde mit den großen internationalen Sammlungen in London und Paris gleichziehen könnte. Die Voraussetzung wäre allerdings ein eigenes Museum für die Schätze aus Pergamon."
„Sie sind Optimist. Ein Neubau kostet Millionen."
Schöne zuckte mit den Schultern.
„Conze, das wird nicht von heute auf morgen zu erreichen sein. Ich bin Realist, aber die Debatte um ein Pergamonmuseum wird bald an Fahrt gewinnen. Da bin ich mir ganz sicher. Der alte Berliner Kleingeist will sich selbst überwinden, möchte im Spiegel der Gegenwart seine eigene Größe bewundern. So ist unsere neue Reichshauptstadt. Sie will berühmt werden, geliebt sein, Anschluss an die Geltung der großen Metropolen gewinnen, nicht mehr die belächelte, tumbe Verwandte im märkischen Kiefernwald sein. Diese Lust hin zu neuer Größe ist überall zu spüren, auch bei uns in den Königlichen Museen."
„Sie meinen den jungen Wilhelm Bode."
„Genau. Seit er Assistent bei den Gemälden ist und unsere Renaissanceabteilung leitet, kauft er ebenso wild ein, wie wir ausgraben. Ständig tut er neue Geldquellen auf. Private Kunstmäzene füllen ihm die Säle. Der Thronfolger sorgt für Sonderetats. Bode weiß bald nicht mehr, wohin mit seinen Schätzen und bekommt den Hals dennoch nicht voll. Er wünscht inzwischen ein eigenes Museum nur für seine hochkarätigen Erwerbungen. Niederländische und italienische Malerei, Renaissanceskulpturen will er zeigen.

Außerdem liegen ihm Ausstellungsflächen nur für altdeutsche Kunst am Herzen. Auch dafür kauft er tüchtig ein. Ich unterstütze ihn in jeder Hinsicht. Der Thronfolger auch. Conze, wir müssen groß denken! Die Welt wird sich bald fragen, warum die deutsche Reichshauptstadt nicht angemessene Präsentationsmöglichkeiten schafft, um all die Kostbarkeiten zu zeigen, die sie so großzügig ins Land holt.
Also, wir sollten uns exponieren und die Presse mit unserem antiken Weltwunder ködern. Eine Woge der Kunsteuphorie muss durch Berlin gehen, Pergamon wird sie ins Rollen bringen. So entsteht die Bereitschaft, die Museen zu erweitern. Schluss mit der Leisetreterei. Erst wird die Öffentlichkeit erobert und dann werden die Museumsneubauten betrieben."
Alexander Conze beugte sich vor.
„Schöne, Sie haben sich ja tüchtig Gedanken gemacht und verfügen offensichtlich über eine kerngesunde Portion Größenwahn. Ich bin mit allem einverstanden. Zunächst muss ich Ihnen das Trommeln an der Straßenecke jedoch selbst überlassen. Ende September gehe ich wieder für drei Monate nach Kleinasien und verschaffe mir einen Überblick über das künftig zu Leistende. Die Kampagnen der nächsten Jahre müssen mit Humann geplant werden und vielleicht kommt ja doch noch einiges vom Altar ans Licht. Zu wünschen wäre es!"
„Fahren Sie allein?"
„Nein. Grabungsarchitekten, die bei der planmäßigen Rekonstruktion der antiken Stadt helfen und mir einen genauen Überblick zu anderen Tempeln, Gymnasien und Palästen verschaffen, werden mich begleiten. Es wäre doch furchtbar, wenn von unseren Bemühungen in Pergamon nur der Satz übrig bliebe, die Preußen haben sich den Zeusaltar gesichert und ansonsten alle Spuren der Attalidenresidenz vernachlässigt."
„Da bin ich Ihrer Meinung."

Der amtierende Generaldirektor Richard Schöne stand auf und zog sich seine Jacke an. Er wollte zur Tür, wandte sich aber noch einmal an seinen Freund.
„Machen Sie sich Gedanken, Conze, welche Teile vom Gigantenfries im Alten Museum gezeigt werden sollen! Am besten geschlossene Gruppen. Sie haben den Überblick, was hier im Museum und in Pergamon herumliegt und für unsere Propagandaschlacht taugt. Das Beste soll Humann zuerst nach Berlin schicken. Reisen Sie wie geplant nach

Kleinasien, aber lassen Sie mir einen genauen Plan für die Präsentation der Altarplatten da! Sie haben doch Zeichnungen von allen Funden. Ich denke, im November sollte die Eröffnungsschau stattfinden können. Sie sind dann noch in Pergamon. Die neuen Kisten werden nach und nach in Berlin eintreffen. Ich werde die Aufstellung nach Ihren Plänen veranlassen und Einladungen an alle wichtigen Pressevertreter senden. Wen wir aus Politik und Kunst dazu bitten, werde ich mit dem Thronfolger besprechen. Überlegen Sie sich auch, wo das provisorische Lager für die neu eintreffenden Altarteile entstehen soll! Ihnen wird schon etwas einfallen. Ich mache mir inzwischen Gedanken, wo eine Werkstatt für Reinigung und Zusammensetzung entstehen könnte."

Alexander Conze stellte sich militärisch senkrecht.

„Zu Befehl! Ich werde mich um alles kümmern." Er entspannte sich.

„Schöne, haben Sie auch eine Idee, wann ich endlich die ersten Altarteile auspacken und die Papiere von meinem Aufenthalt in Pergamon ordnen kann?"

„Nein, aber meinem Antikendirektor fällt gewiss etwas ein."

Conze setzte ein übertrieben grimmiges Gesicht auf und scheuchte Schöne gespielt wütend zur Tür hinaus. Der ließ sich die Albernheit seines Freundes gut gelaunt gefallen und ging drei Flure weiter zurück in sein Büro.

TEESTUNDE

„Etwas Kandis, Majestät?“
„Um Gottes Willen, Gräfin, keinen Zucker! Mein Rheumatismus ist intolerant wie die Inquisition gegen alle ketzerischen Gaumenfreuden. Meinetwegen etwas Rum. Doktor Schweninger rät zu strengster Diät und ich werde mich daranhalten. Er hat diesen Bismarck wieder auf die Beine gebracht, da muss er mir auch helfen. Kleckern Sie mir die Untertasse nicht voll! Ich hasse das.“

Kaiserin Augusta, neunundsechzig Jahre alt, dunkelrot gekleidet mit braun gefärbter Aufsteckfrisur, saß, von Gelenkschmerzen geplagt, in ihrem Rollstuhl neben dem Kaminfeuer und nahm den ungesüßten Tee von ihrer aufgeregt zwinkernden Kammerfrau entgegen. Sie betrachtete die kleine Runde. Ihr Sohn Friedrich Wilhelm nebst seiner englischen Gattin Victoria, Staatssekretär Joseph von Radowitz und Antiquarium-Direktor Ernst Curtius waren heute geladen. Es gab Tee, Rum und Cognac. Draußen trieb ein scharfer Wind Schneeflocken vor sich her. Bittere Kälte herrschte an diesem Dezembertag des Jahres 1879 in Berlin.

Jeden Donnerstag lud die Kaiserin Verwandte, Gelehrte, Künstler oder andere Persönlichkeiten des öffentlichen Lebens zum Five o'Clock, um sich mit ihnen auszutauschen. Manchmal kamen bis zu zehn Personen, heute waren es vier. Veranstaltet wurde das Ganze im Alten Palais, dem Wohnquartier von Kaiser und Kaiserin am Lindenboulevard neben der Oper.
Das Treffen fand in der sogenannten Bonbonniere statt, einem kleinen schmalen Salon mit hellblau bezogenen Sesselchen, die um einen hübschen Tisch im Rokokostil gruppiert waren. Safrangelbe Tapeten zierten die Wände, eine schwarze Gusseisenwendeltreppe führte hinauf zu den Gemächern des Kaisers. Manchmal kam er irgendwann dazu, oft auch nicht.

Die Bonbonniere wurde von Fürst Bismarck als Intrigenschmiede gefürchtet. Zwischen Kaiserin Augusta, geborene Prinzessin von Sachsen-Weimar, und dem Reichskanzler bestand ein tiefer, unversöhnlicher Gegensatz. Das liberale, schöngeistige Elternhaus hatte sie geprägt. Als Kind saß sie noch bei Goethe auf dem Schoß. Der Dichterfürst blieb bis zu seinem Tod ihr väterlicher Freund. Doch jeder ihrer Versuche, den Geist von Weimar in Berlin zu etablieren, schlug fehl. Wilhelm, ihr erzkonservativer Gemahl, hatte alle Macht aus der Hand gegeben und sie Bismarck anvertraut. Politik im Sinne des preußischen Junkertums war die Folge, und eine liberale Gesinnung, wie Augusta, ihre englische Schwiegertochter Victoria und der Thronfolger sie wünschten, war nicht in Sicht. Die Kaiserin hasste den Gatten für seine Schwäche. Ihr Einfluss auf die Tagespolitik war durch Bismarcks Regiment gegen Null gesunken. Ihre letzte Hoffnung ruhte auf Friedrich Wilhelm, den Sohn. Vielleicht würde der auf dem Thron einmal ihre Ideen von einer liberalen Monarchie verwirklichen. Das könnte aber noch dauern. Der dreiundachtzigjährige Wilhelm erfreute sich nach den überstandenen Attentaten wieder bester Gesundheit. Augusta bemühte sich, nicht zu verbittern und vertrieb sich die Zeit. Heute war Tea-Time in der Bonbonniere.

„Nun sagen Sie schon, mein lieber Curtius, was halten Sie von der ganzen Aufregung um Pergamon? Die Zeitungen sind ja seit Wochen voll davon."
Kaiserin Augusta schlürfte hörbar ihren heißen Tee mit Rum.

„In der Tat, Majestät, seit der Pressevorführung der Platten im Alten Museum steht die Öffentlichkeit Kopf. Ganz Europa ist in Aufregung. Berlin kennt nur noch ein Gesprächsthema. Pergamon. Das mag an der Fülle der Funde liegen. Noch nie kam mit einem Schlag so viel ans Licht."
„Es ist Ihrer Meinung nach also eher die Quantität als die Qualität, die für Furore sorgt?" Augusta fragte dies mit hochgezogener Braue.

Alle Augen der Versammelten richteten sich nun auf Antiquarium-Direktor Curtius. Der wurde ein wenig verlegen. Keinesfalls wollte er seine Einschätzung, dass die hellenistischen Reliefs einer eher unbedeutenden Zeitepoche entstammten, wiederholen. Das hätte ihn in Widerspruch zum Thronfolger gebracht, der von den Funden aus Pergamon begeistert

war. Auch Joseph von Radowitz, teilte die Meinung des Protektors. Er hatte entschieden für die Überführung der Pergamonartefakte nach Berlin gekämpft.
Ernst Curtius bekam keine Mittel mehr, um seine Olympiagrabung fortzusetzen. Eine persönliche Katastrophe. Sein Antrag auf neunzigtausend Mark für eine neue Kampagne war vor wenigen Tagen abschlägig beschieden worden. Bismarck ließ mitteilen, er fände die Verträge mit den Griechen für Berlin definitiv zu nachteilig. Keine Fundteilung, nur Grabungsprotokolle und Gipskopien. Das lohne nicht die immensen Kosten für eine rein wissenschaftliche Untersuchung des Ruinenfeldes. Also würde man ihm, Curtius, nach diesem Affront jede Herabwürdigung der Gigantenschlacht als blanken Neid auslegen.

„Professor, ich höre." Die Kaiserin reichte ihrer Kammerfrau die leere Tasse, bat Tee mit Rum nachzufüllen, und lehnte sich in ihrem Rollstuhl zurück.
„Majestät, ich bin der Auffassung, dass die Reliefs aus Pergamon uns eine neue Kunstepoche erschlossen haben, die wir bisher glaubten, vernachlässigen zu können. Die Altertumswissenschaft der letzten Jahrzehnte folgte den Erkenntnissen Winckelmanns und Goethes. Die klassische attische Zeit galt als Ideal, dem nachzueifern war. Die Periode der Herrscher nach Alexander dem Großen dagegen wurde als künstlerisch minderwertig angesehen, obwohl sie griechische Kulturformen bis nach Ägypten und Indien trug.
Heute hat sich das Denken allerdings geändert. Ich jedenfalls empfinde die Platten aus Pergamon als Bereicherung für die Weltkunst. Ihr Pathos, die ungeheure Dramatik der Gesten und der Mimik gehen über jede klassische Zurückhaltung weit hinaus. Die Leidenschaft ersetzt hier die Noblesse der frühen Bildwerke und führt uns die seelische Zerrissenheit der späteren Völker jenseits der ursprünglichen Heimat griechischer Kunst vor Augen.
Machtkämpfe, Eroberungskriege, Barbareneinfälle, unsichere Rechtslage, der Einfluss des Römischen Weltreiches auf die Geschicke der Länder am Mittelmeer verdrängten die alte politische Kultur der attischen Stadtstaaten und damit die klassische Ruhe der Gestaltung.

Das Griechentum verkam nach Alexander dem Großen in den neu erschlossenen Machtbereichen zu einer alles beherrschenden Mode. Das musste den klaren Geist der frühen Tage trüben. Die alten Quellen der Kunst flossen in neue Kanäle. Die gewachsenen Formen der attischen Zeit wurden nur noch zitiert und modifiziert, blähten sich auf zu römischen Monumentalbauten und mussten neuen Völkern dienen, ihre eigene Auffassung von Baukunst und Skulptur mit fremden Vorgaben zu verwirklichen.
Diese Umstände zwangen die Künstler der Spätzeit, sich von der Klassik zu entfernen. Dennoch ist, wie wir an Pergamon sehen, Gültiges geschaffen worden. Darum wird man zukünftig möglicherweise milder über den Hellenismus zu urteilen haben."

Die Kaiserin hatte aufmerksam gelauscht und dabei ihr Tässchen leer getrunken.
„Das haben Sie schön und anschaulich gesagt, mein lieber Curtius. Sie finden immer die richtigen Worte. Da kommt mir wieder Ihr Gedicht in den Sinn, welches Sie mir nach Ihrem Besuch letzten Juli in unserem Sommerschlösschen Babelsberg gewidmet haben."

Die Kaiserin übergab ihre Tasse an die stets aufgeregt zwinkernde Kammerfrau, erhob ihren Krückstock und rezitierte mit großen Gesten.

„Ich sah im Laub die Türme ragen,
Weit herrschend über Flur und Land,
Und unten, wie in alten Tagen,
Das stille Haus am Havelstrand.

Im Zwinger tauscht nach alter Sitte
Das Reh mit seiner Herrin Gruß,
Es setzt der Pfau mit Feierschritte
Bis in den Saal den kecken Fuß.

Wohl eilt das Leben so geschwinde,
Wie auf dem Meer die Welle treibt,
Das feste Wort fliegt in die Winde,
Was ist`s das unser Eigen bleibt?"

Augusta ließ den Krückstock sinken. Die Teegesellschaft applaudierte höflich. Die Kaiserin dankte. Sie verlangte nach ihrer Tasse und wandte sich an Curtius.

„Leider fallen mir die vielen anderen Strophen nicht mehr ein, aber die Stimmung Ihrer kleinen Dichtung passt genau zu Ihren etwas elegischen Worten über den Niedergang der alten Griechen. Sie schauen so skeptisch, von Radowitz."

„Keineswegs, Majestät. Ich bin, wie Professor Curtius, der Auffassung, dass jede Zeit ihre Leistungen vollbringt. Sein hübsches Gedicht ist ein schönes Beispiel. Die frühen Skulpturen der Griechen drücken meiner Meinung nach eine Gewissheit des eigenen Wertes aus, der uns zu beruhigen vermag. Vielleicht lieben wir sie deshalb so sehr.
Spätere, unsicher gewordene Generationen wollten dahin wohl wieder zurückstreben. Schließlich zeigen uns die Altarplatten von Pergamon die uralten klassischen Götter Athens bei ihrem Bemühen, die starken Mächte der Finsternis niederzuringen.
Es fehlt in der Gigantenschlacht von Pergamon aber, wie mir scheint, die frühere Selbstverständlichkeit im Glauben an den Sieg. Das Gute muss gegen böse Kräfte zäh errungen werden. Eine unglaubliche Dynamik in der Darstellung des Kampfes ist die Folge. Alle Kräfte müssen die Götter aufwenden, um die halbtierischen Feinde niederzuringen. Das sagen mir die Reliefs.
Dazu kommt eine scheinbar trotzige Identifikation der kleinasiatischen Attaliden mit den altgriechischen Olympiern. Antikendirektor Conze bestärkt mich in meiner Auffassung. Wir sehen in der Gigantenschlacht eine allegorische Selbstverherrlichung von König Attalos und seiner Dynastie in ihrem Kampf gegen rohe Gallierstämme, die das Reich mit Verwüstung überzogen hatten.
Die Herrscher von Pergamon sind die edlen Götter und alle Eindringlinge aus dem Norden werden als halbtierische Wesen geschildert. Das ist eine barocke Übersteigerung von Gut und Böse, wie sie der Zweifel am eigenen Wert hervorbringt. So virtuos wie die Reliefs gemacht sind, vereinen sie aber dennoch alle Traditionen der griechischen Bildhauerei und führen sie künstlerisch zu neuer Blüte.

Ich bin kein Altertumsforscher wie Professor Curtius, aber das ist, in aller Bescheidenheit, meine Meinung."

Augusta blickte streng und wandte sich an ihren Sohn.
„Du hast die Platten auch gesehen, Friedrich Wilhelm. Was sagst du dazu?"
Ehe der Thronfolger seiner Mutter antworten konnte, schaltete sich seine englische Gattin Victoria ein.
„Wir waren noch vor der Presseschau im Alten Museum. Professor Schöne hat uns als Generaldirektor in spe persönlich geführt. Das Museum ist überfüllt mit den Schätzen, die dieser Humann für unser Preußen geborgen hat. Wir waren überwältigt, nicht wahr, Fritz?!"
„Das waren wir, Vicky. Wie ich finde, zu Recht! Wir können stolz auf die Neuerwerbungen sein. Mehr als ein maßgeblicher Kenner attestiert uns, mit den Altarfunden aus Pergamon sei Berlin in die erste Liga der Museumsmetropolen der Welt aufgestiegen.
Dabei haben wir kein Zehntel vom Altarfries ausgestellt. Das Meiste liegt noch in Kisten und muss in höchstwahrscheinlich jahrelanger Arbeit zusammengesetzt werden. Erst wenn das geleistet ist, wird die wirkliche Bedeutung der Funde zu beurteilen sein. Das jetzt schon Sichtbare rechtfertigt aber bereits jede Begeisterung für Pergamon."

Ernst Curtius lächelte etwas schmal und nickte. Die Kaiserin forderte eine weitere Tasse ungesüßten Tee mit Rum und ihre Kammerfrau sprang dienstbeflissen auf.
„Ich sehe schon, Rollstuhl hin und Rollstuhl her, ich muss den Weg hinüber ins Alte Museum finden, um mir selbst ein Bild machen zu können."
„Das würde ich dir dringend raten. Übrigens, Mama, würde es dich stören, wenn ich rauche?"
Augusta straffte sich und zog die Braue.
„Ob es mich stören würde, Friedrich Wilhelm? Ich weiß es kaum noch. Seit Ewigkeiten hat dies in meiner Gegenwart mit Rücksicht auf meine vielfältigen Leiden niemand mehr gewagt."

Der Thronfolger steckte die Havanna brav wieder ein. Seine englische Gattin Victoria blickte ihn aus dem Augenwinkel an und kommentierte den Vorgang mit giftigem Unterton.

„Friedrich Wilhelm, ich vertrage deinen Rauch nicht, deine Mutter verträgt den Rauch nicht und deine Gesundheit verträgt den Rauch sowieso nicht. Bitte begünstige zukünftig eine Leidenschaft, die Havannazigarren entbehrlich macht. Wie wäre es mit Frühsport?!"
Joseph von Radowitz musste unwillkürlich schmunzeln. Die Kaiserin wandte sich wieder Curtius zu.
„Und Sie, wann gehen Sie wieder nach Olympia, Professor? Ihre Grabungen sind ja noch nicht abgeschlossen."
„Majestät werden wissen, das steht in den Sternen."
„Gar nichts weiß ich, erklären Sie es mir!"
„Fürst Bismarck hat geruht, für das nächste Jahr die Mittel nicht zu bewilligen."
„Wie bitte? Das ist mir neu. Fritz, was hat das zu bedeuten?"
„Mama, Bismarck ist gegen weitere Grabungen in Olympia. Er sagt, die Kosten übersteigen den Nutzen. Pergamon verspricht mehr und soll deshalb zunächst gefördert werden."
„Das ist doch die Höhe. Seit wann weißt du von der Weigerung des Fürsten."
„Seit wenigen Tagen, ich hätte dir demnächst davon berichtet."
„Soso, demnächst! Sofort hättest du mir davon erzählen müssen! Das geht so nicht. Unser lieber Professor wird zugunsten von Pergamon kaltgestellt und ich erfahre nichts davon. Das hat ein Nachspiel. Ist Wilhelm informiert? Na, das werde ich ihn besser selber fragen. Dieser Bismarck nimmt sich immer mehr heraus. Wer ist eigentlich Deutscher Kaiser und König von Preußen, er oder Wilhelm?!"
„Mama, du solltest dich nicht echauffieren. Ich arbeite an einer Lösung und werde sehr bald mit Papa darüber sprechen."
„Das will ich hoffen. Curtius, Sie sehen mich untröstlich, aber seien Sie versichert, das war noch nicht das letzte Wort. Olympia muss weitergehen. Zur Not fahre ich mit meinem Rollstuhl bei einem Berliner Pfandhaus vor, um meinen Familienschmuck aus Weimar zu versetzen. Das bin ich Ihnen, Goethe und der deutschen Kultur schuldig. Du solltest nicht so grinsen, Friedrich Wilhelm. Die Angelegenheit ist überhaupt nicht komisch. Gräfin, gehen Sie hinauf zu meinem Mann und bitten Sie ihn sofort herunter!"

Die Kammerfrau erzitterte, stand auf, raffte ihr tannengrünes Kleid und ging zur gusseisernen Wendeltreppe, um in die Gemächer des Kaisers emporzusteigen. Die anderen Teilnehmer des Five o`Clock schwiegen verlegen, nur Victoria sah ihren Friedrich Wilhelm triumphierend an, als wollte sie sagen, nimm dir ein Beispiel an deiner resoluten Mutter.

Seit langem drängte Victoria, die Tochter der britischen Queen Victoria, ihren Gatten, sich gegen seinen Vater aufzulehnen, sich stärker für Liberalismus nach englischem Vorbild zu engagieren. Friedrich Wilhelm stand zwar auf ihrer Seite, wollte Reformen, mehr bürgerliche Freiheiten, bessere Lebensumstände auch für untere Gesellschaftsschichten, konnte sich aber nirgendwo Raum verschaffen, um seine Ideen zu verwirklichen. Er war kaltgestellt. Preußen lag im festen Griff des konservativen Adels. Die Junker befahlen, das Volk gehorchte. Opposition wurde nicht geduldet. Im Rest des Reiches war es nicht viel besser. Der Deutsche Reichstag und der Preußische Landtag blieben scheindemokratische Dekoration. Bismarck gab in beiden Häusern den Ton an, der Kaiser nickte und Friedrich Wilhelm sah grollend, aber ohnmächtig zu.

Victoria verachtete ihren Mann für die Unfähigkeit, sich gegen den Kanzler und seinen eigenen Vater zu behaupten. Ihre Ehe litt unter diesen Spannungen. Böse Zungen tuschelten, die Gattin des Thronfolgers hätte seit Monaten ein gar zu warmes Verhältnis mit ihrem zwei Jahre jüngeren, äußerst attraktiven, sportlich schlanken Hofmarschall.

„Wo die Gräfin nur bleibt?" Kaiserin Augusta wurde knurrig.
„Sucht meine Kammerfrau immer noch nach Wilhelm? Hält er sich etwa auf dem Klo versteckt?"
Die Monarchin stellte die Tasse auf dem Rokokotisch wütend ab und blickte ihre Gäste grimmig an. Die Minuten vergingen, nichts geschah. Endlich erschien die tannengrüne Gräfin, huschte die Wendeltreppe hinunter, schlug die Augen nieder und meldete, der Kaiser ließe sich wegen dringender Arbeit entschuldigen.
Das war gelogen. Tatsächlich spielte er mit seinem zwanzigjährigen Lieblingsenkel Wilhelm, dem Sohn von Friedrich Wilhelm und seiner liberalen Engländerin, mit Zinnsoldaten Schlachtordnungen für Angriffskriege durch.

Augusta griff sich an die Stirn. Sie hatte plötzlich Kopfschmerzen. Die Runde in der Bonbonniere löste sich unter Höflichkeiten auf.

Zwei Monate später aber erhielt Ernst Curtius vom Kaiser brieflich die Nachricht über eine außerordentliche Bewilligung von achtzigtausend Mark aus seiner Privatschatulle für eine weitere Kampagne in Olympia.

BESICHTIGUNG

Oben an der Freitreppe zum Alten Museum standen, dunkel gekleidet, Richard Schöne und Alexander Conze sowie fünf Fotografen mit Stativkameras sowie mehrere Redakteure der deutschen Presse mit Block und Stift. Es war ein sonniger Dienstag im April. Die schwarzen Tücher der Kastenkameras flatterten im kühlen Wind.

„Was meinen Sie, Conze, wird unser Besuch pünktlich sein?"
„Selbstverständlich. Er wird den Generaldirektor nicht warten lassen."

Vor wenigen Tagen war Richard Schöne vom Kaiser tatsächlich zum Generaldirektor der Königlich-Preußischen Museen ernannt worden. Der Alte hatte ewig gezögert, einen Nichtadligen auf diese Stelle zu berufen. Friedrich Wilhelm musste seinem Vater lange zureden. Ständig äußerte der neue Zweifel.
„Fritz, der Leiter meiner Sammlungen muss auch am Hof bestehen, sich mit Ministern einigen können. Werden die einen Bürgerlichen auf diesem Posten überhaupt ernst nehmen?"
„Sie tun es ja bereits, Vater. Professor Schöne ist ein hervorragender Wissenschaftler, Kunstkenner und Administrator. Er leitet unsere Museen de facto seit zwei Jahren und der preußische Kultusminister, Fürst von Bismarck und meine ‚Kaiserliche Wenigkeit' sind sehr zufrieden mit ihm. Das waren sie mit dem hochadligen Graf von Usedom, den wir damals wegen seiner Nähe zum Hof meinten ernennen zu müssen, übrigens nie."
„Fritz, werde nicht frech! Ich weiß inzwischen selbst, dass diese Entscheidung unglücklich war."

Am Vierundzwanzigsten April 1880 stand der neue Generaldirektor der Königlich-Preußischen Sammlungen, Richard Schöne, in der Frühlingssonne, blickte auf den grünenden Lustgarten, in dem viele Berliner promenierten und wartete auf Doktor honoris causa Carl Humann. Die

Universität Greifswald hatte dem Westfalen diesen Titel wegen seiner Verdienste um die Ausgrabungen in Pergamon verliehen. Um zehn Uhr sollte der Ehrendoktor da sein. Es war neun Uhr siebenundfünfzig.

Humann hatte von Smyrna kommend nach langer Zeit seine Heimatstadt Steele bei Essen besucht. Er traf Verwandte, alte Freunde und ließ sich im Rathaus für seine kleinasiatischen Entdeckungen feiern.
Dafür hatte er genügend Zeit, die Grabung ruhte. Eine neue Erlaubnis der Hohen Pforte stand unmittelbar in Aussicht, war aber noch nicht erteilt. Humann zog es nach Berlin. Er wollte unbedingt die Präsentation seiner Pergamonfunde besichtigen. Schnell kam die schriftliche Einladung von Antikendirektor Alexander Conze.

„Humann, wenn Sie sich aber nicht verpflichten, bei mir zu Hause in Charlottenburg zum Abendessen zu erscheinen, wird Berlin Sie nicht hereinlassen."
„Aus purer Angst, Conze, am Brandenburger Tor abgewiesen zu werden, stimme ich Ihrer Einladung zu."

Kaum war sein geplanter Besuch in der Reichshauptstadt publik, wofür der frisch ernannte Generaldirektor Schöne sorgte, gab es unzählige Anfragen für Vorträge und Festbankette. Außerdem standen einige Erstbesuche an. Führende Wissenschaftler korrespondierten inzwischen mit ihm und wollten seine Bekanntschaft machen. Der berühmte Historiker Theodor Mommsen war einer von ihnen.
Humanns Name war in aller Munde. Die Presse berichtete über den Ausgräber der Gigantenschlacht, verbreitete Neuigkeiten und Anekdoten über ihn auf Seite eins.
„Der Kaiser und König verleiht dem Helden von Pergamon, Carl Humann, das Hohenzollernsche Ritterkreuz. Eine Ehrung, die einzig hochverdienten Männern des preußischen Vaterlandes widerfährt."

Wilhelm I. war nach Besichtigung der Pergamonfunde im Alten Museum tief bewegt.
„Donnerwetter. So viel Marmor hat dieser tapfere Westfale für mich unter türkischer Sonne ausgebuddelt. Da sieht man wieder: Preußischer Fleiß und deutsche Tugend bewähren sich überall. Ich höre, Paris und London

sind neidisch auf unsere Ausbeute. Pech gehabt, kann ich da nur sagen. Jetzt sind wir mal dran. Dieser Ingenieur Humann muss das Ritterkreuz bekommen."

Nun ging der Ordensträger und frisch ernannte Ehrendoktor der Universität Greifswald im langen schwarzen Mantel mit Biberpelzbesatz auf das Alte Museum zu. Der Weg dorthin vom Hotel war nicht weit, aber Pferdedroschken und Passanten verstopften die Innenstadt.

„Mensch, könnse nich uffpassn?!" Humann war aus Versehen mit einem Schaukelpferd tragenden Herrn zusammengestoßen.
Tags zuvor, am späten Abend, war er mit der Eisenbahn aus Essen gekommen und wohnte in einem eher bescheidenen Logis in der Charlottenstraße. Luxus wollte er sich in Berlin nicht leisten. Preußen zahlte ihm für die Grabungsleitung ein Festgehalt von eintausend Mark pro Monat. Das reichte gut in Smyrna, war aber für teure Reisen in die Reichshauptstadt zu knapp.

Er kannte sich in den Straßen immer noch aus, obwohl Berlin sich sehr verändert hatte. Überall, wo früher Felder und Wälder gewesen waren, standen neue Mietskasernen.
Vergnügungsgastronomien wuchsen aus dem Boden. Qualmende Fabrikschornsteine ragten fern am Horizont in den Himmel und Bahntrassen durchschnitten die Stadt.

Humann ging an der Bauakademie vorbei. Zwanzig Jahre war es schon her, dass er hier Seminare besucht hatte. Rechts lag die Barockfassade des Stadtschlosses, vorn der Dom von Schinkel mit seinem klassizistischen Portal. Dahinter, im klaren Sonnenlicht, stand als Neubau der neorömische Tempelbau der Nationalgalerie.
Links daneben, am Ende vom Lustgarten, lag sein Ziel. Das Alte Museum mit seiner breiten Freitreppe, die hinaufführte zur offenen Säulenhalle und dem Haupteingang. Das Neue Museum dahinter, wo er so oft zum Zeichnen gewesen war, wurde von dem Schinkelbau verdeckt.

– Dort habe ich als Student Antiken gezeichnet, und nun kehre ich zurück als Held, der diesen preußischen Sammlungen wertvolle Schätze erobert hat. Berlin kann sich nun mit London und Paris messen, wird behauptet. Ich muss mich kneifen, um es glauben zu können. –

Die Domuhr schlug zehn.
Humann nahm oben in der Kolonnade vor dem Haupteingang des Museums eine Menschentraube wahr. Nur Männer. Nach kurzer Zeit erkannte er Antikendirektor Conze, der ihm zuwinkte. Fotografen verschwanden unter schwarzen Tüchern. Er stieg zwei Stufen gleichzeitig nehmend die Treppe hinauf. Eine Hand streckte sich ihm entgegen.
„Herr Doktor, ich bin Generaldirektor Richard Schöne und heiße Sie herzlich willkommen. Wir haben miteinander korrespondiert, und mein Freund Conze hat mich immer über Sie auf dem Laufenden gehalten, aber Ihre persönliche Bekanntschaft machen zu dürfen, war mir bisher leider nicht möglich. Umso mehr freue ich mich jetzt."
„Herr Generaldirektor, ganz meinerseits. Bevor wir weiterreden, muss ich aber erst einmal Conze drücken."
Humann umarmte den Direktor der antiken Skulpturen.
„Schön Sie zu sehen. Kommen Sie bald wieder nach Pergamon! Wir machen uns eine ebenso gute Zeit wie letztes Jahr. Die byzantinische Mauer enthält bestimmt noch ein paar Fragmente von unserem Altar, da bin ich mir sicher, selbst wenn in letzter Zeit weniger auftauchte. Es gibt auch sonst viel zu tun. Sie sagen selbst, wir müssen alle Fundamente der Attalidenstadt freilegen."
Die von Richard Schöne eingeladenen Journalisten schrieben jedes der nicht für sie bestimmten Worte eifrig mit.

„Herr Doktor! Stellen Sie sich zwischen Schöne und Conze!"
Humann fuhr herum und blickte in Kameralinsen.
„Bitte lächeln! Halt! Gut so! Nicht bewegen!"
Die drei Männer standen regungslos und wurden vor dem Hauptportal des Museums mehrfach abgelichtet. Die Fotografen bedankten sich knapp, schulterten ihre Kastenkameras und machten sich flink wie erfolgreiche Taschendiebe in verschiedene Richtungen auf den Weg. Conze sah Humann an.

„Sie wollen nun endlich die Hallen sehen, die seit einem Vierteljahr Berlin begeistern?"
„Ja."
„Halt, wir haben zunächst ein paar Fragen." Der Westfale blickte erst auf das Rudel Journalisten, dann auf seine beiden Gastgeber.
„Herr Doktor, für die hochgeschätzten Herren der Hauptstadtpresse haben wir immer Zeit." Leiser fügte Schöne hinzu: „Klappern gehört zum Handwerk." Humann schmunzelte.
„Also, meine Herren, was wollen Sie wissen?"

Ein dicker, kleiner Journalist der Börsenzeitung mit Zylinder und grauem Mantel stellte die erste Frage.
„Wie viel vom Zeusaltar haben Sie bis jetzt gefunden?"
„Das weiß ich nicht. Zunächst brauchen wir eine genaue Vorstellung von seiner einstigen Gestalt. Grabungsarchitekten arbeiten bereits daran. Es wird aber noch dauern, bis ein verlässliches Ergebnis vorliegt. Bis heute sind immerhin über einhundert Platten des Gigantenkampfes geborgen worden und etwa zweitausend dazugehörende Fragmente. Außerdem fanden wir fünfunddreißig Platten des kleineren Telephos-Frieses, unzählige Architekturteile und viele Vollskulpturen. Das kann nicht alles gewesen sein. Doch erst müssen die Funde geordnet und zusammengebracht werden, um erkennen zu können, was vom Originalaltar noch fehlt."

„Rechnen Sie demnächst mit weiteren Sensationen?" Das wollte ein schlanker, hellbraun gekleideter Redakteur der Vossischen Zeitung wissen.
„Ich hoffe, dass unsere nächste Grabungskampagne Teile zutage fördern wird, die uns helfen, beide Friese zu vervollständigen. Das ist aber keineswegs sicher. Vieles vom Altar haben die Jahrhunderte für immer zerstört. Sicher ist aber, dass wir die Ruinen eines Athenaheiligtums freilegen und die eines Gymnasiums. Ein Theater wartet auch darauf, von Erde und Schutt durch uns erlöst zu werden. Vielleicht kommt da noch Bedeutendes aus dem Boden."

„Berliner Tageblatt. Wann gehen Sie wieder nach Pergamon?"
„Diesen Sommer. Sobald die offizielle Erlaubnis vom Sultan vorliegt, nehmen wir die Arbeiten in einer neuen Kampagne wieder auf."

Ein etwas buckliger Redakteur der Allgemeinen Zeitung mit Monokel trat vor, straffte sich so gut es ging und fragte mit schnarrender Stimme.
„Seine Majestät, unser geliebter Kaiser, hat geruht, Ihnen das Hohenzollernsche Ritterkreuz zu verleihen. Humann, was fühlt eine preußische Brust dabei?"
„Stolz und Freude. Unser Herrscher hat mit dem Orden den Dank für meine Bemühungen um Pergamon zum Ausdruck bringen wollen. Das lässt mich sein Begleitschreiben wissen. Ich betrachte die allerhöchste Auszeichnung als Ansporn, dem Kaiser und meinem preußischen Vaterland weiterhin mit aller Kraft zu dienen."

„Wie geht es Ihrer Lunge?"
„Wie bitte?"
„Schlesische Zeitung. Wie geht es Ihrer Lunge? Sie sind doch vor zwanzig Jahren nach Kleinasien ausgewandert, weil Ihnen die Berliner Luft nicht bekam."
„Meiner Lunge geht es gut, ich hoffe Ihrer auch. Fehlt Ihnen sonst etwas? Sie schweigen. Also Null. Das ist gut. Es war übrigens nicht speziell die Luft der Reichshauptstadt, die mir seinerzeit Mühe machte, sondern das feuchtkalte mitteleuropäische Klima allgemein. In Berlin bekam ich immer genügend Luft und bekomme sie auch heute wieder, selbst wenn mir bisweilen, wie gerade eben, die Luft wegbleibt."
Die anderen Presseleute lachten, der burgunderrot gekleidete Fragesteller mit Zwirbelbart trat säuerlich zurück.

„So, ich glaube, es ist genug. Die Zeit drängt. Wir haben viel zu tun. Ich danke für Ihr Interesse, meine Herren. Schreiben Sie weiterhin wohlwollend über unsere Museumslandschaft und berichten Sie freundlich über unseren lieben Doktor Carl Humann."
So beendete Schöne die kleine Pressekonferenz. Die Herren Redakteure kritzelten letzte Worte in ihre Schreibblocks und machten sich dann eilig auf den Weg. Die Zeitungen gingen bald in den Druck.
– Carl Humann in Berlin –
Dieser Artikel durfte nicht fehlen.

Schöne sah den Journalisten lächelnd und kopfschüttelnd hinterher. Er ging mit Conze und dem Westfalen in das am Dienstag für Besucher geschlossene Alte Museum. In der Vorhalle mit dem Treppenhaus blieb er stehen und lächelte.

„So, Conze, heute machen Sie den Museumsführer. Ich will nicht. Sie sind schließlich der Hausherr. Zeigen Sie unserem Gast bitte die Präsentation der Pergamon-Funde und beantworten Sie gewissenhaft alle eventuellen Fragen."

„Schöne, was soll das?" Conze schmunzelte und führte Humann und seinen Freund, den Generaldirektor, ins Alte Museum. Wenige Schritte später standen sie in der großen Rotunde, die Schinkel dem römischen Pantheon nachempfunden hatte. Ein korinthischer Säulenkranz trug eine Galerie unterhalb der Kuppel. Davor standen Platten der Gigantenschlacht. Die vier Reliefs der Zeusgruppe bildeten das Zentrum, daneben waren die Athenaplatten aufgerichtet. Andere Friesteile schlossen den Kreis.

Humann schaute sich verwundert um. Er hatte den Ausstellungsraum völlig anders in Erinnerung.

„Wo sind die Skulpturen, die bisher zwischen den Säulen aufgestellt waren?"

Schöne sah ihn steinern an und wies mit gestrecktem Finger auf Conze. Der sollte antworten.

„Schauen Sie hinter die Friesplatten. Dort warten viele der Ärmsten auf eine neue Präsentation. Pergamon hat Vorrang."

Humann trat näher an die Platte mit dem vom Blitz des Göttervaters zu Boden gestreckten Giganten.

„Sie haben diese Reliefs hier bereits gereinigt. Der alte byzantinische Mörtel ist abgetragen, die harten Lehmkrusten sind fort. Ich habe mich vor Ort in Pergamon nicht an diese Aufgabe gewagt. Zum einen wollte ich die Schönheit der Funde vor neugierigen Blicken schützen, zum anderen fürchtete ich, durch unsachgemäße Entfernung der Beläge Schäden zu verursachen. Die Reinigung ist hier sehr gut gelungen. Glückwunsch, Conze!"

„Ja, da lassen wir keine Stümper ran. Wir haben italienische Bildhauer verpflichtet, die über Erfahrungen mit Carraramarmor und Antikenrestaurierung verfügen. Die Italiener sind die Besten auf diesem Gebiet. Unschlagbar. Was Sie hier sehen, ist aber erst der Anfang. Die Restauratoren werden die nächsten Jahre gut zu tun haben."

Humann schaute sich um und betrachtete die aufgestellten Reliefs.
„Wo sind die anderen Platten?" Schöne lachte etwas bitter.
„Los, Conze, zeigen Sie unserem Gast, wo sich in unserer Museumswelt die Schätze herumtreiben."
„Meinetwegen, wir gehen erst einmal nach Assyrien."

Der Antikendirektor führte Humann und den Generaldirektor durch die Eingangshalle in den angrenzenden langen Säulensaal. Der gesamte Fußboden war mit Platten der Gigantomachie übersät. Die früher hier präsentierten assyrischen Skulpturen waren direkt an die nördliche Wand verschoben, um Platz für die Neuzugänge aus Pergamon zu schaffen. Es gab keinen Durchgang mehr. Ein gezimmerter hölzerner Steg führte quer durch die Halle, um Besuchern die Möglichkeit zu bieten, von höherer Warte auf die Reliefs zu schauen.

Humann bestieg das Holzpodest und besah sich die improvisierte Ausstellung. „Mein Gott, das ist alles zusammen noch nicht ein Drittel der bisherigen Funde. Wo zeigen Sie den Rest?"
„Kommen Sie! Staunen Sie!"
Conze führte seinen Gast zurück in die Rotunde, und bat die beiden Männer, bevor er hinter der Zeusgruppe verschwand, ihm zu folgen.
„Vorsicht, stoßen Sie nicht gegen diesen armen, nackten Apoll. Er versteckt sich hier schmollend auf seinem Podest, lässt uns kaum Platz und sinnt vielleicht auf Rache für seine Zurückweisung durch die Königlich-Preußischen Museen."

Wenige Schritte weiter führte ein Portal in die lange nördliche Säulenhalle. Auch hier lagen dicht an dicht die Platten. Zudem stapelten sich rechts und links an den Wänden mannshoch unausgepackte Kisten, genauso wie Humann sie in Dikeli verladen hatte.

Schöne und Conze blieben in der Mitte des Raumes stehen, der Ingenieur schlängelte sich langsam durch das Labyrinth der am Boden liegenden Marmorreliefs und betrachtete sie. Dann schaute er sich fragend um.

„Sie wirken etwas verwundert, Humann. Keine Sorge, dieser Saal ist für Besucher gesperrt. Irgendwo müssen die Restauratoren ja in Ruhe arbeiten können."
„Ich sehe niemanden, der hier restauriert, Herr Generaldirektor."
„Zurzeit reinigen unsere Italiener das Relief, welches Ihr Freund Rallis aus Bergama vor Jahren dem griechischen Konsul in Konstantinopel geschenkt hatte."
„Es ist schon da?! Ich dachte, es schwimmt noch auf der Adria?"
Richard Schöne lachte.
„Nein, Humann, es verstopft bereits unsere Räume. Mein Gott, das waren quälend lange Bemühungen. Aber der Konsul zeigte endlich, nach dem ihn unsere Botschaft bearbeitet hatte, ein Einsehen. Vorgestern kam der Fund bei uns an. Sofort ging die Beute rüber zu den Italienern. Die einzige Platte, die Sie nicht gezeichnet haben, muss auch dokumentiert werden. Die Arbeiten werden drüben im Neuen Museum ausgeführt.
Wir zeigen uns für diese griechische Freundlichkeit natürlich erkenntlich. Im Gegenzug bekommt der Konsul einen Abguss der Laokoon-Gruppe nach Konstantinopel gesandt. Die muss unsere Gipsformerei aber erst noch herstellen. Mein Gott, wann soll das alles werden?!"
„Herr Generaldirektor, hätte ich geahnt, in welches Chaos ich die Berliner Antikensammlung mit meiner Gigantenschlacht stürze, wäre das Zeug in Kleinasien geblieben."
„Der Schaden lässt sich schnell beheben. Nehmen Sie sich zwei Gepäckträger vom Lehrter Bahnhof und schaffen Sie den Schutt zurück nach Pergamon."
Die Herren lachten laut. Schöne wurde aber schnell wieder ernst.
„Spaß beiseite. Wir haben, wie Sie sehen, erhebliche Probleme, die Funde zu lagern. Überall verstopfen Kisten die Flure. Wir müssen sehr schnell Abhilfe schaffen.
Hinter der Nationalgalerie ist ein halbrunder, offener Säulenumgang. Dort werden wir die Zwischenräume schließen und die Kolonnade zum provisorischen Magazin umbauen. Die Funde müssen in der Nähe bleiben,

dürfen aber natürlich nicht im Freien liegen. Die Restauratoren können lange Wege nicht gebrauchen. Jederzeit müssen sie Zugang haben. Stück für Stück werden wir die Kisten aus Pergamon öffnen, die Reliefs und Fragmente reinigen und zusammensetzen. Fürs Erste können wir daher nur die besten Platten der Gigantenschlacht ausstellen.
Jedem, der in Preußen und im Reich Verantwortung trägt, ist inzwischen bewusst, ein Museumsneubau muss her, der uns aus diesem Dilemma befreit. Der jetzige Zustand ist für jeden Kenner peinlich. Je stärker der Platzmangel zutage tritt, je einleuchtender wird vielleicht die Notwendigkeit einer baulichen Erweiterung. Der Protektor sieht das genauso. Ich denke, bald werden erste Planungen erfolgen.
Ach, ehe ich es vergesse, der Thronfolger bittet Sie heute Nachmittag um vier Uhr zu einem Gespräch ins Kronprinzenpalais. Ein Bote brachte mir heute früh die Nachricht. Er möchte Sie unbedingt kennenlernen. Kein Garderobenzwang, lässt er ausrichten. Gehen Sie zu ihm, wie es Ihnen behagt. Vielleicht können Sie bei der Gelegenheit Ihre Eindrücke von unserer Raumnot schildern."
„Um vier Uhr beim Thronfolger, welche Ehre. Ich habe vorher im Borchardt noch eine Verabredung mit der deutschen Geschichtswissenschaft."
„Theodor Mommsen?"
„Ja, Conze, er will mich partout treffen. Am besten wird es sein, ich fertige dort auf der Restauranttischdecke mit Tintenfeder den Entwurf für einen Museumsneubau an und lege ihn mit dem Soßenfleck meiner Rindsroulade und Mommsens Eilvermerk gleich zur Genehmigung dem Protektor vor."

Die Herren lachten und Conze drückte Humann seine Visitenkarte in die Hand.
„Viel Freude bei der Geschichtswissenschaft und noch mehr Glück bei Friedrich Wilhelm. Anschließend kommen Sie ohne Wenn und Aber zu mir nach Charlottenburg! Hier die Adresse. Mein Freund Schöne wird auch zugegen sein. Meine Frau macht ein hervorragendes Wiener Schnitzel, Sie bekommen das größte. Dabei bereden wir in Ruhe, was künftig zu tun ist."
„Haben Sie Dortmunder Bier?"
„Selbstverständlich, einen ganzen Kasten."
„Ich werde pünktlich sein."

Humann verabschiedete sich vom Generaldirektor, legte Conze wortlos die Hand auf die Schulter und ging wie betäubt hinaus in den kühlen, sonnigen Berliner Frühlingstag. Mit schnellen Schritten durchquerte er den Lustgarten. Plötzlich, fast ohne es zu merken, murmelte er einen Vers vor sich hin.

„Das Gefäß schüttet sich aus in Fülle,
doch der Becher setzt seiner Gabe die Grenze."

Er blieb stehen und stutzte.

„Unsinn, was hat die Raumnot der Berliner Museen mit Hölderlin zu tun?"

Carl Humann ging weiter und ihm wurde langsam bewusst: Berlin ist mit den Funden überfordert.

DER EINZELKÄMPFER

– Wie gehe ich am besten vor? Ich muss in meiner Eigenschaft als Direktor der Abteilung für Christliche Kunst ein Renaissancemuseum durchsetzen. Gleichzeitig bin ich aber auch der Assistent von Julius Meyer, leite notgedrungen die Gemäldegalerie, denn mein Direktor ist ständig krank. Auch heute wieder. Ich, sein Assistent, soll alles allein machen, soll ihn in der Direktorenkonferenz vertreten. Ich muss also in Meyers Namen mehr Raum für die Gemäldesammlung fordern und gleichzeitig mein Renaissancemuseum betreiben. Das wird schwierig. Conze verlangt einen Bau für seinen Zeusaltar. Der ist fast komplett ausgegraben und bald wissen die Restauratoren, welches Reliefteil wohin gehört. Dann muss er alles aufbauen und der Öffentlichkeit zugänglich machen. Die Presse wird schon ungeduldig. Pergamon füllt seit Ewigkeiten die Schlagzeilen. Der Zeusaltar ist der Liebling der Berliner, obwohl sie nur Teile von ihm gesehen haben. Meine Ankäufe hingegen werden von der ignoranten Journaille gern bemeckert. Falls ich nicht aufpasse, fegen die Kollegen meine Pläne vom Tisch. –

Wilhelm Bode tigerte an diesem Septemberabend in seinem kleinen, mit Bücherstapeln vollgestopften Büro unten im Keller vom Alten Museum von Wand zu Wand. Nach elf Jahren Museumsdienst war er gerade zum Direktor der Abteilung für Christliche Kunst ernannt worden. Endlich. Ein Posten, der extra für ihn geschaffen worden war, um ihn an Berlin zu binden und seinen Ehrgeiz zu befriedigen.

Nun durfte er an den Direktorenkonferenzen gleichberechtigt teilnehmen. Nebenbei blieb er aber Assistent von Julius Meyer, dem Leiter der Gemäldesammlung. Das war der unbedingte Wille von Richard Schöne. Mehr und mehr zerrte das jedoch an seiner Kraft, ließ ihn gereizt und bisweilen ungerecht werden.

Er war siebenunddreißig Jahre alt, schlank, hatte ein schmales Gesicht mit scharfer Nase und einen buschigen Schnurrbart. Sein anthrazitfarbener Gehrock war aufgeknöpft, er hielt sich mit beiden Händen die Schläfen.
Starke Kopfschmerzen, die immer unerträglich wurden, sobald sein Ehrgeiz gegen Mauern lief, plagten ihn seit seiner Jugend. Opiate halfen manchmal, aber nicht immer. Zudem hatte er sich vor Jahren in München bei leichtfertigen Kontakten eine Syphilis zugezogen, die laut ärztlichem Hinweis das Kopfleiden verstärkte. Dagegen nahm er Brom und noch irgendetwas.

War er auf Urlaub bei seiner Familie daheim in Harzburg, ging es ihm besser. Auch bei seinen Italienreisen fühlte er sich wohler. Da wurden Kunstobjekte besichtigt, um sie für einen Ankauf in Erwägung zu ziehen. London, Paris und Amsterdam wurden besucht, stets im Sinne der Vervollkommnung der Berliner Sammlungen. Das tat ihm gut.

Bode war trotz seiner relativ jungen Jahre bereits ein international anerkannter Fachmann für italienische Renaissance und vor allem für niederländische Malerei. Schon mit Anfang zwanzig durfte er dem berühmten Schweizer Kunstforscher Jakob Burckhardt zuarbeiten. Inzwischen waren die beiden befreundet.

Mit gerade einmal sechsundzwanzig war er von Graf Usedom in einem seiner seltenen vernünftigen Momente, auf dringende Empfehlung von Professor Hotho, dem alten Direktor der Gemäldegalerie, als Assistent in den preußischen Museumsdienst gerufen worden. Eine Blitzkarriere für den studierten Juristen, der sich gegen harten väterlichen Widerstand das anschließende Kunststudium erkämpfen musste.
Der Vater war Reichstagsabgeordneter für die Nationalliberalen und empfand Kunstwissenschaft als brotloses, jüdisches Weiberzeug. Keinesfalls sollte sein Sohn auf diesen schwächlichen Irrpfad geraten. Juristerei ist männlich solide. Kunst nicht.

Bode ließ sich von ihm nicht aufhalten; er hatte durch Erbschaft eigenes Geld. Ein Jahr lang studierte er Kunstgeschichte in Berlin bei Professor Hotho, dem Leiter der Gemäldesammlung. So bekam er Kontakte zu

Museumsverantwortlichen, denen der außergewöhnliche junge Mann sofort auffiel. Erste Schriften von ihm über niederländische Malerei waren bereits erschienen.
Bode ging zum nächsten Semester nach Wien und schrieb sich dort ein, besuchte allerdings mehr die Museen als die Universität. Der Hannoveraner Alexander Conze war Professor für Archäologie in Wien. Bei ihm jedoch, dem jetzigen Berliner Direktor der Antiken, hörte er damals in der Donaumetropole gern Vorlesungen. Schnell wurde auch Conze auf ihn aufmerksam.

Bode suchte und fand überall Förderer. Auf einer Studienreise nach München lernte er den fünfzehn Jahre älteren Kunsthistoriker Julius Meyer kennen, der die Talente des jungen Wissenschaftlers sofort erkannte. Man blieb in Kontakt.
In Wien wollte Bode aus Kostengründen nicht promovieren. Leipzig gab ihm ein Stipendium und so machte er hier seinen Doktor.

Bald gab es für ihn das Angebot von Usedom, als Assistent an die Berliner Museen zu kommen. Er griff zu. Der Gemäldegaleriedirektor Hotho wollte in Pension, Bode sollte assistieren und nach der Pensionierung dessen Stelle einnehmen. Das war der Wunsch des alten Herrn. Doch Usedom entschied plötzlich anders. Julius Meyer aus München passte ihm besser. Er wurde Direktor und folgte Hotho nach, Bode blieb Assistent.

Die Direktoren der anderen Abteilungen schätzten Bode trotz seiner manchmal aufbrausenden Art. Sein künstlerischer Sachverstand, gepaart mit Instinkt und Intuition, verschaffte ihm überall Respekt. Sogar der Thronfolger und seine englische Gattin Victoria wurden auf ihn aufmerksam. Sie ließen sich von ihm bei ihrer Italienreise die Kunstschätze von Florenz und Venedig zeigen. Seitdem wurde er zum Tee geladen.

Der neue Direktor der Gemäldegalerie, Julius Meyer, ein tüchtiger Kunsthistoriker mit Rauschebart und der junge Bode bildeten zunächst ein gutes Gespann. Sie nahmen sich einiges vor für die Berliner Bildersammlung. Reisen nach Italien, um Ankäufe zu tätigen, wurden von ihnen unternommen. Endlose Grabenkämpfe mit Graf Usedom waren die Folge. Um jeden Ankauf wurde gestritten. Oft verzögerte der Graf die Entscheidungen so lange, bis ihnen andere Käufer die von Bode und Meyer ins Auge gefassten Bilder vor der Nase wegschnappten.

Irgendwann wurden die Meinungsverschiedenheiten unerträglich. Usedom wollte immer mehr Gipsabgüsse, zudem erschien ihm das Anfertigen von Kopien berühmter Gemälde sinnvoller, als teure Originale aus Italien und von sonst wo zu kaufen. Das sahen Julius Meyer und Wilhelm Bode völlig anders. Sie wollten Berlin nicht zur größten Museumsanstalt der Welt für Duplikate erniedrigen, sondern eine den europäischen Metropolen ebenbürtige Sammlung mit bedeutenden Kunstwerken aufbauen. So begann ein zermürbender Machtkampf, den oft der Protektor oder der Minister schlichten musste.

Endlich, als Richard Schöne den beim alten Kaiser beliebten Grafen als Generaldirektor ablöste, hätte alles leichter werden können. Wurde es aber nicht. Bald stellte sich nämlich heraus, Julius Meyer, der Direktor der Gemäldegalerie, war schwer morphiumsüchtig. Ein schmerzhaftes Nervenleiden hatte ihn der Droge ausgeliefert. Stimmungsschwankungen, Hyperaktivität, völlige Lethargie und Unberechenbarkeit waren die Folgen und wechselten in nicht vorhersehbaren Phasen. Eine rationale Leitung der expandierenden Gemäldesammlung wurde dadurch erheblich beeinträchtigt.
Manchmal war Meyer wegen Krankheit wochenlang abwesend und der ebenfalls kränkliche Wilhelm Bode hatte neben seinem Dienst als Direktor für Christliche Kunst noch die Leitung der Gemäldegalerie zu besorgen. Dennoch kaufte er weiter an. Rubens, Hals, Rembrandt, Dürer, Renaissance-Skulpturen aus Italien, ja, ganze Sammlungen verdankte Berlin seiner Initiative.

Bald aber ging es um die Frage, wo die Neuerwerbungen gezeigt werden könnten. Die Museen mussten unbedingt erweitert werden.
Ein Kunstgewerbemuseum war bereits im Bau. Es entstand nicht auf der Museumsinsel, sondern weiter südwestlich am Anhalter Bahnhof. Die Schätze der Königlichen Kunstkammer sollten dort hingebracht werden und dort die Basis für eine weiterführende Sammlung bilden. Platz im

Neuen Museum wurde dadurch frei. Der würde aber für die überquellende Gemäldesammlung und die fleißig angekauften italienischen und deutschen Renaissance-Skulpturen niemals ausreichen. Schon heute passte keine Briefmarke mehr zwischen die in der Gemäldegalerie gezeigten Bilder. Alles hing da, wo irgendein Platz war. Doch Platz war eigentlich nirgends.
Eine Sammlung christlicher Kunst konnte im Schinkelbau nicht zusätzlich untergebracht werden, in anderen Sälen auf der Museumsinsel aber auch nicht. Bode wünschte sich deshalb ein großzügiges Haus für seine Abteilung außerhalb.

Heute Abend war die von Richard Schöne im Alten Museum angesetzte Konferenz, bei der die Abteilungsdirektoren ihre Ansprüche begründen sollten.

Bode hegte keine Illusionen. Der Finanzminister hatte bereits klargestellt, es fehle das Geld, um große Neubaupläne sofort zu verwirklichen. Es könne nur peu à peu gebaut werden. Vielleicht müssten auch andere, bereits bestehende Gebäude umgewidmet werden.
Generaldirektor Schöne und seine Abteilungsleiter wollten das nicht, wollten unbedingt die hohe Kunst auf der Museumsinsel versammelt lassen. Nur das Kunstgewerbe und die ethnologischen Sammlungen sollten außerhalb präsentiert werden.

Antikendirektor Conze, das war klar, würde einen Erweiterungsbau für den Pergamonaltar auf der Museumsinsel fordern und die öffentliche Meinung Europas sowie die Stimmung im Preußischen Landtag auf seiner Seite haben. Allein um den Altar präsentieren zu können, würde es aber eines eigenen Hauses bedürfen. Ein riesiger Saal wäre nötig. Wo sollte der jedoch hin? Wo wäre Raum für die Renaissance-Sammlung und die christliche Kunst? Die Ägyptische Abteilung platzte auch aus allen Nähten, ihr Direktor wollte einen Anbau oder eine Erweiterung des Neuen Museums.
Alles sollte aber auf der Insel bleiben. Doch die war jetzt schon voll. Hafengebäude standen hier. Lagerhäuser und Kräne des schinkelschen Packhofs reihten sich am Kupfergraben. Hier wurden seit jeher

zollpflichtige Güter von den Spreeschiffen entladen, gelagert und verwaltet. Der oberste preußische Steuerinspektor hatte sein großes Wohnhaus hinter dem Alten Museum. Nun versperrten die Bauten den Platz für Neues.
Seit Jahren war geplant, die Speicherstadt westlich nach Moabit zu verlegen. Aber die Sache ging nicht voran.
Außerdem durchschnitt die neue Trasse der Stadtbahn die Museumsinsel. Nördlich von Packhof und Nationalgalerie querte sie auf ihren Stelzen von Ost nach West brutal das Areal und ließ nur eine abgetrennte Spitze zwischen Spree und Kupfergraben zum Bebauen übrig. Wer wollte mit seiner Sammlung dahin? Packhof und Bahntrasse verhinderten eine einfache, großzügige Lösung.

Bode hatte sich innerlich festgelegt.
– Sollen sich doch die anderen um den knappen Platz an der Nordspitze zwischen Spree und Kupfergraben balgen; ich will ein großzügiges Museum irgendwo in der Nähe. Dampflokomotiven zischen in Berlin zwischen Rembrandtportraits und den attischen Vasen des Antiquariums. Das wäre in Paris undenkbar. Die Züge von Petersburg nach Paris dampfen an den preußischen Kunstschätzen vorbei. Ein Triumph des neudeutschen Materialismus. Immer feste druff. Auf dem Weg vom Louvre zur Eremitage sehen die Reisenden in schöner Deutlichkeit das peinliche Versagen unseres jungen Reiches, eine den europäischen Metropolen ebenbürtige Museumslandschaft zu erschaffen. Meine Aufgabe ist es, den Neubau für die christliche Kunst an einem vernünftigen Standort durchzusetzen, und zu verhindern, dass sich andere Abteilungsdirektoren vordrängen, ihre Bauten erzwingen und ich leer ausgehe. –

Bode knöpfte seinen Gehrock zu und sah auf die Uhr. Noch drei Minuten. Er nahm eine Kapsel mit Opiaten gegen seine immer noch nicht restlos besiegten Kopfschmerzen, trank einen Schluck kalten Tee und ging das Treppenhaus hinauf zur Rotunde. Als er in Schinkels Pantheon trat, warf er einen kurzen Blick auf die Pergamonreliefs, die ihm seinen Neubau streitig machen wollten. Fast eifersüchtig ruhte für einen Moment sein Blick auf der Zeusgruppe. Da stand er, der Donnergott und schleuderte zornig seinen Blitz.
Gegen ihn???

Bode gab sich einen Ruck, straffte sich, bog ab zu Schönes Büro und klopfte an die Tür seines Generaldirektors. Nach einer freundlichen Aufforderung trat er ein, Antikendirektor Alexander Conze, Antiquarium-Direktor Ernst Curtius und die anderen waren schon da. Er schloss hinter sich leise die Doppeltür.

Die Reliefs der Gigantenschlacht standen nun einsam und verlassen. Das Museum hatte bereits geschlossen. Vom Lustgarten drang das Gurren der Tauben herein. Kutschen polterten über das Pflaster, dann wurde es nach und nach vollkommen still im Rundsaal.
Ein gelbliches Licht, das der vergehende Tag den Fenstern ließ, tauchte die Szene in eine melancholische Apathie. In der schummrigen Rotunde erschlaffte der Furor der Kämpfer aus der Attalidenzeit.
Zeus wollte erschöpft seinen Marmorblitz sinken lassen. Die Olympier drohten, ohne zu drohen, und die Söhne der Erdenmutter wehrten sich, ohne sich zu wehren. Im Halbdunkel wirkten die Figuren der Altarplatten aus Pergamon wie ein müder Spuk aus fremder Zeit.
Ihr heißer Krieg erlahmte in dieser Atmosphäre.
„Wofür streiten wir?", schienen sich die Götter plötzlich zu fragen.
– Nach zweitausend Jahren wird uns und unseren Feinden ein mit griechischen Säulen verzierter Rundsaal zum gemeinsamen Gefängnis. Und wo sind all die anderen Himmlischen und die Erdensöhne, die früher an unserem Kampf teilnahmen? Haben sie das Schlachtfeld gelangweilt verlassen? Bleiben wir schwach und einsam zurück? –
Die Olympier schienen plötzlich in diesem fahlen Abendlicht an sich zu zweifeln.
– Gute Götter gegen böse Giganten? Ist die Geschichte so einfach? Die Bösen sehen uns Guten sehr ähnlich, könnten unsere Verwandten sein, besitzen wohlgeformte Leiber und edle Gesichter, sind uns durch Schönheit ebenbürtig und unterscheiden sich nur durch ihre Schlangenbeine. Sie sind Erdenwürmer. Eine himmlische Strafe. Freiwillig haben sie ihr Schicksal nicht erwählt.
Verfügen die Giganten vielleicht über das heilige Recht, unseren Olymp zu erobern und uns, den Übermütigen, die Macht zu entreißen? Sind sie Wohltäter der geplagten Menschheit und vertreten die Irdischen gegen freche Götterwillkür?

Wird die Entscheidung zwischen uns Weltenkriegern hier in der Fremde nach zweitausend Jahren so ausfallen wie damals in Pergamon? Jubel für die Götter und Verachtung für die Schlangenfußgiganten?
Nein!
Das alte Urteil zugunsten der Himmlischen kann sich heute nicht mehr erfüllen. Uns Göttern fehlt ein Volk, das uns wie damals im griechischen Sonnenlicht zujubelt und Rosenblätter streut.
Wer blickt heute noch zu uns auf? Niemand! Angestarrt werden wir, abgezeichnet und abgelichtet. Unser Gigantenkampf findet viele Bewunderer und noch mehr Neugierige. Die Erdensöhne genießen aber bei allen Schaulustigen Sympathien. Sie sind so beliebt wie Zeus und Athena. Kühn lehnen sie sich gegen unsere mächtige himmlische Obrigkeit auf. Bravo! Ihr Aufstand beschert den Schlangenbeinigen späten Applaus. Der Ausgang der Schlacht ist nach zweitausend Jahren wieder offen. –

Sonnenuntergang. In der Rotunde vom Alten Museum wurde es Nacht und im Büro des Generaldirektors rangen andere Götter und Giganten bei Gaslicht um ein gemeinsames Vorgehen für die bevorstehende Neugestaltung der Museumsinsel. Es dauerte Stunden. Bode kämpfte mit allem Einsatz für seinen Neubau an einem außerhalb gelegenen Standort, wurde aber nach langer Debatte von seinen Direktorenkollegen überstimmt. Alle Sammlungen der klassischen Abteilungen sollten auf der Insel bleiben. Das war der einhellige Beschluss der Konferenz.
Ein Ideenwettbewerb der besten Architekten aus dem deutschsprachigen Raum sollte Lösungsvorschläge bringen, wie mit dem vorhandenen Gelände zwischen Spree und Kupfergraben alle Bedürfnisse der beteiligten Direktoren zu einer befriedigenden Lösung geführt werden könnten.

Bode verabschiedete sich und trat mit zugekniffenen Lippen hinaus in die dunkle Rotunde. Ein Streiflicht der Gaslampen aus Schönes Büro fiel kurz auf die Zeusgruppe. Da stand er wieder, der Blitzeschleuderer, und drohte ihm. Die anderen Herren plauderten und scherzten noch im Amtszimmer des Generaldirektors. Bode schloss mit einem Knall die Tür und lehnte sich erschöpft gegen ein Relief des Zeusaltars und hielt sich den Kopf.

– Ein Architekturwettbewerb ist noch kein Bauauftrag. Ich werde abwarten, welche Gesamtkonzeptionen möglich sind, und mich dann zu Wort melden. Ich will ein Museum mit ausreichend Platz. Wo auch immer. Das habe ich deutlich gesagt. Niemand hat widersprochen. Mehr konnte ich heute nicht erreichen.
Pergamon solle Vorrang haben, heißt es. Man wird sehen. Ich werde in nächster Zeit beim Kronprinzen öfter Tee trinken müssen. Ein Rembrandt ist jedenfalls nicht weniger wert als dieser Attalidenschutt, auf den ich hier in dieser Rotunde seit Jahren zu starren gezwungen bin. Ich werde mit meiner Meinung aber allein bleiben.
Wenn ich dem alten Kaiser hundert Steine vor die Tür schütte und sage, das ist Kunst aus Pergamon, dann glaubt er es. Eine Handzeichnung von Botticelli hat dagegen kaum eine Chance. Ich muss mich hundertmal mehr anstrengen, das Kaiserhaus zu begeistern, als mein guter Conze. Schwamm drüber. Jeder will seinen Stich machen.
Mein Kopf! Mein Kopf! Bode sei ein Mann!
Manchmal fühle ich mich einsam. –

Er stieg sehr langsam die Treppe hinunter zu seinem Büro, zündete das Gaslicht an und fand zu seiner großen Erleichterung noch eine Kapsel mit Opiaten in seiner Manteltasche.

KÜHNE FANTASIEN

Der greise Kaiser war empört. Aus dem verhassten Börsen-Courier hatte er gestern erfahren müssen, dass die Kolonnaden hinter dem neorömischen Tempelbau seiner Nationalgalerie seit drei Jahren durch Bretterverschläge zu einem Magazin für Pergamonfunde umfunktioniert worden waren.

Das störte bisher niemanden. Kein Museumsbesucher ging je hinter den Kunsttempel, um den Umgang zu nutzen. Nie wurde ein Spaziergänger im Schatten des nun geschlossenen Säulenganges beobachtet. Wozu auch? Die Kolonnade war ein Architektenscherz, kam aus dem Nichts und führte dahin zurück. Sie war eigentlich nutzlos, ein Zierrat, den kaum jemand wahrnahm. Wilhelm hatte seinerzeit den Säulengang ausdrücklich gewünscht. Umso mehr verdross ihn nun die Nachricht der ungenehmigten Zweckentfremdung.

Der Berliner Börsen-Courier ging, eigentlich sachlich, der Frage nach, wann die quälende Raumnot der Königlich-Preußischen Museen einmal beendet sein würde. Wilhelm hakte sich jedoch, anstatt die Beseitigung des beschriebenen Übels zu bedenken, an einer Nebeninformation des Artikels fest.

„Der abgeschlossene Architektenwettbewerb zur Erweiterung der Bauten auf der Museumsinsel muss schleunigst zu konkreten Planungen führen. Die Funde aus Pergamon müssen endlich vollständig präsentiert werden. Holzkisten mit den Reliefs und weiteren Teilen des inzwischen weltberühmten Zeusaltars lagern immer noch in Bretterverschlägen unter den Kolonnaden hinter der Nationalgalerie. Darf Preußen so mit seinen Kunstschätzen umgehen?"

Der Kaiser saß mit seiner Kaiserin Augusta, dem Thronfolger und dessen Gattin Victoria auf der großen Balkonterrasse seines neogotischen Sommerschlösschens in Babelsberg bei Potsdam.

Er hatte an diesem Maitag dringend für acht Uhr zum Frühstück gebeten. Die ärgerliche Angelegenheit wollte er sofort besprechen. Mit leicht zittriger Hand wies Wilhelm nun auf die verhasste Zeitung, die ihm die Nachricht überbracht hatte. Er fixierte seinen Sohn.
„Bretterverschläge hinter meinem Museum für nationale Gemälde der Gegenwart! Anton von Werner und, und, und … ach, es ist ja auch egal. Da sind große Meister ausgestellt. Fritz, dort hängen in goldenen Rahmen die Herrscher Preußens! Schlachtenbilder, Historiendarstellungen erinnern an die Triumphe meines Landes! Diesen schönen Säulentempel hat mir Strack nicht vollendet, um es dahinter wie in Polackestan aussehen zu lassen. Bretterverschläge! Wieso erfahre ich erst jetzt davon, und dann noch aus der übelsten aller Zeitungen, die Preußen und mein Deutsches Reich in die Volksdemokratie treiben wollen? Hält es niemand mehr für nötig, mich rechtzeitig zu befragen? Es sieht fast so aus! Wer entscheidet eigentlich, was ich wissen darf und was nicht?
Augusta, wende dich nicht so verächtlich ab! Hast du davon etwa gewusst? Sag die Wahrheit! Ich sehe es dir selbst von hinten an. Du hast! Ich bin siebenundachtzig Jahre alt, finde aber immer noch meinen Weg aufs Pferd, um Truppenparaden abzunehmen. Das sollen mir andere erst einmal nachmachen! Da kann ich doch verlangen, in so wichtigen Angelegenheiten auf dem Laufenden zu sein. Fritz, du hättest mich informieren müssen! Warum hast du es nicht getan? Da wird meine Nationalgalerie verschandelt und ich weiß nichts davon."

Wilhelm wischte sich mit einer Stoffserviette seinen schwitzenden Kahlkopf trocken. Die Erregung hatte ihn erhitzt.

„Vater, das Einlagern in den Kolonnaden war notwendig, weil wir keinen anderen Platz hatten, um die Funde aus Pergamon temporär für die Restaurierung zu verwahren. Irgendwann, hoffentlich bald, kommt das wieder weg. Der Kultusminister und alle Museumsdirektoren wussten Bescheid, niemand hatte Einwände, jeder zeigte praktische Vernunft. So haben wir auch deine Zustimmung wie selbstverständlich vorausgesetzt."
„Was? Alle wussten Bescheid, nur ich nicht?!"
Der Kaiser griff sich links und rechts in seinen weißen Backenbart, als wolle er ihn ausreißen.
Der Thronfolger sah seine Frau Hilfe suchend an.

„Du solltest dich beruhigen, Schwiegerpapa. Lass dir von Fritz besser berichten, welche Entwürfe beim Wettbewerb zur Neugestaltung der Museumsinsel eingegangen sind."
„Ach so, du denkst, ich lasse mich einfach so ablenken? Victoria, da hast du dich gründlich getäuscht. Jüdische Tuchhändlertricks aus England verfangen bei mir nicht. Das kannst du deiner Mutter Queen Victoria in London gern weitererzählen. Bevor die Sache mit den Bretterverschlägen hinter meiner Nationalgalerie nicht geregelt ist, will ich von Museumsneubauten nichts hören.
Mein Sohn ist Protektor der Sammlungen und lässt so etwas zu. Da er die Sache nicht ernst nimmt, muss ich mich wohl selbst darum kümmern. Das ist ein Skandal!
Schaut mich nicht so an! Mir ist der Appetit vergangen. Ich werde augenblicklich dem Kultusminister einen geharnischten Brief schreiben und seine Stellungnahme fordern. Noch bin ich Deutscher Kaiser und König von Preußen und bestimme, was wichtig ist und was nicht."

Wilhelm stützte sich mit krampfenden, blau geaderten Fingern auf seine Korbstuhllehnen und erhob sich unter Mühen, dann straffte er sich einigermaßen, warf seine Stoffserviette zornig auf den Tisch und stakste in seiner hellblauen Uniformjacke steif wie ein Marabu von der Terrasse ins Haus, um seinem Sekretär einen Brief an den preußischen Kultusminister in die Feder zu wüten.

Die Tischrunde tauschte sprechende Blicke, trank verlegen etwas Tee und starrte Toast und Butter an, ohne danach zu greifen.
Der Himmel war blau, der Havelfluss bildete glitzernd seine zähfließenden Seen. Im schönen Englischen Park blühten Tulpen und Magnolien. Pfauen stolzierten auf den Rasenflächen und Vögel sangen in den riesigen alten Bäumen. Alles hätte angenehm sein können.

„Mama, was ist mit Vater los? Wegen dieser Lappalie zitiert er mich aus meinem Potsdamer Sommersitz hierher? Ich bin dreiundfünfzig und habe wirklich Besseres zu tun."

„Kinder, es ist mir unendlich peinlich, aber Wilhelm wird schwierig. Ich halte seine kleinliche Tyrannei nicht mehr aus. Er krallt sich verbissen an die Macht, sieht immer weniger das große Ganze, mischt sich dafür aber in jede Nebensächlichkeit. Er kann offensichtlich der Tatsache nicht ins Auge blicken, dass seine Zeit bald vorbei ist."

Augusta zog den Eierbecher der Königlichen Porzellanmanufaktur samt Unterteller mit einem Ruck heran, betrachtete kurz das blassbraune, schmal gewölbte Frühstücksei und befand, es ähnele frappant der Schädelform ihres kahlköpfigen Gatten. Sie lachte plötzlich gallig auf und griff zu ihrem Perlmuttlöffelchen. Mit Lust und Ausdauer klopfte sie auf das Frühstücksei ein.

Bei den anderen Anwesenden entstanden dadurch schwebende Assoziationen, die sich auf einen baldigen Wechsel an der Spitze der preußischen Dynastie bedingt durch kriminelle Taten bezogen.

Nun hatte Augusta ihr Ei geschält.

„Fritz und Victoria, wir dürfen, alle wie wir hier sitzen, nicht die Nerven verlieren. Soll Wilhelm sich doch wegen seiner Bretterverschläge beschweren. Der Kultusminister wird ihm eine drei Seiten lange Rechtfertigung schreiben, und dann muss er zähneknirschend einsehen, dass die Pergamonfunde in den Kolonnaden gelagert bleiben müssen und nirgendwo sonst. So ist das neuerdings immer bei seinen Aufwallungen. Sein Sternzeichen ist der jähzornige Widder. Er wird sich irgendwann beruhigen und drei Tage später treibt ihn eine andere Bagatelle auf den Baum. So ist er und es wird nicht mehr besser werden.

Ich möchte das Thema wechseln. Wenn mein Kaisergemahl nichts von den Entwürfen für die Museumsinsel wissen will. Ich will! Erzählt!"

„Mama, du könntest alle eingereichten Arbeiten im Kunstgewerbemuseum besichtigen. Zurzeit werden sie dort gezeigt. Dann hättest du auch die Möglichkeit, den Goldschatz aus Troja zu sehen. Er steht dort im Schliemannsaal."

„Fritz, bleib mir mit Schliemann vom Leib! Erst stiehlt er den Osmanen ihren Schatz, dann stellt er ihn mit Trara in London aus und nun schenkt er ihn huldvoll dem ‚Deutschen Volk'. Dafür verlangt er einen Saal im Museum, der seinen Namen trägt, persönliche Dankschreiben vom Kaiser und die höchsten Orden, die wir zu vergeben haben. Das deutet alles auf krankhafte Geltungssucht. Hätte ich etwas zu sagen gehabt, dann

wäre der Schatz des Priamos sonst wo, aber nicht in Berlin. Ich hätte mich nicht erpressen lassen, wie dein Vater. Nein, ich will Schliemanns Raubgold nicht sehen! Ihm haftet Unheil an.
Jedoch die Pläne für die Museumsinsel interessieren mich. Aber ich verlasse mit meinem Rollstuhl nur noch das Haus, wenn es brennt oder die Heizung ausfällt. Also heraus mit der Sprache, gibt es große Entwürfe? Haben wir einen neuen Schinkel?"
„Nein, Mama, einen neuen Schinkel haben wir nicht. Ich weiß auch gar nicht, ob das wünschenswert wäre."
„Wie bitte? Du befindest dich hier in Babelsberg gerade in einem Haus von Schinkel. Sei froh, Fritz, dass dein Vater nicht mehr am Frühstückstisch sitzt, sonst wäre ihm nun endgültig der Kragen geplatzt."
„Mama, Schinkel hat für ein armes Preußen gebaut, hat die Bescheidenheit seiner ihm zur Verfügung stehenden Mittel zu einer großen Tugend entwickelt. Ich denke, seine Leistung wird die Zeiten überdauern. Heute ist Berlin jedoch die Hauptstadt eines großen Reiches, muss für alle Welt die Gesamtheit der deutschen Bundesstaaten repräsentieren. Welche Pracht steht in München und anderswo?! Da dürfen wir nicht hinterherhinken! Wien und Paris müssen unsere Maßstäbe sein, nicht Posemuckel."
„Weimar ist wohl Posemuckel?! Die Zeiten von Winckelmann und Goethe sind aus deiner Sicht also provinzielle Nostalgie? Das kann nicht wahr sein! Ihnen verdanken Schinkel und Preußen ihre Geisteshaltung. Fritz, überlege dir genau, was du jetzt sagst!"

Friedrich Wilhelm trank, seine aufgewühlte Mutter betrachtend, einen Schluck englischen Tee, stellte seine Tasse ab und antwortete.
„Schinkel ist seit über vierzig Jahren tot. Die Zeiten haben sich grundlegend geändert. Wer weiß, wie er auf die heutigen Umstände reagiert hätte? Du weißt es nicht und ich auch nicht.
Damals war die Rückbesinnung auf griechische Formen in der Architektur ein Protest gegen absolutistischen Pomp. Der Baustil der klassischen Städte stand am Wendepunkt zwischen Achtzehntem und Neunzehntem Jahrhundert für Aufklärung und die Freiheit des Einzelnen gegen barocke Herrscherwillkür, stand für Bürgerbeteiligung und Parlamentarismus. Das war anti-absolutistisch und vor allem in Deutschland irgendwann anti-napoleonisch.

Nun sind wir aber wer und müssen repräsentieren, können nicht mehr nur feine Selbstbeschränkung üben, sonst erwächst der Eindruck, das Deutsche Reich mit seinen Bundesstaaten kann am Nasenring durch die Epoche geschleift werden. Schinkelsche Bescheidenheit verschafft uns keinen Respekt.
Die Großbürger unseres Landes halten sich beim Bau ihrer Häuser schon instinktiv an die italienische Renaissance, zitieren Formen, die den aufstrebenden Handelsstädten des Quattrocento in Italien ihr Gepräge gaben. Ich denke, das täte unseren Staatsbauten heute auch gut.
Preußens Aufstieg ist ein Triumph seines Militärs, aber vor allem seiner Industrie und Wissenschaft. Das sind bürgerliche Leistungen, denen unsere Monarchie vieles verdankt. Warum sollen wir nun nicht endlich aus dem schinkelschen Formenkanon ausbrechen dürfen, um den architektonischen Ausdruck für unsere neue Zeit zu finden?!
Ein stolzes Bürgertum vereint sich mit uns Hohenzollern. Das braucht andere Ausdrucksformen als Schinkels vornehme, griechenfreundliche Resignation vor den widrigen Weltverhältnissen der postnapoleonischen Zeit. Unsere heutige Architektur braucht mehr als den Verweis auf eine politische Zukunft, die zu ihrer eigenen Legitimation mit griechischer Vergangenheit flirtet."

Augusta hatte mit wenig Aufmerksamkeit gelauscht. Ihr Frühstücksei war inzwischen verzehrt; die Schalenfragmente lagen wie von einer Granate zerstört auf dem gesamten Tischtuch verstreut.
Nun zersägte die Kaiserin mit strenger Energie ein Brötchen, um es mit Butter und Schweinsmett zu füllen.
„Mein lieber Fritz, du wirst mir jetzt hoffentlich nicht sagen wollen, dass der Architekturwettbewerb vorhat, die Museumsinsel in einen neuflorentinischen Palastdschungel zu verwandeln."
„Ganz im Gegenteil. Die Konkurrenten haben Entwürfe eingeliefert, die der Schinkelschen Bauakademie nacheifern. Sie meinten wohl, so ihre Chancen auf ein Preisgeld zu erhöhen. Das ist aber ihr Problem. Die Architekten bekommen keinen neuen Blick auf die heutigen Notwendigkeiten zustande, schwanken zwischen Größenwahn und Bahnhofshallenvernunft und kleiden das ganze in Säulenwaldfassaden. Aus Berlin wird Spree-Athen, dieses Bonmot macht bereits die Runde.

Was da alles eingereicht wurde! Realisieren werden wir nichts davon, auch wenn einiges prämiert wurde. Immerhin haben wir nun eine Vorstellung von den Möglichkeiten und Unmöglichkeiten der Sammlungsneubauten. Darum ging es bei diesem Wettbewerb auch vorrangig. Bunte Ideen kamen so zusammen.
Am kessesten war der Vorschlag, die Dampflokomotiven der Stadtbahn in einem Tunnel durch das Museum sausen zu lassen, um darüber in fast fünfzig Metern Höhe eine Riesenhalle für den Pergamonaltar zu errichten. Der wäre dann nur über endlose Treppengebilde zu erreichen. Mit deinem Rollstuhl kämen wir da nie hin, Mutter. Da bräuchten wir keine Museumsbesucher mehr, um die Ausstellung zu füllen, sondern die tüchtigsten Mitglieder vom Deutschen Alpenverein."

Die Kaiserin lachte frei und wirkte plötzlich fast mädchenhaft.

„Fritz, berichte von dem Schornstein auf dem Dach! Deine Mutter wird ihre Freude haben."
„Das kannst du selbst viel besser, Vicky."
„Victoria, mein Kind, erzähle deine Anekdote, ich höre mit Lust zu. Es tut mir unendlich gut, nach so langer Zeit wieder einmal lachen zu können."
„Du sollst auf deine Kosten kommen, Schwiegermama. Einer der Architekten hatte nämlich die grandiose Idee, auf dem Dach der neuen Museumsbauten den Pergamonaltar eins zu eins nachzubilden, um aus seiner Opferplattform den Schornstein für die Beheizung der königlichen Sammlungen aufragen zu lassen. Immer, wenn bei Kälte gefeuert würde, könnte sein Rauch über Berlin schweben."
„Ich verstehe nicht, Victoria."
„Der Zeusaltar war ein Brandaltar. Tiere wurden dem Göttervater als Brandopfer dargebracht."
„Igitt! Das ist grotesk. Dieser Entwurf hat doch hoffentlich keinen Preis bekommen. Koksrauch als Hommage an das verbrannte Fleisch fühlender Wesen. Hat dies ein deutscher Architekt ersonnen?
Nein, das war bestimmt ein Jude. Die haben doch in ihren mosaischen Vorzeiten ständig Viecher verbrannt. Welche Abgründe treten da ans Licht.

Mein Gott, die Griechen sollen so etwas auch getan haben? Wie kann man Lebewesen verbrennen und hoffen, die Götter erfreuen sich daran?! So einen primitiven Unsinn will ich nicht vor dem Stadtschlossbalkon verewigt sehen, selbst wenn nur Kohleofenrauch statt Hammelfleisch zum Himmel stinkt!
Menschen haben die alten Hellenen ja hoffentlich nie geopfert. Oder haben sie etwa?
Fritz, du schaust so. Soll ich Curtius fragen? Nein, ich will es gar nicht wissen. Wenn Goethe und Winckelmann Griechenfreunde waren, werden sich die Menschenopfer der Alten zumindest in vornehmen Grenzen gehalten haben, sonst wäre ihnen die Schwärmerei für Hellas sicher schnell vergangen."

Friedrich Wilhelm zog schmunzelnd eine Havanna aus seiner weißen Uniformjacke hervor und zündete sie, ohne um Erlaubnis zu fragen, an. Seine Mutter reagierte darauf nicht. Im Gegensatz zu seiner Gattin; sie hasste Zigarrenqualm; selbst ihr Liebhaber durfte in ihrer Gegenwart nicht rauchen. Nun wollte sie aber keine Debatte vom Zaun brechen und schlechte Laune verbreiten, die gerade erfolgreich vertrieben worden war.

Augusta hatte indessen mit den Splittern ihrer Eierschale die Architektur der Museumsinsel neugestaltet.
„Hier könnte doch der Pergamonaltar stehen und da ein Anbau für die herrlichen Gipskopien von Curtius aus Olympia. Seht her! Mein Perlmuttlöffelstiel ist die Spree und diese beiden Zahnstocher bilden den Kupfergraben. Am Flussufer, hinter dem Schinkeldom, bastelst du ja bereits seit Jahren an der letzten Ruhestätte von uns Hohenzollern. Ich möchte übrigens eine besonders schöne Nische in deiner Gruft. Am liebsten hier! Da wäre mein Grab von Pergamonfunden und Gipskopien aus Olympia eingefasst. Ich finde die Vorstellung erhebend."
„Mama, die Hohenzollerngruft wird es geben, aber der Dom von Schinkel ist dann weg. Das weißt du doch. Da, wo du mit deinen Eierschalen den Pergamonaltar bestimmst, wird mein neuer Dom stehen, dreimal so groß wie der alte. Ein Nationalheiligtum."

„Ach, das ist schade. Dann muss Pergamon halt woanders hin; die Gipsabgüsse aus Olympia sollten aber in einem schmalen Bau neben deiner Protzkirche noch unterzubringen sein. Warum muss der Schinkeldom überhaupt weg? Lass ihn doch stehen! Er ist jünger als ich."
„Mama, wie oft noch?! Wir sind die Hauptstadt des neuen Deutschen Reiches. Da reicht Schinkels hübsche Dorfkirche nicht mehr aus.
Vielleicht gibt es ja irgendwann Krönungsfeierlichkeiten, die Welt würde zu Besuch kommen. Es könnte vollkommen überraschend ein Mitglied der Hohenzollerndynastie sterben. Ein Requiem wäre denkbar. Sollen wir diese Feierlichkeiten für alle Zukunft in Schinkels Kapelle abhalten, tausend Gäste wegen Platzmangel aussperren oder stattdessen ein riesiges Bierzelt für die Monarchen der Welt mieten und uns so bis auf die Knochen blamieren?!"
„Ja, du immer, Fritz. Da muss ich dir notgedrungen recht geben." Augusta verwischte ihre Eierschalenarchitekturpläne und trank einen Schluck Tee.

„Du willst also deinen Schinkel vernichtenden Protzdom, und gleichzeitig soll die Museumsinsel ein Schlaraffenland für rauchende oder nicht rauchende Altäre werden. Wann soll das alles stattfinden, wann macht der preußische Finanzminister sein Stempelchen? Dom oder Pergamon. Beides wird doch keine Bürokratie gleichzeitig bewilligen wollen. Fritz, du wirst dich entscheiden müssen!"
„Mama, das muss ich gar nicht. Der Pergamonaltar ist noch nicht vollständig rekonstruiert. Bei den laufenden Grabungen kommen immer noch Fragmente ans Licht. Auch für die nächsten beiden Jahre gibt es Kampagnen in Kleinasien. Der Sultan hat bereits zugestimmt. Erst wenn keine Reliefteile mehr gefunden werden und mit letzter Sicherheit klar ist, wie der Altar einmal ausgesehen hat, macht der Wiederaufbau einen Sinn.
Geplant ist, den Zeusaltar so zu zeigen, wie er einst dagestanden hat. Wir werden auf verlässliche Fakten angewiesen sein, die unsere Wissenschaftler erst noch letztgültig zur Verfügung stellen müssen. Das wird einige Jahre dauern. In der Zwischenzeit könnten wir andere Dringlichkeiten bearbeiten."
„Fritz, das ist doch Blabla!"
„Victoria!" Friedrich Wilhelm sah seine Gattin strafend an.

„Dein Vater hat einen Abriss von Schinkels Dom vor Jahren bereits abgelehnt, hast du das vergessen? Dein Kirchenneubau an dieser Stelle wird also auf irgendetwas warten müssen. Wilhelm Bode scharrt jedoch mit den Hufen wegen seines Renaissancemuseums. Ernst Curtius möchte seinen Olympiasaal für die Gipsabdrücke. Antikendirektor Conze trommelt wegen Pergamon. Das Kupferstichkabinett platzt aus allen Nähten und so weiter und so weiter. Deine Sammlungsleiter stehen in Konkurrenz zueinander. Du musst zusammen mit Generaldirektor Richard Schöne eine Gesamtlösung für die Museen anstreben, sonst gibt es Mord und Totschlag. Deinen neuen Dom kannst du nebenher bauen, wenn ihm irgendwann nichts mehr im Wege steht. Die Museen jedoch brauchen jetzt unsere ganze Aufmerksamkeit!"
Victoria hielt plötzlich inne und blickte starr zur sich öffnenden Terrassentür.

„So, der Brief an meinen preußischen Kultusminister ist bereits unterwegs. Der wird mir die Sache mit den Bretterverschlägen hinter meiner Nationalgalerie sehr genau beantworten müssen. Nun will ich aber endlich frühstücken."

Kaiser Wilhelm stakste auf seinen Korbstuhl zu und die Runde verstummte. Er trank, als sei nichts gewesen, seinen Tee, aß sein kalt gewordenes Frühstücksei und strich sich ein Marmeladenbrötchen. Niemand sprach ein Wort. Nach zähen Minuten verlangte Augusta von ihrem Sohn in den Garten geschoben zu werden. Persönlich! Victoria sollte die beiden unbedingt begleiten.
„Kinder, ich muss euch eine besonders schöne Tulpensorte zeigen."

Wilhelm blieb einsam zurück und starrte rhythmisch kauend auf die in der Frühsonne glitzernde Havel.

WIEDER EIN ADVENTUS

Da stand er, der Pergamonaltar, in voller Größe. Endlich war er wiedererstanden. Durch Archäologenfleiß, unermüdlich wissenschaftliche Forschungen und die Leistung einer gut geführten Arbeiterschaft kam er ins Leben zurück.
Eine breite, riesige Freitreppe führte hinauf zu seiner Opferstätte. Außen umkränzte ihn sein inzwischen weltberühmtes Relief. Dort, wo die Funde unvollkommen geblieben waren, wurden geschmackvolle Ergänzungen geschaffen. Fehlende Gesichter wurden in Gips nachgestaltet, Kämpferszenen frei dazu erfunden, um keine hässlichen Lücken entstehen zu lassen.

Das alles machte einen ungeheuren Effekt. Berlin war aus dem Häuschen. Tausende kamen täglich, um das Wunderwerk zu bestaunen. Die Wirkung wurde noch verstärkt, weil oben auf der Altarplattform der Zeustempel aus Olympia in Originalgröße aufgerichtet worden war. Antiquarium-Direktor Ernst Curtius hatte ihn vor Jahren ausgegraben und dokumentiert; nun war auch er zu bewundern. Sechs wuchtige dorische Säulen trugen den flachen Spitzgiebel mit den bunten Friesfiguren. Der wesentlich ältere, griechische Zeustempel thronte auf dem jüngeren Pergamonaltarsockel aus Kleinasien.

Stieg der Besucher, nachdem er das Relief der Gigantenschlacht bewundert hatte, die breite Altartreppe hinauf und ging zwischen den hohen Säulen ins Innere des olympischen Zeustempels, erwartete ihn ein halbrundes Riesenpanorama der Akropolis von Pergamon zu Zeiten von König Attalos.
Die Maler Kips und Koch hatten es nach Vorlagen geschaffen, die sie bei ihren Aufenthalten in Kleinasien von der Landschaft selbst genommen hatten.

Das Theater, das Gymnasium, die Bibliothek, ja alle Paläste und Tempel der Akropolis wurden nach den neu gewonnenen Erkenntnissen der Grabungsarchitekten ins Riesenbild gefügt.
Unzählige Figuren bevölkerten das Panorama, belebten mit ihren historischen Kostümen die herrliche antike Stadt. Alles vermittelte eine lebendige Illusion der Attalidenresidenz vor zweitausend Jahren. Das Publikum war begeistert.

Als wäre das noch nicht genug, begrüßte den Besucher bereits vor dem Pergamonolympiazeusaltartempel ein riesiger altägyptischer Obelisk.
Eine gigantische halbplastische Rundgemme mit dem backenbärtigen Portrait von Kaiser Wilhelm I. zierte ihn in vier Metern Höhe.
Zweihundert Schritte weiter befand sich zudem ein ägyptischer Tempelbau auf dem Gelände der Kunstausstellung. Er stand für den schwarzen Kontinent. In seinem Inneren waren Schaubilder zu bewundern, die sich den neuen deutschen Kolonien in Afrika widmeten. Eine Flottenparade vor Sansibar, eine Elefantenjagd in Deutsch-Südwest, ein preußischer Kolonialherr, wie er Blutsbrüderschaft mit einem unterworfenen, schwarzen Sultan schließt, erfreuten neben anderen Kolonialszenen die deutschen Patrioten.

Pergamon, Olympia, Ägypten. Die Tempel auf dem Ausstellungsgelände im Berliner Stadtteil Moabit waren solide gebaut. Sie hatten eine verschweißte Unterkonstruktion aus Borsigstahl und waren mit starkem Sperrholz aus deutscher Produktion verkleidet. Bunte Gipsfassaden und Stuckfiguren vollendeten den Bau.
Da waren seit Monaten die besten Bildhauer, Maler und Theaterplastiker der Akademie am Werk gewesen, durchweg die gleichen, die schon für den Adventus, den Triumphmarsch der siegreichen Truppen 1871 in Berlin, nach dem gewonnenen Krieg gegen Frankreich, ganze Arbeit geleistet hatten.
Besucher, die zum hundertjährigen Jubiläum der Berliner Kunstakademieausstellung kamen, fanden die Bauten täuschend echt.

Zu Tausenden drängten die Schaulustigen aller gesellschaftlichen Klassen aufs Moabiter Gelände. Zylinder, Schiebermützen, Damenhüte mit Tüll und Federn, Kopftücher, alles wild durcheinander. Die

Pferdestraßenbahn schüttete im Minutentakt neue Besucher aus. Droschken stauten sich endlos an der Vorfahrt. Schutzpolizisten versuchten mit rauen Kommandos den Verkehr und die Massen zu ordnen.

An den Kassenhäuschen herrschte dichtes Gedränge. Hatte man es erreicht, hielt seine Eintrittskarte in der Hand und war endlich auf dem Areal, nahmen die Sehenswürdigkeiten kein Ende. Ein riesengroßer Park war geschaffen worden – mit künstlichen Teichen und Fontänen. Schöne Kieswege führten zu den Attraktionen. Bunte Fahnen wehten auf den Tempeln und Ausstellungshallen. Selbst die unzähligen Verkaufsbuden waren geschmückt wie Bräute zur Hochzeit.

Bäume, Wasserspiele und sämtliche Bauten wurden bei Nacht angestrahlt. Elektrisches Licht verzauberte alles. Innen und außen. Riesige Restaurants und Cafés bewirteten jeden Tag Tausende von Gästen. Militärkapellen spielten auf und ließen sich bei ihrem Tschingderassassa nur von den über den Köpfen der Besucher vorbeischnaufenden Dampfzügen der neuen Hochbahn ab und an ein wenig Konkurrenz machen.

Die Kunstausstellung glich einem Rummelplatz. Die Zurschaustellung der großen Ausgrabungsleistungen in Griechenland und Kleinasien sowie der Verweis auf die deutschen Heldentaten in der Kolonialpolitik machten die Jubiläumsausstellung für jeden zum patriotischen Spektakel, das man unbedingt gesehen haben musste.
In der großen Halle beim Lehrter Bahnhof hingen unzählige Gemälde. Dreihundert stammten aus dem Reich, alle anderen aus Belgien, England, Skandinavien, Italien, Spanien, Russland und Österreich-Ungarn. Eine Weltausstellung der Kunst, wie ursprünglich vom Senat der Akademie gewünscht, wollte Bismarck nicht. Er scheute den diplomatischen Aufwand. Die Nationen hatten sich dann auf Anfrage zum Teil informell beteiligt und Beiträge entsandt.

Frankreich war ebenfalls gebeten worden, lehnte allerdings ab. Den französischen Verantwortlichen war zu Ohren gekommen, wie über ihre Gegenwartskunst an maßgeblicher Stelle im offiziellen Berlin geurteilt wurde. Ein Zettel mit dem Gedächtnisprotokoll der Worte eines nicht näher bezeichneten hohen Adligen im Berliner Stadtschloss zur französischen Kultur fand mit Diplomatenpost den Weg nach Paris. Dort war man nicht erfreut.

– Farbkleckse sollen bei den Franzmännern neuerdings eine Blumenwiese sein? Schwarzbraune Bauern schälen auf ihren Bildern in dunklen Stuben Kartoffeln?! Wenn das die neue Kunstrichtung beim Erbfeind ist, bitte. Jeder richtet sich so gut zugrunde, wie er kann.
Wir haben unseren Kunstakademiedirektor Anton von Werner und seine herrlichen Bilder zur neuesten deutschen Geschichte. Kaiser, Bismarck und gewonnene Schlachten. Mehr brauchen wir nicht. Selbst das etwas zu lichtverliebte Flötenkonzert beim Alten Fritz von unserem Adolph Menzel ist tausendmal besser als diese kränklichen Farbspielereien der Franzosen. Jedes Motiv wird da vollkommen unwichtig. So geht Malerei vor die Hunde und das Volk, welches so etwas hervorbringt, am besten gleich mit. Die Welt wird unsere Künstler der Gegenwart in hundert Jahren noch feiern. Anton von Werner wird dann sein eigenes Museum haben. Das neue französische Geschmiere taugt zukünftig nur noch als Anschauungsmaterial für Irrenärzte. –

Die Jubiläumskunstausstellung begeisterte nun schon seit Wochen Berlin, doch heute, am Abend des sechsundzwanzigsten Juni 1886, sollte alles übertroffen werden.
Es gab das beliebte, jährliche Künstlerfest der Akademie. Diesmal stand es unter dem Motto ‚Pergamon'. Ein mehrstündiges Spektakel mit einer Unzahl von Beteiligten sollte die hellenistische Vergangenheit neben die Hochbahn nach Berlin-Moabit holen.
Große Tribünen standen links und rechts vom Pergamonaltar. Horrende Eintrittsgelder wurden verlangt, und dennoch war die Veranstaltung restlos ausverkauft. Wer auf sich hielt, durfte heute Abend nicht fehlen.
Das festlich gekleidete Publikum hatte schon die Plätze eingenommen. Eine Stunde vor Beginn des Aufzuges war alles besetzt. Nur wenige, abgezählte Ehrentribünenplätze für das Thronfolgerpaar und seine Entourage waren noch frei. Sie sollten demnächst eintreffen. Berlins Oberbürgermeister musste sich neben den Altar stellen. Einen Stuhl für ihn gab es nicht mehr. Er war zu spät gekommen.

Inzwischen war es halb sechs an diesem lauen Frühsommerabend. In einer halben Stunde sollte es losgehen.

Auf einer kleinen Bockleiter an der großen Freifläche neben dem Lehrter Hochbahnhof, dreihundert Meter entfernt vom Pergamonaltar, stand derweil ein Griechenkönig mit goldenem Helm, wallendem Purpurmantel, einem Backenbart wie Kaiser Wilhelm ihn trug, und überblickte seine Volksmassen.

Der Hellene war der Kunstakademieprofessor Neumann, zuständig für Bildhauerei. Sein Backenbart war echt, sein goldener Helm war angemalte Pappe, gefertigt in der Klasse für Theaterplastik. Der Purpurmantel bestand aus Kaufhausstoffen, die seine Frau Erika auf einer Singer-Nähmaschine zum Herrscherkleid konfektioniert hatte, und die lockige, blonde Haartracht, die unter seinem Helm hervorquoll und mit dem weißen Backenbart unschön kontrastierte, war das Werk eines mehr als schwulen Maskenbildners vom Deutschen Theater.
Professor Neumann stand also auf seiner Leiter, überblickte die fünfzehnhundert Mitspieler und gab als Hauptdarsteller und Regisseur letzte Anweisungen durch seinen blechernen Sprechtrichter.

„Leute, vergesst nicht, ich bin König Attalos, der euch zum Sieg gegen die Gallier geführt hat! Jubelt mir beim Einmarsch tüchtig zu! Stellt euch einfach vor, ich sei Wilhelm, unser geliebter Kaiser!
Ein Adventus ist die feierliche Heimholung der siegreichen Truppen und ihres Führers, keine lahme Reservistenparade. Denkt an 1871, falls ihr damals schon dabei wart.
Wenn ich auf meinem von vier Rössern gezogenen Triumphwagen am Pergamonaltar vorfahre, will ich Begeisterung erleben, wie sie unser geliebter Kaiser damals bei seinem Einmarsch durch das Brandenburger Tor erfahren hat! Schreit euch die Kehlen wund, werft Rosenblätter! Jubelt, wenn die Wagen mit der Kriegsbeute ankommen! Sobald die unzähligen Gefangenen vorgeführt werden, winkt ihnen meinetwegen zu und begrüßt ohne Häme die versklavten Könige der Gallier, ihre Königinnen und Prinzen. Bleibt edel, hört ihr?! Auch wenn es schwerfällt. Nie

vergessen, die Untertanen von König Attalos sind keine Unmenschen! Wir sind edle Sieger. Edel wie die Preußen waren, als sie 1870 die Bombardierung von Paris verworfen hatten.
Also jeder weiß, was zu tun ist. Wir haben es oft genug geprobt. In weniger als einer halben Stunde geht es los.
Jeder prüfe noch einmal sein Kostüm, seine Schminke. Ist der Lidstrich bei den Damen nach griechischer Manier gezogen?! Sitzt der Helm des hellenischen Kriegers wie er muss?! Ist der Negersklave überall schwarz, oder gibt es irgendwo am Hals noch weiße Flecken? Trägt er seine Fußfesseln richtig? Haben die Priester ihre Opferschalen dabei? Sind die Gallier zerlumpt und zerknirscht?
Weiß jeder, wo er geht und steht?
Erinnert euch an die anmutige Gruppierung. Das Volk bewundert seinen Herrscher auf der Treppe des Zeusaltars! Gestern bei der Generalprobe war es das erste Mal zufriedenstellend. Prüft euch! Gleich setzt sich unser Zug in Bewegung.
Bedenkt, der Thronfolger und seine Gattin, Bundesfürsten, Diplomaten und die geistige Elite Reichsdeutschlands werden von den Tribünen auf euch herabschauen! Vier Monate Arbeit dürfen nicht vergebens gewesen sein.
So wie König Attalos die rohen Horden der Gallier niederwarf und seinem Reich den Sieg brachte, so hat unser geliebter Kaiser und sein Sohn Friedrich Wilhelm die hochmütigen Franzosen in die Knie gezwungen. Pergamons Gigantenschlacht muss auch als Sinnbild für den Krieg zwischen unserem olympischen Deutschland und dem ins Eitle und Irdische verliebten Frankreich gelesen werden dürfen. Gut gegen Böse. Goethe gegen Marquis de Sade. Deshalb feiern wir heute auch dort bei den Tafeln der Gigantenschlacht, als Hellenen gekleidet, unseren verdienten deutschen Sieg von 1871. Beherzigt meine Worte! Und alle, ganz gleich, ob sie Krieger oder Gefangene verkörpern, werden spüren, wie sie ihre Rollen zu spielen haben. In diesem Sinne wünsche ich ein gutes Gelingen. Möge unser Adventus der größte Triumph der bisherigen Künstlerfeste werden. Zur Belohnung dürfen alle Mitwirkenden anschließend gratis auf das Ausstellungsgelände."

Das über tausendköpfige, bunt kostümierte Statistenheer, bestehend aus Studenten der Kunstakademie und anderer Hochschulen, verstärkt durch Mitglieder von Turnvereinen sowie deren Freundinnen und Freunde, johlte und applaudierte.

„Hurra, wir dürfen anschließend auf das Ausstellungsgelände!"

Dann stieg Professor Neumann unter einigen Mühen von seiner Bockleiter herab, um den von vier Rössern gezogenen, goldenen Triumphwagen zu besteigen. Die Leiter wurde von einem weißgewandeten Hohepriester aus Charlottenburg zusammengeklappt und an die Seite geschafft.

„Der Thronfolger ist da!!"
Ein blauäugiger Negersklave aus der Malereiklasse war zu den Tribünen beordert worden, um diese Nachricht überbringen zu können. Nun wurde es ernst.
„Auf, es beginnt! Es ist eine Minute nach sechs!"

Professor Neumann bat seinen Wagenlenker, einen tüchtigen Berliner Droschkenkutscher im weißen Wallegewand mit Pappharnisch und Lockenperücke, die Zügel seiner Kaltblüter zu führen und blickte sich in der Menge seiner Untertanen um. Er sah nichts. Brille zu tragen, hatte er allen verboten, auch sich selbst. Historisch korrekt sollte alles wirken.
„Wo ist der Herold?!!!"
„Hier, Herr Kollege." Ein dünnbeiniger Akademiker um die siebzig trat neben den Triumphwagen. Er trug ein kurzes weißes Griechenröckchen und hatte dicke blaue Krampfadern an seinen bleichen Beinchen.
„Ach, da sind Sie. Professor Örtel, gehen Sie zum Obelisken am Altar, stellen Sie sich vor die Rundgemme mit dem Portrait unseres geliebten Kaisers, geben Sie den Bläsern ein Zeichen und kündigen Sie, die Schriftrolle beständig haltend, den Triumphzug an!"
„Ich werde meine Aufgabe sofort mit heiligem Ernst erfüllen, Herr Professor Neumann, doch bitte ich, mein Monokel tragen zu dürfen, sonst kann ich nichts sehen."
„Monokel?!!!"
„Ja."

„Mensch!!! … Nun, wenn es unbedingt sein muss, Herr Kollege, bitte!"

Der Herold klemmte sein Einglas ins linke Auge, entrollte sein Pergament, hielt es sich sehr weit vom Leibe, als wolle er sofort sein selbstverfasstes Gedicht ablesen und schritt steif Richtung Pergamonaltar.
Das Hochgefühl der Wichtigkeit seiner Heroldsrolle, die Notwendigkeit, den Adventus von Kaiser Wilhelm, nein, von König Attalos zu verkünden, gaben ihm die nötige Kraft und innere Sicherheit, seinen höchst sonderbaren Gesamteindruck nicht zu bedenken.

Kurz darauf ertönten Fanfaren, Professor Neumann straffte sich in seinem Triumphwagen, ordnete letztmalig seinen weißen Backenbart und die geliehene Lockenpracht, dann setzten sich alle Maskierten nach und nach in Bewegung.

Eine halbe Stunde später war der Aufmarschplatz leer. Hurra- und Bravorufe schallten von den weit entfernten Tribünen herüber und die Dampfzüge der Hochbahn durchfauchten den Abend.

Hinter den Absperrungen für den Adventus stauten sich tausend Neugierige ohne Billett. Zu sehen gab es nichts. Trompeten schallten herüber, feierliche Männerchöre ertönten, Trommelwirbel zerrissen die Luft. Applaus. Bumm!!!
Manchmal wurden die Zaungäste Zeuge, wie Großrequisiten bereitgestellt wurden. Katapultschleudern, ein Trojanisches Pferd, rollende Belagerungstürme.

Einem jungen Berliner Arbeiterpärchen wurde nach drei Stunden Zaungastdasein langweilig.
„Wir sehn ja sowieso nischt. Jehn wa zum Totenfluss und fahrn in den Hades?"
Ein junger blonder Schlossergeselle der Borsigwerke im weißen Sonntagshemd und schwarzer Hose nahm seine brünette Freundin an die Hand.
„Meinetwejen. Aber nich grapschen!"
Die Weißwäscherin in ihrem hellroten Kleid kannte ihren Fritze.

Die beiden machten sich auf den Weg und ließen den Adventus hinter sich. Immer noch war er lärmend im Gange. Verliebt umschlungen gingen sie die Kieswege entlang zu dem Ufer, wo Charon, der Fährmann, mit seinem Nachen die Verstorbenen ins Totenreich fuhr. Sie standen auf dem kleinen hölzernen Steg.
Vor ihnen ragte im Wasser ein gigantischer, schwarzer Fels. Aus einem engen Spalt schob sich geräuschlos ein flacher Kahn. Eine dunkel verhüllte Gestalt führte das Boot mit einer langen Stange. Es legte an und eine eisgraue Hand streckte sich ihnen entgegen.
„Zwanzig Pfennig!“
„Hier“, sagte Fritze entschlossen. Er hatte das Geld abgezählt parat. Rieke sah auf den unheimlichen Fährmann und wäre nun lieber doch umgekehrt, um Zuckerwatte zu essen. Aber Fritze stieg ins Boot und sie folgte ihm.

Charon warf dem Paar zwei schwarze Kapuzenmäntel zu.
„Los, anziehen!“ Mit einer gebieterischen Handbewegung forderte er sie auf, Platz zu nehmen.
Der junge Schlosser und seine Weißwäscherin kuschelten sich auf der Kahnbank eng aneinander. Der Fährmann stieß ab. Lautlos glitt der Nachen über den stillen Fluss, der die Lebenden von den Toten trennt. Er näherte sich einer Höhle. Bald schoben sich links und rechts steile Felswände vorbei. Die Durchfahrt wurde immer enger.
„Fritze, mir graut.“
„Keene Sorje, Rieke, bei den Dooten is ooch nich viel schlimma als bei uns.“ Er küsste sie und sie wehrte sich nicht.
„Huaaaaa!“
Die beiden schreckten auf.
In grün bemoosten Grotten wurden Gestalten in flatternden, roten Gewändern im Feuerschein sichtbar. Wilde Fratzen mit hohlen Augen starrten die beiden an, rauften sich ihre langen, weißen Mähnen und stießen schreckliche Klagelaute aus.
„Fritze, ick will hier raus!“
„Pscht! Allet wird jut!“

Der schwarz verhüllte Charon lenkte mit seinem Stab die beiden Jenseitskandidaten wortlos über den spiegelglatten Styx weiter in die Höhle hinein. Es wurde stockfinster. Der Schlossergeselle hatte den Eindruck, er hörte den Fährmann bösartig kichern, doch dann rief Charon plötzlich drohend:
„Platz da, ihr Toten! Neue Seelen kommen!“ Die Wände warfen das Echo schaurig zurück.
Nun wurde auch dem Fritze ein wenig mulmig.
„Wie lange jehtn ditt hier noch?“
Charon schwieg. Immer noch ertönten Klagerufe in der Finsternis. Rieke klammerte sich ängstlich an ihren Liebsten. Gott sei Dank, wurde es bald ruhiger. Die Höhle öffnete sich und ein felsiges, graues Ufer erschien am Ende der Grotte. Eine einsame Fackel brannte, spiegelte sich auf dem Wasser und spendete spärliches Licht in einem riesigen Felsendom. Der Kahn drehte bei und stand still.

„Aussteigen! Sofort! Wir sind im Hades! Nie werdet ihr je zur Erde zurückkehren dürfen!“
„Fritze, ick will nich aussteijen.“
„Rieke, du hast ja jehört, wia müssn raus. Nu mach schon. Ick lass nich zu, das dia watt passiert.“
„Verlasst mein Boot! Die Reise ist zu Ende! Eure Erdentage sind vorbei. Trinkt den Lethetrank und erfahrt das ewige Vergessen. Nichts ist schöner als ein seliges Versinken in nicht endender Nacht. Raus!“

Fritze und Rieke rafften ihre schwarzen Kapuzenmäntel und stiegen an das felsige Ufer. Der unheimliche Fährmann fuhr im Schein der einsamen Fackel zurück, bis ihn die Finsternis verschlang.
„Fritze, ick dachte, wir wollten uns heute mal ammesiern.“
„Tun wa doch.“

Rechts am Ende des Felsenganges war in einer Spalte plötzlich ein Licht zu erahnen. Es bewegte sich auf die beiden zu. Drei weiß verschleierte Gestalten in bodenlangen Gewändern kamen auf sie zu. Eine trug ein kleines, schwarzes Tablett mit Gläsern, die mit einer dunklen Flüssigkeit gefüllt waren. Die beiden anderen hielten Öllampen in den Händen.

„Trinkt! Wir bringen euch den Trank des Vergessens. Es gibt kein Zurück. Ihr habt den Weg zu uns gewählt, nun müsst ihr den Lethebecher bis zur Neige leeren. Seid ohne Furcht!“
Die Gläser wurden Fritze und Rieke gereicht.
Die beiden jungen Berliner waren inzwischen so verwirrt, dass sie sich gehorsam dem Spuk auslieferten, und tranken die Gläser in einem Zug leer. Es schmeckte nach Süßwein. Sie gaben sich einen Kuss und befürchteten, bald nichts mehr voneinander zu wissen.

„Platz da, ihr Toten. Neue Seelen kommen!!!“ Dieser Ruf erschallte drohend aus der Ferne.
„Los! Der Fährmann darf euch hier nicht sehen.“
Die weiß verhüllten Frauen führten Rieke und Fritze im Öllampenlicht durch schmale Gänge hinaus in einen hell erleuchteten nächtlichen Park. Sie nahmen ihnen die schwarzen Kapuzenmäntel ab und liefen kichernd zurück in das Felslabyrinth.

Fritze und Rieke schauten sich fassungslos um. Unzählige Griechen in antiken Kostümen, Gallier im Lederschurz und Priesterinnen mit hohen Frisuren und goldenen Stirnbändern spazierten fröhlich schwatzend umher. Schwarze Sklaven schäkerten mit altgriechischen Tänzerinnen, überall Geister von Menschen, die vor zweitausend Jahren einmal gelebt hatten.

„Rieke, wir sind im Totenreich!“
Das junge Paar fand alles fremd und unheimlich. Sie nahmen sich bei der Hand und beschlossen, den Versuch zu wagen, einfach, ohne sich von irgendwelchen Hadeswächtern aufhalten zu lassen, nach Hause zu gehen.
Sie kamen unbehelligt am bunt erleuchteten ägyptischen Tempel an, betraten, ohne dass sie jemand daran hindern wollte, den Kiesweg zum Haupteingang und schoben sich durch die Seelen der toten Gallier und Griechen hinaus zur Pferdestraßenbahnhaltestelle.
„Jott sei Dank! Der Spuk is vorbei.“ Rieke gab Fritze einen Kuss.
„Nechstet mal jehn wa gleich uffn Rummel.“
„Ja, Rieke.“
Sie bestiegen die Pferdebahn und fuhren heim.

Die folgende Nacht haben beide, von merkwürdigen Träumen beunruhigt, sehr schlecht geschlafen.

AUSGEGRABEN

Professor Alexander Conze und Doktor Carl Humann saßen auf einem quer liegenden Säulenstumpf auf dem Hügel vor der „Reichshalle“ und blickten bei Abendsonne über die Akropolis von Pergamon.
Die „Reichshalle“ war ein aus rohen Brettern schnell zusammengenagelter Geräteschuppen mit schmalem Spitzgiebel. Seit Jahren wurde dieser Verschlag von den preußischen Ausgräbern scherzhaft so genannt. Bei Regenschauern und Gewittern diente er als Unterstand.
Oben, über der kleinen Eingangstür an der Giebelseite hing ein hölzern ovales Wappenschild, auf dem ein schwarzer Adler abgebildet war. Der stolze Vogel mit ausgebreiteten Flügeln trug Tropenhelm, hielt in der linken Klaue einen Spaten und rechts einen Grabungshammer. Das war Humanns Werk. Der Adler war ein Attribut des Zeus und zugleich der Wappenvogel von Preußen.

Das vorläufige Ende der Grabungen auf der Akropolis von Pergamon war gekommen. Wesentliche Tempel und Gebäude waren bis auf die Fundamente freigelegt. Mehr sollte hier oben vorerst nicht geleistet werden. Die Arbeiten waren seit gestern offiziell beendet.

„Schade, dass ich diesmal nur zwei Wochen bei Ihnen sein konnte, Humann. Hier gefällt es mir besser als in Berlin.“
Alexander Conze hatte den Westfalen am Nachmittag gebeten, mit ihm vor dem Abendessen noch einmal zur Burg hinaufzusteigen, um gemeinsam Abschied nehmen zu können. Humann spürte, wie wichtig seinem Kollegen dieses Anliegen war.
Die beiden lenkten jetzt ihren Blick auf das Ausgrabungsgelände und die Ruinen. Alles erinnerte an die mühevolle, aber überaus erfolgreiche Arbeit der letzten Kampagnen.
„So, Humann, mit uns und Pergamon geht es endgültig zu Ende.“

„Conze, Sie reden, als würde uns gleich der Erdboden verschlingen. So schlimm wird es nicht kommen. Wir beenden fürs erste unsere Grabungen hier oben, haben den Altar, einige Tempel, die Bibliothek und das Gymnasium sowie ein riesiges Theater freigelegt. Auf die letzten acht Jahre können wir stolz und dankbar zurückzublicken."
„Ja, mein Freund, trösten Sie mich wie ein Kind, das Tränen vergießt, weil nach den Ferien die ungeliebte Berliner Schule ruft."
„Seit wann sind Sie sentimental?"
„Ich bin wehmütig und gehe ungern von hier fort. Wir haben viel erreicht. Vielleicht fällt mir der Abschied deshalb so schwer, Herr Kollege."

Carl Humann war inzwischen tatsächlich ein Kollege von Alexander Conze. Der Preußische Landtag hatte ihn auf Anregung von Generaldirektor Schöne und mit Unterstützung des Thronfolgers nahezu einstimmig zum Direktor der Königlich-Preußischen Museen mit Sitz in Smyrna ernannt. Das war ein maßgeschneiderter Posten, der ihn für seine Leistungen belohnen sollte und der Erwartung Ausdruck gab, der so Begünstigte möge weitere Sensationen wie den Zeusaltar zum Ruhme des Vaterlandes entdecken. Ein festes Beamtengehalt mit Pensionsansprüchen war damit verbunden. Der Westfale konnte nun ohne Geldsorgen bis an sein Lebensende im preußischen Museumsdienst nach Altertümern in Kleinasien graben.

Der Dezemberabend des Jahres 1886 war mild. Die beiden Ausgräber saßen im leichten Wind und blickten über das schöne weite Tal mit dem Fluss, die fernen Berge und das Meer am Horizont, in dem die Insel Lesbos zu schweben schien. Die Sonne zauberte rötliche Schimmer auf die am Horizont glitzernde Ägäis.

Am nächsten Morgen musste Alexander Conze zurück nach Berlin. In der wintergrauen Reichshauptstadt warteten dringende Geschäfte auf ihn. Humann hatte noch in Pergamon zu tun. Er konnte nicht zur Familie nach Smyrna reisen, er musste bleiben, um die Ausgrabungsstätte zu sichern. Kalkbrenner sollten nie wieder ihr Unwesen treiben dürfen. Einheimische Aufpasser mussten das Gelände täglich vierundzwanzig Stunden lang gegen Raub und Vandalismus verteidigen. Zwei hölzerne Wachstuben sollten die Arbeiter errichten. Die Materialien lagen aufgestapelt bereit.

Letzte Kisten mit Fragmenten der Gigantomachie, Tempelstatuen und weniger bedeutsame Architekturteile warteten am Athenatempel auf den Transport hinunter nach Dikeli, um von dort über Smyrna nach Berlin zu gelangen.
Das sogenannte Deutsche Haus, das für die Zeit der Kampagne von Humann unten in Bergama als Wohnsitz für die Expeditionsteilnehmer gemietet worden war, musste aufgelöst werden. Danach wollte er so schnell wie möglich zu Frau und Kindern.

Die Sonne begann zu sinken. Lange Schatten zeigten sich im Tal. Umherschwirrende Fliegen fielen den beiden Ausgräbern lästig. Sie ließen sich nicht verscheuchen, setzten sich auf Nase, Hand und Stirn. Das Rudern mit den Armen schaffte für Sekunden Abhilfe, dann waren die Störenfriede wieder da. Irgendwann gaben die Männer ihren aussichtslosen Kampf auf und ließen sie gewähren. Plötzlich ertönte ein fernes Krächzen. Beide schauten hinauf in den blassrosafarbenen Abendhimmel.
Ein Adler kreiste langsam mit ausgebreiteten Schwingen in großer Höhe über dem Burgberg. Der Adler war eine der vielen Gestalten, in die Zeus sich zu verwandeln geruhte.

„Humann, sehen Sie, da oben schwebt der Göttervater und sucht vergeblich seinen Altar."
„Er wird zu Ihnen nach Berlin fliegen müssen, Conze. Hier wird ihm nie wieder jemand ein Lamm opfern."
„So ist es. Das hätten wir uns im September 1878 nicht träumen lassen, was? Eine Weltsensation haben wir hier aus dem Boden Kleinasiens geholt, eine vergangene Kulturepoche ist der Menschheit durch uns wiedererstanden.
In Berlin sind unsere Grabungsarchitekten mit den italienischen Restauratoren so weit vorangekommen, dass wir definitiv wissen, wie der Altar einmal ausgesehen hat, wo die einzelnen Friesplatten hingehören und wie breit die Treppe war, die zur Opferstätte hinaufführte.
Den kleinen Telephos-Fries, oben auf der Altarebene, haben die Wissenschaftler ebenfalls, so gut es ging, wiederhergestellt. Leider fehlen davon zu viele Platten, um einen, wenn auch unvollkommenen, Gesamteindruck zu erhalten. Insgesamt ist die Altarrekonstruktion aber geglückt. Acht Jahre Sisyphos-Arbeit waren nicht umsonst."

Conze zeigte auf einen Ruinenhügel.
„Die neuen Funde da drüben in den Kisten beim Athenatempel werden unseren Spezialisten in Berlin weitere Mühen abverlangen. Bis sie die letzten Schlangenhautbrocken, Nasensplitter und Gewandfaltenfragmente der rechten Stelle zugeordnet haben, werden wieder Monate vergehen. Das sind aber nur noch Details. Die einstige Gestalt des Zeusaltars steht nicht länger infrage. Zentimetergenau sind seine Ausmaße ermittelt. Einem Aufbau im Museum stünde nichts mehr im Wege."
„Dann können die Berliner Jubiläumsausstellungsmacher ihren Gipsschund endlich wieder abreißen?"
„Hoffentlich! Humann, dieser Altarrummel und Tempelzirkus in Moabit sind unerträglich. Die Reichshauptstädter kommen aber wie die Bären zum Honig, um sich diesen trivialen Mist für bare Münze als wissenschaftliche Rekonstruktion andrehen zu lassen."
„Gönnen Sie ihnen die Freude, Conze! Wenn ich Ihre Aussagen, die Zeitungsartikel und verschiedene Briefe aus Deutschland richtig deute, wird ja in absehbarer Zeit ein Museumsneubau die Möglichkeit bieten, unseren Altar so zu betrachten, wie er wirklich einmal ausgesehen hat."
Der Antikendirektor seufzte und schaute in die Ferne.
„Humann, das hoffe ich. Sicher ist nichts. Seit dem Architektenwettbewerb kommt die Sache mit dem Museumsneubau nicht vom Fleck. Es gibt Pläne, aber keinen Auftrag. Immer stellen sich neue Hindernisse in den Weg. Mal hat der preußische Finanzminister Einwände, dann weigert sich das Hochbaureferat und plötzlich gibt es Debatten um den Standort: Ist er geeignet oder nicht?
Der Bauplatz auf der Museumsinsel stünde bereit. Schinkels alte Packhofgebäude sind weitgehend entfernt worden. Der Neubau eines Antikenmuseums könnte jederzeit beginnen. Bode intrigiert an allen Fronten für sein Renaissancemuseum, aber das wird warten müssen. Beides zusammen geht nicht. Pergamon hat Vorrang.
Mein Freund Richard Schöne kämpft wie ein Löwe für den Erweiterungsbau und ich auch. Der Thronfolger ist auf unserer Seite, der Kultusminister zieht am selben Strang, selbst der Finanzminister steht trotz schwieriger Kassenlage bisher zum Neubauprojekt."
„Bisher? Conze, wollen Sie andeuten, alles könnte am Geld noch scheitern?"
Der Antikendirektor strich sich sein grau werdendes Haar glatt.

„Wir wollen den Teufel nicht an die Wand malen, Humann, aber die Finanzen sind zurzeit schwierig. Die Banken haben sich, wie es aussieht, in den fetten Jahren nach der Reichsgründung wohl zu leichtfertig verhalten. Faule Kredite belasten ihre Bücher. Nun spielen die Börsen verrückt. Kurse stürzen, Profite der Industrie brechen ein, die Leute kaufen zu wenig, es wird kaum noch exportiert, die Steuereinnahmen gehen in den Keller. Eine schwere Krise. Schlimmstenfalls droht ein wirtschaftlicher Zusammenbruch. Niemand hat dagegen ein Rezept. Selbst Bismarck ist ratlos. In der Öffentlichkeit wird alles auf die Juden geschoben. Sie hätten mit Gier und Rücksichtslosigkeit die Wirtschaft in den Ruin getrieben. Das übliche Gerede. Einer muss schuld sein. Der redliche, um Volk und Vaterland bemühte deutsche Großindustrielle trifft auf gierige, jüdische Bankiers. So schreiben viele Zeitungen, und ich möchte nicht wissen, Humann, wer ihnen den Text diktiert! Ich bin kein Ökonom, finde es jedoch schon aus ästhetischen Gründen schwierig, immer dieselben Schuldigen am Pranger zu sehen. Das wird langweilig."

Alexander Conze senkte seinen Blick und fuhr fort.

„Die Staatsregierung blickt meiner Meinung nach in die falsche Richtung. Vielleicht verschlingt ja unsere neue Kolonialpolitik die finanziellen Ressourcen. Seit zwei Jahren tummeln wir uns zwischen Afrika und der Südsee. Was haben wir auf Inseln im Pazifischen Ozean zu suchen? Wollen wir England und Frankreich Konkurrenz machen? Wollen wir Affen bestaunen, wo der Pfeffer wächst? Bismarck-Archipel! Das ich nicht lache! Unser Bier trinkender Reichskanzler und Kokosnussplantagen passen eigentlich nicht zusammen. Das Gleiche gilt für Afrika. Dort pressen irgendwelche selbsternannten deutschen Kolonialherren die einheimischen Völker mit kaiserlicher Erlaubnis aus. ‚Der Neger braucht eine starke Hand', verkünden sie im Khakianzug mit Tropenhelm auf dem Kopf und Zigarre rauchend der deutschen Presse.

Deutsch-Südwest, Deutsch-Südost und Sansibar.

Mit grausamer Gewalt zeigen sie den Eingeborenen, wer nun das Sagen hat, behandeln die Ärmsten wie Tiere, lassen sie schuften, peitschen sie aus und nehmen ihnen alle Rechte. Den fetten Möpsen ihrer faulenzenden Damen würden sie diese Quälereien nie antun.

Unsere Kriegsmarine kreuzt derweil mit kreisenden Geschütztürmen am Äquator vor Afrika und sucht neue Ankerplätze für die Deutsche Handelsmarine. Diese Abenteuer kosten ungeheuer viel Geld, Humann. Vielleicht liegen da die Ursachen für unsere finanziellen Schwierigkeiten, und die Juden sind unschuldig. Aber bevor Sie mich wegen meiner skeptischen Einstellung zur deutschen Kolonialpolitik noch für einen revolutionären Sozialdemokraten halten, werde ich besser schweigen."

Humann lachte, hob ein Steinchen auf und warf es weit von sich.

„Dass Sie kein Revoluzzer sind, Conze, bedarf keines Beweises. Ich lebe und sterbe für unser Kaiserhaus. Sie auch. Ob die Kolonialpolitik von Wilhelm klug ist, weiß ich nicht. Ich finde es aber sehr befriedigend, den Namen Bismarcks auf einem fernen Punkt der Weltkarte zu finden. Zu lange waren wir Deutschen die armen Verwandten Europas. Nun haben auch wir ein paar Kolonien und erstrahlen im Glanz eines bedeutenden Herrscherhauses. Die Hohenzollernmonarchie unter Bismarck tut unserem Reich gut. Parlamentarismus nach englischem Vorbild passt nicht nach Deutschland.

Wollen Sie sich vorstellen müssen, Conze, wie in Preußen volksdemokratische Entscheidungen zugunsten der Museen zustande kommen sollen? Frauenwahlrecht? Gleiches Gewicht aller Stimmen, ganz gleich, wie viel Steuern der Einzelne zahlt?

Stellen Sie sich vor, die vollgestopften Hinterhöfe der Reichshauptstadt wären von Wahlberechtigten bewohnt, deren Stimme das gleiche Gewicht hätte wie die von Adel und Großbürgertum. Wenn die ungebildeten, unkultivierten Arbeiter und vielleicht noch ihre Frauen wählen dürften, was gäbe dies für ein Parlament, was würde dort beschlossen werden?! Kunst würde solch eine Versammlung überhaupt nicht interessieren. Unsere Museen hätten keine Zukunft.

Nein, Conze, da lobe ich mir unser preußisches Dreiklassenwahlrecht. Die Stimmen der reichen Grundbesitzer und der Industriebarone zählen entsprechend ihrer Steuerleistung mehr als die der armen Schlucker. Die Stimme von Krupp reichte aus, um ein Drittel der Abgeordneten von Essen zu bestimmen. Das ist gut so.

Wir sehen bei den Reichstagswahlen, was passiert, wenn jeder Mann in den Bundesstaaten gleichberechtigt wählen darf, unabhängig davon, wie viel Abgaben er zahlt. Das macht die Sozialisten fett."

Carl Humann stützte seine Arme auf den Säulenstumpf und fuhr fort.

„Nein, wir Preußen bleiben besser, was wir sind! Ein Eliteverein. Eine disziplinierte Monarchie.

Zack, zack, zack!

Dreiklassenwahlrecht. Gewiss ließe sich vieles verbessern. Die unteren Klassen der Gesellschaft müssten vielleicht mehr am allgemeinen Wohlstand teilhaben dürfen. Ihre Lebensumstände sind erbärmlich. Dennoch will ich Deutschland lieber unter Bismarck sehen als in einer Demokratie nach englischem Vorbild. Unser guter Museumsprotektor träumt mit seiner Gattin Victoria davon, doch ich will lieber, dass alles bleibt, wie es ist. Es ist tausendmal besser, alle jubeln dem alten Wilhelm zu, als dass wir ihm das Schicksal der französischen Herrscher bereiten.
Schauen Sie nicht so verdattert, Conze! Die Guillotine ist und bleibt das Symbol der Demokratie. Frankreich lehrt uns, was am Ende dabei herauskommt, wenn das Volk die Macht an sich reißt. Fanatismus und anschließend genusssüchtige, fette Selbstüberhebung. Unserem Preußen sollten wir im ureigenen Interesse durch Treue und Hingabe an unser Herrscherhaus ein ähnliches Schicksal ersparen."

Der Antikendirektor war den leidenschaftlich vorgetragenen Ausführungen von Carl Humann gefolgt, und seiner steinernen Miene war nicht zu entnehmen, was er davon hielt. Tief in seinem Innersten war er jedoch skeptisch.
– Das harte Regiment von Bismarck erregt mein Misstrauen. Der neunundachtzigjährige Kaiser stemmt sich gegen jeden gesellschaftlichen Fortschritt. Der Thronfolger verfällt deshalb in Lethargie. Seine liberalen Träume hat er so gut wie aufgegeben. Seine Gattin Victoria versucht ihn immer wieder wachzurütteln, dringt aber kaum noch zu ihm durch.
Die lange Wartezeit auf den Thron hat Friedrich Wilhelm in die Resignation getrieben. Er ist bereits Mitte fünfzig. Wie soll es nach dem Tod des alten Kaisers einmal weitergehen? Wird sein Nachfolger noch die Kraft finden, das Deutsche Reich zu erneuern? Wird seine Gattin ihn für die gemeinsamen liberalen Ziele noch einmal begeistern können?
Nötig wäre es. Sonst drohen Erstarrung und irgendwann ein Aufstand der Massen. Ewig wird sich die arbeitende Mehrheit nicht von allen Rechten ausschließen lassen. Bismarck und der verknöcherte Wilhelm jedoch stehen jedem Neubeginn im Wege. –

Diese Bedenken ließen in Alexander Conze schon länger die Lust aufkommen, Deutschland und dem Berliner Museumsbetrieb zu entfliehen und ausschließlich als Grabungsarchäologe irgendwo im fernen Süden zu arbeiten.
Die schönen Zeiten in Pergamon, die Erinnerungen an seine früheren griechischen Kampagnen im österreichischen Auftrag, die Reisen mit dem hemdsärmeligen Humann hinüber zu den Ruinen vom nahen Lesbos, ließen ihn sehnsüchtig werden, alle bürokratischen Zwänge für immer los zu sein.
Freie Luft atmen und unter blauem Himmel einzig der geliebten Wissenschaft dienen, das erschien ihm plötzlich lohnender, als in grauen Amtsstuben gegen die Mühlen wilhelminischer Ministerialbürokratie zu kämpfen. Er straffte sich, erschlug eine Fliege auf seinem Handgelenk und besann sich.
– Jetzt alles hinwerfen, wo ein Neubau für das Antikenmuseum immerhin in Aussicht steht? Nein! Ich werde auf meinem Posten noch ausharren müssen. –

Professor Conze stützte sich auf seinen langen Stab und stand langsam auf.
„Nun lockt mich mehr als jedes Gespräch über Politik Ihr Dortmunder Bier."
Humann schaute leicht verunsichert in das versteinerte Gesicht seines Berliner Gastes.
„Habe ich Sie durch meine Reden über Volksdemokratie und Kaiserreich unangenehm berührt?"
„Wie bitte? Was? Ach so. Nein, nein!"
Der Westfale war erleichtert und erhob sich ebenfalls.
„Kommen Sie, Conze, Ihr Bier wartet!"

Die beiden Ausgräber setzten sich in Bewegung, gingen am Standort des Zeusaltars vorbei und hielten auf den Weg zu, der sie unzählige Male hinauf – und hinuntergeführt hatte. Es ging steil bergab.
Conze nutzte seinen Stab, um sicheren Trittes voranzukommen. Humann war geschickter. Er kannte jeden Stein.
Zwanzig Wegminuten lagen zwischen ihnen und dem Abendessen mit Dortmunder Bier. Auf dem Weg dorthin wurde nicht mehr gesprochen.

CHARITÉ

– Krebs! –
Rudolf Virchow blickte wieder und wieder durch sein Mikroskop auf die Gewebeprobe.
– Es gibt keinerlei Zweifel: Kehlkopfkrebs. –
Der sechsundsechzigjährige Professor der Berliner Charité knöpfte seinen schneeweißen, langen Kittel mit scharfen Bügelfalten auf und lehnte sich auf seinem Stuhl zurück. Er nahm die Brille ab, warf sie auf den Tisch seines Labors und rieb sich die Augen. Überall aus den hohen Regalen an den Wänden rings um den Schreibtisch starrten ihn menschliche Schädel an. Gläser mit Gewebeproben reihten sich dicht an dicht. Tote Knochen, krankes Fleisch.

– Das hat noch gefehlt! Friedrich Wilhelm, unsere liberale Hoffnung, erkrankt kurz vor seiner möglichen Thronbesteigung an einem unheilbaren Tumor. Womit haben wir Fortschrittsfreunde das verdient? Ist Deutschlands Zukunft dazu verurteilt, im Bismarckstaat zu ersticken? –

Der Professor dachte nach. Was sollte er tun?

Rudolf Virchow war der weltberühmte Begründer der Zellularpathologie, einer Diagnosemethode, die es erlaubte, anhand von Veränderungen der Gewebezellen auf Krankheiten zu schließen. Auch war er Reichstagsabgeordneter für die Freisinnigen, der liberalsten Kraft in Deutschland, und saß im Vorstand der Berliner Gesellschaft für Anthropologie, Ethnologie und Urgeschichte. Er stand als solcher in engem Kontakt zu Heinrich Schliemann und hatte damals mitgeholfen, dessen trojanischen Goldschatz als Schenkung nach Berlin zu holen.
Virchow war ein durch und durch politischer Mensch, engagierte sich in Museumsfragen und befürwortete nachdrücklich die Neubaupläne für das Antikenmuseum. Der Pergamonaltar musste endlich ausgestellt werden.

„Die Töchter der Freiheit sind Bildung und Wohlstand." Das war sein Motto.

1848 hatte Virchow aktiv auf der Seite der Revolution gekämpft und musste deshalb aus Preußen fliehen. Als weltberühmter Wissenschaftler durfte er nach zwanzig Jahren zurückkehren. Er engagierte sich in Berlin sofort wieder politisch, setzte sich für die Schaffung öffentlicher Krankenhäuser ein, forderte eine Kanalisation und kämpfte für die allgemeine Verbesserung der Hygiene und ein kostenfreies System der Gesundheitsvorsorge für alle.
Bismarck hasste ihn, forderte ihn nach einer bissigen Reichstagsrede sogar zum Duell. Virchow schmunzelte nur. Er wolle lieber diskutieren, anstatt sich zu duellieren, ließ er ausrichten.

Nun saß der berühmte Pathologe vor seiner Gewebeprobe und bedachte die Konsequenzen einer Veröffentlichung seiner Krebsdiagnose.

– Friedrich Wilhelm ist seit fünf Monaten krank. Es fing mit Heiserkeit und Schluckbeschwerden an. Alles sollte schnell besser werden. Die Heilung trat jedoch nicht ein. Irgendwann entdeckten die prominentesten Berliner Militärärzte ein Knötchen am linken Stimmband. Weitere Untersuchungen folgten, dann sprachen die Spezialisten von Krebs und rieten zu einer Operation. Sie wollten das Übel im Keim bekämpfen. Der Kehlkopf sollte gespalten werden, um die Geschwulst zu entfernen. Ein Wahnsinn. Der Thronfolger hätte für immer seine Stimme verloren, höchstwahrscheinlich wäre er bei dem riskanten Eingriff sogar gestorben. –

Rudolf Virchow misstraute den Therapeuten im preußischen Offiziersrock.

– Wollen sie den deutschen Liberalismus mit dieser Operation ermorden? Sie fürchten demokratische Erneuerungen, eine Schwächung der Junker, falls der greise Monarch demnächst das Zeitliche segnet und Friedrich Wilhelm den Thron besteigt. –

Alle den Thronfolger behandelnden Ärzte hielt Virchow für reaktionär, antisemitisch und antidemokratisch. Er wusste, dass Kronprinzessin Victoria so dachte wie er. Warum sonst holte sie einen englischen Mediziner nach Berlin?
Nach Rücksprache mit ihrer Mutter, der Queen, zog sie den führenden englischen Kehlkopfspezialisten Morell Mackenzie hinzu. Der kam sofort von London angereist. Das war teuer. Seine pompösen Honorare waren europaweit gefürchtet.

Mackenzie untersuchte eingehend den hohen Patienten, wusste um die politische Brisanz der Sache, dachte in Ruhe nach und verwarf dann entschieden die Krebsdiagnose der Berliner Ärzte. Von einer Operation riet er dringend ab.

Victorias Misstrauen gegen die Berliner Stabsärzte wurde durch die Diagnose des englischen Vertrauensmannes bestätigt.
Mackenzie empfahl Luftveränderung. Ein milderes Klima würde dem Kronprinzen Linderung bringen. Victoria willigte sofort ein. Friedrich Wilhelm war froh, einer Operation mit mehr als ungewissem Ausgang entkommen zu sein. Das war am Zwanzigsten Mai 1887.

Die Berliner Medizinalräte schüttelten den Kopf. Um alle Zweifel auszuschließen, forderten sie nachdrücklich, vom Stimmbandknoten eine Gewebeprobe zu nehmen, um sie von Professor Virchow untersuchen zu lassen.
Der Pathologe, obwohl ein Wissenschaftler von Weltrang, wurde von den streng konservativen Stabsärzten wegen seiner liberalen Gesinnung nur ungern konsultiert. Diesmal ließ es sich jedoch nicht vermeiden. Das wusste Virchow. Wer sonst in Berlin hätte die Gewebeprobe untersuchen sollen?!
– Nur ich kann das machen, ob es den fortschrittsfeindlichen Ärzten nun passt oder nicht. Mich zu ignorieren, wäre der Welt nicht zu vermitteln. So sieht das auch Doktor Morell Mackenzie. Er stimmte dem Vorschlag seiner Berliner Kollegen zu, wollte aber die Gewebeprobe unbedingt persönlich bei mir vorbeibringen. Er wird seine Gründe dafür gehabt haben. –

Am Zweiundzwanzigsten Mai 1887, vormittags um zehn Uhr dreißig klopfte der Engländer an Virchows Tür im Klinikum der Berliner Charité und übergab dem berühmten Professor das alkoholgefüllte Fläschchen mit der Gewebeprobe. Nur wenige Worte wurden gewechselt.

Die beiden Herren waren sich bewusst, eine Krebsdiagnose und der daraufhin von den deutschen Stabsärzten geforderte radikale Eingriff würde Friedrich Wilhelm, die liberale Hoffnung des Reiches, so oder so vernichten. Litt er wirklich an Krebs, hätte der Thronfolger ohne Operation noch circa eineinhalb Jahre zu leben.
Das könnte beim gegenwärtig labilen Gesundheitszustand des greisen Kaisers ausreichen, um den Thron, wenn auch nur für kurze Zeit, zu besteigen und entscheidende Veränderungen im Reich anzustoßen. Eine Annäherung zwischen England und Deutschland könnte möglich werden.
Würde man den Thronfolger hingegen sofort operieren, verlöre er mit Sicherheit die Stimme und höchstwahrscheinlich sogar sein Leben. In beiden Fällen käme die Macht in andere Hände. Sein erzkonservativer, aufbrausender ältester Sohn Wilhelm würde Kaiser werden.

Die Analyse der Gewebeprobe wurde so zu einem Faktor von weltpolitischer Bedeutung. Das war den beiden Herren bewusst.
Doktor Mackenzie verabschiedete sich von Professor Virchow, blickte ihn fest durch seine goldumrandete Brille an und bat, ihn von den Analyse-Ergebnissen schnellstmöglich in Kenntnis zu setzen, um der Kronprinzessin und dem Thronfolger berichten zu können.

Diese Begegnung hatte am Vormittag stattgefunden. Nun ging der alte Pathologe in seinem Labor auf und ab. Er ballte die Hände in den Taschen seines weißen Kittels. Das Glasplättchen mit der Gewebeprobe des Thronfolgers lag noch unter dem Mikroskop.

Virchow musste eine Entscheidung treffen.

Sollte die Welt von der Krebserkrankung erfahren, oder besser nicht? Der freisinnige Politiker in ihm kämpfte mit seinem Ethos als Wissenschaftler. Er wollte nicht lügen. Dann kam ihm eine Idee, wie er gleichzeitig dem Fortschritt dienen konnte, ohne dafür die Wissenschaft zu verraten.
Er nahm die Gewebeprobe aus dem Mikroskop, legte sie in Alkohol und verschloss sie in den Tiefen seines Tresors. Nun holte er das Fläschchen mit dem restlichen Gewebeknoten von Friedrich Wilhelm aus dem Regal und trennte von der äußeren Schicht der kleinen Geschwulst ein schmales Scheibchen ab, legte es auf ein Glasplättchen und bereitete es für die Mikroskopie vor. Wieder schaute er durch das Okular und sah, was er erwartet hatte. Der liberale Freigeist in ihm konnte mit dem Ergebnis zufrieden sein. Keinerlei Gewebeanomalie war zu erkennen.
Virchow verschloss den Rest der Probe ebenfalls im Tresor und ließ nur das letzte Präparat unter seinem Mikroskop. Sollte sich jemand überzeugen wollen, alles stünde bereit.
An seine ärztlichen Kollegen erging noch am gleichen Tag der Befund.

Aus dem sorgfältig untersuchten Präparat, das zuletzt von der Geschwulst angefertigt worden wäre, sei eine Krebserkrankung des Thronfolgers nicht zu erkennen. Man müsse die Entwicklung aber weiter beobachten. Für die Zukunft sei nichts auszuschließen. Bis dahin solle man dem Vorschlag von Doktor Mackenzie unbedingt folgen und Luftveränderung als Therapie befürworten.

Die Nachricht schlug bei der Berliner Militärärzteschaft wie eine Bombe ein. Victoria und Friedrich Wilhelm waren erleichtert. Das Kronprinzenpaar machte sich wenige Tage später auf die Reise.
Luftveränderung. Herrlich. So weit wie möglich weg von Berlin und Bismarck. Der Süden wird Heilung bringen.
Zunächst wurde Tirol besucht, dann Venedig. Im Oktober ging es an den Lago Maggiore und von dort nach San Remo an die Riviera. Hier lebte das Paar nun seit zwei Wochen in der am Hang gelegenen Villa Zirio und hoffte auf baldige Genesung.

Das schöne, weiße Haus mit seinem prächtigen Palmengarten, den Rosenbeeten, dem Ausblick auf die blaue Bucht und das milde Klima übten einen guten Einfluss auf das Befinden des Thronfolgers aus. Victoria begann, Hoffnung auf eine baldige Zukunft als Kaiserin zu schöpfen.

Eines Morgens stand sie auf der großen, von Säulen getragenen Terrasse der kaiserlichen Villa und zog den Gürtel ihres lachsfarbenen Morgenmantels enger. Ein lauer Wind und der blaue Himmel machten den späten Oktobermorgen des Jahres 1887 zum Frühlingstag.
Victoria hielt einen gerade aus Berlin eingetroffenen Brief von ihrem ältesten Sohn Wilhelm in der Hand. Er enthielt unerfreuliche Neuigkeiten.
Kaiser Wilhelm und Bismarck hatten beschlossen, dass ihr siebenundzwanzigjähriger Sohn Wilhelm die Vertretung für den kranken, neunzigjährigen Monarchen übernehmen solle.
Das war empörend. Der Thronfolger, ihr Mann, wurde dazu nicht einmal befragt. Er wurde rücksichtslos übergangen.

Der Sohn von Victoria und Friedrich Wilhelm musste nicht lange gebeten werden. Ihn drängte es an die Macht. Er wollte so schnell wie möglich auf den Thron. Sein Vater stand ihm dabei im Wege. Er hasste ihn, hasste seine englische Mutter und sie hasste ihn. Schon die Geburt des Kindes war eine Katastrophe. Fast wäre sie bei der Niederkunft gestorben. Der linke Arm des Säuglings wurde bei den Bemühungen gebrochen, den Thronerben aus der Kronprinzessin zu ziehen.
Der Prinz wuchs fast normal heran, doch der Arm blieb zu kurz und teilweise gelähmt. Auf dem linken Ohr konnte er nicht hören und die Halswirbelsäule war beschädigt. Der Erstgeborene war ein halber Krüppel.
Er kompensierte seine Behinderung durch Großspurigkeit und trat in laute Opposition zu den liberalen Ideen seiner Eltern. So verfestigte sich die völlige Entfremdung zwischen ihm, seiner Mutter Victoria sowie zum Vater Friedrich Wilhelm.
Er schloss sich trotzig den Idealen seines kaiserlichen Großvaters an. Stundenlang spielten der junge und der alte Wilhelm Schlachtordnungen mit Zinnsoldaten durch.

„Nieder mit Frankreich! Nieder mit der Demokratie! Preußen ist ein Militärstaat. Keine demokratischen Experimente!“

So pöbelte der Enkel zum schmunzelnden Wohlgefallen des greisen Kaisers. Seine Eltern verabscheuten ihn dafür.

Bismarck beobachte zwiespältig die Beziehung des Kaisers zu seinem demonstrativ konservativen Enkel. Dessen aufbrausende Art, seine Sprunghaftigkeit und Selbstverliebtheit, seine Tendenz zu unüberlegten Alleingängen bereiteten ihm Sorge. Aber vielleicht könnte der ungestüme junge Wilhelm gezähmt werden. Er schien in jedem Fall antidemokratisch gesinnt und damit das erfreuliche Gegenteil von seinem auf die Sechzig zugehenden Vater zu sein.
Bismarck empfand den jungen Springinsfeld für die Zukunft des Reiches zurzeit als das kleinere Übel. So wagte er die offene Provokation des Thronfolgers in San Remo.

Victoria faltete wütend das Schreiben zusammen.
– Was erlaubt sich mein Sohn? Er hätte das Angebot von Bismarck rundweg ablehnen müssen. Stattdessen schleimt er sich bei seinem hinfällig werdenden Großvater ein und wagt es, mir diesen Brief zu schreiben. Wieso bekommt er Prokura, für den Kaiser Unterschriften zu leisten? Mein Mann, Friedrich Wilhelm, ist der Thronfolger und nicht unser missratener Sohn Wilhelm. –

„Wünschen Kaiserliche Hoheit einen Blick auf die Blumen zu werfen?“

Die Kronprinzessin fuhr herum und sah ihre schwarz gekleidete Kammerfrau mit einem Bukett weißer Rosen in der Terrassentür.
„Was stehen Sie da wie eine Todesbotin? Bringen Sie das Zeug, wohin Sie wollen! Ich habe zu tun.“
Die so Angesprochene zog sich errötend mit einem Knicks zurück. Victoria betrachtete wieder den Berliner Brief und schritt von der Terrasse durch die offenen Flügeltüren in den Südsalon, querte das schön gemusterte Parkett und gelangte ins Arbeitszimmer zu ihrem Mann.
„Vicky, bitte störe mich nicht! Ich brauche noch ein wenig Zeit.“
Friedrich Wilhelm saß an seinem Aufsatzsekretär aus Birkenholz und beantwortete einen Brief von Richard Schöne, Museumsfragen betreffend.

Die Lage sei schwierig, schrieb ihm sein Generaldirektor. Alexander Conze hätte seinen Rücktritt eingereicht. Er wäre zum Generalsekretär des Deutschen Archäologischen Instituts berufen worden und man müsse ihn gehen lassen. Schöne sei darüber sehr betrübt.
Wer solle ihn, mit dem er freundschaftlich zusammengearbeitet hatte, nun in dieser entscheidenden Phase ersetzen? Der Neubau des Antikenmuseums müsse geleitet werden. Mögliche Nachfolger, die sowohl Wissenschaftler von Rang als auch geübte Verwaltungsbeamte bei renommierten Sammlungen seien, gäbe es kaum. Das alles müsse mit dem Protektor besprochen werden.

Friedrich Wilhelm bedauerte Alexander Conzes Rücktritt als Direktor der Antikenabteilung. Mit dieser Neuigkeit hatte er nicht gerechnet. Ihm war jedoch bewusst, die Nachfolge musste schnell geklärt werden.

Der Generaldirektor Schöne, schrieb er, sei herzlich eingeladen, nach San Remo zu kommen, da könne man alles in Ruhe besprechen. Pläne und Ideen solle er mitbringen. Auch der Neubau des Antikenmuseums und die dort vorgesehene Aufstellung des Pergamonaltars müssen endlich konkret geplant werden.

Victoria tigerte derweil im Arbeitszimmer auf und ab. Ungeduldig wartete sie, bis ihr Gatte seinen Brief an Schöne endlich beendet hatte. Dann überfiel sie ihn mit der demütigenden Neuigkeit aus Berlin.
Friedrich Wilhelm las den Brief seines Sohnes und war zunächst empört. Dann zerknüllte er das Schreiben warf es in den Papierkorb, stand auf, schmunzelte und gab seiner Frau einen Kuss auf die Stirn.
„Wir wollen uns deshalb nicht unnötig aufregen. Soll unser Wilhelm doch Unterschriften für den Kaiser leisten, das nimmt mir nichts weg. Unsere Zeit, Victoria, wird bald kommen. Ich gehe meinen Spaziergang machen. Begleitest du mich?“
„Nein!“

Victoria verstand Friedrich Wilhelms Nachsicht mit seinem ältesten Sohn nicht.
– Dieser Schwächling beherrscht nicht einmal sein eigenes Kind. –

Sie verließ wütend sein Arbeitszimmer, eine Stunde später spielte sie mit ihrem Liebhaber Tennis.

Die Tage flossen dahin. Das Wetter blieb lange mild und sonnig. Die Halsbeschwerden des Kronprinzen ließen aber nicht nach. Im Gegenteil. Zwei Monate später hatte sich die Krankheit verschlimmert. Die nach San Remo gerufenen Militärärzte untersuchten Friedrich Wilhelm und waren besorgt. Doktor Mackenzie wurde ebenfalls wieder hinzugezogen und sah nun im Kehlkopf ein bösartiges Geschwür wachsen. Zu einer Operation konnte er sich dennoch nicht entschließen. Würde dem Thronfolger die Atmung durch den wachsenden Krebs erschwert werden, sollte ein Luftröhrenschnitt Erleichterung schaffen. Ansonsten galt es, die Leiden erträglich zu machen und das Leben des hohen Patienten solange wie möglich zu erhalten. Zum gegenwärtigen Zeitpunkt hatte keiner der Ärzte einen besseren Vorschlag. Für eine Operation war es nach Meinung aller Mediziner definitiv zu spät.

Berlin bekam Wind von der schweren Krankheit des Thronfolgers. Die Zeitungen schrieben darüber. Auch der Zustand des alten Monarchen wurde diskutiert. Offen kokettierten die ersten bereits mit dem Gedanken, dem jungen Wilhelm als Kaiser zu huldigen. Er wurde schon von vielen Seiten umgarnt.

Auch Bode erkannte die Zeichen der Zeit und suchte vorsichtig den Kontakt zur Entourage des möglichen neuen Herrschers. Sein Renaissancemuseum war noch nicht beschlossene Sache.

Richard Schöne war beunruhigt. Die Nachrichten aus San Remo wurden immer entmutigender. Er entschloss sich, bevor es zu spät sein würde, der Einladung des todkranken Friedrich Wilhelm zu folgen und an die Riviera zu reisen, um die Nachfolge für Conze zu besprechen sowie den Neubau des Antikenmuseums zu betreiben.
Er wollte retten, was zu retten war, bevor neue Zeiten neue Unsicherheiten brächten. Der Pergamonaltar musste endlich präsentiert werden.

ABSCHIED VON GESTERN

Deutschland hatte seinen Kaiser und Preußen seinen König verloren. Anfang März 1888 schloss der greise Wilhelm kurz vor seinem einundneunzigsten Geburtstag für immer die Augen. Er hatte sich von einer Erkältung, die er sich bei der Grundsteinlegung des Nord-Ostsee-Kanals zugezogen hatte, nicht mehr erholt.
Im Berliner Dom wurde er feierlich aufgebahrt und Hunderttausende nahmen tief bewegt Abschied von dem, der das Deutsche Reich geeint hatte.
Die Nachricht vom Tod des Herrschers hatte Friedrich Wilhelm und Victoria veranlasst, sofort von San Remo nach Berlin zu reisen, obwohl der Zustand des Thronerben bedenklich war.

Sie nahmen Quartier im wenige Kilometer westlich von Berlin gelegenen Schloss Charlottenburg. Dort war die Luft besser als in der Reichshauptstadt. Dem neuen Kaiser fiel das Atmen schwer.

Am Sechzehnten März kamen unzählige Staatsgäste, um Wilhelm I. die letzte Ehre zu erweisen. Von acht schwarzen Pferden gezogen nahm der Leichenwagen über den Prachtboulevard Unter den Linden seinen Weg zum Mausoleum im Schlosspark von Charlottenburg.
Es war eiskalt, Schnee lag auf den Straßen. Links und rechts säumten festlich gekleidete Berliner die Strecke und verneigten sich vor dem mit einem Baldachin geschmückten Sarg. Selbst in den Bäumen saßen Schaulustige, um einen letzten Blick auf ihren toten Kaiser zu erhaschen.

Ein Gefühl der Leere machte sich breit. Deutschland und Preußen hatten ihre Mitte verloren. Obwohl der Greis das Regieren seinem Bismarck überlassen hatte, war er doch für viele ein Symbol der Verlässlichkeit.
War er in Berlin, stand er präzise wie eine Kuckucksuhr jeden Tag Punkt zwölf auf dem Balkon vom Alten Palais, um den Aufmarsch seiner Wache zu beobachten. Dieses Ereignis war sogar als fester Bestandteil in den

Reiseführern vermerkt. Nachmittags konnten die Hauptstädter seine Ausfahrt in den Tiergarten bejubeln. Diese einfachen Rituale gaben den kaisertreuen Untertanen ein Gefühl von Sicherheit und Kontinuität. Das war nun vorbei. Was würde folgen?

Kaiserin Augusta sah vom Fenster ihres Salons im Alten Palais, wie sich der endlose Leichenzug von Schinkels Dom Richtung Brandenburger Tor bewegte. Sie saß im Rollstuhl und konnte, vom Rheuma geplagt, an der Beerdigung nicht teilnehmen. Ihr Enkel Wilhelm führte hoch zu Ross die Trauernden an. Friedrich Wilhelm, ihr Sohn, nun Kaiser Friedrich III., wartete, todkrank, im Schloss Charlottenburg.

Der neue Kaiser sollte auf Rat seiner Ärzte das Haus nicht verlassen. Als der Leichenzug endlich eintraf, verfolgte er vom Fenster im ersten Stock des Schlosses den letzten Weg seines Vaters. Hinten im Park stand das Mausoleum aus schlesischem Rosengranit mit seinen griechischen Säulen, das Schinkel als Grabstätte für Wilhelms Eltern vor Jahrzehnten erbaut hatte. Hier wollte der alte Monarch zur Ruhe gebettet werden.

So viele Jahre hatte der Kronprinz auf seine Chance gewartet, den Thron zu besteigen. Nun war sie da. Doch er war bereits vom Tode gezeichnet. Dem Kaiser würde wenig Zeit für einen Neuanfang bleiben. Der Krebs war bereits ins Endstadium getreten.

Richard Schöne besuchte den Todkranken noch einmal in Charlottenburg. Der Protektor wünschte, die Museumsneubauten zu fördern und erhoffte einen neuen Berliner Dom. Mit fast schon gebrochenen Augen betrachtete er seinen Generaldirektor, mit dem ihn freundschaftliche Gefühle verbanden.
Mit zitternder Hand schrieb er kaum leserliche Zettel. Sprechen konnte er nach dem Luftröhrenschnitt nicht mehr. Schöne kehrte erschüttert in sein Büro auf der Museumsinsel zurück.

Anfang Juni fühlte Kaiser Friedrich sein Ende kommen. Mit seiner Yacht fuhr er von Charlottenburg die Spree hinunter und dann auf der Havel weiter südlich nach Potsdam.

Jeder im Lande wusste Bescheid, wie es um ihn stand. Von den Brücken warfen die Menschen Blumen auf das Schiff. Tränen flossen. Die Fahrt glich einem Leichenbegängnis.
In seinem Sommersitz, dem Neuen Palais, das Friedrich der Große im Park von Sanssouci hatte errichten lassen, starb der Kaiser nach nur neunundneunzig Tagen Regentschaft am Fünfzehnten Juni 1888 im Kreise der Familie.

Sein ungestümer Sohn Wilhelm wurde nun Nachfolger. Darauf hatte er seit Monaten ungeduldig gewartet.
Sein Regiment begann mit einem Paukenschlag.
Die Potsdamer Sommerresidenz seiner Eltern ließ er sofort von Leibgardisten umstellen. Kein Mensch, keine Post kam hinein oder heraus. Seine Mutter Victoria war machtlos. Alle Schubladen wurden von Gardeoffizieren durchwühlt, um Belege für liberale Umtriebe seiner Eltern mit dem englischen Hof zu finden.

Vergeblich. Victoria kannte ihren Sohn und hatte alles bereits vor Wochen in Kisten verpackt nach England schaffen lassen. Wilhelm fühlte sich genasführt und warf seine Mutter von jetzt auf gleich aus dem Palais. Er wolle es selbst bewohnen, war seine Begründung.

Der Rauswurf war ein Zeichen an alle liberalen Kräfte in Deutschland. Victoria hatte sofort verstanden; sie zog sich aus Berlin zurück, kaufte eine Villa im Taunus und wollte sich nur noch der Kunst und sozialen Fragen widmen. Ihr Liebhaber ging mit ihr fort. Alle liberalen Träume für Deutschland waren mit Friedrich III. endgültig zu Grabe getragen worden. Die Erzkonservativen konnten jubeln.

Bismarck sah den Niedergang der Freiheitlichen mit Genugtuung. In dieser Frage herrschte Einverständnis zwischen dem jungen Wilhelm und ihm. Bald aber traten Spannungen auf. Der neue Kaiser wollte autokratisch regieren, wollte sich von niemandem hereinreden lassen. Volkstribun zu sein, war sein Ehrgeiz. Auch die Arbeiter sollten ihn lieben. Alle Deutschen sollten ihn lieben!

Im Ruhrgebiet war es zu Bergarbeiterstreiks gekommen. Kürzere Arbeitszeiten, ein freier Tag in der Woche, besserer Arbeitsschutz wurden gefordert und die Abschaffung der Kinderarbeit. Bismarck war strikt dagegen. Wilhelm wollte jedoch Konzessionen machen, um die Sozialdemokratie zu schwächen. Auch die Sozialistengesetze sollten gelockert werden, um die Herzen der Arbeiter für das Kaiserhaus zu gewinnen.

„Unsinn! Dann werden unsere Stahlprodukte teurer und sind auf dem Weltmarkt nicht mehr konkurrenzfähig."
Bismarck riet dringend von jeder Nachgiebigkeit gegenüber den organisierten Proletariern ab und kämpfte gegen jede Veränderung seiner rückständigen Sozialpolitik. Am Ende blieb alles wie es war.

Bald darauf wünschte der neue Kaiser eine starke eigene Flotte auf den Weltmeeren. Viele neue Handelsplätze rund um den Globus und weitere Kolonien sollten entstehen.
Bismarck polterte.
„Mumpitz!"
Er fürchtete, durch den Flottenausbau England zu provozieren.

Wilhelm ließ aber kaum mit sich reden. Der eiserne Kanzler fand bei seinem Herrscher immer weniger Gehör. Er gewann den Eindruck, der junge Herrscher wollte ihn loswerden. Genauso war es. Bismarck erhielt bald seinen Abschied. Er, der jahrzehntelang unter drei Kaisern die Geschicke des Reiches gelenkt hatte, wurde aus dem Dienst entfernt.
Er zog sich mit über Siebzig auf sein Gut nach Pommern zurück und sah düstere Zeiten für Deutschland und Europa heraufsteigen. Einer befreundeten Baronin gegenüber äußerte er sich offen über den jungen Kaiser:
„Ich sehe schwarz für die Zukunft. Mich ängstigen weniger die sozialen Verhältnisse als die Beziehungen zum Ausland. Das furchtbar Gefährliche im Charakter dieses Monarchen ist, dass er jedem Ohrenbläser verfällt und alles sofort zur Tat werden lässt. Damit hört jede Stetigkeit auf. Irgendwann fällt die Welt über uns her."

Durch den neuen Herrscher veränderte sich auch die Lage an den Berliner Museen. Wilhelm erklärte sich selbst zum Protektor, wollte aber nicht wie sein Vater lediglich die Fachleute in ihrem Bemühen unterstützen, die Sammlungen zu fördern, sondern wollte bei der Frage mitreden, was museumswürdig ist und was nicht.
Das alarmierte sofort die Freunde der Gegenwartskunst, denn von der hielt der junge Kaiser, wie allgemein bekannt war, gar nichts. Der ewige Kunstakademiedirektor Anton von Werner und seine Historienschinken waren für ihn der Maßstab aller Dinge. Der französische Impressionismus hingegen galt ihm als Teufelszeug. Auch Max Liebermann, Lovis Corinth und Max Klinger konnten ihm gestohlen bleiben.

Wilhelm Bode war froh, nur für die ältere Malerei zuständig zu sein, die ließ der neue Monarch gnädig gelten. Für den Leiter der Nationalgalerie, der für zeitgenössische Kunst zuständig war, brachen hingegen schwierige Zeiten an.

Die Museumsneubaupläne zog Wilhelm II. nicht in Zweifel. Sie sollten, wie von seinem Vater und seiner Mutter erwünscht, gefördert werden, aber auch hier wollte er bei der Auswahl der Architekten und bei der Baugestaltung entscheidend mitreden. Neobarock schwebte ihm für die Erweiterungsbauten vor.

Neobarock galt ihm als Ausdruck seines absolutistischen Herrschaftsanspruches. Weit weg von Schinkels griechischem Demokratenklassizismus sollte die Richtung der kaiserlichen Repräsentationsarchitektur in Zukunft weisen. Auch die Pläne für einen neuen Berliner Dom nahmen Gestalt an. Ein Nationalheiligtum mit Hohenzollerngruft sollte, wie von seinem toten Vater bereits geplant, entstehen.
Der Altar des Deutschen Reiches.
Ein riesiger, über einhundert Meter hoher Kuppelbau mit Barockelementen, Renaissancebarockfassade, Seitenkapellen und byzantinischem Mosaikschmuck schwebte ihm vor.
Ein Berliner Petersdom.
Schinkels schlichte Hofkirche sollte endlich weg. Ein Jahrhundertbau musste her.

Dafür fehlte allerdings das Geld. Die Finanzen hatten sich bei der allgemeinen Wirtschaftsschwäche noch nicht erholt. Flottenbau, Museumserweiterungen und ein neuer Dom waren bei der trüben Kassenlage nicht gleichzeitig zu finanzieren. Die Wirtschaftskrise war noch nicht vorüber. Prioritäten mussten gesetzt werden.

Generaldirektor Schöne sah die Entwicklungen mit Sorge. Der neue Kaiser war nicht nach seinem Geschmack.
– Wilhelms Großmannssucht, seine autokratische Selbstüberhebung, seine Unberechenbarkeit sind der pathologische Versuch, seinen verkrüppelten linken Arm zu überspielen. In welchen Zeiten leben wir? Der Kehlkopfkrebs eines Thronerben und der Geburtsfehler seines Nachfolgers bestimmen das Schicksal Europas. Gott schenke Wilhelm die Gelassenheit, seine Behinderung souveräner zu ertragen, sonst führt er das Reich in den Abgrund! –
Das war Schönes Befürchtung. Am liebsten wäre er sofort wieder Professor für Archäologie an einer Universität geworden.

Zunächst aber musste er die immer noch vakante Stelle von Alexander Conze als Direktor der Antikenabteilung neu besetzen. Er brauchte dringend einen starken Mitkämpfer, der sich für die Museen einsetzte. Seine Wahl fiel auf Professor Reinhard Kekulé aus Bonn. Dieser war ein hochqualifizierter Archäologe, umfassend gebildet, mit Erfahrungen in der Museumsverwaltung. Er wurde offiziell angefragt.
Dass er als Abteilungsdirektor in Berlin weniger verdienen würde als auf seinem Bonner Professorenposten, ließ ihn zögern. Zudem schreckte er vor den Schwierigkeiten zurück, die sich ihm bei der Leitung eines so großen Institutes wie der Berliner Antikenabteilung in den Weg stellen könnten. Der Pergamonaltar war immer noch nicht aufgebaut. Kekulé fürchtete die Tücken im Umgang mit den preußischen Ministerien und lehnte das Angebot mit diesen Argumenten in einem Brief an Schöne schließlich ab.

Ein neuer Kandidat musste her, einer, der diesem Amt weniger ängstlich entgegenblickte.

Richard Schöne kam in der Diskussion mit seinen Direktoren, dazu zählten Ernst Curtius und Wilhelm Bode, auf die Idee, einem jungen Beamten aus der Antikenabteilung den Posten anzutragen. Otto Puchstein war Anfang dreißig, Archäologe und arbeitete schon als Direktionsassistent unter Alexander Conze. Er kannte die Berliner Antikensammlung sehr genau, wurde von allen Museumsmitarbeitern hochgeschätzt und hatte maßgeblich daran mitgearbeitet, den Pergamonaltar zu rekonstruieren. Conze bestätigte seinem Freund, dem Generaldirektor auf dessen Nachfrage, einen guten Kandidaten ins Auge gefasst zu haben.

Schöne machte also seinem obersten Dienstherrn, Wilhelm II., den Vorschlag, Otto Puchstein mit der Nachfolge für Conze zu beauftragen, doch der Kaiser lehnte grinsend ab. Er hatte sich inzwischen erfolgreich um Reinhard Kekulé bemüht, den er bereits aus den Jahren seiner Bonner Studienzeit kannte. Bei ihm hörte er damals als junger Student Vorlesungen über Archäologie.
Dem neuen Kaiser war durch den Kultusminister zu Ohren gekommen, dass Schöne ihn für die Conze-Nachfolge in Erwägung gezogen hatte. Ohne seinen Generaldirektor zu informieren, verhandelte er mit Kekulé und gewann ihn für Berlin.
So fand Schöne seinen ersten Kandidaten auf dem Stuhl wieder, auf dem er ihn inzwischen eigentlich nicht mehr haben wollte.
– Ich werde mich um die Bonner Professur bewerben, die Kekulé hinterlassen hat. Der Berliner Museumsbetrieb soll mir für immer gestohlen bleiben. –

Schöne bat um seinen Abschied.
Wilhelm wollte seinen Generaldirektor aber partout nicht gehen lassen.
„Mensch, Schöne, ich brauche Sie hier. Was wollen Sie in Bonn? Machen Sie keine Dummheiten! Sie kriegen einen Orden, aber bleiben Sie in Berlin!“
Auch seine Kollegen im Museum baten ihn inständig zu bleiben. Schöne ließ sich überreden – erhielt einen Orden – und hat es bald darauf bereut.

Der neue Antikendirektor, Reinhard Kekulé, war ein zweiundfünfzigjähriger, sehr beherrschter und umgänglicher Mensch mit Seehundbart, grauer Kurzhaarfrisur und Nickelbrille, der sich bemühte, seine neue

Aufgabe gewissenhaft auszufüllen. Er wollte Schöne beim Kampf für die Museumsneubauten unterstützen. Der Pergamonaltar sollte endlich eine würdige Aufstellung erhalten.
Kekulé kannte Zeichnungen, Pläne und das Modell der Altarrekonstruktion, hatte aber noch nie alle Platten gesehen.

Im Alten Museum standen seit zehn Jahren wichtige Gruppen der Ostseite des Altars, unter anderem Zeus und Athene. Auf dem Boden des ehemals Assyrischen Saales lagen immer noch Platten der zweiten Grabungskampagne. Der Rest wartete in den provisorischen Depots hinter der Nationalgalerie auf seine Präsentation. Deshalb wollte sich Kekulé von den beiden italienischen Restauratoren die archivierten Reliefs des Pergamonaltars zeigen lassen.

Aus Italien kamen seit Langem die besten Restauratoren für antike Skulpturen. Der vierzigjährige, dunkelhaarige Antonio Freres und der etwas jüngere, blonde Temistocle Possenti, beiden standen die Haare in Locken zu Berge, hatten seit zehn Jahren an der Rekonstruktion der Figuren gearbeitet. Eigene Verfahren hatten sie entwickelt, um die Fragmente zusammenzufügen. Ein spezieller Zement mit Schwefelanteilen und Marmorstaub wurde von ihnen entwickelt. Sie hatten in den Steinbrüchen von Carrara gelernt und sich dann in Rom zu Bildhauern ausbilden lassen. Sie konnten die verschiedenen Marmorarten am Geruch erkennen. Inzwischen waren die beiden mit festen Verträgen an den Berliner Museen angestellt.

Der Augusttag war warm, einige Wolken milderten die Hitze. Der Nachfolger von Conze folgte den beiden Italienern in Hemd und Weste hinüber zum Umgang hinter der Nationalgalerie. Die beiden Restauratoren gingen in ihren weißen Kitteln mit schnellem Schritt voraus. Freres hielt eine Inventarliste unter dem Arm geklemmt und Possenti schlenkerte seinen Schlüsselbund.
Sie waren stolz auf das Geleistete und froh, ihrem neuen Antikendirektor das Ergebnis ihrer langen Bemühungen zeigen zu können.
Die Herren gingen neben dem halbrunden Säulengang hinter die Nationalgalerie und blieben vor Bretterwänden stehen.
„Was wollen Sie sehen, Herr Direktor?"

„Freres, zeigen Sie mir zuerst die Okeanos-Gruppe."
„Die ist in Schuppen vier."

Sein Kollege Temistocle Possenti ging wenige Säulen weiter, hantierte mit dem Schlüsselbund und öffnete dann ein großes Vorhängeschloss an einer starken Brettertür. Das Licht fiel auf senkrecht stehende Platten des Altarfrieses. Spinnenweben spannten sich von Relief zu Relief. Reinhard Kekulé sah sich um und trat dann ehrfürchtig näher.

„Da ist er, endlich! Okeanos. Er sieht genauso aus, wie Humann ihn gezeichnet hat. Aber seinen linken Arm haben Sie inzwischen restauriert, oder?"
Freres trat stolz einen Schritt vor und strich sich eine schwarze Locke aus der Stirn.
„Ja, Herr Direktor, das war äußerst schwierig. Hunderte von Versuchen haben wir machen müssen, bis die klitzekleinen Marmorfragmente aus den verschiedenen Kampagnen dem Arm des Wassergottes endgültig zuzuordnen waren."
Freres legte seine Hand auf die Schulter seines Kollegen.
„Possenti, wann kamen die Stücke, die Sicherheit brachten, wie der Arm des Okeanos ursprünglich aussah?"
„Erst die letzte Lieferung vor vier oder fünf Jahren brachte uns das entscheidende Fragment."
„Richtig. Mein junger Kollege erinnert sich an alles. Vorher hatten wir einen halben Arm und wussten jahrelang nicht wohin mit ihm. Dann kamen Humanns letzte Kisten aus Pergamon."

Kekulé beugte sich vor und betrachtete sehr genau das Relief von Okeanos, den Urgott der Meere und Flüsse. Dann stellte er sich plötzlich wie von einem anderen Geist beseelt auf, hielt die Hände hinter dem Rücken und begann zu dozieren.

„Sehen Sie, meine Herren. Diese Platte ist merkwürdig. Die Darstellung des archaischen Gottes ist ungewöhnlich. Okeanos verkörperte in der griechischen Frühzeit die ungezügelte, rohe Natur. Erst viel später, als aus ihm in der Anschauung der Meeresgott Poseidon wurde, trat er im Kreise der Himmlischen als freie menschliche Persönlichkeit hervor.

Das allgegenwärtige Wasser war für die Griechen seit frühesten Tagen von großer Bedeutung. Das Meer, die vielen Flüsse des Festlandes belebten ihre Fantasie und gebaren über die Jahrhunderte eine Unzahl von Gestalten.
Okeanos gehört zweifellos zur ältesten Generation. Hier auf dieser Platte wirkt er aber in den dargestellten Kämpfen wie ein Individuum.
Er ist hier eher ein zeitgenössischer Poseidon des zweiten vorchristlichen Jahrhunderts. Würde ihn die Inschrift am Mauersims nicht nennen, niemand aus der gelehrten Welt käme auf die Idee, ihn Okeanos zu heißen. Die Künstler aus Pergamon haben ihn zu einem der ihren gemacht, wie sie alle Figuren des Altarfrieses in ihren Gegenwartskontext gezogen haben, die Guten wie die Bösen. Wir kennen das aus der Barockkunst.
In anderer Pose könnte unser Okeanos, so wie er hier dargestellt ist, auch am Boden liegen. Er könnte ein geschlagener Gigant sein, den Fuß eines Gottes im Nacken spüren und niemand würde ihm eine himmlische Abkunft zutrauen. Das ist verblüffend. Das ist wirklich Barock. Der gleichwertige Kampf verfeindeter Prinzipien, von denen eines den geheimen Vorteil hat, im Besitz von höherem Beistand zu sein.
Gottesgnadentum!
Da fällt mir plötzlich ein, unser geliebter junger Kaiser wünscht neobarocke Architektur auf der Museumsinsel. Das passt äußerst merkwürdig mit unserer Platte hier zusammen.
Ja!
Wilhelm selbst ist ein Okeanos, der die uralte deutsche Sehnsucht nach Geltung – auch auf dem weiten Weltmeer – als zu höherem Bewusstsein gekommenen, denkenden und fühlenden Poseidon zur Gestalt bringen will. Seine Flotten sollen unsere deutschen Ansprüche hinaustragen zu fernen Gestaden und feindliche Giganten niederwerfen.
In diesem Zusammenhang ist es eine sonderbare Pointe, dass auch unser pergamenischer Okeanos hier an einem lädierten linken Arm leidet. Immerhin haben Sie, meine Herren, ihm mit Ihrer Kunst helfen können, das versehrte Körperteil einigermaßen zu heilen. Das alles will ich als einen Hinweis auf eine große deutsche Zukunft und ein glückliches Omen für die Wiedererrichtung des Zeusaltars von Pergamon deuten."

Kekulé schaute sich gut gelaunt nach Freres und Possenti um.
„Sie schweigen, meine Herren?"

Antonio Freres und Temistocle Possenti tauschten fragende Blicke und sagten nichts.

Reinhard Kekulé nahm die Wortlosigkeit seiner Mitarbeiter etwas konsterniert auf. Er fühlte sich plötzlich ein wenig unbehaglich.
Der neue Direktor der Antikenabteilung besichtigte noch zügig die anderen Schuppen, äußerte aber zu keiner der von ihm betrachteten Skulpturen eine weitere Ansicht.
Bald zog es den Direktor zurück in sein Büro. Freres und Possenti gingen wortlos zu ihrem Labor ins Neue Museum. Dort suchten sie seit Tagen eine Heimat für zwei abgebrochene Finger, die eindeutig zum Gigantenfries gehörten. Nur zu welcher der unzähligen Hände sie passten, mussten sie noch verbindlich klären. Sie verglichen die Fotografien der Pergamonfunde, betrachteten die Zeichnungen von Humann und durchwühlten Fundlisten. Die Zuordnung war mehr als schwierig.

Ab und an schauten sie von ihrer Arbeit auf, blickten hinaus auf die glühende Sonne, betrachteten die schattigen Fassaden am anderen Ufer des Spreearmes und dachten wehmütig an ihren ehemaligen Direktor Professor Alexander Conze.

DER REMBRANDTDEUTSCHE

Professor Alexander Conze und der berühmte Pathologieprofessor Rudolf Virchow saßen in einer gemütlichen Ecke im Restaurant Borchardt nahe am Berliner Gendarmenmarkt. Die Mittagssonne schien durch die Fenster auf schön gedeckte Tische. Das prächtige Etablissement mit seinen Spiegelwänden, Säulen, Kronleuchtern und edlen Holzpaneelen galt als das A und O der reichshauptstädtischen Gastronomie.
Der Wirt, Friedrich Wilhelm Borchardt, hatte sich vorgenommen, internationale Küche in Berlin zu etablieren und war damit sofort erfolgreich. Kein Wunder. Die preußische Kochkunst galt bis dahin bei Neuankömmlingen als ungenießbar.

Inzwischen war das Restaurant eine Instanz. Nicht zuletzt sein Bankettservice war für alle, die auf sich hielten, unverzichtbar. Ein Ball ohne Borchardtbuffet mit bretonischen Austern, schottischem Whisky, Straßburger Gänseleberpastete, internationalen Weinen und russischem Kaviar war undenkbar. Der junge Kaiser selbst ließ sich von dort beliefern.

Virchow und Conze hatten sich im Restaurant verabredet, um Belange im Umkreis des Deutschen Archäologischen Instituts zu besprechen.
Der nun weißhaarige, sechzigjährige Conze war dort inzwischen Generalsekretär. Virchow, der Arzt, Volkskundler und Reichstagsabgeordnete, engagierte sich für Ausgrabungen und wirkte in seiner Eigenschaft als Anthropologe gerade an der Gestaltung des von ihm mitbegründeten Museums für Volkskunde mit.

An diesem Junitag des Jahres 1891 war das Restaurant erstaunlich leer. Ein elegantes russisches Paar saß vier Tische weiter am Fenster und ein armenischer Immobilienhändler konferierte mit einem Herrn aus Stockholm. In seiner plüschigen Ecke bestellte Virchow beim schwarzbefrackten

Oberkellner mit Zwirbelbart und Pomadenfrisur zweimal Spargel mit Sauce hollandaise. Der machte seinen Bückling und entschwand stolz wie ein Balletttänzer beim Premierenapplaus Richtung Küche.
Eigentlich hatte der weißhaarige Virchow seinen Kollegen Conze zu Grabungskampagnen in Kleinasien befragen wollen, doch eine ihm jüngst zugegangene Schrift zwang sein Gespräch auf ein anderes Thema.
Der Pathologe holte ein blau gebundenes Buch aus seiner Aktentasche, warf es auf den Restauranttisch und zeigte mit ausgestrecktem Finger auf den Titel.

REMBRANDT ALS ERZIEHER
Von einem Deutschen

„Ich bekomme dieses Werk mit einer Empfehlung von Richard Schöne und Wilhelm Bode anlässlich eines Treffens im Alten Museum überreicht. Ein gewisser Julius Langbehn hätte es nach jahrelanger Vorarbeit verfasst. Alles Mögliche habe der studiert, sei aber zu keinem Plan vorgedrungen, wie er mit seinen Kenntnissen vernünftig umgehen könne. Da reifte in ihm die Idee, durch eine anonyme Schrift dem verirrten germanischen Volk den Weg in eine starke Zukunft zu weisen. Schöne und Bode hätten mitgeholfen, den Druck des Werkes zu fördern, da der Autor, obwohl bereits vierzig Jahre alt, dazu nicht imstande gewesen sei. Er arbeite nur sporadisch für Geld und lebe selbstgenügsam in seinem eigenen Kosmos. Abhängig sei er vom guten Willen seiner Mitmenschen."

Virchow nahm seinen Zeigefinger herunter, trank kurz von seinem Mineralwasser und fixierte sein Gegenüber.
„Sagen Sie, Conze, sind unsere Museumsdirektoren nach Ihrem Weggang verrückt geworden? Hat Ihr Abschied sie um den Verstand gebracht? Versuchen sie den Verlust, den Sie ihnen zugefügt haben, mit solchen Individuen zu heilen?"
Conze lachte.
„Mein lieber Virchow, Sie übertreiben. Richard Schöne und Wilhelm Bode haben sich wohl gegen ihre sonstige Gewohnheit etwas vorschnell begeistern lassen. Auch mir wurde dieses Buch von meinem hochgeschätzten ehemaligen Generaldirektor ans Herz gelegt. Ich habe begonnen, es zu lesen und bin erstaunt, wie mein stets sachlich denkender

Freund sich dafür so erwärmen konnte. Ich teile die Auffassungen dieses Rembrandtdeutschen so gut wie gar nicht. Er spricht pausenlos Halbwahres aus, raunt, statt zu begründen und vermutet, statt zu beweisen. Doch er trifft anscheinend auf gefühlsgeladenes Terrain in der Seele von uns Reichsdeutschen.
Krieg, Heldentum, Kunst. Der nordische Mensch im Kampf gegen Verweichlichung, Hinterlist und Verfall. Auf seine friesisch-bäurische Kraft solle sich der Germane besinnen und so eine neue Geisteszeit gebären. Das sind verführerische Parolen in unserer sachlich-rationalistischen Maschinenwelt ohne Gott und höheren Wert. Das opponiert gegen eine Epoche, die der Einzelne kaum noch überschaut und gar nicht mehr beherrscht. Da fühlt sich, wer zu kurz gekommen ist, angesprochen. Viele Seelen hungern nach Wärme und Sinn.
Es sollte uns versöhnlich und nachdenklich stimmen, Virchow, dass selbst hoch gebildete Kollegen der Wissenschaft wegen Langbehns Schrift ins Schwärmen geraten!“

Virchow wollte antworten, doch zwei weißbeschürzte Kellner servierten wie chinesische Zirkusjongleure den Spargel. Dann zogen sie sich mit Bücklingen in die Küche zurück.
Conze griff zu Messer und Gabel, doch Virchow zwang ihn, ihm weiter zuzuhören.
„Das ist mir zu milde geurteilt, Herr Kollege Conze. Ich schätze Bode und Schöne auch, aber dass sie sich dafür hergeben, diesen gescheiterten Tagedieb Julius Langbehn zu fördern, stimmt mich mehr als nachdenklich.
Sein Pöbeln gegen Professoren und Intellektuelle verstehe ich. Er ist, wie mir Schöne versichert, über vierzig und hat es offensichtlich an der Universität und im Leben zu nichts gebracht. Seinen Antisemitismus hingegen verstehe ich gar nicht.
Das jüdische Denken sei die Ursache für den Materialismus unseres Jahrhunderts. Ich frage Sie, seit wann sind Bismarck, Borsig, Krupp und Siemens Juden?
Was soll außerdem dieses Gerede von der germanischen und der jüdischen Rasse?

Ich habe in meiner Eigenschaft als Anthropologe aus genau diesem Grund eine Studie an fast sieben Millionen deutschen Schulkindern durchführen lassen. Dabei habe ich bewusst eine separate Untersuchung an über siebzigtausend jüdischen Schülern unternommen.
Unter denen gab es viele mosaischen Glaubens, aber auch zahlreiche Konvertiten, Protestanten, Katholiken und Freidenker. Das Ergebnis war deutlich. Blonde, Schwarzhaarige und Rotblonde waren überall vertreten, bei den Nichtjuden und den Juden. Bei den jüdischen Schülern gab es zwar einen etwas höheren Anteil an Schwarzhaarigen, zusammenfassend konnte ich aber feststellen: Es gibt keine reine Rasse in unserem Land. Eine speziell jüdische auch nicht.
Das ist keineswegs verwunderlich. Ein Jude ist, wie die Rabbiner nach der Zeit der schlimmen Kriege mit den Römern vor tausendsiebenhundert Jahren beschlossen hatten, ausschließlich ein Kind, das von einer jüdischen Mutter stammt. Davor galt nur die väterliche Linie. Aber die Männer waren gefallen, die Frauen vergewaltigt. Kinder kamen zur Welt, doch die Stammväter waren tot.
Um die Juden als Volk nicht aussterben zu lassen, beschlossen die Rabbiner, ab sofort sollte jedes Kind einer Jüdin ein Jude sein. Also nur die Frauen und deren Töchter sollten hinfort den Stamm vermehren können, Juden zur Welt bringen können, die dann jedoch wie vordem nach den Gesetzen der Tradition erzogen werden müssten.
Jüdische Söhne sollten aber von nun an nur jüdische Kinder haben können, wenn sie eine jüdische Frau heirateten.
So wird klar, dass die Israeliten sich seit der Antike nicht als reine Rasse erhalten haben können. Sie haben sich seit Jahrhunderten mit vielen Völkern vermischt.
Nun hat unsere Gegenwart die Assimilation gefördert. Juden leben nicht mehr in Ghettos, sondern nehmen am Leben der Nationen teil.
In Preußen dürfen sie aber immer noch nicht Beamte werden. Viele sind inzwischen konvertiert und wenden sich von ihren mosaischen Traditionen ab. Jüdische Frauen, ihre Töchter und Söhne werden Christen oder Atheisten und bleiben in der öffentlichen Wahrnehmung dennoch Juden. Viele bekennen sich, auch christlich getauft oder fern des Glaubens ihrer Vorväter, weiterhin bewusst zum Wurzelgeflecht ihrer Herkunft. Die Folge? Selbst die Konvertiten werden einer Rasse zugeordnet, statt einer Religion, unabhängig von der Frage, ob sie sich mit einem Rabbiner aus

Warschau, einer Protestantin aus Rostock, einem katholischen Rheinländer, einer sozialistisch-atheistischen Frauenrechtlerin, einem Eskimo oder einem Muslim aus Konstantinopel verheiraten und unabhängig von der Tatsache, ob inzwischen die gesamte Familie bei einer Indienreise zum Hinduismus konvertiert ist.
Da entstehen Nebelwände, in denen so einer wie Langbehn taumelnd verschwindet. Er sieht nur noch Gespenster, schlägt um sich, tappt ziellos umher und wittert Feinde, wo Nachbarn sind.
Wie will er in seinem pathologischen Dunst befangen eindeutige biologische Merkmale für irgendein Volk erkennen? Wie?!
Seine Begriffe verwirren sich. Religion wird Rasse und Rasse mutiert zur Religion. Der geborene Katholik? Der geborene Mohammedaner? Welch ein Irrsinn. Konfession ist keine Rasse und Rasse ist keine Konfession. Langbehns Theorien fußen auf nichts als hirnlosen Vorurteilen, die sich durch keine wissenschaftliche Untersuchung bestätigen lassen. Er wird weder bei Juden noch bei dem von ihm bejubelten christlich-germanischen Volksstamm einheitliche Rassemerkmale finden. Auch deren friesische Bauernschädel sind inzwischen durch tausend Einflüsse hübscher geworden."
Virchow lehnte sich fast erschöpft zurück.
Conze griff erneut nach seinem Besteck, doch der streitbare Pathologe und Anthropologe hielt ihn weiterhin vom Essen ab.
„Langbehn will Deutschland den Weg weisen? Ha!
Sollten Kunst und Gesellschaft zukünftig nach seinen Rezepten gestaltet werden, würden wir, sofern wir blond, nordisch und zu allem entschlossen wären, irgendwo zwischen Steinzeit, Keulenkampf und Hünengrab enden. Das ist meine feste Überzeugung. Alle anderen Zeitgenossen gingen bei diesen Unsitten höchstwahrscheinlich sofort ins Ausland.
Dazu entsetzt mich die Verachtung dieses Schreiberlings für neue deutsche Bestrebungen in Literatur und Kunst. Auch seine ungerechten Schmähungen gegen alles, was an Romanen und Malerei aus Frankreich zu uns kommt, hätten unsere hochgestellten Freunde an den Museen zurückweisen müssen. Stattdessen füttern sie diesen nationalistischen Schreihals und verhelfen ihm zum Druck seiner widerlichen Schrift.

Aber ich stehe, wie es scheint, einsam auf weitem Feld. Unser kurzarmiger Überkaiser, seine bornierten pommerschen Junker, viele Professoren, arrivierte Künstler und das deutsche Bildungsbürgertum verschlingen diesen Wisch. Selbst der sture Rentner Bismarck, bisher wirklich kein Freund von waberndem Schwulst, hat Langbehn schon mehrfach auf seinem Gutshof empfangen und lauscht ihm interessiert. Auch einfache Arbeiter leisten sich das Geschreibsel von ihrem kargen Lohn.
Dieser Attrappenphilosoph will Deutschland retten, und es sieht so aus, als wenn unsere Nation ausgerechnet von so einem gerettet werden will. Welch ein Albtraum!
Wovor aber will der deutsche Michel gerettet werden? Offensichtlich vor sich selbst, vor seinem mangelnden Selbstvertrauen, vor seinen Selbstzweifeln, vor seiner eigenen Minderwertigkeit.
Die Deutschen spüren, wie sie den großen Nationalstaaten Europas in ihrer Entwicklung hinterherhinken. Deshalb fordert Langbehn, wir sollen endlich die unserer nordischen Rasse gebührende Geltung erlangen. Das passt zusammen. Er kann sich nämlich selbst nicht retten. Ihm fehlen dazu Strategie, Talent und Kraft, sonst stünde er im Leben anders da. Deshalb schreit er seinen verzweifelten Größenwahn hinaus in die Welt, fordert Förderer für seinen germanischen Kampf und ähnlich Konstituierte klatschen ihm Beifall."

Virchow lockerte seinen steifen Kragen und fuhr fort.

„Rembrandt als Erzieher! Die Wirkung dieses Buches gleicht einer Epidemie; sie ist hochansteckend und mit therapeutischen Mitteln schwer zu bekämpfen. Die Deutschen geraten in einen dunklen Rausch. Welch krude Theorien werden da serviert und welch pathologische Begeisterung lösen sie aus?!
Das Bauerntum soll auf den Thron. Natürlich nur geistig!!! Auf dem weltlichen Thron soll gottgnädig unser Kaiser bleiben und geistiger Bauer werden. Jeder wirke auf und an seinem Hof! Der Bauer wie der König. Scholle und Krone, Blut und Boden. Die pommerschen Junker haben jeden Grund zu jubeln. Die deutsche Kunst soll zurück zum Volk, also zum Bauern, soll auch nur von dort ausgehen.

Also Kuckucksuhr und Trachtenhaube? Nein, dazu ist dieser Langbehn zu hoch gestimmt. Er will sich selbst und seinen geistigen Status überspringen.
Rembrandt ist sein Vorbild.
Conze, ich dachte bisher, Rembrandt sei ein Niederländer, aber dieser Rembrandtdeutsche gemeindet ihn in Ermangelung ihm genehmer deutscher Malerfürsten kurz ein.
Dieser ‚bäurische' Nordmann sei der idealdeutsche Künstler, sei das Beispiel, an dem die Germanen sich steigern sollten.
Beethoven hätte einen Bauernschädel gehabt und Rembrandt auch. Nur in verformten nordischen Bauernschädeln wohne echter deutscher Geist. Italienisches Ebenmaß, also Raffael, sei dagegen geistig schwächer. Doch glücklicherweise hatte Leonardo da Vinci ebenfalls einen germanischen Bauernschädel. Shakespeare ist auch ein Germane, obwohl er keinen Bauernschädel hatte. Der größte aller Dramatiker käme dennoch wie Rembrandt, Leonardo und Beethoven aus dem Geist von Ackerbau und Viehzucht zu seiner Kunst.
Mein Gott, Conze, auf welchen Wegen befindet sich unser neues Reich, wenn so ein Pamphlet in immer größeren Auflagen erscheint? Bode bittet bei mir und meinen jüdischen Freunden um Zuschüsse für Bildankäufe und fördert gleichzeitig solchen Mist.
Professor Schöne hat diesen Langbehn, wie er mir erzählte, vor einiger Zeit beauftragt, seine Bibliothek zu ordnen, um ihm diskret ein wenig finanzielle Hilfe leisten zu können. Sehen die Herren in diesem Wirrkopf tatsächlich die Stimme des zukünftigen Deutschland? Herr Kollege, befreien Sie mich aus der drückenden Sorge um das geistige Wohl unserer besten Männer!"

„Nun ist mein Spargel kalt." Conze legte das Besteck resigniert beiseite.
„Dann ist mein Spargel nach allen Gesetzen der Logik auch kalt."
Virchow beugte sich grinsend vor und fragte listig.
„Aber wir führen eine heiße Debatte, nicht wahr?"
Er lehnte sich zurück und rief in den Saal.
„Herr Ober, bitte tragen Sie unser Essen ab und wärmen Sie es wieder auf."
„Sehr wohl, Herr Professor Virchow."

Der Kellner winkte einen Kollegen herbei und die Spargelplatten schwebten auf vier dienstbeflissenen, synchron marschierenden Beinen zurück in die Küche.

„Haben Sie gelesen, Conze, was Langbehn über den Altar von Pergamon schreibt?"
„Ich kann mich nicht erinnern, bin allerdings über die ersten achtzig Seiten auch nicht hinausgelangt."
„Seien Sie froh! Dieser Mensch erklärt ungefähr auf Seite zweihundert, die hellenistischen Künstler hätten die unterlegenen Giganten auf dem Altarfries mit den Galliern gleichgesetzt, die damals das Attalidenreich überfielen."
„Das ist so."
„Ja, Conze, das ist aber noch nicht alles. Die Gallier auf dem Pergamonfries seien Stämme aus dem heutigen Frankreich gewesen. Frech seien sie in das fremde Land in Kleinasien eingefallen und seien dort von starker, olympisch-attalidischer Hand vertrieben worden. Nun macht unser Schreiberling eine kühne Volte in die Neuzeit und entdeckt einen Zusammenhang zwischen Kaiserdeutschland und dem Olymp auf der einen Seite und den unterlegenen Franzosen-Galliergiganten von 1871 auf der anderen Seite.
Eigentlich spiegele sich im Pergamonfries der Sieg des Deutschen Reiches über das niederträchtige Frankreich. Deutschland, sein Kaiser, seine Generäle und der germanisch-geniale Bauer stünden für die himmlischen Olympier, die sterbenden Schlangenfußmenschen für das unterlegene Frankreich.
Da kann einem doch schwindlig werden, oder? Dieser Mensch sieht überall sonnenblonde Germanen im Kampf mit niederen, dunklen Mächten. Das ist pathologisch. Jeder, der seinen Ansichten folgt, wäre gut beraten, einen kundigen Nervenarzt zu konsultieren."

„Wünschen die Herren jetzt Ihren Spargel?"
Der hungrige Conze bejahte und der Oberkellner entschwand, um kurze Zeit später mit einem zweiten Bediensteten am Tisch zu erscheinen. Die Teller wurden aufgewärmt kredenzt.

„Guten Appetit, Conze!"

„Danke."
Die Herren begannen zu speisen.

„Wissen Sie eigentlich, wem wir unser Mittagessen hier zu verdanken haben?"
„Virchow, kann ich mit Ihnen heute irgendwann ungestört essen?"
„Höchstwahrscheinlich nicht."
„Nun sagen Sie schon!"
„Die französischen Einwanderer, die Hugenotten, waren von unserer preußischen Küche derart entsetzt, dass sie als kultivierte Gallier auf Abhilfe sannen. Sie importierten ihre Asperge, bauten sie auf den sandigen Feldern in Moabit an und schenkten uns so den Spargel. Zum Dank dichtet Herr Langbehn den Flüchtlingen Schlangenfüße an und erklärt sie zu groben Feinden des germanischen Geistes und, als sei das noch nicht genug, zweckentfremdeten wir obendrein den einstigen Moabiter Spargelboden für unsere Pappantikenimitationen von Pergamon und Olympia. Dieser Spuk ist ja nun Gott sei Dank vorbei."
„Da haben Sie Recht, Virchow. Lieber soll französischer Spargel aus dem Moabiter Sandboden wachsen als deutscher Antikenkitsch."
Die beiden Herren lachten.
„Jetzt habe ich mich so über den Zwerggermanen Langbehn erregt, dass mich nur ein wirklich großer Burgunder in weltversöhnliche Stimmung versetzen kann. Darf ich Sie zu einem Fläschchen Puligny-Montrachet einladen, Herr Kollege? Schließlich waren Sie lange und ungefragt Zeuge meines internationalistischen Zorns."
Conze willigte schmunzelnd ein und die beiden Herren kamen, auch mithilfe des großartigen Burgunders, bald auf andere Themen.

EINSAME KÄMPFE

„So, Rieke, ick gloobe, mein Artikel is fertich."
„Du machst so lange, bis se dia ooch noch verhaften."
„Ach, Quatsch. Watt heute passiert is, ditt muss in unsre Zeitung. Ick bin freiwillja Arbeiterkorrespondent und der ‚Vorwärts' soll drucken, wat ick heute vorm Schloss erlebt habe, damit jeder weeß wie die mit uns umjehn."

Fritze saß beim Licht der Petroleumlampe am Küchentisch seiner dunklen Weddinger Einzimmerwohnung. Erster Stock. Dritter Hinterhof.
Er las sich alles noch einmal in Ruhe durch. Seine Frau Rieke hielt den vierjährigen Sohn der beiden auf dem Schoß, unter dem Tisch spielten seine Schwestern Hertha und Pauline, sechs und fünf Jahre alt.
Fritze, inzwischen dreißig, war immer noch Schlosser bei Borsig. Dampfmaschinenbau. Gott sei Dank. Bisher war er nicht entlassen worden, aber viele seiner Kollegen hatte es getroffen. Er war seit drei Jahren Mitglied der Sozialdemokratischen Partei und ging zu den Versammlungen. Rieke war einerseits stolz auf sein politisches Engagement, fürchtete jedoch, dass er verhaftet und entlassen werden könnte. Was sollte dann aus ihnen werden? Es war so schon alles schwer genug.

Das Geld war knapp, die Wohnung klein. Die Kinder mussten in selbstgezimmerten Betten übereinander gestapelt in der Küche schlafen. Einen Ofen gab es nur in der Stube. Das Klo war eine halbe Treppe tiefer. Dennoch ging es ihnen noch einigermaßen gut. Jeden Tag gab es eine warme Mahlzeit. Sollte Fritze jedoch seine Arbeit verlieren, blieben nur die Suppenküche und das Obdachlosenasyl.

„Kann ick dein Artikel ma lesen?"
„Hier, Rieke. Allet hat sich jenau so zujetragn."
Er reichte seiner Frau das Blatt mit den Bleistiftaufzeichnungen. Rieke nahm den Artikel und der kleine August wollte sofort danach greifen.

„Nimm de Fingerchen weg! Mama will lesn." August gehorchte.
„Die ham einfach losjeprügelt?"
„So isset. Zweetausend Sozialdemokraten, Arbeiter und Arbeitslose ham friedlich vorm Schloss jestanden und wollten nur den Kaisa sehn, äußern sollte der sich zur Massenarmut, zum Elend der Obdachlosen. Wann allet endlich bessa werdn soll, sollta uns erklärn.
Wilhelm kam aber nich. Uffeenmal fingen irjendwelche Männer an, mit Jummischläuche uff uns einzuprüjeln. Ditt war Zivilpolizei. Hundert Uniformierte mit Pickelhaube ham derweil uff ihrn Pferden jehockt und zujekieckt. Als die ersten von uns uffm Boden lagen, sind ooch die Berittnen dazwischen und ham uns wegjetriebn in die Seitenstraßen. Wer ihnen in die Finger kam, wurde verprüjelt, verhaftet und inne grüne Minna jeschleppt. Ick bin knapp davonjekommen."
„Und ditt Loch im Kopp? Mir zittern jetzt noch die Knie, wenn ick dran denke, wie de die Treppe ruffkamst. Allet volla Blut."
„Mia hat eener mit seim flachen Säbel jehaun. Hau ab, du Penna, hat er mia noch hinterherjebrüllt. Weiter nich wichtich. Ditt is morjen schon verheilt."

Rieke las den Entwurf und gab ihrem Fritze das Blatt zurück.
„Dein Artikel is jut. Wenn de willst, kannste sojar Hochdeutsch."
„Da staunste, wa? Aber nu muss ick los zur Redaktion. Da sieht noch mal eener druff und denn jehts inn Druck. Morjen steht allet hier im ‚Vorwärts'!"
„Setztde da etwa dein Namen drunta?" Fritze lachte.
„Bloss nich, denn lande ick noch im Knast. Ick hab een Pseudonym."

Fritze setzte sich seine Ballonmütze auf und zog seine blutverschmierte Jacke an.
„So willste vor de Tür? Denn sieht doch jeda, dasse dia vorm Schloss verhaun haben. Warte!"
Rieke setzte ihren Sohn ab.
„Hertha, pass mal uff den Kleenen uff!"
Sie nahm einen grauen Schal vom Haken neben der Tür und legte ihn ihrem Mann um den Hals.
„Ditt sieht schon bessa aus."

Fritze faltete seinen Artikel zusammen, steckte ihn in die Innentasche seiner Wolljacke und ging zur Tür.
„Tschüss. Inna Stunde komm ick essen."
„Hoffentlich." Fritze gab seiner Rieke einen Kuss.
„Bis gleich. Wenn ick wieda da bin, jibbts Kartoffelsuppe?"
„Ja, aba ohne Würschte, heute is Mittwoch und nich Sonntag. Nu mach schon, Fritze, vorwärts zum ‚Vorwärts'!"
Er öffnete die Wohnungstür und entschwand im engen, dunklen Treppenhaus. Rieke schaute ihm nach, schloss hinter ihm ab und lehnte sich gegen die Tür.
„Wenn ditt bloss jutjeht."

Sie ging zum Küchenherd und hantierte mit dem Anmachholz, um Feuer für das Abendessen zu machen. Unter dem Tisch spielten ihre drei Kinder mit einer Schuhbürste Pferdekutsche. Hertha wollte einen Ausflug zum Müggelsee machen. Ihre Geschwister waren einverstanden und so kurvte die schwarze Bürste um die Tischbeine, bis sie bei der Kohlenkiste landete, auf der die Waschschüssel stand.
„So, jetzt sind wa am Müggelsee und jehn alle badn." Hertha lachte.
„Au ja!", riefen ihre Geschwister und begannen sich auszuziehen.
„Schluss jetzt da unten!" Die Kinder wurden still und ihre Mutter kümmerte sich wieder um die Kartoffelsuppe.

„ARBEITERKRAWALLE!
SOZIALISTISCHER MOB RANDALIERT VOR DEM SCHLOSS!"

– Das ist doch gar nicht wahr! Die Kreuzzeitung lügt. Alles war friedlich, dann wurde plötzlich auf die Demonstranten eingeschlagen. Ich sah die vielen Verletzten. Unzählige wurden verhaftet und in die grünen Polizeiwagen gezerrt. Das ist unredliche Berichterstattung. –
Richard Schöne legte seufzend die Zeitung beiseite. Er hatte gestern alles von der Freitreppe des Alten Museums aus beobachtet.
– Die anhaltende Wirtschaftskrise trifft vor allem die Ärmsten der Armen. Überproduktion. Hohe Zölle. Teuerung bei den Lebensmittelpreisen. Kaum noch Export. Keine Binnennachfrage. Arbeiter werden massenhaft entlassen. Die Löhne sinken ins Bodenlose. Allein in Berlin lebt eine ganze Armee arbeitsloser Männer in Obdachlosenasylen.

Die Arbeiterfrauen und ihre Kinder versuchen mitzuverdienen, um die Familie ernähren zu können. Zwölf Stunden pro Tag schuften sie für Pfennige, doch das Geld reicht dennoch nur für Fleischabfälle vom Schlachthof. Die Verzweiflung wächst. Das ist unerträglich. Darüber sollte geschrieben werden.
Wenn sich die Lage nicht bald bessert, werden viele verhungern oder an Seuchen zugrunde gehen. Das sagt auch Virchow. Die Zustände sind grauenhaft. Sozialdemokraten fordern dringend öffentliche Beschäftigungsprogramme, um Arbeitsplätze zu schaffen.
Das wäre in der Tat eine Lösung. Baut die Museen und viele hätten Lohn und Brot! Doch alles, was die Not lindert, ist in unseren Tagen verpönt. Die preußischen Minister vertrauen den Bankiers und Großindustriellen. Die lehnen jeden staatlichen Eingriff ab und loben die Heilkraft des Marktes, loben also ausgerechnet jene Instanz, die die Krise erst verursacht hat.
Daran wird das Reich zerbrechen. Die Monarchie wird daran zugrunde gehen. Jeder Staat, der sein Volk missachtet, zerbricht. Aber Vernunft werde ich dieser Regierung nicht predigen können. –

Schöne setzte seinen Zylinder auf, knöpfte den pelzbesetzten Wintermantel zu, nahm seine Aktentasche, die neben dem Schreibtisch stand, warf einen letzten kontrollierenden Blick in den kleinen Spiegel neben der Tür, löschte das Licht und verließ sein Büro im Alten Museum, um seinen Kultusminister zu treffen.
Es war der dritte in zwei Jahren, mit dem er es zu tun hatte. Die Vorgänger waren nach turbulenten Differenzen mit dem jungen Kaiser vorzeitig ausgeschieden.
Nun musste er mit Robert Bosse klarkommen, einem konservativen, fünfzigjährigen, kahlköpfigen Bartträger, ohne wirklichen Kunstverstand, der den Museen weniger aufgeschlossen gegenüberstand als seine Vorgänger. Ständig musste er bewegt werden, die Mitteleinstellung für die Museumsneubauten beim preußischen Finanzminister zu betreiben. Kam von dort, wie in den letzten Jahren, mit Hinweis auf die Wirtschaftskrise und die deshalb angespannte Kassenlage Preußens, ein Nein, rührte Bosse sich nicht weiter und verwies achselzuckend auf das nächste Haushaltsjahr. Das war deprimierend. Dennoch musste er heute wieder einen

Versuch unternehmen, den Minister zu bewegen, sein Wort für die Neubauten in die Waagschale zu werfen. Diese Prozedur war ermüdend, demütigend und zehrte erheblich an seiner Gesundheit.

Der Generaldirektor trat hinaus in den grauen Novembernachmittag und sah den Lustgarten. Die Bäume hatten ihr Laub bereits vollständig abgeworfen und reckten ihre kahlen Zweige in den scharfen Wind.
– Ein Symbol für meine Neubaupläne? –
Er stand auf der Freitreppe des Alten Museums und sein Blick ging hinüber zum Schloss. Die Fenster waren hell erleuchtet.
– Vielleicht wieder ein Kostümball? Wilhelm liebt Maskeraden. –

In den letzten beiden Tagen war die Feierlaune bei Hofe allerdings getrübt worden. Zu Beginn seiner Regentschaft wollte Wilhelm ein Volkskaiser sein, Arbeiterrechte stärken. Er hatte sich mit Bismarck deshalb gestritten. Mittlerweile schimpfte er auf die Sozialisten und wollte sie am liebsten aufhängen. Die Arbeiterschaft war bitter enttäuscht, sie demonstrierte deshalb vor seinem Schloss, doch der Kaiser ließ sich nicht blicken. Er tanzte weiter in einer altdeutschen Fantasieuniform durch die Säle. Der zu Macht gekommene, infantile, kapitalistische Egoismus war der Gott der Stunde.
Mein! Mein! Haben! Haben! Fressen statt gefressen werden!
Auf dem Rücken der entrechteten Arbeiter wurde diesem Götzen selbstgefällig geopfert. In der Stadt kam es zu Unruhen und Plünderungen. Kein Wunder.

Die Konservativen im Reichstag und im Preußischen Landtag wünschten ein stärkeres Vorgehen gegen jede Form von Auflehnung. Alle Verantwortlichen stimmten zu. Insgeheim verabscheuten sie die Resultate ihrer asozialen Politik und versuchten durch Wegschauen und Verdrängung sich von der Realität zu entfernen.
„So ein Elend! Doch was haben wir damit zu tun? Die Armen sind selber schuld. Wer reich sein will, soll es werden. Wir haben es schließlich auch geschafft." Das war die Haltung der bürgerlichen Oberschicht. Die preußischen Junker sahen es ähnlich. Sie verteidigten ihr blaues Blut und vor allem ihre Privilegien. Sie waren vehement gegen jede Änderung des Status quo.

Schöne schaute nach links und seufzte. Der alte Dom von Schinkel war fort. Abgerissen. Der Blick ging direkt auf die Spree. Dort am Ufer war eine riesige Baugrube.
Pferdefuhrwerke brachten Steine und fuhren mit Erdaushub davon. Pfähle wurden eingerammt, Kräne ragten in den grauen Himmel. Arbeiter wühlten im schlammigen Boden, um Fundamente zu setzen und Keller zu mauern. Der Baugrund war schwierig.

Der Kaiser hatte durchgesetzt, dass ihm der Preußische Landtag zehn Millionen Mark für den Dom bewilligte, eine Summe, die für alle Bauvorhaben auf der Museumsinsel gereicht hätte. Gleich darauf wurde der Schinkelbau abgebrochen und es wurde mit den Arbeiten für den pompösen Kirchenkoloss begonnen.
Der Nationalaltar!
Im letzten Juni war die Grundsteinlegung, die Wilhelm mit großem Trara und feierlichen Worten beging. Nun wurde mit Hochdruck am Neubau gearbeitet.

– Welch ein dekadenter Byzantinismus! –
Schöne formulierte öffentlich keine Kritik, dachte sich im Stillen jedoch seinen, für den Herrscher nicht sehr schmeichelhaften, Teil.
Nun stieg er die Freitreppe hinunter und machte sich entschlossen auf den Weg zum Kultusministerium Unter den Linden.
Er kreuzte den Lustgarten, querte zwischen Pferdekutschen und Pferdeäpfeln den Prachtboulevard, stand vor der hell erleuchteten Schlossfassade und ging rechts in Richtung Brandenburger Tor.
Ein scharfer Westwind blies ihm ins Gesicht. Welkes Laub raschelte über den Bürgersteig. Wehmütig dachte er an seine Reisen nach Kleinasien, Griechenland und Italien. Sonne. Blaues Meer. Er war inzwischen vierundfünfzig Jahre alt und hatte weiße Haare.

Wenig später kam er zum Kronprinzenpalais. Unwillkürlich blieb er stehen und schaute die Fassade hinauf. Die Fenster waren alle dunkel.

– Hier hatte Friedrich Wilhelm mit seiner Victoria residiert. Als Protektor. Nun steht die Residenz fast immer leer. Seine Witwe darf hier wohnen, wohnt hier aber nur, wenn irgendein Geschäft sie nach Berlin zwingt. Also selten. –
Schöne schlug seinen Pelzkragen hoch und ging weiter.
– Victoria hat sich ein Schloss im Taunus eingerichtet. Friedrichshof. Damit will sie an den liberalen Kaiser erinnern. Kaiserin Friedrich nennt sie sich. Das ist natürlich eine Provokation. Sie will das Andenken an ihren liberalen Gatten wachhalten und so ihre erzkonservativen Feinde ärgern. Das gelingt ihr. Sie lebt offiziell für ihre Kunstsammlung und für wohltätige Zwecke. Aus der Politik hält sie sich scheinbar heraus. Aber im Hintergrund spinnt sie weiter ihre Fäden. Warum auch nicht? Eine Ex-Kaiserin kann sich an die Ministerien wenden und Eingaben machen. Doch ihr Verhältnis zum jungen Herrscher ist äußerst angespannt.
Immerhin gab es wieder Begegnungen zwischen Mutter und Sohn. Das haben Bode und Kekulé erzählt. Einen großen Einfluss auf ihn gewinnt sie aber nicht. Den hatte sie nie. Den hat kaum jemand. Immerhin vertraut ihr der Kaiser in Kunstfragen ein wenig. Ansonsten tritt der neue Herrscher von einem Fettnäpfchen ins nächste und wird zum Kopf schüttelnden Anlass für Gerede im In- und Ausland. Die Welt schaut verwundert auf unser Deutsches Reich. Wilhelm, der neue Museumsprotektor? Ein Albtraum!
Ich meide den direkten Kontakt. Lieber bediene ich mich der offiziellen Amtswege, um meine Anliegen zu fördern. Die rigorose Unberechenbarkeit des jungen Autokraten von Gottes Gnaden könnte im direkten Gespräch zu spontanen Entschlüssen führen, die jahrelange Vorarbeiten zunichtemachen würden. Nein, ich bitte um keine Audienzen, sondern bemühe mich, den Kaiser mit seiner eigenen Ministerialbürokratie zu umzingeln. Ich rede mit dem Preußischen Landtag und fördere mit der Presse eine öffentliche Meinung zu unseren Gunsten. Das erscheint mir unter den neuen Gegebenheiten sinnvoll. –

Schöne kämpfte sich weiter vorwärts gegen den starken Wind. Einzelne Regentropfen fielen. Er zog seinen Zylinder tiefer ins Gesicht.

– Wilhelm Bode arbeitet in erster Linie für sein Renaissancemuseum. Der Neubau für die Antiken ist ihm zweitrangig. Er knüpft, um die Anliegen seiner Sammlungen zu fördern, Kontakte bis in die zwielichtige Entourage des Monarchen. Nun, nachdem er auch Direktor der Gemäldeabteilung geworden ist, muss er das vielleicht.
Wie dem auch sei, ich lasse ihn gewähren. Schließlich ist an höchster Stelle beschlossen worden, zunächst das Antikenmuseum auch als Heimstätte für den Pergamonaltar zu errichten.
Bode zeigt sich mir und Reinhard Kekulé gegenüber loyal, hilft, wo er kann und ist ein bedeutender Mann, der die Königlichen Museen durch Geschick voranbringt. Auch Kollege Kekulé schätzt ihn. Dennoch ist er ein Filou. Er berät reiche Sammler bei der Anschaffung von Kunstgegenständen für ihre Villen und so fallen Spenden und wichtige Objekte für seine Abteilung ab. Das macht er sehr gekonnt. Auch den Hof berät er bisweilen bei Ankäufen.
Ohne Bodes Grenzgänge wären die Sammlungen nicht so schnell erweitert worden. Die Ankaufetats sind durch den neuen Finanzminister stark beschnitten worden. Überall fehlt Geld. Nur für Wilhelms pompösen Hohenzollernaltar fließt es noch reichlich. Es ist zum verrückt werden!
Gott sei Dank hat der morphiumsüchtige Julius Meyer endlich seinen Rücktritt erklärt und Platz für Bode gemacht. –

„Guten Tag, Herr Professor, gehen Sie ein wenig spazieren?"
„So könnte man sagen."
Schöne stand vor einem baumlangen jungen Mann mit Monokel und fürchterlichen Mensurnarben auf Stirn und Wange. Er hatte keine Ahnung, wen er vor sich hatte.
„Sehr erfreut, Sie zu sehen, doch ich muss weiter. Guten Tag!"
Ihm war nicht nach Plaudern zumute.
– Irgendein versoffener Ex-Student der Archäologie wird das gewesen sein. Adalbert von … von Dingsbums … Halle, Berlin? Wer auch immer. –
Schöne klemmte seine Aktentasche fester unter den Arm und schritt weiter.

– Ich bin in letzter Zeit zu oft krank. Der Körper spielt nicht mehr mit. Das sollte mir zu denken geben! Rücktritt? Am liebsten sofort. Aber das geht nicht, ich muss auf meinem Posten ausharren. David gegen Goliath!

Ich will so schnell wie möglich den Baubeginn auf der Museumsinsel. Die Architekten sind ausgewählt, die Entwürfe liegen bereit. Für den Neubau der Antikenabteilung wurde vom Kaiser Fritz Wolff ‚bewilligt'. Professor Wolff hatte schon am Architekturwettbewerb 1884 teilgenommen. Ich fand seinen Entwurf gelungen. Geschickt vermittelt er zwischen Schinkels Altem Museum und dem neoklassizistischen Neuen Museum. Das Antikenmuseum soll zuerst entstehen; der Pergamonaltar braucht endlich eine Heimat. Bald darauf soll das Renaissancemuseum folgen. Die Pläne liegen seit Jahren bereit, nur die Gelder für die Bauausführung lassen wegen sinkender Steuereinnahmen auf sich warten.
Ich vermute, der Kaiser will zunächst sein Prestigeprojekt, den neuen Dom, sicherstellen, und macht deshalb keinen wirklichen Druck wegen der Museumsinsel.
Ansonsten hat Wilhelm bei den Entwürfen für die Neubauten eifrig mitgewirkt. Die Sitzung mit der Baukommission war eine Posse. Er forderte dies und forderte das. Bis sein kaiserliches Gemüt endlich zufrieden war, musste einiges geschehen. Seine schnarrende Stimme habe ich noch im Ohr.
„Hier sind die Säulen zu dünne. Das Portal muss doch höher sein. Ein Museum ist kein Pferdeschuppen! Teuer darf es nicht werden. Hier noch ein paar Figürchen weg und wir sind uns einig!"
„Sehr wohl, Majestät!"
„Na bitte, Wolff, wir haben uns verstanden. Nischt wie los! Ab an die Arbeit. Verbessern Sie Ihren Entwurf!"
Für das Renaissancemuseum wollte Wilhelm seinen Leibarchitekten Ernst von Ihne. Der entwarf ihm einen neobarocken Palast.
„Mensch, Ihne, das ist famos. In der Bude kann zur Not ein Kaiser wohnen! Weiter so! Hier vielleicht noch ein paar Krönchen aufs Dach!"
„Das lässt sich machen, Majestät." –

Schöne kam am königlichen Opernhaus vorbei und sah vor sich den weiten Platz mit dem Alten Palais. Die Fenster waren zugehängt. Der neue Herrscher wohnte in dem riesigen Stadtschloss am Lustgarten. Er blieb kurz stehen.
– Einst hat hier der greise Wilhelm mit seiner Augusta gelebt. Bald nach ihm ist auch sie gestorben. Leider. Januar 1890. Nun ruht sie neben dem Alten im Charlottenburger Mausoleum. Vielleicht hätte die hohe Dame

mäßigend und steuernd auf ihren kaiserlichen Enkel einwirken können. Sie vielleicht als Einzige. Nun ist auch Augusta tot und wir müssen sehen, wie wir ohne die resolute Herrin aus Weimar klarkommen. –

„Ne kleene Spende? Ick bin arbeitslos und hab nüscht zu fressen."
Ein zerlumpter Mann mit struppigen blonden Haaren, keine vierzig, stellte sich dem Generaldirektor in den Weg. Sein Blick erzählte Geschichten, die Schöne lieber nicht hören wollte. Er gab ihm etwas Kleingeld und ging schnell weiter durch den stürmischen Novembernachmittag.

– Wilhelm I. war ein preußischer Junker, aber vor allem war er Soldat. Er ließ sich von Leuten mit Sachverstand, wenn auch manchmal widerstrebend, beraten und konnte gemachte Fehler einsehen. Er polterte nach oben, war aber nach unten immer freundlich. Von Selbstherrlichkeit war der Alte weit entfernt. Er fühlte die Verantwortung für sein Land. Das hat sich heute geändert. Dennoch, ich darf den Mut nicht verlieren! Jetzt werde ich erst einmal meinem Kultusminister auf den Zahn fühlen. Er wird mir sagen, der Finanzminister hätte nur geringe Spielräume. Die Steuereinnahmen seien dürftig. Er wird ausführlich über die Wirtschaftskrise referieren. Was soll ich tun?
Ich werde auf Kaiser Wilhelm I. verweisen, der die Neubauten schließlich wollte. Kaiser Friedrich hat noch auf dem Totenbett von der Museumsinselerweiterung als seinem Testament gesprochen, und sein Nachfolger bestellte bereits die Architekten für die Neubauten. Drei Kaiser stehen und standen hinter dem Vorhaben.
Wollen sich der Herr Minister der Finanzen und der für Kultus, Unterricht und Wissenschaft gegen drei deutsche Kaiser erheben? Wenn ich so argumentiere, mache ich vielleicht Eindruck. Und wenn nicht? Ja, dann werde ich mich höflich verabschieden, meine Aktentasche theatralisch unter den Arm klemmen und sofortigen Urlaub wegen ‚gesundheitlicher Probleme' beantragen. Morgen liegt dann mein Rücktrittsgesuch auf dem Schreibtisch meines Ministers. Das gibt ein riesiges Trara in der Presse, und dann wird man sehen, wer schuld daran sein möchte, dass ich gehe und der Pergamonaltar nicht ausgestellt werden kann, so wie ich, Reinhard Kekulé, Carl Humann und andere Kollegen im Direktorium der Königlichen Sammlungen und halb Europa es seit sechzehn Jahren

fordern. Auf meiner Seite kämpfen Zeus, der Pergamonaltar und seine Götter und Giganten. Die Minister dürfen gern versuchen, sich dagegen mit ihren Rechenschiebern zur Wehr zu setzen. –

Schöne stand jetzt vor dem Kultusministerium an der Prachtstraße Unter den Linden. Nun sank ihm doch ein wenig der Mut. Er gab sich einen Ruck und ging die Treppe hinauf zum Portal. Er öffnete die große, schwere Eichenholztür und entschwand in dem weißen, spätklassizistischen Bau.

Spät am Abend kam er wieder heraus. Er sah kreidebleich aus, hielt eine Droschke an, um sich zu seinem Haus in der Tiergartenstraße vor dem Brandenburger Tor fahren zu lassen. Er fingerte in der Manteltasche nach seiner Pillendose, öffnete sie und schluckte zwei weiße Tabletten. Seine Hände zitterten.

– Morgen reise ich heim. Bloß weg von Berlin. Meine Frau kommt sicher gern mit. Wir werden in Wolfenbüttel wandern, alte Freunde besuchen und ich werde die herrliche Bibliothek dort unsicher machen. Mein Abschiedsgesuch verfasse ich heute noch. Den Text habe ich bereits im Kopf. Die Presse muss sofort Wind von meiner Demission bekommen! Dafür werde ich sorgen. Ich werde mindestens drei Wochen lang den Tiefseefisch spielen und auf keine Post reagieren. Herr Minister Bosse wird inzwischen viele Fragen zu beantworten haben. Wenn er mich dann winselnd bitten muss, zurückzukommen, schlägt meine Stunde. Dann werden wir ja sehen, ob sich für die Bauten nicht doch etwas erreichen lässt. Vorher lege ich aber erst einmal in Wolfenbüttel die Beine hoch und labe mich an Altertumswissenschaft und Schinkenbrot. –

Er holte eine kleine Blechflasche mit Schraubverschluss aus seiner Aktentasche und spülte die Tabletten mit Wasser herunter. Nach zehn Minuten Droschkenfahrt war er zu Hause. Ihm ging es bereits besser.

URLAUBSFREUDEN

Wilhelm Bode lag mit Hemd und Hose angekleidet auf dem Bett seines kleinen Schweizer Ferienhauses und hatte keinen Blick für die schneebedeckten Alpengipfel des Oberen Engadin hinter den Glasscheiben der geschlossenen Balkontür. Kuhgeläut drang herein. Eine dicke Fliege suchte ihren Weg ins Freie, fand ihn aber nicht. Das hektische Summen quälte den Hausherrn. Bode konnte nicht aufstehen. Die Sonne schien und draußen war es warm, doch eine furchtbare Migräne plagte ihn. Er fühlte sich außerstande, auch nur einen Schritt zu tun.

Ihm tat seine junge Frau leid. Vor einem Jahr hatte er sie geheiratet und dies sollte der erste unbeschwerte Urlaub des Paares nach arbeitsreichen Monaten werden.

Dafür hatte er sogar den Wunsch von Victoria, der Kaiserin Friedrich, ignoriert, eine ganze Woche in Schloss Friedrichshof, der umgebauten Industriellenvilla im Taunus, zu verbringen, um einen Katalog ihrer Kunstsammlung vorzubereiten. Er blieb nur einen Tag. Victoria nahm es ungnädig auf. Bode versprach der Ex-Kaiserin allerdings, das Versäumte bald nachzuholen, reiste dann per Schnellzug zu seiner Anna nach Stuttgart, holte sie bei ihren Eltern ab und von dort fuhr das Paar mit vielen Büchern im Gepäck per Bahn und weiter in einem knatternden Automobil in das schöne Holzhaus mit Garten am Ortsrand von Pontresina.

Die Jungvermählten wollten Bergtouren machen und sich in der herrlichen Schweizer Natur von den privaten sowie beruflichen Aufregungen des letzten Jahres erholen und endlich einmal nur an sich selbst denken. Küssen. Lesen. Wandern. Kurz nach der Ankunft zeigten sich bei Bode aber erste Anzeichen seiner alten Flimmermigräne. Bald ging nichts mehr. Nun lag er seit Tagen im Bett.

Das Sonnenlicht schmerzte ihn. Er griff zu einem weißen Handtuch, das sauber zusammengefaltet auf seinem Nachttisch lag und breitete es über sein Gesicht. Er versuchte zu schlafen, doch es gelang ihm nicht.

Tausend Dinge gingen ihm durch den Kopf, geplante und gescheiterte Ankäufe von Gemälden, sein neues Renaissancemuseum, das immer noch nicht gebaut war, und Eindrücke, die er während des Besuchs bei der Kaiserin Friedrich vor einer Woche in ihrer Schlossvilla im Taunus gewonnen hatte.

– Graf Seckendorff ist nicht nur ihr Hofmarschall, er ist auch ihr Liebhaber! Ein hübscher Kerl. Jünger als sie. Knabenhaft, sportlich, blond, glattrasiert und adrett. Der Hang zum Küchenpersonal! Bismarck hatte sie damals richtig eingeschätzt. Sie ist bis zur Aufdringlichkeit sinnlich. Wie gierig sie ihn immer ansieht. Wie er die Augen niederschlägt, wenn Fremde anwesend sind und den Blickkontakt mit Victoria meidet. Seit Jahren soll das Verhältnis schon so gehen. Das Personal bekommt alles mit.
Der Kutscher hat mir auf der Fahrt zum Frankfurter Bahnhof freimütig jeden Klatsch über die beiden erzählt. Morgens verlässt der Graf im Seidenpyjama ihr Schlafzimmer. Das sei in Berlin schon so gewesen, als der selige Kaiser noch lebte. Alle hätten Bescheid gewusst, nur Friedrich Wilhelm wäre angeblich ahnungslos gewesen.
Nun weiß ich Bescheid.
Victoria, Mitte fünfzig, sitzt auf ihrem neuen Bürgerschloss im Taunus, malt fast täglich ein Bildchen, sammelt fleißig Kunst in Italien und Frankreich und turtelt mit Seckendorff. Der Graf regiert Victorias Haus und ihr Bett. Herzlichen Glückwunsch!
Wilhelm soll außer sich sein. Er hasst seine Mutter ohnedies. Nun sieht er in ihr die englische Schlampe, die das Andenken an seinen seligen Vater beschmutzt. Ich bin kein Moralapostel, sondern Museumsdirektor. Victoria ist für mich nützlich, und wenn Seckendorff ihr heimlicher Gatte ist, kann er mir auch dienlich sein.
Victoria hat Verbindungen, will für die Museen etwas tun, das Werk ihres toten Gatten weiterführen. Immerhin. Sie spricht sogar mit ihrem kurzarmigen Sohn über diese Fragen. Das ist eines der wenigen Gebiete, auf dem sie sich nicht sofort streiten, ihr der junge Kaiser zuhört und ihre Ansichten sogar übernimmt. Hier muss ich ansetzen. Das ist der Weg, um an mein Renaissancemuseum zu kommen. –

Die Zimmertür wurde geöffnet und eine junge Dunkelhaarige mit schönen braunen Augen, in einem hellgrünen Sommerkleid aus Leinen schaute vorsichtig herein. Es war Anna Bode, geborene Gmelin, seine Frau.

„Möchtest du einen Tee?" Bode zog das Handtuch vom Gesicht.
„Nein, danke, Anna. Bitte bringe mir eine Schmerztablette. Die Pillen sind in meiner Jackentasche. Mein Schädel zerspringt."
„Schon wieder Morphium? Hast du vergessen, wie dein Vorgänger sich zerstört hat?"
„Julius Meyer schluckte Morphium vor allen Mahlzeiten und zwischendurch auch noch die eine oder andere Tablette. Ich nehme das Zeug nur im Notfall. Also bitte, Anna!"
Seine Frau holte widerstrebend die stählerne Pillendose aus dem Sakko, goss Wasser aus einer Karaffe ins Glas und verabreichte ihrem leidenden Gatten das Opiat.
„Danke, wenn es mir etwas besser gehen sollte, machen wir am Nachmittag einen Spaziergang. Bis dahin musst du dich selbst beschäftigen. Es tut mir leid. Ich verderbe dir den Urlaub."
Anna Bode küsste ihm die Stirn. Er bedeckte sein Gesicht wieder mit dem Handtuch. Sie öffnete die Balkontür, seufzte beim Anblick der schönen, sonnigen Gebirgslandschaft und ging ihr Kleid glatt streichend aus dem Zimmer ihres vierzehn Jahre älteren Wilhelm.
Bode drehte sich vom Fenster weg. In seinem Kopf regten sich sofort wieder Gedanken.

– Victoria kann nützlich sein, aber mit welchen Mitteln motiviere ich sie für das Vorhaben?
Mein Museum muss zuerst gebaut werden, die Antike soll warten! Die Ex-Kaiserin wird dagegen sein. Sie wünscht zunächst das Antikenmuseum. Doch wenn ich geschickt vorgehe, kann sich das ändern. Sie muss geködert werden. Aber wie?
Ja! Ich schlage ihr zunächst vor, den Neubau ‚Kaiser-Friedrich-Museum' zu nennen. Tausende von Besuchern würden sich so an Kaiser Friedrich und die mit ihm verbundenen Hoffnungen erinnern können. Ihr Gatte war der geliebte Protektor und die ersehnte liberale Zukunft Deutschlands.

Sie will das Andenken an ihn fördern. Ihr Rachedurst an den konservativen Hofkreisen könnte ein Motiv für den Neubau meines Museums werden. Das wäre eine Ironie des Schicksals.
Unser jetziger Protektor, der junge Wilhelm, würde bei seiner Eitelkeit gepackt werden. Der neue Kaiserdom wird erbaut und dazu ein Museum, das den Namen seines Vaters trägt. Denkmäler für die Hohenzollernmonarchie würden entstehen. Das will er doch. Das Volk würde jubeln. Kühn lässt der jugendliche Herrscher Bauten errichten und setzt gegen Widerstände die neuen Kunsttempel durch. Er könnte zum Helden werden.
Damit hätte ich Vorfahrt. Die vorrangige Erweiterung des Antikenmuseums wäre hinfällig, es sei denn, Kekulé käme auf die Idee, seinen Erweiterungsbau Kaiser-Wilhelm-Museum zu nennen.
So viel Humor und Subversion traue ich ihm aber nicht zu. Er ist ein tüchtiger Direktor, leidet aber wie Schöne an mangelndem Piratengeist. Immerhin hat der Generaldirektor mit seinem Rücktrittsgesuch einiges in Bewegung gebracht. Der Kultusminister setzt sich nun vehement für die Neubauten ein und Schöne bleibt uns Gott sei Dank erhalten. Das ist gut. Er bringt Ruhe und Kultur in unsere Verwaltung.
Nun werde ich mich aber vordrängen. Die Aufstellung des Pergamonaltars soll warten. Irgendwann wird auch für die Trümmer der Gigantenschlacht ein Haus erbaut werden müssen, aber erst einmal soll mein Museum kommen.
Seit Jahren quält mich die sinnlose Warterei. Lange hält meine Gesundheit einen Aufschub nicht mehr aus. So wie ich hier liege, bin ich ein Opfer meiner beruflichen Plagen.
Lichtempfindlich, bewegungsunfähig und vom Schmerz verfolgt!
Ich gehe an der Vorstellung zugrunde, dass all meine Pläne noch länger auf Eis liegen.
Nein, ich muss handeln, brauche starke Verbündete und Geld wie Heu. Kaiserin Friedrich und Graf Seckendorff! Ich erstelle Victoria den Katalog ihrer Sammlungen, und werde dafür keinerlei Honorar verlangen. Zur Belohnung meiner Mühen werde ich sie bitten, auf den Kaiser einzuwirken. Oder soll ich mich persönlich an Wilhelm wenden? Er ist unberechenbar. Außerdem wann soll ich ihn erreichen? Er ist ständig auf der Flucht. Zweihundert Tage im Jahr ist er auf Reisen. Nordlandfahrt mit der kaiserlichen Yacht. Staatsreise nach Rom. Ausgrabungen in Korfu. Pilgerreise nach Palästina. Besuch bei seiner Mutter im Taunus. Fünf

Tage Schiffsregatta in England. Jagd in Pommern. Kurzbesuch bei Franz Joseph in Wien. Kreuzfahrt im Mittelmeer. Tagelang wohnt er in seinem Salonwagen und dampft von hier nach dort. Der Wagnerfreund Wilhelm gleicht Wotan dem Wanderer.

Jede Woche hat er neue Einfälle, wie er Berlin und der Arbeit fernbleiben kann. Selbst die junge Kaiserin sieht ihn nur selten. Sie gebärt ihm Kinder, hat aber keinen Einfluss. Lieber ist er mit seinen weichen Höflingen zusammen, lässt sich von ihnen schwüle Balladen singen, genießt es, wenn sie ihn anhimmeln und schießt mit ihnen unendlich viele Böcke. Er entwirft vor seinen weibischen Freunden stundenlang kühne Ideen und bekommt glühenden Applaus.

Wilhelm, du bist ein Genie!

Wie dem auch sei.

Der Kurzarm muss für meine Pläne eingespannt werden. Nur Victoria kann das bewerkstelligen. Ich muss sie in meinem Sinne beeinflussen.

Die neue Kaiserin hingegen kann mir nicht weiterhelfen. Auguste-Viktoria interessiert sich nur für ihre evangelischen Kirchenbauten. Die Gottlosigkeit des Jahrhunderts nimmt sie sich zur Aufgabe. Sie will die Arbeiterschaft in ihre neu erbauten Gotteshäuser locken. In den proletarischen Vierteln triumphieren Neogotik und Neoromanik. Nahrung ist nicht so wichtig. Die simulierten Basiliken und Kathedralen sollen helfen, das Auge der unteren Klassen von den niederen sozialen Fragen hinauf zu Gott im Himmel zu erheben. Beten sollen die Proleten, nicht bitten, betteln und womöglich, wie in Frankreich, auf die Obrigkeit schießen. Kirchen statt Streik und Sozialismus.

Das Volk beginnt schon über sie zu spotten. ‚Betschwester der Nation' wird sie genannt. Nein, sie ist für Kunst nicht zu haben. Sie weiß nicht, was das ist. Kitsch ist ihre Welt. Das lehrt allein der Anblick der von ihr erbauten Zuckerbäckerdome. Hohler Pomp steckt in den Mauern. Aufgeblasene Ratlosigkeit wird zum Monument imitierter Spiritualität. Der Materialismus, den sie bei den unteren Klassen bekämpfen will, triumphiert nirgends deutlicher als in ihren Kirchenbauten.

Von atheistischen Architekten lässt sie sich überdimensionierte Gotteshäuser bauen, die mit keinem Ziegelstein höhere Sphären vermitteln. Ich fürchte, sie ist dumm. Man sagt, sie bekreuzige sich, wenn Paris in einem

Gespräch zum Thema wird. Die französische Hauptstadt ist für sie die Wohnstatt von Sünde und Satan. Sie hat ihr Wissen in erster Linie aus Magazinen. Nein, mit dieser Dame werde ich nicht rechnen können. –

Bode richtete sich langsam auf und horchte in sich hinein. Die Pille schien diesmal tatsächlich zu wirken. Das Dröhnen in seinem Kopf war etwas weniger geworden.

– Die schönsten Bilder werden mir ständig vor der Nase weggeschnappt. Habe ich einen Dürer am Haken, der eine Leerstelle in meinem künftigen Museum füllen könnte, verweigert mir die Bürokratie das Geld.
Dann ist es schnell zu spät. Der Kunstmarkt wird immer volatiler. Ich müsste sofort zuschlagen können, um Wichtiges zu sichern. Die reichen Amerikaner beginnen zu sammeln und zahlen jeden Preis für museumswürdige Stücke. Das Geld wächst ihnen aus dem Hintern. Hätte ich einen Dispositionsfonds für schnelle Ankäufe, wäre alles einfacher. Dann könnte ich auf günstige Gelegenheiten sofort reagieren. So taucht ein gutes Bild auf und, ehe ich die Kaufgenehmigung bei unseren Ministern durchgepeitscht habe, dampft der Tizian bereits nach New York ab. Dagegen müsste etwas zu machen sein. Aber was? –

Er trank einen Schluck Wasser und plötzlich kam ihm eine Idee.
– Ich werde einen Verein gründen! Das ist die Lösung! Mitglieder dürfen nur die Spitzen der Gesellschaft werden. Teuer muss es sein. Fünfhundert Mark Jahresbeitrag mindestens! Ein Vermögen. Da kommen nicht viele infrage. Industriebarone, Bankiers, reiche Sammler und Großgrundbesitzer. Viele wollen sich gesellschaftlich exponieren und zum höheren Adel aufschließen. Bürgerliche Industrielle und reiche jüdische Bankiers fänden so eine Möglichkeit, als Mäzene höchste Anerkennung und Auszeichnungen zu bekommen. Ich glaube, das ist eine gute Idee.
Wilhelm muss als einer der Ersten dazu gebracht werden, dem Verein beizutreten. Ist der Kaiser Mitglied, wird sich alles schnell ergeben. Sein Licht wird die großen Fische an die Angel locken. Das eingenommene Geld wäre nur für Ankäufe des geplanten Kaiser-Friedrich-Museums bestimmt. Nur dafür!

Nein, das ist nicht attraktiv genug. Das Angebot muss exklusiver sein. Natürlich! Die gekauften Bilder bleiben im Besitz des Vereins und werden gnädig als Dauerleihgabe an das noch zu erbauende Museum gegeben. Die Vereinsmitglieder stünden vor einem Vermeer und würden sagen: Das Bild gehört uns! Ich könnte vor sie hintreten und fordern:
Meine Herren, einzig von Ihnen hängt es ab, ob wir dieses Meisterwerk von Dürer bei der Auktion in London ersteigern können oder nicht!
Wer will da noch knausern? Dem Ganzen würde etwas von einer Freimaurerloge anhaften. Diskret, verschwiegen, familiär, von außen undurchschaubar, aber äußerst effektiv.
Kaiser-Friedrich-Museumsverein!!! So soll der Club der reichen Förderer heißen. Ein Privileg muss es darstellen, dazuzugehören, eine Ehre wird es sein, Mitglied sein zu dürfen. Ich werde natürlich den Vorsitz führen und das letzte Wort bei jedem Ankauf haben.
Ein Statut muss her, das alles in meinem Sinne regelt. So wird das Museum, bevor es gebaut ist, in aller Munde sein. Die Presse wird gefüttert. Ein spektakulärer Ankauf hier, eine anonyme Sonderspende da. Der Name Kaiser-Friedrich-Museumsverein wird ständig zu lesen sein. So wächst der Druck von allen Seiten für den Neubau.
Halt! Ein Denkfehler!!
Nicht gleichzeitig die Benennung Kaiser-Friedrich-Museum durchsetzen und dann einen Kaiser-Friedrich-Museumsverein gründen! So riechen Schöne, Kekulé und Curtius vielleicht den Braten, wittern Intrige gegen die Reihenfolge der Bauvorhaben und hätten recht.
Kaiser-Friedrich-Museum soll der Neubau für die Renaissanceabteilung heißen und der Verein wird erst einmal den Namen Renaissancemuseumsverein tragen. Das ist unverdächtiger. Ist mein Museum dann beschlossen, sieht alles wieder anders aus. Dann darf der Verein den Namen Kaiser Friedrichs tragen. So wird es gemacht! –

Er ging in seinem Kopf die Überlegungen noch einmal ruhig durch und war mit sich zufrieden. Er räkelte sich und verspürte kaum noch Schmerzen.

– Nun werde ich mich um meine liebe Anna kümmern. Bestimmt sitzt sie wieder im Garten und liest mein Buch über Frans Hals. Sie ist so kunstinteressiert. Die alten Niederländer faszinieren sie genauso wie mich. Ich werde einen Spaziergang durch die Wiesen vorschlagen. In die Höhe zu klettern, wage ich bei meinem Zustand noch nicht. –

Bode stand vorsichtig auf. Er schwankte ein wenig, griff sein Sakko von der Stuhllehne, zog es an und verließ langsam das Zimmer. Das enge dunkle Treppenhaus lag vor ihm. Er ging die steile hölzerne Stiege hinunter zur Haustür, trat in den Garten und sah seine Frau lesend auf einem Korbstuhl unter dem Apfelbaum. Die Kirchturmglocke schlug gerade drei Uhr.
„Anna!"
„Wilhelm! Geht es dir besser?"
„Ja. Lass uns spazieren gehen."
„Gerne."

Anna Bode brachte schnell das Buch ihres Mannes über Frans Hals ins Haus, kam wieder, schloss die Tür und hakte sich unternehmungslustig bei ihm ein.
„Aber, Anna, wir sollten nicht zu flott gehen. Ich fühle mich ein wenig klapprig."
„Das ist das Morphium."
Sie betraten den Pfad, der zur Gartenpforte führte und spazierten einen Kiesweg entlang. Ab und an blieben die beiden stehen und gingen dann weiter auf ihrem Weg durch die grünen, saftigen Wiesen des weiten Tals.

NACHFOLGE

Am Fuß von schroffen Steilhängen lag die Ruinenstadt Priene. Der Muezzin rief vom Minarett der Moschee des nahegelegenen Dorfes zum Abendgebet. Die Zikaden zirpten, Zypressen wiegten sich im Wind und Kamele blökten. Die bodenlangen Fenster im ersten Stock des von Humann neu erbauten Grabungshauses standen offen. Ein letztes, gelb schimmerndes Abendlicht erhellte die weite Ebene im Süden nahe der türkischen Westküste. In der dunstigen Ferne waren die Ruinen von Milet zu erahnen und dahinter begrenzten Berge das sumpfige, malariaverseuchte Mündungsgebiet des Mäanderflusses.

Im preußischen Grabungshaus wurde Skat gespielt. Humann und der Direktor der Berliner Antikenabteilung, Reinhard Kekulé, sowie der junge Architekt Robert Heyne widmeten sich nach einem arbeitsreichen Tag dem Lieblingsspiel des Entdeckers von Pergamon.

Kekulé trug einen dunkelroten Fes und eine osmanische Bauchbinde. So gefiel er sich im Orient. Er war für drei Wochen aus Berlin nach Kleinasien gekommen, um die neue Grabung zu eröffnen.
Humann hatte für diese Kampagne gekämpft. Nun war es endlich soweit. Seit Tagen wurde die planmäßig angelegte Stadt aus dem vierten vorchristlichen Jahrhundert unter Einsatz von einheimischen Arbeitern ausgegraben.
Es gab keinen Zeitdruck wie damals in Pergamon, wo es darum ging, so schnell wie möglich die Reste des Zeusaltars zu bergen und zu sichern. Hier stand die Erkundung der Struktur der Polis im Vordergrund.
Wie planten die Hellenen ihre Städte? Gitterförmige Straßennetze waren zu erahnen, doch wie verbanden sie Markt, Gymnasium, Theater und Tempel? Das sollte sehr sorgfältig untersucht werden, selbst wenn es Jahre dauern würde.

Humann warf sein Kreuzass auf den Spieltisch, sammelte den Stich ein und begann gut gelaunt zu dozieren.
„Mensch, Kekulé, Sie haben ihren Buben zu spät ausgespielt. Und Heyne hätte Ihre Pikdame übernehmen müssen, dann wäre mein Ass futsch gewesen. Der junge Herr Grabungsarchitekt kam vorhin freundlicherweise mit Karo, deshalb rutschte ich ungeschlagen durch. Grand mit Zweien, gewonnen drei, Schneider vier. Das macht achtzig Punkte. So, für heute ist Schluss! Ich habe ein wenig Hunger. Den ganzen Tag konnte ich nichts essen. Brechreiz. Doch nun will ich irgendwann eine Suppe."

Carl Humann raffte die Skatkarten zusammen, legte sie beiseite und errechnete das Spielergebnis. Er sah gelb aus im Gesicht und hatte tiefe Augenringe. Jemand, der nicht wusste, dass er erst sechsundfünfzig war, hätte ihn für siebzig halten können.
„Ja, meine Herren, Sie schulden mir eine Mark vierundzwanzig. Von Heyne bekomme ich fünfundachtzig Pfennige und von Ihnen, Kollege Kekulé, neununddreißig. Sobald Sie bezahlt haben, werde ich die Diener anweisen, das Abendessen zu kochen. Vorher nicht."
Humann lachte und die beiden Verlierer der Skatpartie holten deutsche Münzen aus ihren Portemonnaies und legten sie auf den Tisch.
Kekulé schaute schmunzelnd auf den schweigenden Robert Heyne, seinen ehemaligen Studenten, den er als Grabungsarchitekten nach Kleinasien geschickt hatte. Der blonde, glatt rasierte, junge Mann mit dem schmalen Gesicht steckte seine Geldbörse wieder ein, lockerte die Knöpfe seines weißen Leinenhemdes, griff nach einem dicken Schreibheft und ging wortlos hinaus auf den großen, das gesamte Haus umlaufenden Holzbalkon.

– Humann gewinnt immer. –

Robert Heyne setzte sich auf einen Schaukelstuhl, klappte das Heft auf und begann die Notizen zu den heutigen Funden in der Ruinenstadt zu überprüfen. Terrakotten, Inschriften und Fragmente von Statuen waren zutage gefördert worden. Alles gute Arbeiten aus vorchristlicher Zeit.

Carl Humann wies seine beiden griechischen Diener in ihrer Muttersprache an, das Essen zuzubereiten, nahm sein seit Stunden auf ihn wartendes Glas mit Dortmunder Bier zur Hand und trank einen winzigen Schluck.

„Seit zwei Wochen schmeckt mir kein Bier mehr. Kekulé, ich glaube, es geht mit mir zu Ende."

„Da hätten Sie sich zum Sterben einen dummen Zeitpunkt ausgewählt. Ausgerechnet jetzt, wo Ihr Pergamonaltar endlich sein Haus bekommen soll, wollen Sie in den Hades? Charon wird Sie empört zurückschicken. Das neue, große Antikenmuseum soll endlich gebaut werden. Kurz vor meiner Abreise aus Berlin habe ich erfahren, dass bald die entscheidende Sitzung beim Kaiser stattfinden soll. Schöne verfasst deshalb im Auftrag der Kaiserin Friedrich eine Denkschrift zum Raumbedarf der Königlich-Preußischen Museen. Die beteiligten Minister und sonstige Verantwortliche werden sie erhalten. Alle zeigen sich inzwischen geneigt, die Neubaupläne zu bewilligen. Die Finanzlage des Landes hat sich verbessert. Eine Eröffnung des Antikenmuseums wollen Sie doch sicher als Ehrengast in der ersten Reihe miterleben. Also werden Sie bald wieder gesund, Geheimrat Doktor Humann!"

„Nichts lieber als das. Aber meine Ärzte meckern wie Xanthippen an meiner Leber herum. Sie gefällt ihnen gar nicht. Strenge Diät soll ich halten. Kein Fett, kein Bier, keine Anstrengungen. Bravo!

Die Medizinmänner schauen mich immer an, als würden sie mir nur die halbe Wahrheit sagen. Ich spüre jedoch selber, dass etwas mit mir nicht stimmt. Jeder Gang fällt mir schwer. Ohne Hilfe bei der Grabungsleitung wird es in nächster Zeit nicht gehen. Vielleicht muss ich bald sogar zurück nach Smyrna und mich von meiner lieben Louise gesund pflegen lassen."

„Humann, morgen kommt Ihr neuer Assistent."

„Ja, ja. Doktor Theodor Wiegand. Er wurde mir bereits von Freund Conze angekündigt. Hoffentlich bricht er sich nicht gleich die Finger, wenn er einen Zollstock in die Hand nimmt."

Kekulé lachte.

„Sie und Ihr Misstrauen gegen uns Altphilologen. Dieser Wiegand ist ein Haudegen. Sein Gesicht ist übersät mit Mensurnarben. Wie grob geschnitzt sieht er aus. Er ist ein Bummelant. Bis zu seinem sechsundzwanzigsten Lebensjahr hat er sich lieber am Kneipentisch und auf dem Paukboden herumgetrieben, als seinen kunstgeschichtlichen Studien an

der Universität München nachzukommen. Dann hat er von heute auf morgen angefangen, sich für die Antike zu begeistern. Er ließ die Münchener Burschenschaft sein, kam nach Berlin und wurde mein Student.
In kürzester Zeit hat er eine Unmenge von Stoff bewältigt. Dann ist er nach Freiburg gegangen. Hier brachte er eine beachtliche Doktorarbeit zustande. Wiegand kommt aus einem vermögenden Elternhaus in Wiesbaden, so konnte er es sich leisten, nach Athen zu reisen, um dort beim Deutschen Archäologischen Institut unentgeltlich zu arbeiten.
Bald war er von allen Ausgräbern wegen seiner Umsicht, seiner Tatkraft und seiner Genauigkeit geschätzt. Die Verantwortlichen in Griechenland haben bei Generalsekretär Conze ein Reisestipendium für Wiegand beantragt, so unentbehrlich hat er sich in kürzester Zeit beim Institut gemacht.
Er knüpft, wo er hinkommt, sofort Kontakte zu bedeutenden Persönlichkeiten und überzeugt durch Selbstbewusstsein und jungenhaften Charme.
Die Witwe von Schliemann hat ihn gerne und oft in ihrer Athener Villa empfangen. Griechisch kann er halbwegs ordentlich und Türkisch möchte er lernen.
Ihm fehlt vielleicht noch etwas praktische Erfahrung, aber die wird er schnell gewinnen, wenn die Pflicht ihn ruft und Sie ihn fordern. Wiegand platzt vor Ehrgeiz und will eine hohe Stellung in der Archäologenwelt erobern. Das ist mein Eindruck. Ich denke Sie werden mit ihm klarkommen."
„Kann er Skat spielen?"
Kekulé überlegte.
„Davon gehe ich aus. Burschenschaftler spielen doch immer Skat."
„Vor einer Woche haben wir dank Ihrer und Alexander Conzes Hilfe die Grabungen hier in Priene beginnen können. Endlich darf ich eine antike Kleinstadt ausbuddeln. Möglicherweise finden wir keine Sensationen wie in Pergamon, aber die Struktur einer größeren Siedlung aus der Zeit der Hellenen könnte uns klar werden. Ich hoffe, meine Kräfte werden ausreichen, alles hier glücklich zu Ende zu bringen."
„Folgen Sie den Ratschlägen Ihrer Ärzte, Humann, und alles wird gut!"
„Ärzten misstraue ich noch mehr als Altphilologen bei der Spatenarbeit."
Kekulé lachte.
„Machen Sie doch, was Sie wollen, aber werden Sie wieder gesund!"

Der griechische Koch klopfte an die Tür.
„Das Abendessen ist serviert."
„Du und Mikis, ihr beiden esst mit uns!"
„Aber!"
„Kein ‚Aber'!" Humann erhob sich mühselig, zwinkerte Kekulé zu und ging mit unsicheren Schritten auf den Balkon, um den jungen Grabungsarchitekten zum Essen zu bitten.
„Kommen Sie, mein lieber Robert, Suppe und Hammelbraten warten auf Sie! Seien Sie nicht mehr traurig wegen der verlorenen Skatpartie. Sie werden sehen, morgen werde ich das Spiel verhauen."
Robert Heyne musste unwillkürlich schmunzeln, klappte sein Notizheft zusammen, erhob sich aus seinem Schaukelstuhl und ging zum Hausherrn. Der legte den Arm um ihn.
„Stützen Sie eine alte Ruine, das haben Sie als Grabungsarchitekt doch gelernt. Bringen Sie mich zu meinem wohlverdienten Abendessen!"
Der junge Mann half dem berühmten Archäologen auf seinem Weg ins Esszimmer. Kekulé schaute ihnen nach.

– Hoffentlich hält dieser Wiegand, was er verspricht. Er muss unserem Humann tatkräftig zur Seite stehen. –
Er rückte seinen roten Fes zurecht, befestigte seine osmanische Bauchbinde und ging mit gemischten Gefühlen zu den anderen nach nebenan.

Kein halbes Jahr später, am Zwölften April 1896, starb Carl Humann in seinem Haus in Smyrna an einem Leberleiden. Seine Frau Louise, sein Sohn und die jüngste Tochter Marie waren bei ihm. Hunderte folgten dem Sarg auf seinem Weg zum katholischen Friedhof der deutschen Kolonie. Zeitungen auf der ganzen Erde verbreiteten die Nachricht von seinem Tod.
In Berlin gab es viele Gedenkfeiern zu seinen Ehren. Nachrufe erschienen. Auch der Generalsekretär des Deutschen Archäologischen Instituts, sein Freund Alexander Conze, veröffentlichte einen und sprach vielen, die Humann gekannt hatten, aus der Seele.

„Unvergesslich bleibt der persönliche Zauber seiner Persönlichkeit. Mit blondem Haar und Vollbart sah er freundlich gewinnend aus seinen blauen Augen. Humann war äußerst jovial und ein unübertroffener

Zecher. Ich lernte ihn bei Dortmunder Bier kennen. Bei jedem, der ihm nahetrat, erweckte er Vertrauen. Türke, Jude, orthodoxer Christ, Osmane oder Europäer, alle erlagen seinem Charme. Er selbst war Katholik, doch frei in seinem Denken. Begeistert stellte er seine Kraft in den Dienst für Kaiser und Reich.
Er hatte eine poetische Ader und zeichnete hervorragend. Wie gern mischte er seine Stimme in den Gesang eines deutschen Liedes, wenn es irgendwo in Smyrna erklang. Hochherzig und hilfsbereit von Natur war er auf das eigene Wohl oft zu wenig bedacht. Was hat er nicht alles aus eigener Tasche für die Berliner Museen geleistet. Seine stets offene Hand war auch für die türkische Landesart eine besonders gewinnende Eigenschaft.
Entdeckungen wollte er machen. Das trieb ihn an. Die halb und ganz vergrabenen Schätze des klassischen Altertums in Kleinasien lockten ihn mit unwiderstehlicher Zaubermacht wie die Sirenen der homerischen Dichtung den Odysseus.
In den Pausen zwischen den Ausgrabungsarbeiten wurden immer wieder Reisen nötig. Die nutzte Humann klug, um seine Anliegen, wo auch immer, zu befördern. Je weiter die Kreise seiner persönlichen Verbindungen sich zogen, desto mehr kam davon den Berliner Museen zugute.
Sein Wort reichte weit. Einer unserer ehemaligen Diplomaten bei der Hohen Pforte, Joseph von Radowitz, traf es vielleicht am genauesten, als er äußerte: Humann ist der Vizekönig von Kleinasien."

Die Grabungen in Priene wurden unter der Leitung von Doktor Theodor Wiegand nahtlos fortgesetzt. Der machte seine Sache, wie man in Berlin fand, ausgezeichnet, kam mit Land und Leuten ebenso gut klar wie sein Vorgänger und erbte darum auch bald Humanns Direktorenposten bei den Königlich-Preußischen Museen. Der Sitz wurde allerdings bald von Smyrna nach Konstantinopel verlegt, wo Theodor Wiegand ein Haus bezog.
In den folgenden Jahren verwirklichte er umfangreiche Ausgrabungen im Osmanischen Reich, unter anderem von Milet in der Mäanderebene.
Alexander Conze meinte, er würde für die Berliner Sammlungen noch von herausragender Bedeutung werden.

Robert Heyne, der junge Grabungsarchitekt in Priene, hatte sich selbst Hoffnungen auf die Humann-Nachfolge gemacht, doch er ging leer aus. Enttäuscht wandte er sich bald anderen Aufgaben zu und blieb fortan der Archäologie fern. Auch Skat hat er nie wieder gespielt.

KURSKORREKTUR

Majestät sei noch nicht da, werde aber gleich erscheinen. Der Kammerdiener in Livree zog sich mit Bückling zurück und schloss die hohe Doppeltür. Die Besucherin blieb allein im kobaltblau tapezierten Arbeitszimmer des Kaisers im Berliner Stadtschloss und sah sich um.
Keinerlei Papiere lagen auf dem Sekretär, nur ein Telefonapparat und das grau lackierte hölzerne Modell eines Panzerkreuzers standen auf der Schreibplatte. Daneben lagen Schokoladenbonbons. Schwülstig gerahmte Schlachtenbilder zierten die Wände und neobarocker Möbelkitsch überwucherte das Gemach.

– Mein Sohn ist nicht nur ein miserabler Herrscher, er hat obendrein wenig Geschmack. Wie dem auch sei, heute muss ich lieb sein und ihn um den Finger wickeln. –

Victoria, Kaiserin Friedrich, war schwarz gekleidet wie eine Witwe im Trauerjahr, obwohl ihr Gatte bereits acht Jahre tot war. Sie nahm steif auf dem vorderen Drittel eines weinrot bezogenen Sofas mit vergoldeten Schnitzereien Platz. Züchtig und ernst wollte sie wirken. Sie hatte ihren Sohn Wilhelm um diesen Termin gebeten, ihn kurz begründet und prompt erhalten.
Gestern war sie von Schloss Friedrichshof nach Berlin gereist und hatte Quartier in ihrer Berliner Residenz, dem Kronprinzenpalais, bezogen. Graf Götz von Seckendorff, ihr Hofmarschall und Liebhaber, sowie einige Kammerfrauen hatten sie dorthin begleitet. Ins Schloss zu ihrem Sohn war sie allein gekommen. Alles sollte familiär wirken. Mutter und Sohn sprechen sich aus.

Der Sechste März 1896! Sie musste die vier Tage bis zur entscheidenden Sitzung über die Bewilligung der Museumsneubauten in Berlin bleiben, wollte danach aber sofort wieder zurück nach Kronberg im Taunus und sich ihrer Kunstsammlung widmen.

– Endlich! Vor wenigen Tagen hat mir Wilhelm Bode den lang ersehnten Katalog überreicht. Ich war gerührt. So viel Mühe hat sich der vielbeschäftigte, von schweren Krankheiten geplagte Museumsmann gegeben. Ganz Europa schätzt seinen Sachverstand und dennoch schenkt er mir seine ganze Kraft, nur um mir eine Freude zu bereiten. –

Jeden einzelnen der erlesenen Kunstgegenstände hatte Bode akribisch erfasst und nach Themen geordnet. Englische Portraitmalerei. Französisches Porzellan, Teppiche, antike Möbel, Gobelins aus dem sechzehnten Jahrhundert und vieles mehr fanden sich nun mit Registriernummer und Beschreibung in dem großformatigen Katalog mit goldgeprägtem Titel.

„DIE KUNSTSAMMLUNGEN DER KAISERIN FRIEDRICH IN SCHLOSS FRIEDRICHSHOF“

Bode wollte kein Honorar. Victoria hatte Einspruch erhoben, doch Bode blieb hart. Nun wollte sie ihm zumindest eine persönliche Freude bereiten. Sie hatte ihn eingeladen, bei ihr im Schloss zu übernachten, ihm das schönste Gästezimmer mit Balkon gegeben und ihn abends zur Tafel gebeten.

Zum Diner im kleinen Ballsaal hatten sich nur die Kaiserin Friedrich, Graf Seckendorff und Wilhelm Bode eingefunden. Nach Fisch und Rumpsteak wurde lange und ausführlich über die Berliner Museumsinsel gesprochen.

Der Stand der Dinge wurde durch Bodes Berichte und Andeutungen zunehmend merkwürdiger für die Schlossherrin. Nach dem dritten Glas Madeira vertraute er ihr unter dem Siegel der Verschwiegenheit Interna an, von denen er sogleich vorgab, zu bedauern, sie überhaupt geäußert zu haben.
Die geplante Ausstellung für das neue Antikenmuseum sei noch nicht konzipiert und niemand wisse, wie der Pergamonaltar überhaupt gezeigt werden könne.

Das war gelogen, doch Victoria war durch Bodes Mitteilungen tief besorgt. Sie fragte nach und er gab ihr weitere Unwahrheiten und Halbwahrheiten zur Antwort. Weit nach Mitternacht zog sich die Kaiserin Friedrich nachdenklich zurück. Bode war bester Laune.

Am nächsten Morgen brachte ihn der Chauffeur mit einem Automobil der Firma Benz von Schloss Friedrichshof zum Bahnhof in Frankfurt am Main. Hier bestieg er den Schnellzug nach Berlin.
Victoria erbat am gleichen Tag telefonisch bei ihrem Sohn Wilhelm eine Audienz, auf die sie nun in seinem Berliner Arbeitszimmer wartete.

Durch eine kleine Seitentür betrat der Kaiser den Raum. Wie immer standen die Enden seines vom Hoffriseur Haby persönlich mit Bartwichse gezwirbelten Schnauzbartes senkrecht nach oben. Er trug eine taubenblaue Uniformjacke und schwarze Hosen. Victoria erhob sich.
„Aber Mama, nicht so förmlich, wir sind doch en famille. Bitte, nimm Platz!“
Victoria nahm wieder ihre Position auf dem vorderen Drittel des Sofas ein und Wilhelm setzte sich ihr gegenüber.
„Mama, du wolltest mich wegen der Museumsneubauten sprechen?“
„Ja.“
„Du kannst beruhigt sein. Am Sechsten ist die Sitzung. Da wird alles beschlossen. Der Finanzminister, der Kultusminister und Generaldirektor Schöne werden anwesend sein. Ich werde ihnen freudig verkünden, dass das neue Antikenmuseum endlich gebaut werden kann. Sobald weitere Mittel zur Verfügung stehen, soll auch das Kaiser-Friedrich-Museum folgen. Mama, das ist doch in deinem Sinne, oder?“
„In gewisser Weise schon.“
„Wie? Du hast Einwände?“
„Nun, ich bin mir noch nicht sicher. Mir ist von kompetenter Seite zu Ohren gekommen, dass die Vorbereitungen für die Aufstellung des Altars noch nicht abgeschlossen sind. Doch was schwerer wiegt, die Ausstellungskonzeption für die anderen Schätze der Antikensammlung steckt noch nicht einmal in den Anfängen.“
„Donnerwetter, davon haben mir weder Schöne noch Kekulé irgendetwas erzählt.“

„Wilhelm, sie wollen ihren Neubau und kämpfen für ihre Interessen. Vielleicht reicht die Zeit bis zur Fertigstellung des neuen Antikenmuseums ja aus, um alles vorzubereiten."

„Und wenn nicht?!"

„Das wäre freilich eine fürchterliche Blamage. Denk dir, die Welt kommt nach Berlin, sieht das schöne neue Haus und drinnen herrscht peinliches Chaos."

„Mama, das wäre fürchterlich. Berlin muss zeigen, was es kann. Mein Dom wächst mit jedem Tag, der neue Reichstag ist endlich erbaut und die Siegesallee mit den Statuen der großen Hohenzollernfürsten vom Mittelalter bis heute soll im Tiergarten entstehen. Meine Bildhauer werden bald fleißig meißeln. Alles klappt wie am Schnürchen. Planungsfehler können wir uns nicht leisten. Es geht um die Ehre meiner Reichshauptstadt."

„Mein lieber Wilhelm, ich bin vollkommen deiner Ansicht."

„Wie schön, Mama, das war nicht immer so."

„Wir wollen den alten Streit vergessen. Heute bewundere ich deine Entschlossenheit bei der Inangriffnahme von großen Bauvorhaben. Darum fühlte ich mich verpflichtet, dich über die unklare Situation bei der Antikenabteilung zu unterrichten."

„Ich danke dir aufrichtig. Wer hat dich informiert?"

Victoria schlug die Augen nieder.

„Ich verstehe, du darfst es mir nicht sagen. Mein Gott! Am nächsten Dienstag ist die Sitzung. Endlich habe ich dem Finanzminister Miquel das Geld aus den Rippen geleiert und nun diese Neuigkeiten. Pergamon! Alle wollen ein Museum für den Zeusaltar. Erfährt Miquel jedoch von verzögerten Vorbereitungen bei der Präsentation der Antiken, dreht er mir den Geldhahn vielleicht wieder zu."

Wilhelm stand auf, ging zum Schreibtisch und holte sich einen Schokoladenbonbon.

„Möchtest du auch?"

„Nein, Danke."

„Was soll ich tun, Mama?" Der Kaiser steckte sich den Bonbon in den Mund und schaute seine Mutter erwartungsvoll an.

„Wilhelm, ich denke wie du. Die endlich bewilligten Gelder dürfen nicht zurückgegeben werden, weil herauskommt, dass die Antikenverwaltung und die Generaldirektion nicht mit offenen Karten gespielt haben. Die Mittel sind bewilligt und werden dringend für deine Sammlungsneubauten gebraucht. Was aber wäre, wenn du statt dem Antikenmuseum zunächst das Kaiser-Friedrich-Museum errichten würdest? Dafür ist die Ausstellungskonzeption bis ins Detail ausgearbeitet. Bode hat jede Wand bereits akribisch geplant. Bekäme er heute das Museum, wäre es in zwei Monaten für die Öffentlichkeit präsentabel."

„Donnerwetter, Mama, das ist gut. Mein lieber Hofarchitekt Ihne hat die fertigen Pläne in der Schublade. Der Bau könnte sofort beginnen. Halt! Unmöglich. Nein, das geht nicht!"

„Wieso?"

„Mama, die halbe Welt wartet darauf, endlich den Pergamonaltar zu sehen und ich beschließe das Kaiser-Friedrich-Museum zu errichten? Die Presse wird mich in Stücke reißen. Die Welt wird mich für wortbrüchig halten, schließlich habe ich immer die Priorität eines Neubaus für den Pergamonaltar betont."

Victoria mimte die Erschrockene.

„Um Gottes Willen, Wilhelm, wie recht du hast, das habe ich nicht bedacht. Der Pergamonaltar muss präsentiert werden! Seit über zwanzig Jahren lagert er in Provisorien. Doch wie soll das gehen? Ein Museum, das den Namen deines Vaters trägt und ein großes Antikenmuseum. Dafür reicht das Geld niemals. Es ist ein Dilemma."

Victoria tat so, als suchte sie verzweifelt nach einer Lösung.

„Wilhelm, mir fällt nichts ein. Jetzt zeige deiner Mutter, welch ein Kerl in dir steckt und rette uns mit einer Idee, die deine Museumsinsel aus dieser fürchterlichen Misere befreit!"

Wilhelm erhob sich wortlos, tigerte stramm im Zimmer herum und ging dann zum Schreibtisch. Er aß den letzten Schokoladenbonbon so, als könnte er alle Schwierigkeiten der Welt zerkauen. Sein Blick blieb an dem grauen Modell seines Panzerkreuzers hängen. Er nahm das Kriegsschiff etwas ungeschickt in seine rechte Hand. Sein verkürzter linker Arm baumelte regungslos an seiner Seite.

„Hier, Mama, das ist die Lösung." Er grinste.

„Wilhelm, ich verstehe nicht."

„Der Bau meiner Flotte hat begonnen, ist aber noch längst nicht abgeschlossen. Wie auch? Rom wurde nicht an einem Tag erbaut. Verstehst du nun?"

„Not at all."

„Mama, wie wäre es, wenn zunächst ein Provisorium nur für den Pergamonaltar errichtet werden würde? Der Bau des neuen Antikenmuseums kann später folgen, sobald die Mittel vorhanden sind und die Ausstellungsmacher genauer wissen, wie sie ihre Schätze präsentieren müssen."

Victoria stand auf. Das hatte sie gewollt.

„Wilhelm, das ist eine großartige Lösung. Deine Idee ist genial. Ich bin stolz auf dich. Warum bin ich nicht selbst darauf gekommen?"

Der Kaiser stellte sein Badewannenkriegsschiff an den alten Platz, ging steif zu seiner Mutter und küsste ihr mit ehrlicher Emphase die Hand. Victoria heuchelte eine Träne, wischte sie fort und ihr Sohn war gerührt.

„Wilhelm, wenn du wüsstest! Zwei Nächte konnte ich wegen dieser leidigen Sache nicht schlafen, nun hattest du den rettenden Einfall."

„Mama, kann es sein, dass du mich oft unterschätzt hast?"

„Ja."

„Schwamm drüber. Eines bereitet mir noch Sorge. Am Sechsten März kommen die Herren zu mir ins Schloss und wollen den Baubeschluss für das neue Antikenmuseum. Wie vermittele ich den Ministern und Museumsdirektoren meinen Meinungsumschwung? Ich darf nicht als wankelmütig gelten. Mir sind schließlich von keiner offiziellen Seite Informationen zugetragen worden, die eine Änderung der Bauabfolge rechtfertigen würden."

„Wenn du bereit wärest, dir von mir helfen zu lassen, hätte ich vielleicht eine Idee."

„Welche?"

Nun spulte Victoria ihre vorbereitete Rede ab.

„Lade mich zu dieser Sitzung ein. Ich war die Gattin des ehemaligen Protektors. Du sprichst eine freundliche Begrüßung und übergibst dann das Wort an mich. Ich werde darlegen, dass unter den obwaltenden Umständen zunächst mit dem Bau des Kaiser-Friedrich-Museums für die Renaissancekunst begonnen werden sollte, auch um den beliebten, zu früh gestorbenen Monarchen zu ehren. Anschließend werde ich auf das von dir gewünschte Denkmal für deinen Vater verweisen. Wie schön könnte es vor dem Haupteingang seine Wirkung entfalten. Wenn

die Herrschaften dann mit den Augen rollen, werde ich darauf beharren, dass nur für den Pergamonaltar gleichzeitig ein Interimsbau geschaffen werden muss. Der würde, da der Aufwand geringer wäre als für den Bau des Kaiser-Friedrich-Museums, in jedem Fall als erster fertig werden, und so würde das kaiserliche Wort, zunächst den Zeusaltar zu präsentieren und dann das neue Renaissancemuseum zu eröffnen, eingehalten."
„Das klingt gut. Wenn die Herren aber eine Diskussion vom Zaun brechen und auf den alten Plänen bestehen, was mache ich dann?"
„Es wird keine Diskussion geben. Sobald ich meinen Standpunkt dargelegt habe, übergebe ich das Wort an dich, und du wirst meine Vorschläge sofort billigen. Dann gibt es das eine oder andere lange Gesicht, aber niemand wird wagen, Entschlüsse des Kaisers in Zweifel zu ziehen."
„Du hast recht, Mama, so wird es gemacht! Ich will ein Museum zu Ehren meines Vaters errichten. Davor soll ein famoses Reiterdenkmal stehen. Der Pergamonaltar erhält zunächst eine provisorische Heimat. Punkt. Fertig. Aus! Ach, ich bin so froh, dass du mich aufgesucht und meine Sammlungen vor Schaden bewahrt hast."
„Das habe ich gerne getan. Nun lebe wohl, wir sehen uns bei der Sitzung."
„Möchtest du nicht zum Essen bleiben?"
„Wie gerne würde ich das tun, Wilhelm, doch ich habe noch wichtige Verabredungen."
Victoria gab ihm einen Kuss auf die Wange und verließ schmunzelnd das Arbeitszimmer.
– So leicht ist mein Sohn also um den Finger zu wickeln. –

Am Sechsten März traf sich die große Runde im Stadtschloss Alles wurde wie vom Kaiser und seiner Mutter besprochen inszeniert. Richard Schöne wurde nach Victorias Vortrag und dem schnellen Entschluss Wilhelms bleich. Der Finanzminister Miquel war ein wenig verwundert, hatte aber keine Einwände, denn nichts sollte teurer werden. Der Kultusminister wollte neue Museen, die bekam er und so trennten sich die Entscheidungsträger nach nicht einmal dreißig Minuten. Die Presse wurde vom Kaiser umgehend informiert und Pläne für den provisorischen Pergamonaltarbau beim Architekten Fritz Wolff in Auftrag gegeben.

WAS NUN?

– Was nun? –
Richard Schöne saß in seinem geräumigen Büro im Alten Museum und hatte den Schreibtisch voller Pläne, die bis zu der denkwürdigen Sitzung beim Kaiser vor wenigen Wochen noch Gültigkeit hatten. Nun waren sie nichts mehr wert. Erinnerungsstücke. Makulatur. Die Sommersonne schien durch die Fenster. Es war heiß an diesem frühen Nachmittag des Siebenundzwanzigsten Juli 1896.

– Sobald Bodes Neubau fertig ist, werde ich das Antiquarium mit seinen Vasen und Gemmen im Obergeschoss von Schinkels Altem Museum unterbringen. Schliemanns Goldschatz kommt ebenfalls dort hin. Das steht fest. Die Gemälde müssen dann woanders unterkommen.
Das war auch der Wunsch von Ernst Curtius. Mein Gott, alle verlassen mich. Erst starb unser guter Protektor, bald darauf Schliemann, dann Humann, nun er. Kekulé soll das Antiquarium übernehmen, neben seiner Antikenabteilung. Ich werde die Stelle nicht neu besetzen. Der gute Curtius. Am Ende war er mit der Leitung seiner Abteilung bereits ein wenig überfordert. An einen Rücktritt konnte und wollte er dennoch nicht denken. Zweiundachtzig ist er geworden. Vielleicht ist er froh, den Wirren hier bei uns entkommen zu sein. Er möge in Frieden ruhen und in besseren Welten weiter dichten. –

Der Generaldirektor seufzte und öffnete langsam die Schublade seines Schreibtisches. Aus einer kleinen roten Mappe, in der auch die letzten Mitteilungszettel des durch seinen Kehlkopfkrebs verstummten Kaiser Friedrich lagen, holte er ein Blatt hervor. Das hatte ihm Curtius drei Tage vor seinem Tod zugesandt. Darauf waren mit zittriger Hand geschriebene Verse zu lesen.

„Wie der Vogel auf dem Baum,
Der sich müd´ am Tage sang,

Nur noch zwitschert leis´ im Traum,
Dass es in die Nacht verklang …
Also werden meine Lieder
Leiser gegen meine Nacht,
Und die lauten sing´ ich wieder,
Wenn mein neuer Tag erwacht."

– Wenn es doch so wäre, lieber Curtius! –

Er legte das Blatt zurück in die lederne Mappe mit den letzten Sprachzetteln des seligen kaiserlichen Protektors, schloss die Schublade ehrfürchtig, als enthielte sie Reliquien und betrachtete wieder seine zehn Jahre alten, hinfälligen Pläne für den Monumentalbau des Antikenmuseums vom Architekten Fritz Wolff.
– Bode hat den Berliner Museen mit seiner Hintertreppenintrige einen Bärendienst erwiesen und sich selbst möglicherweise auch. Ein großes Antikenmuseum, das den Sammlungen gerecht geworden wäre, ist auf den Sankt Nimmerleinstag verschoben. Das hat tief greifende Auswirkungen auf die gesamte Berliner Museumslandschaft. Wo sollen wir hin mit all den Schätzen?! Nirgends ist Platz. Auch das Kaiser-Friedrich-Museum wird zu einer Lösung beitragen müssen.
Ich bekomme einen Louvre und ihr Anderen könnt sehen, wo ihr bleibt? Nein, Bode, so geht das nicht! Dafür werde ich sorgen. Ihr neues Renaissancemuseum wird mehr Schätze aufnehmen müssen, als Sie sich zurzeit vorstellen wollen.
Jahrelange Planungsarbeiten sind für die Katz.
Immerhin, der Pergamonaltar soll in ein Provisorium. Eine leichte Stahl- und Glaskonstruktion wurde von der Kaiserin Friedrich gewünscht. Der Altar solle darin wirken, als stünde er im Freien. Eine hübsche Idee. Leider scheint hier in Berlin keine Mittelmeersonne, deshalb haben ich und Kekulé bereits Einspruch erhoben und alle Sachverständigen gaben uns recht. Wir wollen kein englisches Gewächshaus oder eine französische Markthalle auf der Museumsinsel.
Der Altar ist außerdem sehr schwer und braucht so oder so ein starkes Fundament. Deshalb fordern wir einen soliden Steinbau, der irgendwann einmal zu einem großen Antikenmuseum erweitert werden könnte.

Zudem stellt sich heraus, der geplante Baugrund südlich der Stadtbahn ist genauso schwierig wie der Rest der Museumsinsel.
Auch Bodes Bau, nördlich der Bahn, wird damit zu kämpfen haben. Alles wird teurer als gedacht. Teurer darf aber nichts werden, sagt der Kaiser. Bodes Kunstpalast muss abspecken, und das provisorische Pergamonmuseum muss kleiner geplant werden, als noch vor zwei Monaten gedacht. Sparen. Statt zehn Meter Sichtabstand zum Gigantenfries werden es nur acht sein. Die Besucher werden sich die Hälse verbiegen.
Fritz Wolff hat schnell reagiert und bereits einen reduzierten Entwurf gezeichnet. Gleich wird er vorbeikommen und ihn zeigen. Dann wird man sehen. Es ist zum verrückt werden. Dieser Bode stürzt uns mit seiner Egomanie ins Chaos, und ich soll sehen, wie alles ins Lot kommt. Er ist wieder einmal seit Wochen krank, liegt, wie fast das gesamte letzte Jahr, mit Venenentzündung im Bett und kann sich kaum rühren, außer wenn er vom Kaiser zum Tee geladen wird.
Er plant daheim in Charlottenburg die Präsentation der Kunstwerke für seinen Neubau. Wie alles bei ihm einmal aussehen soll, weiß er selbst noch nicht, und hat dennoch die Planungen für das Antikenmuseum bei den Majestäten angeschwärzt. Jeden Tag, sobald ich mein Büro betrete, liegt ein Brief von Bode auf meinem Schreibtisch. Er teilt mir mit, auf was ich bei der Bauplanung für das neue Kaiser-Friedrich-Museum gefälligst zu achten hätte. Er bedrängt mich, zahlungskräftige Mitglieder für seinen Kaiser-Friedrich-Museumsverein anzuwerben. Überall mischt er sich ein, auch bei den anderen Sammlungen. Immer wieder muss ich deswegen Streit zwischen ihm und den anderen Abteilungsleitern schlichten.
Bode hat weiß Gott seine Verdienste, aber leicht ist es mit ihm nicht. –

Richard Schöne faltete langsam seine zehn Jahre alten Antikenmuseumspläne zusammen, legte sie übereinander, hielt inne und spielte kurz mit dem Gedanken, alles in den Papierkorb zu werfen.
– Jetzt nur nicht unvernünftig werden! Ich muss das Beste aus der verfahrenen Sache machen. Immerhin bekommen wir überhaupt Neubauten. –

Er stand auf, brachte die alten Pläne von Fritz Wolff in seinen Aktenschrank und ging zum Fenster, um die Vorhänge zu schließen. Die Sonne schien, es wurde immer heißer im Büro.

An der Tür wurde geklopft. Schöne ging hin, um zu öffnen. Der Architekt Fritz Wolff, ein gemütlicher, rundlicher Mann um die fünfzig, stand mit einer Zeichenrolle unter dem Arm vor seinem Büro.
„Treten Sie ein, mein Bester."
„Jerne, Herr Jeneraldirektor."

Der grau gekleidete Herr mit Zwicker und Zwirbelbart, ein geborener Berliner, trat in das Büro und ging Richtung Schreibtisch. Schöne schloss hinter ihm die Tür, begab sich zu seinem Stuhl und bat den Besucher, ihm gegenüber Platz zu nehmen.
„Setzen Sie sich, Herr Professor, ich werde Direktor Kekulé dazu bitten. Schließlich betrifft Ihr Entwurf seine Sammlung."

Schöne griff zum Telefon, ließ sich mit seinem Abteilungsleiter verbinden. Sein Zimmer befand sich nur einige Schritte weiter. Wenige Augenblicke später betrat Reinhard Kekulé das Büro des Generaldirektors. Ein dritter Stuhl wurde an den Schreibtisch gestellt und nach einer freundlichen Aufforderung entrollte der wortkarge Wolff seine Außenansicht des provisorischen Pergamonmuseums.

„Gott sei Dank, Sie planen immer noch neoklassizistisch."
„Herr Jeneraldirektor, Barock jibbt es bei mir nich. Die Museumsbaracke soll sich ja mit Schinkel vertragen, oder?!"
„Neoklassisch haben Sie ja schon beim Wettbewerb 1884 gedacht."
„So denk ick heute noch. Vielleicht fallen demnächst noch mehr Schnörkel weg."
Schöne musste schmunzeln und gab das Wort an Kekulé.
„Herr Professor Wolff, mich interessiert natürlich vordringlich, wie es drinnen aussehen soll. Hat der Altar genug Platz? Wie steht es um den Saal für die anderen Architekturfragmente aus Pergamon und Olympia?"
„Eng! Es wird eng." Wolff rollte den Grundriss aus und fuhr mit seinem dicken Zeigefinger über den Plan.
„Einjang. Altar. Hier der Durchgang zum Architekturensaal. Punkt. Mehr is für achthundertfuffzigtausend Reichsmark beim besten Willen nich zu machen."

Schöne betrachtete sich den Plan genauer.

„Alles ist wie auf Ihrem ersten Entwurf, nur etwas komprimierter."
„Man könnte ooch sagen, geiziger. Aber von außen wird es jut aussehen. Nich pompös, sondern sachlich funktional. Hinter dem Haus läuft die Hochtrasse der Stadtbahn. Das Modernste, watt Berlin architektonisch zu bieten hat. Kleiner Scherz. Dennoch, dazu passt meiner Meinung nach kein Pseudobarock.
Der jute Hofarchitekt Ihne soll mit seinem Kaiser-Friedrich-Museum machen, watt er will, aber bei mir jibbt es keene Krönchen auf dem Dach. Sollte seine Majestät irgendwann das Bedürfnis verspüren, für die restlichen Antiken einen würdigen Anbau zu genehmigen, könnte ick auf meine bereits vor Jahren gemachten Pläne zurückgreifen, die Ihnen ja höchstwahrscheinlich noch vorliegen, Herr Jeneraldirektor."
„Ich hatte sie kurz vor Ihrem Kommen noch einmal studiert."
„Dann wissen Sie Bescheid. Klare Linien. Schinkelschule. Ick hasse jeden Schwulst."

Kekulé besah sich auf dem Grundriss den Raum für den Pergamonaltar.
„Wie wird der Gigantenfries hier wirken?"
„Erbärmlich. Aber immer noch besser als in den staubigen Schuppen hinter der Nationalgalerie. Der Altar braucht um sich herum viel Platz, und den wird es so bei mir nich jeben.
Eingequetscht und von engen Wänden umzingelt wird er sich verjeblich nach den Weiten Kleinasiens sehnen. Und wenn schon. Zweitausend Jahre hatte der arme Zeusaltar schon Jeduld, schlief die meiste Zeit im Dreck oder wurde zu Kalk verbrannt. Nun quält er sich halt bei uns. Viele quälen sich bei uns. Vielleicht wird er irgendwann von irgendwem erlöst werden. Von mir, mit diesem Entwurf, der einen dünnen Kompromiss zwischen Präsentationspflicht und Jeldknappheit darstellt, mit Sicherheit nich. Verzeihung, meine Herren, ick bin immer sehr direkt."

Richard Schöne lehnte sich zurück.
„Kekulé, Professor Wolff hat Recht. Wir sollten nach vorn denken. Der Altar muss präsentiert werden. Wie auch immer. Nach uns kommen andere und werden möglicherweise besser mit ihm umgehen. Hoffentlich. Erst einmal ist es aber unsere Pflicht, dieses Denkmal der Antike überhaupt der Öffentlichkeit zugänglich zu machen. Sollte seine Aufstellung nicht

befriedigend wirken, wäre das möglicherweise sogar der Anlass, später größer zu bauen. Also, Wolff, meine Zustimmung haben Sie. Und was denken Sie, Kekulé?"
Der Antikendirektor raufte sich die Haare.
„Mein Gott, was ist aus uns in diesem Berliner Sumpf geworden? Resignierte Kleingeister! Vergeblich suchen wir nach Wegen hin zu Vernunft und sinnvoller Planung. Da haben wir einen der größten Schätze der Antike unter den Händen und müssen wie Gemüsehändler um faule Kompromisse feilschen, weil ständig irgendein Horntier dazwischenfunkt. Pardon, mir kommt die Galle hoch."
„Aber, aber, mein lieber Kekulé!"
Schöne stand ruhig an seinem Schreibtisch auf, holte ein ledernes Etui aus dem Jackett und bot Havannas an.
„Bitte."
Der Direktor der Antikenabteilung bedauerte, dass er sich für einen Augenblick hatte gehen lassen, und nahm nach kurzem Zögern eine Zigarre von dem freundlich lächelnden Schöne entgegen. Der Architekt Wolff lehnte dankend ab. Er war Nichtraucher, der Generaldirektor auch. Zigarren trug er nur für solche Situationen mit sich. Kekulé zündete seine Monte Christo an, paffte, lehnte sich zurück und wurde schnell wieder zu dem würdigen Abteilungsleiter, der er sonst immer war.

„Herr Generaldirektor Schöne, Herr Professor Wolff, der Plan für das provisorische Pergamonmuseum ist unter den gegebenen Umständen gut und findet meine Zustimmung. Ich habe Ihnen zu danken, Professor Wolff, und hoffe, dass unser Kaiser zukünftig Lösungen zugeneigt sein wird, die uns der Sorgen entheben, die uns momentan niederdrücken!"
„An mir sollet nich liejen." Fritz Wolff grinste und rollte seine Pläne wieder zusammen.
„An mir auch nicht, Kekulé. Sie haben mein Wort. So, nun will ich etwas essen."
Die Herren standen auf und Richard Schöne ging zur schweren, braunen Bürotür.
„Kommen Sie!"
Er lud Wolff und Kekulé zu einem Mittagessen ins Restaurant Borchardt ein. Die beiden Herren nahmen dankend an.

DIE SCHLACHT DER GIGANTEN

Vor dem kleinen Museum südlich der Stadtbahnhochtrasse hatte sich an diesem grauen Winternachmittag eine lange Warteschlange gebildet. Arbeiter mit ihren Familien, Handwerker, Gewerbetreibende, Beamte, bildungsbeflissene Herrschaften aus dem Adel, Gruppen der Arbeitervereine und ganze Schulklassen harrten in der Kälte aus. Alle wollten hinein in den neuen schlichten Steinbau mit seiner sachlich anmutenden Vorhalle, um drinnen das antike Meisterwerk endlich so zu bewundern, wie es vor zweitausend Jahren einmal ausgesehen haben soll. Die Zeitungen waren seit der Eröffnung voll davon.

Hoher Schnee lag auf den Straßen, der Himmel war bewölkt und ein scharfer Wind blies allen ins Gesicht. Das hielt die Menge nicht davon ab, vor der Kasse geduldig zu warten.

Nach vier Jahren Bauzeit war das Pergamonmuseum am Achtzehnten Dezember 1901 im kleinen Kreis eröffnet worden. Kaiser Wilhelm, Richard Schöne, die anderen Abteilungsdirektoren, höhere Museumsbeamte, Vertreter der Ministerien und einige Pressevertreter waren die Gäste. Keine Musik, keine Ansprachen. Seine Majestät wollte von einer prunkvollen Einweihungszeremonie nichts wissen. Ihm war der Bau zu unauffällig.

Der neue Dom am Lustgarten, keine zweihundert Meter entfernt, überragte mit seiner Kuppel bereits die Stadt. Diesen Nationalaltar wollte Wilhelm mit Glanz und Gloria einweihen. Doch das musste warten. Stuckateure und Mosaikkünstler, Vergolder und Bildhauer hatten viel Arbeit vor sich. Der Innenausbau würde noch Jahre brauchen.

Auch das Kaiser-Friedrich-Museum, nördlich der Stadtbahn, hätte Wilhelm gern mit großem Spektakel seinem Volk vorgestellt. Schließlich trug es den Namen seines Vaters. Doch der Neubau wuchs langsamer aus dem schlammigen Boden der Museumsinsel, als zunächst gedacht. Umfangreiche und schwierige Gründungsarbeiten mit zwanzig Meter langen Pfählen mussten geleistet werden, bevor die Fundamente in Angriff genommen werden konnten. Nun standen die Außenmauern und bald sollten das Dach und die Kuppeln folgen. An eine Fertigstellung des Kunsttempels war frühestens in drei Jahren zu denken.

– So lange Zeit keine Einweihung von Bauten, die den Hohenzollern gewidmet sind? Sollte ich vielleicht doch Trara um den Pergamonaltar machen? Nein! Ich werde am gleichen Tag meine Siegesallee im Tiergarten vor dem Brandenburger Tor einweihen. Die letzte Figurengruppe wurde gerade vollendet. Eine Prunkmeile für alle Preußenherrscher. Die liberale Hetzpresse schimpft schon. Puppenallee sollen die Berliner mein Erinnerungswerk getauft haben. Ignoranten! Ich werde den von allen mit Spannung erwarteten Pergamonaltarbau ein wenig links liegen lassen und am gleichen Tag die Denkmäler für meine Vorväter der Öffentlichkeit übergeben. –

Wilhelm war entschlossen. Das kleine Museum musste seine Pforten ohne Fahnenspaliere, Reiterstaffeln und Militärmusik öffnen.
Die Kaiserin Friedrich nahm an der bescheidenen Feier nicht mehr teil. Sie war kurz zuvor sechzigjährig an Krebs gestorben. Vielleicht hatte auch das ihren Sohn zögern lassen. Dieser bescheidene Bau würde nicht glänzend genug an Victoria erinnern. Immerhin war sie Kaiserin. Einer Hohenzollernmonarchin mussten andere Gedächtnisbauten gewidmet werden als diese Altarschachtel, egal ob sie es verdient hatte oder nicht. Nein! Wilhelm befahl zur Eröffnung des kleinen Pergamonmuseums einen Rundgang mit den Hauptverantwortlichen, zeigte sich vom Altaraufbau allerdings beeindruckt, gab Schöne dann knapp die Hand und fuhr per Automobil in den Tiergarten, um zehn Minuten später feierlich seine Siegesallee einzuweihen.

Zweiunddreißig Figurengruppen zeigten die Herrscher Brandenburgs und ihre wichtigsten Mitstreiter vom Mittelalter bis zur Neuzeit.
Sogar Heinrich ‚das Kind', der 1320 mit zwölf Jahren starb und nur ein Jahr tatenlos auf dem Thron gesessen hatte, wurde zusammen mit Wartislav, Herzog von Pommern, sowie Ritter Wedigo von Plotho in Stein

gemeißelt. Da niemand wusste, wie dieser Wedigo von Plotho jemals ausgesehen hatte, stellte sich Kunstprofessor Heinrich Zille, der Zeichner der Berliner Unterschichten, kurzerhand als Modell für seinen Bildhauerfreund zur Verfügung.

Die schöne Kiesallee im Tiergarten war links und rechts durch lange gebogene Steinbänke geschmückt, hinter denen auf Sockeln die bis zur unfreiwilligen Komik theatralischen Büsten und Figuren der Herrscher standen. Markgrafen, Kurfürsten, Könige.
– Ein Marmorspalier echter Preußen. Herrlich! –

Abends lud Wilhelm zum Diner ins Schloss wo die Vollendung seiner Siegesallee und die Eröffnung des kleinen Museums für den Pergamonaltar gefeiert werden sollten. Die beteiligten Bildhauer, Museumsdirektoren, Kunstprofessoren und Wissenschaftler waren geladen. Man traf sich im weißen Saal, die Tafel war üppig und Wilhelm bester Laune. In stundenlangen Monologen erklärte er die Welt und das Weltall, und als alle dachten, nun käme bei diesem Fest endlich Freude auf, referierte der Kaiser plötzlich ausgiebig über deutsche Kunst, deutsche Kunstformen, deutsche Kunstrichtungen, deutsche Pinselführung sowie den Auftrag der deutschen Kunst im Allgemeinen. Neumodisches Zeug, ließ er verlauten, passe ihm gar nicht.

„In meiner Nationalgalerie haben die heutigen Franzosen keinen Platz verdient – und alle die ihnen nacheifern auch nicht. Dort gehören nur wirklich erhabene Gemälde hin. Bilder, die sich nicht am Elend irgendwelcher Arbeiter oder Bauern, an zufälligen Gegenständen und beliebigen Landschaften, sondern an hohen Idealen orientieren. Ein dramatisches Schlachtengemälde, eine rührende Szene zwischen Fürst und Untertan sagen mehr aus, als eine zusammengekleckste Blumenwiese oder grässlich gezeichnete Lumpenproleten.
Danke, meine Herren, Sie applaudieren mir völlig zu recht. Ich sage Ihnen, eine Kunst, die sich über die von mir bezeichneten Gesetze und Schranken hinwegsetzt, ist Rinnsteinästhetik. Ist gar keine Kunst!

Deshalb habe ich auch schon vor geraumer Zeit verfügt, dass Neuanschaffungen für die Nationalgalerie von mir bewilligt werden müssen, um jedem Schaden für die sittliche und geistige Bildung meines Volkes vorbeugen zu können.
Renoir, Cézanne, Manet, Monet. Finger weg! Ich sage, Vorsicht bei heutigen, vor allem bei französischen Künstlern. Schauen Sie genau hin. Wer brachte uns die Syphilis? Diese Krankheit zerstört den Körper und den Geist. Darum, meine Herren: Widerstand! Am deutschen Wesen soll die Welt genesen. Urdeutsche Kunst statt welschem Tand. Begas und von Werner statt Rodin und Cézanne."

Kurz nach Mitternacht war das Galadiner beendet und am nächsten Morgen um zehn Uhr begann der Ansturm auf das Pergamonmuseum. Die Siegesallee im Tiergarten wurde hingegen seltener besucht.

An diesem frühen Januarnachmittag des Jahres 1902 hatte es der hagere, drahtige Oberstudienrat Doktor Theobald Thiel mit seiner Gymnasialklasse nach einstündiger Wartezeit endlich bis zur Kasse in der Vorhalle des kleinen Museums geschafft. Nun konnte er den jungen Männern vom Abiturjahrgang des nahegelegenen Friedrich-Gymnasiums die Eintrittskarten überreichen.
Er zog die ledernen Handschuhe aus, knöpfte seinen schwarzen Mantel auf, nahm seinen Hut ab und forderte die gut gekleideten Schüler auf, es ihm gleichzutun.
„So, meine Herren, es geht los. Gottvater Zeus erwartet uns. Benehmen Sie sich ordentlich!"
Doktor Thiel strich sich erwartungsfroh seinen grauen Spitzbart und ging die wenigen Schritte bis zur Eingangstür. Die Billetts wurden von einem Uniformierten eingerissen und Thiel und seine Schüler betraten das Museum. Es war voller Besucher. Der große Saal glich einem Bienenstock. Stimmengewirr und Rufe hallten von den Wänden und den gläsernen Oberlichtern.

Da stand er. Mitten in diesem Jahrmarktstrubel.
Der Altar!

Doktor Thiel war sprachlos. Er wusste theoretisch, wie die einstige Gestalt des Heiligtums ausgesehen hatte. Der fast quadratische Grundriss, die Westseite mit der breiten Freitreppe. Auf einem übermannshohen Sockel ruhte der umlaufende Fries der Götter und Giganten. Oben, von Kolonnaden umsäumt, die Opferplattform mit dem innen angebrachten Wandrelief der Telephos-Sage.
Vor einem Jahr hatte Thiel an einem Ferienkurs unter der persönlichen Leitung von Professor Richard Schöne teilgenommen. Der Generaldirektor hatte diese Seminare ins Leben gerufen, um Fachleute heranzubilden, die Gymnasiasten, Studenten und Arbeiter an die Antike heranführen sollten. Und jetzt konnte Doktor Thiel alles in der Wirklichkeit bewundern. Er wandte sich an seine Schüler mit lauter Stimme, um das Gemurmel der Besuchermenge zu übertönen.

„Meine Herren, wir wollen gleich den Figurenfries abschreiten, wie ihn die Besucher im alten Pergamon erlebt haben. Zunächst traten sie durch eine kleine Pforte in der Grenzmauer des Athena-Heiligtums. Das war der einzige Zugang. Als Erstes sahen sie die Ostseite des Altars, gingen dann über den breiten Weg am Südfries zur offenen Westseite mit der Freitreppe, die wir hier vor uns sehen, und schauten von dort hinab in die Weite des Kaikostales bis hinüber zum Meer. Danach gingen die Besucher über den nördlichen Umgang zurück und bogen wieder ab zur gemauerten Pforte Richtung Tempel der Athena. Von da führte der Weg zurück in die Stadt.
An diese Ostseite werden wir uns nun bemühen und die Figuren in der Reihenfolge betrachten, wie es die Hellenen vor zweitausend Jahren getan haben. Achten Sie darauf, zusammenzubleiben! Ich möchte nicht, dass wir uns hier im Gedränge verlieren. Kommen Sie, meine Herren!"

Die Gruppe der Schüler aus gutem bis bestem Hause folgte ihrem Lehrer nach links durch den nicht sehr breiten Gang, der den gesamten Altar umschloss. Das ging nicht ohne Drängeln und Rempeln.
„Kannste nich uffpassen, du Lümmel, du stehst uff meim Fuß!" Ein Berliner Maurer mit Schiebermütze fuhr den schmächtigen Zahnarztsohn Lemke an.
„Den Lümmel verbitte ich mir, Sie Flegel!"

Die anderen Schüler lachten. Beinahe wäre es zu einem Handgemenge gekommen, doch Doktor Thiel ging dazwischen.

„Was erlauben Sie sich, Lemke?! Ich bitte Sie um Verzeihung für meinen Schüler. Kommen Sie, meine Herren!"
Die Gruppe bahnte sich ihren Weg durch die Menge und stand nach fünfzig Metern mühevollem Geschiebe und Gedränge mittig vor der Ostwand. Der Oberstudienrat scharte seine Pennäler um sich und begann den Figurenfries zu erklären.
„Der Altar ist wem gewidmet, von Donnersmarck?"
Ein dicker, großer, bartloser Schüler mit sehr hoher Stimme und dünnen Augenbrauen gab die Antwort.
„Dem altgriechischen Hauptgott Zeus."
„Donnerwetter, von Donnersmarck, das ist beachtlich, Sie haben sich gemerkt, was ich zu Beginn unserer Visite gesagt habe."
Die Schüler lachten.
„Sehen Sie auch, wo hier im Fries Zeus dargestellt ist?"
Donnersmarck betrachtete die unzähligen Figuren und zeigte weit nach links.
„Dort."
„Setzen! Sechs."
Die Mitschüler lachten.
„Das ist ein Gigant, Sie Esel. Warum? Weil er gegen eine Göttin kämpft. Er trägt zwar einen Helm, steht aufrecht, hat keine Schlangenbeine wie die meisten seiner Mitstreiter, sieht aus wie ein schöner griechischer Krieger, dennoch ist er durch seine Kampfpose gegen die Jagdgöttin Artemis als Erdensohn leicht zu erkennen. Also, meine Herren, wo ist Zeus?"
„Da drüben auf der rechten Seite."
„Wie kommen Sie darauf, Wallmann?"
„Im Oberschenkel des am Boden liegende Giganten, und es muss ein Gigant sein, sonst läge er nicht sterbend am Boden, steckt ein Blitz, der nur von der senkrecht stehenden Mannesgestalt über ihm geschleudert worden sein kann. Also von Zeus."
„Danke, Wallmann, treten Sie bitte nicht ins väterliche Seifengeschäft ein, obwohl auch der kaiserliche Hof von Ihnen beliefert wird, sondern studieren Sie Archäologie. Männer wie Sie braucht die Altertumswissenschaft!"
Wieder lachten die Schüler und Thiel fuhr mit seinen Erklärungen fort.

„Das Erste, was die Besucher des Altarfrieses im alten Pergamon sahen, waren Zeus und rechts daneben seine Tochter Athena. Sie ringt gerade einen jungen Feind nieder und wird dabei von der Siegesgöttin Nike mit einem Lorbeerkranz gekrönt.
Die alten Hauptgottheiten eröffnen also den Reigen der gegen die rebellischen Erdensöhne kämpfenden Olympier. Diese beiden Figurengruppen sind glücklicherweise gut erhalten. An anderen Stellen klaffen kleine und große Lücken, Bruchstücke, die nur durch den Scharfsinn der Restauratoren bestimmten Göttern und Giganten zugeordnet werden konnten. Einhundertachtzehn Platten wurden gefunden und Tausende von Fragmenten. Der Rest fiel den Zeiten zum Opfer. Kommen Sie, meine Herren, wir wollen uns die Südseite betrachten!"

Thiel kämpfte sich mit seiner Klasse nach links Richtung Altarecke und blieb in der Mitte des schmalen, von Menschen überfüllten Ganges stehen.

„Jetzt machen Sie doch gefälligst Platz, ich möchte hindurch!"
Eine ältere Dame im Pelzmantel, mit Pfauenfederhut und Stock, sah sich außerstande an der Gymnasialklasse vorbeizuschreiten. Thiel griff schmal lächelnd ein.
„Mendelssohn, machen Sie sich dünn, die Dame möchte uns hinter sich lassen."
„Werden Sie nicht unverschämt, mein Herr!" Entschieden nahm die Offizierswitwe ihren Weg zum Ausgang und Thiel setzte seine Erklärungen fort.
„Wir stehen nun vor der Südseite des Frieses, und es ist auffällig, dass sich ausgerechnet hier die Gottheiten des Lichtes versammeln, um gegen die dunklen Mächte der Erde zu kämpfen. Der Sonnengott Helios führt drüben links sein Rössergespann gegen einen irdischen Feind, dem im Rücken bereits die Göttin Selene, auf einem Maultier reitend, zusetzt. Wer ist Selene, Mendelssohn?"

Der blasse, etwas schläfrig wirkende Blonde im braunen Kamelhaarmantel gab gähnend die von seinem Griechischlehrer erwünschte Antwort.
„Die Göttin des Mondes."

„Brav. Heute gehen Sie früher ins Bett, Mendelssohn, und lassen die Hände auf der Bettdecke."
Die Schüler brüllten vor Lachen.
„Sieht irgendjemand von ihnen eine weitere Gottheit des Lichtes?"
Die Klasse schwieg und Thiel fuhr nach einer bewusst gesetzten Pause fort.
„Hätte ich mich nicht von Professor Schöne, dem Generaldirektor unserer Sammlungen, in seinem Seminar unterrichten lassen, ich hätte es auch nicht herausgefunden.
Da drüben, links, vor den Göttern der Lüfte und des Himmels reitet Eos, die Göttin der Morgenröte auf ihrem Pferd herbei, um ihrem aus dem Meer mit seinem Gespann aufsteigenden Bruder Helios zu Hilfe zu eilen. Beachten Sie, wie ihr Gewand fällt, sehen Sie, wie die Kleider des Sonnengottes durch seine schnelle Anfahrt vom Wind gebläht werden! Mir ist kein antikes Kunstwerk bekannt, wo derart raffiniert mit dem Faltenwurf gespielt wurde.
Beachten Sie auch den löwenköpfigen Giganten rechts beim Luftgott Äther, wie er versucht, diesem in den Bauch zu beißen.
Überall tobt der Kampf, nirgends ist die Schlacht endgültig gewonnen!
So, meine Herren, wir wollen uns nun wieder Richtung Museumseingang bewegen und die Westseite genauer betrachten!"

Thiel schleuste seine Klasse unter Mühen an einer Gruppe des Arbeiterbildungsverein-Berlin vorbei. Alle Teilnehmer dieser Führung trugen eine Anstecknadel am Kragen.
ABVB.
Thiel stutzte und erkannte dann den Altphilologen Doktor Brenner. Mit ihm hatte er den Sommerkurs für Archäologie beim Generaldirektor der Königlich-Preußischen Museen absolviert. Er grüßte den freundlichen, älteren Kollegen, ging weiter und blieb dann kurz vor der Tür stehen, durch die unzählige Besucher in den Saal fluteten.

„Hier sehen wir nun die Westfassade. Beachten Sie links und rechts die Stirnseiten des Frieses und wie sie, rechtwinklig abknickend, nach oben schmaler werdend die Seitenwände der Treppe zieren.

In der Mitte befand sich der große, breite Aufstieg mit zweiundzwanzig Stufen, der hinauf zum eigentlichen Opferaltar führte. Der ist hier rechts und links nur teilweise aufgebaut worden, um einen Durchgang zum inneren Ausstellungssaal zu ermöglichen.
Rechts, an der schmalen Stirnseite neben der Treppe, erkennen Sie Dionysos mit seinen leider stark zerstörten Satyrn, wie er seiner Pflegemutter Rhea zu Hilfe eilt, deren Löwe bereits einen Feind zu Boden geworfen hat. Die Figuren der sich anschließenden Treppenwange sind leider nur sehr unvollständig erhalten. Auf der gegenüberliegenden Seite sehen Sie die Meeresgötter kämpfen. Okeanos, seine Gattin Thetis, die Nymphe Doris mit ihrem in den Tiefen des Meeres hausenden, greisen und hellsichtigen Gatten Nereus.
Sie alle sind vereint im Kampf gegen schlangenbeinige Giganten, die bereits den Tod vor Augen haben.
An der linken Stirnseite kämpfen weitere Gottheiten des Meeres. Triton, der Gott der Wellen, und Amphitrite, die Gattin des Poseidon, ringen mit vier Giganten. Sie stößt einem ihre Lanze in die Brust. Der geflügelte, pferdefüßige Triton hat schon einen Feind überwunden und setzt gerade zum Kampf mit dem nächsten an.
Wir wollen uns vergegenwärtigen, dass von dieser Seite des Altars das Meer in der Ferne zu sehen war. Daher vermutlich die Darstellung der Meeresgötter an dieser Stelle des Frieses."
„Herr Doktor Thiel!"
„Ja, Chodowiecki, was wollen Sie wissen?"
„Wo ist Poseidon, der höchste aller Meeresgötter? Haben ihn die Hellenen vergessen?"
Der Kleinste der Gruppe hatte diese Frage gestellt. Er war der Lieblingsschüler von Thiel.
„Gut beobachtet, Chodowiecki! Poseidon ist links hinter der Nordseite in Stein gehauen. Er leitet quasi von dort zu den Meeresgöttern hier an der Westseite über. Ahnen Sie, welche Gottheit wir dort ebenfalls finden werden?"
„Wenn im Süden die Götter des Lichtes gezeigt werden, wird im Norden wohl die Göttin der Nacht sein."
„Bravo! So ist es. Nyx, die Beherrscherin der Nacht ist dort abgebildet. Da werden wir jetzt hingehen. Kommen Sie!"

Doktor Thiel und seine Klasse wollten sich zu dem Teil des Umganges vorarbeiten, wo unter anderem die stark beschädigte Poseidongruppe und die Göttin der Nacht zu betrachten waren. Doch es gab kein Durchkommen. Eine Gruppe der Arbeiterbildung stand vor dem Gang und lauschte den Erklärungen von Doktor Brenner. Ausführlich erklärte der Altphilologe den Kampf der Gorgonen mit den schlangenfüßigen Giganten, und seine zahlreichen Zuhörer, mit dem Rücken zur Schülergruppe stehend, versperrten dabei den Weg.
„Verzeihung, meine Herren, könnten Sie wohl beiseitetreten und uns vorbeilassen?!"
Ein bulliger Stahlwerker mit Strickmütze drehte sich um.
„Da wern Se sich kurz jedulden müssen, unser Museumsführer is noch nich fertich."
„Sie müssten ja nur kurz Platz machen, bis wir durch sind."
„Wie solln wa denn Platz machen in dem Jedränge?!"
„Verdammt noch mal, jetzt gehen Sie doch endlich beiseite!"
Donnersmarck hatte seine Fistelstimme erhoben. Nun drehten sich die anderen Arbeiter um und sahen die gut gekleideten jungen Herren. Ein baumlanger Kerl mit Schiebermütze ergriff das Wort.
„Watt willst denn du, Bürschchen? Bloß weilde nen schicken Mantel an hast, biste noch lange nischt besseret wie wir. Wenn unsereena schon mal ins Museum darf, willa ooch watt davon haben. Also wartet jefällichst, bis wir fertich sind!"

Thiel war geneigt Geduld zu üben, doch der sportliche Wallmann rief dazwischen.
„Was bilden Sie sich ein?! Wir sind Schüler des berühmten Friedrich-Gymnasiums und müssen uns nicht von Proleten tyrannisieren lassen."
Die anderen Schüler johlten und applaudierten. Thiel war entsetzt, wollte sich für seine Klasse sofort entschuldigen, doch es war bereits zu spät. Die Arbeiter gingen auf die Schüler zu.
„Watt fällt euch denn ein, ihr arroganten Schnösel? Jetzt schmeißn wa euch raus. Kommt Männer, die jungen Herren brauchen frische Luft!"

Ehe Thiel und der Altphilologe Brenner die aufgebrachten Arbeiter beruhigen konnten, hatten die schon alle Schüler am Kragen gepackt, und versuchten, sie Richtung Ausgang zu schleppen. Die wehrten sich verbissen. Ein riesiges Geschrei entstand. Andere Besucher mischten sich ein.
„Lassen Sie die jungen Herrschaften in Ruhe!"
„Was haben euch die Kinder getan?!"
„Seht sie euch an. Das kommt dabei heraus, wenn man Proleten ins Museum lässt!"
„Watt haste jesacht, du bornierta Fatzke? Na warte!"
Der bullige Stahlarbeiter übergab den jungen Donnersmarck, den er im Schwitzkasten hatte, einem Kollegen und ging auf den Biberpelz tragenden Provokateur mit gezwirbeltem Kaiser-Wilhelm-Bart zu. Unschöne Worte fielen.
Immer mehr Besucher mischten sich ein und bald zeterte jeder gegen jeden. Dann wurde der Streit handgreiflich. Herren mit Zylinderhut schubsten schimpfende Arbeiter und die rempelten zurück. Adlige Damen prügelten kreischend mit ihren Schirmen, riefen hysterisch nach der Polizei und Arbeiterfrauen versuchten ihnen die Schirme zu entreißen. Die Schüler wollten sich immer noch aus dem Griff der wütenden Klassenkämpfer befreien, doch die zerrten die Gymnasiasten durch das allgemeine Getümmel kurzerhand zum Ausgang. Thiel und Brenner schauten sich fassungslos an.
„Da tobt er, der Kampf der hochmütigen Götter gegen die rebellischen Giganten. Diesmal wird der Olymp unterliegen. Wir sollten uns lieber nicht einmischen."
Doktor Thiel gab dem feinsinnigen Kollegen recht und konnte nur hilflos zuschauen, wie seine Schüler trotz heftigster Gegenwehr von den kräftigen Arbeitern einer nach dem anderen bei schrillem Protest vor die Tür gesetzt wurden. Die beiden Pädagogen schlichen sich an der Wand entlang Richtung Ausgang und kamen so nach einiger Zeit unversehrt nach draußen. Nun standen sie in der kalten Luft vor dem Museum.
„So, das wäre geschafft. Ich werde mich verabschieden, Doktor Brenner. Ein Wiedersehen mit Ihnen hatte ich mir anders vorgestellt."
„Dem pflichte ich bei. Ich ziehe mich ebenfalls zurück. Guten Tag."

Der Lehrer fand seine Schüler, zum Teil mit blutverschmierten Taschentüchern, auf den Treppenstufen sitzend.

„Herzlichen Glückwunsch, meine Herren! Die blutigen Nasen haben Sie sich redlich verdient. Ihr arrogantes Verhalten wird ein Nachspiel haben. Mir ist die Lust auf Antikes für heute vergangen. Kommen Sie!"

Doktor Theobald Thiel setzte sich seinen Filzhut auf, zog seine Handschuhe an und stiefelte durch den Schnee Richtung Lustgarten, um die elektrische Straßenbahn zu nehmen. Seine Schüler folgten ihm mit gesenkten Köpfen.

OFFENE FRAGEN

Theodor Wiegand unterhielt sich mit dem vierundsiebzigjährigen, weißhaarigen Alexander Conze auf der Terrasse seines schönen, großen Hauses am Bosporus. Wölkchen schwebten am stahlblauen Himmel, Palmen rauschten im sanften Wind und die Sonne zauberte silbernen Glanz auf die Wellen.

Man saß auf Korbstühlen und trank stark gesüßten Pfefferminztee. Es war frühlingshaft warm an diesem Märznachmittag des Jahres 1905. Die Herren trugen kein Jackett, betrachteten die vorbeifahrenden Liniendampfer, Segelschiffe und Barkassen und sahen hinüber zur im Dunst schwebenden asiatischen Seite von Konstantinopel.

Die beiden Männer waren allein im Haus. Die junge Ehefrau von Theodor Wiegand, Marie, geborene von Siemens, war mit ihrem griechischen Koch und den beiden armenischen Hausdienern zum Basar gefahren, um für den Abend Leckereien einzukaufen. Es sollte ein Festmahl für den geschätzten, älteren Herrn aus Berlin geben.

Der Leiter des Deutschen Archäologischen Instituts war am Mittag per Dampfschiff aus Triest angekommen, hatte auf Einladung Quartier bei Wiegand bezogen und wollte in zwei Tagen mit seinem Gastgeber nach Milet in der Mäanderebene reisen, um sich dort über den Stand seiner umfangreichen Grabungen zu informieren.

Die Reste einer ganzen Stadt kamen aus dem Boden. Altionische Quartiere aus dem sechsten vorchristlichen Jahrhundert wurden freigelegt und beeindruckende römische Bauwerke aus frühchristlicher Zeit.

Darunter ein prächtiges spätrömisches Markttor von gigantischen Ausmaßen. Die größte Ausgrabung, die jemals von deutscher Seite in Kleinasien unternommen wurde, war im Gange. Die wollte Alexander Conze in seiner Eigenschaft als Generalsekretär des Deutschen Archäologischen Instituts inspizieren.

Anschließend hatten die beiden vor, Pergamon zu besuchen. Weitere Kampagnen zur vollständigen Erschließung des Ruinenfeldes, auch unten im Kaikostal, sollten geplant werden.

Alexander Conze trank einen Schluck Tee, setzte sich seine Sonnenbrille auf und betrachtete seinen Gastgeber. Er mochte den vierzigjährigen Rheinländer Wiegand. Ein wenig stießen ihn seine unzähligen Mensurnarben ab, die von einer bewegten Studentenzeit erzählten, doch die zupackende Art, seine Fähigkeit sich in die Orientalen einzufühlen und dadurch Ziele zu erreichen, die anderen Archäologen verwehrt blieben, erregten seine echte Bewunderung.
Er schätzte Wiegands Arbeit für die Berliner Museen hier in Konstantinopel. Die Ausgrabungen leitete er souverän und im Umgang mit der osmanischen Altertumsverwaltung bewies er viel Geschick.
Das war nötig. Ein neues Antikengesetz erschwerte die Ausfuhr der Funde. Man war wach geworden an der Hohen Pforte, wollte eine Ausplünderung des Osmanischen Reiches verhindern und eigene Sammlungen und Museen aufbauen. Ein türkischer Nationalstolz war geboren. Damit hieß es umzugehen. Das wusste Conze.
– Wiegand hat viel zu tun, um die deutschen Interessen hier zu vertreten, denn aus Europa kommen unzählige Anfragen für Ausgrabungslizenzen. Selbst Nordamerika will sich an der großen Schatzsuche beteiligen. Jede Nation hofft, einen Pergamonaltar aus der Erde des Osmanischen Reiches zu ziehen. Der Sultan weist, um Eifersüchteleien zu verhindern, manchen Grabungsantrag zurück. Die Bevorzugung eines Landes könnte schnell zum Politikum werden, diplomatische Spannungen könnten entstehen. Daran ist die Hohe Pforte mit ihrem hochkomplexen Vielvölkerstaat, der sich vom Balkan bis nach Nordafrika, Arabien und Persien erstreckt, überhaupt nicht interessiert. Die unterschiedlichen Ansprüche von England, Frankreich, Österreich-Ungarn, Russland, Deutschland und Amerika an den Altertümern werden deshalb vorsichtig austariert. –

Wiegand schenkte etwas Tee nach und setzte Conze über die neuesten Entwicklungen vor Ort in Kenntnis. Dem Sultan fiele es immer schwerer, die Ausgräber ernst zu nehmen. Er äußere sich bisweilen sogar abfällig über sie.

„Die ausländischen Blödmänner lassen sich mit Steinen besänftigen? Dann gebt ihnen welche! Aber nur so viele, dass sich kein anderer zurückgesetzt fühlt, und nur so wenige, dass für unser Antikenmuseum in Konstantinopel noch mehr als genug übrig bleiben."
So instruiere der Padischah seine Antikenverwaltung. Eine großzügige Schenkung – wie damals im Fall des Pergamonaltars – wäre inzwischen schwierig geworden. Im behutsamen persönlichen Verkehr mit den Verantwortlichen der osmanischen Seite gelte es, vorteilhafte Lösungen zu finden, die für beide Länder tragbar wären. Doch das gelänge ihm nun kaum noch.

Was war geschehen?

Wilhelm Bode hatte Fotografien von einem Wüstenschloss, dreißig Kilometer südlich von Amman, erhalten, das er für sassanidisch hielt und ins fünfte bis sechste nachchristliche Jahrhundert datierte.
Ein Konsortium, an dem Georg von Siemens, der Chef der Deutschen Bank und Schwiegervater von Theodor Wiegand, bis zu seinem frühen Tod 1901 maßgeblich beteiligt gewesen war, plante und baute eine Eisenbahnlinie, die von Berlin nach Bagdad führen sollte. Der Kaiser und sein Volk waren begeistert. Von Deutschland mit Dampfbahn hinaus in die Welt.

Der Bau dieser Bahn brachte die türkische Regierung auf die Idee, daran eine Zweigstrecke über Damaskus durch die arabische Wüste anzuschließen. Sie sollte die größten Heiligtümer des Islams erreichen. Spenden bei den gläubigen Muselmanen wurden dafür gesammelt. Die heiligen Stätten Mekka und Medina auf der Arabischen Halbinsel sollten durch das Projekt für Pilgerreisende erschlossen werden.

Das Wüstenschloss von Mschatta stand dem Bau der osmanischen Mekkabahn im Wege und war deshalb bedroht. Europäische Wissenschaftler schlugen Alarm und so kamen Fotos der architektonischen Kostbarkeit zu Bode nach Berlin.

Ein äußerst fein gearbeiteter Sandsteinsockel zierte den Fuß der Fassade des Kastells. Blumenranken, Löwen, Rosetten, geometrische Muster, alles mit größter Raffinesse ausgeführt, erinnerten mehr an filigran geschmiedetes Metall als an eine Bildhauerarbeit aus Kalkstein.
Da Bode vorderasiatische Kunst als Ergänzung zu seiner im Aufbau befindlichen byzantinisch-frühchristlichen Sammlung nach Berlin holen wollte, sah er sofort, was er vor sich hatte. Er verständigte sich über eine mögliche Finanzierung der Bergung mit Richard Schöne und ging dann mit den Sensationsfotografien direkt zu seinem Kaiser.

„Donnerwetter, Bode, die Fassade sieht aus wie eine Stickerei. Wie schafft man sowas mit Meißel und Stein? Blumen, Tiere, Muster. Herrlich! Das Ding muss unbedingt nach Berlin!"
„Eure Majestät weiß, eine Ausfuhrgenehmigung bei den türkischen Behörden zu erlangen, ist heute schwieriger geworden."
„Ach so?"
„Die allerhöchste Bereitschaft Eurer Majestät in diesem Fall persönlich beim Sultan einzugreifen, könnte vielleicht zum Erfolg führen, vielleicht aber auch nicht. Die Zeiten haben sich, wie gesagt, geändert."
„Quatsch! Der Sultan hat nur einen Freund. Mich! Dafür muss er bluten! Ich will die Fassade. Punkt!"
Diese Reaktion hatte Bode vorhergesehen.

Wilhelm schrieb sofort nach Konstantinopel und forderte im Namen der guten Beziehungen zwischen dem Deutschem Reich und der Hohen Pforte vom Sultan die Herausgabe.
Der Padischah steckte in der Klemme. Er wollte seinen treuesten Verbündeten nicht düpieren, hatte aber seine Antikenverwaltung dahin gehend instruiert, keine großen Objekte mehr außer Landes zu geben. Was tun? Der Sultan dachte nach und schob die Zuständigkeit für das Wüstenschloss seinem Kriegsminister zu. Schließlich war der Bau einst eine Festung gewesen. Der Wesir wurde beauftragt, dem deutschen Kaiser die Fassade der „Verteidigungsanlage" zu schenken. Die offiziell zuständigen Stellen der Antikenverwaltung konnten so umgangen werden.

Kurze Zeit später kam der fast fünfzig Meter lange und bis zu fünf Meter hohe Kalksteinsockel in vierhundertzweiundzwanzig Kisten verpackt durch das Mittelmeer über Gibraltar und Lissabon nach Hamburg. Von dort ging es weiter mit einem Elbkahn nach Berlin. Hier fanden die Relikte ihre Aufstellung im Erdgeschoss des 1904 feierlich eröffneten Kaiser-Friedrich-Museums.

Englische und französische Zeitungen sprachen von deutscher Barbarei am Wüstenschloss und die türkische Antikenverwaltung nahm den Vorgang mit Empörung auf. Sie fühlte sich blamiert.

„Dieser Umstand bereitet mir auch heute noch große Sorgen." Theodor Wiegand schenkte sich Pfefferminztee nach, rückte seinen Korbstuhl ein wenig in den Schatten und wandte sich seinem gerade angereisten Berliner Gast zu.
„Herr Professor Conze, das verheißt nichts Gutes für die laufenden Grabungen in Milet und Babylon. Ich sage Ihnen, wenn der Kaiser sich weiter so aufführt, kann es sehr schnell sein, dass uns die Türken jede Fundteilung verweigern und keinerlei Kampagnen mehr genehmigen. Der Sultan wird sich nicht ständig von Wilhelm erpressen lassen."
„Das befürchte ich auch, Wiegand. Unser Kaiser spielt gerne den Elefanten im Porzellanladen. Seine Begeisterung für den Orient ist seit seiner letzten Reise nach Palästina und Syrien ins Bedenkliche gewachsen. Nun steht er auch noch unserer Deutschen Orient-Gesellschaft vor. Ich habe selbst mitgeholfen, sie zu gründen, doch momentan geht da vieles durcheinander. Wollen Sie meine Meinung hören?"
„Ja."
„Aber das bleibt unter uns. Die DOG hat zu viele arrogante Grobiane in ihren Reihen, die ihre imperialen Interessen im Osmanischen Reich mit der Brechstange durchsetzen wollen, ohne das mindeste Gespür oder das kleinste Interesse für die Lage hier vor Ort zu besitzen.
In Berlin gibt es Ohrenbläser, die dem Kaiser irgendein Latrinengerücht über Behinderungen der babylonischen Ausgrabungen durch den türkischen Aufseher kolportieren, und sofort verlangt Wilhelm, ohne jede Rücksprache mit mir, Reinhard Kekulé oder Richard Schöne, die Entlassung des Grabungskommissars für Babylon beim Sultan.

Hat Schöne dann Wind von der Demarche bekommen und nachgewiesen, dass an den Beschuldigungen nichts dran war, ist es bereits zu spät. Der Sultan hat seinen Beamten um des lieben Friedens willen bereits abberufen und ein anderer, weniger Gutgesinnter, tritt an seine Stelle. Kurz: Die deutschen Ausgräber verlieren einen hochgeschätzten Verbindungsmann, mit dem sie bestens zusammengearbeitet haben und machen sich obendrein bei der türkischen Antikenverwaltung unbeliebt. Wiegand, es ist zum Verzweifeln!"
„Deshalb habe ich mich auch hier mit unserem Botschafter dahin gehend verständigt, dass hohe schriftliche Anfragen aus Berlin nur noch von mir persönlich mit den zuständigen osmanischen Beamten geklärt werden. Schließlich bin ich Botschaftsattaché. Vielleicht gelingt es mir so, das gute Verhältnis zwischen uns deutschen Archäologen und der türkischen Antikenverwaltung zu retten. Unsere Funde in Milet lasse ich erst einmal an Ort und Stelle, vor allem das riesige Markttor, bis ein Zeitpunkt kommt, an dem über die Fundteilung gesprochen werden kann. Ich gehe jedenfalls nicht brachial vor.
Der Botschafter ist ganz auf meiner Seite und reicht Wilhelms Drohbriefe ab sofort an mich weiter. So kann ich künftigen Schaden vielleicht vermeiden. Bei meinem nächsten Berlinbesuch werde ich die übliche Einladung zum Tee beim Kaiser dafür nutzen, ihn auf die Gefahren unkoordinierten Vorgehens hinzuweisen. Schriftlich macht das keinen Sinn."
Wiegand trank seinen Tee in einem Zug aus.

„Sie haben recht, Herr Kollege. Wilhelm bekommt man nur persönlich zu fassen. Ginge er nachts durch den Wald und irgendein Scharlatan käme hinter einem Baum hervorgesprungen, um ihm eine neue Außenpolitik schmackhaft zu machen, er würde ihm alles glauben und tags drauf handeln, selbst wenn ihm dreißig Botschafter beim ersten Frühstück bereits das Gegenteil bewiesen hätten. Wo soll das hinführen?"
Conze lehnte sich seufzend zurück und blickte auf die sich im Wind wiegenden Palmen und den Bosporus.

„Da bin ich wieder. Haben sich die Herren gut unterhalten?"
Marie Wiegand stand plötzlich auf der Terrasse. Sie trug ein weißes, bodenlanges Kleid, war schlank, hatte ein schmales, schönes Gesicht und wache, muntere Augen. Ihr braunes Haar hatte sie hochgesteckt.

Sie war eine kluge, selbstbewusste Frau, die ihr Haus zu einem Mittelpunkt des gesellschaftlichen Lebens in Konstantinopel gemacht hatte. Das fiel ihr finanziell nicht schwer. Ihr Vater, Georg von Siemens, ehemaliger Direktor der Deutschen Bank, hatte ihr ein Vermögen hinterlassen, das sie in den Stand setzte, ohne jede Anstrengung großzügig zu sein.

„Störe ich?"
„Gnädige Frau, Sie stören nie!" Alexander Conze gab den Gentleman, stand auf, schob ihr einen Korbstuhl hin und Marie Wiegand nahm Platz.
„Marie, wir sprechen gerade über Querschüsse aus Berlin."
„Wer in Berlin schießt denn quer, Professor Conze?"
„Immer derselbe, Frau Wiegand."
„Ach so, unser geliebter Kaiser. Ich bin ja für die Monarchie, aber Wilhelm macht es mir nicht leicht, ihr eine große Zukunft in Deutschland zu prophezeien. Seine spontanen Entschlüsse führen irgendwann in irgendeine Katastrophe. Apropos, Professor Conze, wie geht es unserem lieben Freund Richard Schöne?"
„Schlecht."
„Wieso?"
„Der Kultusminister hat ihm auf kaiserlichen Druck die Aufsicht für die Nationalgalerie entzogen."
„Wie bitte? Warum?"
„Unserem Wilhelm hängt da zu viel Modernes. Er wettert gegen alles, was in den letzten Jahren an neuer Kunst angeschafft wurde. Sein ewiger Kunstakademiedirektor Anton von Werner intrigiert überfleißig gegen jüdische Dekadenz, wie er sie nennt. Max Liebermann und gleich gesinnte Maler sind ihm ein Dorn im Auge.
Niemand an entscheidender Stelle kommt Richard Schöne zu Hilfe. Nun unterstehen die Nationalgalerie und ihr Direktor einem mittleren Beamten des Kultusministeriums, einem Mann ohne echten Sachverstand, der sich zum willfährigen Nickbuddha von Wilhelms und Anton von Werners Auffassungen macht. Schöne hat dort keine Verbündeten mehr. Überall regieren Willkür, Intrige und Herrschsucht.

Auch sein Verhältnis zu Bode, den er nach wie vor als Sammlungsleiter schätzt, wird immer schwieriger. Bode lässt sich von Liebermann malen, und äußert dennoch laut seine Skepsis gegen moderne Kunst. Von ihm kommt keine Unterstützung. Er denkt nur an seine Abteilungen, mauschelt mit dem Kaiser und schadet den Interessen der Generalverwaltung.
Mein Freund Schöne fühlt sich verraten, gedemütigt und leidet unter Herzbeschwerden. Frau Wiegand, ich fürchte, er wird bald seinen Rücktritt erklären."
„Das wäre furchtbar. Seit über fünfundzwanzig Jahren leitet er die Museen und hat sie durch seine unermüdliche Arbeit auf Weltniveau gebracht. Mit Feingefühl und Geduld vermittelt er zwischen den unterschiedlichen Interessen der konkurrierenden Abteilungen, zähmt die Willkür der Ministerien und gewinnt die Politik, ohne sich je in den Vordergrund zu drängen. Andere tragen die Lorbeerkränze, die er sich verdient hat. Wenn Richard Schöne sich zurückzieht, entsteht ein Vakuum, das niemand zu füllen vermag."
„So ist es."

Marie Wiegand stand langsam auf, ging nachdenklich zur hölzernen Brüstung der Terrasse und blickte hinaus aufs Meer. Ihr Mann schaute etwas ratlos hinüber zu Alexander Conze, erhob sich dann ebenfalls, stellte sich neben seine Frau und legte seinen Arm um ihre Schulter.
„Was ist los, Marie?"
„Theo, wie soll es mit deinen Ausgrabungen für die Museen weitergehen, wenn Schöne zurücktritt?"
„Noch ist es nicht so weit."
„Aber bald, ich fühle es. Wer wird ihm nachfolgen? Der Archäologe Kekulé oder der Kunsthistoriker Bode? Ich fürchte Letzterer."
„Um Gottes Willen, Marie, male den Teufel nicht an die Wand!"
Marie Wiegand schaute mit klarem, fast fordernden Blick zu Conze.
„Wer wird Schönes Posten bekommen, falls er hinwirft?"

Alexander Conze stand achselzuckend auf, stellte sich neben die beiden und schaute ebenfalls hinaus auf den sonnenhellen Bosporus.

Ein großes, graues Kriegsschiff mit Kanonendeck fuhr langsam Richtung Marmarameer und eine kleine Wolke warf plötzlich ihren Schatten über das Haus. Die drei sprachen minutenlang kein Wort. Dann löste sich Marie Wiegand mit einem Ruck vom Holzgeländer, seufzte und bat die beiden Männer mit einem sanften Lächeln zum Abendessen in den Gartenpavillon.

DAS ENDE VOM ANFANG

Temistocle Possenti und der jüngere Antonio Freres, beide in weißen Kitteln, betrachteten die Ostseite des Pergamonaltars. Ihnen standen wie immer, dem Ersten schwarz, dem Zweiten blond, die lockigen Haare zu Berge.
Diesmal gab es dafür sogar einen Grund. Die mit den Giganten kämpfenden Gottheiten sollten ins Magazin. Dunkelheit, Missachtung und Spinnenweben standen ihnen bevor. Zeus und Athena blickten vorwurfsvoll. So empfanden die beiden Italiener es jedenfalls. Arbeiter hatten bereits rund um den Altar schwere Stahlgerüste aufgestellt, um alle Götter und Giganten des Frieses abbauen zu können. Kräne mit Schwenkarmen standen bereit, riesige Werkzeugkisten wurden ausgepackt und Schienen für den Transport der tonnenschweren Reliefplatten hinaus in die provisorisch geschaffenen Lagerräume verlegt.
Der offene Säulengang vor dem Neuen Museum, wo unter anderem die alten Ägypter wohnten, sollte zugemauert werden und als Depot dienen.

Die beiden römischen Meisterrestauratoren standen wie paralysiert in den lärmenden Abbauvorbereitungen und betrachteten ihr Lebenswerk, den Pergamonfries. Sie fühlten bleischwere Melancholie.

Zwanzig lange Jahre hatten sie an der Rekonstruktion des Riesenreliefs gearbeitet, tausende von Teilen zugeordnet, dann ewige Monate lang, von 1899 bis 1901, die unzähligen Altarplatten in dem neuen Pergamonmuseum präzise aneinandergefügt. Dazu kamen die Mühen um den Telephos-Fries.
Vor sechs Jahren sahen die ersten Besucher endlich das Resultat ihrer Arbeit und nun im Spätherbst 1907 sollte alles schon wieder vorbei sein? Welch ein Irrsinn! Doch es war, wie es war. Bauexperten hatten das Haus vor Kurzem inspiziert und gravierende statische Mängel festgestellt.

Das Fundament senkte sich seit einiger Zeit. Die Außenwände bekamen nach und nach bedrohliche Risse, der Fußboden sackte mehr und mehr ab. Das Museum musste aus Sicherheitsgründen geschlossen werden.

Als sich die ersten Risse zeigten, hatte Richard Schöne sofort Fachleute konsultiert, die nach Möglichkeiten suchen sollten, wie die Schäden zu beheben wären. Das war vor drei Jahren. Die Experten fanden jedoch keine schnelle Lösung des Problems.
Bald darauf trat Generaldirektor Professor Richard Schöne zurück.
Die Kämpfe mit dem Kaiser, Bode und dem preußischen Kultusministerium hatten ihn zermürbt. Er fühlte sich wie Sisyphos in absurder Quälerei gefangen, hatte das fünfundsechzigste Lebensjahr erreicht und wollte nur noch seine Freiheit.
Darum reichte er beim Minister das Rücktrittsgesuch ein. Die Abteilungsdirektoren seiner Museen drängten ihn mehrheitlich, von diesem Schritt abzusehen, doch sein Entschluss stand fest.

Schöne schlug dem Kultusminister von Studt vor, den verdienten und allseits geschätzten Leiter der Antikenabteilung, Reinhard Kekulé, als seinen Nachfolger zu ernennen. Doch der Minister dachte, nach Rücksprache mit dem Kaiser, eher an Bode. Davon riet Schöne dringend ab. „Das gibt Mord und Totschlag!"

Alle Warnungen waren vergeblich. Bode sollte auf allerhöchsten Wunsch neuer Generaldirektor der königlichen Sammlungen werden. So ging Minister von Studt zu ihm ins Kaiser-Friedrich-Museum, um ihn zu bitten, das Amt von Geheimrat Schöne zu übernehmen.

Der Nachfolgekandidat zierte sich und verwies auf seine angeschlagene Gesundheit.
„Herr Minister, ständige Migräne, Asthmaanfälle und chronische Venenleiden, meine körperliche Verfassung insgesamt verbietet mir, mich der Last des Amtes eines Generaldirektors der Königlichen Museen zu stellen. Außerdem bin ich bereits sechzig Jahre alt."
Primadonna, dachte von Studt, schmunzelte und bestellte Doktor Schweninger, den klar denkenden, ehemaligen Leibarzt von Bismarck, um Bodes Zustand mit dessen Einverständnis ermitteln zu lassen.

Der Arzt untersuchte ihn und sprach von einer guten körperlichen Verfassung, die den Geheimrat Bode keineswegs daran hindern würde, die Leitung der Museen zu übernehmen. Kultusminister von Studt war zufrieden, doch der Kandidat erbat Bedenkzeit. Nach letzter Rücksprache mit seinem Hausarzt sagte er dann schließlich zögernd zu. Seine Vorbehalte waren keine Koketterie.
Er fürchtete Konflikte mit den Abteilungsdirektoren. Ihr Vertrauen genoss er nicht. Das war ihm bekannt. Vor allem Reinhard Kekulé hatte ihm offen sein Misstrauen ausgesprochen. Zu genau wusste der, wie sein Verhalten dazu beigetragen hatte, den allseits geschätzten und beliebten Richard Schöne zum Rücktritt zu bewegen. Einige Direktoren spielten mit dem Gedanken, ebenfalls zu resignieren, doch Richard Schöne bat sie dringend, trotz seines Wegganges, zu bleiben.

Bode wurde im Dezember 1905 zum interimistischen Generaldirektor ernannt und im April 1906 mit großem Pomp in der Rotunde des Alten Museums offiziell bestätigt. Minister, Professoren und die höheren Museumsbeamten waren anwesend. Alle Herren hatten Anweisung erhalten, Frack, Orden und weiße Fliege zu tragen. Reden, Musik, Glückwünsche. Nach einer Stunde war der neue General im Amt.

Kekulé war entsetzt, Wiegand wollte erst einmal abwarten, doch niemand freute sich auf die Zukunft. Zu egoistisch, zu brutal und zu unkooperativ betrieb Bode seine Interessen. Der Rückblick auf Schönes diplomatische und kollegiale Amtsführung ließ alle an der neuen Konstellation zweifeln.

Der neue Direktor hielt sich nicht lange mit der Vergangenheit auf. Nun war er Museumsgeneral und entwarf mit kühnem Blick die Schlachten der Zukunft. In seinem schönen Büro im Kaiser-Friedrich-Museum, mit Blick auf die Spree und das Schlösschen Monbijou am anderen Ufer, machte er Pläne.
Die Islamische Sammlung sollte mit der Abteilung für Völkerkunde in ein neu zu erbauendes Haus in den Berliner Nobelvorort Dahlem ziehen. Für die Museumsinsel sollte eine große Lösung gefunden werden.

– Neubauten müssen her! Das alte marode Pergamonmuseum wird nicht saniert, sondern abgerissen. Es steht einer großzügigen Lösung im Wege.
Direktor Kekulé will den Altar so bald wie möglich wieder zeigen, fordert außerdem weitere Ausstellungsräume und hat beim Kaiser Zustimmung gefunden. Dagegen zu sein, wäre unklug.
Demnächst kommt noch das riesige Markttor aus Milet. Ein Wahnsinn. Die Funde aus Priene müssen auch irgendwo hin. Das wünscht der Kaiser. Dieser Wiegand, sagt er, sei ein Teufelskerl, der erweitere die Antikensammlung schneller, als er seine Zeitung lese.
Will ich, dass mir Wilhelm gewogen bleibt, muss ich mich mit Theodor Wiegand gut stellen, ob mir seine Riesenmonumente passen oder nicht. Und dann kommen ja noch die Trümmer der Grabungen in Babylon. Ischtar-Tor, Prozessionsstraße und Thronsaalfassade des Nebukadnezar. Wohin damit? Bauten werden auch dafür gefordert werden.
Ich werde mich dieser Entwicklung voranstellen müssen. Was bleibt mir anderes übrig? Wir brauchen Erweiterungsbauten? Aber ja doch! Im Windschatten des allgemeinen Größenwahns werde ich mitsegeln und kurz vor der Ziellinie angreifen.
Ich will seit längerer Zeit ein Deutsches Museum. Darin soll die Entwicklung unserer Kunst von der Völkerwanderung bis zur Renaissance und weiter zum Barock und zum Klassizismus gezeigt werden. Die Welt soll sehen, wer wir waren und wer wir sind!
Dürer, Cranach, Holbein, barocke Kirchenkunst, Architekturfragmente und so weiter. Alles, was ich eigens für diesen Zweck seit Jahren, auch mithilfe des Kaiser-Friedrich-Museumsvereins, gesammelt habe, will ich dort präsentieren.
Das ergibt eine sinnvolle Ergänzung zur italienischen Abteilung und ein interessantes Gegengewicht zur islamischen und frühchristlichen Sammlung.
Seht her! Das ist unsere deutsche Kunst. Sie behauptet sich zwischen all den anderen Hochkulturen der letzten Jahrtausende. Die Ägypter, Babylonier, Griechen und Römer haben den Weg bereitet, auf dem wir unseren Siegeszug angetreten haben.

Kekulé und Wiegand sollen den Kaiser für ihre Riesentrümmer begeistern, Ausstellungshallen fordern und ich bekomme nebenbei mein Deutsches Museum. Eine Schatzinsel soll hier an der Spree entstehen, auf der die Meisterwerke der vergangenen Jahrtausende und Jahrhunderte zur deutschen Kunst überleiten, die alles bisher Geschaffene krönt.
Wilhelm baut seine riesige Kriegsflotte, die dem Deutschen Reich auf den Weltmeeren Respekt verschaffen wird, und ich werde gleichzeitig die Berliner Museumslandschaft zu echter Größe führen. Der Louvre und das British Museum sind meine Vorbilder. –

Das waren erste Gedanken des neuen Generaldirektors. Der Kaiser wurde von Bode beim Tee im Stadtschloss für die großzügigen Neubaupläne gewonnen. Doch wer sollte die Entwürfe liefern?
Wilhelm wollte unbedingt seinen Hofarchitekten Ernst von Ihne, doch Bode sah das nach dem Bau des Kaiser-Friedrich-Museums völlig anders.
„Majestät, neobarocke Fassaden entsprechen nicht der Zeit. Automobile fahren durch Berlin, elektrische Hoch- und Untergrundbahnen entstehen. Modernste Industriekomplexe wachsen aus dem Boden, erste Luftschiffe überqueren die Stadt. Die bildende Kunst revolutioniert sich, die Literatur, das Theater. Alles verändert sich rasend schnell. Die Entwicklung ist nicht aufzuhalten. Sich dagegenzustellen ist zwecklos. Zu unserer Gegenwart passt kein behagliches Neobarock. Nein, Majestät, ein Vertreter der modernen Richtung muss die Neubauten der Museumsinsel entwerfen."
„Mensch, Bode, fangen Sie jetzt auch noch an, für moderne Kleckserei zu schwärmen? Hängen Sie sich etwa diese geisteskranken Machwerke übers Bett? Ich dachte, wir sind uns einig in unserer gemeinsamen Ablehnung von grünen Männern auf rotem Grund oder verschmierten Fratzen in Schwarz und Gelb. Spaß beiseite, nun sagen Sie schon, welcher Architekt schwebt Ihnen denn vor?"
„Alfred Messel."
„Um Gottes Willen. Das ist doch ein Hypermoderner. Sind Sie verrückt geworden, Bode? Der hat doch das neue Kaufhaus an der Leipziger Straße verbrochen. Stahlsäulen, Lichthöfe, überall Glas. Den will ich nicht!"

„Wir müssen mit der Zeit gehen. Eure Majestät baut auch keine Kriegsschiffe aus der Segelschiffära nach, sondern orientiert sich am neuesten technischen Stand. Warum? Eure Majestät will siegen. Das bewundere ich. Der gleiche Mut sollte Majestät auch bei den Erweiterungen für die Museumsinsel beseelen. In hundert Jahren sitzt Ihr Enkel auf dem Hohenzollernthron und auch der soll noch die kühnen Bauentscheidungen Eurer Majestät bewundern.
Der schöne Dom ist endlich fertig. Zu diesem Kirchenbau passt Neobarock vorzüglich, für die neuen Museen hingegen rate ich zu größerer Sachlichkeit.
Viele unterschiedliche Kulturen werden die Sammlungen zeigen, da muss sich die äußere Gestaltung vornehm zurückhalten, einen Rahmen schaffen, der die innere Vielfalt harmonisch umschließt."
„Ach so? Mhm … Und das kann dieser Messel?"
„Ja."
„Na, meinetwegen. Nehmen Sie Kontakt zu ihm auf. Er soll etwas entwerfen! Dann wird man sehen."

Bode bestellte den gefeierten Architekten drei Tage später zu einem Vieraugengespräch, die Neugestaltung der Museumsinsel betreffend, in sein Büro. Der rundliche Herr, Anfang fünfzig, mit dunklem Kinnbart, kam und wollte hören, was sich der neue Generaldirektor so vorstellt.
„Mein lieber Messel, ich denke mir das so. Für den zukünftigen Besucher sollen die einzelnen Abteilungen ineinander übergehen. Erst darf der Gast die Antiken im Alten Museum bewundern, dann soll er im Neuen Museum die Gelegenheit bekommen, ägyptische Kunstwerke zu sehen, um dann ins neu zu erbauende Vorderasiatische Museum zu gelangen, in dem die kürzlich gemachten Riesenfunde aus Babylon und Mesopotamien zu besichtigen sein werden.
Daran müsste sich der Neubau für Milet und Pergamon anschließen. Sodann sollte der Rundgang in mein Deutsches Museum führen, welches ich zu gründen beabsichtige.
Von dort müsste eine Verbindung über oder unter der Stadtbahn den Besucher ins Kaiser-Friedrich-Museum bringen.

So käme die deutsche Kunst gleichberechtigt zwischen den größten Hochkulturen aller Zeiten zur Geltung. Hier habe ich eine Aufstellung vom Raumbedarf. Eine Aufgabe wird es sein, den Pergamonaltar vernünftig zu präsentieren, sonst springt mir der Kaiser ins Genick."

Der Architekt stellte noch viele Fragen und erhielt ebenso viele Antworten. Dann trennten sich die Herren. Man wollte in Verbindung bleiben, um die Planungen miteinander abgestimmt zu betreiben.

Ein Jahr später lagen Zeichnungen vor. Eine Dreiflügellösung war Alfred Messel eingefallen. U-förmig umschlossen drei Trakte einen Ehrenhof, der sich nach Westen zum Wasser hin öffnete und durch eine die Flügel verbindende Kolonnade auf die neu zu bauende Brücke führte, die den Kupfergraben überspannen sollte.
Die Stirnseiten am Spree-Arm waren mit griechischen Säulenzitaten und Spitzgiebeln gestaltet. Das Brandenburger Tor von Langhans, am Ende der Prachtstraße Unter den Linden, diente als Anregung. Ein weiterentwickelter, moderner, preußischer Neoklassizismus kam zum Ausdruck.
Der hinten gelegene Ostflügel sollte vor einer großen, glatten Wand eine altgriechisch anmutende Eingangssituation erhalten und den Pergamonaltar sowie andere monumentale Architekturobjekte aufnehmen.
Der Nordflügel an der Stadtbahntrasse, gegenüber vom Kaiser-Friedrich-Museum, sollte Heimat für Bodes neues Deutsches Museum werden und der Südflügel war für vorderasiatische Kunst reserviert.
Alles wäre miteinander verbunden und könnte auch von den anderen, bereits bestehenden Museen betreten werden. Bode war begeistert, ging zu seinem Kaiser und der genehmigte anerkennend Messels Entwurf. Der Preußische Landtag bewilligte bald darauf elf Millionen. Dem Bau stand nichts mehr im Wege.

Zunächst jedoch musste das einsturzgefährdete Pergamonmuseum von Fritz Wolff geräumt und abgerissen werden. Temistocle Possenti und Antonio Freres erhielten von Reinhard Kekulé den Auftrag, die heikle Aufgabe des Altarabbaus fachmännisch zu leiten.

„Vorsicht!!!"
Possenti wischte sich kalten Schweiß von der Stirn.

An einem Kranhaken hing zwischen breiten Textilgurten die Platte mit der Göttin Athena. Sie hatte sich beim Herablassen ein wenig gedreht und drohte gegen den Altarsockel zu stoßen. Zwei Arbeiter waren sofort zur Stelle und hielten das Relief, bis es langsam auf der Transportlore zu liegen kam. Die Gurte wurden entfernt und der Schienenwagen langsam zum Museumsausgang geschoben. Possenti und Freres schauten der Göttin wehmütig nach.

„Arrivederci!“, sagte der Jüngere von beiden.

„Arrivederci!“, wiederholte Possenti und strich sich durch sein schwarzes Lockenhaar. Beide sahen sich kurz an und wandten sich dann stumm der Demontage von Göttervater Zeus zu.

STREITEREIEN

Bevor die Museumsneubauten begonnen werden konnten, war der Architekt Alfred Messel schon gestorben. Nach einem Schlaganfall und längerer Rekonvaleszenz, in der er immer weniger in der Lage war, an seinen Plänen zu arbeiten, verschlechterte sich sein Zustand. Kurz darauf, am Vierundzwanzigsten März 1909, starb der gefeierte Baumeister. Er wurde nur fünfundfünfzig Jahre alt.

Bis kurz vor seinem Tod hatte er mit Wilhelm Bode, der auf seine vollständige Genesung vertraute, noch Überlegungen für die Innenraumgestaltung des Deutschen Museums angestellt. Auch für die Aufstellung des Pergamonaltars im neuen Mitteltrakt hatte Messel Ideen entwickelt.
Vom Altar sollte nur die Westseite mit der Freitreppe aufgebaut und der nördliche, östliche und südliche Fries umlaufend, jeweils ungeteilt, an den davorliegenden drei Wänden des riesigen Saales gezeigt werden. So würde nicht die gleiche bedrückende Enge entstehen wie im provisorischen Vorgängerbau von Fritz Wolff. Der architektonische Gesamteindruck des antiken Monuments würde so nachzuvollziehen sein und den Besuchern mehr Distanz beim Betrachten der Gigantomachie gestattet werden.
Bode fand die Idee gut und vertrat sie in der Konferenz der Abteilungsdirektoren. Kekulé war skeptisch, wollte eigentlich den Aufbau des gesamten Zeusheiligtums, ließ sich dann aber von seinem Generaldirektor für das Vorhaben von Messel gewinnen. Vielleicht wollte er auch keinen Streit mit Bode. In den vergangenen Jahren war er dünnhäutiger geworden.

Theodor Wiegand hörte in Konstantinopel von den Plänen und war strikt dagegen. Er schrieb Briefe nach Berlin. Der Saal für Pergamon solle gefälligst so vergrößert werden, dass der gesamte rekonstruierte Altar darin Platz hätte. Von Kekulé kam die Antwort, das ginge nicht, die

Stadtbahn sei im Wege. Dann solle man die Trasse verlegen, forderte Wiegand. Messel ließ wissen, das sei ausgeschlossen, und beharrte auf seinem Konzept. Doch aus Konstantinopel kam weiterer Widerspruch.
„Ich will die Gigantomachie so sehen wie im provisorischen Bau, nur mit mehr Platz drum herum. Wozu planen wir ein neues Antikenmuseum, wenn nicht der gesamte Altar gezeigt werden kann?!"

Nach weiteren Briefen, die zwischen Berlin und dem Osmanischen Reich hin und her gingen, signalisierte Wiegand irgendwann nach längerer Pause knapp sein Einverständnis mit dem von Bode und Kekulé gutgeheißenen Plan.

In Gesprächen mit seiner Frau Marie machte er sich Luft.
„Dieser Kekulé ist ein Waschlappen. Er hat Angst vor Bode und wehrt sich nicht genügend gegen ihn. Dabei sind dem Generaldirektor, wie jeder weiß, nur seine eigenen Abteilungen wichtig, sein neues Deutsches Museum und seine Renaissanceabteilung im Kaiser-Friedrich-Museum. Zudem plant er ein Museum für islamische Kunst in Dahlem. Ich glaube, Bode hasst im Grunde die Antiken. Deshalb engagiert er sich nicht aus vollem Herzen dafür. Der gesamte rekonstruierte Altar gehört in einen Saal. Stünde ich an Kekulés Stelle, ich hätte mehr für Pergamon riskiert und erreicht. Ich hätte den Kaiser gegen Bode auf meine Seite gezogen. Dann stünde der Gigantenfries zur Eröffnung der Neubauten so da, wie ihn die Hellenen vor zweitausend Jahren bewundern konnten.
Hier auf meinem Posten in Konstantinopel bin ich machtlos. Ich bräuchte einen Direktorensessel in Berlin und fünf Termine zum Tee bei Wilhelm, dann würde alles in meinem Sinne geregelt sein."
Marie Wiegand versuchte ihren Mann zu beruhigen.
„Geduld, Theodor, deine Stunde wird kommen."
„Hoffentlich."

Bode hatte seit Monaten in seiner Eigenschaft als Vorsitzender der Museumsbaukommission mit dem schwer kranken Messel, der sein Haus kaum verlassen konnte, die Innenräume für sein Deutsches Museum besprochen. Das war ihm am wichtigsten.

Der Generaldirektor forderte Stilräume. Gotische Kunst sollte in einer gotischen Halle präsentiert werden, romanische in einer romanischen Basilika und barocke in Barockem. Der Architekt reagierte zögerlich.

„Sie vertrauen nicht der selbstständigen Wirkung Ihrer Bilder und Skulpturen. Ich bin mir sicher, dass sich alte Kunstwerke von echtem Wert auch vor Hintergründen behaupten würden, die den Bauauffassungen unserer Tage entsprächen. Aber wenn Ihnen, mein verehrter Herr Generaldirektor, viel daran liegt, will ich Ihnen gotische, romanische und barocke Hallen bauen. Sie sind schließlich der größte deutsche Museumsexperte und werden wissen, was Sie brauchen, um Ihre Sammlungen optimal wirken zu lassen.
Nur der Pergamonaltar sollte besser nicht in einem hellenistischen Ambiente präsentiert werden, oder?“

Die beiden Herren diskutierten und planten noch viel in den nächsten Monaten. Messel konnte bald nur noch unter großen Mühen sprechen und fühlte, dass es mit ihm zu Ende ging. Den Tod vor Augen bestellte er Wilhelm Bode zu sich und schlug ihm seinen Freund, den Berliner Stadtbaurat Ludwig Hoffmann, als seinen Nachfolger vor.

„Ich habe mit Ludwig gesprochen ... Er ist bereit ... will die Aufgabe übernehmen ... Baubeginn darf sich nicht verzögern ... Bode, dieser Architekt muss in meinem und Ihrem Sinne die Sache betreiben! ... Treffen Sie sich mit Hoffmann. Verschaffen Sie sich einen Eindruck ... Ich bin sicher, Sie kommen klar miteinander ... Falls Sie ihm so vertrauen, wie ich es tue, ... setzen Sie ihn beim Kaiser durch! ... Sonst macht Ernst von Ihne das Rennen ... Daran sind Sie nicht interessiert.“
„So ist es.“
„Dann bleibt mir nur ... viel Glück zu wünschen! ... Stadtbaurat Hoffmann!!! ... Das ist mein Testament ...“

So endete die letzte Begegnung zwischen Bode und Messel. Zwei Tage später war er tot.

Die Nachfolge musste sofort geklärt werden. Der Generaldirektor führte Gespräche mit dem Stadtbaurat. Bald war man sich einig. Die letzte Entscheidung jedoch lag beim Kaiser. Der plädierte, wie zu erwarten war, lebhaft für Ernst von Ihne, doch am Ende setzte sich Bode wieder durch.

Lange Sitzungen mit Ludwig Hoffmann und den Abteilungsleitern der Museen folgten. Es wurde versucht, den endgültigen Raumbedarf zu klären. Magazine und Verwaltungsräume fehlten.
Außerdem gab es Diskussionen um die drei Säle der Antikenabteilung im Ostflügel. Den mittleren Saal für den Pergamonaltar wollte Hoffmann von fünfunddreißig auf fünfundzwanzig Meter verkürzen. Warum? Wiegand und Kekulé protestierten. So könnten die Friesteile nicht mehr ungeknickt gezeigt werden, doch der Architekt blieb bei seinem Entschluss.

Die Direktoren der Antikenabteilung ließen nicht locker. Der Streit eskalierte. Bode wollte keinen offenen Kampf um die Neubauten. Die Presse war bereits hellhörig geworden. Er kam auf die Idee, der Kaiser solle schlichten.

Wilhelm war dazu gern bereit und ließ sich auf der Museumsinsel den Pergamonsaal aus Lattenwänden in Originalgröße aufbauen, ging dreimal darin hin und her, hörte die Argumente der Museumsleute und des Architekten und bestimmte dann kurzerhand eine Raumtiefe von dreißig Metern.
Fünf Meter mehr wie Hoffmann wollte und fünf weniger als Messel geplant hatte. Salomonisch.
Kekulé und Wiegand waren mit dem Kompromiss einverstanden. Immerhin konnten so die Seiten des Gigantenfrieses zusammenhängend gezeigt werden.

Gleichzeitig gab es aber auch Streit um den angrenzenden Saal für die römischen Architekturen. Das Markttor von Milet sollte, wie von Messel und Bode geplant und von Wiegand und Kekulé gefordert, vor dem Südflügel stehen und den Durchgang zur vorderasiatischen Sammlung bilden. Doch in einer Direktorenkonferenz, in der alle, außer Wiegand, der in seinem Amtssitz in Konstantinopel weilte, teilnahmen, argumentierte Stadtbaurat Hoffmann plötzlich gegen eine Präsentation des Tores im Museum.

„Das Markttor von Milet ist so hoch wie ein vierstöckiges Berliner Mietshaus. Achtzehn Meter! Außerdem fehlen ganze Passagen der Fassade, die müssten mit Gips und Zement ergänzt werden. So kommt kein Eindruck zustande, der unseren neuen Museumsräumen würdig wäre. Diese Monumentalruine hat in meinem Bau nichts verloren, deshalb plädiere ich vehement für eine Aufstellung im Freien."

Als Wiegand durch einen Brief von Kekulé von Hoffmanns bizarren Plänen erfuhr, war er außer sich.
„Das Markttor im Freien? Unter großen Mühen ist es mir gelungen, die Ausfuhrgenehmigung bei der türkischen Antikenverwaltung zu erlangen, und nun soll das spätrömische Schmuckstück in der schädlichen Berliner Luft bei Wind und Wetter dem sicheren Verfall preisgegeben werden?"

Wiegand schickte Telegramme an alle Verantwortlichen und schrieb an den Architekten.
„Herr Stadtbaurat Hoffmann, die Trümmer des Markttores haben Jahrhunderte im Sumpf der Mäanderebene von Milet gelegen und der Marmor ist dadurch brüchig geworden. Wie ich zuverlässig weiß, haben Sie sich nicht die Mühe gemacht, auch nur einen Blick in die über fünfhundert Kisten mit den Fragmenten zu werfen, obwohl sie inzwischen seit Monaten in Berlin lagern, sonst wäre Ihnen klar geworden, dass sich jede Aufstellung im Freien verbietet."
„Keine Sorge, Herr Direktor Wiegand. Das Markttor von Milet wird, wenn ich es restauriere und draußen zwischen Nationalgalerie und Neuem Museum aufstelle, besser aussehen als zur Zeit seiner Errichtung bei den späten Römern und auch wesentlich länger stehen bleiben."
„Unsinn!", polterte Wiegand aus Konstantinopel zurück.

Ludwig Hoffmann hatte sich als ausführenden Architekten den jungen, überaus tüchtigen Baurat Wilhelm Wille gewünscht. Der dreiunddreißigjährige Blondkopf inspizierte nun auf Initiative von Kekulé die fünfhundert Kisten mit den Steinen des Markttores und musste Wiegand

notgedrungen recht geben. Bei einer Sitzung mit den Museumsleuten ließ er im Beisein von Hoffmann verlauten, der Marmor sei zu spröde für eine Aufstellung im Freien. Das Tor gehöre in den von Messel dafür vorgesehenen Saal. Hoffmann konterte kalt.
„Dort wird es keine Wirkung entfalten!"
„So ist es, dieses Monument gehört nicht ins Museum." Bode stimmte ihm überraschend zu. Er witterte die Chance, den Expansionsdrang der Antikenabteilung zu Lasten seiner Sammlungen zu stoppen.
Kekulé war fassungslos und empört.
„Wie bitte, Herr Generaldirektor?! Warum Ihr jäher Gesinnungswandel? Als Leiter der Antikenabteilung erhebe ich Einspruch. Das Tor im Freien wäre Verrat an den Ideen von Messel, Wiegand und mir."
„Kekulé, ich will nicht mehr diskutieren. Sie sollten sich in das Unvermeidliche fügen!" Damit war die Diskussion für Bode beendet.

Wiegand in Kleinasien erfuhr die Neuigkeiten und protestierte sofort telegrafisch.
„So geht das nicht! Ich werde die Weltpresse informieren und mich an den Kaiser wenden!"

Bode erkannte, die Lage wurde brisant. Er lud zu einer Konferenz. Wiegand reiste nach Berlin. Alle Abteilungsdirektoren, Ludwig Hoffmann und der junge Baurat Wille waren anwesend. Stundenlanger Streit. Keine Einigung. Feindschaft.
Bode sah, er war zu weit gegangen, fürchtete Turbulenzen, die auch seinem Deutschen Museum schaden könnten. Er gab sich plötzlich neutral, versteckte sich schlau hinter seinem Herrscher und befand, Wilhelm solle, wie beim letzten Mal, den Streit schlichten. Gesagt, getan.
Auf der Museumsinsel, wo die Gründungsarbeiten für den Neubau inzwischen begonnen hatten, wurden die Wände des riesigen Saales für die römischen Architekturen mit Lattenrahmen simuliert und ein hölzernes Modell des Markttores in Originalgröße darin aufgestellt.

Am Einunddreißigsten August 1910, einem heißen Sommertag, kam der Kaiser in bester Laune per Automobil zur Baustelle, um die gewaltige Kulisse zu inspizieren. Er trug weiße Galauniform. Die Herren machten ihre Bücklinge.
„Baurat Wille, Ihr Hosenstall ist offen."
Allgemeines Gelächter.

Wiegand führte Wilhelm auf einem roten Teppich vor den hölzernen Koloss des Markttores. Sie hatten zwanzig Meter Abstand.
„Majestät, ich finde das Monument wirkt aus dieser Distanz wie eine grandiose Theaterdekoration."
„Ach, so?"
„Aus gleicher Entfernung haben die Zuschauer im antiken Milet das Szenengebäude ihres herrlichen Theaters bewundert. Unser Bau hier hat ähnliche Dimensionen."
„Donnerwetter, Wiegand, Sie haben recht! Ein kolossales Bühnenbild. Die Wirkung ist ganz famos. Das Markttor von Milet gehört in diesen Museumssaal und sonst nirgendwo hin! Meine Herren, so wird es gemacht! Haben Sie verstanden, Hoffmann?!"
Der Architekt deutete eine knappe Verbeugung an.
„Na, dann ist ja alles klar. Frohes Schaffen, meine Herren! Ich muss weiter. Einweihung einer Untergrundbahn."
Der Kaiser bestieg sein Mercedes-Automobil und brauste davon.
Auch dieser Streit war nun entschieden, doch andere sollten folgen.

DIE SCHLAMMGRUBE

Der Pensionär Richard Schöne war in den Ortsteil Grunewald gezogen. Das war ein Villenvorort direkt am westlichen Ende vom Kurfürstendamm. Von Alfred Messel hatte er sich hier seinerzeit ein prächtiges Domizil auf einem riesigen Grundstück mit altem Baumbestand entwerfen lassen. Es war der letzte Bau, den der Meisterarchitekt vollenden konnte. Nun wohnten der Ex-Generaldirektor und seine Frau schon seit fünf Jahren hier.

Schöne schrieb wissenschaftliche Bücher, korrespondierte mit der Archäologenwelt, malte und traf sich beinahe täglich mit seinem Urfreund Alexander Conze, der schon lange direkt gegenüber in einer Villa residierte. Ihn in seiner Nähe zu wissen, war für Richard Schöne auch ein Grund gewesen, hierher zu ziehen.
Die beiden betagten Herren hatten schlohweiße Haare. Conze war inzwischen über achtzig und Schöne dreiundsiebzig. Sie sahen sich beinahe täglich. Bei schönem Wetter saßen sie in Korbsesseln auf dem kurz geschorenen Rasen unter alten Kiefern im Garten, bei schlechtem Wetter am prasselnden Kaminfeuer im mittleren Salon.

Heute, am Vormittag des Zwölften Oktober 1913, war es dunkel und kühl. Die Wolken hingen tief und Kastanienblätter wehten von den Bäumen des Nachbargrundstückes herüber. Die Herren saßen auf braunen Ledersesseln am Kamin. Richard Schöne trug einen blassblauen Hausmantel und sein Gast einen steingrauen Dreiteiler mit roter Fliege. Bei Tee und Knabberzeug ging der Hausherr die Lage in der Welt durch. Er war erfüllt von Sorgen.

„Conze, Deutschland isoliert sich immer mehr. Unser Kaiser verdirbt es sich mit jedem ernst zu nehmenden Bündnispartner. England fürchtet unsere Wirtschaftskraft und vor allem unsere Flottenpolitik, verbündet sich deshalb mit dem republikanischen Frankreich und dem rückständigen Russland, obwohl dort ständig Revolutionen drohen.

Frankreich bangt um seine Kolonien und schließt ebenfalls Verträge mit dem Zaren. Der ist dazu gerne bereit. Er beargwöhnt unsere Aktivitäten am Bosporus. Die Bagdadbahn passt ihm gar nicht. Wilhelm schmust ihm zu viel mit dem Sultan, leistet den Türken Militärhilfe. Die Russen fürchten, wir wollen uns im zerfallenden Osmanischen Reich festsetzen. Sie halten uns für Erbschleicher. England und Frankreich glauben das auch.

Überall Misstrauen. Die Großmächte schließen sich immer enger gegen uns zusammen. Wir sind eingekreist. Uns bleiben nur Italien und der Vielvölkerstaat Österreich-Ungarn mit seinem zerstrittenen Balkan, auf den Russland schielt. Franz Joseph in Wien und seine Administration sind überfordert.

Verdammt, Conze, wir bräuchten ein Bündnis mit den Briten. Dazu müssten wir auf unsere Flottenpläne verzichten. Doch Wilhelm ist nicht zu belehren. Er will partout seine sinnlosen Kriegsschiffe bauen. Großadmiral Tirpitz redet ihm zu. Der fantasiert von deutscher Weltgeltung zur See. Der Industriebaron Krupp redet ihm ebenfalls zu. Der verdient sich damit dumm und dusselig. Aber England wendet sich zunehmend von uns ab, fürchtet eine deutsche Aggression. Unsere Kolonialansprüche tun ein Übriges. Marokko, Kongo, Südafrika, China, Südsee. Was haben wir am Kilimandscharo verloren? Nichts! Das ist eitle Großmannssucht ohne greifbaren Vorteil.

Ständig gibt es neue Krisen. Kanonenbootdiplomatie? Kanonen sind Kanonen und Diplomatie ist Diplomatie. Irgendwann mündet alles in einen fürchterlichen Krieg, und wir werden ihn verlieren. Das ist meine Überzeugung. Wir haben keinen Außenpolitiker, der uns, wie seinerzeit der selige Bismarck, durch die Wirren führen könnte, um den Frieden unseres Reiches zu sichern."

Alexander Conze stellte plötzlich seine Tasse auf das arabische Beistelltischchen aus ziseliertem Messing. Ein Mitbringsel Schönes aus Smyrna. Er wandte sich an seinen Freund.

„Der Tee ist ausgezeichnet, das Salzgebäck fade."

„Wie bitte?"

„Schöne, der Tee ist ausgezeichnet und so weiter."

„Langweile ich dich mit meinen Themen?"

„Nein, du deprimierst mich. Ich werde demnächst zweiundachtzig und sehe dunkle Zeiten auf Deutschland zukommen, wie du. Dennoch möchte ich mit dir lieber über Entwicklungen sprechen, wo vielleicht Gutes zu erwarten ist, über die Museen zum Beispiel.
Seitdem der Zeusaltar abgebaut wurde, war ich nicht mehr dort. Wie ich von dir und Freund Wiegand erfahre, wird da tüchtig gewerkelt; nur ein Eröffnungstermin ist nicht in Sicht. Alles hat sich um Jahre verzögert. Ich frage mich, ob ich den Pergamonaltar je noch einmal sehen werde? Er ist mein Lebenswerk. Vor fünfunddreißig Jahren haben wir ihn nach Berlin geholt. Seitdem lagert er die meiste Zeit in irgendwelchen Magazinen. Nur fünf kurze Jahre konnte er in Wolffs brüchigem Provisorium gezeigt werden.
Erst hieß es, 1914 sollen die Museumsneubauten eröffnet werden und nun ist die Rede von 1917. Ich fürchte, dann bin ich bereits tot, so wie der arme Kekulé, der nicht einmal mehr den Baubeginn erleben konnte. Er hatte sich sehr auf das neue Haus gefreut. Nun fährt Antikendirektor Wiegand als sein Nachfolger die Ernte ein. Es sei ihm von Herzen gegönnt."

Richard Schöne schaute den alten Freund sehr lange und nachdenklich an. Er trommelte dabei mit den Fingern auf die Sessellehne. Dann stand er plötzlich auf.
„Conze, mir ist heute nach Abenteuern. Komm, wir machen eine Expedition!"
„Wohin?"
„Wir nehmen mein Automobil und knattern zur Museumsinsel. Du und ich sind heute vollkommen unabhängig. Meine Frau kurt in Nauheim und deine Gattin besucht Verwandte von dir in Hannover. Wir erkunden die Museumsbaustelle und gehen anschließend Schnitzel essen bei Borchardt."

Der Ex-Direktor der Antiken und pensionierte Generalsekretär des Deutschen Archäologischen Instituts stampfte wie zur Bejahung mit seinem Fuß auf den Bucharateppich, stand auf, ging zu Schöne, umarmte ihn kurz und sah ihm dann in seine blauen Augen.
„Auf zur Insel. Auf zu unserer Insel! Du bist Robinson Crusoe und ich … bin dein Gefährte Freitag."

„Conze, was soll das? So gottverlassen ist unser Kunsteiland nicht. Dort arbeiten hunderte von Leuten."
„Doch niemand wird uns erkennen. Wir sind schon zu lange fort. Einsamkeit wird uns umwehen wie Robinson und Freitag."
„Umso besser, Conze."
„Du meinst, im Schatten unserer Anonymität könnten wir dort Unsinn treiben?"
Schöne lachte.
„Vielleicht, Freitag. Komm!"

Die beiden Männer gingen in die große Empfangshalle, warfen sich ihre Mäntel über und nahmen den Kiesweg zur Garage. Schöne öffnete das hölzerne Doppeltor. Drinnen stand eine gelbe Mercedes-Limousine mit faltbarem, schwarzen Verdeck. Conze erklomm unter einigen Mühen den Beifahrersitz, schlug die Wagentür zu und der Hausherr warf die Kurbel an. Der Motor knatterte, es konnte losgehen.

Nach wenigen Minuten erreichten sie den Kurfürstendamm. Überall wuchsen prächtige Wohnhäuser aus dem Boden. Vornehme Läden und Cafés säumten die Trottoirs. Pferdefuhrwerke, Kraftbusse und Droschken sorgten für dichten Verkehr. Es wurde tüchtig gehupt.
Sie erreichten die neoromanische, halbgotisch-byzantinische Kaiser-Wilhelm-Gedächtniskirche, machten einige spöttische Bemerkungen über die Kirchenbaupolitik der frömmelnden Gattin von Wilhelm II. und fuhren flott Richtung Tiergarten. Am Großen Stern nahmen sie rechts die Allee zum Brandenburger Tor und waren wenige Minuten später Unter den Linden. Vor der Schlossbrücke bogen sie nach links ab und fuhren parallel zum Kupfergraben.
Lastkähne mit Ziegelsteinen ankerten auf dem Spree-Arm. Sie sahen das Alte und das Neue Museum, dahinter die Kräne der Museumsbaustelle. Richard Schöne lenkte seine Limousine nach rechts über die Brücke, hielt vor der Rückfront vom Alten Museum, zog die Handbremse an und schaute auf seinen Beifahrer.
„So, Freitag, wir sind auf unserer einsamen Insel."

Besucher schwirrten umher, Lastwagen hupten sich ihren Weg frei und Arbeiter trugen Leitern und Balken.

Conze lachte und die beiden Herren stiegen aus. Überall stapelte sich Baumaterial. Sie gingen am Neuen Museum zwischen Holzpfählen, Bergen von Ziegelsteinen und Trögen mit Trockenzement an einem Schienenstrang entlang, der den Transportloren diente. Bald standen sie am Grubenrand der eigentlichen Baustelle.
Der Anblick war gewaltig. Vor der Stadtbahn wuchsen Mauern empor, rechts stand der riesige Sockel des Mittelbaus für den Pergamonaltar, das Markttor von Milet und die anderen antiken Architekturen. Direkt vor ihnen klaffte ein gigantisches Loch. Überall wimmelte es von Arbeitern. Einige trieben mit Dampframmen riesige Holzpfähle in den Boden. Andere machten sich an knatternden Wasserpumpen zu schaffen, die über lange Röhrensysteme das Grundwasser in die Spree-Arme leiteten. Auf Gerüsten standen unzählige Maurer und schichteten Ziegel auf Mörtel.

„Um Gottes willen, Schöne, dieses Chaos ist das Ergebnis von vier Jahren Arbeit? Werden hier die Pyramiden gebaut?"
„Nein, leider nicht. Wären wir bei den Pyramiden, ginge alles leichter. Die stehen hoch über dem Nil auf einem Felsplateau. Hier ist überall Sumpf. Siehst du da unten die gewaltige Stahlbetonbrücke?"
„Diese halbrunde Schale?"
„Ja, sie überwölbt den Kolk."
„Du meinst, diese fürchterliche Schlammgrube?"
„Ja, Conze. Als vor vier Jahren mit den Gründungsarbeiten begonnen wurde, sah es zunächst gut aus. Dann stießen die Ingenieure in großer Tiefe jedoch auf diese Rinne voller Morast. Sie ist während der Eiszeit entstanden.
Dieser Kolk zieht sich da drüben von der Stadtbahn, an der Baustelle des Deutschen Museums, in zweihundert Metern Länge bis weit vor das Neue Museum dort am Kupfergraben hin. An irgendeiner Stelle ist die Schlammgrube dreißig Meter breit und fünfzig Meter tief, und zwar ausgerechnet hier unter dem geplanten Südflügel für die Babylonfunde."
„Antikendirektor Wiegand sagt, man habe versucht, den Morast abzupumpen, doch daraufhin hätten sich Risse im Kaiser-Friedrich-Museum und sogar am Stadtschloss gezeigt. Der Kaiser sei außer sich gewesen."

„Du kennst ihn, Conze. Er ließ die Pumpen sofort stoppen. Stattdessen wurden hunderte von Pfählen eingerammt und Unmengen von Kies geschüttet. Vergeblich. Riesige Betonklötze wurden versenkt. Nichts half. Der Baugrund schien unrettbar verloren. Hoffmann und die zuständigen Ministerien waren schon so weit, den Bau ganz aufzugeben."
„Doch Baurat Wille hatte die rettende Idee."
„Nein, Conze, einem Beamten der Preußischen Geologischen Landesanstalt fiel die Lösung ein. Er schlug vor, den gesamten Kolk mit Stahlbeton zu überwölben. Zunächst wurde er ausgelacht, doch dann, als niemand einen besseren Plan hatte, wurde es schließlich so gemacht."
„Mein Gott, Schöne, nun soll diese Betonbrücke da unten den riesigen Museumsbau tragen? Geht das gut?"
„Alle hoffen, die Überwölbung hält der Baulast stand und das Vorderasiatische Museum samt Ischtar-Tor versinkt nicht während der Eröffnungsfeier mit Kaiser und Ehrengästen blubbernd im Schlamm."
„Um die meisten wäre es höchstwahrscheinlich schade."
Schöne musste über Conzes Frechheit schmunzeln und rammte ihm im Scherz seinen Ellbogen in die Seite.

Die beiden gingen am Rand der Baugrube entlang.
„Nun verstehe ich, weshalb die Arbeiten vier Jahre hinter dem Zeitplan sind."
„Conze, der Kolk ist schwierig. Der Bauherr ist schwierig. Der Architekt ist schwierig. Alles hier ist Schlamm."
„Das stimmt. Bode und Wiegand klagen ohne Unterlass. Ludwig Hoffmann verkracht sich laufend mit ihnen. Bode fürchtet um sein Deutsches Museum, und Wiegand konnte neulich nur mit Mühe Hoffmanns neuesten Irrsinn verhindern, das Markttor von Milet in den Pergamonsaal zu stellen.
Unvorstellbar. Das hätte die Präsentation des Gigantenfrieses unmöglich gemacht."
„Conze, es scheint, dieser Stadtbaurat regiert ähnlich unberechenbar und autokratisch wie unser Kaiser. Auch von Bode lässt er sich anscheinend wenig sagen. Ich bin froh, nicht mehr verantwortlich zu sein."

„Watt machen Sie denn hier? Der Zutritt zua Baustelle is für Unbefuchte vabotn."

Ein dicker Berliner Vorarbeiter mit Schiebermütze, Latzhose und Kaiser-Wilhelm-Bart hatte sich vor den beiden aufgepflanzt. Richard Schöne übernahm es zu antworten.
„Verzeihen Sie, mein Herr, doch diese Museumsinsel gehört uns. Ich bin Robinson Crusoe und das hier ist mein Freund Freitag."
„Ausländer? Spione, Juden oder watt? Machnse, dasse wegkommn, sonst hol ick de Polizei."
„Spaß beiseite, guter Mann, ich bin Richard Schöne, der ehemalige Generaldirektor der Sammlungen und das hier ist mein Freund, Professor Alexander Conze, der ehemalige Leiter der Antikensammlung."
„Ja, und ick bin der Kaiser von China. Also vaschwindense, sonst werde ick unjemütlich."
Conze zupfte seinen Freund am Ärmel.
„Lass uns gehen."
„Jenau. Haut bloß ab!"

Die beiden ehemaligen Museumsdirektoren sahen sich an und begaben sich auf den Rückzug. Der Vorarbeiter blickte ihnen noch eine Weile misstrauisch und Bart zwirbelnd hinterher, bis er sicher war, dass die beiden das Feld tatsächlich räumen wollten. Dann machte er sich wieder an seine Arbeit.

„Sic transit gloria mundi. Da siehst du, Schöne, was von unserem Ruhm hienieden bleibt. Wie Hunde werden wir durch Knechte vom eigenen Hof gejagt."
„Wir wollten ein Abenteuer und das haben wir bekommen. Stattdessen hätten wir uns bei Antikendirektor Theodor Wiegand offiziell anmelden können. Ich bin sicher, dein Freund hätte es sich zur Ehre gereichen lassen, uns persönlich herumzuführen."
„Es hätte ihm sogar Freude gemacht, Schöne. Er ist ein patenter Kerl."

Die Herren gingen an den Kolonnaden des Neuen Museums entlang, um zu ihrem Automobil zu gelangen. Plötzlich blieb Conze stehen und schaute nach rechts auf die zugemauerten Säulenzwischenräume.
„Dahinter ist er, nicht wahr?"
„Ja."

„Schöne, auch auf die Gefahr hin, dass mich dieser Grobian von eben am Kragen packt und zur Polizei schleift, ich muss versuchen einen Blick auf den Gigantenfries zu werfen. Von mir aus durch ein Schlüsselloch."
„Was soll das, Conze? Besorge dir bei deinem Freund Wiegand einen offiziellen Termin, dann kannst du ganze Vormittage lang durch die Schuppen schlendern."
„Vielleicht bin ich kindisch, aber meine Tage sind gezählt. Heute komme ich die Stufen da noch hinauf. Wer weiß, was morgen ist?"

Ohne weitere Bemerkungen abzuwarten, stieg Alexander Conze das Podest hoch und ging zu einer Eisentür zwischen den zugemauerten Säulen, die das neue provisorische Magazin für den Pergamonfries sicherte. Er schaute durch das Schlüsselloch, konnte jedoch nichts erkennen. Er richtete sich wieder auf und blickte hinauf. In drei Metern Höhe waren schmale Seitenlichtfenster zu sehen.
„Schöne, gibt es hier irgendwo eine Leiter?"
„Ja, dort drüben!"

Ohne zu zögern, schritt Conze zu einem Stapel mit Ziegelsteinen. Dort lehnte eine lange, hölzerne Sprossenleiter. Unter Mühen schleppte er sie zur Säulenmauer und stieg dann langsam empor. Endlich war er auf Höhe der Fenster. Mit seinem Mantelärmel wischte er das trübe Glas ein wenig sauber und schaute hinunter in das Magazin.
„Mein Gott, das solltest du sehen. Nyx, die Göttin der Nacht!!! Da steht sie ... Neben ihr kämpfen Gorgonen gegen Giganten. Aber was ist das? Ich sehe überall Spinnweben."
Laut rief er über den Platz: „Maaacht hiiier niiiemaand saaauuuber???!!!"
Schöne wurde nervös.
„Conze, ich stehe gerne Schmiere für dich, aber wenn uns dieser grimmige Vorarbeiter von eben erwischt, landen wir mit blauen Flecken auf der Polizeiwache."
„Und wenn schon. Das ist es mir wert. Du hast mir heute Vormittag Abenteuer versprochen, vergiss das nicht, Robinson. Ich will noch einen Blick in die anderen Fenster werfen."
„Unterstehe dich, Freitag! Komm sofort da runter und bring die Leiter zurück, sonst fahre ich dich nicht ins Borchardt!"
„Wirklich nicht?"

„Nein!!!"
„Spielverderber."

Der greise Conze kletterte vorsichtig herab, schulterte die lange Steighilfe und brachte sie dahin zurück, wo er sie herhatte. Schöne schaute sich derweil wie ein Dieb um, ob irgendwer sie beobachtete. Das schien nicht der Fall zu sein.
Der Fassadenkletterer klopfte sich den Staub vom Mantel und wandte sich dann theatralisch an seinen alten Freund.
„Robinson, wir verlassen diese menschenfeindliche Insel und gehen essen auf dem Festland. Ich lade dich ein!"

Die beiden Herren gingen lachend zu ihrem Automobil, strichen sich ihr weißes Haar glatt und fuhren zum berühmten Restaurant in der Nähe vom Gendarmenmarkt. Schnitzel, Wasser und eine Flasche Wein. Sie redeten viel über ihre gemeinsame Vergangenheit, tranken noch eine Flasche Rüdesheimer und ließen Pergamon, Smyrna und Konstantinopel Revue passieren. Irgendwann gegen fünf Uhr nachmittags, Dunkelheit senkte sich bereits über die Stadt, ließ Alexander Conze die Rechnung kommen. Sie bestiegen das gelbe Automobil und fuhren über erleuchtete, regennasse Straßen zurück zum beschaulichen Villenvorort Grunewald.

„Robinson, ich danke dir für den schönen Tag!"
„Nichts zu danken, … mein lieber Freitag."

Conze wandte sich lächelnd ab, ging langsam durch Pfützen über die Fahrbahn, öffnete die Gartenpforte und schritt, ohne sich umzublicken, zur Eingangstür seines Hauses. Richard Schöne sah noch, wie sie sich hinter ihm schloss. Er blieb nachdenklich stehen.
– Alt sind wir geworden und ein wenig albern. Holen wir irgendetwas nach? Wer weiß? –
Er ging zu seinem Haus. In der Halle zog er sich den hellblauen Hausmantel an, gönnte sich ein Kaminfeuer und holte Alben hervor. Den ganzen Abend über schaute er seine alten Reisebilder aus Kleinasien an.

Conze zog fünfzig Meter entfernt seine Humann-Korrespondenz aus der Schreibtischschublade und las Blatt für Blatt die zahllosen vergilbten Briefe. Nach dem Lesen ließ er sie wie Herbstlaub auf den Teppich fallen. Irgendwann glich der Fußboden einem Meer aus Papier und sein Sessel war ein Schiff, das darin ankerte.
Er hing noch lange seinen Gedanken nach und ging dann irgendwann, sehr spät, zu Bett.

Den Pergamonfries bekam er übrigens nie wieder zu Gesicht. Kein Jahr später, am Neunzehnten Juli 1914, starb er dreiundachtzigjährig friedlich im Kreise seiner Familie.

Immerhin: Den Ausbruch des Weltkrieges musste er nicht mehr erleben.

DIE WELT BRENNT

„Jehts hia irjendwann mal weiter? Ick hab den janzen Tach bei AEG für Walter Rathenau Granaten jedreht für den Endsiech. Jetzt will ick watt zu essn. Schon zwee Stunden wart ick in die Kälte."
Eine Arbeiterin im dünnen Mantel mit blassem Gesicht und dunklen Augenringen machte ihrem Unmut Luft.
„Nur Jeduld, Mamsell. Wia wartn alle. Uns machts ooch keen Spaß. Machnse Kniebeugen, dann wird Ihnen heiß."
Allgemeines Gelächter folgte auf Fritzens Kommentar. Von einem Bein auf das andere trat er, um sich warm zu halten. Die Warteschlange bewegte sich endlich wieder ein wenig in Richtung Eingangstür der Bäckerei.
„Jenauso hab ick mia det Janze vorjestellt, Rieke. Bibbern und Kohldampf schieben."

Fritze, inzwischen grauhaarig und mit Brille, war von Anfang an gegen den Krieg gewesen, seine Rieke auch. Nun standen beide frierend bei minus dreizehn Grad im Schneetreiben mit vielen anderen Hungrigen vor dem Bäckerladen im Wedding, um ihre Brotmarken einzulösen. Es war Februar 1915.

An den großen Demonstrationen der Arbeiterschaft hatten sie teilgenommen. Ende Juli 1914 waren sie durch Berlin gezogen. Ihre erwachsenen Kinder auch. Hertha und Pauline waren inzwischen mit Arbeitern der Siemenswerke verheiratet, hatten selbst Kinder und zogen mit ihren Ehemännern im Tross der Kriegsgegner mit.

Die Gewerkschafter und Sozialdemokraten wollten im Gegensatz zu weiten Teilen der bürgerlichen Bevölkerung keine militärische Lösung der Serbienkrise. Vom Kaiser forderten sie lautstark ein Ende des Säbelrasselns. Vergeblich. Die Generalmobilmachung wurde am Ersten August von Wilhelm angeordnet.

Vom Balkon des Berliner Stadtschlosses verkündete der Monarch im grauen Feldrock und mit gezwirbeltem Schnurrbart einer begeisterten Menge, Zar Nikolaus habe sein Volk bereits zu den Waffen gerufen, um Deutschland und Österreich zu vernichten. Er müsse notgedrungen gegen Russland und dessen Verbündeten Frankreich das Schwert ziehen. Deutschland müsse sich wehren. Österreich-Ungarn beizustehen, sei die heilige Pflicht aller Patrioten. Er stehe zu seinem Bruderpakt mit Wien. Die bereits erfolgte Generalmobilmachung des Zaren, dessen Griff nach dem Balkan, die Einkreisungspolitik gegen Deutschland lassen ihm keine andere Wahl. Er werde sich verteidigen. Nun sei es die nationale Aufgabe, eng zusammenzustehen. Arbeiter, Bürger, Bauern und Adel. Er kenne keine Parteien mehr, er kenne nur noch Deutsche!

„Unseren Platz in der Welt müssen wir uns ein für alle Mal erobern!!"

Die vor dem Schloss versammelte Menge war begeistert.
„Hurra! Hurra! Hoch lebe Kaiser Wilhelm! Nieder mit Russland! Zum Teufel mit Frankreich! Deutschland! Deutschland!"

Die Anspannung nach dem Attentat von Sarajevo, die bohrende Frage, Krieg oder Frieden, verkehrte sich nun in einen nationalistischen Rausch. Unzählige Freiwillige meldeten sich. Ganze Abiturklassen sowie Männer im nicht mehr wehrpflichtigen Alter ließen sich mustern, um dem Kaiser gegen die verhassten Feinde zur Seite zu stehen. Germania musste vor Slawen und Welschmännern geschützt werden.

Auch der fast fünfzigjährige Theodor Wiegand, Leutnant der Reserve, meldete sich freiwillig beim Kommandanten einer Berliner Garnison.

„Wiegand, watt wolln Sie beim Militär? Sie sind zu alt für den Dienst an der Waffe."
„Herr Oberst, ich will bei diesem Entscheidungskampf des Germanentums nicht fehlen."

„Löblich."

Der kahlköpfige, dicke Kommandant klemmte das Monokel vor sein Auge und wusste nicht so recht, wohin mit dem Direktor der Berliner Antikenabteilung.
„Sie sind Arschologe?"
„Ja."
„Also könnse buddeln!"
„Wie bitte?"
„Ab zum Schippendienst. Schützengräben ausheben!"

Das war dem deutschnationalen Doktor Theodor Wiegand, der sich und seiner Frau Marie gerade eine prächtige Villa in Dahlem gebaut hatte, dann doch zu viel. Er tat sich anders um und kam als Oberleutnant bei der Presseabteilung des Kriegsministeriums unter. Hier analysierte er zunächst strategisch relevante Zeitungsberichte des mit Kaiser Wilhelm verbündeten Osmanischen Reiches und versuchte dann, deutschfreundliche Artikel in die Gazetten neutraler Länder zu lancieren. Pressekrieg.

Später führten ihn Aufgaben im Dienst der Berliner Museen und der Hohen Pforte in den Nahen Osten. Hier tobte der Kampf des Sultans gegen England und Frankreich. Der inzwischen zum Hauptmann beförderte Wiegand sollte mit zweihundert Soldaten, darunter Wissenschaftler, Landvermesser und Fotografen, hinter den Linien die bedrohten Altertümer kartografieren und dokumentieren.

Ohne es an die große Glocke zu hängen, wollte er nebenbei nach Museumsstücken spähen und neue Ausgrabungsziele suchen. Der inzwischen antikenexport-feindliche Sultan sollte davon nichts erfahren.
August, der Sohn von Rieke und Fritze, 1914 neunzehn Jahre alt, wurde sofort, wie unzählige andere Männer seiner Generation, im ersten Kriegssommer vom Einberufungsbefehl ereilt und im Viehwaggon vom Berliner Hauptbahnhof an die Front geschafft, nach Osten.

Seitdem warteten seine Eltern täglich auf Feldpost. Bis jetzt kamen regelmäßig Karten und Briefe.

Wortkarg schilderte der junge sozialdemokratische Schlossergeselle darin auf grauem Papier mit Bleistift sein unfreiwilliges Soldatenleben.

„Das Wetter ist gut. Drei Kameraden aus Berlin sind in meiner Kompanie. Wir spielen oft Skat.“

„Die Russen haben angegriffen, doch wir sind auf dem Vormarsch. Überall liegen Pferdekadaver und tote Feinde. Verbrannte Weizenfelder. Dörfer stehen in Flammen.“

„Mein Feldwebel sagt, Kaiser Wilhelm kann zufrieden sein. Sein Vetter, der Zar, ist bald am Arsch.“

„Gestern, bei großer Hitze, war ich mit den Kameraden schwimmen im Fluss. Auf dem Rückweg donnerten Geschütze. Zwölf Tote. Die drei Freunde aus Berlin hat es auch erwischt. Mir ist nichts passiert.“

„Heiligabend war es still. Wir hatten einen Weihnachtsbaum, aber keine Kerzen. Danke für Euer Päckchen. Danke für die Bücher. Den Karl Marx lasse ich besser im Tornister. Mein Feldwebel ist deutschnational. Ich will nicht, dass er mich schikaniert.“

„Verwundung vor Lemberg. Ein Durchschuss am Oberschenkel. Ein Sanitäter hat mich verarztet. Das tat höllisch weh. Ich soll mich nicht so anstellen, hat er gesagt. Narkose gibt es nur im Ernstfall und für Offiziere.“

„Schon seit drei Wochen im Lazarett. Lese endlich Marx. Es regnet Strippen. Viele Ratten. Noch mehr Tote. Einem bayrischen Kameraden im Bett neben mir fehlen zwei Beine und ein Arm. Nun kann ich nicht zur Heuernte, sagt er.“

„Hurra! Der Arzt hat mich entlassen. Ich humpele noch ein wenig. Bin abkommandiert zum Dienst in der Etappe. Gott sei Dank. Nicht mehr an die Front. Raus aus der Hölle. Nun soll ich Maschinengewehre heil machen, damit Russen kaputtgehen. Das Essen schmeckt nicht.“

Fritze und Rieke waren besorgt. Immerhin, ihr August war noch am Leben. In der Nachbarschaft hatten viele Eltern schon ihre Söhne und unzählige Frauen ihre Ehemänner verloren. Oft hörten sie die Schreie der verzweifelten Angehörigen in den engen Hinterhöfen, wenn die Todesnachricht per Post kam.

Eine Mutter, die schon zwei ihrer Jungen an der Westfront verloren hatte und nun vom Tod des Jüngsten bei Ypern erfuhr, stürzte sich aus dem Fenster im vierten Stock ihrer Hinterhauswohnung. Eine große Blutlache. Sie war auf der Stelle tot.

Belgien, Frankreich, Polen, Russland, Türkei. Die deutschen Kolonien in Afrika. U-Bootkrieg in der Nordsee. Handelskrieg in den Weltmeeren. Die Zeitungslisten mit den Registriernummern der Gefallenen wurden immer länger.

Fritze war mit seinen zweiundfünfzig Jahren zu alt für den Pflichtwehrdienst. Auf die Idee sich freiwillig zu melden, wie einige seiner Altersgenossen es getan hatten, war er nie gekommen.

„Für diesen Kaiser und seine bornierte Junkerclique, für dieses kapitalistische Ausbeuterregime kämpfe ich nicht."

Er arbeitete inzwischen als Redakteur beim „Vorwärts". Dort hatte man sein Schreibtalent erkannt und gefördert. Er wurde auf Parteischulungen geschickt. Geschichte, Ökonomie, Rechtschreibung. Seit fünfzehn Jahren war er nun schon bei der Zeitung fest angestellt und schrieb Berichte und Kommentare.

Momentan konnte er sich aber nicht so äußern, wie ihm zumute war. Das Zentralorgan der Sozialdemokratie wurde von der Zensur streng beäugt. Selbst die Parteiführung wollte von einer gar zu kritischen Berichterstattung nichts wissen. Der Vorsitzende, Friedrich Ebert, hatte sich mit Kaiser und Regierung kurz nach der Generalmobilmachung auf einen „Burgfrieden" geeinigt, der bis zum Endsieg halten sollte.

Erst danach würde die soziale Frage wieder diskutiert werden. Sogar für Kriegsanleihen hatte Ebert gegen starken innerparteilichen Widerstand eine Mehrheit im Reichstag mitorganisiert. In dieser Krise müsse Deutschland über alle sozialen Gegensätze hinaus zusammenstehen, sagte er seinen Genossen. Er wolle nicht, dass den Sozialdemokraten die Schuld für eine deutsche Niederlage in die Schuhe geschoben werden könne.

Der Kaiser und sein Generalstab hatten einen Blitzkrieg vor. Der alte Plan von General Schlieffen wurde aus der Schublade geholt.

Eröffnung einer Ostfront und gleichzeitiger Einmarsch ins neutrale Belgien. Dann schnell weiter nach Paris. Frankreich sollte noch vor Weihnachten 1914 besiegt sein und dann wäre Russland dran. Alle im Westen frei werdenden Truppen würden zu den bereits vorhandenen in den Osten verlegt. Dagegen hätte der Zar keine Chance.

Doch es kam anders. Zur Unterstützung der Franzosen schickten die Engländer ihre Soldaten über den Ärmelkanal nach Flandern. Den Angriff auf das neutrale Belgien wollten sie nicht dulden. Außerdem waren sie seit 1904 durch die Entente Cordiale mit Frankreich verbündet. Daraus wurde 1907 der Dreibund mit Russland. Deutschland sollte nun endgültig in die Schranken verwiesen, sein dreister Griff nach Weltgeltung ein für alle Mal beendet werden.
Aus dem anfänglich schnellen Bewegungskrieg wurde durch den Eingriff der Briten eine zähe Stellungsschlacht. Die Armeen fraßen sich im Schlamm fest. Giftgasgranaten und Dauerbeschuss. Tausende Tote wurden pro Tag gezählt, zehntausende pro Woche.

Auch in Russland blieb der deutsche Vormarsch nach frühen Erfolgen stecken. Generaloberst von Moltke war überfordert. Seinem legendären Onkel, der 1870 gegen Frankreich triumphiert hatte, konnte der Neffe nicht das Wasser reichen. Wilhelm entließ ihn und holte den greisen General von Hindenburg aus dem Ruhestand zurück. Der Kaiser betraute ihn mit der Aufgabe, seinem Vetter, dem Zaren, tüchtig einzuheizen.

Tatsächlich wendete der das Blatt im Osten. Hindenburg siegte bei Tannenberg und in den Masuren. Nun war diese Front halbwegs gesichert, doch in Deutschland wurden die Ressourcen knapp. Der Handel brach zusammen. Englands Seeblockade begann zu greifen. Die kaiserliche Kriegsflotte einzusetzen, war zu riskant. Die britische Marine war überlegen.

Kupfer, Stahl, Erdöl, Gummi, Salpeter für Sprengstoff, Kaffee, Kartoffeln, Mehl, Butter, Fleisch. Es fehlte bald an allem, und alles musste, so gut es eben ging, über mühselige Umwege beschafft werden.

Eine große Teuerungswelle setzte ein. Die Inflation fraß die mageren Löhne auf. Schwarzmarktpreise konnte sich ein Durchschnittsverdiener wie zum Beispiel Fritze nicht leisten. Die Bevölkerung begann zu hungern. Die Stimmung drohte zu kippen. Erste Proteste wurden laut. Die Generäle Hindenburg und Ludendorff machten sich Sorgen. Unruhen an der Heimatfront? Sozialistische Umtriebe wie in Russland? Revolution?! Das musste auf jeden Fall verhindert werden!

Bald wurden die Lebensmittel von den Behörden rationiert und zugeteilt. „Hier, zweimal Brot für die Herrschaften. Schön langsam kauen. Mehr jibbts nich!"

Fritze nahm von dem gut genährten Bäckermeister die Papiertüten mit den Rationen für sich und Rieke entgegen, quetschte sich an den Wartenden vorbei zum Ausgang und machte sich mit seiner Frau durch das nächtliche Schneegestöber auf den Weg zur gemeinsamen Hinterhauswohnung.

„Wir müssen noch heizen, Rieke."
„Mit watt denn, wir haben kaum noch Kohlen, oder haste welche unterm Bett versteckt?"
„Scheiß-Krieg!"
„Lass mal, Fritze, Hauptsache Aujust kommt heil zurück. Allet andre werdn wa übastehn. Morjen, wenn du arbeitest, je ick wieda Holz sammeln im Grunewald."

Fritze gab seiner Rieke einen Kuss auf die Wange. Älter war sie geworden und ein wenig faltig. Ihre braunen Augen leuchteten seelenvoll. Er fand sie immer noch schön und nahm sie kurz und kräftig in den Arm.

Stumm gingen sie anschließend Hand in Hand durch Schnee und Wind die dunkle, endlos lange Straße hinunter zu ihrem Haus.

GEBURTSTAGSFEIER

Der Generaldirektor Wilhelm von Bode verließ sein Arbeitszimmer im Verwaltungstrakt des Kaiser-Friedrich-Museums, um hinüber zur stillgelegten Baustelle zu gehen. Sein Gesicht wirkte wie aus grauem Granit gemeißelt. Keine Regung. Starre. Um seine Flimmermigräne zu bekämpfen, hatte er zwei Kapseln mit Opiaten eingenommen. Nun war ihm wohler, aber ein wenig schwindlig.
Es war der Zehnte Dezember 1916. Sein einundsiebzigster Geburtstag. Er stand im kalten Büroflur, drückte seinen Hut fest auf den Kopf, knöpfte seinen dicken Wintermantel zu und schritt dann auf den Stock gestützt langsam Richtung Hinterausgang.

Viel Neues würde er bei seinem Rundgang nicht zu Gesicht bekommen; das war ihm klar. Die Bauarbeiten an den Museen waren seit drei Monaten eingestellt. Der Kultusminister hatte ihn persönlich darüber informiert. Handwerker und Material würden für die Kriegsproduktion gebraucht. Die Erweiterungsbauten müssen leider warten.
Mit dieser Nachricht hatte von Bode früher oder später gerechnet. Deshalb versuchte er gar nicht erst, dagegen zu protestieren. Er wolle gern jeden Beitrag zum deutschen Sieg leisten, ließ er den Kultusminister wissen. Die infame Einkreisungspolitik gegen unser Reich müsse mit allen Mitteln beendet werden. Jedes Opfer sei recht. Die Feinde treibe der blanke Neid auf unsere deutsche Tüchtigkeit und unsere wirtschaftlichen Erfolge zu den Waffen. Dagegen müsse man sich mit aller Entschiedenheit wehren. Jeder müsse dazu seinen Beitrag leisten.

Bereits bei Kriegsausbruch hatte er seine patriotische Gesinnung im Kreise der Familie geäußert.
„Uns steht ein Krieg mit so viel Blut und Elend bevor, wie ihn die Welt noch nicht erlebt hat. Dennoch, wir müssen da durch, bis zum Letzten. Wir werden siegen, wenn auch erst nach schwerem Kampf. Vielleicht führt uns

die Völkerschlacht aber auch zu einer moralischen Erneuerung und nach dem Endsieg zu einer starken, deutschen Kunst, die jede Dekadenz und Schwächlichkeit der Gegenwart überwinden kann."

„Herzlichen Glückwunsch zum Geburtstag, Exzellenz von Bode!"
Sein alter Amtsdiener im schwarzen Gehrock und mit dickem Wollschal um den Hals machte einen tiefen Bückling und hielt gleichzeitig die Tür zum Treppenhaus auf.
„Danke, Müller, aber in diesen Tagen hat das Glück es schwer, zu einem durchzukommen. Sollte es Dringendes geben, ich bin auf der Baustelle."
„Sehr wohl, Exzellenz."

Bode ging an ihm vorbei, humpelte unter Mühen Stufe für Stufe hinunter und trat dann durch den Hinterausgang hinaus in die eiskalte Luft. Kein Mensch war zu sehen. Ihm war immer noch ein wenig schwindlig.
Er unterquerte die Stadtbahntrasse, sah vor sich das verschneite Dach der Nationalgalerie und rechts die riesige Baustelle. Dahin wandte er sich nun und stapfte vorsichtig durch den hohen Pulverschnee.
Es war der zweite Winter mit Rekordtemperaturen in Folge. Minus zwanzig Grad wurden seit Tagen gemessen. Die Sammlungen waren seit drei Wochen wegen der Kälte geschlossen. Heizmaterial für die Museen gab es nicht mehr. Die knappen deutschen Kohlevorräte wurden für die Kriegsführung gebraucht. Obwohl der Eintritt seit Monaten frei gewesen war, kamen in letzter Zeit sowieso kaum noch Besucher. Die Menschen hatten keinen Sinn mehr für Kunst.

Seinen Geburtstag wollte Wilhelm von Bode in aller Stille begehen. Ihm war nicht nach feiern. Wie jeden Tag war er heute von seiner kleinen Villa in Charlottenburg per Straßenbahn ins Büro gefahren, hatte die Post durchgesehen und erledigt, was zu erledigen war. Gratulanten wollte er keine empfangen. Sie wurden sämtlich abgewiesen. Er hätte keine Zeit, ließ er durch sein Vorzimmer ausrichten. Ihn selbst zog es heute auf die verwaiste Baustelle, hier wollte er ein wenig resümieren und von einer besseren Zukunft träumen. Abends sollte es zu Hause ein Essen im engsten Familienkreis geben. Die Frau und die beiden Töchter. Niemand sonst.

Eigentlich hatte er sich schon mit siebzig von der Generaldirektion verabschieden wollen, doch der immer länger andauernde Krieg und die unvollendete Museumsbaustelle brachten ihn dazu, auf seinem Posten auszuharren.
Die meisten seiner Mitarbeiter kämpften an der Front. Viele waren bereits gefallen. Er musste den Betrieb, so gut es ging, am Laufen halten und den baldigen Weiterbau betreiben. Das war er sich, dem Reich und seinem Kaiser schuldig.

Wilhelm II. vertraute ihm, hatte ihn sogar im Januar 1914, ohne vorher anzufragen, wie es eigentlich üblich gewesen wäre, in den Adelsstand erhoben. Er durfte sich nun sogar Exzellenz nennen. Eine Auszeichnung, die dem Generaldirektor ein wenig peinlich war. Er stammte aus einer alten Beamtenfamilie und war stolz darauf. Die unzähligen Orden, die er bereits erhalten hatte, freuten ihn, aber die Erhebung in den Adelsstand war ihm nicht geheuer. Eigentlich wollte er den Titel ablehnen, aber seine Frau Anna riet ihm davon dringend ab.
„Du würdest den Kaiser dadurch schwer beleidigen. Er meint es gut mit dir. Denke an deine Aufgaben!"
Bode seufzte und willigte ein. Nun war er halt ‚Exzellenz' Wilhelm von Bode.

Er nahm den Weg zwischen Kränen und Kieshaufen. Auf einer Bretterrampe ging er durch den kleinen Hintereingang des unvollendeten Pergamonmuseums. Die nicht überdachte Halle für den Altar musste er zunächst durchqueren. Schnee und Eis überall.
Er ging nach links und warf einen kurzen Blick in Wiegands, seiner Meinung nach, größenwahnsinnige Bleibe für das Markttor von Milet. Auch hier Eis und Schnee, halbhohe, unfertige Wände. Oben zogen tiefe Wolken darüber hinweg. Die sich direkt anschließende Baustelle des Vorderasiatischen Museums interessierte ihn heute gar nicht.
Er ging zurück zur Pergamonhalle und dann weiter zum hellenistischen Architekturensaal. Hier schaute er durch die offene Decke in den grauen Himmel. Schwarze Krähen krächzten oben auf den Gerüsten.

Er bog links ab und war endlich in seinem Deutschen Museum. Er fühlte sich wie zu Hause. Alle Geschosse waren im Rohbau fertig. Das Dach provisorisch gedeckt. Dafür hatte er gesorgt. Die Errichtung seines Museums musste vorrangig betrieben werden.
Pergamon, Milet, Priene und Vorderasien sollten gefälligst warten.

Bode ging langsam durch die erste Halle. Hier sollten einmal altgermanische Kunstobjekte aus der Zeit der Völkerwanderung präsentiert werden. Riesige meterdicke Ziegelwände mit offenen Fensterhöhlen, durch die der Nordwind pfiff und Schnee hereinwehte, empfingen ihn. An einigen Stellen sah er gefrorene Wasserlachen. Er ging langsam weiter zum nächsten Saal. Der war für das frühe Mittelalter bestimmt. Plötzlich blieb er stehen.

– Hier an dieser Stelle war es. Hier habe ich mir vor vierzehn Monaten den Fuß gebrochen. Dieser schreckliche Ludwig Hoffmann war schuld. Eine Baubegehung. Er hat mich, wie so oft, zur Weißglut gebracht. Die Deckenhöhe hat er mir im Obergeschoss verringert, die Mauern insgesamt zu breit ausgeführt. Ich habe ihn zur Rede gestellt. Von wo soll in dieser Hunnenburg noch Licht auf meine deutschen Kunstwerke fallen, habe ich ihn gefragt. Er redete von statischen Notwendigkeiten.
Unsinn! Ihre Geltungssucht spricht sich in dieser pompösen Monumentalität aus, habe ich ihm an den Kopf geschleudert. Sie verschwenden Unsummen für Fassadenfirlefanz und vernachlässigen den Innenausbau. Hoffmann hat nur den Kopf geschüttelt und gegrinst.
Dann die Stilräume.
Er hatte sie mir zugesagt. Ausdrücklich hatte ich ein gotisches Gewölbe und eine romanische Basilika gefordert. Originale Architekturfragmente hatte ich dafür seit Jahren gesammelt, und was macht dieser Caligula? Er ignoriert meine Wünsche und baut Hallen mit nackten Wänden. Das passe besser in die Gegenwart. Die Zeiten hätten sich geändert.
Eigenmächtig hat dieser Hoffmann hingemauert, was er gerade wollte. Ich habe ihn während der Begehung aufgefordert, endlich meinen Anweisungen Folge zu leisten und sich gefälligst an die Abmachungen zu halten. Ich sei der Vorsitzende der Baukommission und nicht er. Doch der

Herr Stadtbaurat sah sich außerstande, meinen Forderungen zu genügen. Als leitender Architekt müsse die letzte Entscheidung über künstlerische Fragen bei ihm liegen. So laute auch sein Vertrag.
Ich war empört, wollte sofort zum Kultusminister stürmen, um mich über diesen Mistkerl zu beschweren. Eine scharfe Drehung auf dem Stiefelabsatz Richtung Ausgang. Ein Knacks und ein stechender Schmerz. Ich fiel zu Boden. Mein Fuß war gebrochen. Fünf Wochen Gips. Seit einem Jahr laufe ich am Stock. Aber ich habe es diesem widerspenstigen Streithammel gezeigt.
Peng! Kurz darauf lag ein Bescheid des Ministers bei ihm auf dem Tisch. „Herr Ingenieur Hoffmann, Sie sind vom Innenausbau des Deutschen Museums mit sofortiger Wirkung suspendiert!"
Ich hatte gehofft und erwartet, dass er deshalb von dem gesamten Auftrag zurücktritt. Aber nein. Dieser Mensch hat keine Ehre im Leib und treibt immer noch sein Unwesen.
Doch den Innenausbau meines Museums versaut er mir nicht mehr. Den macht mir jetzt seit einem guten Jahr der brave German Bestelmeyer. Ein wunderbarer Architekt. Leider ruht die Baustelle nun. Aber drei Säle sind fertig. Ganz ausgezeichnet hat er das hinbekommen.
Ich hatte ihn schon länger im Blick. Die Innenausstattung seiner jüngst vollendeten Villa Pannwitz im Vorort Grunewald gab für mich den endgültigen Ausschlag. Er ist zwar ein Vertreter der älteren Architektenschule, baut mit Barock- und Renaissance-Elementen, hat aber das richtige Gespür für die von mir geforderten Stilräume. Und die will ich mir heute zu meinem Methusalemgeburtstag noch einmal ansehen. Hoffentlich können wir bald weiterbauen. Hoffentlich ist der Krieg bald gewonnen. Ich will die Einweihung meines Deutschen Museums noch erleben. –

Wilhelm von Bode machte sich auf den Weg zum romanischen Saal. Plötzlich überkam ihn ein kleiner Schwindel. Er lehnte sich an die Ziegelmauer, atmete tief durch und fühlte sich nach einiger Zeit wieder besser. Er richtete sich auf und ging vorsichtig ein paar Schritte weiter. Plötzlich stellte sich wenige Meter vor ihm eine weiße, altgriechisch gewandete Frauengestalt in den Weg. Sie hob langsam die wachsbleiche Hand, als wollte sie ihn zwingen, stehen zu bleiben.
Bode war empört.

„Was soll diese Maskerade? Lassen Sie mich durch! Mir ist nicht nach Theaterpossen. Wer sind Sie überhaupt?!"
Die Frau gab keine Antwort. Stattdessen kam eine zweite Gestalt hinter einer Säule hervor. Ein nackter, schneeweißer, bärtiger Mann mit einer Fackel in der erhobenen Hand.
Bode stutzte, wurde unsicher und wollte zurück zum Ausgang. Er drehte sich um, machte einige Schritte und sah, dass in dem Saal vor ihm weit verteilt an die einhundert Figuren standen und ihn anstarrten. Alle waren weiß wie Marmor. Sie trugen Keulen, Schilde, Lanzen, Pfeile und Bogen, wie man sie aus dem alten Griechenland kannte. Die Hellenen waren nackt oder mit Löwenfellen und Stoffen bekleidet. Sie begannen sich gleichzeitig zu bewegen, waren offensichtlich aber nicht aus Fleisch und Blut. Ihre weißen Augen schauten grimmig. Einige der Wesen wälzten sich nackt mit Schlangenfüßen auf dem Boden entlang. Sie schienen näherkommen zu wollen.

Mit einem Mal wurde es gleißend hell. Eine südliche Mittagssonne brach durch die Fensterhöhlen und tauchte die riesige Halle in ein hartes Licht. Die Figuren warfen keinerlei Schatten. Ein heißer Wind fegte plötzlich durch den Raum, wirbelte den hereingewehten Schnee auf und ließ ihn wie von Zauberhand zu roten Rosenblättern werden. Bode begann zu schwitzen. Draußen zwitscherten Vögel und Harfenklänge erschallten. Die Gestalten erhoben langsam ihre Waffen und begannen ihn einzukreisen. Bald waren sie ihm so nahe, dass ihre Schlangenfüße und Gewänder ihn berührten. Er wurde panisch.
„Was wollt ihr von mir? Verschwindet!" Er drohte mit seinem Krückstock, doch die Fabelwesen blickten ihn nur finster an.
Er hörte eine dumpfe Trommel schlagen und wusste nicht, woher ihr Laut kam. Die Schläge wurden immer stärker und schneller, die erhobenen Waffen immer bedrohlicher, bis es mit einem Mal dunkle Nacht wurde. Er sah nichts mehr, spürte nur die Nähe der unheimlichen Angreifer.
„Wo seid ihr? Lasst mich in Ruhe! Seid ihr noch da?"
Er tastete sich mit seinem Krückstock vor, versuchte den Ausgang zu finden und traf auf keinerlei Widerstand. Nach einer Weile meinte er am Fuß einer Treppe zu stehen. Vorsichtig setzte er seinen Schuh auf die erste Stufe und wollte gerade das andere Bein nachziehen, als er unvermittelt in die Tiefe stürzte.

Er rauschte in einen endlosen schwarzen Abgrund, wollte um Hilfe schreien, brachte jedoch keinen Ton heraus. Bode hatte das Gefühl, sich beim Fallen ständig zu überschlagen. Davon wurde ihm schwindlig. Er meinte aus weiter Ferne hämisches Gelächter zu hören. Atemnot überfiel ihn. Er verlor das Bewusstsein.

„Exzellenz von Bode! Exzellenz von Bode! Was haben Sie? Wachen Sie auf!"
Der Amtsdiener Müller hatte sich neben den am Boden liegenden Generaldirektor gekniet und rieb ihm das Gesicht mit Schnee ein, um ihn aus seiner Ohnmacht zu erwecken. Nach einigen Minuten schlug der seine Augen auf und sah eine schwarze Gestalt in einem spärlichen Lichtschein. Die Hölle!!!
„Lasst mich! Geht weg!" Bode begann um sich zu schlagen. Amtsdiener Müller nahm seine Petroleumlampe und leuchtete sich ins Gesicht.
„Herr Generaldirektor, Sehen Sie! Ich bin es. Müller."
Bode richtete sich ein wenig auf, strich sich den Schnee von der Wange und starrte ihn lange und fassungslos an.
„Tatsächlich. Müller. Was ist geschehen?"
„Das frage ich Sie. Über zwei Stunden waren Sie fort und kamen nicht zurück. Es war bereits dunkel, Ihre Aktentasche lehnte noch am Schreibtisch. Da habe ich mir Sorgen gemacht und bin Sie auf der Baustelle suchen gegangen. Gott sei Dank habe ich Sie gefunden. Sie hätten erfrieren können."
„So schnell erfriert man nicht, Müller. Unsere Soldaten draußen im Feld machen Schlimmeres durch. Könnten Sie mir aufhelfen?"
„Selbstverständlich."

Unter einigen Mühen gelang es Bode sich aufzurichten. Er klopfte sich den Schnee vom Mantel und blickte den Amtsdiener an.
„Mir muss unwohl geworden sein. Ein kleiner Schwächeanfall. Nichts Ernstes. Müller, ich möchte nicht, dass irgendwer von dieser Sache hier erfährt. Versprechen Sie mir das?"
„Ehrenwort, Herr Generaldirektor, kein Sterbenswörtchen soll über meine Lippen kommen. Ich nehme alles mit ins Grab."

„Danke, Müller, Sie sind ein guter Mann. Lassen Sie uns zurück ins Büro gehen. Ich hole meine Tasche und werde mir heute ausnahmsweise eine Kraftdroschke für die Heimfahrt gönnen."
„Das ist sehr vernünftig, Exzellenz von Bode."
Geführt von seinem Amtsdiener und dessen Lampe verließ der Generaldirektor der Berliner Museen die dunkle Baustelle und handelte wie angekündigt.

Zu Hause in Charlottenburg wartete ein schöner Rinderbraten vom Schwarzmarkt auf ihn und ein Gläschen Mosel. Es wurde auf sein Wohl getrunken. Seine Frau schaute ihn besorgt an. Ihr Wilhelm schien bedrückt zu sein.
„Wie war dein Tag im Museum? Du bist später als sonst heimgekommen. Gab es Schwierigkeiten?"
„Nein. Alles war gut. Der Braten ist vorzüglich. Danke, Anna!"
Die kleine Familienrunde wandte sich gleichgültigen Themen zu. Man saß nach Braten, Apfelkuchen und Schlagsahne noch ein wenig beisammen, sprach aber wenig. Bode zog sich an diesem Abend sehr früh zurück.

Seiner Frau und seinen Töchtern hat er von dem merkwürdigen Erlebnis an diesem Nachmittag nichts erzählt.

Er lag in seinem Bett und ihm war die Bedeutung der heutigen Vorkommnisse nicht klar.
– Die Götter und Giganten von Pergamon fallen über mich her? Unsinn. Sie liegen wohlbehütet in ihren Magazinen.
Geisterspuk? Natürlich nicht! Bode, womit beschäftigst du dich? Lächerlich! Höchstwahrscheinlich habe ich heute Mittag irgendetwas Falsches gegessen.

Die Blutwurst!!!

Ich will jetzt schlafen. –
Er drehte sich auf die Seite und kam ohne Träume gut durch die Nacht.

DADA

Der Krieg mit Russland war für Deutschland 1917 beendet. Lenin streckte vor Hindenburg die Waffen und wollte zum Ärger der Entente cordiale zwischen England und Frankreich um jeden Preis einen Separatfrieden. Er schloss mit den Deutschen, ohne zu zögern, den Vertrag von Brest-Litowsk, opferte dafür weite Gebiete im Westen, sowie das Baltikum und die Ukraine, die Kornkammer des ehemaligen Zarenreiches. Die Entente war sprachlos.
Wilhelm schöpfte Hoffnung. Der Krieg war jetzt zu gewinnen! Allerdings lag sein Bündnispartner Österreich-Ungarn bereits am Boden.

Generalfeldmarschall von Hindenburg warf nach dem Frieden mit Russland alle Kräfte sofort an die Westfront. Doch zu spät. Amerika hatte sich auf die Seite der Entente geschlagen. Durch das Eingreifen gut ausgerüsteter amerikanischer Verbände kam jeder Vormarsch in Frankreich zum Stillstand.

Im Oktober 1918 war der Krieg für Deutschland verloren. Die Generäle hatten keinerlei Hoffnung mehr. Im kampfesmüden, ausgehungerten Reich war die Revolution ausgebrochen. Die Soldaten wollten Brot und Frieden.
Matrosen der Kriegsmarine meuterten. Truppen verweigerten den Dienst. Rote Fahnen wurden geschwenkt. Generalstreik!
Es ging für die verantwortlichen deutschen Politiker und Militärs nur noch darum, einen annehmbaren Frieden mit England, Amerika und Frankreich zu erreichen.

Im noblen belgischen Heilbad Spa, nahe der holländischen und deutschen Grenze, eine Autostunde von Aachen entfernt, war das militärische Hauptquartier. Die Generalität der Obersten Heeresleitung, angeführt vom greisen Hindenburg, residierte im Grand Hotel Britannique. Nur wenig entfernt war für Wilhelm II. die prächtige, von Wäldern, Hügeln und Tälern umgebene, Villa Fraineuse requiriert worden.

Vor dem verglühenden Kaminfeuer im Salon der weißen Fin-de-siècle-Residenz saßen der siebenundsiebzigjährige, grauhaarige Generaladjutant des Kaisers, Hans von Plessen, in Uniform sowie Geheimrat Werner von Grünau vom Reichsaußenministerium im tintenblauen Dreiteiler.
Grünau, vierundvierzig Jahre alt, mit Halbglatze und klugen Augen, war der Verbindungsmann zwischen dem Reichsaußenamt und der Obersten Heeresleitung, der OHL. Die beiden warteten in weinroten Plüschsesseln auf Wilhelm, um ihn bei seiner Fahrt ins holländische Exil zu begleiten. Er hatte als Deutscher Kaiser und König von Preußen abgedankt.
Draußen wütete eine regnerische Sturmnacht. Der Wind pfiff um die Mauern. Es war zwei Uhr früh am Zehnten November 1918.

Zwei Tage zuvor hatte sich der Monarch wegen dringend telefonischer Aufforderungen aus Berlin und düsterer Lageeinschätzungen von Seiten der hohen Generalität um Hindenburg – nach stundenlangem Hin und Her – zunächst dazu entschlossen, die Kaiserkrone niederzulegen.
Wenn seine Abdankung nötig sei, um einen Bürgerkrieg in Deutschland zu verhindern, wolle er dem inneren Frieden nicht im Wege stehen, hatte er in einem Telefongespräch mit seinem Vetter, dem kurz zuvor zum Reichskanzler ernannten Max von Baden, in Berlin erklärt. König von Preußen müsse er aber bleiben. Nein, wurde ihm am anderen Ende der Leitung widersprochen, die Regierung sei sich einig, das verstoße gegen die Verfassung und würde weitere Aufstände auslösen. Wilhelm hatte wütend aufgelegt, war im Salon hin und her getigert und hatte dann seine Generäle von der Obersten Heeresleitung befragt.
Sie teilten mehrheitlich die Meinung der Berliner Herren. Man war der Auffassung, um Deutschland einen annehmbaren Friedensvertrag zu ermöglichen, müsse der Kaiser auch als König von Preußen abdanken. Das sei die Bedingung der Amerikaner. Die Hohenzollerndynastie sei unerwünscht. Er solle zu seiner eigenen Sicherheit dringend ins Exil.
Da selbst Hindenburg nicht widersprach, zog sich der Kaiser in seine Gemächer zurück. Am nächsten Tag kam er wieder zum Vorschein und erfuhr, dass sein Vetter, der Reichskanzler Max von Baden, der politischen

Notlage in Berlin gehorchend, bereits seine Abdankung von allen Ämtern verkündet habe. Wilhelm schäumte, nannte ihn einen Verräter, gab dann aber klein bei.
„Nun denn, Hindenburg, meinetwegen."
„Majestät erweisen dem deutschen Volk mit dieser selbstlosen Entscheidung einen großen Dienst!"

Wilhelm verfiel in Apathie, rauchte stumm eine Zigarette nach der anderen und erklärte dann kurz nach Mitternacht, er wolle vor seiner Flucht erst einmal schlafen. Die Zeit dränge, wurde ihm bedeutet. Meuternde Truppen seien auf dem Weg nach Spa, um ihn zu verhaften. Nur der Weg nach Holland sei noch sicher. Königin Wilhelmine sei geneigt, ihm und der noch in Potsdam weilenden Kaiserin Asyl zu gewähren. Er müsse an das Schicksal des Zaren denken.
Ja, ja. Um vier Uhr früh solle man ihn wecken, dann werde er seinen Hofzug besteigen und abdampfen, so viel Zeit werde sein.

Wilhelm ging zu Bett, die Generäle zogen achselzuckend ins Quartier. Von Plessen gab Anweisungen für die frühmorgendliche Abreise, und Grünau telefonierte lang mit dem deutschen Gesandten in Den Haag. Königin Wilhelmine musste auf die heutige Ankunft des Ex-Monarchen vorbereitet werden. Nach getaner Arbeit setzten sich die beiden Herren erschöpft in die roten Sessel des Salons. Zum Schlafengehen war es bereits zu spät. Die Wanduhr schlug zwei.

„Soweit musste es kommen!", lamentierte von Plessen.
„Mmm." Geheimrat Grünau wollte kein Gespräch.
„Wohin, von Grünau, wird Deutschland treiben, ohne seinen Kaiser? Eine sozialdemokratische Ministerriege ist mit Einwilligung seiner Majestät vor Kurzem ernannt, eine konstitutionelle Monarchie bewilligt worden. Der Reichstag wurde gestärkt, das Dreiklassenwahlrecht in Preußen soll abgeschafft werden. Das hätte die Lage an der Heimatfront doch beruhigen müssen. Aber die Roten dankten dem Herrscher seine Großmut nicht. Sie wollten mehr. Das Ende der Hohenzollern. Rache! Sie forderten und wühlten, bis sie ihr Ziel erreicht hatten.

Gestern, sofort nach der Abdankung, verlangte der Sozialdemokrat Friedrich Ebert: Reichskanzler Max von Baden solle zurücktreten. Der gehorchte und machte ihm Platz. Sein Genosse, Philipp Scheidemann, rief sofort vom Balkon des Reichstages die Republik aus. Das reichte dem aufrührerischen Mob aber immer noch nicht. Karl Liebknecht schwenkte kurz danach auf dem Stadtschlossbalkon eine rote Fahne und verkündete die Räterepublik nach bolschewistischem Muster.
Unerhört. Was soll das werden? Zwei sich bekämpfende Regierungen? Bürgerkrieg? Niemand gebietet Einhalt. Die Armee ist nicht mehr imstande, für Ordnung zu sorgen. Kaisertreue Freikorps werden sich hoffentlich bilden und gegen die Roten kämpfen. Höchstwahrscheinlich vergebens. Ich prophezeie Ihnen, von Grünau, unser geliebtes Vaterland wird im Chaos versinken!"
„Abwarten."
„Doch! Öffnen Sie die Augen. Was soll noch geschehen? Meuternde Soldaten und Matrosen. Heilige Eide werden gebrochen. Der Kaiser muss fliehen, um nicht das finstere Schicksal des russischen Zaren und seiner Familie in Jekaterinburg zu erleiden."
„Mmm."
„Wir waren immer zu sanft mit den Roten. Das aufsässige Pack hätten wir gleich niedermetzeln sollen, in Berlin und überall!"
„Plessen!!"
„Ja, ja. Ich weiß, die Armee gehorcht nicht mehr. Sie weigert sich auf Landsleute zu schießen."
„Gottlob."
„Gottlob??? Grünau!!! Auf welcher Seite stehen Sie? Wissen Sie eigentlich, was vor sich geht? Rote Zettel kleben an den Portalen des Berliner Stadtschlosses und der Königlich-Preußischen Museen.
NATIONALEIGENTUM!
Diese Nachricht kam vor Kurzem. Niemand weiß, ob zur Stunde Kunstschätze geplündert werden. Die Telefone sind tot. Wilhelm von Bode ist nicht zu erreichen. Vielleicht werden gerade Barrikaden aus dem Pergamonfries errichtet und Rembrandtbilder angezündet, um dem Revolutionspöbel die Hände zu wärmen. Das lässt Sie kalt?

Mir wird berichtet, der Mob sei ins Schloss eingedrungen wie in ein Kaufhaus. Arbeiter und Soldaten bilden dort Räte nach russischem Vorbild. Ungeheuerlich. Die Spartakisten, sagt man, schießen aus der Hohenzollernresidenz auf alles, was sich ihnen nähert. Der rote Reichskanzler Ebert sei dagegen machtlos."

Geheimrat Werner von Grünau schaute seufzend auf seine silberne Taschenuhr. Es war zwanzig nach zwei. Die hysterische Larmoyanz seines uniformierten Gegenübers ging ihm zunehmend auf die Nerven. Doch Hans von Plessen hörte nicht auf.

„Kaiserliche Truppen wollen den Herrscher verhaften, wollen ihn ermorden."

„Wir bringen Wilhelm nach Holland. Der Kaiser ist bald in Sicherheit. Bitte, Herr Generaladjutant, ich bin vollkommen erschöpft und möchte jetzt ein wenig ruhen."

Grünau streckte sich im Sessel aus und verschränkte demonstrativ seine Arme vor der Brust. Er schloss die Augen und tat so, als ob er schliefe. Doch ihm gingen tausend Gedanken durch den Kopf.

– Jetzt jammern alle über die Revolution. Dabei nehmen sich unsere deutschen Spartakisten nur ein Beispiel an Lenin. Seit einem Jahr lenkt er die Geschicke Russlands. Und wer hat diesen Lenin und seine Bolschewiken an die Macht gebracht? Wir! Unser kaiserliches Reichsaußenamt! Alle Warnungen vor einem Bumerangeffekt wurden buchstäblich in den Wind geschlagen. Die Bolschewisten werden mit uns, wie verabredet, Frieden schließen, und dann wird Russland im Chaos versinken, hieß es. Irgendwann wird der Zar wiederauftauchen. Phönix aus der Asche.

Pustekuchen. Ich habe von Anfang an gewarnt. Vergeblich. Wir haben Lenin im verplombten Eisenbahnwaggon aus seinem Züricher Exil quer durch Deutschland nach Petersburg geschmuggelt und der hat dort brav seine Revolution gemacht. Nur zusammengebrochen ist Russland leider nicht. Fehlkalkulation. Lenin hält sich mit Terror an der Macht. Nun schwappt der von uns finanzierte Bolschewismus nach Deutschland. Ein surrealer Witz. DADA.

DADA! Diese verrückte Kunstausstellung in Berlin. Ich wollte erst nicht glauben, was ich da sah. Zusammengeklebte Zeitungsschnipsel werden zum Bild erklärt. Sinnlose Gedichte werden vorgetragen.
„Frg! EEi?
Mmm & ZiLP!!!" Oder so ähnlich.
Straßenmüll wird auf Bretter genagelt. Das ist Kunst! Die neue Kunst! Ich habe Tränen gelacht. Auf mich wirkte dieser Unsinn irgendwie befreiend. Diese DADA-Leute drücken aus, was alle spüren, den Zerfall der alten Ordnungen und Gewissheiten. Sie reagieren auf das, was wir ihnen vorleben. Lenin und Wilhelm an einem Strang. Das ist DADA! –

Geheimrat Grünau vom Reichsaußenamt kratzte sich am Kopf, schlug sein Revers hoch und mimte in seinem Sessel weiter den Schlafenden. Doch seine Gedanken ließen ihm keine Ruhe.
– Es war ein schwerer Fehler, die russischen Aufrührer mit über fünfzig Millionen Goldmark zu füttern. Davon haben sie Waffenarsenale angelegt und ihre Propaganda finanziert, auch im Ausland. Auch bei uns. Die Prawda wurde täglich mit deutschem Geld gedruckt.
Lenin hat sich wie ein preußischer Beamter an die Absprachen gehalten und den für Russland demütigenden Friedensvertrag von Brest-Litowsk mit uns abgeschlossen. Gegen Widerstand im eigenen Lande hat er alle unsere Bedingungen, ohne zu zögern, erfüllt. Das brachte uns erhebliche Landgewinne im Osten, doch das war ein Pyrrhussieg. Die Westfront brach anschließend dennoch zusammen. Nun muss ein Gesamtfrieden her. Die Entente will kein starkes Deutschland. Uns soll das Rückgrat gebrochen werden. Das wusste dieser Lenin. Kommt es demnächst zu Verhandlungen mit England, Amerika und Frankreich, ist jeder Landgewinn von Brest-Litowsk wieder futsch. Nur die Republik, vielleicht sogar die Räterepublik, wird unserem Reich erhalten bleiben. Die Monarchie der Hohenzollern hingegen ist ein für alle Mal im Eimer. Das ist auch gut so. –

Grünau starrte an die Decke.
– Eine weltgeschichtliche Posse. DADA. Wir kaufen uns für kaiserliches Geld russische Umstürzler, um die 1917 vom russischen Volk nach dem Sturz des Zaren demokratisch gewählte Regierung unter Ministerpräsident Kerenski in die Knie zu zwingen. Warum? Weil seine Regierung den

Krieg gegen uns auf Anraten der Entente nicht beenden wollte. Wir waren dumm. Die russische Front wäre mit oder ohne Lenin sowieso zusammengebrochen. Bei einem Kriegsverlierer Kerenski hätten wir aber mit einem konstitutionellen Sozialisten über den Frieden verhandeln können, hätten vielleicht einen zuverlässigen Bündnispartner gegen England und Frankreich gewonnen. Nun haben wir Lenin. Er will die Weltrevolution. Deutschland soll bolschewistisch werden, so sein Plan. Dann sollen Frankreich, England und Italien folgen. Wenn in Europa überall Sowjetrepubliken entstehen, ist er der Anführer. Lenin würde die Genossen hier in Deutschland kommandieren. Karl Liebknecht und Rosa Luxemburg wären bald seine Marionetten. –

„Ach, von Grünau! Ist es nicht furchtbar. Der Kaiser muss bei Nacht und Nebel ins Exil. Ich kann es immer noch nicht fassen. Eine Katastrophe!"
„Generaladjutant von Plessen!!!"

Geheimrat Grünau stand wütend auf, ging zu dem silbergrauen Sofa, das vor einem bodentiefen Fenster stand, legte sich nieder und wandte dem jammerfreudigen Generaladjutanten bewusst seinen Rücken zu. Er ließ höchst undiplomatisch einen lauten Furz und hoffte, nach diesem Affront eine Weile Ruhe zu haben.
Die Wanduhr schlug drei.

– DADA. –
Der Mann vom Reichsaußenministerium dachte an eine weitere Groteske der deutschen Kriegsführung.
– Unsere Geheimdiplomatie war ein Fiasko an allen Fronten, nicht nur im Osten. Ich erinnere mich, wie ich eines Morgens ins Außenamt kam und zum Leiter des Referats für Vorderasien gerufen wurde. Das war zu Beginn des Krieges. Stolz zeigte mir der Geheimrat von Wussow Flugblätter in zwölf Sprachen. Arabisch, Afghanisch, Persisch, Indisch und so weiter.
„Was ist das?", habe ich ihn gefragt.
„Wir rufen die von den Engländern und Franzosen beherrschten mohammedanischen Völker der Welt zum Heiligen Krieg, zum Dschihad, gegen ihre Kolonialmächte auf."

„Wie bitte, von Wussow? Zum Dschihad kann nur der Kalif, in diesem Fall der Sultan, als das geistige Oberhaupt der Moslems aufrufen, und das lediglich, wenn die Gläubigen von Ungläubigen an Leib und Seele ernsthaft bedroht werden. Das ist hier nicht der Fall."
„Grünau, nicht so kleinkariert denken! Wir sind mit unserem osmanischen Verbündeten bereits in Kontakt getreten. Nach längerem Zögern hat der Sultan zugestimmt. Auch er will seinen Krieg gegen England und Frankreich um jeden Preis gewinnen. Ich verspreche Ihnen, der Dschihad wird große Wirkung entfalten und die Entente von Indien bis Marokko in die Enge treiben.
Unser Kaiser hatte sich bereits vor Jahren bei seinem Besuch in Palästina vorausschauend zum Schutzherrn aller Moslems erklärt. Das wurde ihm in der islamischen Welt nie vergessen. Er wird dort fast als Heiliger verehrt. Darauf baut nun unsere Kriegspropaganda.
Wir werden Flugblätter verbreiten, auf denen Kaiser Wilhelm mitteilt, dass er zum Islam konvertiert ist, und sich deshalb Wilhelm Hussein nennt, außerdem drucken wir für den Kalifen von Konstantinopel, also den Sultan, tonnenweise Aufrufe zum Heiligen Krieg gegen die Engländer und Franzosen."
Stolz präsentierte mir dann Geheimrat Wussow den deutschen Text, der den fremdsprachlichen Flugblättern zugrunde lag.

„O Moslems, die ihr folgsame Diener Gottes seid! Jeder von euch, der gegen die ungläubigen Eindringlinge, die nicht mit uns verbündet sind, in den Dschihad zieht, wird, wenn er am Leben bleibt, Glückseligkeit genießen, und falls er in die andere Welt eingeht, zum Märtyrer werden. Dort wird ihm dann das Paradies zuteil."

Ich war zunächst sprachlos, dachte, ich würde träumen. Wohin sollte der Missbrauch heiligster Vorschriften einer Weltreligion zu niedrigen machtpolitischen Zwecken dereinst einmal führen? Wer würde sich wo und wann unserem schäbigen Beispiel anschließen?
Dem Terror wurden so Tür und Tor geöffnet.
Bald darauf zogen unsere Agenten in die islamische Welt, um die Völker aufzuhetzen. Allen voran dieser exzentrische Bankierssprössling, dieser Abenteurer Max von Oppenheim. Ein Orientbesessener mit Privatharem in Kairo und Zwölfzimmerwohnung am Kurfürstendamm. Ein Ausgräber

von Antiken. Die Ruinenstätte Tell Halaf in Syrien hat er entdeckt. Den Berliner Museen will er seine Funde zukommen lassen. Oder auch nicht. Man wird sehen, ob er sie überhaupt exportiert bekommt, und ob die Museen je fertig werden. Nebenbei gefällt sich Oppenheim als Agent. Er war es, der das Außenamt auf die Idee mit dem Heiligen Krieg brachte. Später betrieb er in unserem Auftrag eine geheime Nachrichtenagentur im Osmanischen Reich, um von dort aus in der islamischen Welt für den Dschihad Propaganda zu machen. Das brachte allerdings genauso wenig Erfolg wie seinerzeit die Bemühungen von Antikendirektor Theodor Wiegand, die ausländische Presselandschaft zu bearbeiten.
Es gab keinen Dschihad. Ein paar Terroranschläge. Tod und Zerstörung. Das war es dann aber auch. Die Engländer und Franzosen wurden nicht wirklich panisch. Unter dem Strich haben diese Kampagnen in jeder Hinsicht versagt. Spätere Generationen werden über uns lachen oder sich an den Kopf fassen, wenn sie davon erfahren. –

Grünau, durch den langen Schlafentzug vollkommen überdreht, sah plötzlich, als läse er in einem Buch, ein Gedicht vor seinen Augen.

§ DADA!! aUssEn! aMT? $$$$$$!
DA nIMm DAAADA!!!!!!!!

Der Geheimrat kicherte leise, fast hysterisch auf seinem Sofa, da schlug die Wanduhr vier. Grünau setzte sich auf und blickte hinüber zum Generaladjutanten. Der war auf seinem roten Sessel mit offenem Mund eingeschlafen. Grünau erhob sich, und entgegen seiner sonstigen diplomatischen Außenamtsgepflogenheiten ließ er sich dazu hinreißen, einen lauten Unteroffizier zu imitieren.

„Von Plessen! Hopp! Der Kaiser muss geweckt werden! Abreise!“
Der Greis sprang in die Senkrechte und salutierte.
„Zu Befehl!“
Jetzt erst bemerkte er, wo er sich mit wem befand. Er schaute vernichtend auf Geheimrat von Grünau, der sich in dieser Lage einen Scherz erlaubt hatte, ordnete seine weiße Uniformjacke, stakste in die beleuchtete Halle und von dort die schön geschwungene Holztreppe hinauf zu den Gemächern seines geliebten Kaisers.

Grünau zog sich den Mantel an, griff hinter den Sessel nach seinem schwarzen Diplomatenkoffer mit den wichtigsten Unterlagen und ging zum Entree. Stehend wartete er hier auf den Marmorfliesen im Licht des elektrischen Kronleuchters auf seinen Exkaiser.

Bald darauf knarrte im ersten Stock das Parkett. Im langen, grauen Uniformmantel, bleich wie Kalk, schritt Wilhelm die geschwungene Treppe hinunter. Sein Schnurrbart hing herab, war nicht wie sonst schwarz gefärbt und nach oben gezwirbelt. Hans von Plessen und mehrere Diener mit Gepäck folgten ihm. Der Kaiser blieb mitten in der Halle wie eine Säule stehen. Im Lampenlicht wirkte er wie ein Gespenst.
Sein greiser Generaladjutant lief zur Flügeltür des Eingangs und öffnete sie. Draußen in der Dunkelheit standen mehrere Automobile mit tuckernden Motoren bereit. Es blies ein scharfer Wind. Wilhelm seufzte kurz und verließ dann sehr langsam das Haus. Plessen und Grünau schlossen sich ihm an. Es folgten die Diener. Der letzte von ihnen, ein junger Uniformierter, stellte draußen seine zwei Koffer ab und ging schnell zurück, um das Licht zu löschen.
Wenig später war es stockdunkel in der Residenz. Er kam wieder heraus. Dann ein Klack. Die Tür war zu. Der Diener griff eilig seine beiden Koffer. Sie enthielten Wilhelms liebste Galauniformen. Er nahm seinen Weg zur hintersten Limousine. Kurz darauf fuhr die Kolonne auf knirschendem Kies langsam davon.

Eine halbe Stunde später dampfte der Hofzug in sternenloser Nacht vom belgischen Bahnhof in Spa Richtung Holland. Die Herrschaft der Hohenzollern war für immer beendet.

STRATEGEN

„Mein lieber Doktor Gall, was machen wir mit Generaldirektor Wilhelm von Bode?"

„Absetzen, Herr Minister!"

„Bravo! Dazu zwingt uns ohnedies das neue preußische Gesetz. Es soll dazu beitragen, den zähen Beamtenapparat zu verjüngen und republikfreundlicher zu gestalten. Mit fünfundsechzig ist Schluss, und Bode ist fünfundsiebzig. Aber was dann? Wir werden ihn damit nicht los. Der Mann wird keine Ruhe geben.

Er hat die konservative Presse auf seiner Seite, füttert sie regelmäßig, mischt sich überall ein und spinnt Intrigen. Das wird nach seiner Pensionierung nicht besser werden, vielleicht sogar schlimmer. Er wird danach trachten, mithilfe der öffentlichen Meinung seinen Machtverlust zu kompensieren. Er wird die ihm gewogenen Zeitungen dazu bringen, für seine Ziele und Ansichten zu kämpfen und Stimmung gegen Widersacher zu machen. Ich will mir nicht vorstellen, was das für unser Ministerium heißt."

Carl Heinrich Becker, der preußische Minister für ‚Wissenschaft, Kunst und Volksbildung', wie das Kultusministerium nun offiziell hieß, war Mitte vierzig. Er trug eine runde Nickelbrille, hatte eine Halbglatze und war ein kluger Pragmatiker. Er ging in seinem schönen hellen Büro mit Blick auf den Prachtboulevard Unter den Linden auf und ab.

Sein zweiunddreißigjähriger, dunkelblond gescheitelter Mitarbeiter, Doktor Ernst Gall, zuständig für Museumsfragen, saß lässig auf der Schreibtischkante und rauchte Orientzigaretten der Marke Sultan. Becker öffnete das Fenster. Ein warmer Wind wehte in das kühle Büro.

„Unsere junge Republik, mein lieber Gall, ist von Feinden umzingelt. Putschisten lauern überall. Sie hoffen nur darauf, dass wir Demokraten einen Fehler machen. Ich wette, konservative Zeitungen warten schon mit gespitzten Federn auf die Gelegenheit, uns zu diskreditieren. Bode ist einer von ihnen und genießt hohes Ansehen in diesen Kreisen. Versuchen wir ihn durch vollständige Entmachtung in der Versenkung verschwinden zu lassen, schreiben ihn die gezwirbelten Kaiserbärte der Rechtspresse wieder auf den Thron."

Carl Heinrich Becker schaute hinaus auf den Boulevard, der im Licht der Nachmittagssonne vor ihm lag. Es war Sommer 1920. Bäume raschelten im Wind. Omnibusse und Automobile hupten. Ein Drehorgelspieler ließ Paul Linckes „Berliner Luft" erklingen. Schutzpolizisten regelten mit Trillerpfeife den Verkehr. Auf dem Mittelstreifen promenierten gut gekleidete weibliche Passantinnen mit knöchellangen Röcken. Die Rufe von Zeitungsjungen waren zu hören.
„Extrablatt! Extrablatt! Groß-Berlin wählt links! SPD und USPD gewinnen die Mehrheit im Stadtparlament!"

Der Minister zog sein helles Leinenjackett aus, warf es über den Arm und blieb am Fenster stehen. Dann wandte er sich Ernst Gall zu.
„Die Stadt da draußen wirkt friedlich. Doch das ist ein Trugschluss. Hinter den Kulissen werden die Messer gewetzt. Die Kommunisten kämpfen für den Bolschewismus. Tägliche Demonstrationen auf den Straßen. Agitation vor den Werkstoren und Stapel von russisch finanzierten Propagandaflugblättern werden verteilt.
Dennoch, sie werden keinen Erfolg haben. Die deutschen Arbeiter sind nicht revolutionär; sie wollen Ruhe und Ordnung. Arbeit. Kegelklub. Sonntagsbraten. Das reicht ihnen. Leider. Mich beängstigt mehr die Rechte. Ein Putsch kaisertreuer Junker ist vor Kurzem zwar gescheitert, aber Attentate sind seit Jahren an der Tagesordnung.
Karl Liebknecht und Rosa Luxemburg sind ermordet worden, Reichsfinanzminister Erzberger wurde schwer verwundet. Und das ist nur die Spitze vom Eisberg. Viele sind schon durch den rechten Terror gestorben. Jeder fragt sich, wer wird das nächste Opfer? Ich?
Überall wühlen reaktionäre Kräfte gegen die parlamentarische Demokratie. Die Republik balanciert auf Messers Schneide. Gemäßigte Politiker, Intellektuelle, moderne Künstler und Freunde der Republik werden von der Rechten als Judenbrut verschrien. Und wo steht Bode? Genau da! Sie wissen, Gall, wie er gegen mein Bildungsprogramm stänkert."
„Ja."

„Die Staatlichen Museen als Bildungsstätte fürs Volk? Das lehnt er entschieden ab. Die Massen hätten gar kein Gefühl für Kunst. Unsere Museen seien eine Stätte nationaler Identität. Ein Wallfahrtsort des Geistigen. Nur die Eliten vermögen, Höheres zu erfassen. So tönt der alte Monarchist.
Dass ich nicht lache. Wilhelm II. und seine aufgeblasenen Schnörkelbauten als Maßstab für zeitgenössische Ästhetik? Die Museen sollen nicht für das Volk sein? Ja, für wen denn dann? Der Kaiser wird sich nicht so bald aus Holland herbemühen und eine Eintrittskarte kaufen. Das Volk hingegen kommt gern und das passt Bode offenbar nicht.
Außerdem wettert der Generaldirektor ständig gegen den Erwerb zeitgenössischer Bilder durch die Nationalgalerie. Was geht es ihn an? Die Sammlung untersteht nicht seiner Leitung.
Ihr Direktor, Ludwig Justi, wird von ihm niedergemacht. Dabei hat der im Kronprinzenpalais eine schöne Ausstellung zusammengetragen. Vielleicht hasst er ihn genau deshalb. Im ehemaligen Palais von Kronprinz Friedrich Wilhelm und seiner Gattin Victoria, bei denen Bode ein- und ausgegangen war, hat Justi ein Staatliches Museum für die junge Kunst unserer Republik eingerichtet. Eine schöne Idee. Die Besucher kommen in Scharen. Was tönt unser Generaldirektor? Die Leute kämen nur, um zu sehen, wie der Kronprinz und seine Gattin dermaleinst gewohnt hätten. Dieser von Justi ausgestellte Expressionismus interessiere niemanden, dürfe mit Geldern der Nationalgalerie eigentlich gar nicht gekauft werden. Heckel, Kirchner, Pechstein, Kokoschka, Marc. Igitt. Das sei mittelmäßige Kunst für junge, unreife Demokraten. In zehn Jahren spätestens sei diese Mode verschwunden. Jeder Ankauf solcher Werke sei rausgeschmissenes Geld. Wenn Direktor Justi diese Bilder erwerbe, beweise er nur, was für ein grässlicher Opportunist er sei. Erst war der Wendehals kaisertreu, nun versuche er es republikanisch. So spricht Bode laut und leise über Justi, und damit über mich und alle, die dem neuen Staat dienen wollen."

Der Minister seufzte und ging zurück zum Schreibtisch, warf sein Jackett auf den Stuhl und setzte sich ein wenig erschöpft neben Ministerialrat Gall auf die Schreibtischplatte.
„Geben Sie mir eine Zigarette!"
„Gerne, Herr Minister."
Becker betrachtete die Schachtel, die Gall ihm hinhielt.

„Hübsch! Eine gelbe Wüstenlandschaft, braune Kamele und Palmen. Auf der Vorderseite prunkt der Monumentalkopf eines bärtigen Sultans mit rotem Turban und funkelnden Augen. Was ist von den kaiserlichen Orientträumen geblieben? Das hier. Bildchen auf einer Tabakschachtel."
Becker nahm eine Sultan, ließ sich Feuer geben und zog den Rauch ein. Beim Ausatmen formte er einen Ring und fuhr dann fort.
„Wäre Bode nicht Museumspapst, sondern der Referent für zeitgenössische Kunst hier bei mir im Ministerium, ich hätte ihn schon längst auf eine ewig lange Dienstreise geschickt.
Doch das bringt uns nicht weiter. Auf dem Gebiet der alten Malerei ist der widerspenstige Generaldirektor eine unanfechtbare Autorität. Die Museumswelt verehrt ihn. Sammler aus vielen Ländern fragen ihn um Rat. Zu Recht. Seine Bücher stehen in allen wichtigen europäischen Bibliotheken. Bode liebt seine international geachtete Stellung, berauscht sich daran und wähnt sich deshalb unangreifbar. Er ist ein Autokrat, der nicht loslassen kann.
Er weiß, Preußen und das Deutsche Reich sind durch den Versailler Friedensvertrag pleite. Dennoch will er um jeden Preis sein Asiatisches Museum in Dahlem bauen, und vor allem sein Deutsches Museum am Kupfergraben. Wenn es sein muss auf Kosten der anderen Sammlungen. Er ist irgendwie manisch, fast pathologisch. Es fehlt bei ihm nur wenig zum Verbrecher. Er wird keine Ruhe geben, auch wenn ich ihn in Pension schicke. Also, was machen wir mit ihm?"

Ernst Gall drückte seine Zigarette aus und schob seinem Minister den Aschenbecher und das silberne Feuerzeug hin. Er erhob sich, ging auf dem großen, roten Perserteppich auf und ab und blieb dann vor Becker stehen.

„Bode ist Generaldirektor. Und was ist er noch?"
„Wie bitte?"
„Ich habe die anderen Aufgaben nicht vollständig parat."
„Was wollen Sie mir sagen, Gall?"
„Herr Minister, wenn Sie ihm auf einen Schlag alle Ämter nehmen, wird er hasserfüllt seine Zeit nur noch damit verbringen, Zeitungsartikel gegen uns und den Rest der Republik zu diktieren. Sie sagten es bereits. Geben Sie ihm also eine Spielwiese. Entheben Sie ihn der Generaldirektion, aber

lassen Sie ihm Aufgaben, bei denen er glänzen, aber nicht viel Schaden anrichten kann. Irgendein Konstrukt wird das neue preußische Beamtenrecht schon möglich machen."

„Mag sein, Gall. Ich fürchte nur, so einfach lässt er sich nicht austricksen."

Becker zündete sich wieder eine orientalische Zigarette an, betrachtete sie kurz und machte drei lange Züge.

„Diese Sultanzigaretten, herrlich! Verzeihung, Gall, mein Problem ist, was mache ich mit seinem Vorsitz in der Museumsbaukommission? Dort geht es seit Jahren drunter und drüber. Schon 1916 wollte ihn der damalige Kultusminister vom Vorsitz entbinden. Die endlosen Stänkereien von Bode gegen Hoffmann wurden ihm zu viel. Er ließ ihn damals nur im Amt, weil die Baustelle wegen der Kriegswirren sowieso ruhte. Nun wird wieder weitergemacht, wenn auch sparsam, und der alte Hickhack geht von vorne los.

Bode fordert von Ludwig Hoffmann und Baurat Wille, vordringlich für sein Deutsches Museum zu sorgen. Dabei wünscht er ständig Änderungen. Heute diese, morgen jene. Die anderen Projekte auf der Museumsinsel scheinen ihm inzwischen egal zu sein. Er will den Weiterbau der wiegandschen Architektursäle für Pergamon, Priene und Milet zurückstellen, bis sein deutscher Flügel vollendet ist.

Dagegen läuft Antikendirektor Wiegand Sturm. Verständlich. Ich prophezeie Ihnen, die Herren befinden sich bald im offenen Krieg miteinander. Das Architekturmuseum der Antike, die neue Heimat des Pergamonaltars, ist seit Jahren nicht einmal im Rohbau fertiggestellt worden, doch Bodes deutsche Abteilung war durch sein penetrantes Drängeln beim Kaiser schon vor Kriegsende unter Dach."

„Herr Minister, die Mittel für die Staatlichen Museen müssten so verteilt werden, dass alle Bauten gleichzeitig fertiggestellt werden könnten."

„Vielleicht. Doch von welchen Mitteln reden Sie, Gall? Seit dem Versailler Friedensvertrag gehen das Deutsche Reich und jeder seiner Bundesstaaten, also auch Preußen, am Bettelstab. Die Reparationszahlungen würgen uns. Die Inflation galoppiert. Immerhin hat der Preußische Landtag etwas Geld bewilligt. Höchstwahrscheinlich druckt der Finanzminister im Keller seines Hauses uns zuliebe heimlich Banknoten. Dennoch reicht es nicht.

Bis 1924 könnten wir mit den bewilligten Mitteln die Rohbauten auf der Museumsinsel mit Ach und Krach vollenden, wenn uns die rasante Geldentwertung kein Schnippchen schlägt. Für Bodes kühne Dahlemer Pläne reichen sie aber nie und nimmer.
Bliebe er jedoch der Vorsitzende der Museumsbaukommission, hätten wir in vier Jahren die Einweihung eines prächtigen Deutschen Museums mit gotischen, barocken und romanischen Hallen auf der Museumsinsel sowie einen Tempel für asiatische Kunst draußen in Dahlem.
Der pompöse Mittelbau für Wiegands Pergamonaltar und seine anderen antiken Architekturen hingegen verkämen zu Ruinen à la Piranesi. Die Reliefs der Gigantenschlacht verfielen weitere Jahrzehnte in den Magazinen. Die Welt würde über uns den Kopf schütteln und hätte recht. Das darf nicht sein!
An den unfertigen Südflügel für Vorderasien will ich gar nicht denken. Die Hälfte der Ziegel für das Ischtar-Tor lagert in Berlin, die andere Hälfte in Bagdad. Wann die vierhundert Kisten dort freigegeben werden, steht in den Sternen.
So ist es auch mit den Funden unserer Grabungen in Assur. Die mesopotamischen Schätze wurden im Krieg samt Schiff der Hapag-Lloyd, das sie nach Hamburg bringen sollte, von den Engländern im Hafen von Lissabon beschlagnahmt. Portugal hatte sich der Entente angeschlossen. Deutsche Fracht war somit Schmuggelware. Bis heute liegen unsere Assur-Funde deshalb in Portugal.
Vielleicht haben wir irgendwann das monumentale Haus für ein Vorderasiatisches Museum, aber keine Exponate. Verzeihen Sie mir meine Exkursion in den Pessimismus. Ich weiß, wir müssen nach vorne denken. Bode und sein Vorsitz in der Baukommission waren unser Thema. Was sagen Sie dazu, mein junger Herr Doktor?“
Ernst Gall blickte seinen Minister an und schob die Hände in die Hosentaschen.
„Ich stecke da in einem Zwiespalt. Mir ist die ganze wilhelminische Großmannssucht auf der Museumsinsel unheimlich. Die Bauten werden, sollten sie je ihre Vollendung erleben, prahlende Monumente zu Ehren des Kaiserreiches sein und unserer jungen Republik spotten.
Bode polemisiert gegen die Monumentalbauten der Antikenabteilung. Das Architekturmuseum von Wiegand und der Flügel für das Vorderasiatische Museum sind ihm inzwischen ein Dorn im Auge, aber nicht,

weil er einen republikanischen Geschmack entwickelt hätte, sondern weil er fürchtet, dass Pergamon, Milet & Compagnie seinem Deutschen Museum die Mittel und die Schau stehlen werden.
Sollten Sie ihm den Vorsitz in der Baukommission nehmen, wer könnte dann nachfolgen? Wiegand? Der würde den Spieß umdrehen und alle Mittel für sich verbrauchen. Bode stünde sofort auf den Barrikaden und würde einen Presseradau veranstalten, der das gesamte Unternehmen ins Zwielicht rücken würde.
Ich denke, unter den gegebenen Umständen muss er vom Posten des Generaldirektors entfernt werden, sollte aber den Vorsitz in der Baukommission behalten. Wir müssten ihm unser Interesse am gleichberechtigten Weiterbau des gesamten Projektes erklären und ihn zur Zusammenarbeit mit Ludwig Hoffmann und Baurat Wille verpflichten. Würden sich dann trotzdem Grabenkriege entwickeln, was ich für wahrscheinlich halte, wäre ich geneigt, Ihnen vorzuschlagen, den Vorsitz selbst zu übernehmen. Wir müssten dann, um uns abzusichern, den Preußischen Landtag stärker als bisher einbeziehen. Dort gibt es gutwillige Leute. So könnten wir ein Gegengewicht zu Bodes Publizistik erreichen."

Carl Heinrich Becker musste schmunzeln.
„So ähnlich habe ich auch schon gedacht. Ich gehe inzwischen jedoch ein wenig weiter. Was halten Sie von dieser Idee? Bode geht als Generaldirektor in Pension und darf seinen Nachfolger selbst bestimmen."
„Wie bitte, Herr Minister?"
„Ja. Denken Sie nach. Ich bin mir sicher, dass er den Leiter des Kunstgewerbemuseums nominieren wird. Seinen Helfer, wie er sich auszudrücken beliebt. Ein anderer kann ihm nicht einfallen. Er hat sonst keine Freunde unter den Museumsdirektoren.
Schauen Sie nicht so skeptisch, Gall! Ich hätte nichts gegen Otto von Falke. Im Gegenteil. Er ist ein tüchtiger Mann. Nach der Verstaatlichung von Ex-Kaiser Wilhelms Berliner Stadtschloss hat er sein Kunstgewerbemuseum dort eingerichtet und die schwierige Aufgabe sehr gut gemeistert.
Natürlich wird Falke in Bodes Sinne weiterarbeiten. So what? Er verehrt ihn und tanzte bisher schon nach seiner Pfeife. Er ist aber ein ruhiger Charakter. Wir werden es einfacher mit ihm haben. Er ist scheu, wird nicht

so in die Öffentlichkeit streben wie sein Vorgänger und auch mehr mit unserem Ministerium kooperieren. Außerdem bin ich dafür, dass Bode kommissarisch weiterhin seine Gemäldesammlung leitet und obendrein pro forma den Titel des stellvertretenden Generaldirektors erhält. So erzeigen wir uns dankbar und respektvoll. Niemand innerhalb und außerhalb der Museumsmauern kann uns Hartherzigkeit vorwerfen. Was sagen Sie dazu?"

Der Angesprochene nahm sich eine Zigarette aus der Packung, die auf dem Schreibtisch lag, zündete sie an und blinzelte dem Minister zu.
„Clever."
„Hoffentlich! Ich fürchte, wir haben die Abgründe von Wilhelm von Bodes Psyche noch nicht vollends ausgeleuchtet. Wer weiß, welche monarchistischen Ungeheuer ihren Verliesen unter Wagner-Klängen zukünftig noch entsteigen werden ... Ach, Gall, geben Sie mir auch noch eine."

Die beiden lehnten schweigend am Schreibtisch und gingen Zigarette rauchend die Überlegungen jeder für sich noch einmal durch. Die eichenhölzerne Jugendstilstanduhr tickte und tickte.
Ganz sicher waren sich die Herren ihrer Sache noch nicht, aber Besseres fiel ihnen momentan nicht ein.

ÖFFENTLICHKEITSARBEIT

Wilhelm von Bode, im langen, grauen Mantel, auf einen schwarzen Krückstock gestützt, hatte einen Gast an seiner Seite. Er führte ihn humpelnd über die regennasse Baustelle der Museumsinsel und erklärte wortreich den Stand der Dinge.
Es war ein nieselkalter Februartag des Jahres 1921. Die beiden Herren standen auf dem Hof der Anlage und betrachteten die langsam hochwachsenden Mauern des Dreiflügelbaus. Arbeiter werkelten am Pergamontrakt und am Südflügel für die vorderasiatische Sammlung. Links, im Museum für deutsche Kunst, Bodes Sehnsuchtsprojekt, herrschte Ruhe.

Karl Scheffler, ein relativ kleiner, spitzbärtiger Mann, trug ein Kamelhaarcape und einen braunen Schlapphut mit überbreiter Krempe. Künstlertyp. Scharfe Augen. Ein wenig Mephisto. Der Mann war ein ehrenwerter Kunstkritiker, der sich vom Dekorationsmaler zum Publizisten aufgeschwungen und in bürgerlichen Zeitungen sowie Zeitschriften das Kulturleben des Kaiserreiches kritisch bewertet hatte.
Nun trieb er das Gleiche in der von ihm nicht besonders geliebten Republik. Er war Chefredakteur der Zeitschrift „Kunst und Künstler“, schrieb aber auch für andere Verlage. Überall erschienen seine Glossen, Artikel und Essays über Kunstfragen, Museumsfragen, Malereifragen sowie Architekturfragen und er gab mit spitzer Feder ungefragt Antworten. Einige Leser waren empört, aber viele nahmen mit Freude seine Kritiken zur Kenntnis, die freilich selten über den Horizont des bürgerlich Konventionellen hinausreichten und deshalb wohl auch so beliebt waren. Er war in gehobenen Kreisen eine Institution. Sein Wort galt.

Scheffler war kein Revolutionär. Er liebte die Avantgardekunst der Kaiserzeit, den sanften Impressionismus und hasste den wilden, innerlich zerrissenen und äußerlich zerreißenden Expressionismus, die Lieblingskunst der Republik.

Das machte ihn für Bode, den zwangspensionierten Generaldirektor, dessen Aufgaben inzwischen auf die kommissarische Leitung der Gemäldesammlung im Kaiser-Friedrich-Museum und den Vorsitz in der Baukommission reduziert waren, interessant. Das Verhältnis des Ex-Generaldirektors zum preußischen Ministerium für Wissenschaft, Kunst und Volksbildung wurde immer angespannter. Man redete kaum noch miteinander. Den Kaiser gab es nicht mehr, also brauchte er andere Bündnispartner für seine Museumspläne.

Otto von Falke, der neue Generaldirektor der inzwischen Staatlichen Sammlungen, war willig, tat, was sein übermächtiger Vorgänger ihm flüsterte, war aber zu schwach, um Konflikte mit den Behörden und der Bauleitung auszutragen.
Antikendirektor Wiegand hingegen war stark. Er kam dem pensionierten Bode ständig mit seinem Architekturmuseum der Antike in die Quere. Was sollte der Fünfundsiebzigjährige tun, um endlich sein Deutsches Museum und sein Asiatisches Museum in Dahlem verwirklicht zu sehen? Natürlich das, was in der neuen Zeit die größte Chance zum Sieg versprach.
Öffentlichkeitsarbeit! Zeitungen, Zeitschriften, Publikationsorgane aller Art mit Artikeln füllen oder füllen lassen, die seine Meinung wiedergaben. Sich direkt an die konservative „Vossische" zu wenden, die gern alles von ihm druckte, empfand er diesmal als ungeschickt. Jedermann wusste, er war zwangspensioniert, teilentmachtet. Da hätte ein Verhalten, als sei er noch der allmächtige Generaldirektor, beim Leser Widerwillen und Misstrauen erzeugt.
„Dieser Bode kann nicht loslassen und rächt sich nun an allen."
– Ich will. Ich denke. Ich klage an!
Ich! Ich! Ich! Das tut inzwischen jeder.
Nein, so geht das nicht! Ein anderer müsste zu meinem Sprachrohr werden, Auffassungen, Informationen und vor allem Gerüchte verbreiten, die meiner Sache nützen. Klug genug müsste der sein, um anspruchsvoll argumentieren zu können, und naiv genug, um nicht zu merken, dass ich ihn manipuliere. Stimmungsmache ist das Ziel. In Ruhe könnte ich dann abwarten, ob die Depeschen meines Botschafters in der Öffentlichkeit zünden oder nicht. Wenn ja, könnte ich mich irgendwann in der Zeitung äußern und meine Zustimmung zu den Mitteilungen des Publizisten

erklären, der die Meinungen vertritt, die ich ihm eingeblasen habe. Dann hätte das abschließend urteilende Wort des hochdekorierten, ehemaligen Generaldirektors, Exzellenz Wilhelm von Bode, geradezu gesetzgebendes Gewicht. Da sehen Sie, auch er gibt dem Schreiber recht. Dann muss es ja stimmen! Doch wen suche ich mir für diese Hinterlist als Wirtstier aus? Wem setze ich meine Läuse in den Pelz? Eine Autorität muss es sein. Ein Mann, dem die Öffentlichkeit vertraut. Und vor allem, ein Mann, der mir vertraut! –

Nun stand er mit seinem auserwählten Schriftsteller auf der Baustelle der Museumsinsel.
„Mein lieber Karl Scheffler, Sie sehen, wie traurig es um die Sache steht. Seit zwölf Jahren wird mit Unterbrechungen gewerkelt, und was Sie hier an diesem trüben Nachmittag zur Kenntnis nehmen, ist das Resultat."
„Der verlorene Krieg ist an den Verzögerungen schuld!"
„Nicht nur."
Der Kunstpublizist sah ihn prüfend an.
„Exzellenz von Bode, werden Sie deutlicher."
„Scheffler, ich will Ihnen zunächst die Bauten von innen zeigen, damit Sie einen Eindruck von den Dimensionen bekommen, um die es hier geht."

Die beiden Herren gingen über den Hof Richtung Mitteltrakt, wo der Pergamonaltar seine Heimat finden sollte. Bode zog den Hut tiefer in die Stirn, schlug den Mantelkragen hoch und blickte stur auf den Weg. Er wollte von den Bauleuten nicht erkannt werden.
Die Herren umgingen Stapel mit Gerüstholz, balancierten auf Bauplanken und wichen Kübel schleppenden Maurern aus. Endlich standen sie in dem unüberdachten Riesensaal. Wasserlachen füllten die Löcher auf dem Boden. Pflanzen wuchsen aus Bodenspalten und Mauerritzen. Karl Scheffler schaute sich um.
„Donnerwetter. Das sind Dimensionen. Sollen hier Luftschiffe gebaut werden?"
Bode hatte mit dieser Reaktion gerechnet, schließlich trat der Kunstschriftsteller seit Jahren für Bescheidenheit in den Museen sowie die gezielte Präsentation einzelner Meisterwerke statt inflationärer Zurschaustellung von beliebig Zusammengesuchtem ein.

„Mein lieber Scheffler, der gute Doktor Wiegand wünscht sich an dieser Wand die rekonstruierte Westseite des Pergamonaltars. Ein Drittel des Heiligtums soll in den Raum ragen. Der Rest des Frieses wird hier an den gegenüberliegenden Wänden zu bewundern sein. So ist es geplant. Anfangs war Wiegand vehement dagegen, wollte den gesamten Altarnachbau im Saal stehen haben, doch mittlerweile ist er mit den alten Plänen des seligen Messel einverstanden.
Die Halle hat achthundert Quadratmeter Grundfläche. Ein Fußballfeld. Dem Antikendirektor stehen zwar nur die Friesfragmente im Original zur Verfügung, aber er gedenkt, das sichtbare Drittel des hellenistischen Heiligtums nach Plänen seiner Grabungsarchitekten mit Gips und Beton rekonstruieren zu lassen."
„Mit Gips und Beton? Entsetzlich!"
„So sehe ich das auch, mein lieber Scheffler. Außerdem wird das Unsummen kosten, die andernorts fehlen werden, aber der Altar ist es ihm und dem Stadtbaumeister Hoffmann offensichtlich wert. Ich bin nicht mehr Generaldirektor und will in meiner Position als Baukommissionsvorsitzender versuchen, zu beraten und Schlimmes zu verhindern. Doch mein Wort hat nicht mehr das alte Gewicht."
„Mmm." Scheffler dachte nach.

„Mensch! Jehn Se doch beiseite! Vadammt noch mal, wia müssn hier durch."
Zwei bullige, missgelaunte Bauarbeiter, die eine schwere, acht Meter lange Holzleiter schleppten, zwangen die Herren, ihnen abrupt auszuweichen.
„Na bitte, jeht doch!", maulte der hintere der beiden Träger im Vorbeigehen.

Bode und Scheffler waren von der Naturgewalt des Faktischen kurz irritiert.

„Ich könnte mit der von meinem Kultusminister Becker geforderten Volksbildung sofort beginnen und den beiden Berliner Lümmeln da Manieren beibringen. Ich werde es aber unterlassen. Kommen Sie, Scheffler, ich zeige Ihnen den Raum für die römischen Architekturen."
Bode humpelte auf seinen Stock gestützt zwischen Bodenlöchern und gestapelten Ziegelsteinen zum unvollendeten Saal. Sein Gast folgte ihm.

„Sehen Sie, Scheffler: Hier soll das riesige Markttor aus Milet seine Aufstellung finden."
„Exzellenz, das ist eine Turbinenhalle und kein Museum."
„Bravo! So sehe ich das auch. Ein monströses Trümmergebilde aus der römischen Spätzeit von mittelmäßiger Qualität soll hier notdürftig zusammengeflickt seine Heimstatt finden. Jede Handzeichnung von Dürer ist mir persönlich wertvoller. Allein um das Tor aufbauen zu können, werden mehr Gelder benötigt, als ich bräuchte, um meine gesamte deutsche Abteilung zu vollenden."
„Tatsächlich?"
„Ja."
Scheffler blickte sich um und wandte sich dann Bode zu.
„Die Masse könnt Ihr nur durch Masse zwingen."
„Wie bitte?"
„Goethes Faustvers kommt mir gerade in den Sinn. Er passt wie gespuckt zur Philosophie dieses Ausstellungskonzeptes. Exzellenz, Sie halten anscheinend wenig von den Museumsplänen des Antikendirektors Wiegand?"
„Ich fürchte, sie sind unangemessen pompös in einer Zeit, wo das Volk darbt und kulturelle Aufgaben nur bescheiden verwirklicht werden können. Wiegand ist ein kaisertreuer Zirkusdirektor, der mit Sensationen überrumpeln will. Dafür schätze ich ihn sogar in gewisser Weise. Aber viele Freunde hat sein Cäsarenwahn, der sich unter anderem in seiner Absicht kundtut, das Markttor in voller Dimension zu rekonstruieren, nicht. Das Ministerium ist auch skeptisch. Die Fassade aus Milet müsste zu zwei Fünfteln mit Beton und Gips ergänzt werden. Ministerialrat Doktor Ernst Gall plädiert dafür, nur Originale auszustellen, selbst wenn es Fragmente sind und bleiben. Das spräche gegen eine Rekonstruktion des Tores. Da prallen Welten aufeinander. Sie, Herr Scheffler, sind auch kein Freund solcher Monumentalität?"
Er schaute ihn kalt und listig an.
Der Angesprochene schwieg und betrachtete von allen Seiten den halbfertigen Riesensaal.
„Wo soll das Markttor stehen?"
„Da."
„Mmm."

Scheffler blickte eine Weile auf die bezeichnete Wand und ging dann mit seinem Gastgeber zurück in den Pergamonsaal. Er schaute sich kopfschüttelnd um.
„Gigantomanie für die Gigantomachie. Dennoch frage ich mich, Exzellenz, warum die Bauten noch nicht weiter gediehen sind."
„Dazu möchte ich lieber schweigen."
„Wie bitte? Sie laden einen Publizisten zu sich auf die Baustelle ein und wollen ihm das nicht sagen? Das klingt unplausibel. Also, vertrauen Sie mir Ihre Leiden an. Ich werde die Dinge überdenken, mir eine Meinung bilden, berichten und Sie heraushalten."
„Nun gut, ich will ein wenig von den Sorgen um mein Lebenswerk reden. Aber nur, wenn Sie versprechen, mich als Quelle nicht zu nennen!"
„Ich bin Journalist, Sie haben mein Wort."
„Es ist bedauerlich, dass der Architekt Hoffmann zu eigenmächtig in die Planungen von Messel eingegriffen hat, sonst wären wir schon wesentlich weiter."
„Hoffmann blockiert den Baufortschritt durch Selbstherrlichkeit? Ist es das?"
„Ja."
„Unerhört!"
„Von Messels schlichter Fassade ist nichts mehr übrig. Hier wird nur noch geprotzt. Das kostet Unsummen. Hoffmann plant im Deutschen Museum, ohne mich, den Vorsitzenden der Baukommission, zu fragen, prunkvolle Säulenhallen. Überall verschwendet dieser Architekt dringend anderswo gebrauchte Gelder für pompöse Dekorationen. Der Mann baut, was er will, lässt sich von niemandem raten oder gar dreinreden. Keine Absprache hält er ein. Jede vernünftige Planung der Innenräume ist so unmöglich. Immer wieder muss bereits Gebautes abgerissen werden. Der Zeitpunkt bis zur Vollendung ist kaum noch absehbar.
Hätte sich Hoffmann an Messels und meine Absprachen gehalten, wären die Museen schon vor dem Krieg eingeweiht worden. Scheffler, wer mich kennt, weiß, ich bin kein Jammerlappen. Aber inzwischen ist mir zum Heulen."
Der Kunstkritiker ging ein wenig zur Seite, wendete Bode den Rücken zu, zog einen Block hervor und machte sich eifrig Notizen. Bode nahm das schmunzelnd zur Kenntnis.
„Was möchten Sie mir als nächstes zeigen, Exzellenz?"

„Wenn ich Sie durch das Kaiser-Friedrich-Museum führen dürfte? Es wäre mir wichtig, Ihnen einen Eindruck von den beengten Verhältnissen dort zu geben. Alte Meister der niederländischen Malerei, deutsche Kunst der Renaissance, christliche Skulpturen, italienische Meisterwerke, die fünfzig Meter lange Mschatta-Fassade, islamische und ostasiatische Kunst. Alles erschlägt sich dort gegenseitig. Das wird auch so bleiben, bis das Dahlemer Museum und meine deutsche Abteilung hier drüben endlich fertig sind und für Entlastung sorgen."

„Exzellenz von Bode, das Kaiser-Friedrich-Museum kenne ich. Es ist vollkommen überfüllt, erinnert inzwischen mehr an ein Magazin als an eine geordnete Sammlung. Ich weiß, diese Umstände wurden Ihnen durch die Raumknappheit aufgezwungen. Die Baustelle Ihres Deutschen Museums habe ich aber noch nie betreten. Sie würde mich interessieren. Sie haben dort Stilräume einrichten lassen, um die Kunstwerke vor pseudohistorischem Hintergrund ausstellen zu können?"
Bode spürte die Skepsis in Schefflers Blick und Wort. Er nahm sich vor, geschickt zu reagieren.
„Ja, so hat es Messel seinerzeit geplant und ich war damals einverstanden. Die Zeiten haben sich jedoch geändert. Der Kaiser ist fort, wir haben eine Republik. Vielleicht wird heute anderes nötig sein. Vielleicht auch nicht. Die Einbauten könnten zur Not wieder entfernt werden. Kommen Sie, ich werde Sie durch die Räume führen!"

Die beiden Herren durchquerten den unfertigen Pergamonsaal und entschwanden langsam in Richtung Deutsches Museum. Bode redete auf Scheffler ein. Der machte sich im Gehen Notizen. Der Ex-Generaldirektor schaute ihm dabei vorsichtig über die Schulter und schleuderte seinen Krückstock im Kreis.
Er hatte neulich mit Vergnügen einen Charlie Chaplin-Film gesehen.

Schließlich bogen die Herren nach links und waren den Blicken der ab und zu aufschauenden Bauarbeiter endgültig entschwunden. Die hatten den alten Herrn natürlich sofort erkannt.

MUSEUMSKRIEGER

„Haben Sie das hier schon gelesen?“

Baurat Wilhelm Wille stand im Berliner Büro von Ludwig Hoffmann an der belebten Potsdamer Straße und hielt ein Exemplar der „Vossischen Zeitung“ in die Höhe. Der Architekt schaute gut gelaunt von seinem Schreibtisch auf.

„Warum so aufgeregt, Wille? Hat die Reichsregierung schon wieder gewechselt? Bekommen wir morgen den Kaiser zurück? Wird Lenin Reichskanzler oder hat jemand die Nofretete gestohlen?“ Wille rollte mit den Augen.

„Nein, Herr Stadtbaurat, die Nofretete thront immer noch auf dem Kaminsims der Privatvilla von Kunstsammler und Mäzen James Simon in der Tiergartenstraße fünfzehn A. Wann der Bodefreund das gute Stück wie angekündigt dem Museum überlässt, steht noch in den Sternen und nicht in der heutigen Zeitung. Ich meine diesen Artikel hier!“ Wille zeigte auf einen dreispaltigen Beitrag.

„Was ist das?“

„Lesen Sie selbst!“

Hoffmann erhob sich, strich sich über die Halbglatze, glättete seinen Vollbart, knöpfte seine Jacke zu, rückte die Brille zurecht, ging zu seinem Mitarbeiter und nahm die Zeitung. Er las laut.

„Museumsfragen! Der Artikel ist von wem?“

„Karl Scheffler.“

Hoffmann überflog die Zeilen und schüttelte dann den Kopf.

„Der wettert gegen die Neubauten der Antikenabteilung. Wilhelminische Großmannssucht. Kultusminister Carl Heinrich Becker versagt. Museen sind nicht fürs Volk, sondern für sich selbst da. L'art pour l'art.

Dieser Scheffler ist großbürgerlich dekadent, oder? Was schreibt er weiter? Wann wird dort der Innenausbau vollendet? Wann öffnet das Deutsche Museum? Die asiatische Abteilung muss endlich samt Mschatta-Fassade vom Kaiser-Friedrich-Museum nach Dahlem umziehen.
Mein Gott. Der Mann zetert wie ein Waschweib. Ich will solche tendenziösen Gesänge nicht lesen."
Hoffmann gab die Zeitung zurück. Der Baurat nahm sie und wirkte besorgt.
„Entspannen Sie sich, Wille! Das Deutsche Museum wird, wie Sie wissen, gleichzeitig mit dem Pergamon-Trakt vollendet oder nie. Der Innenausbau von Bodes Lieblingsmuseum geht unter unserer Regie erst weiter, sobald die grausigen Stilräume von Bestelmeyer wieder entfernt sind, und Dahlem ist wegen Geldmangel vom preußischen Finanzministerium stillgelegt. So einfach ist das.
Dieser Scheffler versucht Stimmung zu machen. Er ist ein nörgelnder Konservativer, der nicht weiß, in welche Zeit er gehört. Das Kaiserreich war ihm zu kaiserlich und die Republik ist ihm zu republikanisch. Wir sollten das Geschreibsel dieses Salonästheten ignorieren."
Wille faltete die Zeitung zusammen und steckte sie in seine Jackentasche. Er ging zur Tür und wendete sich noch einmal Hoffmann zu.
„Das ist der Anfang einer Kampagne."
„Vielleicht, Wille. Und wenn schon. Wir sind stark."
Der Baurat ging mit einem Seufzer aus dem Büro und der künstlerisch verantwortliche Architekt begab sich, ein Lied pfeifend, wieder an seinen übervollen Schreibtisch.

In den nächsten Wochen erschienen einzelne Artikel von Scheffler in dieser oder jener Zeitung. Die Vorwürfe gegen Hoffmann wurden im Ton zunehmend schärfer. Dennoch wurde in der Öffentlichkeit kaum Notiz davon genommen.
Dann, im Sommer 1921, erschien im Berliner Verlag von Bruno Cassirer eine kleine, einhunderteinundzwanzig Seiten lange Schrift. Hier wurden alte Vorwürfe wiederholt und neue erhoben.

BERLINER MUSEUMSKRIEG
von Karl Scheffler

Der Autor wütete gegen die Nationalgalerie von Ludwig Justi. Verdammte die neue Kunst, die er ausstellte und erklärte, wie die Museen gefälligst gestaltet werden müssten. Er wetterte ausführlich gegen die Politik des Ministers für Wissenschaft, Kunst und Volksbildung und klagte über Wiegands pompöses Architekturmuseum der Antike. Scheffler forderte zur Entlastung des Kaiser-Friedrich-Museums ein Asiatisches Museum und die Vollendung des Deutschen Museums.
Schließlich prangerte er detailliert die Verschwendungssucht von Ludwig Hoffmann an. Die Bauten seien fünf Meter höher ausgeführt worden, als von Messel gewollt und von der Baukommission bewilligt. Die Wände seien zu dick, die Säle zu dunkel. Die vereinbarten Pläne würden konsequent missachtet. Sündteure Prachthallen mit Marmorsäulen würden geplant.
Ein Kesselhaus für die Heizung sei erst gebaut und dann wieder abgerissen worden, weil sich herausgestellt habe, dass der Standort falsch gewählt worden sei. Kurz, der Architekt Ludwig Hoffmann setze sich über alle Beschlüsse der Fachleute in der Museumsbaukommission hinweg, gehe autokratisch vor, wie es ihm gerade passe und vergeude so Millionen von Mark an Volksvermögen für architektonischen Firlefanz, anstatt endlich schlichte Innenräume für die Kunstwerke zu schaffen.

Auch diese Polemik fand kaum Beachtung. Ludwig Hoffmann hatte lange nichts von ihrer Existenz erfahren. Theodor Wiegand schon. Er hatte sie gelesen, sich geärgert, aber dann das Büchlein beiseitegelegt.
Das Fass zum Überlaufen brachte erst ein Beitrag von Bode in der „Vossischen Zeitung“, in dem er sich für Schefflers „Museumskrieg“ ausdrücklich und wortreich bedankte.

Wiegand las den Artikel beim Frühstück im Garten seiner Dahlemer Villa. Es war der Siebenundzwanzigste August 1921. Die Rosen blühten, Wölkchen schwebten am blauen Himmel, Spatzen pickten Brotkrümel von der Tischdecke und seine Frau schenkte ihm Kaffee nach.
„Marie, das ist ungeheuerlich. Diese Schrift ist eine Frechheit. Wer hat den Schreiberling informiert? Bode? Höchstwahrscheinlich. Warum sonst lobt er den Autor für seine verlogene Hetze? Marie, ich werde unserem zwangspensionierten Ex-Generaldirektor einen Brief schreiben und ihm mitteilen, dass ich glaube, er steckt hinter Schefflers Pamphlet.“

„Er intrigiert gegen dich, Theodor. Du musst dich wehren, für Pergamon und Milet kämpfen!"

Wiegand schrieb einen betont sachlich formulierten Brief an Bode und der zeigte sich empört. Wie könne er es wagen, ihm Lüge und Verrat anzudichten. Man hätte sich ab sofort nichts mehr zu sagen.
Drei Tage später kam ein Schreiben des amtierenden Generaldirektors Otto von Falke. Wiegand solle sich gefälligst bei Exzellenz von Bode für seine ehrverletzenden Unterstellungen entschuldigen. Das tat der Direktor der Antikenabteilung aber nicht.

Inzwischen nahm auch Ludwig Hoffmann die Sache ernst. Die Wellen in der Öffentlichkeit schlugen immer höher. Er hatte Wilhelm Wille zu sich ins Büro gebeten, um die Lage zu besprechen. Es war ein heißer Augusttag, die Fenster standen offen und Straßenlärm drang herein. Auf dem Schreibtisch lagen unzählige Zeitschriften und Zeitungen. Alle enthielten Artikel, die sich mit dem Museumsneubau beschäftigten. Viele schlossen sich Schefflers Thesen an und unterstellten dem Architekten Cäsarenwahn, Verschwendungssucht und Missachtung von Beschlüssen der Baukommission.
Stadtbaurat Hoffmann zeigte auf die Zeitungen.
„Mein lieber Wille, die Vorwürfe, die hier gegen uns erhoben werden, sind nicht neu. Sie erinnern sich. Bereits 1915 hatte Bode behauptet, wir hätten die Bauten eigenmächtig fünf Meter höher gelegt. Blödsinn!
Auf ausdrücklichen Wunsch der Baukommission habe ich damals ein zusätzliches Untergeschoss geplant, um Raum für die geforderten Beamtenwohnungen und Magazine zu gewinnen.
Ach, Wille, das habe ich Ihnen noch nie erzählt. Als ich den Bau von Messel übernahm, suchte mich zwei Tage später Ernst von Ihne auf. Sie kennen ihn. Er warnte mich eindringlich vor Bode. Als Architekt des Kaiser-Friedrich-Museums hätte er üble Erfahrungen mit ihm gemacht. Ich solle jedes Gespräch mit dem Generaldirektor nur unter Zeugen führen und penibel protokollieren. Die Beschlüsse der Baukommission sollte ich punktgenau umsetzen und keinen Deut davon abweichen. Das gab er mir fast väterlich besorgt mit auf den Weg.
Ich habe mich an diesen Rat gehalten und ließ darum für hohe Kosten zwei Holzmodelle der Fassade in Originalgröße aufrichten.

Das erste zeigte die messelsche, das zweite meine korrigierte Fassung mit den Auswirkungen, die ein zusätzliches Sockelgeschoss verursachen würde. Bode schritt die Kulissen nach links und rechts ab, blieb vor meinem Riesenmodell stehen und wollte unbedingt diesen Entwurf verwirklicht sehen. Ich ließ mir alles schriftlich von ihm bestätigen. Von den Modellaufbauten wurden Fotos gemacht, mit Pro und Contra, von den Verantwortlichen signiert und den Bauakten beigefügt.
Als es dann zu Reibereien kam, weil ich mit den gotischen und romanischen Räumen im Deutschen Museum nicht einverstanden war, trat Bode plötzlich eine Kampagne los, in der er behauptete, die Bauten seien von mir eigenmächtig um fünf Meter erhöht worden.
Er wollte mich als Architekt unmöglich machen und meine Absetzung erzwingen. Dank meiner Unterlagen war es mir aber ein Leichtes, die Behauptungen zu widerlegen. Ich wandte mich an das Ministerium. Ein vereidigter Sachverständiger maß alles nach und kam zu dem Schluss, dass die Bauten bei mir keinen Millimeter höher werden würden, als von Messel geplant.
Kein Wunder. Ich hatte die Giebel flacher gestaltet und so das zusätzliche Untergeschoss kompensiert. Das Ministerium gab eine Erklärung heraus, dass an Bodes Beschuldigungen nichts, aber auch gar nichts dran sei. Der Minister erwog daraufhin, ihn von der Leitung der Museumsbaukommission zu entbinden, was jedoch unterblieb, weil der Materialmangel im Krieg sowieso zu einem völligen Baustillstand geführt hatte.
Nun, mein lieber Wille, fängt das ganze Manöver offensichtlich wieder von vorne an, und wir müssen uns dagegen wehren!"
Wille rieb sich die Augen, schaute Hoffmann ein wenig müde an und entgegnete.
„Ich denke, wir sollten auf zwei Ebenen agieren. Scheffler muss aufgefordert werden, seinen Informanten zu nennen. Das will auch unser Betriebsrat. Die Bauarbeiter sind wegen der Unterstellungen empört. Die Lügen kratzen an ihrer Berufsehre. Sie wollen dem Publizisten einen Brief schreiben und darin den Namen des Verleumders fordern.
Zweitens müssen wir sofort in Kontakt zum Ministerium und zum Preußischen Landtag treten und unseren Standpunkt anhand der Bauprotokolle, der beglaubigten Gesprächsnotizen und der von uns während der gesamten Phase gemachten technischen Fotos belegen. Es sollte uns nicht schwerfallen, die Unhaltbarkeit der Beschuldigungen darzulegen."

Ludwig Hoffmann musste schmunzeln.
„So sehe ich das auch, Wille. Wir müssen den Minister bitten, in den Zeitungen einen Widerspruch zu veröffentlichen. Er wird als Bauherr ein Interesse daran haben, nicht als Versager dazustehen, der unfähig ist, ausgerechnet dieses Prestigevorhaben ordnungsgemäß zu leiten."
Wilhelm Wille stand auf.
„Herr Hoffmann, ich werde sofort die Unterlagen zusammenstellen und einen Termin beim Minister machen."
„Das ist gut. Ich werde inzwischen mit dem Betriebsrat konferieren und ihn auffordern, bei Bode aufzukreuzen. Die Männer sollen den Grundguten bitten, bei der Suche nach dem Verleumder behilflich zu sein."
„Bei dem Termin wäre ich gerne dabei, Hoffmann. Wenn unsere Berliner Handwerker zornesrot beim Ex-Generaldirektor mit Holzschuhen auf dem Perserteppich stehen, könnten aufzeichnungswerte Worte fallen. Wir kennen die Berliner Schnauze."
„Vornehm bleiben, Wille!"

Die Berliner Zeitungen druckten am Zehnten September eine amtliche Erklärung des preußischen Ministeriums für Wissenschaft, Kunst und Volksbildung, dass an Schefflers Beschuldigungen nichts dran sei. Das Museum würde von Hoffmann keinen Millimeter höher gebaut werden, als von Messel geplant. Ein Kesselhaus könne nicht abgerissen worden sein, da es nie eines gab. Auch eine Vergeudung von Geldern finde definitiv nicht statt. Von prunkvollen Säulenhallen könne keine Rede sein.

Die Bauarbeiter der Museumsinsel wandten sich mehrmals schriftlich an Karl Scheffler mit der Aufforderung, seine Behauptungen öffentlich zu widerrufen. Er solle endlich den Verleumder benennen, dem er seine Falschinformationen verdanke. Der Name dieses Lügners gehöre in die Öffentlichkeit.
Sie erhielten keine Antwort und bestimmten drei Maurer aus dem Betriebsrat, die bei Bode vorsprechen sollten, um ihn zu bewegen, bei der Aufklärung des Skandals zu helfen. Die Männer zogen in Arbeitskluft zum Büro des greisen Museumsmannes, stellten ihre Fragen, wollten unbedingt den Namen des Lügners ermitteln und wurden kühl abgefertigt. Er, Bode, könne ihnen nicht helfen.

Am Siebzehnten September erschien im „Berliner Tageblatt“ ein Artikel, der Schefflers Weigerung, seinen Informanten zu nennen, vollkommen unverständlich nannte. Sämtliche Behauptungen seien bereits mehr als deutlich widerlegt worden. Warum wolle Scheffler einen erwiesenen Lügner mehr schützen als dessen Opfer.
Er steckte in der Klemme. Was tun?

Der Publizist raffte sich nach langem inneren Kampf zu einem Befreiungsschlag auf. Er vertraute der hohen Autorität des Ex-Generaldirektors.
– Niemand kann einem Wilhelm von Bode Lügen unterstellen. Was er äußert, ist wahr. –
So nannte er am Zwanzigsten September in der „Vossischen Zeitung“ seinen Informanten. Damit glaubte er, jede Kritik zum Schweigen gebracht zu haben.

Die Nachricht schlug ein wie eine Bombe. Was? Bode? Aber die Beschuldigungen sind doch alle widerlegt! Hat so ein verdienter Museumsheld das nötig?
Der Ex-Direktor blieb ungerührt und unbelehrbar.
Alle offiziellen Gegendarstellungen der beteiligten Behörden, der Verweis auf Kontrollmessungen durch einen vereidigten Landvermesser, selbst die Rede des Ministers vor dem Preußischen Landtag, der die Verleumdungen entschieden zurückgewiesen hatte, hielten ihn nicht davon ab, auf seinem Standpunkt zu beharren. Immer wieder erschienen Artikel mit den gleichen Behauptungen.

Daraufhin verlor die Dienstaufsicht alle Geduld. Das Kultusministerium entband den Pensionär vom Vorsitz der Museumsbaukommission. Der Minister selbst übernahm den Posten.
Bode war tödlich beleidigt und rächte sich, indem er neue Artikel erscheinen ließ, in denen die alten Vorwürfe wiederholt und neue erhoben wurden.

Als Ende Februar 1922 in Schefflers „Kunst und Künstler“ von einer bewussten Täuschung schon durch Messel gesprochen wurde, ein Vorwurf, den die „Vossische Zeitung“ aufgriff und zu einem „System

bewusster Täuschungen“ hochstilisierte, das bis heute andauere und an dem das Kultusministerium schon immer schweigend beteiligt gewesen sei, platzte Ludwig Hoffmann der Kragen.
– Was soll diese bösartige Verschwörungstheorie? Dreizehn Jahre nach dem Tod meines Freundes Alfred Messel muss ich seine Ehre retten. Ich verklage Scheffler auf Verleumdung, und bestehe darauf: Bode soll als Zeuge unter Eid vor Gericht aussagen. –

Carl Heinrich Becker wurde in das Vorhaben eingeweiht und stimmte Hoffmanns Vorgehen zu.

Der Verhandlungstermin rückte näher. Kurz davor meldete sich der streitbare Publizist bei Hoffmann. Er wolle sich von ihm seine Sicht der Dinge darlegen lassen. Diese Aufgabe überließ der Angesprochene gern Wilhelm Wille. Der konnte dem Schriftsteller anhand der Bauakten detailliert nachweisen, dass er einem Schwindel aufgesessen war.
Scheffler bekam es mit der Angst zu tun und zog den Schwanz ein. Er veröffentlichte einen Tag später in der ‚Vossischen Zeitung‘ eine Erklärung, in der er alle gemachten Vorwürfe gegen die Bauleitung als unwahr widerrief. Er hätte falschen Informationen vertraut.

Am gleichen Tag klopfte es am späteren Nachmittag leise, fast unhörbar an der Tür des Architekten Hoffmann. Er saß in seinem Büro an der Potsdamer Straße und ging Akten durch.
„Herein!“
Ein schüchterner Abgesandter Wilhelm von Bodes erschien und erklärte verunsichert, sollte der alte Herr vor Gericht erscheinen müssen, würde ihn dort unweigerlich der Schlag treffen. Der Mann sei schließlich siebenundsiebzig Jahre alt und für solche Aufregungen nicht mehr disponiert.
Ludwig Hoffmann blickte von seinen Papieren auf und musste schmunzeln.
„Mein Herr, richten Sie dem, der Sie zu mir gesandt hat, aus, die Sache sei für mich mit dem öffentlichen Widerruf von Scheffler in der „Vossischen“ und der Absetzung der Exzellenz von Bode als Vorsitzendem der Baukommission erledigt. Einen Prozess wird es nicht geben. Ich ziehe die Klage zurück.“

Der Abgesandte des zwangspensionierten Museumspapstes machte einen gequälten Bückling und verließ schief grinsend das Büro. Hoffmann schlug mit der Faust auf den Tisch.

„Na bitte! Auch die zweite Intrige, um meine Abberufung zu erreichen, ist kläglich gescheitert. Mein toter Freund Messel, ich und Wille, wir haben diese Schlacht im Museumskrieg gewonnen.

Mal sehen, was noch kommt.“

Er griff in ein Schreibtischfach, holte eine Flasche Cognac und ein Glas hervor, goss sich ein und trank. Schlückchen für Schlückchen. Immer wieder musste er still vor sich hin lachen. Dann kam der Cognac zurück in sein Fach und Hoffmann widmete sich wieder seiner Arbeit.

AFFENHAUS

Fritze und Rieke hatten ihre Sonntagskleidung angelegt, obwohl der Fünfzehnte Oktober 1923 ein Montag war. Sie standen mit Paulchen, ihrem blond gelockten Enkel, vor dem Elefantentor des Zoologischen Gartens von Berlin im vornehmen Westen der Stadt. Der Kleine hatte heute Geburtstag. Stolz trug er seinen neuen Mantel. Ein Geschenk, das Rieke ihm aus einer weißen Wolldecke genäht hatte. Hübsch sah er darin aus. Der Junge bewunderte das chinesisch anmutende Pagodendach des prunkvollen Eingangstores, das von liegenden Steinelefanten getragen wurde. Er zeigte auf die Skulpturen.
„Ditt sind aber keene Echten."
Fritze musste lachen.
„Nee, Paulchen, die Viecher sind aus Stein, aber gleich siehste richtje Elefanten. Komm, wir koofen Eintrittskarten."

Geld war knapp und Eintrittskarten für den Tierpark waren teuer. Doch Fritze hatte ihm nach langem Quengeln zu seinem Geburtstag einen Zoobesuch mit Oma und Opa versprochen und dafür heute extra einen Tag freigenommen. Paulchen wollte endlich lebende Affen sehen.
Die drei gingen zum Kassenschalter. Hinter der Glasscheibe mit ovaler Öffnung saß ein uniformierter Mann mit goldbetresster Mütze und Chaplin-Bart.
„Zwei Erwachsene und ein Kind."
„Wie alt iss dett Kind?"
„Fünf."
„Ditt sagen se alle. Ab sechs müssen se zahlen."
Nun mischte sich Rieke ein.
„Kieken Se sich doch den Kleenen an, der feiert heute seinen fünften Jeburtstach."
Der Kassierer machte keinerlei Anstalten, den Junior zu begutachten.
„Jeht schon in Ordnung. Der Krümel kricht ne Freikarte. Zwee Erwachsene?"

„Ja."
„Macht achtundzwanzig Millionen. Aber nich so viele kleene Scheine; ick weeß nich mehr wohin mit dem janzen Papier."
Fritze zog eine Banknote im Wert von fünfzig Millionen Mark aus der Hosentasche und reichte sie dem Kassierer. Der betrachtete den Geldschein misstrauisch.
„Watt is denn ditt?"
„Der is janz neu. Notjeld. Kam jestern erst raus. Damit hamse mir den Wochenlohn bezahlt."
„Wo?"
„Beim Vorwärts."
„Sozi??"
„Ja."
„Ick bin inzwischen bei die Braunen. Hitler is mein Mann. Ihr Roten bringt ja außer Elend nischt zustande."
Fritze wurde ungeduldig.
„Nehm Se nun den Jeldschein, oder nich?"
„Na, meinetwejen. Morjen is der Lappen sowieso nischt mehr wert. Ick jeb Ihnen am besten schnell die Eintrittskarten und ditt Wechseljeld. Haun Se gleich ab damit, sonst kommt noch mein Vorjesetzta und erhöht plötzlich die Preise, so wie jestern."

Rieke nahm Paulchen an die Hand und ging mit Fritze durch die Eingangskontrolle.
„Als erstet will ick bei die Affen!"
„Paulchen, ditt heißt, als erstes möchte ich zu den Affen."
„Hab ick ja jesacht, Opa!"

Fritze schaute die schmunzelnde Rieke an und sie schlenderten langsam auf dem Kiesweg Richtung Affenhaus. Der Zoo war kaum besucht. Links am Weg lag ein kleiner Teich, in dem rosafarbene Flamingos auf einem Bein standen. Auf der umzäunten Wiese rundum tummelte sich anderes exotisches Federvieh.
Eine ältere Dame mit üppigem, schwarzen Schleier über gelbem Hut, wallendem blutroten Mantel, kalkweißer Schminke und dunkelblauem Lippenstift sang einem hinter dem niedrigen Drahtzaun stehenden Pelikan mit brüchig dunklem Timbre Liedzeilen aus der „Fledermaus" vor.

„Glücklich iiist, wer vergiiisst,
Waaas doch nicht zu äändern ist ..."

Dazu tanzte sie mit rudernden Armen Walzerschritte, ohne den Blick von dem sie beobachtenden Vogel zu lösen. Rieke und Fritze blieben stehen. Paulchen staunte.

„Allet in Ordnung bei Ihnen?"

Die Dame fuhr herum und blickte Fritze böse funkelnd an.

„Nichts ist in Ordnung, mein Herr. Haben Sie keine Augen im Kopf? Wo leben Sie? Die Welt stürzt ein. Das Chaos herrscht. Die apokalyptischen Reiter kommen über Deutschland. Die sieben biblischen Plagen martern uns."

„Opa, ick hab Angst!"

„Ditt musste nich, Paulchen, die Dame übertreibt."

„Mein Herr, ich übertreibe keineswegs. Wo ich hinschaue, sehe ich vernichtete Existenzen. Blut und Tränen. Auch ich habe alles verloren. Pelze, Schmuck, Bilder. Mein geliebtes Meissener Porzellan. Fünf Zimmer am Kurfürstendamm Nummer einhundertachtzehn. Zweiundzwanzig Jahre lang habe ich dort gewohnt. Feste gefeiert. Herren der besten Gesellschaft empfangen. Junge Künstler gefördert. Und nun? In drei Tagen muss ich raus. Mietrückstand! Solche Worte können nur deutsche Bürokraten erfinden. Der Gerichtsvollzieher war heute da. Alles ist wegen besagtem Mietrückstand gepfändet. Überall klebt der Kuckuck. Schulden beim Schneider. Kein Kredit mehr beim Friseur. Das Konto ist leer. Nur was ich auf dem Leibe trage, gehört mir und ein Karton mit alten vergilbten Fotos. Sonst habe ich nichts mehr. Das nackte Leben ist mir geblieben."

Rieke fühlte Mitleid.

„Könn wa Ihnen irjendwie helfn?"

„Nein, mir kann niemand mehr helfen. Mein Gott. Vierzig Jahre lang habe ich auf Theaterbühnen gestanden und mein Publikum begeistert. Unsummen habe ich verdient. Für ein Alter in Würde hatte ich mein Vermögen angelegt. Staatspapiere. Jetzt bin ich pleite. Eine Bettlerin. Meine Rücklagen sind vernichtet. Schuld sind die Inflation und der Versailler Schmachfrieden. Diese verdammte Republik hat mich enteignet.

Vom letzten Geld, das ich vor dem herzlosen Gerichtsvollzieher im Strumpfband verstecken konnte, leistete ich mir diese Eintrittskarte für den Zoo.
Ich komme gerne her. Hier kann ich Geschöpfe sehen, denen es besser geht als mir. Mich an Lebewesen zu erfreuen, die einfach so Nahrung und Herberge haben, beruhigt mich.
Sehen Sie diesen gemütvollen, treuen Pelikan. Ich nenne ihn Theophil. Gehe ich in den Zoo, dann zieht es mich immer als erstes zu ihm. Er kommt sofort zu mir und kann den Blick nicht von mir wenden. Bald wird mir das Geld fehlen, ihn zu besuchen. Daran darf ich gar nicht denken."
Die Dame wischte sich eine Träne aus dem Augenwinkel und wandte sich dann wieder finster funkelnd an Fritze.
„Nachher fahre ich nach Köpenick zu meiner strengen, humorlosen, ledigen, überfrommen, evangelischen Schwester. Ich konnte sie noch nie leiden. Zweimal täglich rennt sie dort in ihre ungeheizte Kirche. Sie hat in diesem spießigen Nirgendwo ein Häuschen mit Gemüsegarten und Hühnerstall. Fast eine Laube. Um Kost und Logis werde ich sie anbetteln müssen. Sie wird triumphieren, mich wegen meines Künstlerlebens unentwegt maßregeln. Von Anfang an war sie neidisch auf meine Karriere, prophezeite mir genüsslich ein Ende in der Gosse. Jetzt muss ich froh sein, wenn sie mich aufnimmt. Vielleicht ertränke ich mich aber vorher in der Spree."
Rieke schaute besorgt Fritze an. Der beruhigte sie.
„Keene Angst, so eene bringt sich nich so einfach um. Die is zäh."
Er wandte sich an die exzentrische Dame.
„Vielleicht stehn Se bald wieda uff der Bühne."
„Nein, mein Herr, das war einmal. Zur guten alten Kaiserzeit war ich Sängerin. Operettendiva. Hamburg. München. Berlin. Die Intendanten haben sich um mich gerissen. Alle großen Partien habe ich gestaltet. Rosalinde. Helena. Csárdásfürstin. Lustige Witwe. Vorbei. Meine Stimme will nicht mehr. Tempi passati. Vor mir liegen Armut, Alter, Bedeutungslosigkeit und Tod."
„Gnädje Frau, lassense sich nich entmutjen. Es komm ooch wieda bessre Zeiten. Juten Tach noch!"
Fritze wollte mit Rieke und Paulchen endlich zum Affenhaus.
„Guten Tag??? Mein Herr, welch eine Frechheit!!!"

Die Dame wendete sich jäh ab und wieder dem sie immer noch beobachtenden Pelikan zu.
„Welch ein fühlloses Volk! Du, mein Theophil, bist der Einzige, der mich versteht."
Sie fing wieder an zu singen und zu tanzen.
„Glücklich iiist, wer vergiiisst,
Waaas doch nicht zu äändern ist ..."

Fritze schüttelte den Kopf und ging mit Paulchen und Rieke weiter. Er zeigte auf ein lang gestrecktes Backsteingebäude.
„Siehste, mein Kleena, da wohnen die Affen."
Paulchen rannte los. Rieke lief ihm nach.
„Halt, nich so eilig, mein Süßa. Imma hübsch bei uns bleim, sonst verloofste dir noch." Sie nahm ihn an die Hand und wartete auf Fritze. Dann gingen sie die wenigen Meter bis zum Eingang des Affenhauses und traten ein.
Käfig reihte sich an Käfig. Davor standen Holzbänke. Sie waren die einzigen Besucher. Paulchen lief nach links und blieb vor einem Geländer stehen. Dahinter war das vergitterte Revier der Schimpansen.

„Die sind ja lustig. Klettern könnse bessa als icke." Rieke schmunzelte.
„Kieckse dir in Ruhe an, Paulchen, aber mach nich allet nach, wattse dir vormachn, sonst fällste mir noch vom Baum."
Die Großeltern nahmen auf einer Bank Platz. Fritze nahm Riekes Hand.
„Nun is unser Geburtstagskind glücklich. Wenigstens eener in diesen Zeiten!"
„Ach, Fritze, wir komm schon durch. Willste nich 'n Artikel schreiben über die verrückte Sängerin und ihren Pelikan Theophil?"
„Nee, lass mal. Dett wird nach Jasmin duftender Sozialkitsch. Da solln sich andre Gazetten drum kümmern. Ick hab Besseret zu tun. Vielen jeht es schlechta wie der durchjeknallten Theaterdiva am Flamingo-Teich. Überall im Reich brechen Hungerrevolten aus. Die Arbeitslosigkeit macht die Menschen zu Tieren. Mord und Totschlag herrscht uff den Straßen. Hier bei uns im Scheunenviertel ham rechte Randalierer Jagd uff orthodoxe Ostjuden jemacht, Fensterscheiben zertrümmert, Jeschäfte geplündert und die Inhaber verprüjelt. Ihr seid an allem schuld, hamse

jebrüllt. Ihr hortet Jeld und Lebensmittel und wir könn sehn, wo wa bleim. Juda verrecke. Schlimma wie die Vandalen hamse sich uffjeführt. Wäre die Polizei nich dazwischen jejangen, hättet Tote jejeben.
Die Deutschen brauchn Sündenböcke. So siehtet aus. Eena muss schuld sein, sonst sindse am Ende noch selba Schuld. Darüber muss ick schreiben."
„Du hast recht, Fritze, und übers Ruhrjebiet musste ooch schreiben, da blickt keener mehr durch."
„Genau! Kohle und Stahl wollte Frankreich an der Ruhr konfiszieren, weil wir die Kriegsreparationen nich mehr jezahlt ham. Einmarschiert sindse deshalb mit ihra Armee. Daraufhin hat die Regierung in Berlin die Kumpel zum Streik uffjerufen. Ihr bekommt Arbeitslosenjeld aus der Reichskasse. Streikt! Keine Kohle und kein Stahl sollen nach Frankreich gehen!
Alle ham mitjemacht. Jetzt vollzieht unsre Regierung ne Kehrtwende. Se solln wieda arbeitn, heißt es uff eenmal. Der Streik hat nämlich janz Deutschland in den Abgrund jerissn. Ditt sagn ooch wir Linken. Seit Monaten jibbt es keene Kohle und keen Stahl von der Ruhr mehr, ooch bei uns nich. Die Industrieproduktion im janzen Reich steht deshalb still. Darum hat der neue Reichskanzler Stresemann den passiven Widerstand jegen die französischen Besetzer völlig zu Recht beendet. Die Reparationen könn wa nie bezahln, hat er jesacht, aber Kohle und Stahl brauchn wa dringend. Keene Industrieproduktion, keen Jeld.
Nu will er über unsere Reparationszahlungen verhandeln. Die Forderungen der Siejermächte sind viel zu hoch, sacht er und hat recht. Frankreich muss ditt endlich einsehn. England hat schon Entjejenkommen signalisiert. Den Einmarsch der Franzosen in unser Ruhrjebiet hamse in London als Fehler bezeichnet. Rohstoffe für die ausstehenden Zahlungen zu konfiszieren, sei unklug. Deutschland muss wieda uff die Beene komm, sagen se in England.
Und unser neuer Reichskanzler meint, wenn sich nich bald watt ändert, jibbtet ne rechte oder ne linke Diktatur bei uns. Denn zahlt Deutschland überhaupt keen Jeld mehr, und es jibbt nen neuen Kriech. Jetzt horchen alle uff. Eins, zwei, drei. Ne internationale Konferenz soll die Lösung bringn. Endlich. Wir könn Stresemann nur die Daumen drücken."
„Fandste ditt falsch, Fritze, dass sich unsere Rejierung jegen den Einmarsch der Franzosen im Ruhrgebiet jewehrt hat?"

„Ja und nee, Rieke. Unser Friedrich Ebert war ja ooch für den passiven Widerstand. Er issn juta Reichspräsident und een Sozi. Aber der staatlich verordnete Generalstreik hat uns nischt jebracht. Nur Massenarbeitslosigkeit und diese verdammte Inflation sind dabei rausjekomm. Is ja ooch keen Wunda. Wenn nischt mehr produziert wird, wenn die Notenpresse heiß läuft, um staatliche Unterstützungsjelder für die streikenden Industriearbeiter an der Ruhr zu drucken, is irjendwann Schluss mit lustig.
Ditt Resultat siehste. Keener hat Jeld. Der Staat sowieso nich. Nirjends wird mehr irgendwatt jebaut.
Kieck dir die Museumsinsel an. Ick wollte Paulchen endlich den Pergamonaltar zeign. Und nu? Da arbeitet inzwischen keen Mensch mehr. Einsam und halbfertich stehen die Bauten am Kupfergraben. Mahnmale. Ditt unvollendete Antikenmuseum isn symbolischet Bild der Lage.
Ne Ruine für nen zweetausend Jahre alten Altar, der irjendwo vor sich hingammelt. Ditt is übrig von Preußens Glanz und Gloria.
Überall herrschen Stillstand und Eiszeit. Keene öffentlichen Aufträge mehr. Immer höhere Arbeitslosenzahlen. So jehtet nich weita. Wir brauchn ne Verhandlungslösung mitn Siejermächten. Ditt hat unsa neuer Reichskanzler klar erkannt, obwohl Stresemann keen Sozi is. Bravo!
Die Rechten wolln ihn deshalb umbringn, so wiese Außenminister Rathenau umjebracht ham, weil er uff friedliche Verhandlungen mit den Siejern setzte statt uff hirnlosen Radau. Die Braunen wolln alle umbringn, die nich so brutal und engstirnich sind wie sie. Aber ick bin fest davon überzeucht, Stresemanns diplomatischer Vorstoß bietet Chancen, dasset irjendwann mal wieda bessa wird."
„Fritze, Fritze, hoffentlich haste recht." Sie gab ihm einen Kuss auf die Wange.
„Kieck dir deinen Enkelsohn an. Der amüsiert sich."

Paulchen machte vor dem Gitter die Bewegungen einer Schimpansen-Dame nach und musste dabei kichern. Fritze stand auf und nahm ihn an die Hand.
„So, Paulchen, komm, jetzt wolln wir zu den Orang-Utans."
„Sind ditt ooch Affen?"
„Ja, die haben rotet Fell."
„Sind die so rot wie du, Opa?"
„Nich janz. Ick bin röter. Komm!"

Die drei Ausflügler gingen langsam Käfig für Käfig weiter, bis sie endlich bei den Orang-Utans waren. Zwei Jungtiere hangelten sich an Seilen bis unter die Decke. Auf einem Wandbrett saß das sich kratzende Muttertier und am Gitter kauerte ein Männchen mit melancholischem Blick. In der Hand hielt der rotzottelige Affe einen Apfel, an dem er von Zeit zu Zeit ein wenig knabberte. Paulchen war begeistert.
„Oma, Opa, kieckt mal, dem jehts jut. Der isst 'n Appel und da drüben liegen noch zwee."
Fritze schaute Rieke an. Sie wischte sich eine Träne aus dem Auge. Er legte seinen Arm um ihre Schulter und wandte sich an Paulchen.
„Wenn de weiter so brav bist, koof ick dir nachher uffm Weg zu den Elefanten nen Eis am Stiel."
„Au ja, danke Opa, du bist der Beste. Du ooch Oma. Juchhu, nen Eis!"
Rieke schaute zu ihrem Mann.
„Keene Sorje, meine Süße, die fünf Millionen ham wa ooch noch. Heute schaun wa mal nich uffs Jeld. Schließlich hat unser Enkel Jeburtstach."

Die Drei zogen weiter. Fritze hielt Wort und kaufte Paulchen ein Eis am Stiel. Vanille mit Schokoladenüberzug. Es kostete sechseinhalb Millionen Mark.
Dann gingen sie zu den Elefanten, anschließend zu den Flusspferden. Zebras, Antilopen, Tiger, Löwen, Seehunde, Eisbären und viele andere Tiere bekam der Kleine noch geboten. Die kannte er bisher nur aus Bilderbüchern.

Erst als es schon anfing dunkel zu werden, verließen seine Großeltern mit ihm den Zoo. Auf dem Weg zum Elefantentor kamen sie am Flamingo-Teich vorbei. Rieke und Fritze schauten hin.
Die alte Sängerin war nicht mehr da.

Sie gingen mit Paulchen zum Ausgang, um den Heimweg anzutreten und fuhren mit der Untergrundbahn, ohne zu bezahlen, nach Hause. Sie machten sich keinerlei Sorgen. Fahrkartenkontrollen gab es schon seit Wochen nicht mehr. Die Kontrolleure waren aus Kostengründen von den städtischen Verkehrsbetrieben entlassen worden. Jeder, der es wollte, fuhr darum unbehelligt schwarz.

SENTIMENTAL JOURNEY

Der einundsechzigjährige Antikendirektor Doktor Theodor Wiegand hatte von Berlin kommend seine Verwandten im Rheinland besucht. Anschließend war er in die Niederlande weitergereist. Jetzt stand er im Gartensaal von Schloss Doorn bei Amerongen.
Er wollte seinen Ex-Kaiser wiedersehen, mit ihm über die schwierige Gegenwart sprechen und Bericht erstatten über den Stand der Museumsbauten in Berlin. Er betrachtete ihn immer noch als seinen rechtmäßigen Herrscher und hatte vor drei Tagen per Telegramm um eine Audienz gebeten. Dem wurde sofort stattgegeben. Jetzt wartete er nach vierstündiger Autofahrt in seinem hellen Reiseanzug im Gartensalon des Anwesens.

Seine Majestät wird bald kommen, erklärte ihm der Haushofmeister. Majestät sei noch beim Holzhacken. Dieser Tätigkeit unterziehe sich Majestät täglich für eineinhalb Stunden zur Leibesübung. Um Punkt zwölf würde der hohe Herr aber erscheinen, darauf könne sich Herr Doktor Wiegand verlassen. Er solle inzwischen Platz nehmen.
Der Antikendirektor öffnete sein weißes Leinensakko, setzte sich auf einen hellrosa bezogenen Rokokosessel und schaute durch das offene Fenster hinaus in den schönen Sommertag des Jahres 1925.

Wilhelm II. hatte das alte, dreiflügelige Wasserschloss Doorn 1920 gekauft und zu seinem Wohnsitz herrichten lassen. Bode schickte von Berlin über fünfzig Eisenbahnwaggons mit Möbeln, Bildern, Silber und Kunstgewerbe aus den ehemaligen Hohenzollernresidenzen. Er hatte eine diskrete Wunschliste erhalten, die Objekte zusammensuchen lassen und alles zum Privatbesitz des Kaisers erklärt.

Durch die Bewilligung des Generaldirektors der Staatlichen Museen zu Berlin durften die Kunstschätze das Deutsche Reich ungehindert verlassen. Mit dem Inhalt dieser Güterwaggons ließen sich Schloss Doorn und die auf dem fünfunddreißig Hektar großen Parkgelände verteilten Gästehäuser hübsch einrichten.

Die fromme Ex-Kaiserin Auguste Viktoria war 1918 ihrem Gatten ins Exil gefolgt. Sie litt jedoch an dem Leben fern der Heimat und starb 1921, dreiundsechzigjährig, an gebrochenem Herzen. Auguste wollte unbedingt im Antikentempel des Parks von Sanssouci bestattet werden. Ihr Gemahl konnte an der Beerdigung jedoch nicht teilnehmen. Er durfte die Niederlande nicht verlassen, deutschen Boden nicht betreten. Der Zug mit dem Sarg fuhr ohne ihn von Amerongen nach Potsdam. Dort säumten Tausende den Weg zur letzten Ruhestätte. Wilhelm war in echter, tiefer Trauer, blieb jedoch nicht lange allein.

Bald nach dem Tod seiner Frau erhielt er den Brief eines zehnjährigen, adligen Bewunderers, der ihm erklärte, sobald er erwachsen sei, wolle er für ihn, den großen deutschen Herrscher kämpfen. Er war gerührt und lud den Jungen mit seiner Mutter zu sich ein. Die Dame kam sofort, jedoch ohne ihren Sohn. Sie war eine junge, resolute Witwe und brauchte nur acht Tage in Wilhelms Nähe, um ihn dahin zu bringen, sich mit ihr zu verloben.
Bereits sechs Monate später, im November 1922, heiratete er die fünfunddreißig Jahre jüngere Prinzessin Hermine von Schoenaich-Carolath.

Beim Personal war sie äußerst unbeliebt und die meisten Besucher mochten sie ebenfalls nicht. Sie galt als machtbesessen, berechnend, kalt und herablassend. Neuerdings bewunderte sie Adolf Hitler.
Kaiserin wolle sie werden. Mit Wilhelm zurück auf den Berliner Thron, das sei ihr eigentliches Ziel, wurde überall getuschelt.

Auch Theodor Wiegand hatte von ihr gehört, sie aber noch nicht kennengelernt. Er war froh, als der Haushofmeister erklärte, eine Begegnung mit ihr würde es nicht geben; die hohe Dame sei bereits zwei Wochen auf Reisen und käme erst in vier Wochen wieder.

„Mensch, Wiegand, Sie hier? Herzlich willkommen!"
Wilhelm stand plötzlich im Salon und strich sich Holzspäne vom Försterjackett. Der Gast sprang auf.
„Majestät!"
„Kein Tamtam. Es hat sich ausgemajestätet. Mein Volk hat mich verraten und verjagt. Herausgekommen ist dabei Versailles. Das haben die Deutschen nun davon. Not und Elend. Nehmen Sie wieder Platz und erzählen Sie mir von Berlin. Was machen meine Museen?"
Der Ex-Monarch setzte sich ihm gegenüber und gab dem hinter ihm wartenden Haushofmeister ein Zeichen. Der entschwand mit Bückling.

„Zunächst möchte ich bemerken, Majestät sehen sehr gut aus. Der weiße Spitzbart steht Ihnen vorzüglich. Ihr neues Heim ist bezaubernd."
„Ja, ja. Mein goldener Käfig. Ich darf nicht raus, sonst zerren mich die Siegermächte vor ein Strafgericht. Kriegsverbrecher soll ich sein. Ich! Von Anfang an war ich gegen diesen dummen Krieg. Die Entente hat ihn mir aufgezwungen. Meine Generäle haben mich belogen und betrogen. Hindenburg und Ludendorff sind Verräter. Mein Vetter Max von Baden ist ein Schuft. Jetzt soll ich der einzige Schuldige sein? Lächerlich! Aber Holland beschützt mich. Königin Wilhelmine hält ihre Hand über den armen Vertriebenen. Hier darf mir keiner ein Haar krümmen. Also bleibe ich in Doorn, bis mein Volk mich wieder ruft."
„Majestät, viele in der Heimat vermissen ihren Kaiser."
„Wiegand, ich weiß. Täglich erhalte ich Waschkörbe voller Briefe. Vor einem Jahr, zu meinem Fünfundsechzigsten, hat mir der deutsche Adel fünftausend Rosenstöcke geschenkt. Die habe ich alle hinten im Garten eingepflanzt. Persönlich. Vielleicht unternehmen wir nachher einen Spaziergang dorthin. Doch nun erzählen Sie! Was macht mein Pergamonaltar?"

Der Antikendirektor seufzte, holte Fotos aus seiner Sakkotasche und hielt sie dem Ex-Kaiser hin.
„Majestät, so sah es vor drei Wochen auf unserer Museumsinselbaustelle aus."

Wilhelm nahm die Aufnahmen und studierte sie mit hochgezogener Braue.

„Was?! Der Mittelbau für Pergamon ist immer noch ohne Dach? Der Flügel für Vorderasien ebenso. Sauwirtschaft!! Das hätte es bei mir nicht gegeben."
„Ich weiß."
Der Ex-Kaiser gab ihm die Fotos zurück.
„Ich will die Namen der Verantwortlichen! Wiegand, wer ist schuld an diesem Desaster?"
„Viele sind schuld, Majestät. Architekt Hoffmann plant von außen nach innen, will seine Fassaden, Kolonnaden, Bronzequadrigen und dann erst die Innenräume fertigstellen. Bode empört sich deshalb zu Recht, vertritt aber nur seine eigenen Interessen und intrigiert deshalb seit Jahren rücksichtslos gegen alle, die ihm im Wege sind. Auch gegen unser Architekturmuseum der Antike wettert er, weil er befürchtet, wir nehmen ihm Mittel und Aufmerksamkeit für sein Deutsches Museum weg. Er spricht vom hemmungslosen Expansionsdrang der Antikenabteilung. Der große, alte Herr war immer schon ein Einzelkämpfer, doch mit zunehmendem Alter wird er leider sonderbar."

Wiegand löste den Knoten seiner Krawatte ein wenig. Ihm war heiß.

„Bodes Pläne für ein Asiatisch-Islamisches Museum in Dahlem sind vom Kultusminister Becker aus Kostengründen auf Eis gelegt worden, darum erstickt das Kaiser-Friedrich-Museum an der Fülle der Exponate. Ein Hauptgrund für die Enge ist die Mschatta-Fassade. Darum soll sie irgendwo anders hin. Aber nirgends gibt es einen geeigneten Raum. Der Minister sucht nach einer schnellen Lösung, um Frieden mit Bode zu schaffen. Doch das fällt schwer. Das Museum in Dahlem, wo sie hinsollte, wird erst einmal nicht gebaut und in meinen Sälen für die antiken Architekturen ist dafür kein Platz.
Ministerialrat Doktor Gall kam dennoch auf die absurde Idee, die Mschatta-Fassade vor den Pergamonaltar zu stellen. Dagegen habe ich natürlich sofort meine Bedenken erhoben.
Die Säle sind achtzehn und die Fassade ist fünf Meter hoch, achtundvierzig Meter ist sie aber lang. Keine Wand im Neubau würde sie ohne Knick aufnehmen können. Das focht Herrn Doktor Gall zunächst nicht an. Erst als von mir hinzugezogene hochrangige Sachverständige und

ausgewiesene Kenner der antiken Bauten den Plan als inhaltlich und praktisch unausführbar bezeichneten, ließ er sich von seinem Vorhaben abbringen. Zunächst. Was künftig noch kommt, wird man sehen.
Dieser Mensch hat kein Interesse an unserem Architekturmuseum. Er versteht den Sinn überhaupt nicht. Dabei wäre es weltweit das erste seiner Art. Menschen, die nie Gelegenheit haben werden, originale Tempel und Bauwerke an den Standorten rund ums Mittelmeer zu besuchen, könnten sich in diesem Museum ein Bild von der Wirkung der alten Architekturen machen. Das passt Gall offensichtlich nicht. Seine Idee, die Mschatta-Fassade vor den Pergamonaltar zu stellen, verrät seine Banausengesinnung. Das ist Sabotage an allem, was einst zu unseren Neubauplänen geführt hatte."

Wilhelm zündete sich eine Zigarette an und stieß einen Rauchring aus.

„Das ist wahr, Wiegand. Unerhört. Ich hätte diesen Gall längst rausgeschmissen. Messel hat die drei großen Hallen im Mittelbau für die altgriechische Baukunst, für den Pergamonaltar und für römische Architekturen wie das milesische Markttor entworfen. Nicht für die Mschatta-Fassade."
„So ist es, Majestät. Damals wurden die Pläne von Ihnen gebilligt und gefördert. Und heute? Alles ist unberechenbar. Das Ministerium denkt inzwischen vollkommen anders als wir seinerzeit.
Minister Becker und sein Adlatus Gall ziehen alle Entscheidungen an sich, wollen unsere Sammlungen anscheinend zu einer Art Volkshochschule degradieren. Seit Jahren sind die liberalen Zeitungen voller Schmähartikel gegen mich. Die Antikenabteilung mache sich zu breit. Das Tor von Milet sei ein mittelmäßiges Machwerk, das kaum verdient habe, ausgestellt zu werden. Überhaupt, man solle die Friesplatten des Pergamonaltars zeigen, aber um Gottes Willen den Altar nicht nachbauen. Geldverschwendung. Nur Originalkunstwerke dürfen in die Ausstellungshallen, keine durch Ergänzungen rekonstruierten Monumentalarchitekturen. Fort mit dem Größenwahn der Kaiserzeit."

Wiegand schwitzte, zog seine Krawatte noch ein wenig weiter auf und fuhr fort.

„Majestät, so schreibt die eine Hälfte der von Ministerialrat Gall und Kultusminister Becker beeinflussten Zeitungen. An der anderen Front füttert Hoffmann die Presse. Er will sein Bauvorhaben uneingeschränkt verwirklicht sehen. Dazwischen kommt noch Ex-Generaldirektor von Bode zu Wort, der sich mit seinen polemischen Artikeln immer genau auf oder gegen die Seite schlägt, die seinen Interessen im Moment am zuträglichsten scheint.
Auch ich wehre mich bisweilen notgedrungen mit Zeitungsartikeln in der kaisertreuen Presse gegen ungerechtfertigte Angriffe. Heraus kommt eine schrille Kakophonie, die niemand im Lande mehr versteht und die Verdruss im Volk über unsere kulturellen Eliten erzeugt.
So geht das seit vier Jahren. Wir demontieren uns gegenseitig. Der 1921 in den Zeitungen begonnene Museumskrieg ist leider immer noch nicht zu Ende. Ich fürchte, es wird noch lange so weitergehen."
„Mein Gott, Wiegand, da müsste jemand mal tüchtig dreinhauen."
„Ja, am besten Eure Majestät persönlich."
„Ich würde gerne, darf aber Holland nicht verlassen. Generaldirektor von Falke steht nicht auf Ihrer Seite?"
„Wer weiß? Er überlässt Bode und anderen das Wort. Mir jedenfalls ist er bisher noch nicht beigesprungen, oder ich habe irgendetwas nicht bemerkt."

Wilhelm drückte seine Zigarette in einem Messingaschenbecher aus, stand auf und ging in dem sonnendurchfluteten Gartensaal auf und ab. Schließlich blieb er an der offenen Verandatür stehen.

„Wiegand, was Sie mir da aus Berlin berichten, klingt furchtbar. Doch zurück zu Ihren Fotos. Warum ist der Pergamon-Bau immer noch nicht unter Dach? Die Inflation ist seit bald zwei Jahren vorbei. Wir haben die Rentenmark. Die Währung ist wieder stabil. Die Konjunktur zieht an. Der Preußische Landtag hat die uneingeschränkte Vollendung der Bauten beschlossen und Mittel dafür bewilligt."
„Majestät, die reichen aber hinten und vorne nicht. Es wäre besser gewesen, dem Antrag der Deutschnationalen im Preußischen Landtag zuzustimmen und dem Innenausbau Präferenz zu geben. Ich vermute, Bode

hat die Parlamentsvorlage formuliert. Er ist inzwischen Mitglied bei der Deutschnationalen Volkspartei. Aber Monarchisten haben es heute in unseren Parlamenten schwer. Sie werden dauernd überstimmt."
„Diese Demokraten!!!"
„Majestät, ich selbst habe versucht, die Sache praktisch weiterzubringen und meine Verbindungen spielen lassen, habe bei Thyssen die Stahlträger erbettelt, die unsere Architektursäle mit einem gläsernen Oberlicht ausstatten sollen. Hochkomplizierte Spezialanfertigungen. Auch die Glasscheiben liegen bereit, aber es fehlt das Geld für Gerüste und Geräte, um die Stahlträger auf das Dach zu hieven. Seit zwei Jahren liegen Träger und Glasplatten da und warten auf ihre Verwendung."
„Grotesk. So sehen die deutschen Länder, so sieht das Deutsche Reich also aus. Eine Narrenrepublik ohne Führung!"
„Majestät, ich kann leider nicht widersprechen."

Wilhelm trat durch die Verandatür und stand auf der Terrasse, die über drei Stufen hinunter auf die Wiese und von dort über eine den Wassergraben überquerende Brücke hinaus in den Park führte.
„Kommen Sie, Wiegand. Sie brauchen eine Erbauung. Ich werde Ihnen meinen Rosengarten zeigen. Auf dem Weg dorthin können Sie mir weiter berichten, wie schrecklich alles seit meiner Abdankung geworden ist."
Der Gast erhob sich, knöpfte sein Jackett zu und folgte seinem Kaiser hinaus in die sonnige Landschaft.

Der Antikendirektor verlebte einen schönen Tag in Doorn. Wilhelm war die Liebenswürdigkeit selbst. Er zeigte ihm seinen Rosengarten, den Schuppen, vor dem er täglich Holz hackte und sein Tiergehege mit Rehen und Hirschen.
Anschließend führte er ihn persönlich durch das Schloss und lud ihn zur Abendtafel ein. Er bat ihn, über Nacht zu bleiben. Wiegand akzeptierte.
Nach dem Souper trug der Ex-Kaiser auf Englisch Balladen vor. Man rauchte Zigarren, trank Champagner und ging nach Mitternacht zu Bett.
Am nächsten Morgen, Wiegand musste zurück nach Berlin, geleitete Wilhelm den Gast persönlich zu seinem Automobil.

„Fahren Sie schön vorsichtig, mein Bester, die Welt braucht Sie noch. Mich braucht sie vielleicht nicht mehr. Auf Wiedersehen, kommen Sie gut heim und sorgen Sie mir für den Pergamonaltar!"
„Majestät, ich will tun, was ich kann. Danke, für die Gastfreundschaft."
„Papperlapapp. Abmarsch!!"

Wiegand startete seinen Achtzylinder-Mercedes mit aufgeklapptem Verdeck und fuhr von nostalgischen Gefühlen beseelt Richtung Berlin. Der Kaiser winkte ihm länger nach, als das Automobil zu sehen war.

SCHLAFLOSE NACHT

– Was zeigt der Wecker? Ich sehe immer schlechter. Mein Gott, schon vier Uhr zwanzig. Wann wirken endlich meine Mittel? Bohrende Kopfschmerzen. Diese verdammte Flimmermigräne. Die ganze Nacht habe ich kein Auge zugetan. So schlimm war es lange nicht mehr.

Heute Vormittag gehe ich keinesfalls ins Büro. Ich werde mich hüten. Was zu erledigen ist, werde ich irgendwann telefonisch machen. Was ist denn eigentlich zu erledigen? Vieles und gar nichts.

Es geht seit Jahren nicht weiter auf meiner Baustelle. Stillstand. Rückschritt. Wiegand hat mit eisernem Willen seine Pergamon-Hallen unter Dach gebracht und bei mir dreht sich die Uhr gegen die Richtung. Obwohl Geld da ist, geht es nicht vorwärts.

Unsere Museen haben vom Reich sechs Millionen Mark Entschädigung bekommen. Das Geld sollte den immensen Verlust kompensieren, der den preußischen Sammlungen durch die Zwangsrückgabe des Genter Altars an Belgien entstanden ist. Sechs Millionen. Besser als gar nichts. Doch die Tafeln kann niemand ersetzen. Fünfzehntes Jahrhundert. Gebrüder van Eyck. Großartige Bildwerke. Dieser furchtbare Versailler Knebelvertrag zwang uns, die legal erworbenen Altarbilder herzugeben. Ein unermesslicher Verlust. Ein Verbrechen. Kunstschätze der Renaissance als Reparationen. Ein Vorgang der gegen jedes Völkerrecht verstößt. Aber die kaiserlose Republik hat keine Rechte mehr.

Die berühmten Altartafeln gehörten den Königlich-Preußischen Museen seit bald einhundert Jahren, waren von Friedrich Wilhelm III. rechtmäßig erworben worden. Niemand hat das je bestritten. Doch seit Versailles kräht kein Hahn auf der Welt mehr nach Recht und Gerechtigkeit für die Deutschen. Ich musste die Genter Tafeln auf höhere Weisung im Museum abhängen und von Berlin nach Brüssel verfrachten lassen. Meine Proteste waren zwecklos.

Jahrelang blieben alle Forderungen nach Entschädigung ohne Antwort, dann zahlte das Reich plötzlich.

Die volksverräterischen Demokraten, alles Sozialisten, Kommunisten und Juden, die dem Versailler Diktat zugestimmt und so die Sammlungen beraubt haben, schickten uns nach Jahren dieses Geld als Trostpflaster. Immerhin. Die Vollendung der preußischen Museumsbauten sollte damit finanziert werden. Meinetwegen. Doch was geschah?

Der Pergamon-Flügel wurde munter in Angriff genommen, aber mein Deutsches Museum wurde entkernt. Dieser verdammte Ludwig Hoffmann.

Der heimtückische Intrigant zog Doktor Gall, Kultusminister Becker sowie den Preußischen Landtag auf seine Seite, und dort hat man einen Beschluss gefasst, dass sämtliche Stilräume, die Bestelmeyer schon vor zehn Jahren auf mein Geheiß eingebaut hatte, wieder entfernt werden müssen. Fort mit der Basilika, den gotischen Gewölben und den Barockzitaten.

Alles wurde heruntergemeißelt, zertrümmert und flog als Schutt auf den Müll. Welche Ignoranz, welch sinnlose Geldverschwendung! Sachliche, hell getünchte Wände sollen dort demnächst eingezogen werden. Das erfordere die neue Zeit, heißt es von Seiten Hoffmanns. Das Ministerium für Wissenschaft, Kunst und Volksbildung sehe es genauso. Bauhaus statt Kaiserpracht. Weißes Rechteck statt farbiger Stofftapeten. Zahnarzt statt Kunsttempel.

Wer wird sich da meiner Sammlungen erfreuen können? Wolldecken werden wir verteilen müssen, so frostig wird die Atmosphäre sein. Außen herrscht preußischer Neoklassizismus und innen Bauhausmoderne. Das passt nicht zusammen. Doch alles, was an die Kaiserzeit erinnert, muss weichen.

Mich fragte niemand und kein Zuständiger antwortete auf meine schriftlichen Einwände. Funkstille.

Zur Strafe habe ich denen eine Pressekampagne an den Hals gehetzt, dass ihnen Hören und Sehen vergangen ist. Alle wichtigen Zeitungen haben sich auf meine Seite geschlagen. Dennoch, das Kultusministerium blieb stur. Keine Stilräume, sondern nackte Wände. Wann ich in diese ungemütlichen Fabrikhallen einziehen soll, steht in den Sternen.

Und was wurde aus meinen Plänen für den Neubau einer asiatisch-islamischen Abteilung? Mein Dahlemer Museumsprojekt ist zu einem Magazingebäude für die Völkerkunde verkommen. Das verdanke ich auch diesem neunmalklugen Gall.

Ha!
Ich habe mich mithilfe einer mir loyalen Zeitung revanchiert. Die posaunte aus, dass er meine Pläne für Dahlem nur torpedierte, weil er in diesem Neubau eine üppige Dienstwohnung für sich plante. Daraufhin hat der Herr Doktor die Zeitung verklagt. Der Redakteur muss wegen übler Nachrede vor Gericht. Ich soll als Zeuge aussagen. Gall vermutet, ich sei der Informant des Journalisten gewesen. Kluger Mann.
Auf mein Erscheinen im Zeugenstand kann er jedoch lange warten. Jeder Arzt wird mir attestieren, dass ich zu alt und zu krank bin, um solch einem Prozess folgen zu können. Es hat auch seine guten Seiten, wenn man fast einundachtzig ist. Ich werde jedenfalls nicht zur Gerichtsverhandlung kommen, das steht fest!
Diesem preußischen Ministerialrat wird es schwerfallen, die von mir gestreuten Behauptungen aus der Welt zu schaffen. Gut so. Die Presse wird weiter ausführlich darüber berichten. Das ist meine Rache für die Engstirnigkeit und Bösartigkeit dieses Dilettanten.
Immerhin, sie zittern noch vor mir. Der Stuhl von Doktor Gall fängt bereits an zu wackeln. Minister Becker will anscheinend Ruhe vor mir haben. Möchte seinen Frieden mit mir schließen. Er hat neulich vorsichtig angefragt, wen ich mir als Nachfolger für ihn vorstellen könnte. Der Ministerialrat bekäme vielleicht bald andere Aufgaben. Wen ich mir auf Galls Posten denken könne? Ich werde es den Herrn Minister Becker rechtzeitig wissen lassen.
Ich weiß, was dahintersteckt. Die Generaldirektion muss neu besetzt werden. Falke geht nächstes Jahr in Pension. Er wird demnächst fünfundsechzig. Becker will den Posten für Museumsfragen im Ministerium und die Generaldirektion in eine Hand legen. Das ist vernünftig und hat schon mit Richard Schöne sehr gut funktioniert. Der ist inzwischen leider tot. Er war ein guter Mann. Etwas zu leise, stets diplomatisch und immer ehrlich. Seinen geliebten Pergamonaltar hat er nie wiedergesehen. Gott erbarme sich seiner Seele. Ob ich die Eröffnung meines Deutschen Museums noch erleben werde? Es steht in den Sternen. –

Exzellenz Wilhelm von Bode setzte sich vorsichtig an der Bettkante auf. Sein Schädel brummte. Er fingerte zittrig auf dem Eichenholznachttisch nach einer Kapsel mit Opiaten. Endlich, da war sie. Er schluckte die dicke Pille mit Wasser herunter und schaute dann benommen aus dem Fenster seiner Charlottenburger Villa in der Uhlandstraße.

Die Morgendämmerung hatte bereits eingesetzt. Ein blassrosa Licht schwebte über den umliegenden Häusern. Schön. Einen Augenblick versank er in diesem Naturschauspiel, dann legte er sich sehr langsam wieder hin. Er wollte keine Kopfschmerzattacke provozieren, zog die Bettdecke über die Ohren und horchte in sich hinein.

– Ein Schäfchen. Zwei Schäfchen. Drei Schäfchen … –

Schlafen konnte er immer noch nicht.

– Womit habe ich diesen sinnlosen Ärger, diese Demütigungen verdient? Um mein Dahlemer Museum kurz nach dem Krieg in Zeiten klammer Kassen vollenden zu können, habe ich sogar meine wertvolle Privatbibliothek versteigern lassen. Das war vor dieser grauenhaften Inflation. Erstausgaben. Mittelalterliche Handschriften. Raritäten. Inkunabeln. Über drei Millionen Mark hat die Auktion erbracht. Eine stattliche Summe. Damals.

Das gesamte Geld stellte ich für den Neubau zur Verfügung. Die Asienabteilung in Dahlem wollte ich so durchsetzen. Doch die preußische Landesregierung lehnte nach kurzer Prüfung rundweg ab.

Der Finanzminister wolle sich die Kontrolle über die Ausgaben nicht nehmen lassen. Es sei zu befürchten, dass ich die Geldspende hauptsächlich dafür erbringe, um ein entscheidendes Wort bei der Gestaltung der Erweiterungsbauten mitreden zu können. Darauf könne man sich nicht einlassen, wurde mir mitgeteilt.

Ja, was denn? Welcher Mäzen will von den Entscheidungen, wie mit seinem Geld umgegangen wird, ausgeschlossen sein? Schliemann bekam seinerzeit einen nach ihm benannten Saal für sein Troja-Gold. Das war seine Bedingung. Unser Stifter und Förderer James Simon erhielt sein eigenes Kabinett im Kaiser-Friedrich-Museum. So etwas wollte ich gar nicht. Mir ging es nur um die Sache.

Doch kein Argument, keine öffentlichen Aufforderungen in den Zeitungen stimmten die ministeriellen Herren um. Ich blieb auf meinen Millionen sitzen. Dahlem erhielt keinen neuen Ausstellungsbau und das Kaiser-Friedrich-Museum verkam mit jedem Tag mehr zu einer Rumpelkammer. Demnächst werde ich ein Schild an die Tür hängen:

VORSICHT STOLPERGEFAHR!

Oder besser:

WEGEN ÜBERFÜLLUNG GESCHLOSSEN!

Warum nahm Preußen meine Spende damals nicht an? Kleinliche Angst vor Kontrollverlust? Doch was kontrolliert denn diese engstirnige Demokratie? Nichts. Alles geht drunter und drüber!
Inzwischen ist mein Geld bis auf den letzten Pfennig durch die Hyperinflation entwertet worden. Meine Bibliothek ist futsch. Meine dreieinhalb Millionen waren im November 1923 weniger wert als ein Fetzen Papier. Der Verkauf war für die Katz. Und warum? Darum!
Da wundern sich die Herren vom Ministerium, dass ich ihnen nicht grün bin. –

Bode wälzte sich auf die andere Seite und betrachtete den Sonnenaufgang. Eine blutrote Scheibe stieg über den Häusern auf. Vögel zwitscherten und erste Straßengeräusche waren zu vernehmen.
– Würde mir die preußische Regierung nur ein Zehntel des Respekts zollen, den ich in der internationalen Gelehrtenwelt genieße, den mir die Leiter der größten Museen Europas entgegenbringen, den mir Sammler und Kunsthändler der ganzen Welt erweisen, ich stünde nicht so gedemütigt am Ende meines Lebens da wie jetzt. Mit jeder Faser meines Leibes und mit meiner ganzen Willenskraft habe ich mich der Kunst gewidmet, die Berliner Museen an die Weltspitze geführt, und das ist der Dank.
Zu meinem achtzigsten Geburtstag sind sie alle gekommen. Natürlich habe ich die Gäste nicht zu Hause empfangen. Da wären sie ungefragt wie die Fliegen eingedrungen und ich hätte mir die Gratulanten nicht aussuchen können. Nein, nicht mit mir!

Ich gab den Empfang in meinem Büro im Kaiser-Friedrich-Museum. Jeder musste sich ordentlich im Sekretariat anmelden. Wer mir passte, wurde vorgelassen und alle anderen durften gleich wieder umkehren. Tut mir leid, Exzellenz von Bode ist für Sie nicht zu sprechen.
So macht man das.
Ehrenbürger meiner Geburtsstadt Kalvörde bin ich geworden. Rührend. Legionen von Professoren habe ich empfangen. Der neue Reichspräsident Hindenburg hat mir gratuliert. Ein guter Mann. Glückwünsche aus aller Welt wurden mir überbracht, Ehrungen aller Art. Scharen von Journalisten baten mich um Interviews. Museumsleiter, Sammler und mir gewogene Politiker stellten sich ein. Als mein Büro mit Gratulanten überfüllt war, kam mein guter, alter Bürogehilfe Müller.
Minister Becker sei am Telefon, um vorsichtig anzufragen, wann mir die Delegation des Kultusministeriums ihre Aufwartung machen dürfe. Ich habe ihm sehr laut geantwortet. Keinen der Herren will ich sehen. Sie sollen sich bei mir besser nicht blicken lassen! Dann, als mein lieber Gehilfe fast an der Tür war, fuhr ich noch lauter fort. Ach, Müller, der Kultusminister hat mir gestern angeboten, einen Künstler zu bestimmen, der eine Büste von mir anfertigen soll, um sie im Foyer hier im Kaiser-Friedrich-Museum aufzustellen. Sagen Sie ihm, ich möchte nicht einmal als Denkmal in einem Haus herumstehen, welches der Herr Minister durch seine eklatanten Fehlentscheidungen geruht hat, zu einer Rumpelkammer verkommen zu lassen.
Sofort kritzelten die Journalisten Notizen in ihre Schreibblöcke und am nächsten Tag stand alles wörtlich in den Zeitungen. Wunderbar. Das war die richtige Antwort auf sein Angebot.
Becker soll gekocht haben. Recht geschah ihm. Ich nehme keinerlei Rücksichten mehr. Wie du mir, so ich dir! Wenn mir nur die Kraft bleibt, die Museumseröffnung noch zu erleben. –

Bode hörte, wie die Tür zu seinem Schlafzimmer vorsichtig geöffnet wurde. Er schaute auf. Seine Frau steckte den Kopf herein.
„Wilhelm, es ist sieben Uhr. Zeit für dich aufzustehen! Möchtest du einen Kaffee ans Bett?"
„Danke, Anna, heute nicht."
„Hast du schlecht geschlafen? Du siehst blass aus."
„Ich habe überhaupt nicht geschlafen. Die Migräne."

Seine Frau kam zu ihm, setzte sich aufs Bett und nahm seine Hand. Sie erschrak.
„Frierst du? Deine Finger sind ganz kalt."
„Ach, meine liebe Anna, wie soll mir in diesen schrecklichen Zeiten warm sein. Lass mich ein oder zwei Stündchen länger ruhen! Vielleicht finde ich doch noch ein wenig Schlaf.
Wenn jemand anruft, vertröste ihn auf den Nachmittag. Sag, ich hätte einen mehrstündigen Dauerlauf in den Grunewald unternommen, sag meinetwegen, ich mache eine Paddeltour von Berlin nach Hamburg und sei erst abends wieder zurück. Sag auf keinen Fall, ich sei krank! Sonst schöpft noch jemand Hoffnung."

Sie stand kopfschüttelnd auf und zupfte an ihrem taubenblauen Kleid.
„Wilhelm, du bist sarkastisch. So darfst du nicht reden!"
„Meine liebe Anna, ich darf inzwischen alles."

Bode drehte sich zur Wand, zog die Decke über die Ohren und bewegte sich nicht mehr. Seine Frau schaute auf den Nachttisch und zählte die restlichen Tabletten.
– Er nimmt zu viele Pillen. Das ist nicht gesund. Andererseits, wenn es ihm dann besser geht … –

Sie beugte sich über das Bett und meinte seinen Atem zu hören.
– Ich hoffe, er schläft. –
Sie nahm das leere Wasserglas, ging leise aus dem Zimmer und schloss hinter sich vorsichtig die Tür.

FAST

„Marie! Marie! Wo bist du? Es gibt Neuigkeiten!!"
Theodor Wiegand war gerade in die Eingangshalle seiner Villa in Berlin Dahlem getreten und hielt dem Dienstmädchen ungeduldig seinen Wintermantel und die Autoschlüssel hin. Die junge, schwarzgekleidete Haushaltshilfe mit weißer Schürze nahm alles knicksend entgegen und verschwand, um den Biberpelz aufzuhängen.
„Marie, verdammt, wo steckst du?"
„Hiiiier! Mein Herr und Sultaaan, ich sitze im Gaaartensaaaal!!!"

Der dreiundsechzigjährige Wiegand zog seine Schuhe aus, nahm Anlauf, schlitterte wie ein Schuljunge über den Marmorfußboden, bremste abrupt, bog dann scharf nach links durch eine Doppeltür ab und sah seine Frau vor einem prasselnden Kaminfeuer im Sessel sitzen. Sie war in ein dickes Buch vertieft und beachtete ihn nicht. Er lächelte, ging zu ihr hin, gab ihr einen Kuss auf die Stirn, öffnete sein Sakko und ließ sich wie ein Elefant in den Nachbarsessel fallen. Mit großer Geste schlug er die Beine übereinander, schaute sie an und begann „Berliner Luft" von Paul Lincke zu pfeifen.

Marie seufzte und blickte entnervt von ihrer Lektüre auf.

„Theodor! Sobald ich versuche bei diesem ‚Zauberberg' von Thomas Mann über die Baumgrenze, also circa Seite fünfhundertzwanzig, hinauszuklettern, bimmelt entweder das Telefon, oder der Dackel muss hinaus in den Garten, oder unangenehmer Besuch kündigt sich an."
„Bin ich ein unangenehmer Besuch?"
„Nein, du bist eher das Telefon. Übrigens, der ‚Zauberberg' ist ein großartiger Roman. Du solltest ihn lesen, wirst es aber höchstwahrscheinlich nicht tun. Du findest ja nie Zeit für Literatur. Schade! Alle Personen in diesem Buch reden und reden und faulen dabei von innen heraus mehr oder weniger lustvoll in einem sündteuren Schweizer Lungensanatorium vor

sich hin. Die Atmosphäre im Resteuropa ist offenbar verseucht. Deshalb sind sie da. Über ihrem tuberkulösen Verfall schwebt die Dunstglocke selbst erklügelter Theorien. Keinem der Kranken hilft jedoch die eigene Denkkraft bei der Genesung. Alle schauen sich nur selbst beim Sterben zu. Kein Kontakt existiert bei ihnen mehr zwischen Körper, Seele und Geist. Das sind verfeindete Geschwister. Der Leib west vor sich hin und Geist und Seele drehen sich ohne Anbindung zur äußeren Welt rasant kreisend um sich selbst. Gedanken und Begierden wirbeln immer schneller und driften irgendwann hinaus in ein einsames Nirgendwo.
Zauberberg.
Für mich ein Sinnbild für die Zivilisation, auch für die Weimarer Republik. Vielleicht für die Moderne überhaupt. In diesem lebensfernen Sanatoriumsmief gedeihen Todessehnsucht und Destruktion. Dieser Roman ist erbarmungslose Seziertischliteratur. Ironisch und erschütternd gleichzeitig. Thomas Mann ist ein subversiver Pathologe. Ein Diagnostiker ohne Pillenschrank. Doch nun zu dir, Theodor!"

Sie schloss das Buch und legte es auf den Beistelltisch.
„Du hast gute Laune. Daraus schließe ich, die Sitzung mit deiner Museumsbaukommission war erfolgreich!?"
„Das kann man sagen. Nun ist es fast geschafft."
„Fast?? Oh, Theodor! Fast … haben wir den Weltkrieg gewonnen."
„Marie, nicht so zynisch, wir können nächste Woche beruhigt zur Grabungskampagne nach Pergamon fahren."
„Nächste Woche schon?"
„Ja, ich will weg. Raus! Hier gibt es für mich nichts Dringendes mehr zu tun. Die Kisten mit den Antiken wurden aus den Magazinen geholt und stehen schon aufgestapelt in den Sälen. Laufkräne werden installiert. Der Aufbau der Altarfassade kann in Kürze beginnen. Die Materialien liegen bereit. Das Markttor von Milet und die anderen Architekturen im Museum werden bald aufgerichtet werden. Dort herrscht ein Höllenlärm. Baurat Wille und mein Direktionsassistent leiten die Sache. Die brauchen mich nicht. Wilhelm von Massow ist ein tüchtiger, junger Archäologe, dem ich die heikle Aufgabe völlig zu Recht anvertraut habe. Er bewährt sich."

Marie Wiegand, geborene von Siemens, schaute ein wenig skeptisch und nippte an ihrer Teetasse.

„Und was sagten Doktor Gall und sein Minister bei der Kommissionssitzung? Sie wollten bis vor Kurzem noch dein Konzept für die Antikensäle torpedieren. Bumm. Bumm! Peng. Peng! Haben sie nun endlich das Feuer eingestellt?"
„Ministerialrat Gall grummelt noch, aber Becker scheint auf meine Seite getreten zu sein. Ich glaube, der Minister möchte Frieden. Alles andere wäre auch unsinnig. Viele in seinem Haus dringen auf ein Ende der Grabenkämpfe. Der Dauerzwist mit uns würde dem Ansehen der preußischen Regierung insgesamt schaden, heißt es."
„Friede statt Museumskrieg! Na, Theodor, das wäre doch in deinem Interesse und machte obendrein Sinn. Schließlich war Becker, wie du erzählt hast, vor wenigen Wochen von den Modellbauten aus Gips und Holz in Originalgröße beeindruckt."
„Ja, das Markttor, die Westseite vom Pergamonaltar mit der Freitreppe sowie die gesamten Exponate meiner neuen Säle hatte ich ihm, Gall, und den anderen Herren der zuständigen Ministerien auf der Baustelle als Eins-zu-eins-Attrappen hingestellt.
Schade, dass du nicht dabei warst! Große Augen haben sie gemacht. Mit dieser gewaltigen Wirkung hatte wohl niemand von ihnen gerechnet. Minister Becker schon gar nicht. Die simulierten Architekturstücke haben seine grundsätzlichen Auffassungen zur Museumspolitik vielleicht nicht verändert, aber kindlich gestaunt hat er, wie alle anderen auch."
„Sympathisch. Heute war Becker also einsichtig."
„Ja."
„Das ist gut, Theodor, obwohl es mich ein wenig wundert. Vielleicht fürchtet er deinen Einfluss. Du hast großen Rückhalt. Wir kennen Gott und die Welt. Wilhelm von Bode wird ihm als Widersacher reichen. Er braucht keinen zweiten, der ihn so bekämpft wie er. Du bist eine Instanz mit internationaler Anerkennung, hast Kontakte zur Großfinanz. Zur Schwerindustrie. Deutsche Bank. Thyssen.
Und meine Siemensfamilie betreibt auch keine Popelbuden. Lach nicht! Das zählt heute mehr denn je. Bode ist ein einsam verbissener Geistesaristokrat. Du aber stehst im Wirtschaftsleben der Republik. Ich glaube, Becker hat ein wenig Angst vor dir."
„Du übertreibst, Marie."

„Nicht so bescheiden. Die Akademie für Bauwesen hat dir die goldene Ehrenmedaille überreicht. Das weiß der Minister. Auf seinem Schreibtisch liegt auch die von Deutschlands führenden Bauforschern unterschriebene Petition, wo gefordert wird, endlich die Eröffnung der Antikensammlung stattfinden zu lassen. Du wirst mit Preisen und Ehrungen überhäuft. In unzähligen Publikationen unterstützt die Welt der Wissenschaft deine Museumspläne.

Dagegen kommen Gall und die von seinen Freunden am Leben erhaltene schäbige Pressekampagne nicht mehr an. Das wäre eine mögliche Erklärung für den Sinneswandel des Ministers."

„Wie dem auch sei, Marie. Er stellte heute auf der Sitzung seine Einwände zurück, obwohl er höchstwahrscheinlich im tiefsten Innern die Auffassungen von Gall teilt."

„Sei nachsichtig, Theodor! Becker ist im Kern ein vornehmer Mann. Sehr charmant. Ich habe mich bei unserem Abendempfang hier im Hause gut mit ihm unterhalten. Es war klug von dir, ihn einzuladen. Schließlich ist er ein prominenter Nachbar. Seine Villa liegt nur wenige Straßen entfernt.

Er ist kompromissfähiger und realistischer als sein ‚galliger', übereifriger, intriganter Ministerialrat. Er will vielleicht nicht mehr gegen Windmühlen kämpfen. Deshalb gestattet er jetzt endlich den Aufbau und die Rekonstruktion von Altarfassade und vom Markttor von Milet nach deinen Wünschen."

Marie Wiegand nippte wieder an ihrem inzwischen kalten Tee und schaute dann fragend ihren Mann an.

„Alle Direktoren der Museen haben dich heute bei der Sitzung unterstützt?"

„Alle!"

„Schön. War Bode da?"

„Nein. Der wird nicht mehr eingeladen."

„Ach. Und wann wird eröffnet?"

„Die Vorbesichtigung der Antikensäle will ich für die Jubiläumsfeier zum Einhundertsten Jahrestag des Deutschen Archäologischen Instituts im April 1929 ansetzen."

„Schon in zwei Jahren? Donnerwetter. Plötzlich soll alles schnell gehen. Wir haben bereits März siebenundzwanzig. Schaffst du das?"

„Ich hoffe. Die Leute arbeiten auf Hochtouren. Ein Jahr später, zum Einhundertsten Jahrestag des Bestehens der Königlich-Preußischen Museen, sollen sich die Pforten für das allgemeine Publikum öffnen. Bis dahin wird Vorderasien im Südflügel noch nicht fertig sein. Schade.
Die in Portugal 1914 beschlagnahmten Assurfunde sind zwar endlich auf dem Weg nach Berlin, doch Babylon und Co. müssen dennoch warten. Unsere Fachleute restaurieren seit Jahren Teile der altbabylonischen Fassaden, aber alles, was später gefunden wurde, saß im englisch besetzten Bagdad fest. Nun sind die beschlagnahmten Fliesen vor wenigen Wochen von London freigegeben worden. Vierhundert Kisten. Alles ist endlich in Berlin.
Tausende von glasierten Bruchstücken müssen jetzt gesichtet, gereinigt, sortiert und zusammengesetzt werden. Eine mühselige Sisyphos-Arbeit steht den Restauratoren bevor.
Das Ischtar-Tor, die Prozessionsstraße und die Thronsaalfassade des Nebukadnezar werden erst deutlich später ausgestellt werden können. Vorderasien braucht Geduld. Aber Pergamon und das Markttor von Milet werden bereits 1929 von der Fachwelt zu bewundern sein. Das verspreche ich dir."
„Theodor ... Der zwanzigjährige Kampf ... Dein Architekturmuseum kommt ...
... Merkwürdig ... Plötzlich soll alles so schnell gehen?"
Ihr Blick wurde ernst.
„Was hast du, Marie?"
„Nichts."

Frau Wiegand stand auf, streichelte ihrem Mann über die Schulter und stellte sich ans Fenster. Draußen schien die Nachmittagssonne. Sie öffnete einen Flügel der verglasten Verandatür und lehnte ihren Kopf an die Scheibe. Kalte Luft drang in den Raum.
„Ach, Theodor. In zwei bis drei Wochen sind wir in Pergamon. Dort ist bereits Frühling. Das ist die schönste Zeit des Jahres da unten. Und bei uns? Immerhin, die Schneeglöckchen blühen. Krokusse habe ich auch schon im Garten gesehen. Der Schnee schmilzt. Die Natur erwacht. Ein symbolisches Bild? Hoffentlich! Man wird sehen ..."

Theodor Wiegand war durch den merkwürdigen Stimmungsumschwung seiner Frau irritiert. Eine Minute lang wurde nicht gesprochen. Dann wandte Marie sich plötzlich um.
„Soll ich deinen Tropenhelm einpacken?"
„Um Gottes Willen, besser nicht. Die Türkei ist eine Republik geworden. Der Sultan hat abgedankt und ging ins Exil. Koloniale Symbole werden, wie ich höre, vom neuen Präsidenten gehasst. Verständlich. General Mustafa Kemal hat sich mit seinen Truppen von aller Fremdherrschaft befreien müssen. Die griechische Besatzungsarmee wurde von ihm durch jahrelangen Kampf zermürbt. Die Eindringlinge wollten Konstantinopel erobern, sich an den Küsten Kleinasiens festsetzen, ihr Staatsgebiet nach dem Weltkrieg auf türkische Kosten erweitern. Doch die Verbände von Präsident Kemal haben gesiegt. Die Truppen aus Hellas zogen ab, und alle Griechen haben das Land verlassen müssen.
Auch die Engländer und Franzosen wollten den Rest des Osmanischen Reiches unter sich aufteilen, hatten aber keine Kraft mehr, ihre Pläne umzusetzen. Ihre Soldaten sind in Anatolien kläglich gescheitert.
Friedensvertrag. Jetzt ist die Türkei endlich frei und unabhängig. Aber der türkische Präsident war und ist General. Tropenhelm und Breeches tragende Europäer erinnern ihn an die vertriebenen Kolonialarmeen, an die verhassten Eindringlinge. Ich werde deshalb einen verbeulten Strohhut zum Straßenanzug tragen, um nicht unangenehm aufzufallen. Schließlich will ich auch unter seiner republikanischen Herrschaft Funde außer Landes schaffen können."
Marie lächelte.
„Alles wird gut, Theodor! Alles wird sicher sehr gut. Ich gehe jetzt nach oben und fange an zu packen."
„Tu das, Marie, aber teile das Gepäck klug ein! Das Wichtigste in einen großen Koffer, den Rest lassen wir nachkommen oder schicken ihn voraus. Wir fliegen vom Flughafen Tempelhof mit der Luft Hansa über Prag nach Wien, nehmen den Nachtzug nach Triest und von dort geht es weiter per Dampfschiff Richtung Smyrna.
Unsinn! Smyrna heißt inzwischen Izmir. Ich werde mich nie daran gewöhnen."
„Bis später, Theodor. Ich mache mich an die Arbeit."

Sie schloss die Terrassentür, nahm den „Zauberberg“ vom Tischchen und ging aus dem Gartensaal.

Zwei Wochen später waren sie in Bergama am Fuß der Akropolis von Pergamon. Das Wetter war herrlich. Blauer Himmel und ein sanfter warmer Wind. Das Städtchen im Kaikostal wirkte jedoch wie verwandelt. Alle Griechen waren fort. Die christlich-orthodoxen Armenier auch. Der jetzt entmachtete Sultan hatte sie bereits zu Beginn des Weltkrieges grausam aus dem Land gejagt. Sie hatten mit den russischen Glaubensbrüdern sympathisiert, doch Russland war Kriegsfeind der Osmanen. Deshalb waren für den Padischah die Armenier Verräter. Ihre Häuser wurden verbrannt, wie später unter Kemal die Häuser der Griechen in Flammen standen.

Das ehemals bunte orientalische Treiben auf den Straßen und Gassen hatte sich verändert. Die Männer trugen weder Fes noch Turban, sondern Anzug und Hut. Die Regierung schrieb europäische Mode vor. Muslimische Frauen ohne Kopftuch sah man neuerdings auf dem Markt. Vor wenigen Jahren wäre das noch undenkbar gewesen.
Autos, Omnibusse und Motorräder knatterten durch die Stadt. Es gab kaum noch Kamele. Alle Kinder gingen zur Schule, auch die Mädchen. Bildung wurde von der neuen Republik großgeschrieben. Der islamische Kalender wurde abgeschafft. Der Sonntag wurde an Stelle des Freitags zum Feiertag. Es galt die westliche Zeitrechnung. Die Türkei sollte endlich modernisiert werden, Anschluss an Europa finden. Der Kalif als oberster Glaubenswächter war de facto entmachtet. Die osmanische Theokratie sollte für immer beendet sein. Das war der Wille von Kemals neuer Regierung.

Wiegand und seine drei jungen Archäologen machten sich sofort daran, Arbeiter anzuwerben und begannen am Einunddreißigsten März 1927 auf dem höchsten Punkt des Burgberges mit der neuen Kampagne. Hier wurde bisher noch nie gründlich gegraben. Marie Wiegand kümmerte sich derweil um das gemietete Haus oben am Hang über dem zerstörten, ehemaligen Viertel der Griechen. Ein Koch und zwei Hausdiener wurden engagiert und bald liefen die Tage wie bei früheren Aufenthalten ab.

Früh um sechs aufstehen, gemeinsames Frühstück, dann Ritt zu Pferde auf die Akropolis. Ausgrabungsarbeiten. Gegen Abend heimreiten hinunter in die Stadt. Gemeinsames Abendessen. Auswertung des Tages. Kartenspiel oder Lektüre. Um zehn Uhr gingen alle zu Bett.

Am späten Nachmittag des Zehnten April stiegen Theodor Wiegand und seine drei Assistenten nach getaner Arbeit auf dem Hof beim Grabungshaus von ihren Pferden. Die Sonne stand schon tief, doch es war warm. Palmen raschelten im Wind. Die Hausdiener nahmen sich der Tiere an.

„Theodor, du hast sehr viel Post aus Berlin."
Marie stand oben auf dem umlaufenden Holzbalkon und wirkte besorgt.
„Ich komme sofort." Er wandte sich an seine jungen Helfer. „Meine Herren, Sie haben Freizeit. Machen Sie einen kleinen Spaziergang. Rauchen Sie eine Wasserpfeife. Aber pfeifen Sie keinen schönen Mädchen nach! Das wird hier nicht geschätzt. Wir sehen uns dann um sieben beim Abendessen!"

Er stieg die Treppe hinauf und ging in das große Wohnzimmer. Die Fenster standen offen. Auf dem Tisch lagen unzählige Kuverts. Alle waren mit der heutigen Post gekommen. Wiegand studierte die Absender.
„Baurat Wille. Wilhelm von Massow. Ludwig Hoffmann und so weiter. Was ist denn da in Berlin los?"

Er setzte sich an den Tisch. Marie nahm gegenüber Platz und schaute ihm beim Öffnen und Lesen der Briefe zu. Sein Gesicht wurde von Mal zu Mal finsterer.

„Das darf doch nicht wahr sein!"
„Theodor, was ist?"
„Der Kampf geht wieder von vorne los. Der Aufbau der antiken Architekturen und des Altars nach Messels Plänen ist gestoppt worden. Doktor Gall will plötzlich den gesamten Pergamonaltar rekonstruieren lassen, und Baurat Wille heißt den Vorschlag gut!?!"
Er warf den Brief auf den Tisch.
„Du fandst die Idee vor zwanzig Jahren auch gut, hast sogar dafür gekämpft."

„Marie, vor zwanzig Jahren hätten sich die Baupläne noch ändern lassen, aber jetzt steht das Museum fertig da. Der Pergamon-Saal ist nun viel zu klein für einen Komplettnachbau des Altars, er müsste zunächst erweitert werden. Das müsste dieser Wille doch wissen. Außerdem würde der Eröffnungstermin nicht mehr zu halten sein, alles müsste monatelang neu geplant werden, von den Mehrkosten ganz zu schweigen. Der Finanzminister bewilligt uns garantiert keine zusätzliche Mark! Was ist nur in diesen Gall gefahren?! Bisher war er gegen jede Rekonstruktion der antiken Architekturen, jetzt will er plötzlich den gesamten Altar. Das ist doch irre. Was hat er vor? Gib mir einen Cognac!"

Marie Wiegand ging zur Anrichte, holte die Flasche und ein Glas heraus und goss ein.

„Viele deutsche Zeitungen sind begeistert. Hier sind die Ausschnitte. Der komplette Altar! Berlin jubelt! Pergamon triumphiert!
Die dumme Presse ist natürlich von Gall instruiert worden.
Dieser Wille ist ein Idiot und sollte sich raushalten! Er versteht rein gar nichts. Dieser naive Trottel hat sich vor den Karren dieses Intriganten spannen lassen. Wer weiß, was ihm der Herr Ministerialrat versprochen hat?"
„Hier, Theodor, trink!"
Sie setzte sich ihm wieder gegenüber.
„Oh Gott, Marie, ich ahne langsam, was dieser Gall mit seinem Vorstoß bezweckt."
„Was?"
„Er will, dass sehr, sehr viel Zeit vergeht!"
„Was sollte er davon haben?"
„Du kennst das preußische Beamtengesetz? In zwei Jahren muss ich in Pension, ob ich will oder nicht. Wenn das Ministerium die Sache auf die lange Bank schiebt, bekommt es einen neuen Antikendirektor, mit dem Gall umspringen kann, wie es ihm passt. Dann ist mein Architekturmuseum Schnee von gestern. Gall will meine Aufbauten komplett verhindern, verstehst du? Die Mschatta-Fassade soll in mein Museum, oder sonst etwas. Er hat seinen Widerstand gegen meine Pläne in Wahrheit nie aufgegeben."
Wiegand trank sein Glas in einem Zug leer.

„Entsetzlich. Was wirst du tun?"
„Kämpfen. Ich muss zunächst telegrafisch bei ‚Volksbildungsminister' Becker offiziell protestieren. Ludwig Hoffmann schreibt mir, er sei gegen den gallschen Plan. Unser designierter Generaldirektor Wilhelm Waetzoldt auch. Tapfer! Ein guter Mann. Ich habe ihn Becker empfohlen. In einem halben Jahr darf er hoffentlich anfangen. Ich glaube, er könnte ein zweiter Richard Schöne werden. Gott habe ihn selig! Da lies, was Waetzoldt schreibt! Dort steht, er sei auf meiner Seite."
„Theodor, dieser Gall ist ein grausiger Intrigant. Da wartet er, bis wir in Pergamon sind, um seine hinterhältige Sabotage zu beginnen."
„Ein Hundesohn. Aber der wird was erleben! Er sollte sich nicht zu früh freuen. Nicht mit mir! Marie, ich werde eine Sitzung der Baukommission erzwingen."
„Du willst zurück nach Berlin? Wir sind gerade erst angekommen."
„Wenn es ernst wird, muss ich heimreisen. Zunächst versuche ich es aber mit Briefen und Telegrammen. Zeichnet sich jedoch keine Lösung ab, muss ich zurück. Die Arbeiten am Altar ruhen, verstehst du?! Stillstand. Eine lange Verzögerung des Aufbaus gefährdet den Termin für die Jubiläumsfeier der Archäologischen Gesellschaft, die offizielle Eröffnung 1930 auch."
Wiegand schaute auf seine Armbanduhr.
„Zwanzig vor sieben. Gleich schließt das Telegrafenamt. Ich muss schnell runter in die Stadt. Mein Telegramm an Minister Becker muss heute noch raus. Wenn die jungen Kollegen kommen, wartet nicht mit dem Essen auf mich!"
Wiegand lief flink die Treppe herab. Seine Frau wischte eine Träne aus dem Augenwinkel, goss trotzig etwas Cognac ein und stürzte ihn runter. Sie schüttelte sich, goss ein wenig nach und ging hinaus auf den Balkon. Sie sah ihrem Mann hinterher, der mit schnellen Schritten die schmale Gasse hinuntereilte.

– Die Eröffnung des Architekturmuseums der Antike! Sein Lebenstraum. Armer Theodor. Ich hatte schon in Berlin ein dummes Gefühl. Jetzt weiß ich warum. –

Sie lehnte sich erschöpft auf die Balkonbrüstung und betrachtete gedankenverloren den schönen, lachsfarbenen Sonnenuntergang.

ENTSCHEIDUNGSSCHLACHT

Carl Heinrich Becker, im leichten Mantel, promenierte auf einem sandigen Waldweg, der um den kleinen Grunewaldsee führte. Ihm kamen kaum Spaziergänger entgegen.

Die Bäume wiegten sich im Wind. Auf dem Wasser schwammen schnatternde Enten und einzelne Schwäne zogen ihre Bahnen. Mal schien die Sonne, mal verdunkelten schnell dahinziehende Wolken den Himmel und ab und zu fielen einzelne Regentropfen. Es war Aprilwetter, obwohl der Kalender Donnerstag den Dreißigsten Juni 1927 anzeigte.

Der Minister liebte diesen kargen märkischen Wald und den idyllischen See mit seinem dichten Schilfgürtel.

Am gegenüberliegenden Ufer reckte das weiße Jagdschloss der preußischen Kurfürsten aus dem sechzehnten Jahrhundert seine Türmchen in den kühlen Berliner Sommertag. Links daneben lagen kleine Sandstrände, an denen sich bei wärmerem Wetter viele Badegäste drängten. Heute waren es nur wenige, die einen Sprung in den See wagten.

Becker wohnte nicht weit entfernt mit seiner Frau in einer schönen Dahlemer Villa, und wann immer es seine Zeit zuließ, gönnte er sich diese Runde.

Hier konnte er seine Gedanken ordnen, Pläne schmieden und sich auf Sitzungen vorbereiten.

Er dachte an morgen. Ein wichtiger Tag. Die Museumsbaukommission sollte zusammentreten, um abschließend über den Pergamon-Trakt zu befinden. Der Baustopp, den Gall für die Aufstellung der Antiken verfügt hatte, konnte erst beendet werden, wenn offizielle Klarheit darüber herrschte, wie es weitergehen sollte.

Aufbau des kompletten Altars vor hell gestrichenen Wänden oder Umsetzung der ursprünglichen Lösung von Messel? Der alte Plan aus der Kaiserzeit sah vor, nur die Westseite des Zeus-Heiligtums mit der Freitreppe in den Raum ragen zu lassen und die Friesplatten umlaufend in dem mit Natursteinfliesen zu verkleidenden Saal zu zeigen.

Gall und Wille hatten Becker Ende März von ihrer Idee einer Komplettrekonstruktion des Altars unterrichtet und wollten seine Einschätzung hören.
„Was? Ich dachte, die Sache sei nach Besichtigung der Modellaufbauten im Museum bereits entschieden. Messelplan mit Natursteinwänden. Aber wenn Sie meinen, Ihre Idee sei besser und moderner und im gegebenen Zeit- und Kostenrahmen umzusetzen, bitte. Darum kann ich mich zurzeit nicht kümmern, Sie haben in dieser Angelegenheit das Sagen."

Die Herren machten sich an die Arbeit, verkündeten öffentlich ihr Vorhaben, doch dann hagelte es massive Proteste. Theodor Wiegand hatte von Pergamon aus eine Armada von nationalen und internationalen Sachverständigen mobilisiert, die sich ohne Wenn und Aber für den Messelplan und gegen Ministerialrat Gall und Baurat Wille einsetzten.
Altertumswissenschaftler, Architekten und Archäologen aus dem gesamten Reich und anderen europäischen Ländern erhoben beim Minister Einspruch. Ein Chor von Professoren unterstützte Wiegand unisono und forderte, die alten Pläne von Messel endlich umzusetzen.
Die Zeitungen griffen sofort in die Debatte ein und sprachen sich zum Teil dafür, zum Teil dagegen aus, je nachdem, wer sie beeinflusst hatte. Ein Pressekrieg. Wieder waren die Museumsneubauten in den Schlagzeilen. Hässliche Polemik bestimmte den Ton. Becker war überrascht und unangenehm berührt. Mit solchem Sturm der Empörung hatte er nicht gerechnet. Er wollte endlich Ruhe und Sachlichkeit in dieser vertrackten Angelegenheit.

Was sollte er tun?

Er blieb stehen, schaute über den See, setzte sich auf eine schlichte Bank und zündete sich eine Zigarette an.
– Wem soll ich morgen recht geben, Wiegand oder meinem Ministerialrat? Der eine steht für die Kaiserzeit, der andere für die Republik. Beide haben ihre Verdienste. Gall ist ein tüchtiger Beamter und hat Bedeutendes geleistet. Wie er mit Baurat Wille das Völkerkundemuseum neugestaltet hat: Hut ab! Dafür bekam er zu Recht Applaus von fortschrittlichen Museumsmachern.

Endlich ist dort im ehemaligen Kunstgewerbebau eine Ausstellung entstanden, die meinen Auffassungen genügt. Südsee, Afrika, Südamerika. Exemplarische Zurschaustellung von wichtigen Exponaten und Verlagerung von ermüdend wirkenden Dubletten hinaus in die Studiensammlung nach Dahlem. Klare Präsentation der besten Stücke und kein „Schaut her, was wir alles haben!", wie es im repräsentationssüchtigen Kaiserreich gang und gäbe war und die Lust am Betrachten der Sammlungen, selbst bei Gutwilligen, erstickte.

Natürlich will Gall seine neuen Ideen und Erkenntnisse auch im Antikenmuseum verwirklicht sehen. Das ist sein gutes Recht.

Wir brauchen sachliche Räume, sagt er, in denen die Kunstwerke so gezeigt werden können, dass Volksbildung möglich wird. Recht hat er, darum geht es ihm wie mir. Die Ausstellungsstücke sollen im Mittelpunkt stehen und nicht der eitle kaiserliche Prunk der Museumshallen. Nur so machen auch die Führungen für alle Schichten des Volkes einen Sinn! Richard Schöne hatte seinerzeit damit begonnen. Wir weiten das Ganze jetzt systematisch aus. Alle Sammlungen werden so interessierten Besuchergruppen erschlossen. Nichts soll ablenken vom Studienobjekt. Klare helle Wände müssen den Hintergrund bilden. Kein Marmorprunk und kein überflüssiger Zierrat, wie im Kaiser-Friedrich-Museum, sollen auf den Erbauer mehr als auf die Kunstwerke verweisen. Soweit sind wir uns einig.

Auch ich halte, wie Gall, ein Ambiente, das interpretierende Betrachtung anregt, für zwingend erforderlich. Alles muss getan werden, um das in den neuen Bauten zu ermöglichen.

Spricht Wiegands Konzept, das den Plänen Messels folgt, dagegen? Gall meint, ja!

Ich bin mir nicht sicher. Ich weiß nur, die menschliche Reflexion über sich, die Welt und die Kunst muss mehr denn je in diesen unruhigen Zeiten gefördert werden.

Mensch, erkenne dich selbst! Hin zum Ausgangspunkt des Lebens müssen wir streben, zu dem großen Warum, welches unser Dasein hervorbringt. In einer sich immer mehr dem Dämon der dumpfen Nützlichkeit opfernden Zivilisation ist das ein dringendes Gebot. In jedem Menschen steckt ein Funken Gottes. Aus ihm drängt jede Kunst, und dahin strebt sie alles durchdringend, alles veredelnd zurück.

Humanistische Volksbildung!

Ohne Kultur gibt es kein differenziertes Individuum, ohne solch ein Individuum gibt es keine mitmenschliche Solidargemeinschaft und ohne diese keine Staatsorganisation, die sich dem Einzelnen aus fest geschlossenem ethischen Bündnis heraus, helfend zuwendet. Volksbildung ist das A und O, um unsere schwache Demokratie zu einer starken Gemeinschaft zu bilden. –

Der Minister zog an seiner Zigarette und ließ die Asche zu Boden fallen. Er musste schmunzeln.

– Na bitte. Dieses Gänseblümchen da unten neben meinem Schuh entfaltet sich nach seinem innersten Plan, wächst wie es muss und drängt dennoch über sich hinaus. Es öffnet seine Blüte und gibt sich willig der Sonne hin. Ein ethisch vollkommenes Wesen! –

Er schaute wieder auf den See und das Schlösschen.

– Volksbildungsphilosophie. Blabla. Damit habe ich immer noch keine Antwort auf die Frage: Komplettaufbau oder Messelplan? –

Becker erhob sich, warf seinen Zigarettenstummel in den See und ging weiter. Der Weg führte eine kleine Steigung hinauf und gewährte zwischen den Stämmen der Bäume einen schönen Blick über das Wasser. Eine ältere Dame im langen, grauen Regenmantel mit Krückstock, Kopftuch und mit einem Kiefernzweig in der Hand kam ihm entgegen. Die mecklenburgische Gräfin war eine Nachbarin von ihm. Man kannte sich flüchtig. Er grüßte höflich, die Dame nickte knapp und wendete sich ab.

– Sie hat mir offensichtlich immer noch nicht verziehen, dass ich einer sozialdemokratisch geführten preußischen Regierung diene. –

Er ging den Hügel auf der anderen Seite hinunter, wollte sich gerade wieder seinen Gedanken hingeben, als ihn ein entferntes Gegröle aufhorchen ließ. Männer johlten Marschlieder, andere Krachmacher lachten kehlig und brüllten irgendwelche Worte. Er ging weiter und sah bald die Quelle der Geräusche.

An einem kleinen Badestrand hatten sich circa fünfzig SA-Leute versammelt. Alle waren nackt, soffen Bier aus unzähligen Flaschenkisten und krakeelten. In den umliegenden Büschen hingen ihre braunen Hemden, Hosen, Unterhosen und die Jacken mit den rot, weiß, schwarzen Hakenkreuzbinden am Ärmel. Vier Nazis planschten kreischend im See und griffen sich ab und zu johlend gegenseitig an die Hoden. Ein Älterer, mit faltigem Hintern, pisste nur mit Uniformmütze bekleidet gegen eine dicke, alte Buche und schaute seinen im See badenden jüngeren Kameraden grinsend zu. Becker betrachtete die Szene schmaläugig und wurde schnell erkannt.

„Na, Becker, du alte Kommunistensau, noch nie nackte Männer jesehn? Schwul oder watt? Solln wa dich alle bumsen?"

Die SA-Leute grölten vor Lachen. Der Minister ging angewidert weiter.

„Sieg Heil, du Spanner! Arschficker! Siiiieeg Heeiilll! Unsre Schwänze sind länger wie deiner!!!!"

Die Meute lachte, stimmte ein Marschlied an und hopste nackt tanzend im Sand. Kein Ton stimmte, aber laut war es. Becker sah zu, dass er schnell vom Fleck kam.

– Wo war ich stehen geblieben? Gall oder Wiegand? Gesamtaltar oder Messelplan? Schwere Frage. Ich habe mich viel zu wenig damit befassen können. Die Hochschulpolitik fordert mich seit Monaten. Morgen wird die Baukommission tagen und ich bin der Vorsitzende. Alle Streithähne werden auf mein Urteil warten. Was soll ich tun?

Beide Konzepte sind denkbar.

Wiegand? Gall? Das ist auch der symbolische Kampf der Kaisertreuen gegen die Freunde der Republik. Die Debatte hat sich inzwischen verselbstständigt. Leider.

Ich werde das Ganze im Sinne der Außenwirkung der Museen und der Reputation meines Ministeriums entscheiden müssen.

Lasse ich Gall gewähren, applaudiert mir die von ihm geimpfte liberale Presse, jedoch ein Sturm der konservativen Fachwelt bricht über mich herein. Wenn ich Wiegand recht gebe, werde ich im „Vorwärts" und anderswo als reaktionär verschrien, erhalte jedoch Glückwunschtelegramme von alten Burschenschaftsuniform tragenden Professoren der konservativen Altertumswissenschaft.

Aber das ist alles gleichgültig! Was ist für die Museen, was ist für die Volksbildung das Richtige?

Ich weiß es nicht.

Verdammt, warum bricht Gall kurz vor Schluss solch einen Streit vom Zaun?

Der über die Presse geführte Museumskrieg der letzten sechs Jahre hat unserem Ministerium, der preußischen Staatsregierung, dem Ansehen der staatlichen Sammlungen und der Demokratie insgesamt schweren Schaden zugefügt. Gall war stets in erster Reihe daran beteiligt. So ist der Eindruck entstanden, demokratisch gewählte Regierungen sind nicht imstande, eine ordentliche Kulturpolitik zu machen und klare, verbindliche Entschlüsse herbeizuführen und umzusetzen. Die Rufe nach dem Kaiser oder sonst einem Führer, der die Dinge an sich reißt, werden immer lauter. Damit muss Schluss sein!

Gall tut sich keinen Gefallen damit, die gesamte Gelehrtenwelt gegen sich aufzubringen. Ich werde ihn zu seinem eigenen Wohl zurückpfeifen und ihn auf der Karrieretreppe zum Dank für alle bisher geleisteten Dienste nach oben befördern. Er muss weg aus meinem Ministerium. Hier ist er verbrannt. Ich werde eine schöne Stelle irgendwo im großen Preußen für ihn finden. Wilhelm Waetzoldt soll Galls Posten im Ministerium bekommen und zusätzlich die Generaldirektion der Museen im Oktober von Otto von Falke definitiv übernehmen. Punkt!

Vielleicht ist es das Beste, wenn die Komplettaufbauidee von Gall und Wille als Episode im Ringen um die beste Präsentation des Pergamon-Frieses in der Versenkung verschwindet. Wir machen, was seit Jahren geplant war. Messels Plan gilt!

Ist das richtig? Vielleicht.

Andererseits, wenn ich Wiegand zum Zuge kommen lasse, wird mir Wankelmütigkeit vorgeworfen werden. Schließlich hat die Presse bereits vom Komplettaufbau mit meiner Zustimmung berichtet. Das war damals dumm und leichtsinnig von mir. Ich stecke in der Klemme. Mein Gott, wie soll ich morgen entscheiden? –

Minister Carl Heinrich Becker sah vor sich auf dem kurvigen Wegstück einen kleinen Rothaardackel auf sich zukommen. Das Tier näherte sich ihm vertrauensvoll und Becker beugte sich nieder, um den Hund zu streicheln.

Der Dackel, ein Weibchen, legte sich auf den Rücken, winkelte die Vorderpfoten an und schien mit seelenvollen Augen darauf zu bestehen, am Bauch gekrault zu werden.

„Du bist ja eine besonders genusssüchtige kleine Dame."

Becker streichelte und kraulte den Bauch des Tieres, ohne dass der Dackel Anzeichen von Überdruss erkennen ließ. Er hockte sich neben den Hund und streichelte geduldig weiter.

„Guten Tag, Herr Minister, meine Emmi scheint Sie zu mögen."
Er schaute hoch. Vor ihm stand ein Mann mit Stiefeln und Tweed-Sakko. Es war Theodor Wiegand. Becker erhob sich.
„Herr Doktor, welche Überraschung, seit wann sind Sie wieder in Berlin?"
„Ich hoffe, ich habe die Türkei rechtzeitig genug verlassen, um morgen schlimmen Schaden für die Antikensammlung abwenden zu können."
„Da ziehen wir wieder einmal am gleichen Strang. Genau das möchte ich auch."
Wiegand überlegte kurz, ob er die Gelegenheit nutzen sollte, um irgendwie Einfluss nehmen zu können, erkannte dann aber an dem freundlichen Gesicht von Becker, dass jede Form von Penetranz die zarte Versöhnungspflanze, die ihm entgegen zu wachsen schien, zerstören würde.
„Herr Minister, ich verabschiede mich. Man sieht sich morgen in der Museumsbaukommission. Leider muss ich Ihnen meine Emmi nun entreißen. Wer weiß, vielleicht wollen Sie den Hund ja irgendwann einmal ausführen?"
„Das könnte durchaus sein."
„Dann klingeln Sie halt, Herr Minister. Sie wissen, wo ich wohne."
Wiegand pfiff nach seinem Dackel, Emmi folgte und der Antikendirektor marschierte den sandigen Spazierweg in der Gegenrichtung weiter. Becker schaute der Dackeldame schmunzelnd hinterher und ging nach Hause zu seiner Frau.

Am nächsten Tag fand die Sitzung der Baukommission statt. Gall, Wiegand, Wille: Jeder trug seine Ansichten vor; stundenlange Diskussionen folgten. Dann, am Ende, entschied Minister Becker, den Aufbauplan von Messel umzusetzen. Nur die Westseite des Altars mit der Freitreppe sollte gezeigt und die Figuren des Pergamon-Frieses umlaufend im Saal präsentiert werden, jedoch vor schlichten, hellblau gestrichenen Wänden. Das weiträumige Aufstellungskonzept der Kaiserzeit sollte in neuem, modernen Ambiente realisiert werden. Die Umsetzung sollte ohne jede Verzögerung sofort beginnen.

Gall war verwirrt. Damit hatte er nicht gerechnet. Wille war irritiert, er hatte sich auf Gall verlassen. Und Wiegand musste sein Triumphgefühl mühsam unterdrücken.
Er nahm sich vor, auf dem Heimweg beim Fleischerladen zu halten, um seiner Emmi einen schönen Happen Lunge zu kaufen, wohl wissend, dass sein Hund nicht unbedingt die Berliner Museumspolitik zu seinen Gunsten beeinflusst hatte. Oder hatte Emmi etwa doch?
– Wie dem auch sei, sie bekommt heute ein Leckerli. –

Das Pergamonmuseum wurde nun zügig vollendet. Der Altarfries nach Messels Plänen vor hell gestrichenen Wänden installiert. Das Markttor von Milet stand bald in dem dafür vorgesehenen Saal und auch die anderen Architekturstücke kamen an ihren Platz.
Die Weltwirtschaftskrise trübte den Optimismus der Museumsbauer. Börsenkrach in New York, aber die Gelder für die Vollendung waren gesichert.

Zum Einhundertsten Geburtstag des Deutschen Archäologischen Institutes fand eine Vorbesichtigung der neuen Antikenabteilung durch geladene Gäste aus Politik und Wissenschaft statt. Pergamonaltar, Olympia, Priene, das Tor des Marktes von Milet.
Alle waren begeistert. Eine Dame fiel, vom Gebotenen vollkommen überwältigt, sogar in Ohnmacht.
Exzellenz Wilhelm von Bode erlebte diese Feierlichkeiten nicht mehr. Er starb im März 1929, daheim in seinem Ohrensessel, friedlicher als er die letzten Jahre gewirkt hatte.
1930 wurden die neuen Museen für das allgemeine Publikum freigegeben und erfreuten sich von Anbeginn eines mehr als regen Zuspruchs aller Bevölkerungskreise. Über eine Million Besucher kamen allein im ersten Jahr. Die Menschen waren glücklich. Die Fachwelt jubelte. Zeitungen aus aller Welt hatten ihre Schlagzeilen. Der Rundfunk brachte Sondersendungen. Jeder im Reich fühlte sich durch die neuen Museen zum Bürger einer Kulturnation geadelt.

Der Pergamonaltar.

Nach vielen Mühen und Kämpfen fand er in Berlin seinen würdevollen Rahmen, wurde für die Kunstfreunde dieser Welt nach über fünfzig Jahren Wartezeit endlich angemessen präsentiert.

Für wie lange?
Für immer?
Was hienieden ist für immer?

Minister Carl Heinrich Becker hat übrigens nie bei Theodor Wiegand geklingelt, um die Dackeldame Emmi zu einem Spaziergang um den Grunewaldsee zu entführen.

Zeittafel 1871 – 1930

Berliner Sammlungen

Ausgrabung und Aufstellung des Pergamonaltars

Jahr	1871 – 1872	1874
Deutsche Geschichte	1871: Reichsgründung Wilhelm I.; Deutscher Kaiser	
Ausgräber	Carl Humann *1839, Steele bei Essen; Architekt und Ingenieur, findet erste Fragmente der Gigantenschlacht in Pergamon.	Humann wollte Grabung in Pergamon. Die kam nicht zustande.
Generaldirektor	Ab 1872: Graf von Usedom *1808, Hechingen; Diplomat, wird 1869 von Bismarck abberufen, erhält 1872 die Generaldirektion.	
Antikendirektor	Karl Boetticher; Archäologe	
Gemäldesammlung	Heinrich Gustav Hotho; Wilhelm Bode, *1845, Kalvörde; wird Assistent bei Hotho, dann beim Nachfolger Julius Meyer.	Bode/ Jurist und Kunstwissenschaftler fördert den Kauf italienischer Renaissancekunst.
Antiquarium	Ernst Curtius; *1814, Lübeck; Archäologe (Ausbilder von Thronfolger Friedrich Wilhelm)	Curtius, inzwischen Direktor des Antiquariums, beginnt Grabung in Olympia.
Protektor	Ab der Reichsgründung 1871 Thronfolger Friedrich Wilhelm; *1831, Potsdam; Protektor der Sammlungen	
Preußisches Kultusministerium	Minister Adalbert von Falk (ab 1872) und Ministerialrat Richard Schöne; *1840, Dresden; Professor für Archäologie	
Museumsbau	Nationalgalerie im Bau.	

1877	1878	1879 – 1880
	Humann beginnt Grabung in Pergamon und findet sofort viele Teile der Gigantenschlacht.	Humann hat an die 100 Platten und den Telephosfries gefunden. Hilft mit, die Fundteilung zu fördern. Alle Platten des Altars dürfen mit Genehmigung des Sultans nach Berlin.
	Richard Schöne wird de facto Nachfolger von Graf Usedom (bleibt Ministerialrat).	1880: Graf Usedom wird abgelöst. Schöne, offiziell neuer Generaldirektor, bleibt Ministerialrat im Kultusministerium.
Prof. Alexander Conze; *1831, Lübeck; Prof. für Archäologie und befreundet mit Richard Schöne wird Antikendirektor.	Conze betreibt mit Schöne Grabungslizenz für Pergamon. Intensiver Kontakt mit Humann.	Conze stellt erste Platten der Gigantenschlacht im „Alten Museum" aus, große Aufmerksamkeit.
Bode kauft mit Julius Meyer italienische und niederländische Kunst. Erweiterung der Gemäldesammlung.		
	Bode wird Direktor der christlichen Kunst, bleibt aber Assistent der Gemäldegalerie unter Julius Meyer.	
	Friedrich Wilhelm unterstützt Pergamon und fördert das Unternehmen (Grabungslizenz beim Sultan).	
	Schöne fördert Conze und Humann wegen Pergamon.	
Nationalgalerie wird eröffnet.		1880: Schöne leitet Direktoren-Konferenz zur Erweiterung der Museumsinsel. Architektenwettbewerb wird beschlossen. Conze und Bode anwesend.

Jahr	1884	1886–1888
Deutsche Geschichte		
Ausgräber	Humann erweitert die Grabungen in Pergamon.	1886: Nach acht Jahren vorläufiges Ende der Grabungen in Pergamon. Humann, inzwischen Doktor h.c. und Direktor der Königlichen Sammlungen mit Sitz in Smyrna, wendet sich anderen Ausgrabungen in Kleinasien zu.
Generaldirektor	Conze besucht mehrmals Pergamon.	Schöne betreibt Museumsneubauten, doch das Geld dazu fehlt.
Antikendirektor		1888: Reinhard Kekulé, *1839, Darmstadt; Prof. für Archäologie wird Nachfolger von Conze, der übernimmt 1887 die Leitung des Deutschen Archäologischen Instituts.
Gemäldesammlung		
Antiquarium		
Protektor		1887: Erkrankung von Friedrich Wilhelm 1888: Tod seines Vaters Wilhelm I. Friedrich Wilhelm, für 99 Tage Deutscher Kaiser, stirbt 1888. Nachfolger wird sein Sohn Wilhelm II. Wilhelm ernennt sich zum Protektor.
Preußisches Kultusministerium		
Museumsbau	Architektenwettbewerb mit vielen Teilnehmern. „Kühne" Entwürfe, die aber nie umgesetzt werden.	Keine Neubauten auf der Museumsinsel wegen Wirtschaftskrise. Kunstausstellung 1886 mit Nachbauten von Pergamon, Olympia, Ägypten; Künstlerfest mit Attalidenaufzug.

1890–1892	1896	1898–1900
	Humann stirbt in Smyrna. Nachfolger wird Theodor Wiegand; *1864, Bendorf/Rheinland.	Fortsetzung der Grabung in Priene durch Wiegand.
Schöne droht mit Rücktritt wegen verschleppter Museumsneubauten.		
Kekulé fördert Ausgrabungen von Humann.		
Bode wird Direktor der Gemäldesammlung.	Bode hat bei der Kaiserwitwe für den vorgezogenen Bau des Renaissencemuseums intrigiert (Kaiser-Friedrich-Museum, heute Bode-Museum).	
	Curtius stirbt in Berlin. Reinhard Kekulé übernimmt ebenfalls die Leitung des Antiquarium.	
	Wilhelm II. beschließt Änderung der Baupläne für Museumsinsel (Bode hat erfolgreich intrigiert).	
Planungen für Renaissancemuseum und neues Antikenmuseum.	Beschluss, ein „Provisorium" für den Pergamonaltar zu bauen und das Kaiser-Friedrich-Museum dem Antikenmuseum vorzuziehen.	Baubeginn für das Kaiser-Friedrich-Museum und das Provisorium für den Pergamonaltar.

Jahr	1901	1904
Deutsche Geschichte		
Ausgräber		
Generaldirektor		
Antikendirektor		
Gemäldesammlung		
Antiquarium		
Protektor	Tod von Victoria, der Witwe von Kaiser Friedrich. Sie nannte sich Kaiserin Friedrich. Wilhelm II. weiht „Puppenallee" im Tiergarten ein. Wenige Minuten vorher kurze Eröffnung des Pergamon-Provisoriums.	
Preußisches Kultusministerium		
Museumsbau	Einweihung des kleinen Pergamonmuseums auf der Museumsinsel.	Große Einweihungsfeier für Bodes Kaiser-Friedrich-Museum (heute Bode-Museum).

1905	1907	1908
Wiegand findet in Milet das Markttor.		Das Markttor von Milet ist in Berlin, auch die Mschatta Fassade.
Schöne gibt sein Amt als Generaldirektor auf, will Kekulé als Nachfolger, doch Bode wird es. Mit ihm hat er zunehmend Schwierigkeiten.	Bode setzt bei Wilhelm II. Alfred Messel als Architekten für die Neubauten auf der Museumsinsel durch.	Alfred Messel stirbt und Ludwig Hoffmann übernimmt den Bau. Bode will ein Deutsches Museum.
		Wilhelm II. will Markttor im Museum.
	Provisorisches Pergamonmuseum muss wegen Baumängeln geschlossen werden. Wird bald abgerissen.	Streitereien zwischen Wiegand und Hoffmann wegen Markttor. Hoffmann will es im Freien aufbauen. Wiegand ist strikt dagegen.

Jahr	1910–11	1914–16
Deutsche Geschichte		1914 Beginn des 1. Weltkrieges.
Ausgräber		
Generaldirektor		
Antikendirektor	1911 stirbt Kekulé. Nachfolger wird Theodor Wiegand.	Ex-Direktor Conze stirbt 1914 in Berlin.
Gemäldesammlung		
Antiquarium		
Protektor		
Preußisches Kultusministerium		
Museumsbau	Baubeginn für Messel-Hoffmann-Bau; Schwierige Gründungsarbeiten, Bauverzögerungen.	Materialknappheit führt zum Baustillstand.

1918	1920–23	1925
Das Deutsche Reich wird Republik.	Versailler Friedensvertrag tritt in Kraft. Eine Hyperinflation entwertet das Geld.	
	Schöne stirbt 1922. Streit mit Bode wegen Weiterbau. Bode will sein Deutsches Museum vorrangig fördern. Der „Museumskrieg“ beginnt 1921. Bode wird in den Ruhestand geschickt, bleibt aber im Bauvorstand.	Bode wird vom Bauvorstand abgelöst. Führt Pressekrieg.
	Wiegand betreibt Aufbau des Antikenmuseums mit privaten Industriespenden. Spannungen mit Bode.	
	Bode bleibt nur kommissarischer Leiter der Gemäldegalerie.	
Wilhelm II. dankt ab, geht nach Holland ins Exil.		Mit Ende der Inflation kommt Mittelbewilligung für Museumsinsel.
	Carl Heinrich Becker (*1876 Amsterdam) wird Kultusminister. Der junge Ernst Gall ist Ministerialrat und zuständig für Museumsfragen.	Minister übernimmt Bauvorstand.
Kein Geld für Neubauten auf der Museumsinsel.	Baustopp wegen der Hyperinflation.	Weiterbau auf der Museumsinsel; Streit mit Ernst Gall und Becker wegen Altaraufbau, Milet-Tor und Mschatta-Fassade.

Jahr	1927	1929–30
Deutsche Geschichte		
Ausgräber		Bode stirbt am 01.03.1929 in Charlottenburg.
Generaldirektor		
Antikendirektor	Wiegand hat den Altaraufbau nach Messels Plan durchgesetzt.	
Gemäldesammlung		
Antiquarium		
Protektor		
Preußisches Kultusministerium	Gall bekommt neue Aufgaben.	
Museumsbau	Becker beschließt Altaraufbau nach Messelplan.	1929 Präsentation des Pergamonmuseums zum 100. Geburtstag des Deutschen Archäologischen Instituts. 1930 offizielle Eröffnung für das allgemeine Publikum.

„Die Dresdnerin“ ist der erste Teil der Klemmer-Trilogie von Alexander Asisi: Während im Februar 1945 überall im Reich die Bomben der Alliierten niedergehen, treibt ein Serienmörder in mehreren deutschen Städten sein Unwesen. Seine Opfer: SS-Männer und deren Familien. Die Jagd auf das Ungeheuer führt Kriminalrat Erich Klemmer und seine Assistentin Luci Rost in die Abgründe des nationalsozialistischen Apparates – und in jene Stadt, die bislang als einzige im Reich von den Bombern verschont wurde: Dresden …

Ralf Nürnberger zeichnet in seinem sorgfältig recherchierten Roman ein detailreiches Bild vom Wirken Canalettos in Dresden. Von 1747 – 1767 arbeitete der Venezianer als Hofmaler von August III. Der Autor sucht die Geschichten hinter den Bildern: Wo lag Canalettos Motivation? Welchen Einfluss hatte sein Schaffen auf königliche Entscheidungen? Welchen Zwängen unterlag er? Wer waren Freunde, wer seine Feinde und wie wirkte sich das auf sein Werk aus? Welchen Einfluss hatten die Intrigen gegen Chiaveri, den Baumeister der Hofkirche? Warum verlässt der Künstler dann irgendwann die Residenz? Die Kämpfe des genialen Malers zwischen Barock und Neuzeit werden im Roman einfühlsam nachgezeichnet.

PANORAMEN VON YADEGAR ASISI

Seit 2003 realisiert der in Sachsen aufgewachsene und in Berlin lebende Künstler Yadegar Asisi die weltgrößten 360°-Panoramen mit einer Höhe von bis zu 32 Metern und einem Umfang von bis zu 110 Metern. Was in einem denkmalgeschützten Gasometer in Leipzig begann, hat sich seitdem zu einem künstlerischen Studio mit Panoramahäusern in verschiedenen Städten im In- und Ausland entwickelt.

Mit viel Aufwand für szenische, historische, architektonische und topografische Details setzt Asisi die Werke anhand seiner Vorarbeiten und der Zuarbeiten seines Kernteams aus unzähligen Bildebenen am Computer um, bevor sie auf drei Meter breite und bis zu 32 Meter lange Stoffbahnen gedruckt, konfektioniert und in den Rundgebäuden installiert werden. Auf dem Höhepunkt der Panorama-Entstehung, oft begleitet von einer einführenden Ausstellung, finalisiert und inszeniert Yadegar Asisi die Riesenrundbilder am Ausstellungsort. Eine eigens von Eric Babak komponierte Begleitmusik sowie eine auf Zeit und Ort abgestimmte Geräuschkulisse runden das Panorama-Erlebnis ab.

360°-Panorama PERGAMON, seit 2018 im Ausstellungsgebäude Pergamonmuseum. Das Panorama in Berlin,

360°-Panorama DRESDEN 1945, regelmäßig im Panometer Dresden
Foto: Tom Schulze © asisi

ZUR

360°-Panorama TITANIC, erstmals 2017 im Panometer Leipzig
Foto: Tom Schulze © asisi

Panorama DIE MAUER im asisi Panorama Berlin
Foto: David Oliveira © asisi

Weitere Informationen
zu den Panoramen von
Yadegar Asisi finden Sie unter

www.asisi.de